SCIENCE FICTION

Herausgegeben
von Wolfgang Jeschke

MIKE RESNICK

Santiago

Roman

Aus dem Amerikanischen übersetzt
von
Alfons Winkelmann

Deutsche Erstausgabe

WILHELM HEYNE VERLAG
MÜNCHEN

HEYNE SCIENCE FICTION & FANTASY
Band 06/5038

Titel der amerikanischen Originalausgabe
SANTIAGO
A MYTH OF THE FAR FUTURE
Deutsche Übersetzung von Alfons Winkelmann
Das Umschlagbild malte Michael Hasted

Redaktion: Wolfgang Jeschke

Erstveröffentlichung by TOR Books, New York

Printed in Germany 1993
Umschlaggestaltung: Atelier Ingrid Schütz, München
Technische Betreuung: Manfred Spinola
Satz: Schaber Satz- und Datentechnik, Wels
Druck und Bindung: Elsnerdruck, Berlin

ISBN 3-453-06608-1

Prolog

Man sagt, sein Vater sei ein Komet gewesen und seine Mutter eine strahlende Sonne. Man sagt, daß er mit Planeten jongliere, als seien es Federn, und daß er mit schwarzen Löchern ringe, bloß um sich Appetit zu verschaffen. Man sagt, daß er niemals schlafe und daß seine Augen heller brennen als eine Nova und daß sein Schrei Berge versetzen könne.

Man nennt ihn Santiago.

Weit draußen, am galaktischen Rand, am entferntesten Ende des äußeren Grenzlandes, dort liegt eine Welt, Silberblau genannt. Es ist eine Wasserwelt, der friedliche Ozean, der ihre Oberfläche bedeckt, ist lediglich von einer Handvoll Inseln durchsetzt. Wenn man auf der allergrößten Insel steht und zum nächtlichen Himmel hinaufschaut, sieht man fast die gesamte Milchstraße, ein mächtiger flimmernder Fluß aus Sternen, der durch das halbe Universum zu strömen scheint.

Und wenn man während des Tages am westlichen Ufer der Insel steht, mit dem Rücken zum Wasser, sieht man einen grasbewachsenen Hügel. Oben auf dem Hügel stehen siebzehn weiße Kreuze, ein jedes davon trägt den Namen eines braven Mannes oder einer braven Frau, die daran gedacht hatten, diese friedliche Welt zu kolonisieren.

Und unterhalb eines jeden Namens steht die gleiche Inschrift geschrieben, siebzehn Mal:

Getötet von Santiago.

In Richtung auf den Kern der Galaxis, wo sich die Sterne so eng zusammenballen, daß die Nacht so strahlend hell ist wie der Tag, da liegt eine Welt namens Walküre. Ein Außenposten, ein Ort mit windigen Handelsstädten voller schmuddeliger Bars, Hotels und Bordellen, wo sich die Forscher, Schürfer und Händler des inneren Grenzlandes versammeln, zum Essen, zum Trinken und um sich mit einigen unglaublichen Geschichten großzutun.

In der größten Handelsstadt auf Walküre, die eigentlich nicht sehr groß ist, gibt es auch ein Postamt, wo auf die gleiche Weise Subraum-Botschaften aufbewahrt werden, wie es früher die Postämter mit handgeschriebenen Briefen getan hatten. Manchmal bleiben die Botschaften drei oder vier Jahre dort und werden gelegentlich noch näher an den Kern der Galaxis weitergeleitet, am Ende jedoch werden die meisten davon abgeholt.

Und eine der Wände dieses Postamts ist bedeckt mit Namen und Holographien von Verbrechern, von denen man annimmt, sie hielten sich gegenwärtig im inneren Grenzland auf, was zur Folge hat, daß dieses Postamt bei Kopfjägern sehr beliebt ist. Stets werden zwanzig Gesetzlose gezeigt, niemals mehr, niemals weniger, und unmittelbar neben jedem Namen steht ein Preis. Manche dieser Namen bleiben eine Woche dort, manche einen Monat, und eine Handvoll ein ganzes Jahr.

Nur drei Namen sind jemals länger als fünf Jahre gezeigt worden. Zwei davon sind jetzt nicht mehr dort.

Der dritte ist Santiago, und von ihm gibt es keine Holographie.

Auf der Kolonialwelt namens Saint Joan gibt es eine eingeborene humanoide Rasse, bekannt als die Swale. Dort leben keine Kolonisten mehr, sie sind alle fortgegangen.

In der Nähe des Äquators von Saint Joan, sehr nahe der Stelle, wo die meisten Kolonisten einmal gelebt haben, befindet sich ein geschwärzter Streifen Land von nahezu 15 Kilometern Länge und einem Kilometer Breite, worauf niemals mehr etwas wachsen wird. Keiner der Kolonisten hat je davon berichtet, oder wenn es einer getan hat, dann ist der Bericht seit langem von einem der dreißig Millionen Bürokraten in der Demokratie verlegt worden — aber wenn man nach Saint Joan geht und die Swale danach fragt, was die Ursache des geschwärzten Flecks am Boden sei, dann werden sie sich bekreuzigen (denn die Kolonisten waren ein religiöser Haufen und *sehr* missionarisch) und einem sagen, dies sei die Spur von Santiago.

Selbst auf der Agrarwelt Ranchero, wo niemals ein Verbrechen verübt worden ist, noch nicht einmal ein kleiner Raubüberfall, ist sein Name nicht unbekannt. Man hält ihn für 3 Meter 58 groß, mit wildem, widerspenstigem orangefarbenen Haar und riesengroßen schwarzen Fängen, die sich durch die Lippen gegraben haben und sie jetzt durchdringen. Und wenn die Kinder etwas angestellt haben, brauchen die Eltern lediglich auf die Zahl der bösen Kinder hinzuweisen, die Santiago zum Frühstück verspeist hat, und augenblicklich kehrt wieder Ruhe ein.

Fahrende Sänger singen Lieder von ihm auf Minotaurus und Theseus, den Zwillingswelten, die Sigma Draconis umkreisen, und er wird stets so dargestellt, als sei er exakt 217 Jahre alt, größer als ein Glockenturm und breiter als eine Scheune, ein trinkfester Schürzenjäger und König der Diebe, der sich von Robin Hood (ein weiterer ihrer Lieblinge) in erster Linie dadurch unterscheidet, daß er gleichermaßen den Reichen und den Armen nimmt und nur sich selbst gibt. Seiner Abenteuer sind Legion, sie reichen von seinem legendären Ringkampf mit einer chloratmenden Gorgo bis hin zu jenem Morgen, als er in die Hölle hinabgestiegen war und dem Satan voll ins brennende Auge gespien hatte, und es vergeht kaum ein Tag, der nicht Zeuge davon ist, wie ein paar neue Zeilen zu der immer länger werdenden ›Ballade von Santiago‹ hinzugefügt werden.

Und auf Deluros VIII, der riesigen Hauptwelt der menschlichen Rasse, dem Nervenzentrum der Demokratie, sind elf Ministerien und 1306 Männer und Frauen damit beschäftigt, Santiago zu finden und seinen Fall zum Abschluß zu bringen. Sie bezweifeln, daß Santiago sein Taufname ist, sie haben den Verdacht, einige der ihm zugeschriebenen Verbrechen seien von anderen verübt worden, sie sind sich nahezu gewiß, irgendwo in ihren Files seine Photographie oder sein Holo zu besitzen, es jedoch nicht mit der richtigen Identität in Übereinstimmung gebracht zu haben — und das ist zusammengenommen alles, was sie von ihm wissen.

Täglich bekommen sie fünfhundert Berichte, jedes Jahr werden zweitausend Spuren verfolgt, üppige Belohnungen sind auf einer halben Million Welten ausgesetzt worden, Agenten werden mit Geld sowie allem, was man mit Geld kaufen kann, ausgeschickt, und dennoch existieren jene elf Ministerien noch immer. Sie haben die letzten drei Regierungsperioden überdauert, sie werden weitere überdauern, bis sich ihre Funktion erfüllt hat.

Silberblau, Walküre, Saint Joan, Ranchero, Minotaurus, Theseus, Deluros VIII: alles interessante und bewundernswerte Welten.

Aber eine noch interessantere Welt in der seltsamen Tapisserie von Santiagos Leben ist die Außenposten-Welt Keepsake im Herzen des inneren Grenzlandes, denn Keepsake ist die Heimat, zumindest die zeitweilige Heimat, von Sebastian Nightingale Cain, der seinen mittleren Namen, seinen Beruf und sein Leben nicht ausstehen kann — nicht unbedingt in dieser Reihenfolge. Er hat viele Male das gekämpft, was er für einen gerechten Kampf gehalten hatte, und er hat ihn niemals gewonnen. Nicht mehr viel erregt seine Phantasie, und noch weniger überrascht ihn. Er hat keine Freunde und nur wenige Gefährten, noch sucht er auch welche.

Sebastian Nightingale Cain ist in fast jeder Hinsicht ein unbedeutender und nicht weiter bemerkenswerter Mann, und dennoch muß unsere Geschichte mit ihm beginnen, denn es ist ihm bestimmt, eine größere Rolle in der Saga jenes Mannes zu spielen, den man lediglich als Santiago kennt ...

Teil 1

Das Buch des Singvogels

1

Giles Sans Pitié war so glatt wie ein Aal,
Mit dem Auge eines Adlers, einer Faust aus Stahl.
Er leerte 'nen Humpen auf einen Zug,
Der Tod war dabei, wohin's ihn auch trug.

Über das innere Grenzland ist niemals eine Geschichte geschrieben worden, also fühlte sich der Schwarze Orpheus dazu berufen, eine solche Geschichte zu vertonen. Sein wirklicher Name war nicht Orpheus (obgleich er schwarz *war*). In der Tat ging das Gerücht, er sei Aquakulturist im Deluros-System gewesen, ehe er sich verliebt habe. Der Name des Mädchens war Euridike, und er folgte ihr hinaus zu den Sternen, und da er all seine Habe zurückgelassen hatte, konnte er ihr nichts weiter geben als seine Musik, also nahm er den Namen des Schwarzen Orpheus an und verbrachte den größten Teil des Tages damit, Liebeslieder und Sonette auf sie zu komponieren. Dann starb sie, woraufhin er sich entschloß, im inneren Grenzland zu bleiben. Er begann damit, eine epische Ballade über die Händler und Jäger, Gesetzlosen und Außenseiter zu schreiben, denen er begegnete. Und wirklich blieb man so lange Greenhorn oder Tourist, bis er einem in seinem Opus ein oder zwei Strophen gewidmet hatte.

Wie dem auch sei, Giles Sans Pitié machte einen ganz schönen Eindruck auf ihn, weil er in neun verschiedenen Versen auftaucht, was schrecklich viel ist, wenn man der Homer für fünfhundert Welten zu sein hat. Vielleicht war's die stählerne Hand gewesen, die's gebracht hatte. Niemand wußte, wie er seine echte Hand verloren hatte, aber eines Tages tauchte er mit einer polierten Stahlfaust am Ende des linken Arms im inneren Grenzland auf, verkündete, er sei der beste Kopfjäger, der je geboren, geworfen oder ausgebrütet worden sei, und er bewies immer wieder, daß er damit nicht zu weit von der Wahrheit entfernt lag. Wie die meisten anderen Kopfjäger setzte er nur dann auf den Außenposten-Welten auf, wenn er nicht gerade arbeitete, und wie die meisten anderen Kopfjäger folgte er einer ziemlich regelmäßigen Route. Darum hielt er sich jetzt auf Keepsake auf, in der Handelsstadt Moritat, in Gentrys ›Warenhaus‹, hieb mit der stählernen Faust auf die lange hölzerne Theke und verlangte nach Bedienung.

Der alte Geronimo Gentry, der dreißig Jahre auf den Welten des inneren Grenzlands geschürft hatte, ehe er alles hingeworfen hatte und eine Taverne nebst Bordell in Moritat eröffnete, wo er jedes Produkt sorgfältig prüfte, ehe er es der Öffentlichkeit präsentierte, ging mit einer weiteren Flasche altairianischen Rums hinüber, hielt sie jedoch zurück, als Giles Sans Pitié danach griff.

»Stehst ganz schön in der Kreide«, kommentierte er bedeutungsvoll.

Der Kopfjäger knallte ein Bündel Scheine auf die Theke.

»Maria-Theresia-Dollars«, bemerkte Gentry, wobei er sie anerkennend prüfte und die Flasche losließ. »Wo hast du die denn her?«

»Corvus-System.«

»Hast da 'n kleines Geschäftchen erledigt, was?« fragte Gentry belustigt.

Giles Sans Pitié lächelte humorlos. »Ein ganz kleines.«

Er griff sich ins Hemd und zog drei Fahndungsplakate der Suliman-Brüder hervor, die bis zu jenem Morgen an der Wand in der Post gehangen hatten. Jedes Plakat war mit einem großen roten X durchkreuzt worden.

»Alle drei?«

Der Kopfjäger nickte.

»Hast du sie abgeknallt, oder hast du *das* da benutzt?« fragte Gentry und deutete auf Giles Sans Pitiés stählerne Faust.

»Ja.«

»Ja *was?*«

Giles Sans Pitié hielt die Metallhand hoch. »Ja, ich habe sie abgeknallt, oder ich habe das hier benutzt.«

Gentry hob die Schultern. »Willste bald wieder 'raus?«

»In den nächsten paar Tagen.«

»Wohin diesmal?«

»Das geht niemanden außer mir was an«, sagte der Kopfjäger.

»Hab nur gedacht, ich könnte dir vielleicht 'n freundschaftlichen Ratschlag geben«, sagte Gentry.

»Zum Beispiel?«

»Wenn du daran denkst, nach Praeteep Vier zu gehen, laß es gut sein. Der Singvogel ist gerade von da zurück.«

»Du meinst Cain?«

Gentry nickte. »Hatte 'n Batzen Geld, also hab ich annehmen müssen, er hat gefunden, was er gesucht hat.«

Der Kopfjäger runzelte die Stirn. »Ich werde mich wohl mal ein bißchen mit ihm unterhalten müssen«, sagte er. »Vor dem Praeteep-System steht ein Schild mit ›Eintritt verboten‹ drauf.«

»Ach?« meinte Gentry. »Seit wann?«

»Seitdem ich's dahin gestellt habe«, sagte Giles Sans Pitié bestimmt. »Und ich möchte keinen rivalisierenden Kopfjäger da haben, der dort herumjagt und es säubert.« Er hielt inne. »Wo kann ich ihn finden?«

»Genau hier.«

Giles Sans Pitié blickte sich im Raum um. Ein silberhaariger Spieler, dessen neue Kleidung aus irgendeinem glitzernden metallischen Stoff förmlich ins Auge stach und der gerade eine Glückssträhne hatte, stand am anderen Ende der Theke; eine junge Frau mit melancholischen Augen saß allein an einem Tisch in einer Ecke;

und über die große, schummrig erleuchtete Taverne waren, zu zweit oder in größeren Gruppen, etwa zwei Dutzend weitere Männer und Frauen verstreut. Einige unterhielten sich halblaut, anderen saßen schweigend da.

»Ich sehe ihn nicht!« verkündete der Kopfjäger.

»Ist noch früh«, erwiderte Gentry. »Er wird schon noch kommen.«

»Warum nimmst du das an?«

»Ich bin der einzige in Moritat, der was zu trinken und 'n paar nette Damen anzubieten hat. Wohin sollte er deiner Ansicht nach gehen?«

»Da draußen sind 'ne Menge Welten.«

»Stimmt«, gab Gentry zu. »Aber nach einer Weile können Leute die Welten nicht mehr sehen. Frag *mich* — ich weiß, wovon ich rede!«

»Was tust du dann hier im Grenzland?«

»Leute können andere Leute auch irgendwann nicht mehr sehen. Hier draußen gibt's beträchtlich weniger davon — und ich habe meine netten Damen, die mich aufmuntern, wenn ich mich einsam fühle.« Er hielt inne. »'türlich, wenn du meine Lebensgeschichte hören willst, muß du 'n Dutzend Flaschen von meinem besten Zeugs kaufen. Dann latschen du und ich 'raus in eins der Hinterstübchen, und ich fang' mit Kapitel eins an.«

Der Kopfjäger griff nach der Flasche. »Ich kann gut ohne sie leben«, sagte er.

»Dir entgeht 'ne verteufelt gute Geschichte«, sagte Gentry. »Ich hab' 'n Batzen an interessanten Sachen gemacht. Hab Sachen gesehen, die sogar 'n Killer wie du kaum jemals zu Gesicht kriegen dürfte.«

»Ein ander Mal.«

»Selber schuld«, sagte Gentry mit einem Achselzukken. »Möchtste 'n Glas dazu?«

»Nicht nötig«, sagte Giles Sans Pitié, hob die Flasche und nahm einen langen Zug. Anschließend wischte er sich den Mund mit dem Handrücken. »Wie lang dauert's noch, bis er kommt?«

»Du hast noch Zeit für 'n Quickie, wenn du das meinst«, sagte Gentry. »Laß mir nur 'ne Minute Zeit, um nachzusehen, welche von meinen zarten Blümchen im Augenblick nicht am Arbeiten ist.« Plötzlich wandte er sich zum Eingang. »Huch! Da ist er ja. Schätz mal, du wirst noch 'n bißchen länger ungeliebt bleiben.« Er winkte mit der Hand. »Wie geht's, wie steht's, Singvogel?«

Der große, magere Mann, das Gesicht eckig und fast ausgemergelt, die Augen dunkel und weltverdrossen, näherte sich der Theke. Jacke und Hose waren von einem unbestimmbaren Braun, ihre vielen Taschen vollgestopft mit formlosen Dingen, die im inneren Grenzland fast alles bedeuten konnten. Nur seine Stiefel fielen auf, nicht, weil sie neu waren, sondern, weil sie so demonstrativ alt waren, offensichtlich sorgfältig gepflegt, jedoch außerstande, nach dem Putzen noch längere Zeit zu glänzen.

»Mein Name ist Cain«, sagte der Neuankömmling. »Du weißt das.«

»Na ja, so nennt man dich aber heutzutage nicht.«

»So wirst *du* mich nennen, wenn du mit mir ins Geschäft kommen willst«, erwiderte Cain.

»Aber der Schwarze Orpheus, naja, der hat von dir als Singvogel geschrieben«, beharrte Gentry.

»Ich singe nicht. Ich bin kein Vogel, und mir ist es auch ziemlich wurscht, was irgend so ein grüner Folksänger über mich schreibt.«

Gentry hob die Schultern. »Wie du willst — und wo wir gerade beim Thema sind, was willst du sonst noch?«

»Er möchte altairianischen Rum, wie ich«, warf Giles Sans Pitié ein.

»Tatsächlich?« fragte Cain und wandte sich ihm zu.

»Geht auf meine Rechnung.« Der Kopfjäger hielt seine Flasche hoch. »Setzen wir uns doch drüben an einen Tisch, Sebastian Cain!«

Cain sah ihm einen Augenblick lang zu, wie er durch den Raum ging, hob dann die Schultern und folgte ihm.

»Wie ich gehört habe, haben Sie auf Praeteep Vier ziemliches Glück gehabt«, sagte Giles Sans Pitié, nachdem sich beide Männer hingesetzt hatten.

»Glück hatte nichts damit zu tun«, erwiderte Cain, wobei er sich gemütlich in seinem Stuhl zurücklehnte. »Wenn ich's recht verstehe, sind Sie auch nicht gerade schlecht gewesen.«

»Nichts da. Ich habe mogeln müssen.«

»Ich kann Ihnen nicht ganz folgen.«

»Ich habe den Dritten erschießen müssen.« Giles Sans Pitié hielt die Stahlfaust hoch. »Ich möchte sie gern *hiermit* kriegen.« Er hielt inne. »Hat Ihnen Ihr Mann ein paar Schwierigkeiten bereitet?«

»Ein paar«, sagte Cain unverbindlich.

»Mußten Sie ihn weit verfolgen?«

»Ein wenig.«

»Sie sind wohl kaum der überschwenglichste Erzähler, der mir je über den Weg gelaufen ist«, kicherte Giles Sans Pitié.

Cain hob die Schultern. »Reden ist billig.«

»Nicht immer. Suliman Hari hat mir dreißigtausend Kredits dafür angeboten, ihn am Leben zu lassen.«

»Und?«

»Ich habe ihm für sein Angebot gedankt, ihm erklärt, der Preis auf seinen Kopf liege bei fünfzigtausend, und ihm ein Gesichtvoll Metall versetzt.«

»Und dann haben Sie seiner Leiche die dreißigtausend Kredits natürlich nicht abgenommen, ohne es zu melden«, meinte Cain sardonisch.

Giles Sans Pitié runzelte die Stirn. »Der Hurensohn hatte bloß zweitausend dabei«, knurrte er in heiliger Empörung.

»Unter den Dieben gibt es einfach keine Ehre mehr, möchte man meinen.«

»Keine. Ich komme nicht darüber hinweg, daß der Bastard mich angelogen hat!« Er hielt inne. »Also, sagen Sie schon, Cain — wen werden Sie als nächstes jagen?«

Cain lächelte. »Berufsgeheimnis. Sie sollten das eigentlich besser wissen und keine Fragen stellen.«

»Stimmt«, pflichtete Giles Sans Pitié bei. »Aber so dann und wann ist jedem eine Übertretung der Etikette gestattet. Zum Beispiel sollten Sie es eigentlich besser wissen und nicht im Praeteep-System jemanden umlegen. Aber Sie haben's dennoch getan.«

»Der Mann, den ich jagte, ist dorthin geflohen«, erwiderte Cain ruhig. »Ich wollte nicht unhöflich sein, aber ich wollte auch nicht eine viermonatige Arbeit den Bach 'runtergehen lassen, weil Sie der Ansicht sind, ein ganzes Sonnensystem gepachtet zu haben.«

»Ich habe dieses System *geöffnet*«, sagte Giles Sans Pitié. »Jeden einzelnen Planeten da benannt.« Er hielt inne. »Ist dennoch eine annehmbare Antwort. Ich vergebe Ihnen Ihren unrechtmäßigen Übergriff.«

»Ich kann mich nicht daran erinnern, um Absolution gebeten zu haben«, sagte Cain.

»Ist doch egal, kostete nichts. *Diesmal*«, fügte er bedeutungsschwanger hinzu. »Aber es wäre eine gute Idee, daran zu denken, daß es hier draußen im Grenzland Regeln gibt.«

»Ach? Mir sind keine aufgefallen.«

»Nichtsdestoweniger existieren sie — und werden von Leuten aufgestellt, die ihre Einhaltung durchsetzen können.«

»Ich werd's im Hinterkopf behalten.«

»Sehen Sie zu, daß Sie's tun!«

»Oder Sie werden mir mit der Metallhand den Schädel einschlagen?« fragte Cain.

»Schon möglich.«

Cain lächelte.

»Was ist daran denn so lustig?« wollte Giles Sans Pitié wissen.

»Sie sind Kopfjäger.«

»Und?«

»Kopfjäger töten Leute nicht unentgeltlich. Wer wird Sie bezahlen, wenn Sie mich töten?«

»Ich muß schützen, was mir gehört«, erwiderte Giles Sans Pitié bitter ernst. »Ich habe nur sichergehen wollen, daß wir einander verstehen. Wenn Sie wieder unerlaubt in meinem Revier wildern, werden wir wohl handgreiflich werden.« Er schlug mit der Metallhand ein großes Loch in den Tisch. »Meine Hände sind für gewöhnlich härter.«

»Kann ich mir vorstellen«, sagte Cain.

»Dann gehen Sie Praeteep aus dem Weg?«

»Ich bin mir nicht bewußt, irgendwelche drückenden Verpflichtungen dort zu haben.«

»Das ist nicht genau die Antwort, die ich hatte haben wollen.«

»Ich würde vorschlagen, Sie geben sich besser damit zufrieden«, sagte Cain. »'ne bessere Antwort werden Sie kaum bekommen.«

Giles Sans Pitié sah ihn einen langen Augenblick durchdringend an und hob dann die Schultern. »Es könnten Jahre vergehen, bis sich irgendwer wieder dort versteckt, vielleicht sogar noch länger. Ich schätze, es gibt kein Gesetz, wonach wir in der Zwischenzeit nicht herzlich miteinander umgehen könnten.«

»Ich bin ganz dafür, mit meinen Mitmenschen in Frieden zu leben«, sagte Cain zustimmend.

Giles Sans Pitié sah belustigt drein. »Sie haben sich einen äußerst merkwürdigen Beruf für einen Mann ausgesucht, der so fühlt.«

»Vielleicht.«

»Also gut, sollen wir reden?«

»Worüber?«

»Worüber?« äffte ihn Giles Sans Pitié nach. »Worüber reden zwei Kopfjäger denn *immerzu*, wenn sie über einer Flasche Rum zusammenhocken?«

Und so begann die Diskussion um Santiago.

Sie sprachen von den Welten, wo er vor kurzem gesehen worden sein sollte, und von den Verbrechen, die er vor kurzem begangen haben sollte. Beide hatten von dem Gerücht gehört, er solle auf Bemor VIII eine Minenkolonie beraubt haben; beide glaubten das nur unter Vorbehalt. Beide hatten ebenfalls gehört, eine Karawane unbemannter Frachtschiffe sei in der Antares-Region geplündert worden; Cain hielt es durchaus für Santiagos Werk, während sein Gegenüber das Gefühl hatte, er sei zu dieser Zeit eher auf Doradus IV und dort der führende Kopf bei einem dreifachen Attentat gewesen. Sie tauschten Informationen über die Planeten aus, auf denen sie selbst gewesen waren, ohne eine Spur von ihm zu finden, sowie über andere Kopfjäger, denen sie begegnet waren und die dieser Liste noch mehr Planeten hinzugefügt hatten.

»Wer ist denn jetzt hinter ihm her?« fragte Giles Sans Pitié, als sie die Liste vervollständigt hatten.

»Jeder.«

»Ich meine, ganz vor kurzem?«

»Wie ich gehört habe, hat sich der Engel in das Gebiet begeben«, antwortete Cain.

»Warum sollte er wegen Santiago gekommen sein?«

Cain starrte ihn lediglich an.

»Blöde Bemerkung«, sagte Giles Sans Pitié. »Vergiß sie!« Er hielt inne. »Der Engel soll angeblich der Beste sein.«

»Sagt man.«

»Ich habe gedacht, er würde im äußeren Grenzland arbeiten, irgendwo in Richtung auf den Rand.«

Cain nickte. »Ich schätze mal, er ist zum Schluß gekommen, daß Santiago dort nicht ist.«

»Ich kann Ihnen eine Million Orte nennen, wo Santiago *nicht* ist«, sagte Giles Sans Pitié. »Warum sollte der Engel sich Ihrer Ansicht nach im inneren Grenzland aufhalten?«

Cain hob die Schultern.

»Glauben Sie, er hat eine Quelle?« beharrte Giles Sans Pitié.

»Alles möglich.«

»Es ist mehr als möglich«, sagte er nach einem Augenblick des Überlegens. »Er würde seine Operationsbasis nicht durch die halbe Galaxis verlegen, wenn er nicht irgendwelche handfesten Informationen hätte. Von welchem Planeten aus arbeitet er?«

»Wie viele Welten sind dort draußen?« erwiderte Cain achselzuckend. »Suchen Sie sich eine aus!«

Giles Sans Pitié runzelte die Stirn. »Dennoch, er könnte etwas wissen, das anzuhören sich lohnen mag.«

»Was veranlaßt Sie zu glauben, er würde mit Ihnen reden, selbst wenn Sie ihn fänden?«

»Weil Santiago das einzige Thema ist, bei dem Kopfjäger niemals lügen; das wissen Sie doch. So lange er am Leben bleibt, läßt er uns alle ziemlich alt aussehen.«

»Vielleicht handhabt der Engel die Dinge anders, da, wo er herkommt«, schlug Cain vor.

»Dann muß ich ihm die Grundregeln erläutern«, sagte Giles Sans Pitié.

»Viel Glück dabei!«

»Daran interessiert, mit mir gemeinsame Sache zu machen, bis wir den Engel gefunden haben?«

»Ich arbeite allein«, antwortete Cain.

»Auch gut«, meinte Giles Sans Pitié, der sich plötzlich an seinen Rum erinnerte und einen langen Zug tat. »Wo haben Sie von ihm gehört?«

»Im Meritonia-System.«

»Ich werde mich wohl im Verlauf der Woche in diese Richtung aufmachen«, sagte Giles Sans Pitié und stand auf. »Es ist eine interessante Unterhaltung gewesen, Cain.«

»Vielen Dank für den Rum«, sagte Cain sarkastisch, während er die leere Flasche anstarrte.

»Gern geschehen«, lachte sein Gefährte. »Und Sie *werden* alle Anstrengungen unternehmen und sich von jetzt an dem Praeteep-System fernhalten, ja?« Er spielte mit der Stahlfaust. »Es gefiele mir gar nicht, Ihnen einen Denkzettel für unerlaubtes Durchqueren zu verpassen.«

»Wirklich?«

»Nicht wirklich«, war die freimütige Antwort.

Cain entgegnete nichts, und einen Augenblick später setzte Giles Sans Pitié die leere Flasche auf die Theke, hinterließ genügend Geld, um eine weitere zu bezahlen, die er für Cain bestellte, versprach Gentry, er käme später am Abend wieder, um ein paar nichtalkoholische Waren auszuprobieren, und ging hinaus in die heiße feuchte Nachtluft von Moritat, auf der Suche nach etwas zum Abendessen.

Gentry bediente zunächst das Mädchen mit den melancholischen Augen und brachte dann die Flasche hinüber zu Cains Tisch.

»Was ist das?« fragte Cain und starrte die klare Flüssigkeit an.

»Irgendwas, das sie auf Altair zusammenbrauen«, erwiderte der alte Mann. »Schmeckt so ähnlich wie Gin.«

»Ich mag keinen Gin.«

»Ich weiß«, erwiderte Gentry mit einem Kichern. »Darum bin ich mir auch verflucht sicher, daß du mich einladen wirst, mich zu dir zu setzen und dir dabei zu helfen, das da auszutrinken.«

Cain seufzte. »Setz dich, mein Alter!«

»Vielen Dank. Mach dir nichts draus.« Er setzte sich vorsichtig auf einen Stuhl, entkorkte die Flasche und nahm einen Schluck. »Gutes Zeugs, wenn ich das so ausdrücken darf.«

»Du könntest verdammt viel Geld sparen, wenn du keine Gläser servieren würdest«, bemerkte Cain. »Niemand hier benutzt sie anscheinend.«

»Geld sparen gehört nicht zu meinen Problemen«, erwiderte Gentry. »Und was ich so höre, ist Geld machen keins von deinen Problemen.«

Cain sagte nichts, und der alte Mann nahm noch einen Schluck und redete weiter.

»Hat dich der alte Giles Ohne Gnade vor dem Praeteep-System gewarnt?« fragte er.

Cain nickte.

»Wirst du was drum geben?«

»Bis zum nächsten Mal, wenn ich da was zu erledigen habe«, erwiderte Cain.

Der alte Mann lachte. »Sehr gut, Singvogel! Old Stahlfaust tut sich heutzutage ein wenig zu dicke für seine Schuhgröße.«

»Ich bin's allmählich leid, dir zu sagen, wie ich heiße«, sagte Cain gereizt.

»Wenn du keine Legende werden wolltest, hättste nicht hier 'rauskommen dürfen. In zweihundert Jahren ist das der einzige Name, bei dem dich die Leute kennen werden.«

»In zweihundert Jahren werde ich ihnen nicht dabei zuhören müssen.«

»Übrigens«, fuhr Gentry fort, »Singvogel steht auf keinem Fahndungsplakat, Sebastian Cain hab ich auf 'ner ganzen Stange davon gesehen.«

»Das ist lange her.«

»Wehr dich doch nicht dagegen«, kicherte der alte Mann. »Zur einen oder anderen Zeit hab ich Plakate von fast allen Kopfjägern gesehen. Geht mich doch einen Scheißdreck an. Verflucht noch mal, wenn Santiago persönlich hier durch die Tür käme und nach einem meiner netten Piepmätze fragte, würde ich den hübschesten vorführen, den ich habe.«

»Das könnte er deines Wissens nach bereits getan haben«, bemerkte Cain.

»Nichts da«, sagte Gentry. »So schwer ist er nicht zu erkennen.«

»3 Meter 58 groß, mit orangefarbenem Haar?« fragte Cain mit amüsiertem Lächeln.

»Wenn du damit anfängst, einen Mann zu jagen, der

so aussieht, wirst du 'ne lange, lange Zeit draußen sein.«

»Wie sieht er denn *deiner* Ansicht nach aus?«

Der alte Mann nahm einen kleinen Schluck aus der Flasche.

»Weiß nicht«, gab er zu. »Obwohl, eins weiß ich. Ich weiß, er hat 'ne Narbe, die so geformt ist ...« — er schrieb ein krummes S auf den Tisch — »... und zwar auf dem rechten Handrücken.«

»Sicher.«

»Ist die Wahrheit!« sagte der alte Mann heftig. »Ich kenne einen Mann, der ihn gesehen hat.«

»Niemand hat ihn gesehen«, erwiderte Cain. »Oder zumindest hat niemand, der ihn gesehen hat, gewußt, daß er's gewesen ist.«

»Hast *du* aber eine Ahnung!« sagte Gentry. »Der Mann, mit dem ich zusammengewesen bin, hat ein paar Wochen mit ihm im Gefängnis verbracht.«

Cain sah gelangweilt aus. »Santiago war niemals im Gefängnis. Wenn er's gewesen wäre, wüßten wir *alle*, wie er aussieht.«

»Sie haben nich gewußt, daß er's gewesen is.«

»Wie kommt's, daß dein Freund das gewußt hat?«

»Weil Santiagos Bande ihn 'rausgeholt hat, und einer von denen hat ihn beim Namen genannt.«

»Quatsch mit Soße.«

»Also, da sitz ich hier, will dir 'nen Gefallen tun, und du meckerst 'rum«, sagte Gentry. »Verdammt gut für dich, daß ich ein alter Mann bin, der nicht mehr die Fähigkeit hat, dir dafür Dresche zu geben, daß du mich beleidigt hast.«

»Welchen Gefallen?«

»Ich hab gedacht, du wärst vielleicht interessiert daran zu wissen, wer mein Freund ist und wo du ihn finden kannst.«

»Hier kommt ein halbes Dutzend Kopfjäger vorbei«, sagte Cain. »Warum tust du mir den Gefallen?«

»Na ja, *einen Gefallen tun* ist nicht ganz genau der Ausdruck, den ich im Hinterkopf hatte«, antwortete Gentry mit einem Grinsen. »Solche Namen, ich meine, der Name eines Mannes, der tatsächlich einige Zeit mit Santiago verbracht hat, der sollte jetzt 'n bißchen was wert sein, nicht wahr?«

»Vielleicht.«

Ein Augenblick Stille.

»Ich hab noch kein Angebot gehört.«

»Zurück zu meiner Frage«, sagte Cain. »Warum *ich?*«

»Oh, das gilt nicht nur für dich«, sagte Gentry. »Ich hab ihn vor ein paar Monaten an Barnaby Wheeler verkauft. Wie mir jedoch zu Ohren gekommen ist, soll er auf der Jagd nach irgendeinem Flüchtigen umgebracht worden sein. Und ich hab ihn vergangene Woche Friedensstifter MacDougal angeboten, aber der wollte mit keinem Barem 'rausrücken. Und ich werde sehen, ob ich nicht Old Stahlfaust in Versuchung führen kann, ehe er einige meiner armen Unschuldslämmer heute abend übers Ohr haut.« Er lächelte. »Ich muß *allen* meinen Kunden gegenüber fair sein.«

»Die Leute sind seit dreißig Jahren oder mehr hinter Santiago her«, sagte Cain. »Warum hast du dann bis jetzt damit gewartet, sie auf den Markt zu bringen, wenn du irgendwelche Informationen hast, die es wert sind, verkauft zu werden?«

»Ich hab nix gegen Santiago«, sagte der alte Mann. »Er hat mir niemals was getan. Übrigens, je länger er frei bleibt, desto länger werdet ihr Burschen hier im Grenzland bleiben und nach ihm suchen, und je länger ihr hier draußen bleibt, desto mehr Geld werdet ihr in Gentrys ›Warenhaus‹ ausgeben.«

»Was hat dann deine Sinnesänderung veranlaßt?«

»Habe gehört, der Engel ist 'reingeschneit. Möchte nicht, daß irgendein Außenseiter sich die Belohnung schnappt.«

»Warum sollte er das wohl tun?« fragte Cain.

»Du weißt, was man so über ihn erzählt«, erwiderte Gentry. »Er ist der Beste. Ich wette mit dir, der Schwarze Orpheus wird ihm gut und gern zwanzig Verse widmen, wenn er ihm schließlich begegnen wird. Also«, sagte der alte Mann und nahm einen weiteren Schluck, »ich geh auf Nummer sicher, so gut ich kann. Wenn der Engel das Geld einsackt, wird er zurück zum Rand sein, ehe er die Gelegenheit wahrnehmen kann, es auszugeben. Aber wenn *du* es einsackst, wirst du einen guten Batzen davon auf Keepsake ausgeben.«

»Wenn ich mich nicht zurückziehe.«

»Oh, du wirst dich nicht zurückziehen«, sagte Gentry zuversichtlich. »Männer wie du und Sans Pitié und der Engel, euch gefällt das Killen, verdammt noch mal, viel zu gut, als daß ihr aufhören würdet. Es liegt euch im Blut, ebenso wie Wanderlust in einem jungen Bock.«

»Mir macht das Töten keinen Spaß«, entgegnete Cain.

»Erzähl mir doch nicht diesen Kopfjäger-Quatsch, daß du Leute nur des Geldes wegen tötest«, sagte der alte Mann mit einem sarkastischen Lachen.

»Doch.«

»Das macht dich zum ersten ehrbaren Mann, den ich je getroffen hab. Wie viele Menschen hast du für lau getötet, ehe du herausgefunden hast, daß da Gold drinsteckt — zwei? Drei?«

»Mehr, als du dir hoffentlich vorstellen kannst«, erwiderte Cain.

»Söldner?«

Cain zögerte, ehe er Antwort gab. »Hab ich mal geglaubt. Ich hatte mich geirrt.«

»Was, zum Teufel, heißt *das* denn?«

»Schon gut, mein Alter.« Plötzlich saß Cain aufrecht in seinem Stuhl. »Also schön — wieviel willst du für den Namen?«

»Was für'n Zahlungsmittel kannst du kriegen?«

»Was willst du denn haben?«

»Kredits werden's tun, schätz ich mal«, erwiderte Gentry. »Obwohl ich wirklich interessiert bin an Bonaparte-Francs oder Maria-Theresia-Dollar, wenn du welche hast.«

»Ich habe seit zehn Jahren keinen Bonaparte-Franc mehr zu Gesicht bekommen«, sagte Cain. »Ich glaube kaum, daß sie noch in Umlauf sind.«

»Wie ich gehört habe, benutzt man sie noch immer im Binder-System.«

»Machen wir's in Kredits.«

Der alte Mann machte im Kopf einen raschen Überschlag. »Zehntausend würden's wohl tun.«

»Für den Namen eines Mannes, der Santiago vor zehn oder zwanzig Jahren gesehen hat — oder auch nicht?« Cain schüttelte den Kopf. »Das ist zuviel.«

»Nicht für einen Mann wie dich«, sagte Gentry. »Ich hab das Plakat für die Leiche gesehen, die du 'reingebracht hast. Ich weiß, wieviel du für die bekommen hast.«

»Und was ist, wenn dieser Mann tot ist, oder wenn sich herausstellt, daß er Santiago überhaupt nicht gesehen hat?«

»Dann kriegst du einen Gutschein und kannst meine Blumen einen vollen Monat lang befruchten.«

»Ich habe deinen Garten gestern besucht«, sagte Cain. »Er muß gejätet werden.«

»Woran krittelst du 'rum?« wollte Gentry wissen. »Wie lange bist du im Grenzland gewesen, Cain?«

»Elf Jahre.«

»Hast du in der ganzen Zeit jemals jemanden getroffen, der Santiago gesehen hat? Hier biete ich dir an, was du nie zuvor gefunden hast, für vielleicht ein Zehntel dessen, was du auf Praeteep eingesackt hast, und du schacherst wie ein Dahib'scher Pelzhändler! Wenn du einfach nur hier 'rumsitzt und die schönsten Blüten des Grenzlandes beleidigst und mit einem alten Mann schacherst, der nicht das Stehvermögen hat, ebenfalls zu schachern, werden wir nicht ins Geschäft kommen können.«

Cain starrte ihn einen Augenblick lang an und meinte dann:

»Ich sage dir was, mein Alter. Ich werde dir zwanzigtausend geben.«

»Da is 'n Haken bei«, meinte Gentry argwöhnisch.

»Da ist eine Bedingung«, entgegnete Cain. »Du versorgst niemand sonst mit diesem Namen.«

Gentry runzelte die Stirn. »Jemals?«

»Sechs Monate lang.«

»Mach vier draus!«

»Abgemacht!« sagte Cain. »Und wenn du lügst, möge Gott mehr Gnade mit deiner Seele haben als *ich*.«

»Hab überhaupt keinen Grund zu lügen. In den nächsten vier Monaten werden nur zwei weitere von euch Burschen hier aufkreuzen, was heißt, einer davon ist möglicherweise schon tot, und es besteht lediglich eine fünfzig-fünfzig-Chance, daß der andere mit dem Geld 'rausrücken würde. Nicht jeder hat soviel Erfolg wie du und Sans Pitié.«

»Also schön. Wo finde ich diesen Mann?«

»Ich hab bislang noch kein Geld gesehen.«

Cain zog ein Bündel Banknoten hervor, nahm die obersten zwanzig herunter und legte sie auf den Tisch. Gentry nahm sie eine nach der anderen auf, hielt eine jede gegen's Licht, nickte schließlich und verstaute sie in seiner Hosentasche.

»Jemals vonner Welt namens Port Étrange gehört?«

Cain schüttelte den Kopf. »Wo ist die?«

»Ist der siebte Planet im Bellermain-System. Da wird er sich aufhalten.«

»Und sein Name?«

»Stern.«

»Wie finde ich ihn?«

»Streu nur herum, daß du ihn suchst. *Er* wird *dich* finden.«

»Wie ist er so?« fragte Cain.

»'n richtig netter Knabe, sobald man sich einmal an ein paar von seinen Eigentümlichkeiten gewöhnt hat.«

»Welche zum Beispiel?«

»Nun ja, er trinkt zuviel, und er mogelt beim Kartenspielen, und er ist nicht gerade ein großer Liebhaber von Mensch und Tier oder Alien, und er haßt durch und durch Priester und Frauen, und er ist bekannt dafür, daß er gelegentlich einige Meinungsverschiedenheiten mit den Polizeibehörden hat. Aber alles in allem ist er nicht schlimmer als die meisten, die du hier findest, und vielleicht sogar ein wenig besser als manche.«

»Sollte ich deinen Namen ist Spiel bringen?«

»Er sollte ihn dazu veranlassen, die Ohren zu spitzen und nachzusehen, worum's geht«, sagte Gentry. »Wann wirst du uns verlassen?«

»Heute abend«, sagte Cain und stand auf.

»Verflucht!« schimpfte Gentry. »Wenn ich gewußt hätte, daß du dermaßen gierig bist, hätte ich glatt dreißig verlangen können.«

»Ich bin nicht gierig. Ich habe einfach nur keinen Grund zum Hierbleiben.«

»Ich habe sieben absolut glänzende Gründe, alle und jede davon persönlich ausgesucht und zugeritten von Moritats berühmten Sohn, nämlich mir.«

»Vielleicht beim nächsten Mal.«

»Du hast was besseres, wofür du's ausgibst?«

»Hängt davon ab, ob du mir die Wahrheit gesagt hast oder nicht«, sagte Cain auf dem Weg zur Tür. Plötzlich blieb er stehen und wandte sich an Gentry. »Übrigens, ich nehme an, dein Freund Stern wird sich dafür bezahlen lassen wollen?«

»Kann ich mir vorstellen. Ja, ja, der Mensch verkauft seine Seele dem Teufel, und dann verbringt er den Rest seines Lebens damit, genügend Geld anzuhäufen, um sie wieder zurückzukaufen.« Gentry kicherte amüsiert. »Viel Spaß, Singvogel!«

»Das ist nicht mein Name.«

»Ich sag dir was«, meinte Gentry. »Wenn du den Kopf von Santiago hier 'reinbringst, richte ich so lange ein Gewehr auf den Orpheus, bis er deinen Namen richtig begriffen hat.«

»Ich nehm dich beim Wort!« versprach Cain.

2

Er heißt Jonathan Jeremy Jacobar Stern,
Er ist voller Wollust, hat Geld allzugern;
Zu alt, sich zu ändern, dem Lernen sehr fern:
Das ist Jonathan Jeremy Jacobar Stern.

Wie es heißt, habe ihn der Schwarze Orpheus an einem schlechten Tag erwischt, denn Stern habe in Wirklichkeit niemals damit aufgehört, sich zu verändern und zu lernen, bis er sich soweit verändert habe, daß ihn niemand mehr wiedererkennen würde. Das Leben begann er als Sohn eines Kumpels und einer Hure, und ehe er das Leben beendete, hatte er sich als König des Bellermaine-Systems etabliert. Zwischendrin erlernte er das Falschspiel und machte sich in diesem Beruf ziemlich gut; er lernte das Stehlen und wurde darin mehr als nur tüchtig; er lernte das Töten und widmete sich nebenbei ein wenig der Kopfjägerei; und irgendwo auf diesem Weg lernte er die wichtigste aller Lektionen, daß nämlich ein König ohne Erben besser niemandem den Rücken zukehrt.

Niemand wußte, warum er Priester haßte; es ging das Gerücht, als er zum erstenmal ins Kittchen wanderte, habe ihn ein Priester dort hineingebracht. Eine weitere Legende besagte, er habe einmal ein paar Priester damit betraut, ein Auge auf seine Besitztümer zu halten, während er vor den Behörden floh, und als er schließlich zurückkehrte, habe nichts weiter auf ihn gewartet als eine Notiz, die ihn zur Reue aufforderte.

Sich vorzustellen, warum er Frauen haßte, war nicht ganz so schwierig. Er wuchs in einem Bordell auf, und die Frauen, denen er begegnete, sobald er auf eigenen Füßen stand, unterschieden sich nicht so sehr von denen, die er sein ganzes bisheriges Leben lang gekannt hatte. Er war ein Mann mit gewaltigem Appetit, der weder die Finger von ihnen lassen noch sich selbst nicht eingestehen wollte, daß ihr Interesse an ihm nicht ebenso kühl und berechnend war, wie sein Interesse an ihnen.

Eine Menge Leute flüsterten, dies sei der wahre Grund für die Verlegung seiner Geschäfte nach Port Étrange. Da er seine Leidenschaft für Frauen nicht im Zaum halten könne, habe er sich dazu entschlossen, ohne sie zurechtzukommen und deshalb eine Welt mit einer humanoiden Rasse aufgestöbert, die ihm bereitwillig gestattete, schreckliche Verbrechen der Lüsternheit zu begehen, für die bislang noch niemand irgendwelche Worte erschaffen habe.

Port Étrange hatte eine lange und wechselvolle Geschichte. Ursprünglich eine Bergbauwelt, war sie danach ein glitzernder Kurort gewesen, anschließend eine relativ offene Strafkolonie und zuletzt eine verlassene Geisterwelt. Daraufhin war Stern gekommen, hatte sein Hauptquartier in einem einstmals luxuriösen Hotel aufgeschlagen und einen kleinen Teil der menschlichen Behausungen in eine Handelsstadt umgewandelt, während er dem Rest gestattete, in einem Zustand von Baufälligkeit und Verfall zu verbleiben. Trotz der leidlich fruchtbaren Äcker, welche die einheimische Bevölkerung versorgten, bezogen die Einwohner der Handelsstadt alle Nahrungsmittel und Getränke von zwei nahegelegenen landwirtschaftlich orientieren Kolonien. Als die Männer den Frauen gegenüber allmählich in Überzahl gerieten, importierte man letztere ebenfalls, bis Stern dem ein Ende setzte.

All das erfuhr Cain während der ersten Stunde auf Port Étrange. Er war mit seinem Schiff auf dem örtlichen Raumhafen gelandet — nur riesige Welten wie Deluros VIII und Lodin XI hatten Hangars im Orbit und einen Shuttle-Service für planetengebundene Reisende —, und hatte ein Zimmer im größeren der beiden intakten Hotels genommen, woraufhin er in die Taverne im Erdgeschoß hinabgegangen war, die er bei seiner Ankunft gesehen hatte.

Sie war überfüllt, und trotz der verchromten Tische und handgefertigten Stühle — Überbleibsel aus den glücklichen und ruhmreichen Tagen des Hotels — wirkte sie ebenso schäbig und abgerissen wie jede andere Bar in einer Handelsstadt. Der einzige freie Stuhl stand an einem kleinen Tisch, der von einem kleinen schlanken Mann mit einer Mähne ungekämmten roten Haars in Beschlag genommen worden war.

»Darf ich mich setzen?« fragte Cain.

»Nur zu!« sagte der Mann. Er sah Cain an. »Sie sind neu hier?«

»Ja. Ich bin gerade 'reingekommen.« Cain blickte sich im Raum um. »Ich suche jemanden. Ich frage mich, ob Sie ihn mir vielleicht zeigen können?«

»Er ist jetzt nicht hier.«

»Sie wissen doch gar nicht, wen ich suche«, sagte Cain.

»Nun, verdammt noch mal, wenn's nicht Jonathan Stern ist, hätten wir mal 'ne Neuigkeit herumzuposaunen«, sagte der Mann mit einem Kichern. »Er ist die einzige Person, wegen der überhaupt jemand jemals nach Port Étrange kommt.«

»Es ist Stern«, gab Cain zu.

»Nun ja, ich schätze, ich kann's weitersagen. Sie haben 'n Namen?«

»Cain. Sagen Sie ihm, Geronimo Gentry hat mich geschickt.«

»Freut mich, Sie kennenzulernen, Cain«, sagte der Mann und streckte eine dürre weiße Hand aus. »Ich bin Terwilliger, Halfpenny Terwilliger«, fügte er hinzu, als sei das ein Name, der etwas zu bedeuten habe. Er beobachtete Cain, ob der reagierte, bemerkte keinerlei Reaktion und stand auf.

»Bin in 'ner Minute zurück!«

Terwilliger ging hinüber zur Theke, sagte etwas zum Barkeeper und kehrte daraufhin zum Tisch zurück.

»In Ordnung«, sagte er. »Er weiß, daß Sie hier sind.«

»Wann kann ich mich mit ihm treffen?«

»Wenn er dazu bereit ist.«

»Wie rasch wird das sein?«

Halfpenny Terwilliger lachte. »Kommt drauf an. Schuldet er Gentry Geld?«

»Glaube ich kaum.«

»Dann wird's wohl früher statt später werden.« Er zog ein Kartenspiel heraus. »Lust auf ein kleines Glücksspiel, während Sie warten?«

»Ich hätte lieber eine kleine Information über Stern.«

»Daran habe ich keine Zweifel«, sagte Terwilliger. »Ich sag Ihnen was. Sie setzen Geld ein, ich setze Teile aus Sterns Leben ein. Ich gleiche jeden Kredit mit einer Geschichte aus.«

»Warum bezahle ich Ihnen nicht einfach zwanzig Kredits für das, was ich wissen will, und damit wär's gut?« schlug Cain vor.

»Weil ich Spieler bin, nicht Verkäufer«, war die Antwort.

»Bei einem Kredit pro Einsatz werden Sie aber nicht gerade ein sehr reicher Mann«, beobachtete Cain.

Terwilliger lächelte. »Mein erstes Kartenspiel habe ich mit einem New Scotland-Halfpenny begonnen. Ehe es vorüber war, war ich zwei Millionen Pfund wert. So habe ich meinen Namen bekommen.« Er zögerte. »Natürlich habe ich in der nächsten Woche alles wieder verloren, aber es hat dennoch Spaß gemacht, so lange es eben gedauert hat, und noch nie hat je eine derartige Glückssträhne gehabt. Seitdem hab' ich's immer wieder versucht.«

»Wie lange ist das her?«

»Oh, vielleicht ein Dutzend Jahre«, sagte Terwilliger mit einem weiteren Lächeln. »Ich erinnere mich noch immer daran, wie es sich anfühlte — wie das erste Mal, als ich mit einer Frau zusammen war, außer, daß es länger dauerte: sechs Tage und fünf Nächte. Darum fange ich immer klein an — aus Respekt vor vergangenen Zeiten. Wenn Sie später den Einsatz erhöhen wollen, können wir das gern tun.«

»Was können Sie denn einsetzen, um mitzuhalten, wenn ich den Einsatz erhöhe?«

Terwilliger kratzte sich am Kopf. »Nun ja, ich schätze, ich kann damit anfangen, Gerüchte statt Tatsachen einzusetzen. Auf jeden Fall sind Gerüchte weitaus interessanter — insbesondere, wenn es um die *Fali* geht.«

»Was ist ein *Fali?*« fragte Cain.

»So nennen sich die Eingeborenen. Es ist wohl kaum das gehütete Geheimnis der Galaxis, daß unser Freund Stern ein paar Vorlieben hat, die ein wenig außerhalb des Gewöhnlichen liegen.«

»Bleiben wir für diesmal bei den Tatsachen«, sagte Cain. Er deutete mit einem Nicken in Richtung der Karten. »Sie sind an der Reihe!«

Sie spielten und redeten mehr als eine Stunde lang, und am Ende wußte Cain ein wenig mehr über Stern, und Terwilliger war um etwa vierzig Kredits reicher.

»Wissen Sie, Sie haben mir noch immer nicht gesagt, warum Sie ihn treffen wollen«, bemerkte der Spieler.

»Ich brauche einige Informationen.«

»Wen wollen Sie töten?« fragte Terwilliger freundlich.

»Warum sollte ich jemanden töten wollen?«

»Sie haben diesen Blick an sich. Ich bin Spieler, erinnern Sie sich? Mein Job ist es, Gesichter zu lesen. Ihr Gesicht sagt, Sie sind Kopfjäger.«

»Was ist, wenn ich Ihnen sagte, ich sei Journalist?« fragte Cain.

»Dann würde ich sagen, ich glaube Ihnen«, erwiderte Terwilliger. »Ich möchte nicht, daß irgendein Kopfjäger wütend auf mich wird.«

Cain lachte. »Können Sie aus Sterns Gesicht etwas ablesen?«

»Nur, daß er schon zu lang mit den *Fali* Umgang hat. Nicht viel Menschliches mehr drin übriggeblieben.«

»Wie sehen diese *Fali* aus?« fragte Cain.

»Entweder ziemlich gut oder ziemlich seltsam, hängt davon ab.«

»Hängt wovon ab?«

»Wie lange man allein war«, antwortete Terwilliger.

»Sie haben mir noch immer nicht gesagt, wie sie aussehen.«

Terwilliger grinste und mischte die Karten. »Sollen wir den Einsatz ein wenig erhöhen?«

Cain schüttelte den Kopf. »Sie sind mir nicht mehr wert als Stern.«

»Sie könnten mehr wert sein, wenn ich sage, was sie tun.«

»Hörensagen?«

»Erfahrung.«

Cain hob eine Braue. »Ich dachte, Sie lehnen sie ab?«

»Jedem ist es erlaubt, etwas Neues ein- oder zweimal auszuprobieren, nur um das Gefühl dafür zu bekommen«, erklärte Terwilliger. »Wogegen ich etwas habe, ist Sucht, nicht Experiment.«

»Ich habe nicht die Absicht, lange genug hierzubleiben, um irgendeines davon zu tun«, sagte Cain. »Sie können die Karten weglegen.«

»Oh, wir können immer was finden, worum wir spielen können«, sagte Terwilliger. »Für fünfzig Kredits pro Spiel könnte ich Ihnen sagen, wo man die Suliman-Brüder finden kann.«

»Zu spät. Sie sind vor einer Woche erwischt worden.«

»Alle drei?«

Cain nickte.

»Verdammt!« fluchte Terwilliger. »Nun, für hundert Kredits könnte ich Ihnen etwas über einen Konkurrenten erzählen, der in dieses Gebiet gekommen ist.«

»Ich habe vom Engel gehört.«

»Neuigkeiten reisen rasch«, kommentierte Terwilliger wehmütig.

»Ich sage Ihnen was«, meinte Cain. »Ich spiele um tausend pro Spiel, wenn Sie irgendwelche Informationen über Santiago haben.«

»Sie und fünfhundert weitere Burschen.« Der Spieler schüttelte den Kopf. »Ich komme einfach nicht mit, wie er nach all den Jahren noch immer frei herumlaufen kann, wo so viele Leute nach ihm suchen.«

Genau in diesem Moment durchquerte der Barkeeper den Raum und blieb an ihrem Tisch stehen.

»Sind Sie Cain?« fragte er.

»Ja.«

»Er möchte sich mit Ihnen treffen.«

»Wo finde ich ihn?« fragte Cain.

»Ich zeige Ihnen den Weg«, bot Terwilliger an.

Der Barkeeper nickte und kehrte zu seinen Pflichten zurück.

»Folgen Sie mir!« sagte der Spieler und erhob sich.

Cain erhob sich ebenfalls und ließ ein paar Scheine auf dem Tisch zurück.

Sie gingen durch einen Seiteneingang hinaus, über die staubige Straße, die einstmals eine größere Durchgangsstraße gewesen war, und betraten dann das kleinere der beiden intakten Hotels von Port Étrange. Terwilliger führte ihn durch eine Vorhalle, die einmal ziemlich elegant gewesen war, jetzt jedoch die Zeichen des Alters und der Vernachlässigung zeigte: schlanke verchromte Säulen waren jetzt blind, das ständig wechselnde Muster aus farbigem Licht war nicht mehr synchron mit der atonalen Musik, der Vordereingang blieb fast eine volle Minute, nachdem sie hindurchgegangen waren, offenstehen.

Sie näherten sich einer Wand mit Aufzügen und gingen zum letzten in der Reihe. Terwilliger rief ihn mit einem halblauten Befehl.

»Dieser hier wird Sie direkt zu ihm bringen«, sagte er.

»Hat er eine Zimmernummer?«

»Er hat den ganzen verdammten Flur. Treten Sie einen Schritt heraus, und Sie sind mitten in seinem Empfangsraum.«

»Danke«, sagte Cain und trat in den Aufzug, der inzwischen angekommen war. Als sich die Türen hinter ihm schlossen, fiel ihm auf, daß er die Etagennummer nicht wußte, aber dann stieg der Aufzug rasch auf, und er kam zu der Überzeugung, daß er nur zu einer Etage fuhr.

Nachdem der Aufzug angehalten hatte, trat Cain in ein palastartiges Penthouse. Es maß volle 15 mal 20 Meter und war bis zum Überquellen mit angesammelten — oder gestohlenen — Kunstwerken aus der gesamten Galaxis vollgestopft. Inmitten des Raums war eine runde Wanne mit Platinarmaturen eingelassen, und in dem dampfenden Wasser saß ein ausgemergelter Mann mit eingesunkenen Wangen und dunklen, wäßrigen Augen. Die fleischlosen Arme hatte er über die Wannenränder gelegt, und Cain fiel auf, daß an den Fingern wirklich großartige Ringe steckten. Er rauchte eine dicke Zigarre, die es irgendwie hatte vermeiden können, mit Wasser vollgesogen zu werden.

Zu beiden Seiten der Wanne stand je ein humanoides Alien, beide offensichtlich weiblich. Die Haut war von einem glitschigen Sekret bedeckt, der natürlichen Ursprungs sein konnte — oder auch nicht. Sie glitzerte unter den Lampen des Raums. Die Arme wirkten geschmeidig und knochenlos, die Beine schlank, mit seltsamen Gelenken. Jede hatte ein rundes, ausdrucksvolles Gesicht mit üppigem, sehr rotem dreieckigen Mund und rosafarbenen Augen, wenig mehr als eckige Schlitze. Beide waren nackt und bar jeder Körperbehaarung. Sie hatten keine Brüste, aber ihre Genitalien, exponiert, wie sie waren, wirkten ähnlich wie beim Menschen. Es war eine geschmeidige, fremdartige Würde an ihnen, die

Cain faszinierend und zugleich leicht widerlich fand. Keine von beiden nahm ihn offenbar zur Kenntnis.

»Sie glotzen, Mr. Cain«, sagte der Mann in der Wanne.

»Tut mir leid«, sagte Cain. »Ich habe von den *Fali* gehört, aber ich habe sie noch nie zuvor gesehen.«

»Hübsche, nützliche Hätscheltierchen«, sagte der Mann und gab einem nackten *Fali*-Arsch einen freundlichen Klaps. »Etwa so helle wie eine Topfpflanze, aber auf ihre Art sehr angenehm.« Er zog an der Zigarre. »Sie wollten sich mit mir treffen.«

»Wenn Sie Stern sind.«

»Jonathan Jeremy Jacobar Stern, Ihnen zu Diensten«, sagte er. »Wird es lange dauern?«

»Ich hoffe, nicht.«

»Was für eine Schande!« sagte er mit spöttischem Bedauern. »Wenn's lang gedauert hätte, hätte ich Sie eingeladen, zu mir hereinzukommen. Ein Mann kann absolut nichts besseres tun, als im warmen Wasser zu sitzen, um sich zu entspannen. Es hilft ihm dabei, die Sorgen des Tages abzuschütteln. Ich werde gleich bei Ihnen sein.« Er wandte sich an eine der *Fali* und streckte den Arm aus. »Hilf mir auf, meine Hübsche!«

Sie ergriff ihn bei der Hand und zog ihn hoch, während ihre Gefährtin zu einem Schrank ging und kurz darauf mit einem Bademantel zurückkehrte.

»Danke sehr«, sagte er, während er in den Mantel schlüpfte. »Jetzt möchte ich, daß ihr euch beide da drüben hinstellt und uns eine Weile lang nicht behelligt.« Er wies auf eine Stelle an der entferntesten Wand, und beide *Fali* gingen hinüber und standen regungslos da.

»Sie sind anscheinend sehr gehorsam«, bemerkte Cain, als ihn Stern zu einer Sitzgruppe aus Sesseln und Sofas führte.

»Gehorsam und gefügig«, stimmte Stern zu, streckte sich auf einem Sofa aus und starrte sie mit unverhohlenem Verlangen an.

»Dieses Öl auf ihrer Haut — ist das normal?«
»Warum sollte es nicht normal sein?«
Cain hob die Schultern. »Es wirkt einfach nur ungewöhnlich.«
»Ist es auch«, erwiderte Stern und lächelte die *Fali* an. »Es duftet wie das feinste Parfüm.« Er wandte sich an Cain. »Gehen Sie hinüber und probieren Sie's selbst!«
»Ich glaub's Ihnen auch so.«
»Wie Sie wollen«, sagte Stern achselzuckend. »Es *fühlt* sich ausgezeichnet an — weich und sinnlich, wirklich, ich bin davon überzeugt, daß es ein sekundäres Geschlechtsmerkmal ist. Auf den Menschen wirkt es nicht besonders«, fügte er mit gespielter Unaufrichtigkeit hinzu, »aber ich kann mir vorstellen, daß es ihre Freunde fast wahnsinnig macht. Verlockender Duft, sinnliches Gefühl.« Er starrte sie erneut bewundernd an. »Dadurch sehen sie wie fremdartige Meerjungfrauen aus, die dem Wasser entstiegen sind.« Plötzlich zog er den Blick von ihnen ab und wandte sich wieder Cain zu. »Also, Geronimo Gentry hat Sie hergeschickt?«
»Ja.«
»Ich habe gedacht, er sei schon tot.«
»Nicht ganz«, sagte Cain und setzte sich schließlich.
»Wie schlägt er sich so durch?«
»Er hat eine Bar und ein Bordell draußen auf Keepsake«, erwiderte Cain. »Ich schätze, er kommt ganz gut zurecht. Obwohl, er redet zuviel.«
»Hat er schon immer getan.« Stern zögerte. »Warum hat er Sie hergeschickt?«
»Er hat mir gesagt, Sie könnten vielleicht über einige Informationen verfügen, die ich benötige.«
»Sehr wahrscheinlich habe ich die. Ich weiß eine Unmenge von Dingen. Hat er Ihnen gleichfalls mitgeteilt, daß ich kein Wohlfahrtsinstitut bin?«
»Wenn er's nicht getan hätte, hätte ich's mir denken können, nachdem ich einige Ihrer Kinkerlitzchen gesehen habe«, meinte Cain und deutete mit einem Nicken

in Richtung auf eine Anzahl fremdartiger Kunstwerke, die auffällig zur Schau gestellt waren.

»Ich bin Sammler«, sagte Stern mit einem breiten Lächeln.

»Das habe ich mir gedacht.«

»Sie haben mir noch nicht gesagt, welchem Geschäft Sie nachgehen, Mr. Cain.«

»Ich bin ebenfalls Sammler«, entgegnete Cain.

»Wirklich?« fragte Stern, auf einmal etwas mehr interessiert. »Und was sammeln Sie?«

»Leute.«

»Dafür gibt's einen guten Markt«, sagte Stern. »Aber anders als *meine* Sammlung steigen sie nicht im Wert.«

»Aber einer tut's.«

»Also möchten Sie etwas über Santiago wissen.« Das war keine Frage.

Cain nickte. »Darum bin ich hier. Sie sind die einzige Person, die ihn gesehen hat.«

Stern lachte erheitert. »Seine Organisation umspannt die gesamte Galaxis. Glauben Sie nicht, daß *irgend jemand* von denen ihn je gesehen hat?«

»Dann lassen Sie mich meine Bemerkung korrigieren«, sagte Cain. »Sie sind die einzige *mir* bekannte Person, die ihn gesehen hat.«

»Das stimmt vielleicht«, gab Stern liebenswürdig zu. Seine Zigarre ging aus, und er schnippte mit den Fingern. Sofort kam eine der *Fali* mit einem Feuerzeug herüber und entzündete sie wieder. »Du bist mein Mädchen«, sagte er und drückte ihr zärtlich die knochenlose Hand. Sie wand sich am ganzen Körper wie ein junger Hund und kehrte daraufhin an ihren Platz zurück. »Ein wunderbares Haustierchen«, kommentierte Stern. »Zutraulich, bewundernd und völlig außerstande, einen Laut von sich zu geben — drei Eigenschaften, die ich unter den Frauen meiner Bekanntschaft niemals gefunden habe.« Er hielt inne und starrte sie liebevoll an. »Was für ein süßes, hirnloses kleines Ding sie ist! Aber zurück zum Geschäft, Mr. Cain. Sie wünschen, über Santiago zu sprechen.«

»Stimmt genau.«

»Sie sind natürlich darauf vorbereitet zu zahlen?«

Cain nickte.

»Es gibt einen alten Spruch, Mr. Cain, wonach Reden billig ist. Ich hoffe, daran glauben Sie nicht?«

»Ich glaube daran, für etwas Wertvolles, das ich erhalten habe, zu zahlen«, erwiderte Cain.

»Ausgezeichnet! Sie sind ein Mann ganz nach meinem Herzen!«

»Wirklich?« fragte Cain trocken. »Ich wäre jede Wette darauf eingegangen, daß für kein einziges Teil hier in dieser Wohnung bezahlt worden ist.«

»Es ist für *alle* bezahlt worden, Mr. Cain«, sagte Stern mit amüsiertem Lächeln. »Vielleicht nicht mit Geld, sondern mit menschlichem Kummer und Leid und sogar menschlichem Leben. Ein weitaus höherer Preis, würden Sie das nicht auch sagen?«

»Es hängt davon ab, wer bezahlt hat«, entgegnete Cain.

»Niemand, der sehr wichtig gewesen wäre«, sagte Stern achselzuckend. »Oh, alle hatten womöglich Frauen, Gatten und Kinder, sicher, aber sie waren lediglich Wasserträger in meiner eigenen Saga, und die ist natürlich die einzige, die mir etwas bedeutet. Sicherlich teilen Sie meinen Standpunkt, da das Nehmen von Leben Ihr Geschäft ist.«

»Ich schätze die Leben, die ich nehme, ein wenig höher ein als Sie«, sagte Cain. »Ebenso die Regierung.«

»Und schon sind wir wieder dabei, über Werte und Geld zu diskutieren«, sagte Stern. »Ich sollte Ihnen wohl fünfzehntausend Kredits für die Fortsetzung unseres Gesprächs in Rechnung stellen, Mr. Cain.«

»Dafür möchte ich mehr als nur eine körperliche Beschreibung eines Mannes, den Sie seit fünfzehn oder zwanzig Jahren nicht mehr gesehen haben«, erwiderte

Cain. »Ich möchte Namen und Ort des Gefängnisses, ich möchte wissen, wann Sie eingesperrt waren, und ich möchte den Namen, den Santiago damals benutzt hat.«

»Aber natürlich!« sagte Stern. »Mache ich auf Sie etwa den Eindruck eines Mannes, der Informationen vorenthält, Mr. Cain?«

»Ich weiß nicht recht«, sagte Cain. »Tun Sie's?«

»Gott bewahre!« sagte Stern.

»Wie beruhigend, das zu wissen!«

»Ich bin so froh, daß wir einander verstehen, Mr. Cain. Darf ich zunächst, wie wir Geschäftsleute so sagen, Bares sehen?«

Cain zog die Brieftasche hervor, zählte die entsprechende Anzahl Scheine ab und übergab sie.

»Mir ist klar, daß absolut niemand im Herzen der Demokratie noch Bargeld verwendet«, sagte Stern. »Aber es fühlt sich so angenehm an, und ich bin froh darum, daß wir uns hier draußen noch immer so etwas Extravagantes leisten.« Er zählte die Scheine rasch durch, gab dann einer *Fali* ein Zeichen, die zu ihm herüberkam und sie ihm abnahm.

»Hebe sie für mich auf, meine Hübsche«, sagte er, nickte daraufhin und sah ihr nach, wie sie mit nichtmenschlicher Grazie an ihren Platz zurückkehrte. »Liebenswerte Dingelchen!« murmelte er. »Absolut liebenswert!«

»Wir sprachen gerade über Santiago ...«

»In der Tat, das haben wir getan«, sagte Stern, wandte sich widerstrebend von der *Fali* ab und sah Cain wieder ins Gesicht. »Ich verspreche, dem Gespräch meine volle Aufmerksamkeit zu widmen. Für fünfzehntausend Kredits verdienen Sie nicht mehr und nicht weniger.«

»Genau meine Meinung.«

»Nun, wo soll ich anfangen? Am Anfang, natürlich. Ich habe eine gewisse Zeitlang auf der Außenposten-Welt Kalami Drei hinter Schloß und Riegel gesessen, wegen irgendeiner angeblichen Verletzung der örtlichen Gesetze oder Gewohnheiten.«

»Raub?« meinte Cain.

»Übernahme gestohlener Güter und versuchter Mord, um's genau zu sagen«, erwiderte Stern ohne jedes Anzeichen von Bedauern. »Wie dem auch sei, der einzige weitere Gefangene zu dieser Zeit war ein Mann, der unter dem Namen Gregory William Penn firmierte. Er war zwischen vierzig und fünfzig Jahre alt, etwa zwei Meter groß, schwer, ohne dabei fett zu sein, das Haar schwarz und die Augen braun, das Gesicht glattrasiert. Er sprach mindestens sechs Aliensprachen — oder vielmehr, das hat er mir gegenüber mal erwähnt. Ich selbst spreche keine, das ...« — er lächelte die *Fali* an — »war auch noch niemals nötig gewesen. Auf dem Rücken der rechten Hand hatte er eine s-förmige Narbe, etwa drei Zentimeter lang. Alles in allem gesehen wirkte er wie ein angenehmer und intelligenter Mann. Er sprach kein einziges Wort von sich selbst oder seiner Vergangenheit, aber er stellte sich als ausgezeichneter Schachspieler heraus. Das Spiel haben wir uns von unseren Wächtern geborgt.«

»Woher wissen Sie, daß es Santiago war?«

»Wir hatten die Gastfreundlichkeit des Kalami-Knastes elf Tage lang geteilt, als plötzlich fünf bewaffnete Männer einbrachen, das Individuum, das uns bewachen sollte, überwältigten, fesselten, und meinen Knastbruder freisetzten. Sie waren sehr gründlich damit, den Knastcomputer sauber zu kriegen, und ich fand später heraus, daß sie gleiches drüben im Gerichtssaal getan hatten. Dann, gerade als sie gingen, nannte ihn einer von ihnen Santiago.«

»Wenn das Ihre ganze Geschichte ist, möchte ich mein Geld zurück«, sagte Cain. »Tausend unbedeutende Gauner im Grenzland möchten womöglich, daß man sie für Santiago hält — und wenn die Aufzeichnungen des Gefängnisses zerstört worden sind, können Sie noch nicht mal beweisen, daß dieser eine existiert hat, ganz zu schweigen davon, daß er der war, der zu sein er behauptet hat.«

»Geduld, Mr. Cain«, sagte Stern leichthin. »Es kommt noch mehr.«

»Hoffentlich, verdammt noch mal, was Besseres! Vor wie langer Zeit hat dieser kleine Vorfall stattgefunden?«

»Vor siebzehn galaktischen Standardjahren. Sechs Monate später bin ich durch Bestechung 'rausgekommen.«

»Wenn ich recht verstehe, haben Sie also damals ein bißchen als Kopfjäger gearbeitet«, sagte Cain. »Warum sind Sie nicht hinter ihm her?«

»Wir haben alle unsere fixen Ideen, Mr. Cain«, erwiderte Stern. »Ihre besteht offensichtlich darin, Kriminelle quer durch die Galaxis zu verfolgen. Wie ich bald entdeckt habe, lag meine in einer völlig anderen Richtung.«

»Also gut. Fahren Sie fort!«

»Kurz darauf bemerkte ich einen jähen dramatischen Aufschwung bei meinen Geschäften.«

»Was für ein Geschäft war das?« unterbrach Cain.

»Ich nenne es gerne ein Großhandels-Umverteilungs-Netzwerk.«

»Hehlerei.«

»Hehlerei«, stimmte Stern zu. »Als ich Port Étrange erreichte, hatte ich das ziemliche starke Gefühl, mit Santiago Handel zu treiben, aber ich bin natürlich niemals so taktlos gewesen, nachzufragen.«

»Wen hätten Sie gefragt?«

»Ich habe vorwiegend mit einem Mann namens Duncan Black gehandelt — ein großer Mann, der eine Klappe über dem linken Auge trug —, aber von Zeit zu Zeit waren es auch andere.«

»Niemand trägt Augenklappen«, sagte Cain scharf.

»Black hat's getan.«

»Warum hat er sich nicht einfach ein neues Auge besorgt? Ich habe eines: damit sehe ich besser als mit dem, womit ich geboren worden bin.«

»Woher sollte ich das wissen? Vielleicht hat er geglaubt, es ließe ihn verwegen und romantisch aussehen.« Stern hielt inne. »Wie dem auch sei, ich genoß weiterhin ein sehr einträgliches Arrangement. Dann, vor sieben Jahren, erhielt ich eine Schiffsladung Waren, die jeden noch bestehenden Zweifel daran auslöschte, den ich noch gehabt haben mochte, daß ich tatsächlich mit Santiago Geschäfte machte.«

»Und was war das?«

»Sehen Sie den Briefbeschwerer da drüben?« fragte Stern und deutete dabei auf etwas, das anscheinend ein kleiner Goldbarren war, auf einem in der Nähe stehenden Tisch lag.

»Ja.«

»Warum untersuchen Sie ihn nicht?«

Cain stand auf, ging zu dem Briefbeschwerer hinüber und inspizierte ihn.

»Sieht aus wie ein Goldbarren«, sagte er.

»Heben Sie ihn auf und drehen Sie ihn um!« schlug Stern vor.

Cain benötigte beide Hände, um ihn anzuheben. Nachdem er das getan hatte, fiel ihm eine neunstellige Zahl ins Auge, die auf der Unterseite eingraviert war.

»Diese Zahl paßt zu einem Teil eines Goldtransports, den Santiago einem Konvoi der Raummarine gestohlen hat.«

»Der Epsilon Eridani-Raub?« fragte Cain.

Stern nickte. »Ich bin mir sicher, Sie können diese Zahl durch Ihre verschiedenen Quellen bestätigen. Von allen anderen Barren waren die Zahlen entfernt worden, aber irgendwie hat man die da übersehen — also habe ich ihn als Souvenir behalten, ohne zu wissen, ob er mir jemals von geringem Nutzen sein könnte.« Er lächelte. »Egal, damals wußte ich also mit Sicherheit, daß Black und die übrigen Santiagos Agenten waren.«

»Das beweist noch immer nicht, daß der Mann, den Sie im Gefängnis gesehen haben, Santiago war«, sagte Cain und legte den Goldbarren zurück.

»Ich bin noch nicht am Ende«, erwiderte Stern. »Etwa ein Jahr nachdem ich die Goldladung erhalten hatte, trat ein Schmuggler namens Kastartos, einer der Agenten, mit denen ich zu tun hatte, mit einem faszinierenden Vorschlag an mich heran. Offensichtlich war er unzufrieden mit seinem Salär oder seinen Arbeitsbedingungen; wie dem auch sei, er hatte sich entschlossen, Santiago um der Belohnung willen zu verpfeifen. Da er ein kluger Mann war, entschloß er sich, es nicht selbst zu tun, sondern bot an, mit mir Halbe-Halbe zu machen, wenn ich in dieser Angelegenheit auf die Behörden zuginge.

Ich befragte ihn näher, und schließlich gab er mir eine Beschreibung des Mannes, den ich im Knast von Kalami gesehen hatte. Es gab einige Diskrepanzen, wie man sie im Verlauf von zwölf Jahren vielleicht erwarten konnte, aber es hörte sich so an, als sei's derselbe Mann gewesen, und als er die Narbe auf dessen rechter Hand beschrieb, da war ich mir sicher.«

»Und was haben Sie getan?«

»Ich zog eine beträchtliche Summe Geldes aus dem Handel mit Santiago, und ich hatte kein größeres Verlangen als Kastartos, der für jeden erkennbare Partner bei diesem Unternehmen zu sein. Schließlich hätten mir nicht allein Vergeltungsmaßnahmen durch Santiagos Organisation gedroht. Sobald das Gerücht eines derartigen Verrats einmal die Runde gemacht hätte, hätten sich die meisten meiner übrigen Kunden ebenfalls äußerst unwohl dabei gefühlt, mit mir Handel zu treiben«, erklärte Stern. »Also folgte ich der einzig vernünftigen Vorgehensweise: Ich informierte Duncan Black über den Vorschlag und ließ der Natur ihren Lauf.« Er schüttelte den Kopf. »Armer kleiner Mann! Ich habe ihn niemals mehr wiedergesehen.«

»Hat er Ihnen gesagt, wo man Santiago finden könnte?«

»Ich hatte das Gefühl, meiner Lebenserwartung am besten dienlich zu sein, wenn ich die Antwort auf diese spezielle Frage nicht wüßte.«

»Machen Sie noch immer mit ihm Geschäfte?«

»Wenn ich das täte, würde ich mit diesen Informationen nicht herausrücken«, sagte Stern. »Ich habe Duncan Black jedoch seit fast drei Jahren nicht mehr gesehen. Es ist zwar möglich, daß Santiago über jemand anderen noch immer mit mir Geschäfte macht, aber das möchte ich bezweifeln.«

»Wo kann ich Duncan Black finden?«

»Wenn ich das wüßte, hätte Sie diese kleine Plauderei fünfzigtausend Kredits gekostet«, erwiderte Stern. »Ich kann Ihnen lediglich sagen, daß sein Schiff während der Zeit, als ich mit ihm Geschäfte machte, das Zeichen von Bella Donna trug.«

»Bella Donna?« wiederholte Cain. »Davon habe ich noch nie gehört.«

»Eine Außenposten-Welt, der dritte Planet des Clovis-Systems. Ich bin mir sicher, er muß in den Files Ihres Bordcomputers aufgeführt sein.« Stern zögerte. »Wollen Sie noch immer Ihr Geld zurück, Mr. Cain?«

Cain starrte ihn an. »Nein. Es sei denn, ich finde heraus, daß Sie gelogen haben.«

»Warum sollte ich lügen?« fragte Stern. »Ich bin jetzt seit sieben Jahren nicht mehr draußen gewesen, und ich habe nicht die Absicht, in absehbarer Zukunft diese Welt zu verlassen. Sie hätten sicherlich sehr wenig Schwierigkeiten dabei, mich zu finden.« Er stand auf. »Darf ich somit annehmen, daß unsere Unterhaltung jetzt beendet ist?«

Cain nickte.

»Dann werden Sie's mir nicht übelnehmen, wenn ich jetzt wieder ins Bad steige?« Er ließ den Bademantel zu Boden fallen und ging zur Wanne hinüber.

»Kommt her, meine Schätzchen!« sagte er schmachtend, und die beiden *Fali* gingen zu ihm hinüber und halfen ihm dabei, sich sanft in die Wanne zu legen.

»Ich könnte wohl eine Massage gebrauchen«, sagte er. »Erinnert ihr euch, was ich euch beigebracht habe?« Sofort stiegen die *Fali* in die Wanne und fingen damit an, ihm Arme und Rumpf mit ihren langen, gefühlvollen, fremdartigen Händen zu massieren.

»Möchten Sie nicht zu uns kommen, Mr. Cain?« fragte Stern, dem auf einmal bewußt wurde, daß Cain den Raum noch nicht verlassen hatte. »Das ist kein Angebot, das ich vielen meiner Gäste unterbreite, und es würde mir sicherlich nicht das Herz brechen, wenn Sie es ablehnten, aber ich schätze mal, es ist das Geringste, was ich für einen Mann tun kann, der gerade fünfzehntausend Kredits für einen nutzlosen Leckerbissen an Information ausgegeben hat.«

»Nutzlos?«

»Der Engel ist hinter Santiago her, oder haben Sie das noch nicht gehört?«

»Doch, habe ich.«

»Und Sie haben mich dennoch bezahlt?« meinte Stern. »Sie müssen ein sehr tüchtiger Killer sein, Mr. Cain — oder einer, der sich gewaltig überschätzt.« Er stöhnte vor Vergnügen, als ihm eine der *Fali* die linke Hüfte streichelte. »Wie viele Männer haben Sie tatsächlich umgebracht?«

»Bezahlen Sie mir fünfzehntausend Kredits, und ich könnte Ihnen diese Frage vielleicht beantworten«, sagte Cain.

Stern lachte mit unaufrichtiger Fröhlichkeit.

»Ich fürchte nicht, Mr. Cain. Was Sie in der Vergangenheit getan haben, mag schließlich seinen Weg in das Liederbuch des Schwarzen Orpheus finden, wie's bei mir selbst bereits der Fall gewesen ist, aber Sie sind einfach ein weiterer Wasserträger, der meinen Lebensweg kreuzt — und dazu ein unglaublich unbedeutender.«

»Und sie?« fragte Cain, wobei er auf die beiden *Fali* zeigte.

»Sie stellen meinen Abfall vom Anstand dar«, sagte Stern mit einem Lächeln. »Weit wichtiger als lediglich unterhaltsame Nebendarsteller, das versichere ich Ihnen. Eines Tages werde ich ihnen wohl sogar Namen geben.« Er wandte sich an eine von ihnen. »Sachte, meine Hübsche — sachte!« Er nahm ihre Hand und führte sie an sein Glied und begann schwungvoll zu masturbieren.

Cain starrte die drei ein paar weitere Sekunden lang an, wandte sich daraufhin ab und rief den Aufzug. Als sich die Aufzugtüren schlossen, erreichte ihn noch einmal der Klang von Sterns Stimme, die vor Begierde zitterte.

»Hier, mein Schnuckelchen, lehn dich zurück und laß mich dir zeigen, wie's geht.«

Cain fuhr ins Erdgeschoß, ging durch den staubigen Gang hinaus, betrat das eigene Hotel und schloß kurz darauf sein Zimmer auf. Vor sich sah er Halfpenny Terwilliger, der auf seinem Bett saß und Solitaire spielte.

»Was, zum Teufel, machen Sie denn hier?« wollte er wissen, als sich die Tür hinter ihm schloß.

»Warte auf Sie«, erwiderte der kleine Spieler.

»Woher wußten Sie, daß das hier mein Zimmer ist?«

»Ich habe am Empfang nachgefragt.«

»Und sie haben Ihnen die Zahlenkombination des Schlosses gegeben?«

»In gewisser Weise«, sagte Terwilliger. »Natürlich *wissen* sie nicht, daß sie mir die Kombination gegeben haben.«

»Also schön«, sagte Cain. »Warum warten Sie hier?«

»Weil ich jetzt weiß, wer Sie sind. Sie sind der Singvogel, stimmt's?«

»Ich bin Sebastian Cain.«

»Aber die Leute nennen Sie den Singvogel«, beharrte Terwilliger.

»Einige Leute tun's.«

»Gut. Weil, wenn Sie der Singvogel sind, sollten Sie Port Étrange sehr bald verlassen und sich um bessere Beute kümmern.«

»Kommen Sie zur Sache!« sagte Cain.

»Ich möchte den Abflug machen.«

»Ich nehme keine Passagiere mit.«

»Lassen Sie es mich ein bißchen stärker ausdrücken«, sagte Terwilliger. »Ich *muß* den Abflug machen. Mein Leben hängt davon ab.«

»Warum?«

»Ist 'ne lange und ziemlich peinliche Geschichte.«

»Erzählen Sie mir das Wesentliche davon!« sagte Cain.

Terwilliger starrte ihn einen Augenblick lang an und hob dann die Schultern. »Als ich vor etwa vier Monaten im Spinos-System gewesen bin, habe ich MannBerg Bates einen ungedeckten Schuldschein über zweihunderttausend Kredits gegeben.«

»Er ist ein Spieler, nicht wahr?«

»Ein sehr großer, schlecht gelaunter, ja«, sagte Terwilliger inbrünstig.

»Ich würde mal sagen, das war nicht sehr weise von Ihnen.«

»Ich hatte die *Absicht,* den Schuldschein zu decken. Ich hatte mir nur gerade gegönnt, mal ein bißchen über meine Verhältnisse zu leben. Teufel noch mal, die Demokratie tut das die ganze Zeit über.« Er zögerte. »Aber vor ein paar Minuten habe ich gehört, daß er über-übermorgen auf Port Étrange landen soll — und, um die Wahrheit zu sagen, mir fehlt ein bißchen von dem, was ich ihm schulde.«

»Wieviel?«

»Oh, nicht viel.«

»*Wieviel?*« wiederholte Cain.

»Etwa zweihunderttausend Kredits, mehr oder weniger«, sagte Terwilliger mit einem schwächlichen Grinsen.

»Ich beneide Sie wirklich nicht«, kommentierte Cain.

»Sie sollen mich nicht *beneiden*«, sagte Terwilliger mit einer Spur Verzweiflung in der Stimme. »Sie sollen mich hier 'rausfliegen, zum Teufel noch mal!«

»Wie ich Ihnen gesagt habe: Ich nehme keine Passagiere mit.«

»Ich werde den Fahrpreis bezahlen.«

»Ich habe gedacht, Sie haben kein Geld«, bemerkte Cain.

»Ich werd's abarbeiten«, sagte Terwilliger. »Ich werde kochen, ich werde Fracht einladen, ich werde ...«

»Die Bordküche läuft vollautomatisch, und die einzige Fracht, mit der ich zu tun habe, muß weniger eingeladen als vielmehr getötet werden«, unterbrach Cain.

»Wenn Sie mich nicht mitnehmen, werde ich sterben!«

»Jeder stirbt irgendwann«, entgegnete Cain. »Fragen Sie jemand anderen!«

»Habe ich schon getan. Niemand will MannBerg Bates auf den Fersen haben. Aber ich habe mir vorgestellt, daß ein Mann wie der Singvogel, ein Mann, der im Lied als auch in der Geschichte aufgeschrieben ist, daß Sie so eine kleine Sache wie die nicht weiter stören würde.«

»Das haben Sie sich falsch vorgestellt.«

»Sie wollen mich wirklich nicht mitnehmen?«

»Ich will Sie wirklich nicht mitnehmen.«

»Mein Blut wird an Ihren Händen kleben«, sagte Terwilliger.

»Warum?« fragte Cain. »*Ich* habe niemandem einen ungedeckten Schuldschein gegeben.«

Terwilliger betrachtete ihn einen Augenblick lang forschend und zwang sich dann zu einem Lächeln. »Sie machen einen Witz, stimmt's? Ich soll mich erst ein bißchen winden, ja?«

»Ich mache keinen Witz.«

»Sie *machen* Witze!« schrie der kleine Spieler fast. »Sie können mich nicht MannBerg Bates in die Arme laufen lassen! Er bricht den Leuten das Rückgrat, als handele es sich um Zahnstocher!«

»Wissen Sie«, bemerkte Cain einigermaßen erheitert. »Sie kommen mir jetzt wie ein völlig anderer Mann vor als der, den ich in der Bar getroffen habe.«

»In der Bar hatte ich auch kein zwei Meter fünfzig großes Unheil mit blutunterlaufenen Augen auf den Fersen!« fauchte Terwilliger.

»Sind Sie jetzt fertig mit der Brüllerei?« fragte Cain ruhig.

»Ich habe Ihr Treffen mit Stern arrangiert«, sagte Terwilliger verzweifelt. »Das sollte wenigstens *etwas* wert sein.«

Cain griff in die Hosentasche, zog eine kleine Münze heraus und schnipste sie Terwilliger quer durch das Zimmer zu. »Danke!« sagte er.

»Verdammt, Singvogel! Was für ein Mensch sind Sie!«

»Ein unsympathischer. Wollen Sie nun bald gehen, oder werde ich Sie an die Luft setzen müssen?«

Terwilliger stieß einen geschlagenen Seufzer aus, sammelte die Karten vom Bett zusammen und schleppte sich zur Tür.

»Vielen, vielen Dank!« sagte er sarkastisch.

»Gern geschehen«, erwiderte Cain und trat beiseite, um ihn in den Flur hinauszulassen.

Die Tür schloß sich wieder.

Cain stand einen Augenblick lang völlig ruhig da, dann öffnete er sie.

»Hee, Terwilliger!« rief er der davongehenden Gestalt Terwilligers nach.

»Ja?«

»Was wissen Sie über einen Mann namens Duncan Black?«

»Der Bursche mit der Augenklappe?« fragte Terwilliger, drehte sich um und tat versuchsweise einen Schritt in Cains Richtung.

»Genau der.«

»Ich habe Karten mit ihm gespielt. Was möchten Sie wissen?«

»Wo werde ich ihn vermutlich finden?« fragte Cain.

Plötzlich grinste Terwilliger breit. »Jetzt glaube ich wirklich, ich habe mir eine Passage von hier gebucht«, sagte er.

»Sie wissen, wo er ist?«

»Das weiß ich allerdings.«

»Wo?«

»Ich sag's Ihnen, wenn wir abgehoben haben.«

Cain nickte zum Einverständnis. »Ich fliege los, sobald ich gegessen habe. Sammeln Sie Ihre Habseligkeiten zusammen und treffen Sie sich in zwei Stunden beim Raumhafen mit mir!«

Terwilliger holte sein Kartenspiel heraus.

»Ich habe alles nötige Gepäck gleich hier«, sagte er glücklich. »Und wenn Sie mich jetzt entschuldigen wollen, ich gehe wohl besser nach unten und suche jemanden für ein kleines Spielchen, um mir die einsamen Minuten bis zum Abflug zu vertreiben.«

Mit diesen Worten drehte er sich auf dem Absatz herum und ging davon, um jene drei oder vier Neuankömmlinge in Port Étrange zu suchen, die seinen Schuldschein noch annähmen.

3

Halfpenny Terwilliger zahlt Schulden voller Eifer;
Halfpenny Terwilliger ist ein grober Schleifer;
Halfpenny Terwilliger, ohne Spiel kein Tag endet;
Halfpenny Terwilliger hat die Seele verpfändet.

Einundzwanzig.«

»Verdammt!« fluchte Terwilliger und schlug mit der Hand auf die Tischplatte. »Du hast mich mit neunzehn erwischt!« Er stieß die Karten zu Cain hinüber. »Du gibst.«

»Mir reicht's für 'ne Weile.«

»Ganz bestimmt?«

»Während der letzten fünf Tage habe ich öfter Karten gespielt als in den letzten zwanzig Jahren«, sagte Cain. »Laß uns für ein paar Stunden damit aufhören!«

»Versuche halt nur, dich bei guter Laune zu halten«, sagte Terwilliger, mischte die Karten und steckte sie in die Tasche seiner grellbunten Jacke. »Wo stehen wir?«

»Du schuldest mir etwas mehr als zweiundzwanzighundert Kredits.«

»Du wirst wohl kaum einen Schuldschein von mir annehmen?« fragte Terwilliger.

Cain lächelte. »Nicht sehr wahrscheinlich.«

»Hast du was dagegen, wenn ich noch einen Topf von dem Kaffee aufsetze, den wir heute nachmittag angebrochen haben?« fragte der Spieler und ging zur Bordküche hinüber. »Wirklich gut, daß du sie nicht lebendig zurückbringst«, brummte er, während er in den beengten Räumlichkeiten der Bordküche nach dem Kaffee kramte. »Beim Bau dieses Schiffes hatte man weiß Gott keinen weiteren Passagier im Hinterkopf.« Er stieß einen triumphierenden Grunzer aus, als er den Kaffee schließlich unter einem Stapel Konservenrationen fand.

»Geh ein bißchen vorsichtig mit dem Zeugs um«, sagte Cain. »Es ist teuer.«

»Es *schmeckt* teuer. Woher stammt es — Belore oder Canphor?«

»Brasilien.«

»Nie von so einer Welt gehört.«

»Ist ein Land auf der Erde.«

»Du meinst, ich trinke Kaffee von der Erde selbst?« fragte Terwilliger. »Ich bin beeindruckt. Du sorgst aber gut für deine Gäste, Singvogel.«

»Danke — und ich sag's dir immer wieder: Mein Name ist Cain!«

»Ich wollte dich schon danach fragen. Du hörst dich nicht gerade so an, als hättest du eine gute Singstimme — wie ist es also gekommen, daß er dir den Namen Singvogel verpaßt hat?«

»Weil ich Sebastian Nightingale Cain heiße. Er hatte sich in meinen mittleren Namen verliebt, und ich habe ihm gesagt, er könne ihn benutzen.« Cain schnitt eine Grimasse. »Ich hätte doch etwas deutlicher sein sollen.«

»Denk immer daran, daß der Schwarze Orpheus *eine Menge* dummes Zeug tut«, sagte Terwilliger. »Wie diese Zeile über mich, daß ich ein grober Schleifer bin. Ich bin der netteste, freundlichste Bursche der Galaxis. Er hat das nur getan, damit es sich reimt.«

»Mir fällt auf, daß du nichts gegen den Teil über deine verpfändete Seele hast«, bemerkte Cain.

Terwilliger lachte. »Teufel, das ist das erste, was ein Mann los wird, wenn er ins Grenzland kommt. Überflüssiges Gepäck, nichts weiter.«

»Beim Kartenspielen verlieren macht wohl zynisch«, sagte Cain.

»Das hat nichts mit den Karten zu tun«, erwiderte der kleine Spieler. »Es ist eine offensichtliche Tatsache. Du tötest Männer für deinen Lebensunterhalt; wo wärst du mit einer Seele?«

»Noch immer auf Sylaria, schätze ich«, sagte Cain nachdenklich.

»Das ist die Welt, wo du Revolutionär warst?«

»Eine davon.«

»Du hättest es besser wissen sollen«, sagte Terwilliger. »Gleich, was für Versprechungen ein Mann gibt, der auf der Suche nach Macht ist, er wird sich kaum von dem Mann unterscheiden, den er ersetzt.«

»Ich war sehr jung«, sagte Cain.

»Es fällt schwer, sich vorzustellen, daß du mal ein grüner Junge warst.«

Cain kicherte. »Ich war weniger grün als vielmehr idealistisch.«

»Na ja, Kopf hoch — das Grenzland ist voll von Männern, die aus dem Universum einen besseren Ort zum Leben machen wollten.«

»Gleiches gilt für die Zentren der Macht«, sagte Cain ätzend. »Man sollte glauben, *irgend jemand* wüßte, wie man das hinbekommt.«

»Red nur weiter, und du wirst mich davon überzeugen, daß du noch immer an all den idealistischen Quatsch glaubst.«

»Laß dir deswegen keine grauen Haare wachsen«, erwiderte Cain, lehnte sich zurück und drückte einen Fuß gegen ein Schott. »Das ist lange, lange her.«

Der Spieler ging zu einem Sensor-Terminal hinüber, wie er es seit dem Abflug von Port Étrange alle paar Stunden getan hatte, und überzeugte sich selbst davon, daß es noch immer kein Anzeichen einer Verfolgung durch MannBerg Bates gab.

»Weißt du«, sagte Terwilliger, schenkte sich schließlich etwas Kaffee ein und reichte Cain eine Tasse hinüber, »du hast mir niemals richtig erzählt, wie du Kopfjäger geworden bist.«

»Ich bin zwölf Jahre lang Terrorist gewesen. Das einzige, was ich wirklich richtig beherrschte, war das Töten von Menschen.«

»Was du nicht sagst«, meinte der Spieler mit spöttischem Bedauern. »Und ich hatte gedacht, du wärst Kopfjäger, weil du an die Gerechtigkeit glaubst.«

Cain tätschelte die Waffe an seiner Seite. »Ich habe gelernt, diesen Revolver hier zu gebrauchen, weil ich an Wahrheit, Ehre, Freiheit und eine Menge anderer hübsch klingender Dinge geglaubt habe. Zwölf Jahre habe ich damit verbracht, für diese Dinge zu kämpfen, und dann habe ich mir die Resultate genau angesehen.« Er zögerte. »Jetzt glaube ich einzig und allein noch an den Revolver.«

»Nun ja, ich bin schon früher desillusionierten Revolutionären begegnet, aber du bist der erste, der jemals als Söldner mitgekämpft hat.«

»Niemand hat mich für das bezahlt, was ich getan habe.«

»Eigentlich habe ich gemeint, du gehst von einem Krieg zum nächsten.«

»Als sich beim ersten Mann, von dem ich geglaubt habe, er könne die Dinge in Ordnung bringen, gezeigt hat, daß er Dreck am Stecken hat, habe ich mich nach einem anderen umgesehen. Es hat drei Revolutionen gebraucht, ehe mir schließlich klargeworden ist, wieviel Dreck Gott ins Universum gesteckt hat.« Er lächelte wehmütig. »Ich habe langsam gelernt.«

»Wenigstens hast du den Kampf für das Gute gefochten«, sagte Terwilliger.

»Ich habe drei idiotische Kämpfe gefochten«, korrigierte ihn Cain. »Auf keinen davon bin ich sonderlich stolz.«

»Du mußt ein ernsthafter junger Mann gewesen sein.«

»Eigentlich habe ich damals viel häufiger gelacht als jetzt.« Er hob die Schultern. »Das war, als ich geglaubt habe, ein einziger moralischer Mann könne einen Unterschied bedeuten. Heutzutage finde ich lediglich die Tatsache *wirklich* komisch, daß noch immer so viele Leute daran glauben.«

»Als ich dich das erste Mal gesehen habe, hatte ich den Eindruck, du wärst nicht einfach nur ein durchschnittlicher Kopfjäger«, sagte Terwilliger. »Ich hab' dir ja gesagt: Ich habe den Bogen 'raus, wie man Gesichter liest.«

»Nun ja, wenn ich mich recht besinne, hatte ich das erste Mal, als ich dich gesehen habe, das Gefühl, du seist ein lausiger Kartenspieler.«

»Verdammt noch mal, ich bin der beste Kartenspieler, den *du* jemals treffen wirst.«

»Meiner Ansicht nach habe ich dich ziemlich mühelos geschlagen«, bemerkte Cain.

»Ich habe dich gewinnen *lassen.*«

»Natürlich.«

»Du glaubst mir nicht?« fragte der Spieler. »Dann sieh dir mal *das* hier an!«

Er zog die Karten heraus, mischte sie gründlich und legte zweimal fünf Karten auf das winzige Chromtischchen.

»Hast du was, worauf du setzen willst?«

Cain nahm seine Karten, fächerte sie langsam auf und sah, daß er vier Könige und einen Buben auf der Hand hielt.

»Möglich«, antwortete er vorsichtig.

»Wie wär's mit zweiundzwanzighundert Kredits?«

»Sagen wir einhundert.«

»Bestimmt?«

»Das ist mein Limit.«

Terwilliger legte seine Karten auf den Tisch. Er hatte vier Asse und eine Königin.

»Warum hast du mich bei unserer ersten Begegnung dann überhaupt ein Spiel gewinnen lassen?« fragte Cain.

»Weil professionelle Kartenspieler sehr vorsichtig damit sind, professionelle Killer zu betrügen«, erwiderte Terwilliger. »Abgesehen davon war ich einsam. Sobald es einmal die Runde gemacht hatte, daß ich pleite war, wollte keiner der Amateure mehr mit mir spielen — und mit Tricks wie denen hier kannst du Profis nicht kommen.«

»Und warum hast du mich beim Siebzehn-und-Vier gewinnen lassen, seitdem wir von Port Étrange abgehoben haben?« fuhr Cain fort.

»Es war nur meine Weise, dich bei guter Laune zu halten, sowie ein Dank dafür, daß du mir das Leben gerettet hast.« Er grinste. »Nebenbei, es ist nicht so, als hätte ich kein Geld mehr, um dich zu bezahlen.«

»Nun, verdammt!« sagte Cain mit einem Gelächter. »*Darum* also wolltest du nicht, daß uns der Computer die Karten mischt! Also schön, du kleiner Bastard, deine Schulden sind getilgt.«

»Ich möchte sie dir lieber schulden.«

»Warum?«

»Ich habe meine Gründe«, sagte Terwilliger.

»Tu, was du willst!« sagte Cain. »Ich habe eine andere Frage.«

»Nur heraus damit!«

»Wie, zum Teufel, hat es jemand wie du fertiggebracht, daß er zweihunderttausend Kredits Schulden bei MannBerg Bates hat?«

»Weißt du, wie hoch die Chancen eines Mannes stehen, der gegen dich eine Straße zieht, wenn du mit vier Assen dasitzt?«

»Nicht sehr hoch, schätze ich«, sagte Cain.

»Da hast du verdammt recht! Weißt du, wenn du jeden Tag Karten spielst, passiert das vielleicht fünf Mal, ehe du an Altersschwäche stirbst. Es war nur mein blödes Schicksal, daß es beim erstenmal, als es passierte, ausgerechnet gegen den Rückenbrecher ging.«

»Und wie bist du mit unzerbrochenem Rückgrat 'rausgekommen?«

»Ich habe gewartet, bis Bates einem Drang der Natur nachgegeben hat, ein paar anderen Spielern gesagt, ich würde auf mein Zimmer gehen, um ein Bündel Banknoten zu holen, damit ich meinen Schuldschein wieder einlösen könnte, und bin wie der Teufel weg von dem Planeten, ehe irgend jemand gewußt hat, daß ich verschwunden bin.« Terwilliger runzelte die Stirn. »Ich sähe es nicht ungern, wenn die Blase dieses Burschen für die Wissenschaft konserviert würde. Er muß sechs Maß getrunken haben, ehe er aufgestanden ist.«

»Entschuldige bitte eine unethische Frage, aber nachdem ich jetzt gesehen habe, was du mit einem Kartenspiel alles anstellen kannst, warum hast du das nicht bei ihm gemacht — mit der nötigen Vorsicht, natürlich?«

»Hast du MannBerg Bates jemals gesehen?« fragte Terwilliger mit einem bitteren Gelächter.

»Nein.«

»Na ja, er ist eben nicht der Typ, dem man Gelegenheit verschaffen möchte, wütend auf einen zu sein, insbesondere dann nicht, wenn er sich in Reichweite aufhält.«

»Nicht einmal für zweihunderttausend Kredits?«

»Es war das Risiko nicht wert. Es wäre ebenso gefährlich wie für dich, im Territorium des Engels zu wildern.«

»Was ich so gehört habe, ist er dabei, in meinem Territorium wildern zu gehen«, kommentierte Cain.

»Das ist was anderes.«

»Warum?«

»Weil er der Engel ist.« Terwilliger ging zur Kaffeekanne hinüber und schenkte sich eine weitere Tasse ein. »Nebenbei, jeder weiß, daß er wegen Santiago hier ist. Man kann's kaum wildern nennen, wenn niemand weiß, wo sich Santiago verbirgt. Was uns auf ein anderes Thema bringt«, fügte er vorsichtig hinzu. »Du bist von ganz schön weit hergekommen, nur um mit Jonathan Stern zu sprechen. Gewöhnlich bewegt sich ein Kopfjäger nicht so weit außerhalb seines Territoriums, es sei denn, er ist der Ansicht, eine Fährte zu Santiago bekommen zu können. Also lautet meine Frage: Besteht irgendeine Verbindung zwischen Duncan Black und Santiago, oder nicht?«

»Ich sehe nicht ein, daß dich das irgendwas anginge«, sagte Cain.

»Sieh mich doch an!« sagte der kleine Spieler. »Sehe ich etwa aus wie ein gottverdammter Rivale?«

»Nein«, sagte Cain. »Du siehst aus wie ein gottverdammter Schacherer.«

»Beantworte bloß meine Frage. Ich verspreche dir, ich werde die Antwort niemand anderem verkaufen.«

»Irgendwie bekomme ich so den Eindruck, daß deine Versprechen auch nicht gerade für bare Münze zu nehmen sind.«

»Verdammt, Cain — es ist wichtig!«

»Für wen?«

»Für uns beide.«

Cain starrte ihn eine lange Minute an und nickte schließlich. »Ja, er ist ein Bindeglied zu Santiago.«

»Gut!« stieß Terwilliger mit einem Seufzer der Erleichterung aus.

»Warum ist das gut?«

»Nun ja, als erstes möchte ich dich daran erinnern, daß ich dir noch immer einundzwanzighundert Kredits schuldig bin, und ich kann sie nicht zurückzahlen, wenn ich tot bin.«

»Komm zur Sache!«

Der kleine Spieler holte tief Atem.

»Ich weiß deshalb, wo Duncan Black zu finden ist, weil ich weiß, wo er begraben liegt.« Terwilliger hielt rasch die Hand hoch, als wolle er jede mögliche Unterbrechung zurückweisen. »Ich hätte es dir in Port Étrange sagen sollen, ich weiß. Es war absolut, ganz wirklich, falsch. Aber falls ich's getan hätte, hättest du mich nicht mitgenommen, und MannBerg Bates hätte mich jetzt zum Mittagessen verspeist.«

»Ich könnte dich noch immer dorthin zurückbringen und dich ihm übergeben«, sagte Cain.

»Aber jetzt ist alles in Ordnung!« sagte Terwilliger rasch. »Alles ist in Ordnung!« wiederholte er. »Darum mußte ich wissen, ob Black ein Bindeglied war.«

»Erkläre!« forderte ihn Cain drohend auf.

»Siehst du, wenn er dir Geld oder sowas geschuldet hätte, hättest du kein Glück gehabt, und ich säße jetzt in der Tinte. Ich meine, verdammt, der arme Bastard ist jetzt seit fast drei Jahren tot.« Er hielt inne, um Atem zu holen. »Aber da ich jetzt weiß, wozu du ihn gebraucht hättest, kann ich dir noch immer helfen.«

»Wie?«

»Da ist diese Frau, mit der er zusammengelebt hat«, sagte Terwilliger. »Sie hat eine Menge Geschäfte für ihn erledigt. Sie kennt womöglich jeden, den er gekannt hat, und sie kann dir sagen, worin seine Verbindung mit jedem davon bestand.«

»Und sie lebt noch immer?« fragte Cain.

»Vor zwei Monaten hat sie noch gelebt.«

»Wo kann ich sie finden?«

»Genau da, wo wir hinfliegen — im Clovis-System.«

»Auf Bella Donna?«

»Nicht genau«, antwortete Terwilliger.

4

Ein Friedhof zerschellter Schiffe im Raum,
Dort lebt sie, allein, zerbrochen ihr Traum;
Und wenn sie sich auch sehnt nach dem Freund,
So ist sie ganz anders, als man vielleicht meint.

Der Schwarze Orpheus warf einen Blick auf die Sargasso-Rose, und da wußte er, daß mehr an ihr war, als man auf den ersten Blick bemerkte.

Wie er sie überhaupt gefunden hatte, ist ein Rätsel, da es ziemlich unwahrscheinlich ist, daß er dort oben etwas zu erledigen hatte, neuntausend Kilometer über Bella Donna. Vielleicht hatten ihn die Schiffe angezogen, die dort im Raum hingen wie glitzernde Fische an der Leine, einige verendend, einige bereits verendet. Er gab der Station auch ihren Namen; er mochte keine Namen wie Station Nummer 14, also nannte er sie Deadly Nightshade, Tollkirsche, ein angemessener Spitzname für einen Schiffsfriedhof, insbesondere für einen, der Bella Donna umkreiste.

Er verbrachte ein paar Tage dort oben, sprach mit der Sargasso-Rose und warf ihre Geschichte aufs Papier, wie er es bei jedem tat, dem er begegnete. Einige Leute sagen, er habe sogar mit ihr geschlafen, aber sie irren sich; der Schwarze Orpheus schlief niemals mehr mit einer Frau, nachdem seine Euridike verstorben war. Abgesehen davon war die Sargasso-Rose auch nicht der Typ Frau, der mit jedem einfach ins Bett gehüpft wäre.

Was tatsächlich eines ihrer Probleme gewesen sein mochte. Sie war bereits vierzig Jahre alt, und sie hatte nur drei Liebhaber gehabt. Die ersten beiden hatten sie wegen einer anderen Frau verlassen, und Duncan Black hatte sie verlassen, um einige Jährchen vor der Zeit in den Abgründen der Hölle zu wirken. Sie hatte stets eine

Menge Auseinandersetzungen mit ihm gehabt, aber sie hatte ihn so sehr geliebt, wie sie sich gestattete, irgend jemanden nach den ersten beiden Erfahrungen zu lieben, und als sein Herz schließlich zu schlagen aufhörte, da kam es fast so weit, daß das ihre gleichfalls brach.

Als der Schwarze Orpheus ein Jahr später vorbeischaute, trauerte sie noch immer — aber ebenso nahm sie die Mühe auf sich, ihm Deadly Nightshade zu zeigen. Er ging tief in die Bäuche der metallenen Leviathane hinein und verbrachte fast einen ganzen Tag dort, kritzelte Notizen nieder, während die Mannschaft sie ausweidete und dann treiben ließ, woraufhin er mit kindlicher Begeisterung dabei zusah, wie die Kräfte des Raums neue Leichname zu den Docks der Station heranzerrten. Er fand sogar die Zeit, Bella Donnas drei winzige Monde zu benennen — Schwefelkopf, Fingerhut und Nieswurz —, ehe er sich zum nächsten Hafen aufmachte, der ihn rief.

Deadly Nightshade war zu der Zeit, als Cain und Terwilliger eintrafen, nicht gerade ein großartiger Anblick. Seine Hülle war pockennarbig von kleinen, hastig reparierten Meteoriteneinschlägen, eines seiner Docks war von einem anlegenden Schiff beschädigt worden, und es war mit genügend kosmischem Staub und Schutt in Berührung gekommen, daß die ganze Außenhülle eigentlich hätte aufpoliert werden müssen.

Nun ja, sie waren nicht wegen Deadly Nightshade gekommen, sondern wegen der Frau, der es gehörte, daher manövrierte Cain sein Schiff sorgfältig zu einem der Docks, wartete darauf, daß ein mobiler abgeschotteter Gang an seiner Luftschleuse befestigt wurde, und folgte Terwilliger ins Innere der Station.

Der Boden wölbte sich leicht in beide Richtungen von ihnen weg, und eine schmale Matte mit unbestimmten Eigenschaften griff nach ihren Füßen.

»Du hast mir nicht gesagt, daß hier drin Schwerelosigkeit herrscht«, bemerkte Cain.

»Sorge einfach dafür, daß ein Fuß stets auf der Matte ist«, erwiderte Terwilliger. »Dann wirst du nicht davontreiben.«

»Ich bin schon auf Null-G-Matten gelaufen«, entgegnete Cain gereizt. »Ich halte mich eben nur sehr ungern zu rasch nach einer Mahlzeit in einer Null-G-Zone auf.«

»Das hättest du mir sagen müssen.«

Cain wollte gerade erwidern, er habe nicht gewußt, daß innerhalb der Station keine Schwerkraft herrschte, kam jedoch zum Schluß, daß er keine Lust hatte, die gesamte Unterhaltung zu wiederholen.

Auf einmal kam ein humanoides Wesen mit großem Schädel, tiefliegenden goldfarbenen Augen und netzförmig geäderter, orangenfarbener Haut auf sie zu.

»Was, zum Teufel, ist das denn?« fragte Cain.

»Ein Orangen-Affe«, entgegnete Terwilliger. »Die Rose benutzt sie als Sicherheitsmannschaft.«

»Ich habe noch nie zuvor einen gesehen«, sagte Cain. »Woher stammt er?«

»Varien Vier«, sagte der Spieler. »Sie selbst nennen sich Hagibens; wir nennen sie Orangen-Affen. Paßt besser zu ihnen. Es sind billige Arbeitskräfte, sie erlernen ziemlich rasch die Sprache, und ihnen gefällt die Schwerelosigkeit. Diese Kombination läßt sich schwerlich übertreffen — insbesondere, wenn man berücksichtigt, wieviele Alienrassen überhaupt nicht arbeiten wollen und sich absolut nicht um Geld scheren.«

Der Orangen-Affe blieb vor ihnen stehen.

»Sie wünschen, bitte?« fragte er in einem Singsang, der sich mehr wie ein Lied als eine Sprache anhörte.

»Wir möchten gern die Sargasso-Rose sprechen«, erwiderte Terwilliger.

»Die Sargasso-Rose zieht es vor, nicht persönlich mit unseren Kunden zu verhandeln«, entgegnete das Alien. »Wenn Sie mir sagen, was Sie wünschen, werde ich Sie in die entsprechenden Räumlichkeiten führen.«

»Mit *uns* wird sie persönlich verhandeln«, sagte Terwilliger. »Ich bin ein alter Freund.«

Der Orangen-Affe sah ihn an. »Sie sind Halfpenny Terwilliger, der zwangsweise von Deadly Nightshade entfernt worden ist, weil er verschiedene Besatzungsmitglieder beim Kartenspiel betrogen hat.« Er hielt inne. »*Ich* war unter denjenigen, die Sie zum Schiff eskortiert haben.«

»Tatsächlich?« fragte Terwilliger, überrascht, jedoch nicht verlegen.

»Tatsächlich.«

»Tut mir leid, daß ich dich nicht erkannt habe, aber ihr Orangen-Affen seht für mich alle gleich aus.«

»Das ist völlig verständlich«, sagte das Alien. »Wir sind alle sehr schön.«

»Nun ja, da wir nun alte Freunde sind, wie steht's damit, der Rose zu sagen, daß wir hier sind?«

»Ich werde es ihr sagen, Halfpenny Terwilliger, aber sie zieht es vor, nicht direkt mit den Kunden zu verhandeln.«

Cain trat vor. »Tu's trotzdem!« sagte er in sehr ruhigem Ton. »Sag ihr, daß unser Geschäft einen beiderseitigen Freund betrifft.«

Der Orangen-Affe starrte ihn einen Augenblick lang an, wandte sich daraufhin um und machte sich in einen anderen Bereich der Raumstation davon, nachdem er einen Kameraden gerufen hatte, um sie im Auge zu behalten.

Ein paar Minuten später kehrte er zurück und ging zu Cain hinüber.

»Die Sargasso-Rose hat mich angewiesen, Sie zu ihr zu bringen«, sagte er mit seiner sanften Singsang-Stimme. Wenn er überrascht oder enttäuscht war, hielt er seine Gefühle jedenfalls gut verborgen.

Cain und Terwilliger folgten ihm durch drei große Vorratsräume zu einer kleinen Tür.

»Sie ist hier drin«, sagte der Orangen-Affe.

»Danke sehr«, sagte Cain. Er öffnete die Tür und trat in ein vollgestopftes Büro, gefolgt von Terwilliger.

Hinter einem verchromten Schreibtisch, der seinen Glanz längst verloren hatte, saß eine ziemlich einfache Frau. Sie trug ein metallisch-goldenes Gewand, das nicht mehr länger glitzerte. Ihr Haar war von einem stumpfen Braun, die Augen von einem matten Grün, die Nase hervorstechend, das Kinn schwach ausgeprägt. Sie war weder dick noch dünn, und falls sie jemals eine attraktive Figur besessen hatte, so waren diese Zeiten längst dahin. In ihrem Haar war eine kleine weiße Rose befestigt, die Cain für künstlich hielt.

Sie blickte den Kopfjäger an.

»Sie wollten sich mit mir treffen, Mr. Cain?«

»Sie kennen meinen Namen?«

Sie lächelte. »Ich weiß viele Dinge über Sie, Sebastian Nightingale Cain. Ich weiß jedoch nicht, wer Sie an mich verwiesen hat.«

»Ein Mann namens Stern, draußen auf Port Étrange.«

»Jonathan Jeremy Jacobar Stern«, sagte sie. »Na, *das* ist ein Name, den ich seit Jahren nicht mehr gehört habe.« Sie deutete auf ein Paar Stühle. »Bitte, setzen Sie sich!« Sie wandte sich an Terwilliger. »MannBerg Bates ist also hinter Ihnen her.«

»Sie haben ausgezeichnete Quellen«, erwiderte der Spieler unbehaglich.

»Die habe ich tatsächlich«, stimmte sie zu. »In diesem Teil des Grenzlandes geht nicht viel vor sich, worüber ich nicht Bescheid weiß.«

»Dann nehme ich an, Sie wissen, weshalb ich hier bin?« fragte Cain.

»Ich weiß, Sie sind ein Kopfjäger«, sagte sie. »Und Sie haben mir gesagt, Stern habe Sie geschickt, also kann ich mir lebhaft vorstellen, warum Sie hier sind.« Sie zögerte. »Aber Stern hätte Sie nicht zu *mir* geschickt. Er hätte Ihnen gesagt, Sie sollten Duncan Black aufstöbern.« Sie wandte sich wieder an Terwilliger. »Natürlich haben *Sie* Mr. Cain gesagt, er solle hierher kommen. Stern weiß nicht, daß Duncan tot ist, aber Sie wissen's.«

»Na ja, der Versuch, sich mit Duncan zu unterhalten, wäre nicht sehr sinnvoll gewesen. Friede seiner Asche«, erklärte Terwilliger verteidigend.

»Und er hat Ihnen zweifelsohne versprochen, Sie vor MannBerg Bates zu beschützen, im Gegenzug für diese Information.« Sie musterte Cain einen Augenblick lang. »Sie haben einen schlechten Handel abgeschlossen, Mr. Cain. Sie hätten auf Keepsake bleiben sollen.«

»Weshalb nehmen Sie an, ich käme von Keepsake?« fragte er.

Sie lächelte erneut. »Seitdem ich vor zwei Tagen damit angefangen habe, Ihnen nachzuspüren, ist mir Ihre Schiffsnummer bekannt. In den dazwischenliegenden achtundvierzig Stunden habe ich Dinge über Sie herausgefunden, die sogar *Sie* vielleicht vergessen haben. Ich kenne Datum und Planet Ihrer Geburt, ich weiß, warum Sie die etwas bevölkerteren Welten der Demokratie verlassen haben. Ich weiß, wie viele Männer Sie getötet haben und um wen es sich dabei gehandelt hat — und nun sitzen Sie hier und streiten praktisch ab, von Keepsake aus zu arbeiten. Wenn Sie *meine* Aufrichtigkeit wünschen, so ist das Mindeste, was Sie mir bieten können, Ihre eigene Aufrichtigkeit, möchte man meinen.«

»Entschuldige Sie bitte«, sagte Cain.

»Sie müssen sich nicht entschuldigen«, erwiderte sie. »Von einem Angehörigen Ihres Geschlechts erwarte ich nichts anderes als Hinterlist.«

»Werden Sie mir helfen?« fragte Cain, wobei er ihre Bemerkung überhörte.

»Sie vergeuden Ihre Zeit.«

»Ich habe eine Menge Zeit zu vergeuden«, sagte er. »Und ich kann Ihnen die ihre bezahlen.«

»Ich habe nicht gesagt, Sie vergeuden *meine* Zeit«, sagte die Sargasso-Rose. »Ich habe die feste Absicht,

Ihnen die Informationen zu verkaufen, die Sie benötigen.«

»Ich bin mir nicht sicher, ob ich den Unterschied verstehe.«

»Ich will Ihnen durchaus sagen, was Sie wissen möchten, aber das wird nicht gut für Sie sein. Der Engel ist ins innere Grenzland gekommen.«

»Ich bin es allmählich etwas leid, von ihm zu hören«, sagte Cain mit einer Spur Gereiztheit.

»Das wird jedem Flüchtling innerhalb von zehntausend Lichtjahren ebenso gehen, nehme ich an«, entgegnete sie. »Mr. Terwilliger, es ist jetzt wohl an der Zeit für Sie, den Raum zu verlassen. Was ich Mr. Cain zu sagen habe, ist nur für seine Ohren bestimmt.«

»Warum?« fragte der Spieler.

»Aus den gleichen Gründen, weshalb man Ihnen freien Zugang zu den Waren in meinen Lagerhallen verwehrt; ich möchte nicht, daß Sie dem erstbesten dahergelaufenen Kunden etwas verkaufen, das mir gehört.«

»Das nehme ich Ihnen sehr übel«, sagte Terwilliger, wobei er versuchte, so etwas wie Ernsthaftigkeit zu zeigen, was ihm jedoch nicht ganz gelingen wollte.

»Sie dürfen mir das gern übelnehmen, wenn es Sie im Herzen zufriedenstellt«, sagte die Sargasso-Rose. »Was Sie jedoch *nicht* dürfen, ist, in diesem Büro zu bleiben.«

Terwilliger wollte Protest einlegen, überlegte es sich jedoch besser und ging zur Tür.

»Ich werde direkt vor der Tür bleiben«, sagte er zu Cain. »Wenn du Hilfe brauchst, schrei!«

Cain blickte ihn belustigt an, und einen Augenblick später schloß sich die Tür hinter dem kleinen Spieler.

»Wenn Sie wirklich Santiago jagen wollen, sollten Sie sich Ihre Reisegefährten etwas sorgfältiger aussuchen, Mr. Cain«, sagte die Sargasso-Rose und lehnte sich im Sessel zurück.

»Vielleicht«, erwiderte Cain. »Allerdings sollte ich Sie jedoch darauf hinweisen, daß er mich zu Ihnen gebracht hat. Ansonsten hätte ich meine Zeit mit der Jagd nach Duncan Black vergeudet oder wäre nach Port Étrange zurück, um mein Geld aus Jonathan Stern herauszuprügeln.«

»Stimmt«, gab sie achselzuckend zu. »Darf ich Ihnen einen Drink anbieten?«

»Warum nicht?« sagte er zustimmend.

Sie drückte auf ihrer Computer-Konsole einen Knopf, und ein kleines rotpelziges Alien, definitiv nicht-humanoid, trat durch eine andere Tür und setzte eine Flasche mit zwei Gläsern auf den Schreibtisch.

»Haben Sie überhaupt irgendwelche Menschen auf Deadly Nightshade?« fragte Cain, nachdem das Alien das Büro verlassen hatte.

»Männer oder Frauen?« fragte die Sargasso-Rose. »In beiden Fällen lautet die Antwort nein. Beide neigen dazu, einen im Stich zu lassen, wenn man sie am dringendsten braucht — insbesondere die Männer.«

»Das muß einsam sein, hier oben«, bemerkte Cain.

»Schließlich gewöhnt man sich daran.« Sie füllte die beiden Gläser, und Cain trat näher und nahm eines.

»Vielen Dank!« sagte er, nachdem er zu seinem Sessel zurückgekehrt war, und nahm einen Schluck. Auf einmal lachte er, über sich selbst den Kopf schüttelnd, laut auf.

»Was ist los, Mr. Cain?«

Er hielt das Glas hoch. »Mir fiel gerade auf, daß in diesem Raum normale Schwerkraft herrscht«, entgegnete er. »Ein scharf beobachtender Kopfjäger bin ich! Wenn mir nicht aufgefallen wäre, daß dieses Zeug nicht davontreibt, wär's mir niemals bewußt geworden.«

»Den Orangen-Affen gefällt die Schwerelosigkeit. Ich finde es ein wenig verwirrend, ihr ständig ausgesetzt zu sein, also schneidere ich mein Büro auf meine eigenen Bedürfnisse zurecht.«

»Das muß ein Vermögen kosten«, bemerkte er.

»Allerdings. Dankenswerterweise kann ich ein Vermögen ausgeben.«

Er nahm einen weiteren Schluck. »Das ist ziemlich gutes Zeugs.«

»Sollte es auch sein«, sagte sie. »Kommt direkt von Deluros Acht.«

»Sie treiben Handel über solche Entfernungen?«

»Sie wären überrascht davon, was durch Deadly Nightshade durchgeht, Mr. Cain«, erwiderte sie. »Oder vielleicht auch nicht. Nun, was genau hat Ihnen Stern von Duncan Black berichtet?«

»Nur daß Black mit gestohlenen Waren handelte und daß er Mittelsmann zwischen Stern und Santiago gewesen war«, entgegnete Cain. »Wie ich weiß, hatte er Zugang zu einem Teil jenes Goldes, das Santiago beim Epsilon-Eridani-Raub hatte mitgehen lassen.«

»Ja ja, das war eine Ladung!« sagte sie mit einem Lächeln. »Barren im Wert von sechshundert Millionen Kredits!«

»Terwilliger hat mir den Eindruck vermittelt, Sie hätten sich dazu entschlossen, in Blacks Fußstapfen zu treten.«

»Terwilliger redet zuviel.«

»Das tun die meisten Leute«, stimmte Cain zu.

»Abgesehen davon, und um damit zu beginnen: es waren *meine* Fußstapfen«, fuhr sie fort. »Ich habe mit gestohlenen Gütern gehandelt, lange bevor Duncan Black auch nur daran gedacht hat.« Sie hielt inne. »Ich hatte ihm einen Teil der Geschäfte überlassen, um mich seiner Loyalität zu versichern.« Sie blickte Cain an. »Kommt Ihnen das manipulativ und unmoralisch vor?«

»Ich habe schon vor langer Zeit aufgegeben, moralische Urteile zu fällen«, erwiderte er.

»Wie dem auch sei«, sagte die Sargasso-Rose und nippte an ihrem Drink, »es gefiel Duncan weit besser als mir, mit Leuten Geschäfte zu machen, also wurde er unser Strohmann an Orten wie Port Étrange und bei Leuten wie Stern.«

»Dann haben *Sie* den ursprünglichen Kontakt zu Santiago hergestellt, nicht Black.«

»Eigentlich hat Santiago den ursprünglichen Kontakt zu mir hergestellt«, antwortete sie ihm. »Obgleich es einige Jahre dauerte, ehe ich zweifelfrei wußte, daß ich mit ihm Geschäfte machte.«

»Sind Sie ihm jemals begegnet?« fragte Cain.

Sie schüttelte den Kopf. »Nein, oder vielleicht sollte ich sagen, meines Wissens nach nicht.«

»Aber es wäre möglich gewesen?«

»Wer weiß das schon?« erwiderte sie mit einem Achselzucken. »Ich habe alle möglichen Leute getroffen, die Waren angeliefert haben, welche vielleicht von Santiago gestohlen worden waren — obgleich ich mir wirklich nicht vorstellen kann, weshalb er eine Entlarvung riskiert haben sollte, indem er selbst herkam.«

»Kennen Sie eigentlich jemanden, der ihm von Angesicht zu Angesicht begegnet ist?« beharrte Cain.

»Ja, das tue ich.«

»Wer war das?«

»Ehe ich Ihnen das sage, Mr. Cain«, sagte die Sargasso-Rose, »sind da ein paar Dinge, die ich gerne wissen möchte, nur um die eigene Neugier zu befriedigen.«

»Wie zum Beispiel?«

»Sie haben den größten Teil Ihrer Jungend damit zugebracht, verschiedene Regierungen zu stürzen. Santiago hat meines Wissens nach zunächst jene Unternehmen angegriffen und geplündert, die im Besitz der Demokratie waren oder von ihr beherrscht wurden oder wenigstens lebensnotwendig für ihr Wohlergehen waren. Sie sind als Revolutionär gebrandmarkt worden, und es gab einmal einen Preis auf Ihren Kopf. Die Tragweite seiner Aktionen ist mit Sicherheit weit größer, aber er könnte insofern ebenfalls als Revolutionär betrachtet werden, da die meisten seiner Verbrechen gegen den Staat gerichtet sind. Sie haben so viele Dinge mit ihm gemeinsam, daß ich mich einfach frage, warum Sie ihn unbedingt töten möchten.«

»Die Masse seiner Verbrechen ist nur deshalb gegen die Demokratie gerichtet, weil die Demokratie mehr Vermögensmasse hat als jedes andere mögliche Ziel«, sagte Cain. »Was die Sache mit dem Revolutionär betrifft, so könnten Sie dasselbe von jedem gewöhnlichen Zugräuber damals auf der alten Erde auch sagen, der irgendwann einmal einen Lohngeldtransport der Regierung beraubt hat. Der Mann ist ein Krimineller, schlicht und ergreifend.«

»Haben Sie jemals davon gehört, daß er irgend jemanden umgebracht hätte?« fragte sie ihn.

»Gerade im vergangenen Jahr hat er siebzehn Kolonisten auf Silberblau umgebracht«, erwiderte Cain.

»Quatsch!« sagte die Sargasso-Rose. »Er ist seit Jahren nicht mehr im äußeren Grenzland gewesen.«

»Ist das Tatsache?« fragte er scharf.

»Warum sonst wäre der Engel in diese Gegend gekommen?« fragte sie zurück.

»Vielleicht jagt er ihn«, schlug Cain vor.

»Das glauben Sie doch selbst nicht. Der Engel *erwischt* jeden, den er jagt.«

»Er ist ein einfacher Kopfjäger, kein Supermann.«

»Sie haben mir noch immer nicht gesagt, warum Sie Santiago töten wollen.«

»Warum will *irgend jemand* ihn töten?« erwiderte Cain mit einem Lächeln. »Es gibt eine verdammt große Belohnung.«

»Das ist keine annehmbare Antwort«, sagte sie. »Sie sind ein sehr wohlhabender Mann, Mr. Cain, also ist Geld sicherlich nicht Ihr hauptsächliches Motiv.«

»Geld ist immer ein Motiv«, sagte Cain. »Und«, fügte er nachdenklich hinzu, »es würde etwas *bedeuten*.«

»Was würde es bedeuten?«

»Daß ich etwas anderes bin«, erwiderte er. »Daß, nur

ein einziges Mal, eine meiner Handlungen etwas *bedeutet.*«

»Was ist mit den Männern, denen Sie zur Macht verholfen haben?« fragte die Sargasso-Rose.

»Es waren die falschen Männer«, antwortete Cain bissig. »Sie werden noch nicht einmal Fußnoten in den Geschichtsbüchern sein.«

»Und all die anderen Kriminellen, die Sie gejagt haben?«

»Sogar *ich* hatte von den meisten noch nie etwas gehört, ehe ich sie gejagt habe.« Er zögerte. »Aber Santiago ist etwas anderes. *Er* zählt, also wird der Mann, der ihn zur Strecke bringt, gleichfalls etwas zählen.«

Sie lächelte. »Also möchten Sie selbst im Lied und in der Geschichte aufgeschrieben werden.«

»Ich *bin* bereits in einem Lied. Es gefällt mir nicht sonderlich.« Er leerte sein Glas. »Es ist mir egal, wer sonst noch weiß, was ich getan habe — so lange ich es nur selbst weiß.«

»Na ja, das ist eine ungewöhnliche Herangehensweise, das garantiere ich Ihnen«, sagte die Sargasso-Rose.

»Jetzt lassen Sie mich Ihnen eine Frage stellen«, sagte Cain.

»Wir haben uns noch nicht auf einen Preis geeinigt«, bemerkte sie.

»Das war nicht die Frage.«

»Dann weiter!«

»Sie haben an Santiago offenbar eine Menge Geld verdient. Warum sind Sie gewillt, mir zu helfen?«

»Kurz nach Duncans Tod hat Santiago anderswo seine Geschäfte betrieben. Ich schulde ihm nichts. Abgesehen davon bin ich eine Geschäftsfrau, und mein gesamter Besitz ist verkäuflich — Informationen eingeschlossen.«

»Haben Sie diese Information schon sonstwem verkauft?«

»Niemand hat bislang nachgefragt — aber falls es jemand tut, werde ich sie verkaufen.«

»Also gut«, sagte Cain. »Was genau haben Sie zu verkaufen?«

»Ich habe Namen, Holo und gegenwärtigen Aufenthaltsort eines Mannes, der direkt mit Santiago zu tun hatte. Ich habe Namen und Holos von vier von Santiagos Agenten, mit denen ich vor drei Jahren geschäftlich zu tun hatte. Ich habe ein paar von den Goldbarren, und deren Herkunftsort ist auf den Kisten vermerkt. Und ich weiß, wer Kastartos getötet hat.«

»Kastartos?« fragte Cain. »Der Mann, der versucht hat, Stern zu veranlassen, Santiago wegen der Belohnung zu verraten?«

Sie nickte. »Wie ich so gehört habe, war es ein ziemlich niederträchtiger Versuch.«

»Und was wollen Sie für all das haben?«

»Ich möchte, daß Sie Santiago töten.«

Er sah überrascht auf. »Das ist alles?«

»Das ist alles.«

»Darf ich fragen, weshalb?«

»Duncan Black war ein braver Mann«, fing sie an. »Nun ja, nein, war er nicht. Er war unbedeutend, unzuverlässig und schwach — aber er war *mein* Mann. Dann hat er herausgefunden, daß wir mit Santiago Handel trieben, und er hat gedacht, wir könnten ein wenig mehr Geld verdienen, wenn wir uns der Organisation anschlössen. Ich weiß nicht, was für einen Vorschlag er ihnen unterbreitet hat, aber es hat nicht funktioniert.« Sie nippte an ihrem Drink. »Zwei Wochen später fand man ihn tot auf Binder zehn. Die offizielle Todesursache war Herzversagen.«

»Wollen Sie mir etwa sagen, Santiago hat ihn umgebracht?«

»Santiago wußte womöglich noch nicht einmal von seiner Existenz. Aber *irgend jemand* ließ ihn umbringen, und wenn es nicht um Santiago gegangen wäre, wäre er noch hier.« Sie stockte. »Er war nicht viel, aber er war alles, was ich hatte.« Sie blickte Cain an. »Santiago hat Duncan nicht gekannt, und ich kenne Santiago nicht. Es wird ein faires Geschäft sein.«

»Also gut«, sagte Cain. »Dann wollen wir mal sehen, was Sie zu bieten haben.«

Sie stand auf, ging zu einem Wandsafe, der hinter einem großen, leichtgewichtigen Computerbildschirm verborgen war, stellte eine Kombination am Schloß ein und öffnete ihn.

»Das hier können Sie mitnehmen«, sagte sie, während sie dem Safe einige Dinge entnahm und zu ihrem Sessel zurückkehrte. »Ich habe Kopien davon.«

»Irgendwie war ich mir sicher, daß Sie welche hätten«, bemerkte er, griff hinüber und nahm ihr eine Anzahl Holos ab.

»Die obersten vier sind die Agenten, mit denen ich zu tun hatte«, erklärte sie. »Ihre Namen stehen auf der Rückseite.«

»Einer davon sieht aus wie ein Methanatmer«, sagte Cain, wobei er das Holo eines zerbrechlichen kristallenen Wesens hochhielt.

»Das ist er auch«, sagte sie. »Ich habe ihn nur einmal gesehen. Es war für ihn sehr unbequem in seiner lebenserhaltenden Ausrüstung. Nach seiner ersten Reise hierher wird er einen geeigneteren Stützpunkt für seine Geschäfte gefunden haben, nehme ich an.«

»Wer ist das hier?« fragte Cain und hielt das Holo einer sehr exotischen, dunkelhaarigen Frau mit kalkweißer Haut in die Höhe.

»Altair von Altair«, antwortete die Sargasso-Rose. »Sie hat Kastartos umgebracht.«

Er untersuchte das Holo genau. »Sie ist eine professionelle Killerin?«

»Eine der besten. Es überrascht mich, daß Sie bislang nichts von ihr gehört haben.«

»Ist 'ne große Galaxis«, sagte er. »Es gibt eine Menge

Leute, von denen ich nichts gehört habe.« Er sah Altair von Altair erneut an. »Sie ist menschlich, ganz bestimmt?«

»Wer weiß? Aber ich bin mir gewiß, daß sie eine Killerin ist.«

Er kam zum letzten Holo.

»Das ist der Mann, der sich mit Santiago getroffen hat?«

»Ja. Sein Name ist Sokrates. Ich habe seit mehr als einem Jahr keinen Handel mehr mit ihm getrieben, aber ich weiß, wo er zu finden ist. Von Zeit zu Zeit machen wir ein paar kleine Geschäfte miteinander.«

»Vielleicht ist es doch keine so große Galaxis«, sagte Cain, wobei er das schwammige, lächelnde Gesicht im Holo anstarrte.

»Was meinen Sie damit?«

»Ich kannte diesen Mann, als er noch Whittaker Drum hieß.«

»Der Name sagt mir nichts«, bemerkte die Sargasso-Rose.

»Nein, ich glaube kaum, daß er Ihnen was sagt.«

»Wer ist das?«

Cain lächelte ironisch. »Der Mann, dem ich damals auf Sylaria zurück an die Macht verholfen habe.«

»Wird er Sie wiedererkennen?«

»Das hoffe ich«, antwortete Cain.

5

Sokrates, der alte Streiter,
Hat den Galgen als Begleiter.
Betet für das ew'ge Leben:
Wird zur Hölle sich begeben.

Im inneren Grenzland gab es nicht viele Menschen, die der Schwarze Orpheus nicht mochte, doch Sokrates war einer davon. Man hätte annehmen sollen, daß dem Orpheus Halsabschneider, Banditen und Falschspieler mehr Sorgen bereitet hätten; die jedoch waren zum größten Teil ziemlich ehrlich und aufrichtig in dem, was sie taten. Wenn es etwas gab, das der Schwarze Orpheus überhaupt nicht ausstehen konnte, so war es Scheinheiligkeit.

Nun ja, es gibt Leute, die sagen, der Schwarze Orpheus müsse ein wenig Respekt vor Sokrates gehabt haben, sonst hätte er ihm nicht jenen einen, einzigen Vers gewidmet, aber der Schwarze Orpheus wußte, daß Sokrates einen ganzen Planeten beherrscht hatte, damals, als er noch der gute alte Whittaker Drum gewesen war — und abgesehen davon sah er es als seine Aufgabe an, über die Typen zu schreiben, denen er begegnete, und es anderen zu überlassen, über sie ein Urteil zu fällen.

Wie man jedoch wußte, kommentierte er auch ein wenig, und es bestehen nicht allzu viele Zweifel daran, daß es Sokrates in seinen Augen auf der Stirn geschrieben stand, in den Abgründen der Hölle zu enden. O ja, so etwas Ähnliches sagte er auch über Halfpenny Terwilliger und einige andere, aber da hatte man eher das Gefühl, er mache sich lustig — und so etwas sagte er niemals von Schussler, dem Cyborg, der sich bereits in der Hölle *glaubte* — und nicht einmal von Santiago. Es war halt nur irgend etwas an Sokrates, das ihm gegen den Strich ging, und da die meisten Leute im Grenzland mehr oder minder geneigt waren, den Schwarzen Orpheus bei denjenigen, denen sie niemals begegnet waren, beim Wort zu nehmen, könnte es durchaus sein, daß Sokrates die Niederschrift dieses Verses nicht allzu lange überlebt hat.

Eigentlich wußte niemand, wie er zu dem Namen Sokrates gekommen war, aber man konnte fast jede Wette darauf eingehen, daß ihm der Schwarze Orpheus diesen Namen nicht angehängt hatte. Er war Whittaker Drum gewesen, als er seine revolutionären Traktate geschrieben hatte, er war Whittaker Drum gewesen, als er die Regierungsgeschäfte auf Sylaria übernommen hatte, und er war noch immer Whittaker Drum gewesen, als man ihn ein paar Jahre später davongejagt hatte; daraufhin tauchte er eines Tages auf Declan IV auf und war auf einmal Sokrates. Zunächst fing er sich eine gewisse grassierende Geschlechtskrankheit ein, daraufhin einen ebenso starken Anfall von Religiosität, und keins von beiden hinderte ihn daran, sich seinen Unterhalt als Unternehmer zu verdienen, der sich darauf spezialisierte, Risikokapital für Geschäfte zur Verfügung zu stellen, die man euphemistisch ›hochriskante Geschäfte‹ nennen konnte.

Es war ihm vielleicht nicht klar, aber auf Declan IV hatte er eine Menge Gesellschaft. Niemand wußte, worin die Anziehungskraft des Planeten bestand, außer vielleicht, daß er der letzte Ausgangspunkt zum inneren Grenzland war, aber während der sieben Jahre, die Sokrates dort lebte, beherbergte der Planet gleichfalls fünf Präsidenten im Exil, zwei ehemalige Könige sowie ein ranghohes Mitglied der Marine, das in Schimpf und Schande abgedankt hatte.

Declan IV war eine Grenz-Gesellschaft, die ihrer Ursprünge entwachsen war und voller Unbehagen versuchte, sich sauber in das Muster der Welten der Demokratie einzupassen. Von zwei schmuddeligen Handelsstädten war Declan IV zu sechs modernen expandierenden Großstädten herangewachsen, man hatte die sechsbeinigen Beuteltiere, einstmals die beherrschende Lebensform des Planeten, zunächst befriedet und anschließend dezimiert, man importierte — stets ein Jahrzehnt, nachdem sie veraltet waren — die neueste Mode und die neuesten Unterhaltungssendungen von Deluros VIII, man bestach die größeren Handelsketten, damit sie Märkte auf dem Planeten eröffneten, und subventionierte sie praktisch, sobald sie eingetroffen waren, man brachte Mannschaften in diversen interplanetarischen Sportligen unter, und man machte beträchtliche Fortschritte darin, die Atmosphäre zu verseuchen. Es war eine zu junge Kolonie, als daß sie sehr viel Sinn für die eigene Vergangenheit gehabt hätte, also wurden ständig Gebäude, darunter einige sehr schöne, abgerissen, um durch neuere Versionen der gleichen Sache ersetzt zu werden, darunter einige ausgesprochen häßliche. Die Einwohner hatten außerdem vor kurzem entschieden, daß das Niedermetzeln der einheimischen Bevölkerung vielleicht nicht unbedingt das zivilisierteste Unternehmen war, und so kämpfte auf einmal jedes Geschäft, jede Schule sowie jeder Grundeigentümer mit Zähnen und Klauen darum, ein paar der wenigen Eingeborenen des Planeten anzuheuern, sie zu lehren und zu beherbergen, und die Eingeborenen heuerten mit kühlem Kopf und völlig kaltblütig bei demjenigen an, der am höchsten bot, wobei sie jede Art von Scham, die sie empfunden haben mochten, hinunterschluckten und fast wohlhabend genug wurden, um so etwas wie ein zweitklassiges Ansehen zu erhalten.

Cain und Terwilliger landeten auf einem ziemlich großen Raumhafen mit Hunderten von blitzenden und blinkenden Leuchtzeichen, die verkündeten, daß die Arbeit an einem Hangar im Orbit innerhalb eines Jahres vollendet sein werde. Sie verbrachten zehn Minuten damit, durch den Zoll zu kommen, verschwendeten weitere fünf Minuten damit, daß Terwilliger eine völlig logische und völlig falsche Geschichte erfand, um zu erklären, weshalb sein Paß seit sieben Jahren abgelaufen war, und erreichten schließlich eine Einschienenbahn, die sie in die Stadt Commonweal brachte.

»Ist das denn die Möglichkeit?« beklagte sich der Spieler, als er sich neben Cain niederließ. »Während der vergangenen zehn Jahre war ich auf vielleicht einhundert Welten, und das hier ist die erste, die mich je nach meinem Paß gefragt hat.«

»Wir sind nicht mehr im Grenzland«, erwiderte Cain, während er hinaus auf die bebauten Felder blickte. »Man sieht die Dinge hier anders.«

»Warum haben sie dich nicht schikaniert?« fragte Terwilliger.

»Meiner ist auf dem neuesten Stand.«

»Weshalb?«

»Ich weiß niemals, wann jemand, hinter dem ich her bin, sich wieder in Richtung auf die Demokratie wendet«, sagte Cain.

Er zog einen Stadtplan heraus, den er sich gekauft hatte, und studierte ihn. In Commonweal gab es zwanzig Haupt-Rollsteige, acht nord-südlich, acht ost-westlich und vier diagonal. Er fand die Adresse, die ihm die Sargasso-Rose gegeben hatte, überlegte, wie man am einfachsten dorthin käme, und steckte den Plan zurück in die Tasche.

Sie verbrachten zehn Minuten auf einem nordöstlichen Rollsteig, kamen an einem lebhaft bevölkerten, glitzernden Einkaufszentrum aus Metall und Glas vorüber, stiegen für weitere zehn Minuten auf einen westlichen Steig um und traten dann von den beweglichen Bürgersteigen hinab auf eine hell gepflasterte Straße.

»Noch zwei Blocks«, verkündete Cain, nachdem er den Stadtplan nochmals zu Rate gezogen hatte.

»Mir fällt allmählich auf, was mir an bevölkerten Planeten nicht gefällt«, sagte Terwilliger unglücklich, während sie durch ein Wohnviertel gingen, das von Hunderten von Spitzen gekrönt war. »Verdammt noch mal zu bevölkert.« Er blickte an den Gebäuden hinauf. »Die Straßen sind zu schmal, und man kann den Himmel nicht sehen.«

»Doch, man kann.«

»Na ja, es fühlt sich so an, als könne man's nicht«, beharrte Terwilliger. »Und es ist so dreckig.«

»Wie die meisten Handelsstädte.«

»Das ist *sauberer* Dreck. Dieses Zeugs ist Ruß, Schmiere und Müll.«

»Eine interessante Differenzierung«, bemerkte Cain.

»Und es ist auch laut. Zuviel Verkehr und zu viele Leute. Verflucht, sogar der Rollsteig quietscht und rattert.«

»Das ist gar nichts«, erwiderte Cain. »Du solltest mal nach Deluros VIII gehen.«

»Nein, vielen Dank!« sagte der Spieler. »Ein Besuch auf einem Planeten, der nur von einem einzigen Gebäude bedeckt ist, ist nicht gerade meine Vorstellung von Lebensstil.«

»Eigentlich sind's ein paar Millionen Gebäude. Sie sind einfach nur dermaßen dicht aufeinandergepackt, daß es aussieht, als sei's nur ein einziges.«

»Ich weiß nicht recht, wie ich dir das erklären soll«, meinte Terwilliger. »Aber du stachelst nicht gerade mein Interesse an. Ich bin im Grenzland geboren, und ich habe die Absicht, dort auch zu sterben.«

»Besonders, wenn dich MannBerg Bates erwischt«, bemerkte Cain.

»Dann lasse ich einfach dich los, und das wär' dann das Ende von MannBerg Bates«, erwiderte der Spieler mit einem Lächeln. Er überlegte einen Augenblick. »Übrigens, hast du dir schon mal überlegt, wie du Sokrates zum Reden bringen willst?«

»Auf die gleiche Weise, wie ihn die Leute schon immer dazu gebracht haben, etwas zu tun — durch Geld.«

Sie überquerten eine Straße, und Cain prüfte die Nummer an der Straßenecke. »Wir sind da!« verkündete er.

Als sie das gesuchte Gebäude erreichten — ein schlanker hoher Bau, der mit vier separaten Penthouse-Türmchen protzte und an seiner Basis einen halben Block einnahm —, gingen sie zum Haupteingang und fanden sich in einer geräumigen Vorhalle wieder. Ein uniformiertes Alien, das an nichts mehr erinnerte als an ein sechsbeiniges Känguruh mit dem Gesicht eines Pandas, kam auf sie zu und sprach in einen Translator.

»Grüße und allerbeste Wünsche, Freude sei mit euch!« sagte es. »Mein Name ist Wixtol; ich bin der Hausmeister des Tudor-Appartement-Hauses. Wie kann ich Ihnen helfen?«

»Wir möchten einen alten Freund besuchen«, sagte Cain. »Wo finden wir den Gebäudeplan?«

»Ich wäre grenzenlos erfreut, Sie zu Ihrem Freund bringen zu dürfen«, erwiderte das Alien, »wenn Sie nur so großmütig wären und mich seinen Namen wissen ließen.«

»Whittaker Drum.«

»Es tut mir grenzenlos leid, liebe Freunde«, verkündete Wixtol. »Ich werfe mich Ihnen zu Füßen, um Sie darüber zu informieren, daß wir einen solchen Bewohner nicht haben.«

»Er benutzt auch den Namen Sokrates«, sagte Cain.

Das Wesen schenkte ihnen ein verzücktes Grinsen. »Allerhöchste Freude! Sokrates lebt im Appartement 29-14, gepriesen sei's! Wenn Sie geruhen, Ihrem demütigen Diener zu folgen, werde ich Sie zum Aufzug geleiten.«

Er schlotterte nach rechts davon, und Cain und Terwilliger folgten ihm.

»Ist *er* das, oder stimmt etwas mit dem Translator nicht?« flüsterte der Spieler.

»Wer weiß?« entgegnete Cain. »Vielleicht hat man ihm eingeredet, daß ein Hausmeister so spricht.«

Bald erreichten sie die Aufzüge. Wixtol hielt ihnen die Türe auf, drückte den Knopf zum neunundzwanzigsten Stockwerk, dankte ihnen redselig und wünschte ihnen einen sicheren und glücklichen Aufstieg. Dann schloß sich die Tür, und einen Augenblick später gingen sie einen verspiegelten Korridor entlang, der zum Appartement 2914 führte.

Als sie die Eingangstür erreichten, blieb Cain stehen und wartete schweigend.

»Ich habe dich schon mal irgendwo gesehen«, sagte eine heisere männliche Stimme. »Wer bist du?«

»Mein Name ist Cain.«

Eine kurze Pause. »*Sebastian* Cain?«

»Ja.«

»Ja, verdammt noch mal!« rief die Stimme aus. »Was hast du denn mit dir angestellt?«

»Hallo, Whittaker. Ist schon lange her.«

»Was tust du hier?«

»Die Sargasso-Rose hat mir deinen Namen gegeben und mir gesagt, ich solle dich aufstöbern. Ich möchte gern mit dir reden, falls du die Zeit für mich erübrigen kannst.«

»Es wäre eine Freude! Tritt nur einen Schritt nach links, so daß dich mein Sicherheitssystem überprüfen kann.«

Cain tat, wie ihm geheißen, und bemerkte dabei ein leises Summgeräusch.

»Denkst du etwa, du wirst zwei Pistolen und ein Messer benötigen, um mit mir zu sprechen?« fragte die Stimme.

»Nein.«

Die Tür glitt einen Spaltbreit auf.

»Wirf sie herein, Sebastian! Ich werde sie dir zurückgeben, wenn alles erledigt ist.«

Cain zog die betreffenden Waffen heraus und warf sie durch den schmalen Spalt.

»Jetzt dein Freund!«

»Mein Name ist Terwilliger«, sagte der Spieler, während er zu der Stelle ging, die Cain gerade geräumt hatte. »Und ich trage keine Waffen bei mir.«

»In Ordnung«, grunzte die Stimme. »Du bist sauber.« Es folgte eine kurze Pause, und dann glitt die Tür ganz auf. »Kommt 'rein!«

Sie betraten ein kleines Vestibül, aus dem die Waffen bereits entfernt worden waren, und gingen hindurch in ein großes, üppig möbliertes Wohnzimmer. Der Teppichboden war dick und teuer, die Stühle und Tische waren handgeschnitzt, aus seltenen Harthölzern vom fernen Doradus IV, die Beleuchtung war diskret und indirekt. Ein großes Fenster blickte über die Stadt, fremdartige Kunstwerke waren in großer Fülle ausgestellt, und die Wände waren buchstäblich übersät von zahllosen Ikonen sowie Gold- und Silberkruzifixen. Ein dicklicher Mann mit dünn werdendem grauen Haar, gekleidet in einen seidenen Anzug, stand mitten im Zimmer, ein breites Lächeln auf dem Gesicht.

»Wie geht's dir, zum Teufel noch mal?« fragte Sokrates, ging hinüber und umarmte Cain bärenhaft freundlich. »Was hast du seit den alten Tagen angestellt, Sebastian?«

»Kopfjägerei.«

»Na ja, warum nicht?« meinte Sokrates. »Menschen töten war stets eines der Dinge gewesen, die du am besten konntest.« Er lächelte. »Verflucht, ist aber 'ne lange Zeit her! Setz dich! Kann ich dir was zu trinken anbieten?«

»Später vielleicht«, sagte Cain, während er sich auf dem Sofa niederließ. »Wie kommt's, daß ich keine Leibwächter sehe?«

»Wozu? Ich bin ein respektabler Geschäftsmann, und ich habe hier oben kein Bargeld.«

»Auf Sylaria gibt's vielleicht ein paar Leute, die dich gerne tot sähen«, meinte Cain.

Sokrates lachte. »Selbst wenn sie wüßten, wie sie

mich finden könnten — was nicht der Fall ist —, zweifle ich doch sehr daran, daß sich irgendeiner von denen an mich auch nur erinnert. Seitdem ich gegangen bin, haben sie vier oder fünf Diktatoren gestürzt.« Er wandte sich an Terwilliger. »Sind Sie gleichfalls Kopfjäger?«

»Nichts da«, erwiderte der Spieler amüsiert. »Ich bin bloß ein Besucher, der Ihr Angebot eines Drinks gern annimmt.«

»Was soll's sein?«

»Alles, was feucht ist.«

Sokrates ging zu einer Wand und berührte dort eine bestimmte Stelle, und einen Augenblick später glitt ein Paneel beiseite und enthüllte eine kleine, jedoch gut ausgestattete Bar.

»Wie wär's mit einem Whiskey?«

»Whiskey wäre toll«, sagte Terwilliger, während er einen kleinen Stuhl mit gerader Lehne herumschwang, ein Bein darüber warf und die Brust gegen die Rückenlehne drückte. Sokrates goß den Drink ein und reichte ihn dem Spieler, woraufhin er sich an Cain wandte.

»Verdammt, aber es tut gut, dich wiederzusehen, Sebastian«, sagte Sokrates und ließ sich ihm gegenüber auf einen wunderschönen handgeschnitzten Stuhl nieder. »Es muß jetzt ... warte ... vielleicht zwanzig Jahre her sein.«

»Einundzwanzig«, sagte Cain.

»Ich hoffe, dir geht's gut.«

»Ich kann mich nicht beklagen.«

»Ich auch nicht, wenn man's genau nimmt. Ich habe wirklich ein völlig neues Leben angefangen — neuer Name, neue Welt, neues Geld.«

»Wie ich sehe, hast du noch immer denselben Gefallen an den kleinen Luxusgegenständen des Lebens«, bemerkte Cain, während er auf das kostspielige Mobiliar deutete.

»Stimmt«, lautete die Antwort. »Aber dann — was ist das Leben ohne ein bißchen Luxus?« Er hielt inne. »Sag mir also, Sebastian, warum hast du nach all der Zeit die Kosten für eine Reise zu mir auf dich genommen?«

»Information.«

Plötzlich war Sokrates ganz Geschäftsmann.

»Kaufen oder verkaufen?«

»Kaufen.«

»Ich erwarte jemanden in ein paar Minuten, also müssen wir uns etwas kürzer fassen, als mir lieb ist, obgleich wir später essen gehen und über alte Zeiten reden können. In der Zwischenzeit — hinter was für einer Art von Information bist du her?«

»Ich suche jemanden. Du kannst mir dabei helfen, ihn zu finden.«

»Wenn es in meiner Macht steht. Wer ist es?«

»Santiago.«

Sokrates runzelte die Stirn. »Tut mir leid, Sebastian. Frage mich wegen sonstwem, für die Antwort werden dir keine Kosten entstehen.«

»Ich suche niemanden sonst«, sagte Cain.

»Dann solltest du's tun. Laß ihn in Ruhe!«

»Eine freundschaftliche Warnung?« fragte Cain.

»Eine ernsthafte. Er ist ein paar Nummern zu groß für dich.« Sokrates hielt inne. »Teufel, er ist *für jeden* ein paar Nummern zu groß.«

»Was will er dann mit einem Kredithai?«

»Ich bin *Finanzier*«, erwiderte Sokrates.

»Ich weiß genau, was du bist«, sagte Cain. »Ich weiß eben nur nicht, warum er mit dir Geschäfte machen muß. Er kann nicht knapp bei Kasse sein.«

»Ich habe von Zeit zu Zeit Treffen zwischen den verschiedenen Parteien einer geschäftlichen Transaktion vermittelt.« Sokrates lächelte. »Meine Berufung, wie ich sie sehe, liegt darin, Abstauber mit Gelegenheiten zum Abstauben zusammenzubringen.«

»Was ich so sehe, hätte ich gedacht, deine Berufung läge auf einer anderen Schiene«, sagte Cain, wobei er auf die Kruzifixe und Ikonen deutete.

Sokrates hob die Schultern. »Man tut, was man tun muß. Der Herr ist sehr verständnisvoll — insbesondere, wenn Er die Größe meiner wöchentlichen Gaben sieht.«

»Ich werde selbst eine großzügige Gabe darbringen, wenn du mir sagst, was ich über Santiago wissen muß.«

»Steht außer Frage.«

»Nenn deinen Preis!«

»Es gibt keinen Preis«, erwiderte Sokrates. »Das ist nicht zu verkaufen.«

»Ich will ja nicht zu sehr den Finger drauflegen, Whittaker, aber alles, was du je besessen hast, stand zum Verkauf.«

Sokrates seufzte tief. »Damit meinst du zweifellos Sylaria.«

»Natürlich«, sagte Cain.

»Das war eine völlig andere Situation. Ich habe eine korrupte und träge Regierung abgelöst ...«

»Und du hast alles derart verschlimmert, daß dich die Demokratie schließlich gekauft hat.«

»Das ist eine unfaire und ungerechte Bemerkung, Sebastian.«

»Komm schon, Whittaker, ich bin dabeigewesen, als deine feuernden Truppen zehntausend Männer und Frauen abgeschlachtet haben.«

»Wir machen alle Fehler«, sagte Sokrates leichthin. »Ich bin der erste zuzugeben, daß das einer meiner Fehler war.«

»Es ist für sie ganz bestimmt sehr beruhigend zu wissen, daß du so fühlst.«

»Ich hätte dreißigtausend töten sollen«, sagte Sokrates ernsthaft.

Terwilliger kicherte, während Cain ihn bloß anstarrte.

»Nach einer Revolution«, fuhr Sokrates fort, »assimiliert man entweder seine Feinde, oder man entledigt sich ihrer. Das einzige, was man nicht tut, ist, sie laufenzulassen, so daß sie sich gegen einen verschwören können. Es waren zu viele zum Assimilieren, also hätte ich sie alle loswerden sollen. Wie sich herausstellte, hatte ich ein zu weiches Herz; ich *glaubte* an all den Quatsch, den ich gewöhnlich hinausblubberte. Daher verbrachte ich neunzig Prozent meiner Zeit damit, meinen Arsch zu schützen, und zehn Prozent mit dem Versuch, Sylaria wieder auf die Beine zu stellen. Ist's da noch ein Wunder, daß der Versuch gescheitert ist?«

»Du bist mehr als nur gescheitert, Whittaker«, sagte Cain. »Du hast Sylaria, verflucht noch mal, in weit schlimmerem Zustand zurückgelassen, als du's vorgefunden hattest.«

»Das bezweifle ich doch sehr«, erwiderte Sokrates. »Ich mag die Steuern erhöht und das Kriegsrecht aufrechterhalten haben, aber ich bin die illegalen Fahndungen losgeworden und habe örtlich einige Wahlen zugelassen.«

»Und hast die Sieger umgelegt.«

»Nur einige davon. Nur diejenigen, die versucht haben, mein Regime zu sabotieren.« Er lächelte. »Abgesehen davon, haben sie auf lange Sicht gesehen gewonnen, oder? Ich meine, verflucht, sie kontrollieren den verdammten Planeten, während ich hier bin und mich hinter einem Pseudonym verstecke.«

»Nachdem du den Staatsschatz geplündert hast«, bemerkte Cain.

»Reise- und Nebenkosten«, sagte Sokrates mit einem Achselzucken. »Die Demokratie hat mich nicht gerade sehr üppig bezahlt, damit ich meinen Posten räumte — sicherlich nicht soviel, wie sie hätte bezahlen sollen.« Er lehnte sich gemütlich in seinem Stuhl zurück. »Du mußt lernen, Realist zu sein, Sebastian.«

»Ich bin einer geworden«, sagte Cain. »In nicht geringem Ausmaß dein Verdienst.«

»Siehst du? Es besteht keinerlei Notwendigkeit für diese verbliebene Bitterkeit. Wir sind beide losgezogen, bessere Menschen zu werden. Ich habe Gott gefunden, ebenso wie ein bescheidenes Vermögen, und du bist ein erfolgreicher Kopfjäger geworden sowie ein Realist. Sylaria hat uns beiden offensichtlich sehr viel Gutes getan.«

»Hast du Gott *gefunden*, oder hast du Ihn bestochen?«

»Es ist alles eine Frage der Sichtweise«, antwortete Sokrates. »Ich spende Seiner Kirche Tausende von Kredits und singe jeden Morgen Sein Lob, und Er beschützt mich ziemlich gut und hilft mir beim Erledigen meiner Geschäfte. Es ist eine Beziehung von wechselseitigem Nutzen.«

»Sicher«, meinte Cain bissig. »Aber wir kommen vom Thema ab.«

»Sylaria?«

»Santiago.«

Sokrates schüttelte den Kopf. »Wie ich dir bereits gesagt habe — dieses Thema ist abgeschlossen.«

»Was kostet es, es zu öffnen?«

»Mehr Geld, als du jemals besitzen wirst«, sagte Sokrates. »Die Demokratie hat mich lediglich absetzen können. Ich versichere dir, Santiago könnte weitaus Schlimmeres tun.«

»Da ist Santiago nicht der einzige«, sagte Cain, griff in eine seiner vielen Taschen und zog eine kleine Keramikwaffe hervor, die er auf Sokrates richtete.

»Wie hast du die an meinem Sicherheitssystem vorbeischleusen können?« fragte Sokrates ohne jedes Zeichen von Furcht oder Erschrecken.

Cain lächelte. »Meinst du etwa, du bist die einzige Person in der Galaxis mit einem Sicherheitssystem? Kopfjäger sehen sie jeden Tag. Die Molekülstruktur dieser Pistole ist so geändert worden, daß kein Suchapparat auf sie anspricht.«

»Sehr einfallsreich!« kommentierte Sokrates. »Aber sie wird dir dennoch nichts nutzen. Schließlich: Wenn du mich tötest, wie kann ich dir sagen, was ich weiß?« Er griff langsam in eine Tasche, holte eine Zigarre heraus und zündete sie an.

»Und falls du dich weigerst, mir etwas zu sagen«, gab Cain zurück, »warum sollte ich dich am Leben lassen?«

»Du bist Kopfjäger«, sagte Sokrates zuversichtlich. »Du tötest für Geld. Auf meinen Kopf steht kein Preis.«

»Strapaziere dein Glück nicht!« sagte Cain. »Du bist einer der Männer, bei denen ich nichts dagegen hätte, sie ohne Entgelt zu töten.«

Sokrates kicherte erheitert. »Wie sich herausgestellt hat, sind wir eine merkwürdige Bande von Menschenfreunden gewesen, damals auf Sylaria, nicht wahr?«

»Wenn ich du wäre, würde ich mir etwas mehr Sorgen machen, mein Freund«, sagte Terwilliger. »Es ist der Singvogel, der diese Pistole auf dich richtet.«

»Soll das etwas bedeuten?« fragte Sokrates, zog an seiner Zigarre und wirkte nicht im geringsten besorgt.

»Es bedeutet, er wird das tun, was er sagt«, meinte Terwilliger. »Für ihn ist das lediglich Geschäft. Er tut's die ganze Zeit über.«

»Ich zähle darauf, daß er ein bißchen heller ist als du«, erwiderte Sokrates ruhig. »Wenn er mich tötet, bringt ihm das nicht die Information, die er haben will, und ihr wißt bereits, daß ich jeden Augenblick Gesellschaft erwarte.«

»Es besteht kein Grund, dich am Leben zu lassen, es sei denn, du sagst mir, was ich wissen will«, meinte Cain. »Was deinen Besuch betrifft, so warst du schon früher als Lügner bekannt.«

»Nicht diesmal, Sebastian«, sagte Sokrates und blickte auf seinen Zeitgeber. »Sie hat sich sogar um ein paar Minuten verspätet.« Er lächelte. »Sie ist Reporterin. Wenn du mich jetzt umbringst, wirst du in jeder Nachrichtensendung von hier bis Deluros auftauchen.«

Cain starrte ihn einen langen Augenblick an. Dann sah er sich rasch im Zimmer um.

»Das ist eine sehr hübsche Schüssel«, sagte er und wies auf eine hübsch geriffelte Form. »Canphoriten?«

»Robelianer«, erwiderte Sokrates. »Warum?«

»Wieviel ist sie wert — etwa zwanzigtausend Kredits?«

»Mehr oder weniger.«

Cain feuerte kurz, und das Objekt zersprang in tausende winziger Scherben, während Terwilliger einen kurzen überraschten Ruf ausstieß.

»Was, zum Teufel, machst du da?« wollte Sokrates aufgebracht wissen. Er sprang auf, setzte sich dann jedoch ebenso rasch wieder, als Cain erneut die Waffe auf ihn richtete.

»Verhandeln«, antwortete Cain. »Wieviel hast du für das goldene Kruzifix mit dem Christus aus Juwelen bezahlt?«

»Verflucht noch mal, Sebastian! Das ist ein unbezahlbares Kunstwerk!«

»Du hast zehn Sekunden, einen Preis dafür zu benennen«, gab Cain zurück. »Und wenn du nicht gesagt hast, was ich wissen will, kriegst du eine weitere Sekunde, ihm einen Abschiedskuß aufzudrücken.«

Sokrates plumpste auf seinen Stuhl zurück. »Zerstöre sie alle«, sagte er resignierend. »Ich kann sie leichter ersetzen, als ich *mich* ersetzen kann.«

»Du meinst das wirklich, nicht wahr?«

»Ja.«

»Vielleicht bin ich das Ganze falsch angegangen.« Cain senkte seine Waffe um ein paar Zentimeter. »Wie hoch liegt der gegenwärtige Preis für eine Kniescheibe?«

»Nicht hoch genug«, sagte Sokrates herausfordernd.

»Whittaker Drum zeigt Mut? Das *ist* aber jetzt eine Überraschung!«

»Ich bin kein Held«, sagte Sokrates. »Aber es gibt nichts, was du mir antun kannst, im Vergleich zu dem, was *er* mir antun kann.«

»Wenn ich du wäre, würde ich kaum mein Leben darauf verwetten«, sagte Cain.

»Genau darum wette ich. Was du auch sonst tun wirst, du wirst mich nicht umbringen.«

Genau in diesem Augenblick ertönte ein schrilles Piepen.

»Das ist sie«, sagte Sokrates, wandte den Kopf und starrte einen kleinen holographischen Bildschirm an.

»Nichts da«, sagte Cain. »Was will sie?«

»Vielleicht dasselbe wie du.«

Noch einmal das Piepen.

»Wir melden uns besser«, sagte Terwilliger, wobei er den Bildschirm überprüfte, um sicherzustellen, daß Sokrates nicht log. »Sie muß wissen, daß er hier ist.«

Cain nickte, und der Spieler ging zu einem kleinen Kontrollpaneel genau hinter Sokrates' Stuhl hinüber. Die ersten beiden Knöpfe, die er drückte, durchfluteten das Appartement mit Musik und dimmten das Licht im Vestibül, aber schließlich hieb er auf den richtigen Knopf, und sie hörten, wie sich die Eingangstür öffnete.

Einen Augenblick später betrat eine blonde Frau Mitte dreißig das Zimmer. Sie hatte ein paar Pfund Übergewicht, obgleich sie weit entfernt davon war, fett zu sein, ihr Überkleid und ihre Hosen waren eher praktisch als modisch, und sie hatte keinerlei Make-up aufgelegt. Über der Schulter trug sie eine Ledertasche.

Sie erfaßte die Lage mit einem einzigen Blick und wandte sich sofort an Cain.

»Bringen Sie ihn nicht um, bis ich nicht mit ihm gesprochen habe«, sagte sie. »Es wird für Sie der Mühe wert sein!«

»Niemand bringt bislang irgend jemanden um«, warf Sokrates ungerührt ein. »Wir sind noch immer im Stadium des Drohens.«

»Wer sind Sie, und was haben Sie hier verloren?« fragte Cain, stand auf und trat einige Schritte zurück, um beide, sie und Sokrates, im Auge zu behalten.

»Das könnte ich Sie gleichfalls fragen«, entgegnete sie.

»Könnten Sie«, stimmte er zu. »Aber ich habe Sie zuerst gefragt, und ich habe die Waffe.«

Sie starrte ihn einen Augenblick lang an, hob daraufhin die Schultern. »Mein Name ist Virtue MacKenzie. Ich bin Journalistin; ich mache holographische Dokumentarfilme.«

»Was tun Sie hier?«

»Ich wollte ein Feature über Sokrates machen.«

»Wo sind Ihre Techniker?«

»Ich mache alles selbst«, sagte sie. »Und mir reicht es jetzt mit Antworten. Jetzt sind Sie an der Reihe.«

»Ich habe noch eine Frage«, sagte Cain. »Haben Sie bereits mit Whittaker Drum gesprochen?«

»Wer, zum Teufel, ist Whittaker Drum?«

Cain lächelte zufrieden. »In Ordnung. Sie haben mir alles gesagt, was ich wissen mußte.« Er hielt einen Augenblick lang inne. »Terwilliger, bring sie 'raus!«

Der Spieler näherte sich ihr.

»Das ist nah genug«, sagte Virtue drohend.

Terwilliger grinste und tat einen weiteren Schritt vorwärts. Und während er das tat, schnellte sie mit einem Fuß vor und traf ihn genau unterm Knie. Er fiel zu Boden, fluchte und wimmerte und hielt sich liebevoll das Knie.

»Sie hören nicht sonderlich gut zu, nicht wahr?« fragte sie geringschätzig.

»Oijoijoijoi!« sagte Sokrates, ungeheuer amüsiert. »Das *wird* ausgesprochen lustig!«

»Du hältst das Maul!« fauchte Cain.

»Sind Sie jetzt bereit, *meine* Fragen zu beantworten?« wollte Virtue wissen. Sie achtete nicht weiter auf Terwilliger und wandte sich wieder an Cain.

»Also gut«, sagte er.

»Wer sind Sie?«

»Sebastian Cain.«

»Derjenige, den man den Singvogel nennt?« fragte sie.

Er schnitt eine Grimasse. »Ja.«

»Warum wollen Sie ihn umbringen?«

»Will ich gar nicht«, erwiderte Cain. »Ich will dasselbe wie Sie.«

»Und was will *ich?*«

»Informationen über Santiago.«

»Warum denken Sie das?«

»Weil Sie nicht wissen, daß Sokrates Whittaker Drum war — und das einzig Wichtige, das er getan hat, seitdem er sich in Sokrates umbenannt hat, ist, daß er Sokrates begegnet ist.«

»Das weise ich zurück«, sagte Sokrates.

»Was ist *Ihr* Interesse an Santiago?« fragte Virtue.

»Professionell«, sagte Cain. »Und Ihres?«

»Desgleichen«, gab sie zurück. »Ich mache *wirklich* Dokumentarfilme. Ich habe ein Dutzend Finanziers davon überzeugen können, daß ich ein Exklusiv-Feature über Santiago machen könnte, und es ist mir gelungen, aus ihnen einen ziemlich bedeutenden Vorschuß herauszuquetschen.«

»Und jetzt müssen Sie liefern«, meinte Cain erheitert.

Sie nickte. »Es hat mich nahezu ein Jahr gekostet, so weit zu kommen. Ich möchte nicht, daß Sie ihn umbringen, ehe ich mit ihm gesprochen habe.« Sie warf Terwilliger, der unter Schmerzen aufstand, einen Blick zu. »Wer ist denn der?«

»Niemand sehr Wichtiges«, sagte Cain.

»Meinen ausgesprochenen Dank«, brummte der Spieler, streckte das Bein und wimmerte vor Schmerz. »Irgendwas ist wohl gebrochen!«

»Wenn's das wäre, könnten Sie's wohl kaum so bewegen«, sagte Virtue. »Hören Sie jetzt auf zu jammern und halten Sie den Mund!«

Terwilliger funkelte sie an und machte sich daraufhin wieder daran, sich das Knie zu massieren.

»Also gut, Mr. Cain«, sagte sie, wobei sie sich an den Kopfjäger wandte. »Was jetzt?«

»Was schlagen Sie vor?«

»Unsere Interessen sind parallel, jedoch nicht identisch«, erwiderte sie. »Mir ist es egal, ob Sie Santiago umbringen, so lange ich mein Feature bekomme — und ich vermute, Sie werden mir das Feature nicht mißgönnen, so lange Sie Ihre Belohnung bekommen. Ich sehe nicht viel Sinn darin, bis aufs Messer darum zu kämpfen, wer ihm die nötigen Informationen aus der Nase ziehen muß.«

Er nickte. »Was uns zu Whittaker zurückbringt.«

Sokrates lächelte. »Nichts hat sich geändert, Sebastian. Du kannst es dir nicht leisten, mich umzubringen, und ich kann's mir nicht leisten, Santiago wissen zu lassen, daß ich ihn betrogen habe. Während du mir also eine Menge Schmerzen zufügen kannst, wirst du dennoch nicht das Gewünschte erhalten.«

»Das ist die eine Möglichkeit«, gab Cain zu. »Andererseits wird es dich eine Menge mehr schmerzen, herauszufinden, ob du irgendwann zusammenbrichst, als mich.«

»Seien Sie kein Esel, Cain!« sagte Virtue. »Es gibt eine einfachere Möglichkeit als diese.«

»Ich bin ganz Ohr für Vorschläge«, erwiderte Cain.

»Wir injizieren ihm ein paar Kubikzentimeter Niathol, und er wird uns alles sagen, was wir wissen wollen.«

»Niathol tragen Kopfjäger für gewöhnlich nicht mit sich herum«, sagte Cain ätzend.

»Ist's dann nicht ein Glück für Sie, daß ich mich vorbereitet habe?« fragte sie, wobei sie ihre Tasche öffnete.

»Sie haben damit gerechnet, es gebrauchen zu müssen?«

»Ich habe die Möglichkeit nicht ausgeschlossen«, entgegnete sie, zog ein kleines Päckchen heraus und öffnete es.

»Sie konnten von meiner Anwesenheit nichts gewußt haben. Wie wollten Sie ihn dann ruhigstellen?«

»Auf die gleiche Weise, wie ich Ihren Freund davon überzeugt habe, mich in Ruhe zu lassen«, erwiderte sie und holte eine kleine Phiole heraus, die in ein gekühltes Isolierband gewickelt war. Einen Augenblick später füllte sie eine kleine sterile Spritze.

»Nun, Whittaker«, sagte Cain, »wirst du selbst dafür sorgen, daß wir das hier leicht über die Bühne kriegen, oder werde ich dich festhalten müssen?«

»Also gut, Sebastian«, sagte Sokrates mit einem Seufzer. »Laß die Droge sausen! Ich werde dir alles sagen, was du wissen willst.«

»Das ist sehr vorausschauend von dir, aber ich glaube, so lange wir das Niathol haben, werden wir uns nicht damit aufhalten, uns auf die Verschrobenheiten deines Gedächtnisses zu verlassen. Roll den Ärmel hoch!«

Sokrates tat, wie ihm geheißen, und Virtue ging mit der Spritze quer durch das Zimmer auf ihn zu.

»Das sieht, verdammt noch mal, nach weit mehr aus als zwei Kubikzentimeter«, bemerkte Cain.

»Es kann nicht wieder eingefroren werden«, erwiderte sie. »Wir werfen einfach die Spritze in einen Atomisierer, wenn wir fertig sind.«

»Terwilliger!« befahl Cain. »Geh dort drüben hin und halte ihn ruhig, nur für den Fall, daß ihm eine Sinnesänderung widerfährt!«

Terwilliger starrte Sokrates widerwillig an.

»Warum tust du's nicht selbst?« schlug der Spieler vor.

»Mein Job besteht darin, die Pistole zu halten«, sagte Cain. »Deiner darin, zu tun, was ich dir sage. Los, mach schon; er wird dich nicht treten!«

Terwilliger humpelte sehr vorsichtig zu Sokrates hinüber.

»Mir ist Niathol bekannt, aber ich hab's niemals benutzt«, sagte Cain. »In meinem Geschäft sind wir gewöhnlich nicht hinter Geständnissen her. Wie lange braucht's, bis der Effekt eintritt?«

»Etwa neunzig Sekunden«, erwiderte Virtue. »Vielleicht ein wenig länger.« Sie befahl Terwilliger, Sokrates' Arm festzuhalten, stach ihn ein Dutzend Mal, bis sie eine Vene gefunden hatte, und injizierte dann das Niathol.

Und dann geschah alles so rasch, daß sich noch nicht einmal Cain der exakten Reihenfolge sicher war.

Mit der freien Hand nahm Sokrates wie nebenbei die Zigarre aus dem Mund und drückte sie dann jäh auf Virtues rechtes Handgelenk. Sie kreischte auf und sprang zurück, wobei sie die Spritze losließ, die in seinem Arm steckenblieb. Terwilliger reagierte instinktiv mit einem Schwinger auf Sokrates. Der landete auf Sokrates' Hals, aber der Impuls brachte den Körper des Spielers zwischen Cain und Sokrates.

»Auf den Boden!« rief Cain, aber im gleichen Moment, als ihm die Worte aus dem Mund kamen und Terwilliger zu Boden stürzte, hatte Sokrates den Kolben der Spritze bis auf den Grund durchgedrückt, ehe ihn Virtue daran hindern konnte.

»Du verlierst, Sebastian«, sagte er mit ironischem Lächeln, als Cain klar wurde, was er getan hatte, und die Waffe senkte.

»Du blöder Hund!« fauchte Virtue. »Innerhalb einer Minute wirst du tot sein!«

»Auf diese Weise ist's zumindest schmerzlos«, sagte Sokrates, wobei seine Worte verwaschen wurden.

»Nun ja, da du deinem Gott jetzt von Angesicht zu Angesicht gegenübertreten wirst, hoffe ich um deines Heiles willen, daß Er ein vergebender Gott ist«, sagte Cain.

»Keine Sorge, Sebastian«, sagte Sokrates mit hohlem Lachen. »Das ist klar wie Kloßbrühe.«

Er fiel vornüber.

»Scheiße!« fauchte Virtue. »Wer, zum Teufel, hätte gedacht, daß er sowas tun würde?« Sie öffnete eines seiner Lider, starrte die Pupille einige Sekunden lang an und ließ es dann wieder zurückfallen. »Er ist hinüber.«

»Er ist wirklich tot?« fragte Terwilliger und starrte ihn an.

Virtue blickte ihn geringschätzig an und gab keine Antwort.

»Ganz herzlich Dank!« meinte Cain sardonisch.

»Tun Sie, verdammt noch mal, nicht so überlegen!« schoß sie zurück. »Wenn Sie den Eindruck hatten, daß er sowas tun würde, hätten Sie's sagen sollen!«

»Ich hätte es auf meine Weise tun sollen.«

»Ihre Weise hätte ebenfalls nicht funktioniert. Verstehen Sie denn nicht, daß er eher gewillt war, alles zu erleiden, was Sie bieten konnten, als Santiago wissen zu lassen, daß er ihn verraten hat?« Sie hielt inne und starrte Sokrates nachdenklich an. »Was für eine Art Mann kann den Menschen eine derartige Furcht einpflanzen?«

»Vielleicht wären Sie besser dran, wenn Sie Ihren Vorschuß zurückgäben und es nicht herausfänden«, schlug Cain vor.

»Der größte Teil ist bereits ausgegeben«, erwiderte sie. »Ohne mein Feature kann ich nicht zurück. Abgesehen davon habe ich bereits ein Jahr meines Lebens für dieses Projekt vergeudet.«

»Es gibt Männer, die haben dreißig Jahre mit der Jagd auf Santiago verbracht«, bemerkte Cain.

»Die meisten davon kommen niemals so weit«, sagte Virtue. »Und die Journalistin, die wirklich Bänder oder Holos von Santiago zurückbringt, wird ebenso berühmt sein wie *er;* sie wird ein ganzes Lager nur für die Auszeichnungen benötigen, und sie kann für ihre restliche Karriere die eigenen Aufträge und Preise bestimmen.« Sie hielt inne. »Das ist die Mühe wert.«

»Viel Spaß dabei!«

»Noch bin ich nicht geschlagen«, sagte sie entschieden. »Ich habe andere Spuren.«

»Ach?« erwiderte er, jäh auf der Hut.

Sie nickte. »Nun, Mr. Cain?«

»Nun was?«

»Ich zeige Ihnen meine, wenn Sie mir die Ihren zeigen«, sagte sie mit einem Grinsen.

Er hob die Schultern. »Warum nicht?«

»Unter einer Bedingung.«

»Welcher?«

»Wir bleiben in Verbindung und statten einander über unsere Fortschritte Bericht ab.«

»Wie?«

Sie deutete mit dem Daumen in Terwilligers Richtung. »Benutzen Sie *ihn.* Für großartig was anderes ist er eh nicht zu gebrauchen, oder?«

»Jetzt aber mal 'n Augenblick, verdammt!« sagte der Spieler hitzig.

»Steht nicht zur Debatte«, sagte Cain. »Ich müßte ihm ein eigenes Schiff geben.«

»Lassen Sie ihn Ihres benutzen«, meinte Virtue. »So weit werden wir uns kaum voneinander entfernen.«

»Warum glauben Sie, er würde nicht einfach damit verschwinden?«

»Werdet ihr wohl aufhören, über mich zu reden, als wäre ich nicht hier?« verlangte Terwilliger gereizt.

»Halt's Maul!« fuhr ihn Virtue an. Sie wandte sich wieder Cain zu. »Bieten Sie ihm zehn Prozent der Belohnung. Das sollte ausreichen, sich die Loyalität des kleinen Bastards zu erkaufen.«

»Ich gebe ihm bislang keinen Anteil. Warum sollte ich das ändern?«

»Weil Sie bislang keinerlei Informationen haben.«

Cain senkte einen langen Augenblick nachdenklich den Kopf und blickte dann wieder auf.

»Wenn Ihre Fährten dieselben sind wie meine, ist das Geschäft hinfällig.«

»Das ist fair«, erwiderte sie.

»Kann *ich* dazu nicht mal was sagen?« fauchte Terwilliger.

»Sind zehn Prozent von zwanzig Millionen Kredits

genug für dich, so daß du tust, was dir gesagt wird, oder etwa nicht?« fragte Virtue.

Der Spieler funkelte sie an, woraufhin ihm aufging, was ihm geboten wurde, und er lächelte dümmlich. »Ich bin dabei«, sagte er.

»Irgendwie überrascht mich das nicht im geringsten«, erwiderte sie. »Na ja, *das* ist also erledigt. Jetzt würde ich vorschlagen, etwas mit der Leiche zu unternehmen.«

»Ich werde mich darum kümmern«, meinte Cain.

»Nachdem Sie dem örtlichen Postamt einen Besuch abgestattet haben, um nachzusehen, ob es irgendein Plakat von ihm gibt?« fragte sie.

»Stimmt genau.«

»Ich sollte wohl die Hälfte bekommen«, fuhr sie fort. »Es war mein Niathol, das ihn umgebracht hat.«

»Sind Sie Journalistin oder Kopfjägerin?« fragte Cain ätzend.

»Warum sagen wir nicht, ich bin eine unterbezahlte Journalistin, und lassen es damit gut sein?«

Er starrte sie an und nickte schließlich zum Einverständnis. »Also schön. Wenn es irgendeine Belohnung für ihn gibt, bekommen Sie die Hälfte.«

»Wissen Sie«, kommentierte Terwilliger, der sie forschend betrachtet hatte. »Sie könnten verdammt attraktiv sein, wenn Sie sich nur ein bißchen Mühe gäben.«

»Zu blöd, daß man das gleiche nicht von dir sagen kann«, meinte sie und richtete die Aufmerksamkeit wieder auf Cain. »Nun gut, Singvogel — sind Sie bereit, Notizen zu vergleichen?«

»Ich bin bereit«, antwortete er.

»Ich habe so den Eindruck, als würde das eine lange und reizende Beziehung werden«, prophezeite Virtue.

»Ich halte sie lediglich für profitabel«, entgegnete Cain.

»Darüber braucht man kein Wort zu verlieren.«

Er lächelte und schüttelte den Kopf. »Darüber muß man *immer* ein Wort verlieren.«

Sie streckte die Hand aus. »Partner?«

»Partner.«

Sie schüttelten sich die Hand über der unbetrauerten Leiche von Whittaker Drum.

Teil 2

Das Buch der Virgin Queen

6

Sie kann fluchen, sie kann saufen,
Sie ist die Virgin Queen.
Sie weiß, was sie will, kann sündigen und raufen,
Und heißt jungfräuliche Königin.

Der Name war ein Witz ganz nach dem Geschmack des Schwarzen Orpheus, denn wenn auch Virtue MacKenzie eine Menge war, im Guten wie im Schlechten, jungfräulich war sie ganz bestimmt nicht.

Er begegnete ihr nur einmal, draußen im Delphin-System — näher heran an die Demokratie wollte er niemals gehen —, und sie machte einen ziemlich großen Eindruck auf ihn. Damals trank sie und spielte Karten, und sie war sich seiner Gegenwart noch nicht einmal bewußt; aber als sie einen Journalisten in ihrer Begleitung beschuldigte, falsch zu spielen, und das mit ein paar raschen Tritten in seine Eier und einer Whiskeyflasche bekräftigte, die sie auf seinem Kopf niedersausen ließ, da waren ihr einige Verse in seinem stetig wachsenden Epos sicher.

Mehrere Monate lang wußte sie noch nicht einmal, daß sie aufgeschrieben worden war, und dann war sie wütend über den Namen, den er ihr aufgehalst hatte — nach einigen Wochen jedoch kühlte sich ihr Zorn ab, ziemlich genau zu der Zeit, als sie zu der Überzeugung kam, daß ihr die Tatsache, im Lied des Schwarzen Orpheus aufgenommen worden zu sein, ein paar Türen hier draußen im Grenzland öffnen könnte.

Was auch der Fall war. Sie mußte so lange warten, bis die Jünger und Interpreten der Ballade herausbekommen hatten, daß Virtue MacKenzie und die jungfräuliche Königin ein und dieselbe Frau waren und damit angefangen hatten, diese Information über das innere

Grenzland auszustreuen, aber sobald die Sache einmal klar war, half es ihr dabei, zu einigen bis dato unerreichbaren Orten auf Terranzane zu gelangen, wo sie von Sokrates hörte, und es verhalf ihr zu Sokrates' Anschrift, die sie von einem Händler auf Jefferson III erhielt.

Auf Pegasus jedoch half es ihr nicht sonderlich weit, aber das hier war die Demokratie, nicht das Grenzland, und der Schwarze Orpheus war hier nicht besser bekannt als all die Ausgestoßenen und Außenseiter, die er besang. Sie und Cain hatten ihre Informationen drei Wochen zuvor in Sokrates' Appartement ausgetauscht, wobei jeder der beiden einige Leckerbissen zurückgehalten hatte — zumindest nahm sie an, daß Cain einige Informationen zurückgehalten hatte; sie wußte, sie *hatte* welche zurückgehalten —, und es war entschieden worden, daß Cain besser ausgerüstet war, eine professionelle Killerin wie Altair von Altair aufzustöbern, während Virtue ihre Kanäle in der Demokratie besser kannte als er und ihre Jagd bei den älteren, etablierteren Welten der Demokratie beginnen würde.

Den Gutteil einer Woche hatte sie mit der Suche nach Salvatore Acosta verbracht, einem der vier schwarzen Händler, die Santiagos Waren der Sargasso-Rose geliefert hatten, und sie hatte über ihre eigenen Quellen herausgefunden, daß er zwei Monate zuvor auf Pegasus ermordet worden war.

Pegasus war früher eine Bergbauwelt gewesen, reich an Gold und spaltbarem Material, jetzt war sie ein überbevölkertes Mitglied der Demokratie. Sie war nach dem dominierenden Pflanzenfresser des Planeten benannt worden, einem kleinen pferdeähnlichen Tier mit ein paar fleischigen Ausbuchtungen hinter seinem Widerrist. (Sie waren niemals zu etwas anderem nutze gewesen als zum Aufrechterhalten des Gleichgewichts, sahen jedoch rudimentären Schwingen bemerkenswert ähnlich.)

Der Planet selbst war einer jener gelegentlich vorkommenden Welten, die erdgleich schienen, jedoch im üblichen Sinn des Wortes nicht bewohnbar waren. Er hatte Sauerstoff, Stickstoff und die verschiedenen Edelgase, die der Mensch benötigte, aber im falschen Mengenverhältnis, und wenn man dieser Atmosphäre zwanzig Minuten lang ausgesetzt war, ging einem der Atem aus, und man fing an zu keuchen; eine Stunde konnte für jemanden mit Atemproblemen tödlich sein; und selbst die robustesten Siedler konnten die Luft keine zwei Stunden lang atmen.

Aber aus gewissen Gründen — vielleicht war's die Aussicht, denn Pegasus war eine prächtige Welt, mit schneebedeckten Bergen und buchstäblich tausenden gewundenen Flüssen, und sie wurde von einer goldbraunen Vegetation beherrscht, welche die Landschaft ständig frisch und herbstlich aussehen ließ; wahrscheinlicher jedoch war's die Lage, denn Pegasus befand sich auf halber Strecke zwischen den Bergbauwelten von Spica und dem riesigen Finanzzentrum auf Dädalus II — wurde der Planet ein wirklich beliebter Ort. Die Bergleute hatten ursprünglich unter der Erde gelebt, hatten ihre Luft künstlich angereichert, während sie sich vor den extrem kalten Nächten schützten, aber sobald die Welt damit angefangen hatte, eine große Anzahl ständiger Bewohner anzuziehen, hatte man eine überkuppelte Stadt errichtet, daraufhin fünf weitere, und schließlich eine siebte, die fast so groß war wie die ersten sechs zusammengenommen. Alle Städte trugen griechische Namen: die jüngste und größte war Hektor, benannt nach dem angeblichen griechischen Krieger, von dem die örtlichen Historiker zu Unrecht annahmen, er sei entweder der Reiter oder der Trainer des geflügelten Pferdes gewesen.

Nachdem sie auf Pegasus eingetroffen und in Hektor ein Hotelzimmer genommen hatte, hatte Virtue MacKenzie sofort zu Leander Smythe Kontakt aufgenommen, einem Zeitungsmenschen, der ihr einen Gefallen schuldete. Er gestattete ihr nur sehr widerwillig, von ihrem Zimmercomputer aus Zugriff auf die Daten zu nehmen, die er über den Mord an Acosta hatte. Es waren nicht viele Informationen in Erfahrung zu bringen: Acosta hatte ein langes Register zwielichtiger Geschäfte und mehr als jede Menge Feinde. Ihm war die Kehle aufgeschlitzt worden, nachdem er die ›Perle der See‹ verlassen hatte, ein Restaurant nebst Bar, das die weniger bekömmlichen Elemente der Pegasus'schen Gesellschaft bediente, und er war auf der Stelle gestorben. Man nahm an, es handele sich um einen Mörder aus der Unterwelt, wenngleich auch nur deshalb, weil sich Acosta seit mehr als einem Jahrzehnt mit keinem Nicht-Kriminellen mehr zusammengetan hatte.

Anschließend rief Virtue den Einkaufs- und Restaurant-Führer auf, den jedes Hotel hatte, konnte die ›Perle der See‹ jedoch nirgendwo finden, ein untrügliches Zeichen dafür, daß ein bestimmter Pub oder ein Restaurant ein festes Stammpublikum hatte und neue Kunden weder benötigte noch wünschte. Daraufhin nahm sie Zugriff zu einer Video-Übersicht über die Stadt und steuerte die Gegend rund um das Restaurant an. Sie mutete ebenso glatt und glänzend und gut erhalten an wie das übrige Hektor, aber Virtue fiel auf, daß die Polizei in dieser Gegend zu zweit auf Streife ging — was ihre vorsichtige Entscheidung stützte, daß ein Besuch ohne Begleitung sowie das Stellen gezielter Fragen das damit verbundene Risiko nicht wert seien.

Fünf Minuten später war sie mit der Presseabteilung der örtlichen Polizeizentrale verbunden und wußte bald mit Sicherheit, daß die Behörden nicht gewillt waren, einer Journalistin von einer anderen Welt irgendwelche Informationen zu geben. Sie rief sofort zurück, bat darum, die Mordkommission sprechen zu können, gab sich als Acostas trauernde Halbschwester aus und wollte wissen, welche Fortschritte man beim Aufspüren seines Mörders gemacht habe. Die Antwort war einfach genug: Es hatte absolut keinen Fortschritt gegeben, und es würde auch keinen geben. Die abschätzige Art, wie man über Acosta sprach, hinterließ bei ihr den bestimmten Eindruck, daß das einzige, was man wirklich täte, wenn man den Mörder fände, wäre, ihm die Hand zu schütteln und vielleicht einen Orden anzuheften.

Schließlich ließ sie den Computer ihr Postfach überprüfen — ein stummer Terminal im städtischen Hauptpostamt —, um nachzusehen, ob es irgendeine Nachricht von Cain oder Terwilliger gebe, fand aber nichts vor, das dort auf sie wartete, und entschloß sich, etwas mehr Zeit damit zu verbringen, den Mord an Acosta zu untersuchen, ehe sie zu Khalythorpe ginge, dem methanatmenden Schmuggler, der als Nächster auf der Liste der Sargasso-Rose stand.

Sie bat ihren Computer, eine Gesamtabrechnung über die Ausgaben zu erstellen, die sie bislang gehabt hatte, fand heraus, daß sie fast dreihundert Kredits für Benutzer- und Zugriffsgebühren bezahlt hatte, und sagte ihm, er solle sie warnen, wenn sie die Fünfhundert-Kredits-Grenze erreicht hatte.

Daraufhin öffnete sie einen camorianischen Wodka, füllte damit ein Glas aus dem Bad, stellte sich vor, es sei ein Olive darin, nippte nachdenklich daran und entschied sich für ihren nächsten Schritt, der darin bestand, Zugriff zum Hauptcomputer der örtlichen Bibliothek zu nehmen. Sie ließ ihn die Zeitungsmeldungen der letzten fünf Jahre durchforsten, wobei er ein Auge auf Acostas Namen richten sollte, und fand absolut nichts. Daraufhin versuchte sie, ein paar Ähnlichkeiten zwischen seiner Ermordung und anderen Morden zu finden, die in der gleichen Gegend geschehen waren, und entdeckte, daß zweiunddreißig der neununddreißig Morde, die während des vergangenen Jahres in Hektor geschehen waren, innerhalb eines Kilometers rund um den Ort stattgefunden hatten, wo man Acosta gefunden hatte, und daß neunzehn Morde Resultat von Messerstechereien gewesen waren. Es war ganz gut möglich, schloß sie wenig glücklich, daß Acosta einfach zur falschen Zeit am falschen Ort gewesen war, daß kein Grund für die Annahme bestand, er sei wegen seiner Verbindung zu Santiago gestorben.

Eine Sackgasse folgte der nächsten, und schließlich sah sie sich zwei Möglichkeiten gegenüber: damit anzufangen, Leute zu befragen, die Acosta vielleicht gekannt haben mochten, oder aufzugeben und nach dem Methanatmer zu suchen. Sie traf ihre Entscheidung und instruierte daraufhin ihren Computer, eine visuelle Verbindung zu Leander Smythes' Büro herzustellen.

Einen Augenblick später erschien auf dem kleinen Bildschirm oberhalb des Lautsprechers ein korpulenter Mann mittleren Alters mit einem sichtlich ungleichmäßigen Haartransplantat.

»Ich weiß genau, ich werde es bedauern, das gefragt zu haben«, sagte er, als er sie erkannt hatte, »aber was kann ich für Sie tun?«

»Ich renne gegen eine Wand, Leander«, sagte sie.

»Wen versuchen Sie zu verarschen, Virtue?« entgegnete Smythe. »Sie sind erst vier Stunden lang auf diesem verdammten Planeten.«

»Das reicht völlig aus, um zu wissen, daß ich über die normalen Kanäle nicht das erfahren werde, was ich wissen möchte.« Sie hielt inne. »Ich mag es gar nicht, jemanden daran zu erinnern, daß er mir noch etwas schuldig ist«, fügte sie unaufrichtig hinzu, »aber ich benötige Ihre Hilfe.«

»Ich habe meine Schuldigkeit bereits heute morgen getan«, erinnerte er sie.

Sie lächelte. »Sie sind mir etwas Größeres als das schuldig, Leander. Oder hätten Sie es gerne, wenn ich Ihr Gedächtnis auffrische?«

»Nein!« sagte er rasch. »Dieser Kanal ist nicht sicher.«

»Dann laden Sie mich zum Essen ein, und wir reden von Angesicht zu Angesicht.«

»Ich habe zu tun.«

»Schön.« Sie hob die Schultern. »Dann werde ich mich nach jemand anderem aus Ihrem Netzwerk bemühen, der mir als Gegenleistung für eine sehr interessante Story über einen örtlichen Journalisten einen Gefallen tun wird.«

Sie streckte die Hand aus, um die Verbindung zu trennen.

»Warten Sie!« sagte er drängend.

Sie zog die Hand zurück und grinste triumphierend.

»Oben auf meinem Gebäude ist ein Restaurant«, sagte er. »Ich treffe Sie dort in einer halben Stunde.«

»Auf Ihre Kosten«, sagte sie. »Ich bin lediglich ein armes Arbeiter-Mädchen.«

Sie brach die Verbindung ab, versicherte sich, daß 493 Kredits für Computerbenutzung ihrer Hotelrechnung hinzugefügt würden, stellte einen Antrag (ohne viel Hoffnung) auf einen 10%igen Nachlaß für Profis, nahm den Aufzug zum vierten Stockwerk des Hotels hinab, ging auf den Bahnsteig hinaus, bestieg die Schwebebahn — der Ausdruck der Bewohner für die Einschienen-Hochbahn — und fuhr zu Smythes Bürogebäude. Im Vorüberfahren bemerkte sie, daß außerhalb der Kuppel ein Gewitter tobte und daß der mittägliche Himmel fast schwarz war, und sie fragte sich müßig, was die kleinen Pflanzenfresser, nach denen der Planet seinen Namen erhalten hatte, taten, um sich vor dem Unwetter zu schützen, denn sie hatte auf dem Weg vom Raumhafen zur Stadt verdammt wenig natürliche Unterschlupfmöglichkeiten gesehen.

Als sie Smythes Bürogebäude erreicht hatte, zeigte sie einem Sicherheitsmann an der Tür ihre Referenzen. Der Mann überprüfte sie oberflächlich, nickte und ließ sie zur oberen Lobby gehen, wo sie einen Aufzug zum Dach nahm.

Das Restaurant hätte jeden beeindruckt, der im Grenzland geboren worden war, aber Virtue fand, daß man ein bißchen zuviel des Guten getan hatte: Die Tische zu klein, das Mobiliar zu verschnörkelt, und es schwirrten zu viele blasierte Kellner herum. Sie versicherte sich, daß Smythe noch nicht da war, fand heraus, daß er einen Tisch für zwei Personen reserviert hatte, erlaubte dem Oberkellner, sie zu einem Stuhl zu geleiten und bestellte ein Mixgetränk von der Bar.

Smythe kam fünf Minuten später, ging direkt zur Bar, bestellte einen Drink für sich selbst und setzte sich dann zu ihr an den Tisch.

»Es tut gut, Sie nach all den Jahren wiederzusehen, Virtue«, sagte er, wobei er sie mit einem aufgesetzten Lächeln begrüßte.

»Nett von Ihnen, das zu sagen«, erwiderte sie bissig. »Und wie gut Sie lügen können!«

»Lassen Sie uns wenigstens die Illusion eines zivilisierten Umgangs miteinander beibehalten«, sagte er ungerührt. »Auf jeden Fall, bis wir gegessen haben.«

»Paßt mir auch.«

Er nahm die Karte, gab vor, sie einen Augenblick lang zu studieren, empfahl Virtue ein Menü, winkte einem Kellner und bestellte für sie beide.

»Ist lange her«, sagte er, als der Kellner in der Küche verschwunden war. »Wieviel sind's jetzt — fünf Jahre?«

»Sechs.«

»Von Zeit zu Zeit habe ich Ihre Verfasserzeile gesehen, wenn einige Ihrer Features zum Verkauf anstanden. Das war 'ne ziemlich gute Sache da, über den Krieg mit den Borgaven.«

»Häßliche Viecher, nicht wahr?« kommentierte sie.

»Wie ist es Ihnen gelungen, mit der ersten Invasionswelle zu landen?« fragte er. »Die ist gewöhnlich den älteren Korrespondenten vorbehalten.«

»Ich habe einen netten jungen Major bestochen.«

»Das haut hin«, sagte er mit einem Anflug von Bitterkeit. »Sie wußten stets, wie Sie das bekamen, was sie haben wollten.«

»Tu ich noch immer«, sagte sie, wobei sie ihn direkt anstarrte.

Einen Augenblick lang begegnete er ihrem Blick und sah anschließend unbehaglich beiseite. »Haben Sie je diesen Burschen geheiratet, mit dem Sie zusammengelebt haben?«

»Ich habe mit einer Menge Leute zusammengelebt«, erwiderte sie. »Aber niemals einen davon geheiratet.«

»Schade.« Er zog eine hübsche Zigarettenschachtel heraus und bot ihr eine Zigarette an.

»Nein, danke.«

»Sie sind sehr gut«, sagte er, holte eine heraus und zündete sie an. »Aus dem Kakab Kastu-System importiert.«

»Ich bevorzuge meine eigenen«, sagte sie und zog ihrerseits eine Schachtel heraus.

»Finden Sie die nicht ein bißchen stark?« fragte er.

»Ich rauche sie, seitdem ich im Grenzland bin«, erwiderte Virtue. »Nach einer Weile gewöhnt man sich daran.«

»Sie sind im Grenzland gewesen?«

»Fast ein Jahr lang.«

»Was haben Sie da draußen getan?«

»Dasselbe, was ich auf Pegasus tue. Ich folge einer Story.« Sie hielt inne. »Ich habe mir auch einen ziemlich interessanten Partner angelacht.«

»Ich dachte, Sie arbeiten stets allein«, sagte Smythe.

»Diesmal brauche ich Hilfe.«

»Irgend jemanden, den ich kenne?«

»Wohl kaum«, erwiderte Virtue. »Je vom Singvogel gehört?«

Er schüttelte den Kopf. »Ist das ihr Kürzel?«

»Es ist ein er.«

»Ich habe seine Features nie gesehen.«

»Das ist nicht weiter überraschend. Er ist Kopfjäger.«

»An welcher Story arbeiten Sie, verdammt noch mal?«

»Wenn ich Ihnen das sage, haben wir den Austausch

von Höflichkeiten hinter uns gebracht und reden vom Geschäft.«

Er rückte unbehaglich hin und her, nickte jedoch zum Einverständnis. »Früher oder später werden wir's eh tun. Ich schätze, wir sollten's hinter uns bringen.« Er hielt inne. »Salvatore Acosta war ein unbedeutender Schmuggler, der bankrott gestorben ist. Er war nicht mehr wert als einen fünfsekündigen Nachruf. Hinter wem sind Sie also eigentlich her?«

»Santiago.«

Er lachte. »Sie und zehntausend andere Journalisten.«

»Ich bin anders«, sagte Virtue ernsthaft. »Ich werde ihn erwischen.«

»Ich wünsche Ihnen Glück!«

»Ich brauche kein Glück«, erwiderte sie. »Ich brauche Informationen.«

»Sie wissen womöglich mehr über Acosta als ich.«

»Vergessen Sie Acosta«, meinte Virtue. »Er ist eine Sackgasse. Ich brauche was anderes.«

»Was zum Beispiel?«

»Jemanden, der mir sagen kann, wo Santiago ist.«

Smythe lachte erneut. »Warum bitten Sie nicht um eine Million Kredits, wo Sie gerade dabei sind? Das eine ist ebenso wahrscheinlich wie das andere.«

»Diese Person muß nicht Santiagos Hauptquartier kennen. Sie muß mir nur die richtige Richtung weisen.«

»Warum, zum Teufel, nehmen Sie an, jemand auf Pegasus hat irgendwas mit Santiago zu tun?«

»Weil, bei allem schuldigen Respekt vor Ihrer schönen Stadt, sie nicht gerade ein Kurort ist. Acosta war hier, um einige Waren oder etwas Geld zu liefern, oder es von hier mitzunehmen. Er hat vielleicht nicht direkt mit der Person gehandelt, die ich haben will — aber das bedeutet nicht, daß Sie mir nicht dabei helfen können, diese Person zu finden.«

»Wollen Sie mir etwa sagen, Acosta habe für Santiago gearbeitet?«

»Indirekt. Ich bezweifle, daß sie einander je begegnet sind. Acosta war einfach ein Kanal für gestohlene Güter, oder vielleicht auch gestohlenes Geld. Was ich von Ihnen benötige, ist der Name des größten Unternehmers in Hektor.«

»Harrison Brett«, erwiderte Smythe ohne zu zögern.

»Hat er ein Vorstrafenregister?«

»Ja.«

»Erzählen Sie mir davon!«

»Er ist dreißig Mal in Untersuchungshaft genommen worden.«

»Irgendwelche Verurteilungen?«

Smythe sah unbehaglich drein. »Zwei.«

»Zur Bewährung ausgesetzte Strafen?«

Er nickte.

»Wen schmiert er?«

Smythe hob die Schultern. »Alle und jeden.«

Sie lächelte. »Nun kommen Sie schon, Leander — Sie reden mit Virtue, nicht mit irgendeinem Trottel in Ihrem Büroraum. Sie wissen, was ich will.«

»Warum üben Sie nicht Druck auf Brett aus?« fragte er in einem Tonfall, der durchblicken ließ, daß er die Antwort ebenso wußte wie sie.

»Wie üben Sie Druck auf einen Mann aus, der weiß, daß er nicht in den Knast geht?« erwiderte sie. »Den Namen, bitte!«

»Ich weiß keinen anderen Namen«, sagte er.

»Nicht klug, Leander«, sagte sie unheilvoll. »Überhaupt nicht klug!«

»Es ist die volle Wahrheit«, entgegnete er verteidigend.

»*Ich* kenne jedoch einen anderen Namen«, sagte sie. »Der Name, den ich kenne, lautet Leander Smythe. Ich weiß sogar einige Tatsachen, die mit dem Namen einhergehen. Wollen Sie sie hören?«

»Nein«, sagte er, während er hastig an seiner Zigarette zog.

»Es sind interessante Fakten«, fuhr sie fort. »Sie handeln davon, wie er bei seiner ersten großen Story Beweise gefälscht und dabei geholfen hat, einen unschuldigen Mann für acht Jahre hinter Gitter zu schicken.«

»Sie haben mich *gedeckt*, um Christi willen!« zischte er. »Wenn Sie wußten, daß er unschuldig war, warum haben Sie die Story dann nicht blockiert, als Sie die Möglichkeit dazu hatten?«

»Oh, er hatte es verdient, ins Kittchen zu wandern«, sagte sie freundlich. »Er war ein Hurensohn durch und durch, und die Polizei hatte jahrelang versucht, ihn festzunageln.« Sie starrte ihn ernst an. »Aber die Tatsache bleibt bestehen, daß er in Hinblick auf diejenigen Vorwürfe unschuldig war, die man aufgrund Ihrer Informationen gegen ihn vorbrachte.«

»Dann hätten Sie damals was sagen sollen.«

»Das habe ich auch getan«, entgegnete sie und leerte ihren ersten Drink. »Ich habe Ihnen gesagt, Sie schulden mir einen Gefallen, im Austausch für mein Schweigen, und daß ich eines Tages käme, ihn einzulösen.«

»Wissen Sie«, sagte er unglücklich, »ich habe Sie niemals sehr gut leiden können. Sie sind stets zu ehrgeizig gewesen, haben immer Pläne geschmiedet und intrigiert.«

»Warum sollte ich das ableugnen?« fragte sie ruhig. »Ich füge lediglich hinzu, daß es Leute wie Sie sind, die einem das einfach machen.«

»Was werden Sie tun, wenn Sie schließlich obenauf sind und es keine weiteren Leichen mehr gibt, über die Sie gehen können?«

»Zum größten Teil werde ich's genießen«, erwiderte sie. »Und ich werde mich, verdammt noch mal, besser zu schützen wissen, als ihr übrigen es alle jemals getan habt.«

»Wie viele weitere Gefallen haben Sie über die Jahre hinweg angehäuft?« fragte er bitter.

»Ein paar.«

»Und wie viele andere Leute haben Sie damit erpreßt?«

»Ich erpresse Sie nicht, Leander«, erwiderte Virtue. »Ich habe andere Spuren. Wenn Sie mir keinen Gefallen tun wollen, müssen Sie's auch nicht. Vergessen Sie einfach, daß ich Sie um etwas gebeten habe.«

»Das meinen Sie ernst?«

»Völlig.« Sie hielt inne. »Natürlich werde ich Ihren oberen einen Besuch abstatten müssen. Schließlich bin ich Journalistin — und was Sie getan haben, ist eine Nachricht wert, selbst nach all den Jahren.« Sie lächelte. »Seien Sie unbesorgt, Sie werden dafür nicht ins Kittchen müssen — aber Sie suchen sich wohl besser einen neuen Beruf.«

»Haben Sie jemals etwas getan, nur ein einziges Mal, ohne den Gedanken daran, etwas zurückzuerhalten?« fragte er.

»Ja.«

»Wie alt sind Sie da gewesen? Sechs?«

»Jünger. Und ich habe sofort gesehen, daß darin kein Gewinn liegt.«

»Wen hatte Ihr Kopfjäger für Sie zu töten, ehe Sie mit ihm gemeinsame Sache gemacht haben?«

»Eigentlich mußte er damit warten, jemanden zu töten«, sagte Virtue. »Aber wir kommen vom Thema ab. Ich brauche einen Namen.«

Nervös zündete er sich eine neue Zigarette an, ehe die alte aufgeraucht war. »Sie müssen verstehen: Ich darf damit nicht in Verbindung gebracht werden.«

»Das werden Sie auch nicht«, versicherte sie ihm, wobei sie sich gespannt vorbeugte. »Der Name!«

»Damit hat es sich dann?« fragte er. »Sie werden diese verdammte Story niemals mehr aufs Tapet bringen?«

»Ich verspreche es.«

Er seufzte. »Dimitri Sokol.«

»Wie groß ist er?«

»Sehr groß. Er ist Multimillionär, leitender Direktor

von einem halben Dutzend Firmengruppen, er hat ein Dutzend politischer Ämter inne, und es geht das Gerücht, er sei dabei, sich einen Botschafterposten auf Lodin Elf zu kaufen.«

»Das wird ja immer besser!« sagte sie mit dem Grinsen eines Raubvogels. »Was haben Sie über ihn?«

»Offiziell nichts.«

»Nun kommen Sie schon, Leander. Spucken Sie einfach alles aus, und vergessen Sie dann, daß Sie's mir gesagt haben. Frauen?«

Smythe schüttelte den Kopf. »Überhaupt nicht.«

»Männer? Kleine Jungs? Drogen?«

»Lediglich Geld. Er finanzierte ein Schmuggel-Unternehmen draußen im Binder-System, obgleich ich annehmen möchte, daß es einen ein paar Leben kosten dürfte, den Schleier um seine Unternehmungen zu lüften. Ich habe das Gefühl, er war peripher in ein paar Morde vor sechs Jahren verstrickt — *sehr* peripher —, und ich weiß, er ist bestochen worden und hat selbst bestochen. Wie dem auch sei, irgendwann auf seinem Weg hat er sich dazu entschlossen, respektabel sein zu wollen, und er hat während der vergangenen drei Jahre sein Image kräftig aufpoliert.«

»Und jetzt will er Botschafter werden?«

»Ist mir gesagt worden.«

»Also gut, Leander — fangen Sie damit an, mir Namen und Daten zu geben, und dann, glaube ich, können wir getrennter Wege gehen.«

»Ich *weiß* keine Namen und Daten sicher. Alles Geschwätz und Mutmaßung.«

»Klar. Also, schießen Sie los!«

»Verdammt! Ich wünschte, ich könnte Ihnen eine Selbstmordpille oder sowas geben, nur für den Fall, daß das hier nicht funktioniert.«

»Ich würde sie nicht nehmen.«

»Ich weiß«, brummte er.

Ihre Mahlzeit kam, und während des Essens — sie aß

begeistert, er völlig interesselos —, breitete Smythe die Details von Sokols Geschäften aus, die er hatte zusammensetzen können. Virtue machte sich keine Notizen, aber wie er wußte, war sie imstande, die Liste einen Monat später wörtlich zu rezitieren.

»Ich versuche, mit Sokol einen Termin für morgen nachmittag zu arrangieren«, verkündete Virtue, als sie das Dessert beendet hatten und an ihren After-Dinner-Drinks nippten.

»Was veranlaßt Sie zu glauben, daß er sich mit Ihnen treffen will?« fragte Smythe.

»Ein Interview mit einem Journalisten von Deluros absagen, wenn man dort einen Botschafterposten in Aussicht hat?« erwiderte sie mit einem Kichern. »Auf keinen Fall.«

»Seit wann sind Sie von Deluros?«

»Seit morgen früh.«

»Er wird Sie überprüfen, ehe er Sie trifft.«

»Klar«, sagte Virtue. »Darum werden Sie meine neue Akkreditierung in Ihren Netzwerk-Computer einprogrammieren. Das ist die erste Stelle, wo er nachsehen wird, falls er irgendwelche Zweifel an mir hat.«

»Den Teufel werde ich tun!« explodierte er und senkte daraufhin die Stimme, als er bemerkte, daß er die Aufmerksamkeit der anderen Gäste auf sich zog. »Das ist jenseits unserer Vereinbarung«, sagte er mit unterdrückter Stimme.

»Stimmt. Ich würde Sie mit Ihrer... öh, journalistischen Indiskretion nicht noch einmal bedrohen. Ich habe Ihnen mein Wort gegeben, und ich beabsichtige, es zu halten.«

»Das ist somit erledigt«, sagte er fest. »Ich werde keine falsche Akkreditierung in meinen Computer laden.«

»Die Wahl liegt ganz bei Ihnen«, sagte sie. »Ich schätze, ich werde Sokol einfach sagen, er solle meine Position mit Ihnen persönlich abklären.« Sie hob die Schultern. »Es besteht noch immer die Möglichkeit, daß er nicht zwei und zwei zusammenzählt und herausbekommt, wer mir das Zeugs verschafft hat, das ich gegen ihn verwenden werde.«

»Das würden Sie tun, nicht wahr?« fragte er wütend. »Sie würden das wirklich tun?«

»Niemand wird mich daran hindern, Santiago zu finden — nicht Sie, noch sonst jemand. Ich habe meine Karriere darauf gesetzt.«

»Warum suchen Sie sich dann keine andere Karriere? Gründen Sie eine Familie oder sowas, statt Ihre alten Freunde zu erpressen. Jesses, aber Ihr Partner tut mir leid!«

»Er ist ziemlich gut darin, für sich selbst zu sorgen. Ihr Mitgefühl wäre besser an ein süßes, unschuldiges Mädel wie mich verschwendet.«

»Unschuldig *wo?*«

»Sie *werden* daran denken, meine Akkreditierung zu verändern, ja?« sagte sie süß, schob ihren Stuhl zurück und erhob sich.

»Ja«, brummte er. »Ich werde sie ändern.«

»Und noch was, Leander.«

»Welchen weiteren kleinen Gefallen kann ich Ihnen denn noch tun?« fragte er. »Mir die Augäpfel herausreißen, so daß Sie damit Murmeln spielen können?«

»Ein ander Mal, vielleicht.« Auf einmal war sie ernst. »Ich bin mir sicher, es wird alles glatt verlaufen — aber nur für den Fall, daß ich nicht zurückkomme oder Ihnen gesagt wird, mit mir sei alles in Ordnung, möchte ich, daß Sie mit Sebastian Cain Kontakt aufnehmen.«

»Wer, zum Teufel, ist das?« wollte er wissen.

»Der Singvogel.« Sie gab ihm die Registrierungsnummer von Cains Schiff. »Er sollte morgen oder am folgenden Tag im Altair-System sein.«

»Welche Botschaft soll ich ihm schicken?«

»Das sollte wohl offensichtlich sein«, erwiderte sie. »Ich mag unbetrauert sterben, aber ich bin mir verteufelt sicher, daß ich nicht ungerächt sterben will.«

7

Da der Schwarze Orpheus niemals zu den bewohnten Welten der Demokratie zurückkehrte, und Dimitri Sokol sie niemals verließ, ist's nur natürlich, daß er Sokol weder einen Vers noch einen Spitznamen verpaßte. Sie sind einander niemals begegnet, ihre Pfade haben sich niemals gekreuzt, keiner wußte, daß der andere existierte — was womöglich ganz gut war: dem Schwarzen Orpheus hätte er nicht sehr gefallen. Orpheus liebte die ausgelassenen farbenfrohen Männer und Frauen des Grenzlandes; Sokol war ruhig, berechnend und selbstbeherrscht. Der Schwarze Orpheus malte seine Wortgemälde in Primärfarben; Dimitri Sokol war ein pastellfarbenes Gemälde.

Sokol war ein zivilisierter Mann, und als solcher leistete er sich die Verbrechen der Zivilisation. Wenn ein Mann getötet werden mußte, mochte Sokols Hand vielleicht das Scheckbuch gehalten haben, aber sie hatte niemals die Waffe berührt. Wenn Schmuggeleien oder Transaktionen auf dem Schwarzen Markt zu erledigen waren, brachte er so viele Holdinggesellschaften und Mittelsleute zwischen sich und seine Mietlinge, daß er sich ebensogut auf Deluros VIII selbst hätte aufhalten können. Es verlangte ihn dringend nach Respekt, was dem Schwarzen Orpheus zuwider war; und ihm war die schlechte Gesellschaft zuwider, welcher der Schwarze Orpheus seine Karriere bis ins Endlose hin widmete.

Orpheus hätte ihn als Heuchler betrachtet, was sicher eine Interpretation darstellt; die Wahrheit jedoch ist, daß es Sokol fertigbrachte, eine Gratwanderung zwischen seinen Taten und seinen Erwartungen zu unternehmen, und das mit einem Geschick, das selbst der Barde des inneren Grenzlandes bewundert hätte.

Er hatte Ferienhäuser auf Seabright und Pollux IV sowie eine Bürosuite — die er seit Jahren nicht aufgesucht hatte — auf Canphor VII. Jedes Jahr stiftete er große Summen der Wohlfahrt, und vor kurzem hatte er einen Anbau an ein Krankenhaus in Pallas Athene gestiftet, der ältesten der sieben umschlossenen Städte auf Pegasus. Er war Patron der Künste, und man konnte stets auf ihn zählen, wenn es darum ging, das örtliche Symphonieorchester oder Ballett großzügig zu unterstützen; die Oper unterstützte er nicht mehr, aber es war allgemein bekannt, daß ihm die Liaison seiner Tochter mit einem der führenden Tenöre mißfiel, und niemand dachte deswegen geringer von ihm.

Während der vergangenen beiden Jahre hatte er den größten Teil seiner Arbeitszeit in seinem Penthouse oben auf einem der begehrenswerteren Wohngebäude Hektors verbracht. Alles in allem waren es zwölf Zimmer; neun dienten als Familienwohnsitz — ein Sohn und zwei Töchter lebten noch bei ihm —, und die anderen drei Räume, die einen separaten Eingang hatten, waren zu einer Bürosuite umgewandelt worden.

Es war gerade nach Mittag, als sich Virtue MacKenzie in der Lobby des Gebäudes einstellte und wartete, während eine Sicherheitsfrau ihre Ankunft ankündigte. Daraufhin nahm sie einen Aufzug direkt zu Sokols Bürosuite. Beim Aussteigen fand sie sich in einem kleinen Empfangsfoyer wieder, wo ihr eine Sekretärin sagte, sie würde erwartet, und sie in ein üppig möbliertes Studierzimmer bat.

»Er wird gleich zu Ihnen kommen«, sagte die Sekretärin, während sie zu ihrem Posten am Aufzug zurückkehrte.

Virtue benutzte diesen Augenblick, um ihre Umgebung zu mustern. Zwei der Wände waren von Kunstwerken aus der gesamten Demokratie bedeckt, die meisten davon teuer, einige davon gut, keines zeigte irgendeinen bestimmten Geschmack. Eine dritte Wand, ein vom Boden zur Decke reichendes Fenster, bot eine dramatische Aussicht auf einen blauen Fluß sowie eine tiefe Schlucht gerade jenseits der Kuppel. Auf dem Boden lag ein Plüschteppich, gewebt aus irgendeinem fremdartigen Material, das unter dem Tritt ihrer Füße zurückzuweichen schien, sich dann jedoch sofort wieder aufrichtete und sich gegen den Fuß drückte, sobald sie ihn niedergesetzt hatte. Weiterhin gab es einen großen holographischen Videoschirm, dessen Bedienungselemente in die Lehne eines Ledersofas eingelassen waren, sowie vier zueinander passende Sessel, zwei davon fast noch wie neu, die anderen beiden zeigten Abnutzungsspuren. Ein fremdartiges Musikinstrument, massig wie ein Flügel, jedoch von einem Typus, den sie noch nie zuvor gesehen hatte, war sorgfältig in einer Ecke plaziert worden. Darauf lagen sechs kleine Würfel, von denen jeder eine kleine Holographie eines Mitglieds der Sokol'schen Familie enthielt. Sie nahm einen davon, mit dem Abbild einer hübschen jungen Frau, und untersuchte ihn.

»Meine jüngste Tochter«, sagte eine feste, freundliche Stimme, und sie wandte sich um und sah, daß Sokol das Zimmer betreten hatte.

Er war ein großer Mann, stämmig, ohne übergewichtig zu sein, mit sorgfältig gekämmtem stahlgrauen Haar und einem adretten Schnauzbart. Seine Augen waren von einem tiefen Blau, die Nase völlig gerade, das Kinn kantig, ohne hervorzustehen. Er trug einen elegant verzierten Anzug in einem Stil, der kürzlich auf Deluros VIII in Mode gewesen war.

»Sie ist sehr hübsch«, erwiderte Virtue, wobei sie den Würfel zurückstellte.

»Vielen Dank«, sagte Sokol. »Ich werde es ihr sagen.« Er berührte einen versteckten Knopf hinter einem Bild, und auf der Stelle verschwand ein Teil des Teppichs, und eine kleine, jedoch gut ausgestattete Bar erhob sich aus dem Fußboden. »Kann ich Ihnen etwas zu trinken anbieten?«

»Warum nicht?« entgegnete sie.

»Was möchten Sie haben?«

»Was schlagen Sie vor?«

Er griff nach einer seltsam geformten Flasche, »Cygnianischer Cognac. Ein Geschenk eines Freundes, der kürzlich von Altair zurückgekehrt ist.«

»Sie hatten doch gesagt, er sei cygnianisch«, bemerkte Virtue, während sie die Anspielung auf Altair abspeicherte, um sie in Zukunft nutzbringend anzuwenden.

»Das habe ich getan. Aber cygnianischer Cognac wird überall in der Galaxis verlangt.« Er hielt inne und lächelte dann. »Wenn Sie je das Zeug, das man auf Altair braut, gekostet hätten, wüßten Sie, warum er mir stattdessen das hier mitgebracht hat.«

Er schenkte zwei Gläser ein und reichte ihr eines davon.

»Sehr gut«, entgegnete sie, nachdem sie einen Schluck genommen hatte.

»Möchten Sie sich nicht setzen?« fragte er, geleitete sie zu einem Sessel und ließ sich ihr gegenüber nieder. Er zog eine lange Zigarre hervor. »Macht es Ihnen etwas aus, wenn ich rauche?«

»Nicht im geringsten.«

»Sie ist von der Erde selbst«, sagte er stolz und zündete sie an. »Heutzutage sind sie nur noch schwer zu erhalten.«

»Das kann ich mir vorstellen.«

»Dennoch«, sagte er, während er einen Rauchschwall ausstieß, »sind sie die Mühe wert.« Er hielt inne. »Übrigens, wo sind Ihre Kameraleute?«

»Ich habe keine«, entgegnete sie, öffnete ihre abgenutzte Tasche und zog einen kleinen metallenen Apparat mit vielen Linsen hervor, den sie auf den Tisch zwischen ihnen stellte. »Der hier hat ein paar dreidimensionale Weitwinkellinsen, die Ihnen überall im Raum folgen können, und dadrin ist ein eingebautes Mikrophon, das alles aufnimmt, was Sie sagen.« Sie drückte einen kleinen Auslöser. »Es ist keine Studioqualität, aber jeder weiß, unter welchen Bedingungen wir hier draußen im Feld arbeiten, und es ist ein hübscher, handlicher kleiner Apparat.«

»Erstaunlich«, sagte er und starrte ihn fasziniert an. »Er deckt einen Bereich von dreihundertsechzig Grad ab, ohne sich zu bewegen?«

Sie nickte. »Richtig — und das bedeutet, ich bin gleichfalls auf allen Bildern. Wenn ich ihn ins Labor bringe, werden sie ihn dort bearbeiten, so daß sich ein standardisiertes Frage-Antwort-Format ergibt. Man bringt jeden von uns dann ins Bild, sobald er spricht. Niemand außer Ihnen und mir sowie dem Techniker im Labor wird wissen, daß keine vollständige Crew bereitstand.«

»Und das wird auf Deluros Acht gesendet werden?« fragte er, wobei sein Gesichtsausdruck sein Interesse widerspiegelte.

»Ebenso wie in einem halben Dutzend anderer Systeme.«

»Kann ich für meinen eigenen Gebrauch davon eine Kopie bekommen?«

»Ich sehe keinen Grund, weshalb nicht«, sagte Virtue. »Natürlich brauchen Sie eine professionelle Ausrüstung, um es abzuspielen.«

»Ich besitze einige, und ich habe Zugang zu weiteren.«

»Schön. Sollen wir anfangen?«

Die nächsten dreißig Minuten lang zog sie ein hartes und professionelles Interview durch, mit dem Hintergedanken, es vielleicht eines Tages verkaufen zu können, wenn auch nicht an Leander Smythes Network, so doch an irgendeine andere Nachrichtenagentur auf Pegasus, oder vielleicht auf Lodin XI, falls Sokol dort wirklich akkreditiert würde.

»Nun ja«, verkündete sie schließlich und schaltete das Aufnahmegerät ab. »Das wär's wohl!«

»Es war mir ein Vergnügen«, entgegnete Sokol. »Sie lassen mich wissen, wann es fertig ist, ja?«

»Aber sicher«, erwiderte Virtue. »Natürlich hängt alles davon ab, wie Sie die nächste Frage beantworten.«

»Entschuldigung?«

»Ich habe eine weitere Frage.«

»Wollen Sie nicht die Maschine wieder in Gang setzen?« fragte er.

Sie schüttelte den Kopf. »Das hier ist ›off the record‹.«

»Also gut«, sagte er und lehnte sich gemütlich zurück. »Schießen Sie los!«

»Ich möchte, daß Sie die Frage sehr sorgfältig überdenken, ehe Sie antworten.«

»An Fangfragen bin ich wohl so ziemlich gewöhnt«, entgegnete er zuversichtlich.

»Das freut mich zu hören«, sagte Virtue und starrte ihn an. »Wo kann ich Santiago finden?«

Einen Augenblick lang sah er überrascht aus. Dann breitete sich wieder das professionelle Politikerlächeln auf dem hübschen Gesicht aus. »Meiner Meinung nach ist dieser Santiago lediglich ein Mythos des Grenzlandes. Wenn er jemals existiert hat, muß er jetzt tot sein.«

»Er lebt.«

»Das bezweifle ich sehr.«

»Wenn Sie jemanden haben wollen, der nicht existiert, Mr. Sokol«, sagte Sie, »probieren Sie's mit Sidney Peru.«

Plötzlich verschwand das Lächeln. »Wer ist Sidney Peru?«

»Ein Schmuggler, der vor sechs Jahren ermordet wurde.«

»Ich habe nie von ihm gehört.«

»Was ist mit Heinrich Klausmeier?« fragte sie.

»Der Name ist mir gänzlich unbekannt.«

»Beide haben für Sie gearbeitet«, sagte sie, »und beide wurden ermordet.«

»Was soll das — irgendeine Schmutzkampagne in

letzter Minute?« fragte er kalt. »Weil, wenn es eine ist, dann sind Sie am falschen Ort. Jeder, der will, kann sich mein Führungszeugnis ansehen. Ich habe nichts zu verbergen.«

»Sie haben wohl eine Menge zu verbergen, Mr. Sokol«, sagte Virtue. »Wie zum Beispiel einen Schmugglerring auf Binder Zehn.«

»Ich bin seit fünf Jahren nicht mehr auf Binder gewesen«, entgegnete er. »Abgesehen davon hat die Presse versucht, mir das anzuhängen, als ich zum erstenmal für ein Ministerium kandidiert habe. Damit werden Sie nicht weiter kommen als Ihre Kollegen, und zwar aus dem einfachen Grund, weil ich kein Krimineller bin.«

»Meine Vorgänger wußten nicht, was *ich* weiß.«

»Was glauben Sie zu wissen?« fragte er ungerührt.

»Ich weiß, daß es einen sehr interessanten Hintergrundreport auf Ihrem Videoschirm zu sehen gibt, ehe die Woche vorüber ist, wenn Sie mich nicht in Santiagos Richtung weisen.«

Er sah sie lange und hart an, dann lächelte er zuversichtlich. »Tun Sie Ihr Schlimmstes. Ich habe niemals von jemandem namens Peru oder Klausmeier gehört.«

Sie starrte ihn an. Für sie stand es außer Frage, daß er genau wußte, wovon sie sprach; die einzige Frage war, wie geschützt er sich glaubte. Sie entschloß sich, einen weiteren Schuß in diese Richtung abzufeuern.

»Das ist aber nicht das, was mir Salvatore Acosta vor seinem Tod erzählt hat«, sagte sie.

Er schnaubte spöttisch. »*Noch* so ein mysteriöser Mann. Wer, zum Teufel, ist Salvatore Acosta?«

»Er hat für Sie gearbeitet, vor langer Zeit.«

»Niemand namens Acosta hat je für mich gearbeitet.«

»Ich habe ein Band von ihm, auf dem er Sie mit den Morden an Peru und Klausmeier in Verbindung bringt.«

»Das möchte ich sehr bezweifeln.«

»Können Sie es sich leisten, eine Wette darauf einzugehen?« fragte sie. »Vielleicht hätte es vor Gericht keinen Bestand, vielleicht aber doch — es wird Sie aber mit verfluchter Sicherheit einen Posten auf Lodin Elf kosten.«

»Sie haben kein derartiges Band — und falls Sie es haben, dann ist der Mann ein Lügner.«

Sie hob die Schultern und ging zur Tür. »Ganz, wie Sie meinen.« Sie wandte sich ihm zu. »Unser Labor kann sich nicht an die Arbeit machen, ehe wir nicht eine unterschriebene Freigabe haben; ich werde Ihnen morgen früh ein Blankoformular zusenden.«

Sokol starrte sie an.

»Wissen Sie, Sie hätten das viel einfacher haben können, wenn Sie einfach offen und ehrlich mit mir gewesen wären«, sagte er schließlich.

Sie lachte. »Wieviel ehrlicher kann ich denn sein?«

»Wenn Sie einfach gesagt hätten: ›Mr. Sokol, meiner Ansicht nach irren Sie sich, wenn Sie Santiago für tot halten, und ich möchte jede Information, die Sie haben könnten und die mich zu ihm führt‹. Ich hätte mich glücklich geschätzt, mit Ihnen zu reden. Aber ich mag es nicht, vor den Kopf gestoßen und erpreßt zu werden, besonders dann nicht, wenn Sie lediglich Lügen und Verleumdungen zu bieten haben.«

Sie starrte ihn einen Augenblick lang an und sagte schließlich:

»Mr. Sokol, meiner Ansicht nach irren Sie sich, wenn Sie Santiago für tot halten, und ich möchte jede Information, die Sie haben könnten und die mich zu ihm führt.«

Er lächelte sie an. »Da das in der Tat der Fall ist, werde ich mich mehr als glücklich schätzen, Ihnen auf jede Weise zu helfen, wie es mir möglich ist. Der Mann, den Sie treffen wollen, ist ein Bandit draußen im Grenzland.«

»Wie lautet sein Name?«

»Ich habe keine Ahnung, wie sein wirklicher Name lautet — aber er nennt sich selbst den Jolly Swagman, den fröhlichen Räuber.«

»Wo finde ich ihn?«

»Er hat sein Hauptquartier auf einem Planeten namens Goldenrod, draußen im Jolain-System.«

»Worin besteht seine Verbindung zu Santiago?«

»Er arbeitet für ihn.«

»Das tun eine Menge Leute«, gab Virtue zu bedenken. »Was macht ihn so einzigartig?«

»Er kennt Santiago persönlich.«

»Sie sagen besser die Wahrheit!« meinte sie unheilvoll.

»Tun Sie mit Ihrem Band, was Sie wollen«, sagte er beiläufig. »Die Wahrheit kann mir nichts anhaben, und Lügen können Ihnen nicht helfen.« Er ging zum Eingang, winkte mit der Hand vor einem versteckten Sensor, und die Tür glitt in die Wand. »Ich freue mich darauf, das Interview zu sehen, nachdem es bearbeitet worden ist.«

»Das ist das mindeste, was ich Ihnen zeigen werde«, entgegnete sie und ging durch die Rezeption zum Aufzug.

Sokol stand da und starrte die Stelle an, wo sie gestanden hatte, zündete sich eine neue Zigarre an und ging zu seinem Getränkevorrat, wo er sich einen weiteren Cognac einschenkte.

»Haben Sie alles mitbekommen?« fragte er im Plauderton.

»Ja«, entgegnete eine körperlose Stimme.

»Ich möchte, daß man ihr folgt.«

»*Nur* folgt?« fragte die Stimme.

»Bis wir herausfinden, wo sie das Band hat, oder zu dem Schluß kommen, daß sie geblufft hat. Und sie soll den Planeten nicht verlassen, ehe ich nicht definitiv weiß, was zutrifft. In der Zwischenzeit möchte ich ein vollständiges Dossier über sie. Nicht den Schrott, den sie uns heute morgen im Network aufgetischt haben, sondern das echte Zeugs.« Er hielt inne. »Sie haben vier Stunden.«

»Es könnte etwas länger dauern.«

»Vier Stunden«, wiederholte Sokol.

Tatsächlich benötigte es nur drei Stunden und zehn Minuten. Währenddessen gab Sokol ein weiteres Interview, diesmal einem örtlichen Lokalreporter, und machte sich daran, seine Rede zu formulieren, die er am folgenden Abend bei einem möglichen Sponsoren seiner Politik halten wollte. Schließlich betrat ein blonder Mann unbestimmten Alters den Raum, mit einem kleinen Notizbuch in der Hand.

»Setzen Sie sich!« sagte Sokol. Es war keine Bitte.

»Ich habe alles in den Computer geladen«, erwiderte der Mann. »Aber ich habe mir überlegt, daß Sie alles persönlich durchgehen sollten, nur für den Fall, daß Sie irgendwelche Fragen haben.«

»Was haben Sie über sie herausgefunden?«

»Ihr Name ist entweder Virtue Patience MacKenzie oder Virtue Patia MacKenzie«, sagte der Mann. »Die Aufzeichnungen sind ein bißchen unklar. Meine Einschätzung geht dahin, daß sie ihren zweiten Namen von Patience zu Patia geändert hat, als sie volljährig geworden ist. Sie ist sechsunddreißig Jahre alt. Sie ist auf Belore geboren, auf Sirius Fünf aufgewachsen, hat ihren Abschluß auf Aristoteles gemacht ...«

»Das ist der Universitätsplanet, den man vor einigen Jahren eingerichtet hat?« unterbrach Sokol.

»Richtig. Ihre Noten waren eher mittelmäßig, aber Aristoteles ist ein ziemlich erstklassiger Planet, und sie war imstande, gleich danach bei einem Nachrichtennetwork anzuheuern.«

»Wie lange hat sie von Deluros aus gearbeitet?« fragte der Politiker.

»Sie ist in ihrem ganzen Leben niemals auf Deluros gewesen. Sie hat etwa zehn Jahre lang fest angestellt gearbeitet, zumeist im Alphard-Sektor, dann ist sie freie Journalistin geworden.«

»Persönlichkeits-Profil?«

»Sie ist stets sehr helle gewesen, sogar vorausschauend. Sie trinkt mehr, als sie sollte, und sie gilt als Spielerin — eine schlechte, sollte ich hinzufügen. Sie hat anscheinend Probleme, Beziehungen einzugehen; wie dem auch sei, sie hatte sechs ernsthafte Liebschaften, von denen keine länger als ein Jahr gedauert hat.«

»Hört sich nicht sehr ernsthaft an«, kommentierte Sokol.

»Ebenso ernsthaft, wie sie alles angeht, außer ihre Karriere.«

»Dann erzählen Sie mir besser etwas über ihre Karriere.«

»Sie hat etwas gegen Autoritäten; tatsächlich ist sie zweimal wegen Aufsässigkeit gefeuert worden. Ihre Arbeit ist ziemlich gut gewesen, weit über dem Durchschnitt, aber sie ist niemals auch nur in die Nähe jener Art von Durchbruchs-Story gekommen, die ihr eine gewisse Reputation hätte verleihen können. Sie ist sehr erfolgsorientiert, und sie wird leicht sehr ungeduldig. Vor einem Jahr ist es ihr gelungen, ein paar Sponsoren dazu zu überreden, fast zwei Millionen Kredits in dieses Santiago-Projekt zu investieren. Ich weiß noch immer nicht, wie; vielleicht hat sie mit ihnen geschlafen, eher jedoch hat sie sie erpreßt. Sie arbeitet seit elf Monaten an diesem Projekt, und sie hat zwei Drittel des Geldes ausgegeben.« Er hielt inne. »Ich habe das Gefühl, dies ist für sie eine Schaff's-oder-geh-unter-Situation. Wenn sie mit leeren Händen zurückkommt, ist sie geliefert.«

»Warum hat sie nicht einfach das Geld genommen und ist verschwunden?«

»Sie ist lieber reich und berühmt, als nur einfach reich.«

»Das Gefühl kenne ich«, brummte Sokol sarkastisch. Er sah den blonden Mann an. »Noch etwas?«

»Ja. Vor drei Wochen hat sie Whittaker Drum gefunden und ihn vielleicht sogar getötet.«

»Was für eine halbgare Behauptung ist das denn?« wollte Sokol wissen. »Entweder hat sie ihn getötet oder nicht.«

»So einfach ist das nicht. Während sie sich auf Declan Vier aufhielt, hat sie sich mit einem Kopfjäger namens Cain zusammengetan, der wegen der Belohnung hinter Santiago her ist. Was ich so sagen kann, so ist er ziemlich gut in diesem Job. Beide waren gleichzeitig in Drums Appartement, also kann sich jeder selbst überlegen, wer ihn wirklich getötet hat.« Er warf einen Blick auf sein Notizbuch. »Da ist noch eine Person drin verstrickt: ein Spieler namens Terwilliger. Cain hat ihn in Port Étrange mitgenommen, und seitdem sind sie zusammen gereist. Ich weiß nicht, ob er Teil der Partnerschaft ist oder nicht. Meine eigene Einschätzung lautet, daß er Cain zu Drum gebracht hat, oder zu jemanden, der Drum identifizieren konnte, als Austausch gegen den einen oder anderen Gefallen.«

»Was für einen Gefallen?«

»Ich weiß nicht ... aber Spieler machen sich leicht Feinde. Es ist womöglich ganz nett, eine Person wie einen Kopfjäger in der Nähe zu haben, insbesondere im Grenzland.«

»Also gut«, sagte Sokol, zündete sich eine Zigarre an und starrte die glühende Spitze einen Augenblick lang an. »Zurück zu MacKenzie. Wie ist sie zu mir gekommen? Drum wußte noch nicht mal von meiner Existenz.«

Der blonde Mann hob die Schultern. »Ich weiß es nicht.«

»Dann werde ich es Ihnen sagen«, fuhr Sokol nachdenklich fort. »Irgend jemand hat ihr's gesagt — entweder Acosta oder sonstwer. Wen hat sie seit ihrer Ankunft auf Pegasus aufgesucht?«

»Lediglich Leander Smythe.«

Sokol lächelte. »Da haben wir die Antwort. Dieser kleine Hurensohn hat ihr all das Zeugs serviert, das er mir über die Jahre hinweg anhängen wollte.«

»Vielleicht«, stimmte der blonde Mann zu. »Aber meiner Ansicht nach sollten wir uns erst vergewissern, ehe wir weitermachen.«

»Das sollte nicht schwer fallen. Wer war denn überhaupt dieser Acosta?«

»Ein Schmuggler. Von Zeit zu Zeit hat er vielleicht ein bißchen für Santiago gehandelt.«

»Hatten wir jemals Geschäfte mit ihm?«

»Nicht direkt.«

»Könnte er meinen Namen gekannt haben?«

»Alles ist möglich.«

»Gehen wir's von einer anderen Warte her an«, sagte Sokol. »Wann ist er umgebracht worden?«

»Vor ein paar Wochen.«

»Ehe Virtue auf Pegasus gelandet ist?«

»Richtig.«

Sokol lächelte. »Dann ist sie ihm nie begegnet.«

»Das können Sie nicht mit Sicherheit sagen. Sie mußte ihn nicht unbedingt auf Pegasus getroffen haben.«

»Natürlich hätte sie das getan«, erwiderte Sokol. »Sie wäre gleich zu mir gekommen, nachdem sie dieses Interview gehabt hätte. Sie hat die ganze Zeit über geblufft.«

»Können Sie das Risiko eingehen?«

Er runzelte die Stirn. »Nein. Sie kann mir nicht ernsthaft schaden, aber sie könnte diese Berufung nach Lodin Elf zum Scheitern bringen.« Er hielt inne und rollte dabei die Zigarre zwischen den Fingern. »Sehen Sie nach, wo sich Acosta während des letzten Jahres aufgehalten hat, und sehen Sie auch nach, ob sich die beiden womöglich an irgendeinem anderen Ort als Pegasus getroffen haben könnten.«

Eine Stunde später war der blonde Mann wieder da.

»Nun?« wollte Sokol wissen.

»Sie hatten recht: Acosta und MacKenzie sind sich niemals auch nur auf fünf Lichtjahre nahegekommen.«

»Ich hab's gewußt!« sagte Sokol triumphierend.

»Was soll nun als nächstes geschehen?« fragte der blonde Mann.

»Sie muß irgendwo in Hektor ein Postfach haben. Es besteht die Möglichkeit, daß sie bereits mit Cain Kontakt aufgenommen hat. Also finden Sie morgen irgendeine Möglichkeit, Santiago eine Nachricht zukommen zu lassen. Warnen Sie ihn, er solle auf der Hut sein, nur für den Fall, daß es Cain oder diesem Spieler tatsächlich gelingen sollte, sich den Swagman zu angeln.«

»Morgen?«

Sokol nickte. »Heute nachmittag werden Sie Leander Smythe aufstöbern und dafür sorgen, daß er niemals mehr irgendwelchen böswilligen Klatsch über mich verbreitet. Wir wollen kein Mitglied der Presse umbringen, aber ich möchte, daß Sie ihm eine Lektion erteilen, die er nie vergißt. Und sagen Sie nicht, wer Sie geschickt hat. Er wird es sich denken können.«

»Das deckt den heutigen Nachmittag und morgen früh ab«, sagte der blonde Mann. »Was ist mit heute abend?«

»Heute abend? Gehen Sie nach Hause und schlafen Sie!«

»Was ist mit Virtue MacKenzie?«

»Sie hat kein Band, ist also keine unmittelbare Bedrohung. Ich möchte nicht, daß ihr während ihres Aufenthalts auf Pegasus etwas zustößt.«

»Und sobald sie weg ist?«

Sokol lächelte. »Das ist etwas anderes, nicht wahr?«

8

Er ist Vater William, der Prediger,
Sein Spiel zu durchschauen, fällt schwer:
Zur Rettung der Sünder gesandt,
Berühmt für seine tötende Hand.

Wann immer Menschen mit dem Schwarzen Orpheus beisammensaßen und redeten, tauchte früher oder später die Frage auf: Wen hielt er für die bemerkenswerteste Persönlichkeit, der er auf seinen Wanderungen begegnet war? Dann lehnte er sich zurück, nippte an seinem Wein und starrte in die Ferne, wobei er den Augenblick und die Erinnerungen genoß, und genau dann, wenn die Zuhörer denken, sie erhielten keinerlei Antwort mehr, lächelt er und sagt, daß er eine Menge Frauen und Männer im inneren Grenzland getroffen habe — Killer wie den Singvogel und den Einmal-Charlie, tragische Gestalten wie Schussler, den Cyborg, Unternehmer wie Descartes White (den er in Carte Blanche, die Weiße Karte, umbenannte, ein Spitzname, mit dem er ungewöhnlich zufrieden war), brave Frauen wie die Stumme Annie und die Gesegnete Sarah, schlechte Frauen wie die Flachnasen-Sallie und Schwester Sleaze, sogar potentielle Supermänner wie MannBerg Bates —, aber keiner von denen könne Vater William das Wasser reichen.

Es war Liebe auf den ersten Blick gewesen. Keine körperliche oder persönliche Liebe, sondern eine Liebe, wie sie ein Landschaftsmaler einem wunderschönen Sonnenuntergang entgegenbringt. Der Schwarze Orpheus malte seine Wortgemälde auf einer sehr großen Leinwand, aber selbst so war Vater William fast zu groß, um daraufpassen zu können.

Das allererste Mal sah ihn der Orpheus im Corvus-

System, wie er von der Kanzel herab Höllenfeuer und Verdammnis predigte, so daß es niemand in seiner Zuhörerschaft wagte — und es waren einige ziemlich berüchtigte Gestalten darunter —, seinem höchst persönlichen, mit einem Monogramm versehenen Kästchen nichts zu geben. Das nächste Mal war es zwei Jahre später, draußen beim Quinellus-Haufen, wo Vater William ernsthaft dabei war, die dahingegangenen Seelen von vier Männern und einer Frau zu segnen, die er gerade getötet hatte. Orpheus stolperte ein drittes und letztes Mal auf Girodus II über ihn und sah fasziniert zu, wie er zwei Gesetzlose niederschoß, deren Skalpe gegen die Belohnung eintauschte (das Nehmen der Skalpe war unnötig, aber niemand fühlte sich berufen, jenen speziellen Punkt mit Vater William durchzusprechen), das Geld der örtlichen Kirche spendete und die nächsten beiden Tage damit verbrachte, den elefantenartigen Eingeborenen des Planeten die Frohe Botschaft zu verkünden.

Orpheus versuchte, mehr über seine Vergangenheit herauszufinden, aber es war eine fruchtlose Suche. Vater William wollte ausschließlich über Gott reden, obgleich er mit einem Drink oder auch zwei in seinem dikken Bauch durchaus gewillt war, sich auf eine Diskussion über Sodom und Gomorrah einzulassen. Er war eine sagenhafte Gestalt, gut und gern zwei Meter zehn groß, wog an die vierhundert Pfund und war stets in Schwarz gekleidet. Er trug ein Paar schwarzer Lederhalfter, in jedem davon steckte eine Laserpistole, die, und darauf bestand er, das reinigende Feuer des Herrn in sich bargen. Er hatte allen Lüsten des Fleischs abgeschworen, außer der Völlerei, und er erklärte das so, daß ein geschwächter Prediger ein wirkungsloser Prediger sei und daß er beabsichtige, sich durch Millionen von Kalorien zu schaufeln, um den gottlosen Welten des Grenzlandes das Christentum zu bringen. Es war sein aufrichtiger Glaube, daß jede Welt, die einem gesuchten

Killer Gastfreundschaft bot, dringender der Erlösung bedurfte denn je, und er hatte vor, jene Welten in den Schoß der Kirche zurückzuführen, indem er das Böse auslöschte und das Wort Gottes unter den Überlebenden verbreitete. Die bereits Verdammten träten einfach ihre höllische Straße etwas früher an, und die Übrigen, vom schlechten Einfluß befreit, wären für alle Ewigkeit vor Satans habsüchtigem Zugriff gerettet — oder zumindest so lange, bis die Regierung erneut ein Fahndungsplakat von ihnen aushängte.

Vater William war nicht so berühmt, wie er es vielleicht hätte sein können. Der Schwarze Orpheus gab ihm lediglich drei Verse, ein Drittel dessen, was er Giles Sans Pitié gegeben hatte, aber der Grund hierfür war hauptsächlich der, daß Orpheus sich vorstellte, der die Bibel mit sich herumschleppende Kopfjäger sei um so vieles größer als das Leben, daß man einfach nicht wesentlich mehr über ihn sagen könne. Und da die Zeilen kurz und nicht laut waren, und da das stetig wachsende Epos bereits jetzt mehr als zweitausend Verse umfaßte, konnte man Leuten, die nicht mitbekommen hatten, wie der Schwarze Orpheus Erläuterungen über ihn abgab, dafür vergeben, daß sie seine Heldentaten übersehen hatten.

Virtue MacKenzie war eine von diesen Leuten. Sie wußte nicht, daß Vater William auf Goldenrod predigte, und es wäre ihr auch gleichgültig gewesen, wenn sie's gewußt hätte. Ihr einziges Interesse bestand darin, jenen Gesetzlosen zu finden, den man als den Jolly Swagman kannte, sowie, über ihn, Santiago.

Sie landete ihr Schiff auf Goldenrod, eine nette kleine Welt, die einem Kartell von Farmsyndikaten gehörte. Das Getreide wurde von Robotern geerntet, die unter Anleitung einer Handvoll Männer und Frauen arbeiteten, welche so taten, als seien sie die Befehlenden, tief im Innern jedoch wußten, daß sie lediglich Mechaniker und Verwalter waren. Es gab nur eine Stadt, eine uralte

Handelsstadt, die älter als die Farmen war und sich so weit ausgedehnt hatte, daß sie nun fast achttausend Einwohner beherbergte; und wie so viele Handelsstädte im Grenzland trug sie den Namen des Planeten.

Virtue MacKenzie hatte das Gefühl, sie würde sich dort nicht lange aufhalten, also ließ sie, statt sich ein Privat- oder Hotelzimmer zu nehmen, ihre Ausrüstung im Schiff und nahm einen Pendelwagen in die Handelsstadt. Als der Wagen anhielt, fand sie sich mitten auf einem Marktplatz wieder, umgeben von langen, niedrigen Gebäuden, unmittelbar neben einem Denkmal des Gründers des Planeten.

Anders als Cain, der zwei Jahre damit verbracht hatte, von einer Handelsstadt zur nächsten zu fahren, und der seine Informationen gewöhnlich in Bars und Hotels suchte, forschte sie nach dem Büro der Lokalzeitung — diese Welt war zu klein, um ein eigenes Network zu besitzen, und beschäftigte tatsächlich nur einen einzigen Korrespondenten —, zeigte ihre Akkreditierung und fragte nach dem Aufenthaltsort des Jolly Swagman.

»Sie haben sich wohl um wichtigere Dinge zu sorgen als um ein Treffen mit dem Swagman«, sagte der Mann mittleren Alters, der sie begrüßt hatte.

»Und was, zum Beispiel?« fragte Virtue.

»Sie könnten einige ernsthafte Überlegungen anstellen, wie sie lebendig von diesem Planeten wegkommen.«

»Wovon reden Sie eigentlich?«

»Nun ja«, sagte er, »es ist noch keine Nachricht, also haben wir's noch nicht freigegeben — nicht, daß irgendeine Welt auch nur ein Fitzelchen darum gäbe, was hier vor sich geht —, aber wie es im Telegraphen heißt, haben Sie eine bestimmte Person auf Pegasus sehr zornig auf Sie gemacht. Er dachte, es sei vielleicht schlecht fürs Geschäft, den Schaden zu nahe der Heimat wiedergutzumachen, also wählte er Goldenrod als passendere Umgebung.«

»Er wird einen Schlag gegen mich führen?«

»Wie ich's verstanden habe, hat er drei Killer angeheuert, die dafür sorgen sollen, daß Sie Goldenrod nicht verlassen.«

»Wen?«

Er hob die Schultern. »Ich weiß es nicht.«

»Wundervoll«, brummte sie. Sie warf einen Blick hinaus auf die Straße und versuchte zu erraten, wer von den vielen Menschen, die sie dort sah, wie drei angeheuerte Killer wirkte, und wandte sich daraufhin wieder an den Korrespondenten. »Wie bekomme ich Polizeischutz?«

Der Mann schüttelte den Kopf. »Sie sind nicht mehr länger in der Demokratie: wir *haben* keine Polizei.«

»Sie müssen *irgendeine* Methode haben, Ihre Einwohner zu beschützen«, beharrte sie.

»Goldenrod ist Swagmans Welt — *er* beschützt sie.«

»Ich dachte, Goldenrod würde einem Haufen Gesellschaften gehören, die alles Eigentum besitzen.«

»Na ja, nominell ist das auch so. Aber deren Hauptquartiere liegen alle auf Deluros, der Erde und den Zwillingswelten von Canphor, und so lange die Farmen weiterhin Profit einbringen, kümmern sie sich nicht sonderlich darum, was hier vor sich geht. Abgesehen davon, wenn man ein inoffizielles Arrangement trifft, jemanden wie den Swagman auf seiner Welt zuzulassen, erwartet man etwas als Gegenleistung.«

»Das heißt, sie geben ihm hier ihren Segen, und als Gegenleistung sorgt er dafür, daß niemand versucht, ihre Waren zu kidnappen oder ihre Repräsentanten übers Ohr zu hauen. Ist das so?« fragte Virtue.

»So ähnlich«, sagte der Mann. »Ich kenne das genaue Arrangement nicht, aber Sie sind ganz bestimmt ganz schön nah drangekommen.«

»Schön«, meinte Virtue. »Dann wollen wir ihm mal Bescheid geben, daß ich ihn zu treffen wünsche, und ihn dazu bringen, mich zu beschützen.«

»Ich hätte gedacht, Sie hätten die Lage verstanden«, sagte der Mann gereizt.

»Was ist mir entgangen?«

»Die Killer hätten den Auftrag nicht ohne die Zustimmung des Swagman annehmen können. So funktionieren die Dinge hier draußen.«

»Ich bin ihm niemals begegnet«, sagte Virtue. »Was hat er gegen mich?«

»Vielleicht gar nichts. Eigentlich ist er ein sehr freundlicher Mann. Aber die Killer werden ihm eine Provision zahlen, um hier operieren zu können, und es ist nicht unfair zu sagen, daß er Geld noch mehr mag als Menschen.«

»Dann finde ich wohl besser *ihn*, ehe sie *mich* finden.«

»Sie wissen noch nicht mal, wer sie sind«, erwiderte der Mann. »Es *könnten* jene drei niederträchtig aussehenden Männer sein, die da auf der anderen Straßenseite beieinanderstehen ...« Er wies hinaus auf drei bewaffnete Männer, die in der Nähe herumlungerten. »Es könnten jedoch auch drei kleine alte Damen sein, die einkaufen gehen, oder die Barkeeper unten im Block, oder sogar einige der Mechaniker am Raumhafen. Wenn ich Sie wäre, würde ich so schnell wie möglich zu meinem Schiff zurück und abheben, ehe jemand weiß, daß ich hier bin.«

»Ich bin nicht den ganzen Weg hergekommen, um *nicht* mit dem Swagman zu reden«, sagte Virtue fest. »Wo kann ich ihn finden?«

»Ich *weiß* nicht, wo man ihn finden kann!« erwiderte der Mann verzweifelt. »Ich weiß noch nicht mal, ob er gegenwärtig auf dem Planeten ist. Es liegt nicht unbedingt in seinem beruflichen Interesse, sein Kommen und Gehen anzukündigen.«

»Na schön. Falls er hier *ist*, wo wird er sich aufhalten?«

»Er hat irgend so einen Ort in den Bergen — ein richtiges Fort —, aber da können Sie nicht hin. Er hat überall Sicherheitsapparate installiert — und ich meine damit *tödliche* Apparate.«

»Wie kann ich dann mit ihm Verbindung aufnehmen?«

»Na ja, Vater William hat für die nächsten paar Tage sein Geschäft draußen vor der Stadt aufgemacht, also könnte ich mir vorstellen, daß der Swagman ein Auge auf ihn gerichtet hält, nur für den Fall der Fälle.«

»Wer ist Vater William?«

Er starrte sie ungläubig an. »Wie lange waren Sie eigentlich im Grenzland?«

»Lange genug«, erwiderte sie kühl. »Hat ihn der Schwarze Orpheus aufgeschrieben?«

Der Mann nickte. »Hat ihn, verdammt noch mal, besser ins Auge gefaßt als Sie. Sie sind die jungfräuliche Königin, stimmt's?«

»Ja.«

»Dann sollten Sie wissen, was im Lied steht.«

»Ich habe besseres zu tun, als achttausend Verse auswendig zu lernen. Werden Sie mir jetzt sagen, wer er ist?«

»Er ist ein klein wenig von allem — Prediger, Kopfjäger, Wohltäter. Ich schätze, alles hängt davon ab, was jemand ist.«

»Wüßte *er,* wie man den Swagman erreicht?«

»Nehme ich an. Es gibt nicht viel, was Vater William nicht über Gesetzlose weiß.«

»Wenn er Kopfjäger ist, besteht die Möglichkeit, daß er selbst hinter dem Swagman her ist«, sagte Virtue. »Warum hätte ihn der Swagman auf Goldenrod landen lassen sollen?«

»Vielleicht, weil er eine Revolte am Hals hätte, wenn er ihn daran hinderte. Vater William ist der populärste Prediger im Grenzland — und es gibt einige, die ihn ebenso für den besten Schützen halten. Er geht überall hin, wo er hinmöchte.«

»Dimitri Sokol hätte *ihn* nicht angeheuert, oder?« fragte Virtue nachdenklich.

»Keine Chance. Er ist Kopfjäger, kein Killer zum Anheuern.«

»Schön«, sagte sie mit einem Seufzer. »Ich nehme an, er ist die nächste Person, die ich aufsuchen muß. Wo ist er?«

»Er hat sein Zelt etwa anderthalb Kilometer westlich der Stadt aufgebaut.«

Sie überprüfte ihren Zeitgeber. »Wann beginnt die Predigt?«

»Die heutige Predigt hat vor zwei Stunden begonnen.«

»Dann wird er jetzt vielleicht fertig sein«, spekulierte sie.

Er lachte. »Er wird erst bei Einbruch der Nacht fertig sein.«

»Sie machen Witze!« sagte Virtue. »Worüber, zum Teufel, hat er zu reden, daß es acht Stunden dauert?«

»Alles, was ihm durch den Kopf geht«, entgegnete der Korrespondent. »Sie müssen bedenken, er ist für die Leute die einzige Verkörperung der Religion, die sie in den nächsten paar Jahren haben werden, bis er mal wieder vorbeischaut, also muß er eine Menge Höllenfeuer und Verdammnis in eine kurze Zeitspanne pfropfen.«

»Klingt aufregend«, sagte sie wenig begeistert. Dann erhob sie sich. »Na ja, ich schätze, ich werde mal besser gehen.«

»Wenn Sie darauf bestehen, Ihre Suche fortzusetzen, warum warten Sie dann nicht wenigstens, bis es dunkel wird?« schlug er vor.

»Weil ich mich in der Stadt nicht auskenne«, erwiderte Virtue. »Warum sollte ich ihnen einen Vorteil verschaffen?« Sie hielt inne. »Abgesehen davon werden sie mich vermutlich kaum bei Tageslicht umbringen. Verdammt, aber ich wünschte mir, mein Partner wäre hier! Diese Situation paßt besser zu ihm als zu mir.«

»Wer ist Ihr Partner?«

»Sebastian Cain. Je von ihm gehört?«

»Der Singvogel?« fragte er und blickte sie mit wiedererwachtem Interesse an. »*Er* arbeitet mit Ihnen?«

Sie nickte.

»Dann bin ich Ihrer Meinung. Die Situation verlangt nach einem Mann wie Cain. Warum sind Sie statt seiner hier?«

»Er ist draußen in der Altair-Region.«

Der Korrespondent wirkte beeindruckt. »Gestatten Sie mir eine Frage ins Blaue hinein: Ist er hinter Altair von Altair her?«

»Ja.«

Er stieß einen unterdrückten Pfiff aus. »Ich weiß nicht, was ihr beide vorhabt, aber ihr macht es euch wahrhaftig nicht leicht, was?«

»Offensichtlich nicht«, sagte sie, sah erneut aus dem Fenster und bemerkte, daß die drei Männer nicht mehr länger dem Büro gegenüberstanden.

»Na, dann wünsche ich Ihnen Glück«, sagte der Mann. »Sie werden es brauchen.«

»Danke«, sagte sie und ging zur Tür. »Anderthalb Kilometer Richtung Westen, ja?«

»Ja«, entgegnete er.

Sie zog eine kleine Pistole aus ihrer Umhängetasche und steckte sie in den Gürtel, dann trat sie hinaus in die feuchte Luft von Goldenrod. Einige Leute gingen zu zweit oder dritt die Straße hinab, und sie blieb einen Augenblick lang still stehen, um sie zu mustern, wobei sie festzustellen versuchte, ob der eine oder andere davon ihr mehr als nur eine flüchtige Aufmerksamkeit widmete, während sie ihren Geschäften nachgingen.

Das ist lächerlich, dachte sie, während sie die Menschen der Stadt beobachtete. *Wer, zum Teufel, weiß schon, wie ein angeheuerter Killer aussieht?*

Sie blieb eine weitere Minute lang regungslos stehen und erwartete halb, einen Schuß zu hören oder einen

Laserstrahl zu spüren, der ihr durchs Fleisch schnitt, dann ging sie zur Ecke und wandte sich nach links. Noch dreimal ging sie nach links, hielt vor dem Zeitungsbüro an und versuchte, sich zu vergewissern, ob ihr jemand gefolgt war, daraufhin kam sie zu der Auffassung, daß auf einer Welt, wo das einzige Gesetz ein Bandit war, der in einem Fort auf einem fernen Hügel lebte, es um so besser war, je weniger Zeit sie darauf verwandte, sich als mögliches Ziel zu präsentieren.

Sie machte sich in Richtung Westen auf, blieb dabei innerhalb der Schatten der Gebäude, so lange sie konnte. Als sie ein paar hundert Meter gegangen war, endete die Stadt abrupt, und sie sah fast einen Kilometer entfernt ein farbenfrohes Zelt inmitten eines hügeligen Feldes stehen. Sie warf einen weiteren Blick um sich, sah niemanden, der ihr folgte, und ging brüsk auf das Zelt zu, wobei sie sich alle paar Augenblicke umschaute.

Sie hatte die halbe Strecke zurückgelegt, wobei das Zelt zeitweilig außer Sicht geraten war, wenn sie einen tief liegenden Teil des Felds durchquerte, als sie ein älteres Paar erblickte, das zurück in die Stadt schlenderte. Der Mann trug einen Geschäftsanzug, offensichtlich zu Ehren von Vater William, und hielt einen Spazierstock in der Hand. Die Frau trug einen Picknick-Korb und einen Sonnenschirm. Virtue blieb stehen und grüßte sie, die Hand sehr nahe am Kolben der Pistole.

»Hat Vater William seine Rede schon beendet?« fragte sie.

»O mein Gott, nein!« sagte die alte Frau offensichtlich amüsiert bei der Vorstellung. »Ich gehe nur nach Hause, um meine Medikamente einzunehmen und vielleicht ein Nickerchen zu machen, und dann kehren wir zurück.«

»Wir haben Sie noch nie zuvor gesehen, nicht wahr?« fragte der alte Mann.

»Nein«, antwortete Virtue. »Wie ich hörte, ist Vater William für ein paar Tage gelandet, also habe ich mir gedacht, ich schau mal vorbei, um ihn mir anzuhören. Ich bin von Salinas Vier.«

»Wirklich?« fragte der alte Mann. »Ich habe gehört, das sei eine wunderbare Welt.«

»Ist sie auch.«

»Wir stammen ursprünglich von Seabright«, sagte die alte Frau. »Aber wir sind ins Grenzland hinausgekommen, um unser Glück zu machen.«

»Das war vor fast vierzig Jahren«, kicherte der alte Mann. »Könnte nicht behaupten, daß wir reicher geworden sind, aber Goldenrod ist ein ganz hübscher Ort, um sich dorthin zurückzuziehen. Und er liegt natürlich auf Vater Williams regelmäßiger Route.«

»Übrigens, darf ich Ihnen ein Sandwich anbieten?« fragte die Frau und hielt den Korb hoch.

»Nein, vielen Dank«, sagte Virtue.

»Aber bitte nehmen Sie doch eins!« beharrte die Frau. »Es verdirbt sonst, und wir werfen's einfach weg, wenn wir nach Hause kommen. Wir essen mit Freunden.«

»Ich weiß das Angebot zu schätzen, aber ich bin wirklich nicht hungrig.«

»Hier«, sagte die Frau und fummelte am Deckel des Korbs herum. »Werfen Sie nur einen Blick darauf, und Sie werden Ihre Meinung vielleicht ändern. Hier sind Sandwiches und Teegebäck und ...«

Plötzlich sah Virtue aus dem Augenwinkel eine Bewegung und warf sich zu Boden.

Der alte Mann ließ den Stock fallen, den er in ihre Richtung geschwungen hatte, und fing an, in seiner Tasche herumzusuchen. Virtue warf sich gegen seine Beine, hörte, wie etwas darin zerbrach, und sprang auf die Füße, die Pistole in der Hand. Die alte Frau hatte ein Gewehr aus dem Korb gezogen — Virtue konnte nicht sagen, ob es eine Laser-, Sonar- oder Projektilwaffe war — und zielte damit auf sie.

»Sie haben gute Reflexe, meine Liebe«, sagte die alte Frau mit einem Lächeln.

»Was passiert jetzt?« fragte Virtue und achtete nicht auf den alten Mann, der sich wimmernd am Boden wälzte. »Bringen wir einander um, oder schließen wir einen Waffenstillstand, während Sie den verwundeten Krieger vom Schlachtfeld tragen?«

»Nun, ich *könnte* auf Verstärkung warten«, sagte die alte Frau. »Ich habe welche, wissen Sie.«

»Ja, ich habe gehört, ihr seid zu dritt.«

Der alte Mann jammerte erneut.

»Aber mein lieber Gatte ist schlecht dran«, fügte die alte Frau hinzu. »Er hatte schon immer Schwierigkeiten mit dem Gehen, noch ehe Sie ihm so gefühllos das Bein gebrochen haben. Also werde ich Sie wohl entweder auf der Stelle ins Jenseits befördern, oder aber Ihrem Waffenstillstand zustimmen müssen.«

»Wenn Sie schießen, werde ich's auch tun«, sagte Virtue.

»Ah ja, aber wird Ihnen ein angemessen plazierter Hitzeschuß noch die Gelegenheit zur Vergeltung lassen?« fragte die Frau und hob das Ziel von Virtues Brust zu einem Punkt zwischen ihren Augen.

»Vielleicht schieße ich dann als erste«, sagte Virtue, während sich ein winziger Teil ihres Bewußtseins fragte, wie Cain eine solche Situation handhabte, und sie kam zu dem Schluß, er wäre erst gar nicht hineingeraten. »Und wer wird dann übrigbleiben, um sich Ihrem Gatten zu widmen?«

»*Das* muß berücksichtigt werden«, stimmte die alte Frau bedauernd zu. »Wir werden wirklich ein wenig zu alt für sowas.«

»Haben Sie das oft getan?«

»Zwölf Mal«, sagte sie, nicht ohne eine Spur Stolz. »Die Leute erwarten von Killern immer, daß sie aussehen wie die Killer in den Videos — gemein und mächtig. Wir haben ganz gut davon leben können.« Sie senkte zutraulich die Stimme. »Der Schwarze Orpheus wollte sogar über uns schreiben, aber wir haben ihm erklärt, daß das einzige, was wir wirklich auf unserer Seite haben, das Überraschungsmoment ist und daß uns Publizität aus dem Geschäft werfen könnte.« Sie lächelte. »Er hat unsere Wünsche respektiert — aber schließlich war er stets ein Gentleman.«

Der alte Mann versuchte, sich herumzuwälzen, wimmerte vor Schmerzen und verlor das Bewußtsein.

»Also gut, meine Liebe«, sagte die alte Frau mit einem Seufzer. »Sie bekommen Ihren Waffenstillstand. Ich muß wirklich einen Arzt aufsuchen!«

»Nicht ganz so eilig«, sagte Virtue. »Wer ist das dritte Mitglied Ihrer Mannschaft?«

»Ich kann sein Leben nicht in Gefahr bringen, indem ich Ihnen das sage«, meinte sie formell. »Abgesehen davon, wenn er Sie nicht tötet, muß ich erneut hinter Ihnen her, sobald ich Henry zu einem Arzt gebracht habe.«

Virtue dachte über das Problem nach und nickte dann zum Einverständnis.

»Also gut — wir haben einen Waffenstillstand.«

»Dann stecken Sie bitte Ihre Waffe weg!« sagte die alte Frau.

Virtue lächelte. »Sie zuerst.«

»Ich rechne damit, daß Sie eine ehrbare Frau sind«, sagte die alte Frau, öffnete ihren Korb und warf das Gewehr hinein.

Virtue steckte die Pistole zurück in den Gürtel und entwaffnete rasch den alten Mann. »Wenn ich Sie wäre«, sagte sie, »würde ich Henry nach Hause bringen und dort bleiben. Wenn ich Sie das nächste Mal sehe, werde ich Sie umbringen müssen.«

»Helfen Sie mir, ihn in den Schatten zu tragen, ja?« bat die alte Frau und wies dabei auf einen Baum in etwa zehn Metern Entfernung. »Es könnte einige Zeit in Anspruch nehmen, einen Arzt zu finden und ihn hierherzubringen, und ich möchte den armen Henry nicht in der Sonne liegen lassen.«

»Sie machen Witze, stimmt's?« fragte Virtue ungläubig.

»Wenn wir ihn hier liegenlassen, könnte er sterben. Er ist ein sehr alter Mann.«

»Er ist ein sehr alter Mann, der gerade versucht hat, mich umzubringen.«

»Das war Geschäft«, sagte die alte Frau. »Und wie Sie selbst sehen können, ist er in seinem gegenwärtigen Zustand wohl kaum eine Bedrohung für Sie.«

Virtue hob die Schultern und nickte, wie getroffen von dem Wahnsinn, einem ihrer potentiellen Mörder dabei zu helfen, den anderen in eine geschützte Lage zu schleppen. »Also gut — aber lassen Sie den Korb auf dem Boden stehen.«

»Sicherlich«, sagte die alte Frau und stellte den Korb ab.

Die beiden Frauen gingen zu dem alten Mann hinüber, beugten sich über ihn und rückten seinen Körper so zurecht, daß sie ihn an Armen und Schultern ziehen konnten. Virtue bemerkte, wie sich die Hand der alten Frau in Henrys Hosentasche hinabstahl, und packte sie am Handgelenk, gerade als sie ein Messer hervorziehen wollte.

»Ich dachte, wir hätten eine Abmachung getroffen«, sagte Virtue mit einem häßlichen Lächeln.

»Das Geschäft geht vor«, sagte die alte Frau mit gerötetem Gesicht und vor Anstrengung heftig schnaufend. »Was werden Sie jetzt mit mir anstellen?«

»Nichts so Schlimmes wie das, was Sie mir antun wollten«, erwiderte Virtue. »Lassen Sie uns den lieben Henry zunächst in den Schatten bringen — und falls Sie darüber hinaus etwas zu tun versuchen oder nach dem Gewehr in Ihrem Korb greifen, werde ich Sie umbringen.«

Sobald sie den alten Mann zum Baum hinübergezogen hatten, wandte sich Virtue an seine Frau und zog die Pistole.

»Ich werde Sie jetzt noch einmal fragen — woran kann ich den dritten Killer erkennen?«

»Das wäre wirklich eine Verletzung meiner Berufsethik«, sagte die alte Frau. »Abgesehen davon, wenn Sie mich niederschießen, besteht die Möglichkeit, daß er den Lärm hört und weiß, wo Sie sind.«

»Wohl wahr«, sagte Virtue. Sie landete einen heftigen Tritt auf dem Knie der alten Frau, spürte, wie Sehnen und Bänder nachgaben, als die alte Frau zu Boden ging und laut aufkreischte. Sie trat einen Schritt zurück.

»Das sollte Sie für den Rest des Tages vom Spielfeld entfernt halten«, sagte Virtue, ging zum Korb hinüber und zog eine Thermosflasche heraus. Sie öffnete die Flasche, sah, daß eisgekühlter Tee darin war, schloß sie wieder und ging dorthin zurück, wo die alte Frau schluchzend das Knie umklammert hielt.

»Ist ein heißer Tag«, sagte Virtue. »Es besteht durchaus die Möglichkeit, daß ihr beide dehydriert, ehe euch jemand findet.«

Die alte Frau wimmerte weiter, gab jedoch keinen Kommentar ab.

»Sag mir, wie Nummer Drei aussieht, und ich werde euch das hierlassen.«

Die alte Frau starrte sie mit tränenerfüllten Augen an. »Tun Sie Ihr Schlimmstes!« sagte sie. »Ich werde kein Vertrauen mißbrauchen.«

»Letzte Gelegenheit«, sagte Virtue. »Ich kann nicht noch mehr Zeit mit dir verschwenden.«

Die Frau schüttelte den Kopf.

Virtue hob die Schultern und warf die Flasche etwa zehn Meter von ihnen entfernt zu Boden. Dann kehrte sie zu dem Korb zurück, holte die Waffe heraus, steckte sie in ihre Umhängetasche und machte sich in Richtung auf das Zelt davon.

Sie erreichte es und trat von der Rückseite her ein. Auf beiden Seiten eines breiten Kirchenschiffs standen vierzig oder fünfzig Bankreihen, alle bis auf die letzten paar voll besetzt. Vorne, neben der zusammengenagelten Kanzel, stand ein elektronischer Synthesizer, der leise Hintergrundmusik, Kirchenlieder, erzeugte.

Ein riesenhafter Mann stand auf einem Podium und starrte mit glühenden grünen Augen auf seine Zuhörerschaft. Er hatte wildes rotes Haar und einen Bart mit grauen Streifen, er war völlig in Schwarz gekleidet, und die beiden Griffe seiner Laserpistolen standen über den Rändern der Halfter sichtbar hervor.

»Und wenn dich deine Hand ärgert, so schneide sie dir ab!« intonierte Vater William mit vollem, wohltönenden Bariton. »Denn der Herr ist mehr als ein Ideal, mehr als ein Objekt der Zuneigung, mehr sogar als ein Schöpfer.« Er hielt um des Effekts willen inne. »Vergeßt niemals, meine Kinder, daß der Herr gleichfalls ein Chirurg ist. Und Er gebraucht nicht das Schwert der Erlösung. Er gebracht das Skalpell der Gerechtigkeit!«

Virtue nahm in der vorletzten Bankreihe Platz.

»Ja, meine Brüder«, fuhr Vater William fort. »Wir sprechen über Infektionen. Nicht über die Infektionen des Körpers, denn der Körper ist das Gebiet der Ärzte, sondern über die Infektion des Geistes, und das ist das Gebiet des Herrn und der zeitweiligen Gesandten, die Er auserwählt, Ihn zu repräsentieren.«

Er hielt inne und griff nach einem Glas, das mit einer blauen Flüssigkeit gefüllt war, tat einen langen Zug und setzte seine Ansprache fort.

»Nun, sie haben eine Menge gemeinsam, der Körper und der Geist. Zunächst und zuallererst können sie dem Herrn viel Freude bereiten, der Körper, indem er fruchtbar ist und vermehrend, der Geist, indem er Ihn anbetet und Ihm sein Lob singt. Aber sie haben noch etwas gemeinsam. Beide können von einer Infektion überwältigt werden; sie können Geschwüre des Verfalls werden, unansehnlich sowohl in den Augen des Menschen als auch in den Augen Gottes.«

Ein hagerer Mann mit Schnauzbart und dicken, buschigen Koteletten betrat das Zelt, blickte sich nach einer Sitzgelegenheit um und kam schließlich auf Virtue zu.

»Würden Sie bitte etwas beiseiterutschen?« flüsterte er.

Sie rutschte nach links, machte ihm Platz.

»Ich wollte schon früher herkommen, aber eine meiner Erntemaschinen ist kaputtgegangen«, fügte er entschuldigend hinzu. »Habe ich viel versäumt?«

Sie schüttelte den Kopf und legte einen Finger auf die Lippen.

»Tschuldigung«, brummte er und richtete die Aufmerksamkeit auf Vater William.

»Nun, wenn sich der Körper eine leichte Infektion einfängt, was tun wir da?« Der Prediger funkelte seine Zuhörerschaft an, als wolle er sie zu einer Antwort zwingen. Niemand wagte ein Wort zu sagen. »Wir geben ihm Antibiotika. Und wenn ihn eine größere Infektion erwischt, geben wir ihm andere Medikamente.« Er packte die Kanten des Pultes mit beiden massigen Händen. »Und wenn er vom Krebs befallen wird, was tun wir dann?« Er machte eine schneidende Bewegung mit der rechten Hand. »Wir schneiden ihn heraus!« rief er.

Er hielt inne, holte tief Luft und ließ sie langsam entströmen. »Aber was ist mit der Seele? Was tun wir, wenn *sie* infiziert wird? Wie injizieren wir Antibiotika in ihren Kreislauf? Wie amputieren wir einen Teil der Seele, ehe sich die Infektion weiter ausbreiten kann?«

»Die Antwort«, sagte Vater William, »lautet: So etwas können wir weder tun, noch werden wir es tun, denn es gibt keine Halbheiten, wenn es um die Seele geht, meine Kinder. Euer Körper ist ein Gewand, das ihr für den flackernden Augenblick eures Lebens tragt, aber eure Seele ist ein Gewand, das tragt ihr für alle Ewigkeit, und ihr könnt es euch nicht leisten, irgendwelche Risiken dabei einzugehen. Ihr könnt keine Antibiotika und eine zweiwöchige Bettruhe verschreiben, weil die Seele keinen Blutkreislauf hat und sich nicht niederlegen kann — und abgesehen davon ist sie, verdammt nochmal, zu wichtig, um mit halbherzigen Maßnahmen kuriert zu werden.« Seine Stimme schwoll in Lautstärke und Intensität an. »Vergeßt das niemals: Es gibt niemals eine nur *kleine* Infektion der Seele! Es gibt keine Möglichkeit, zwischen ernsthaften und trivialen, tödlichen und nicht-tödlichen Befall zu unterscheiden. Es gibt nur eine Infektion, und wenn ihr das seht, müßt ihr die Infektion mit dem heiligen Schwert des Herrn herausschneiden!«

Plötzlich spürte Virtue, wie sich ihr die Spitze eines Messers gegen den Brustkorb drückte.

»Kein Laut, keine Bewegung!« flüsterte der hagere Mann.

Vater William räusperte sich. »Einige von euch möchten wissen, wie eine solche Chirurgie die Seele gesunden lassen kann? Nun, meine Kinder, das ist eine verdammt gute Frage — und die Antwort wird euch nicht gefallen, denn die Antwort ist ebenso harsch wie der Zorn Gottes.« Er hielt wegen des Effekts inne. »*Nichts* kann eine infizierte Seele wieder gesunden lassen.« Er blickte auf seine Zuhörerschaft, und seine Augen brannten. »Ihr glaubt, ihr könntet Gott mit falscher Reue übers Ohr hauen? Hah!« Er bellte das geringschätzige Gelächter so mächtig heraus, daß aus dem Lautsprechersystem ein ohrenzerreißendes Heulen tönte.

»Warum also könnt ihr's nicht herausschneiden? Weil — und das ist das Wesentliche, meine Brüder — wir rasch handeln müssen, um jene Infektion daran zu hindern, andere Seelen anzustecken. Wir müssen das Böse daran hindern, wie ein Krebsgeschwür von einer Seele zur nächsten zu kriechen!«

»Ich könnte um Hilfe schreien«, flüsterte Virtue.

»Es könnte als Schrei anfangen«, erwiderte der hagere Mann. »Ich garantiere jedoch, es wird als Gurgeln enden.«

»Das ist nichts weiter Neues«, fuhr Vater William fort. »Was tat der Herr, als die Menschen von Sodom infiziert wurden? Er hat das Krebsgeschwür herausgeschnitten. Er hat nicht bei seinem kranken Patienten gewacht und ihn gepflegt. Er hat das Messer gebraucht! Ist Er hingegangen und hat Mikrochirurgie angewendet? Teufel, nein! Er hat sie vierzig Tage und vierzig Nächte lang überflutet, bis sie alle abgesoffen waren!«

Er hielt inne und wischte sich mit einem schwarzen Taschentuch den Schweiß vom Gesicht.

»Er wird bald eine Pause einlegen«, flüsterte der hagere Mann. »Wenn er das tut, stehen Sie auf und gehen Sie ganz langsam hinaus! Ich werde gleich neben Ihnen sein.« Er piekste sie nachdrücklich mit dem Messer.

»Warum sollte ich das tun?« flüsterte sie zurück. »Sie werden mich auf jeden Fall umlegen.«

»Ich kann das rasch und einfach tun, oder ich kann's so tun, daß Sie stundenlang Schmerzen erleiden«, erwiderte er gefühllos. »Eine andere Wahl haben Sie nicht. Es liegt an Ihnen.«

Sie überlegte, einen Ausbruch zur Tür hin zu unternehmen, aber er las anscheinend ihre Gedanken und packte sie auf einmal am Arm. Sie plumpste zurück, ihre Gedanken rasten, sie suchte nach Fluchtmöglichkeiten, fand jedoch keine. Sie hatte sich bereits dazu entschlossen, das Zelt nicht wie ein Schaf zu verlassen, das zur Schlachtbank ging, und daß sie ihn, wenn's zum Äußersten käme, dazu bringen würde, sie vor zweitausend Zeugen umzulegen — aber da er mit Wissen und Zustimmung des Swagman operierte, konnte sie nicht bestimmt wissen, ob irgend jemand auch nur einen Finger rührte, um ihn daran zu hindern —, und sie hatte den Verdacht, daß niemand etwas tun würde.

»Man hätte glauben sollen, einige Leute hätten ihre Lektionen jetzt gelernt, nicht wahr?« wollte Vater William wissen, und seine Stimme schwoll an. »Man hätte glauben sollen, sie hätten gelernt, daß man Gott keine

Scheuklappen anlegen kann, daß man eine Infektion nicht vor Seiner himmlischen Klinik verbergen kann!«

Er funkelte hinab in die Zuhörerschaft.

»Das hätte man glauben sollen — aber einige Menschen lernen's halt nie.«

Plötzlich war Vater Williams Gesicht von Zorn erfüllt.

»Man sollte glauben, sie hätten wenigstens den Verstand, das Werk des Satans nicht im Hause Gottes zu tun!« brüllte er, zog eine Pistole und feuerte in Virtues Richtung.

Einige Leute aus der Zuhörerschaft kreischten auf, ein paar stießen Flüche aus, und die meisten — Virtue eingeschlossen — ließen sich zu Boden fallen.

Während der nächsten dreißig Sekunden herrschte völliges Durcheinander. Dann standen die Leute allmählich auf und fragten sich, was geschehen sei. Als Virtue wieder auf den Beinen stand, bemerkte sie, daß der hagere Mann tot war. Sein linker Augapfel war geronnen.

»Nicht anrühren!« donnerte Vater William, als einige Mitglieder der Versammlung das Opfer bemerkten. »Dieser Mann wird steckbrieflich gesucht. Er gehört mir und dem Herrn!«

Der Prediger sah über die Zuhörerschaft hinweg.

»Der Herr ist mein Auge und Ohr, und es gibt nicht viele, die uns beiden entkommen.« Vater William hielt inne. »Der Herr hält meine Hand ruhig, und meine Waffe findet ihr Ziel durch seinen Beistand. Gesegnet sei der Name des Herrn!«

Er steckte die Pistole in das Halfter zurück.

»Hier könnt ihr eine Lektion lernen, meine Kinder — und sie lautet, daß das Gute aus dem Bösen kommen kann. Sobald ich diesem Sünder den Skalp genommen und ihn eingelöst habe, wird er durch seinen Tod, verdammt noch mal, eine Menge mehr für den Herrn tun, als er je während seines Lebens gedacht hätte.« Er senkte den Kopf. »Lasset uns ein kurzes schweigendes Gebet für die abgrundtief schwarze Seele dieses armen sündigen Hurensohns sprechen, und lasset uns Satan viel Glück mit ihm wünschen!«

Eine weitere halbe Stunde lang setzte er seine Predigt fort, wobei er den Toten völlig ignorierte, und er brachte alles an, was er auch nur im entferntesten für das gegenwärtige Thema geeignet hielt, vom Konzept des Auge um Auge bis hin zum Tag des Jüngsten Gerichts, der, wie er versprach, bei weitem näherlag, als die meisten Menschen glaubten.

Schließlich hörte er auf und erklärte, daß er aus Respekt vor dem Toten seine Predigt abkürzen würde — und auch deshalb, weil das Postamt der Demokratie bald schließen würde —, und er ließ einen jungen Burschen aus der Händlerstadt seine Platinbox die Reihen auf und ab tragen, und er entließ die Versammlung nicht eher, bevor jeder sein Scherflein beigetragen hatte.

»Ich werde euch morgen früh alle hier froh und heiter wiedersehen«, sagte Vater William und bedeutete ihnen, es sei jetzt gestattet, sich zu erheben und zu gehen. »Das Thema wird sein ›Sex und Sünde‹. Ich schlage vor, ihr laßt die Kinder lieber daheim. Schenkungen sind erwünscht, und falls jemand ein paar Schokoladenkuchen mit dickem Zuckerguß mitbringen will, so kann ich ihm versprechen, daß ich sie gut verwenden werde.« Plötzlich deutete er auf Virtue. »Du bleibst da, junge Dame. Wir haben etwas Ernstes zu besprechen.«

Der junge Bursche brachte ihm die Box und flüsterte ihm etwas ins Ohr.

»Einen Augenblick!« brüllte er, und die Leute, die es bislang noch nicht bis zum Ausgang geschafft hatten, blieben wie erstarrt stehen.

»Ich weiß nicht, wer hier Spike heißt, noch, welches Geschlecht du hast, aber mir ist von sehr berufenem Munde gesagt worden, du habest versucht, ein paar Royal Yen in die Schachtel zu schmuggeln. Nun, wie du wissen wirst, ist der Royal Yen außer am Rand nirgendwo eine akzeptierte Währung, und ich habe das verdammte Gefühl, der gute Herr wird das als persönliche Beleidigung auffassen. Also werde ich diesen netten jungen Mann darum bitten, sich noch einmal unter euch zu mischen und zu sehen, ob du es nicht doch übers Herz bringst, eine Münze aus jener Sphäre herauszurücken, wo ich Nahrung und Impfstoffe für die armen Unglücklichen auf Kellatra Vier kaufen kann, denn das ist der nächste Hafen, der mich ruft. Was das hier betrifft«, fügte er hinzu und hielt die unannehmbare Währung in die Höhe, »so werde ich sie einfach behalten, bis mir irgendein gottesfürchtiger Missionar über den Weg läuft, dessen Berufung ihn dahin führt, wo er sie verwenden kann.«

Der Junge tauchte in die Menge ein und kehrte einen Augenblick später mit zwei zerknüllten Fünfzig-Maria-Theresia-Dollarnoten wieder zurück. Vater William nickte zum Einverständnis, und einen Augenblick später fand sich Virtue allein mit ihm im Zelt wieder.

»Ich möchte Ihnen danken«, sagte sie, ging auf ihn zu und streckte die Hand aus. »Ich wäre totes Fleisch, wenn Sie ihn nicht entdeckt hätten.«

»Ich hätte es nicht tun können, wenn du nicht hergekommen wärst, um meine Predigt anzuhören«, entgegnete er und nahm ihre beiden Hände zwischen die seinen. »Das ist genau so, wie es sein sollte. Du bist gekommen, den Herrn zu preisen, und der Herr beschützt dich. Es sieht so aus, als sei Er der Ansicht, du habest irgendwo äußerst wichtige Geschäfte zu erledigen.«

»Stimmt.«

»So wichtig, daß ein Mann, auf dessen Kopf ein Preis ausgesetzt ist, dich umbringen möchte?«

»Er ist von Dimitri Sokol angeheuert worden.«

»Nun, ich bin mir sicher, Satan wärmt einen besonderen Platz in der Hölle für Mr. Sokol an.« Er hielt inne. »Übrigens, er hatte zwei Komplizen. Was ist mit denen?«

»Sie werden mich nicht mehr belästigen«, sagte Virtue nachdrücklich.

Vater William nickte zustimmend. »Schön. Es freut mich zu sehen, daß du diese Art himmlischen Schutzes nicht immer benötigst.« Er ließ ihren Hände fahren, ergriff das Glas und tat einen weiteren kräftigen Zug von dem blauen Getränk. »Warum möchte Sokol dich tot sehen?«

»Ich habe keine Ahnung«, sagte sie, wobei sie ihm voll in die Augen blickte.

»Weißt du«, sagte er mit dem Anflug eines amüsierten Lächelns, »es ist 'ne verdammt gute Sache, daß Gott mit dir große Pläne hat — weil er dich nämlich sonst niedergestreckt hätte dafür, daß du in Seinem Hause gelogen hast.«

»Ich weiß nicht, wovon Sie reden«, sagte Virtue.

»Aber, aber, junge Dame«, sagte Vater William. »Dimitri Sokol ist ein Schmuggler und Schwindler, der glaubt, seine eigene Art von Zerknirschung und Reue gefunden zu haben.« Er lachte geringschätzig. »Als könne er alle seine Taten geheim halten und dabei den Anschein geben, ein demütiger, zur Kirche gehender Diener der Öffentlichkeit zu sein!« Er starrte sie an. »Ich schätze mal, du hast ihn erpreßt, er hat bezahlt, und jetzt versucht er, das Geld zurückzubekommen.«

»Nah dran, aber nicht ins Schwarze«, sagte Virtue. »Ich habe ihn erpreßt, nun gut ...«

»Völlig akzeptabel«, unterbrach er sie. »Manchmal muß man das Krebsgeschwür ins Licht halten, ehe man es abschneiden kann.»

»Aber nicht des Geldes wegen«, fuhr sie fort. »Sondern wegen Informationen.«

»Aha!« sagte er, und seine Augen leuchteten auf. »Was für Informationen?«

»Ich suche Santiago.«

Das fand Vater William anscheinend zum Brüllen komisch. »Wenn ich du wäre, junge Dame, würde ich herausfinden, wo er sich aufhält, und anschließend in die entgegengesetzte Richtung laufen. *Das* ist jetzt eine Information, die dir frei zur Verfügung gestellt wird, und als solche sollte sie mehr zählen als alles, was Sokol dir gesagt hat.«

»Er hat mir gesagt, ich solle mit dem Jolly Swagman sprechen.«

»Wirklich? Nun ja, da hat er wohl recht. Aber deine Chancen, den Swagman zu finden, sind nicht sehr groß, wenn du zu Predigten gehst — und besonders dann nicht, wenn ich predige.«

»Wo *kann* ich ihn finden?«

»Oben in den Bergen, etwa fünfzehn Kilometer von der Stadt entfernt. Jeder hier hätte dir den Weg zeigen können.«

»Man hat mir auch gesagt, er sei ein schwieriger Mann.«

»Hängt alles davon ab, wer du bist und worüber du reden willst.«

»Man hat gesagt, *Sie* könnten dafür sorgen, daß ich ihn zu sehen bekomme«, sagte sie unverblümt.

»Ich kann mir vorstellen, daß das möglich ist«, erwiderte Vater William.

»Werden Sie es tun?«

»Das wiederum ist eine andere Geschichte«, sagte er langsam.

»Sie meinen, Sie wollen's nicht tun?«

»Das habe ich nicht gesagt. Ich habe gesagt, das sei eine andere Geschichte.« Er sah sich im Raum um, bis sein Blick auf den Leichnam des Killers fiel. »Dieser Heide war nahe daran, dir ein persönliches Treffen mit Gott zu verschaffen«, sagte er. »*Verdammt* nahe. War's nicht eine verflucht gute Sache, daß der Herr mir dabei geholfen hat, den Blick zu schärfen und die Hand ruhig zu halten?«

»Ich habe Ihnen bereits gedankt. Soll ich's nochmals tun?«

»Nun ja, junge Dame«, sagte er, zog sein schwarzes Taschentuch hervor und polierte bedeutungsvoll seinen Opferbehälter. »Es gibt Dank, und es gibt Dank.«

Sie starrte ihn einen Augenblick lang an und verstand schließlich. »Eintausend Kredits«, sagte sie schließlich.

Er lächelte. »Das ist noch nicht einmal das erste Kapitel jener anderen Geschichte, von der wir gesprochen haben.«

»Denken Sie daran, daß es eine Geschichte ist und kein Roman«, erwiderte sie. »Zweitausend.«

Er kräuselte die Lippen und überlegte sich das Angebot.

»Wie kochen Sie?« fragte er schließlich.

»Miserabel.«

»Schade.« Er starrte sie an und hob dann die Schultern. »Was soll's, zum Teufel! Mit dem Kopfgeld und deiner großzügigen Spende werden wir mal sehen, daß fünftausend Kinder auf Kellatra Vier niemals die Pocken oder das blaue Fieber bekommen werden.« Er beugte sich vor, hob das linke Hosenbein und zog ein langes Jagdmesser hervor, das er an der Wade befestigt hatte. »Laß mich nur rasch die Schwarte des Wildschweins für die örtliche Polizeibehörde einsammeln, und dann geht's ab!« Er wandte sich an sie. »Du *hast* zweitausend Kredits, ja?«

Sie zog die Scheine aus ihrer Tasche. »Haben wir einen Handel abgeschlossen?« fragte sie.

Er nahm ihr das Geld ab, steckte es in die Box und grinste. »Haben wir, so sicher, wie die Hölle existiert. Der Herr sei gepriesen!«

9

Da kommt der Swagman, es knallt sein Gewehr,
'runter kommt's Geld, weg läuft er.
Da läuft die Polizei, sucht sein Versteck:
Sie hat keine Chance, der Swagman ist weg!

Wenn man berücksichtigte, daß er einen eigenen Planeten beherrschte und auf zehn oder fünfzehn weiteren Planeten ziemlich freie Hand hatte, hätte man erwarten können, der Jolly Swagman würde von einer beträchtlichen Armee Gesetzloser und Halsabschneider gestützt, aber das war nicht der Fall. Natürlich hatte er Informanten sowie eine Anzahl Kontaktleute innerhalb und außerhalb des Gesetzes, zum größten Teil arbeitete er jedoch allein.

Und wenn man berücksichtigte, daß er allein arbeitete, hätte man erwarten können, er sei ein Riese von einem Mann, eine Art Goldenrod-Version von MannBerg Bates, aber auch das war nicht der Fall. Er war ein paar Zentimeter kleiner als der Durchschnitt, er hatte etwa zehn Kilo Übergewicht, und um's genau zu sagen, er hatte nicht eine einzige bemerkenswerte körperliche Eigenschaft, außer vielleicht seiner praktisch farblosen Augen.

Und wenn man berücksichtigte, daß er keine imponierende körperliche Gestalt war, hätte man sich vorstellen können, er sei zumindest ein Scharfschütze oder Sprengstoffexperte, oder ein Meister im Verkleiden, aber all das war nicht der Fall. Alles, was wirklich für ihn sprach, waren ein ziemlich reges Bewußtsein, eine extravagante Vorstellung von Moral sowie ein Hunger nach Dingen, die nicht ihm gehörten.

Nun ja, das alles reichte aus, ihm die Aufmerksamkeit des Schwarzen Orpheus zu sichern — was den Barden der Grenze jedoch *wirklich* interessierte, war sein Akzent. Es war der erste, den er je gehört hatte.

Die Menschen hatten Akzente gehabt, als sie noch immer erdgebunden gewesen waren, und in Zukunft würden sie ebenfalls wieder welche haben, Tausende von Jahren nachdem das innere und äußere Grenzland völlig besiedelt und zivilisiert sein würde. Aber während der Ära der Republik und der Demokratie und sogar der frühen Oligarchie, zwischen denen jeweils eine Zeitspanne von fast sechs Jahrtausenden lag, wuchsen die Menschen mit lediglich zwei Sprachen auf: der Sprache der eigenen Welt und Terranisch (und häufig genug *war* die Sprache der eigenen Welt Terranisch). Draußen im Grenzland, wo Menschen die Welten wechselten wie ihre Brüder auf der Erde und auf Deluros VIII die Hemden, war Terranisch eine von jedem gesprochene Sprache: sie war über eine große Anzahl von Jahrzehnten sorgfältig entwickelt worden, denn es sollte eine Sprache sein, die der Mensch leicht begreifen konnte, eine Sprache, die man nahezu unmöglich mit Akzent sprechen konnte.

Als der Schwarze Orpheus also den Swagman aufgestöbert und sich zu ihm gesetzt hatte, um mit ihm zu reden, war die Unterhaltung noch keine halbe Minute alt, da wußte Orpheus bereits, daß der Swagman unter Aliens aufgewachsen war.

Der Swagman hat das niemals geleugnet, wollte sich jedoch nicht dazu bewegen lassen, näher in die Details zu gehen. Er mochte die Wesen, die ihn aufgezogen hatten, zu sehr, um sich zu wünschen, daß sie von Wesen der eigenen Rasse studiert und ausgebeutet würden, und er wußte, daß eben dies geschähe, falls der Schwarze Orpheus sie in sein Lied mit einbaute.

Wie dem auch sei, der Balladensänger war völlig gefesselt von den explosiven *Gs* und zischenden *Schs* des Gesetzlosen. Er blieb eine Woche oder zwei auf Goldenrod, und eine Menge Leute sagten, der Swagman habe

Orpheus sogar auf einen Raubzug mitgenommen, bloß um ihm zu zeigen, wie das so wäre. Sie wurden Freunde, denn trotz seines Hangs zum Gesetzesbruch war der Swagman eine ziemlich nette Person. Ein paar Jahre später sah er den Schwarzen Orpheus erneut und erwähnte nicht einmal, daß Orpheus seine Gefühle verletzt hatte, weil er ihm nur einen einzigen Vers gewidmet hatte; und der Umstand, daß er noch immer auf freiem Fuße war, beeindruckte den Schwarzen Orpheus so sehr, daß er sich sofort hinsetzte und ein paar weitere Zeilen hinzufügte, einige über das Fort des Banditen eingeschlossen (Orpheus beharrte darauf, es ein *Schloß* zu nennen, damit es sich reimte).

Schloß oder Fort — als Virtue und Vater William vor dem massigen Eingang standen, kam Virtue zu der Überzeugung, es sei ein verteufeltes Bauwerk. In einem weniger technisierten Zeitalter hätte allein seine Masse einer Armee standhalten können; jetzt konnten seine unglaublich ausgeklügelten Verteidigungssysteme einem Angriff von oben, unten oder direkt von vorn widerstehen.

Schließlich schwang das riesige Portal mit einem leichten Summen auf und zeigte den Swagman. Er stand im Foyer, die Hände in die Hüften gestützt und starrte Virtue amüsiert und neugierig an.

Was sie auch immer von einem Banditenboss erwartet hatte, er war nichts davon. Die weißen Finger — ohne Schwielen — waren sorgfältigst manikürt; das blonde Haar gewissenhaft nach der letzten Mode von Deluros gekämmt; das Gesicht unverbindlich und glattrasiert; und seine Kleidung, von dem eleganten Samtüberwurf bis hin zu den glänzenden Halbschuhen aus Echsenleder, schien eher die kommende Mode der Trendsetter der Demokratie vorwegzunehmen als die vorherige Mode widerzuspiegeln.

»Aha!« sagte er mit einem Begrüßungslächeln. »Die rätselhafte Virtue MacKenzie, wie ich annehme?«

»Und Sie sind der Swagman?« entgegnete Virtue.

»Der eine und einzige«, erwiderte er. »Guten Abend, Vater William. Was macht das Erlösungs-Geschäft?«

»Wie immer«, erwiderte der Prediger. »Satan ist ein allzeit bereiter Gegner.«

»Sicher, Sie hatten ihn ja heute nachmittag vor der Flinte«, sagte der Swagman in seinem unverwechselbaren Akzent. »Aber wo sind denn meine Manieren! Kommen Sie doch herein!«

Nachdem sich die Tür hinter ihnen geschlossen hatte, folgten sie ihm durch einen kurzen Flur in eine große Halle, ausgestattet mit einem vom Boden zur Decke reichenden Kamin sowie einer Anzahl kleiner Teppiche, Handarbeiten von Boriga II und Kalamakii, einem Set vier vorzüglich gearbeiteter Stühle aus dem fernen Antares und zahllosen Massivholz-Regalen, auf denen Kunstwerke von buchstäblich Hunderten von Welten quer durch die Galaxis lagerten.

»Wie finden Sie meinen Nippeskram?« fragte der Swagman, als Virtue stehenblieb, um eine Kristallkugel von Bokar zu bewundern, die aus den unglaublich weit entfernt liegenden Tagen stammte, als die Bokariten noch eine seefahrende Rasse gewesen waren und keine sternenfahrenden Kaufleute.

»Sie sind atemberaubend!« sagte sie, wobei sie die Aufmerksamkeit auf einen *Prague* richtete, den sagenhaften Folterstock von Sabelius III.

»Diese Feststellung ist vielleicht richtiger, als du dir vorstellen kannst«, sagte Vater William hart. »Eine Menge braver Männer haben ihren letzten Atemzug getan, um dem Swagman diesen unrechtmäßig erworbenen Reichtum zu verschaffen.«

»Aber, aber«, sagte der Bandit kichernd. »Sie wissen, von mir gibt es kein Fahndungsplakat, Vater William.«

»Der Stapel von Fahndungsplakaten reicht vom Boden bis zur Decke«, erwiderte der Prediger.

»Aber nicht wegen Mordes«, gab der Swagman zu bedenken. »Schließlich überlassen Sie die Bestrafung geringerer Verbrechen den geringeren Dienern des Herrn.«

»Stimmt«, gab Vater William zu. »Aber es ist unmoralisch, deine blutbefleckten Schätze so zur Schau zu stellen.«

»Sie meinen, weil ich sie hinter verschlossenen Türen in meinem eigenen Heim ausstelle?« fragte der Swagman und hob eine Braue. »Sollen wir nicht das Thema wechseln? Wenn wir weiterhin über meine Sammlung reden, werden wir noch in eine ernsthafte Auseinandersetzung geraten.« Er schnippte mit den Fingern. »Oder noch besser, wie wär's mit Essen? Ich habe meine Leute vor einer halben Stunde angewiesen, das Essen zu bereiten, nachdem ihr euch an der ersten Sicherheitsbarriere identifiziert hattet.«

»Leute?« wiederholte Virtue. »Mir sind keine Leute aufgefallen.«

»Sind alle mechanisch«, erklärte der Swagman. »Und *sehr* diskret.«

»Sie leben allein hier?« fragte sie überrascht.

»Ist das so schwer zu glauben?« gab er zurück.

»Ich hätte gedacht, Sie seien von Dienern umringt«, gab sie zu.

»Einer der Vorteile, wenn man nur mit Robotern zusammenlebt, besteht darin, daß man niemals das Silber zählen oder die Ausstellungsvitrinen überprüfen muß, wenn man einen Tag lang nicht da war«, sagte er. »Übrigens, was sollte ich mit Dienern anfangen?«

»Nun ja, Sie haben einen Ruf als Meisterverbrecher!«

»Wie man mir gesagt hat, ja«, erwiderte er trocken.

»Sie haben meine Frage nicht beantwortet«, beharrte sie.

»Ich weiß nicht, was ein Meisterverbrecher Ihrer Ansicht nach tut«, meinte der Swagman, »Tatsache ist, daß ich ein bedeutender Arbeitgeber auf dem Gebiet der

Kriminalität bin, nichts weiter.« Eine Glocke ertönte zweimal, und er wandte sich an Vater William. »Das Essen ist fertig. Ich nehme an, Sie haben einen gewaltigen Appetit mitgebracht?«

Er führte sie in den Speisesaal, an dessen Wänden ringsum weitere Ausstellungsvitrinen mit einzigartigen fremden Kunstwerken standen. Der Raum wurde von einem Tisch beherrscht, der leicht vierzig Leuten Platz bieten konnte, aber alle drei Gedecke lagen an einem Ende. Die Stühle waren samt und sonders einbeinig, an der Basis beträchtlich breiter als oben, und sie waren sicherer, als sie aussahen.

»Würden Sie sich bitte setzen?« bat der Swagman und zog einen Stuhl für Virtue heraus.

»Vielen Dank«, sagte sie, während Vater William sich ihr gegenüber niederließ.

»Gewöhnlich serviere ich solch willkommenen Gästen auf meinem rodelian'schen Eßgeschirr«, sagte der Swagman entschuldigend, als er sich zu ihnen setzte. »Aber ich lasse es gerade wieder aufpolieren. Ich hoffe, das atrianische Quarz ist annehmbar. Auf seine Weise ist es ziemlich hübsch.«

»Als einziges zählt, was darauf serviert wird«, entgegnete Vater William, lehnte sich zurück und gestattete einem Roboter, ihm eine Vorspeise, bestehend aus mutiertem Schellfisch, vorzusetzen.

»Das liegt daran, daß Sie lediglich damit beschäftigt sind, Energie anzusammeln, mit der Sie Ihren heiligen Krieg kämpfen«, sagte der Swagman. »Jene von uns, die glücklich genug sind, beim Kampf zwischen Gut und Böse bloß Zuschauer zu sein und keine Teilnehmer, können sich doppelt glücklich schätzen, wenn sie gleichfalls die Gelegenheit dazu bekommen, den Behälter zu bewundern, in dem die Energie eintrifft.«

»Zuschauer, du meine Güte!« fauchte Vater William, wobei er zugleich kaute und sprach. »Für dich arbeiten mehr Killer als für Dimitri Sokol!«

»Ich muß mehr Rechnungen bezahlen«, erwiderte der Swagman leichthin. »Und ich möchte hinzufügen, daß ich dank Ihrer kleinen Verstimmung auf Darius Zehn nun vier Killer weniger habe als vergangenen Monat.« Er lächelte den Prediger an. »Wissen Sie, Sie haben mir soviel Ärger bereitet, daß ich Ihnen dieses Mahl wirklich in Rechnung stellen sollte.«

Vater William grinste zurück. »Ich werde dich nicht um einen Beitrag für meine Spendentruhe bitten, also können wir das als erledigt betrachten.«

»Einverstanden — so lange Sie keine Gewohnheit daraus machen, meine Untergebenen zu dezimieren.«

»Ich nehme jeden Killer aufs Korn, von dem es ein Fahndungsplakat gibt«, sagte Vater William, wischte sich den Mundwinkel mit einer Serviette und band sie sich daraufhin wie ein Lätzchen um den Hals.

Der Swagman hob die Schultern. »Geschieht mir recht, wenn ich nicht besser aussuche. Andererseits, als Sie die da aufs Korn genommen haben, hat mich das den Besitz einer Schiffsladung Kunstobjekte von Nelson Siebzehn gekostet. Ich wünschte mir wirklich, Sie hätten noch eine Woche warten können, bis Sie sich auf Killertour begeben hätten.«

»Ha!« brummelte Vater William, stieß seinen leeren Teller beiseite und gab dem Roboter ein Zeichen, ihm einen weiteren zu bringen.

Der Swagman wandte sich an Virtue. »Lassen Sie sich niemals auf so etwas ein«, sagte er mit spöttischem Ernst. »Das saugt einem das letzte Mitgefühl für die Untergebenen aus dem Herzen.«

»Sie wirken nicht sonderlich bestürzt über den Verlust von vier Männern«, bemerkte Virtue.

»Waren bloß Männer; da kann ich stets Nachschub bekommen«, erwiderte er lässig. »Der Verlust der *Gegenstände,* der schmerzt. Da war eine handgetöpferte Kinrossian'sche Schüssel, die ...« Er seufzte und schüttelte den Kopf, sah daraufhin auf. »Nun ja, ich schätze, unser Freund hier muß von Zeit zu Zeit bei seinem Gott ein paar Punkte machen.«

»Wenn du weiterhin Blasphemien von dir gibst«, sagte Vater William harsch, »könnte ich einfach vergessen, daß dein Fahndungsplakat nicht wegen Mordes aushängt.«

»Sie glauben doch nicht wirklich, Sie könnten mir innerhalb meines Hauses etwas antun?« fragte der Swagman amüsiert. »Reden Sie keinen solchen Unsinn, oder Sie werden ihn bald glauben, und dann wird es uns allen sehr leid tun, besonders Ihnen.«

Der Prediger starrte ihn einen Augenblick lang an und machte sich anschließend wieder über das Essen her.

Virtue beendete ihre Vorspeise, und im selben Augenblick fegte ein Roboter den leeren Teller weg.

»Sie sind äußerst tüchtig«, bemerkte sie und wies dabei sowohl auf den zurücktretenden Roboter als auch auf drei andere, die jetzt den Hauptgang hereinbrachten. »Ich hätte gedacht, Haushaltsroboter würden einen hier im Grenzland Kopf und Kragen kosten.«

»Tun sie auch«, stimmte der Swagman zu. »Zum Glück waren's nicht *mein* Kopf und *mein* Kragen.«

»Völlig unmoralisch«, brummte Vater William zwischen zwei Bissen.

»Völlig praktisch«, korrigierte ihn der Swagman. »Es ist ein wohlerprobter Grundsatz bei Geschäften: Setze nie das eigene Geld ein, wenn du das Geld anderer Leute einsetzen kannst. Ich finde stets einen kreativen Weg, diesen Grundsatz zu berücksichtigen.« Er wandte sich an Virtue. »Haben wir nun lange genug so getan, als seien wir gute Freunde, oder ziehen Sie es vor, daß wir das Spiel noch eine Weile länger spielen, ehe wir von Santiago sprechen?«

Nur einen Augenblick lang sah sie überrascht aus. »Wir werden später von ihm sprechen.«

»Wie Sie wünschen«, entgegnete der Swagman liebenswürdig. »Darf ich vielleicht nachfragen, ob dafür irgendein bestimmter Grund vorliegt?«

»Was immer Sie zu sagen haben«, meinte Virtue. »Ich möchte nicht, daß Sie es vor einem Rivalen aussprechen.«

»Sie meinen Vater William?« fragte der Swagman. Beide Männer fanden ihre Bemerkung offenbar ungeheuer komisch.

»Was ist daran so komisch?« wollte Virtue wissen.

»Soll ich es ihr sagen?« fragte der Swagman.

Vater William sah Virtue über den Tisch hinweg an. »Mir liegt nichts an ihm.«

»Ihnen liegt nichts an Santiago?« wiederholte sie ungläubig.

»Stimmt genau.«

»Aber ich habe gedacht, Sie wollen jeden Killer, auf den es ein Kopfgeld gibt«, beharrte sie. »Und sein Kopfgeld ist das höchste. Warum sind Sie an ihm nicht interessiert?«

»Eine Reihe von Gründen«, erwiderte Vater William. »Erstens. So lange er auf freiem Fuß ist, werden ihm mehrere Dutzend Kopfjäger auf den Fersen sein. Das sind zwei Dutzend weniger Konkurrenten für *mich.* Zweitens. Es kostet mehr Mühe, ihn auszubuddeln, als es wert ist, ungeachtet des auf ihn ausgesetzten Preises.« Er hielt inne. »Und drittens: Ich weiß nicht mit absoluter Sicherheit, daß er jemanden getötet hat.«

»Aber, aber«, meinte Virtue, »er wird wegen achtunddreißig Morden gesucht.«

»Er wird achtunddreißig Morde *beschuldigt*«, entgegnete Vater William. »Das ist was anderes.«

»Darüber diskutieren wir nun schon seit Jahren«, warf der Swagman ein. »Ich biete ihm ständig an, mich mit ihm zu verbünden, und er gibt mir ständig einen Korb.« Er grinste. »Es sieht so aus, als beschäftigte Gott heutzutage sehr wählerische Killer.« Er wandte sich an Vater William. »Vielleicht hat er lediglich zweiunddreißig oder dreiunddreißig jener Männer und Frauen selbst getötet und für die übrigen jemanden angeheuert.«

»Warum wollen *Sie* Santiago töten?« fragte Virtue den Swagman.

»Sie meinen, abgesehen von der Tatsache, daß ich ein aufrechter Bürger bin, der allein Santiagos Existenz als Affront empfindet?« entgegnete er bissig. »Wollen wir sagen, ich habe meine Gründe dafür.«

Vater William, der seinen Hauptgang beendet hatte, stieß den Teller beiseite und stand auf. »Wenn es euch nichts ausmacht, werde ich lieber gehen, ehe er damit anfängt, alle jene Gründe zu erläutern. Ich diskutiere nicht gern mit vollem Bauch.«

Der Swagman blieb sitzen. »Limonensorbet«, sagte er verlockend.

»Mit Schaumgebäck?« fragte der Prediger.

»Ich hatte das Gefühl, Sie würden vorbeischauen.«

Vater William kämpfte offensichtlich einen gewaltigen Kampf mit sich selbst. Schließlich seufzte er. »Ich werde morgen abend dafür zurückkommen.«

»In diesem Fall will ich Sie nicht weiter aufhalten«, sagte der Swagman. »Sicherlich finden Sie selbst den Weg hinaus.«

»Du wirst darauf achten, daß Virtue sicher in ihr Hotel zurückkehrt?« wollte Vater William wissen.

»Aber natürlich.«

»Hast du auch alle deine infernalischen Maschinen ausgeschaltet?«

»Alle bis auf zwei unten am Hügel — und die sind instruiert, Sie durchzulassen.«

»Achte darauf, daß sie's auch tun!«

»Werde ich«, sagte der Swagman. »Und vielen Dank dafür, daß Sie diese unschuldige junge Dame zu mir in meine Lasterhöhle gebracht haben.«

Vater William funkelte ihn an, wandte sich daraufhin ab und verließ den Raum.

»Interessanter Mann«, kommentierte der Swagman.

»Es überrascht mich, daß Sie beide einander nicht dauernd an die Kehle fahren«, bemerkte Virtue.

»Das wäre für unser *beider* Geschäfte nicht gut«, sagte der Swagman mit einem Kichern.

»Das versteh' ich nicht.«

»Ich erlaube ihm, sein Zelt auf meinen Welten aufzuschlagen und gebe ihm gelegentlich Informationen über verschiedene Killer, die sich ebenfalls in dieser Gegend aufhalten. Im Austausch dafür warnt er mich, wann immer er von einem Kopfjäger hört, der nicht ganz so wählerisch mit seinen Zielen ist wie er selbst.«

»Apropos Killer, warum haben Sie dreien die Erlaubnis gegeben, mich auf Goldenrod zu jagen?« wollte Virtue wissen.

»Aus strikt finanziellen Gründen«, entgegnete der Swagman ohne jede Spur von Bedauern. »Ich habe ihnen erlaubt, hier zu operieren, für fünfundzwanzig Prozent ihres Honorars — und Dimitri Sokol bietet eine Menge Geld für Sie.«

»Also lassen Sie jeden hier auf Goldenrod umbringen, so lange Sie nur Ihren Schnitt dabei machen?« fragte sie mit wachsendem Ärger.

»Das hängt von der jeweiligen Situation ab.«

»Was war denn an *meiner* Situation, daß Sie sich dafür entschieden haben, ich sei entbehrlich?«

»Oh, ich wußte, der Messerstecher würde Sie im Zelt erwarten, und Vater William würde ihn entdecken. Was die anderen beiden betrifft — nun ja, wenn Sie nicht gut genug wären, sich vor Henry und Martha zu schützen, dann wären Sie sicherlich nicht gut genug, um Santiago zu jagen.« Er trank einen Schluck Wein. »Wenn Sie es also bis hierher schafften, wären Sie eine geschäftliche Besprechung wert — andernfalls wäre ich zumindest entschädigt worden.«

Sie starrte ihn an, verärgert darüber, daß ihre Wut angesichts seiner unverblümten und logischen Antwort so rasch verrauchte.

»Also gut. Erzählen Sie mir was über Santiago.«

»Nachher«, erwiderte er. »Erzählen Sie mir zunächst etwas über Ihr Interesse an ihm — und über Ihre Partnerschaft mit Sebastian Cain.«

»Mein Interesse ist strikt beruflich«, sagte Virtue. »Ich bin Journalistin, und mir ist ein kräftiger Vorschuß dafür bezahlt worden, mit einem Feature über ihn herauszukommen.« Ihr Gesicht wurde auf einmal ernst. »Und ich will diese Story haben, egal, was es kostet.«

»Sehr gut ausgedrückt«, gab der Swagman zurück. »Mir gefällt Unerschrockenheit. Und was ist mit Cain?«

»Wir haben uns dazu entschlossen, unsere Quellen und Informationen zusammenzuführen«, antwortete Virtue. »Unsere Interessen sind parallel, jedoch nicht identisch. Wir beide wollen Santiago, aber er möchte ihn wegen der Belohnung, und ich möchte ihn wegen des Features.« Sie hielt inne und blickte ihn nachdenklich an.

»Haben Sie etwas hinzuzufügen?« fragte er freundlich.

»Nur, daß nichts von unserer Übereinkunft schwarz auf weiß niedergelegt ist«, sagte sie, wobei sie ihre Worte sorgfältig wählte. »Wenn ich jemand anderem begegnete, der besser in der Lage wäre, mir zu helfen ...« Sie ließ den Satz unbeendet.

»Wunderbar!« lachte der Swagman. »Eine Frau ganz nach meinem Herzen!«

»Haben wir eine Abmachung getroffen?« fragte Virtue.

Er lachte erneut. »Natürlich nicht — zumindest nicht unter diesen Bedingungen. Wenn Sie einen Partner hintergehen, werden Sie auch andere hintergehen — und in Ihren Augen muß Cain sicherlich ein ernstzunehmenderer Gegenspieler sein als ich. Schließlich ist er Kopfjäger, während ich lediglich ein harmloser Kunstsammler bin.«

»Das habe ich ganz anders gehört.«

»Man muß nicht jedes skurrile Gerücht glauben, das man hört«, sagte der Swagman. »Das gehört aber nicht zur Sache. Wir haben offenbar einen anderen Fall paralleler Interessen. Ich will Ihre Story nicht, und wenn ich auch sicherlich gern die Belohnung hätte, so gibt es Dinge, die mir noch lieber wären.«

»Wie zum Beispiel?«

»Wie zum Beispiel einen Konkurrenten weniger«, sagte der Swagman. »Wußten Sie, daß ich für ihn gearbeitet habe?«

»Nein.«

»Tatsache — größtenteils indirekt. Ich bin ihm eigentlich nur bei zwei Gelegenheiten begegnet.«

»Warum haben Sie aufgehört, für ihn zu arbeiten?« fragte Virtue.

»Wir haben Streit miteinander bekommen.«

»Worüber?«

»Methodik«, sagte er unverbindlich. »Wie dem auch sei, obgleich er kein Sammler ist und soweit kein Interesse an esoterischen Dingen hat, besitzt er eine Anzahl ausgefallener Kunstobjekte. Sollten wir zu einer Übereinkunft finden, so würde ich diese Dinge als die meinen betrachten, wenn unser kleines Unternehmen Erfolg hat.«

»Wie viele Stücke sind es?«

»Das kann ich nun wirklich nicht sagen. Aber er hat Lagerhallen und Niederlassungen im gesamten Grenzland. Sicherlich wäre ich mit den Resten der Eroberung zufrieden.« Er hob die Schultern. »Sollen gierige unmoralische Männer wie Cain das Blutgeld behalten«, schloß er mißbilligend.

»Sie nehmen nur die Stücke, die Sie behalten wollen?« fragte Virtue, die sich plötzlich einer weiteren Einnahmequelle jenseits ihres Honorars für ihr Feature und darüber hinaus bewußt wurde.

Er schüttelte den Kopf. »Ich fürchte, meine Gläubiger haben einen sehr teuren Geschmack, meine Liebe. Ich behalte die schönsten Stücke, die ich finde, aber der Rest geht dafür drauf, meinen Lebensstil zu halten, und nicht, um nebenbei meine Untergebenen zu bezahlen. Nein, die Belohnung für meine Hilfe besteht darin, Santiagos gesamten irdischen Besitz zu bekommen, wie es mein Freund Vater William vielleicht ausdrücken würde. Nehmen Sie an, oder lassen Sie's bleiben!«

»Warum sind Sie nicht früher schon hinter ihm hergewesen?« fragte Virtue.

»Ist bereits geschehen — oder, besser, ich habe früher schon Männer hinter ihm hergejagt«, antwortete der Swagman. »Keiner von ihnen ist sehr nahe an ihn herangekommen, ehe er eliminiert wurde. Wie es jetzt so aussieht, muß ich wohl aktiver bei diesem Spiel teilnehmen.«

»Warum jetzt?«

»Nun ja, ich sollte wohl sagen, daß ich Ihre Kraft bewundere oder daß ich eine romantische Liaison mit Ihnen eingehen möchte«, antwortete er. »Doch obgleich beides völlig zutrifft, existiert die simple Tatsache, daß mich bestimmte Entwicklungen davon überzeugt haben, es sei töricht, noch länger zu warten.«

»Welche Entwicklungen?«

»Der Engel ist ins innere Grenzland gekommen.«

»Cain hat ihn erwähnt«, sagte Virtue.

»Dann weiß Cain zweifelsohne um die Fähigkeiten des Engels«, sagte der Swagman. »Ich habe ihm einen Mittelsmann geschickt, der ihm die gleiche Hilfe angeboten hat, die ich Ihnen anbiete, zu den gleichen Bedingungen. Er hat mir glatt einen Korb gegeben. Dies bedeutet entweder, er ist ein solcher Einzelkämpfer, wie es allgemein heißt, oder, er ist so nah an Santiago herangekommen, daß er meine Hilfe nicht benötigt. Vielleicht ist ersteres der Fall, aber ich glaube wirklich nicht, es mir leisten zu können, das Risiko einzugehen.« Er hielt inne. »Also habe ich ein Joint-Arrangement mit Ihnen und Cain abgeschlossen, ja?«

»Soweit es mich betrifft, haben Sie das getan«, erwiderte Virtue. »Ich werde das mit Cain abklären müssen, nachdem er seine Geschäfte auf Altair erledigt hat, aber ich kann mir nicht vorstellen, daß er an etwas anderem als der Belohnung interessiert ist. Abgesehen davon«, log sie, »weiß ich nicht, warum das Thema von Santiagos persönlichem Eigentum jemals aufs Tapet kommen sollte.«

»Ausgezeichnet!« Er stand auf und ging zu einem kleinen Nebenraum. »Das schreit nach einer Flasche meines besten Alphard-Brandy.«

Er kehrte mit der Flasche und zwei Kristallkelchen zurück.

»Auf Ihre Gesundheit und eine glückliche Zukunft, meine Liebe!« sagte er und stieß mit ihr an, nachdem er die Gläser gefüllt hatte. Er starrte sie bewundernd an und fragte sich dabei, wie viele der sagenhaften Privatsammlungen sie auf den Welten der Demokratie gesehen haben mochte, und bei wie vielen davon sie ihm zukünftig helfen könnte, sie aufzustöbern.

»Und auf eine erfolgreiche Partnerschaft«, erwiderte Virtue und musterte ihn sorgfältig, wobei sie in Gedanken die Preise und Honorare für diejenigen Features zusammenrechnete, bei deren Beschaffung er ihr helfen würde, sobald sie eine funktionierende Beziehung aufgebaut hätten.

»Virtue, meine Liebe«, sagte er und schenkte ihr sein bezaubernstes Lächeln, »wir haben eine Menge über den morgigen Tag zu besprechen.«

»Ich habe das Gefühl, du hast recht«, erwiderte sie mit einem raubvogelhaften Glitzern in den Augen.

Er verbrachte die nächste Stunde damit, ihr einige seiner großartigeren Stücke zu zeigen. Dann, mit einem minimalen Aufwand an verbalem Ringkampf, bumsten sie miteinander. Beide fanden die Erfahrung ganz vergnüglich; beide gaben vor, sie ekstatisch zu finden.

10

An dem Pfad nach Stalingrad
Lebt das Große Volk der Sioux,
Das lügt, betrügt und sagt dazu:
Ist uns're Lebensart.

Für Aliens hatte der Schwarze Orpheus nicht viel Verwendung. Nicht, daß er Vorurteile gehabt hätte oder bigott gewesen wäre; das nun wirklich nicht. Aber er sah seine Berufung darin, ein mystisches Poem über die menschliche Rasse zu erschaffen und ständig zu erweitern. Im Grunde genommen lagen diejenigen Leute völlig falsch, die das Poem einfach für zusammenhanglos aneinandergereihte Vierzeiler über Ausgestoßene hielten, denen es gelungen war, einen Eindruck auf ihn zu machen. Bei seinem Tod umfaßte das Poem nahezu 280 000 Zeilen, die meisten davon in freien Versen oder nicht-rhythmischen jambischen Pentametern, und der größte Teil davon befaßte sich damit, die stetige Ausbreitung des Menschen im inneren Grenzland zu verherrlichen. Die kleinen Balladen über die verbrecherischen und farbenfrohen Menschen waren wenig mehr als Fußnoten und Semikolons in seinem Epos, obgleich sie die einzigen Partien des Poems waren, die irgendeinen seiner Zeitgenossen interessierte. (Abgesehen, natürlich, von den Akademikern, die ihn dann schätzten, wenn er dunkel war, und ihn um jener seltenen Gelegenheiten willen in den Himmel hoben, wenn er rätselhaft war.)

Wie dem auch sei, während Orpheus auch nicht sonderlich interessiert an Aliens war, so hatte er nichts dagegen, sie in das Poem aufzunehmen, wenn sie wirklich einzigartig waren — nicht in körperlicher Hinsicht, denn *jede* Spezies war eigentlich einzigartig; sondern einzig und allein in bezug auf den Menschen. Und in dieser Hinsicht war das Große Volk der Sioux ein wenig mehr einzigartig als die meisten anderen Rassen.

Eigentlich war es überhaupt kein Volk. Sie hatten nur vierundachtzig Mitglieder, und nur zweimal seit der Gründung waren alle Mitglieder zur selben Zeit auf demselben Planeten gewesen. Sie repräsentierten sieben intelligente Rassen, alles Sauerstoffatmer, eine jede von einer Welt, die entweder von der Republik oder der Demokratie, die jene beerbt hatte, militärisch erobert und ökonomisch unterworfen worden war.

Einige Rassen waren *so* fremdartig, daß für sie die Unterwerfung völlig bedeutungslos war; eine ganze Anzahl widersetzte sich ihr; aber nur eine winzige Handvoll *lernte* daraus.

Eine solche Handvoll war das Große Volk der Sioux.

Es waren Gesetzlose und Diebe, Halsabschneider und Schmuggler, die das Spiel des Menschen auf dem Spielfeld des Menschen spielten — dem inneren Grenzland. Anders jedoch als ihre weniger erleuchteten Brüder gingen sie geradewegs zum Ursprung ihrer Indoktrinierung. Jeder von ihnen hatte einige Zeit als Mitglied in irgendeiner Bande menschlicher Desperados gedient, und jedem einzelnen war klar geworden, daß er/sie/es besser die Grundregeln des menschlichen Spiels erlernte, wenn man auf dem Spielfeld des Menschen mitmischen wollte.

Und während sie die Spielregeln studierten, studierten sie ebenso die Geschichte. Ihnen wurde klar, daß der Mensch, ehe er sich daran gemacht hatte, jene Rassen zu erobern und zu befrieden, die er zwischen den Sternen vorgefunden hatte, lange Jahrhunderte damit verbracht hatte, auf seinem Heimatplaneten zu üben. Ihr Anführer, ein goldgefiederter Humanoide von Morioth II, verspürte eine besondere Beziehung zu den Indianern, die in einem der letzten Grenzländer der Heimatwelt des Menschen systematisch ausgerottet worden waren. Er nahm den Namen Sitting Bull an, obgleich er körperlich gesehen außerstande war zu sitzen und keine Ahnung hatte, was ein Bulle war, gab jedem Mitglied seiner Bande einen indianischen Namen (seltsam genug war Crazy Horse der einzige andere Name, der sich von den Sioux herleitete), übernahm gewisse Riten der Prärieindianer und nannte die Gruppe das Große Volk der Sioux. Zuvor hatte er ihr die Überzeugung eingeflößt, es sei ihre Bestimmung, die Machtbalance im inneren Grenzland in Ordnung zu bringen, während sie bei dieser Tätigkeit einen netten Gewinn einstrichen. Sie begingen kein Verbrechen gegen irgendeine Rasse außer dem Menschen; sie nahmen keinen Auftrag von irgendeiner Rasse außer dem Menschen an; und sie benutzten gegen den Menschen keine Waffe außer denen, die er selbst erschaffen hatte.

Sobald der Schwarze Orpheus sie einmal niedergeschrieben hatte, wobei er unterschlug zu erwähnen, daß es alles Aliens waren (obgleich er das einige Jahre später revidierte), glaubten die meisten seiner Zuhörer, es handele sich um eine Bande von Fanatikern, darauf erpicht, Ungerechtigkeiten zu vergelten, die in vergangenen Äonen an den Indianern begangen worden waren. Andere meinten, es handele sich um eine Gruppe irregeleiteter Idealisten, die ein eingebildetes Unrecht im Namen eines kleinen Teils der Menschheit wieder gutmachen wollten, der längst ausgestorben oder eingegliedert worden war. Nur einige wenige Menschen, die tatsächlich mit ihnen zu tun hatten, wußten, daß es sich einfach um fremdartige Gesetzlose und Opportunisten handelte, die ihr Bestes versuchten, sich in eine Grenzland-Kultur einzugliedern, die sie niemals völlig verstehen konnten.

Was jedoch auch immer die Motivation des Großen Volks der Sioux sein mochte, ihre Effektivität stand niemals zur Debatte. Sitting Bulls Hauptquartier lag auf der Bergbauwelt Diamond Strike, etwa vierzig Kilometer südlich von Stalingrad, der einzigen Handelsstadt des Planeten. Von ihm konnte man Verträge für alles erwerben, für menschliche Schmugglerbanden bis hin zu menschlichem Leben.

Man konnte gleichfalls Informationen erwerben. Aus diesem Grund hatte der Swagman Virtue MacKenzies Navigationscomputer angewiesen, einen Kurs nach Diamond Strike festzulegen.

Zwei Tage später landete Virtue das Schiff auf dem winzigen Raumhafen am Rand von Stalingrad. Es war Vormittag, und die ferne Sonne glühte in einem trägen Orange durch den Hitzeschleier, der die Gegend heimsuchte.

»Warum haben Sie ihm nicht einfach das bezahlt, was er verlangt hat?« fragte Virtue gereizt, während sie ein Fenster öffnete, um ein wenig Luft hereinzulassen, als sie mit dem altertümlichen Gefährt über eine schmale Sandpiste zum Hauptquartier des Großen Volks der Sioux fuhren. »Wir hätten es uns gewiß leisten können.«

»Natürlich können wir uns das leisten, meine Liebe«, gab er liebenswürdig zu. »Aber dies ist Sitting Bulls Welt, genau wie Goldenrod meine Welt ist. Er weiß bereits jetzt, daß wir hier sind, und da es nicht sein Geschäft ist, Information umsonst herauszurücken, ist es keine schlechte Idee, ihn wissen zu lassen, daß wir nicht immer damit einverstanden sind, den erstbesten Preis zu zahlen, den er uns vorschlägt.«

»Wird er einen zweitbesten vorschlagen?«

Der Swagman nickte. »Und einen drittbesten und einen viertbesten. Er glaubt aus tiefster Seele an das System des Schacherns.«

»Hört sich nach einem interessanten Charakter an«, kommentierte sie, während sie ein Taschentuch herauszog und sich den Schweiß abwischte, der ihr bereits übers Gesicht lief.

»Er ist ein *gefährlicher* Charakter«, korrigierte sie der

Swagman. »Es wäre wohl wirklich das beste, wenn ich das Reden und Verhandeln übernähme.«

»Inwiefern bist du besser darin als ich?« wollte sie wissen. »Wenn du mich wegen des Landrovers hättest verhandeln lassen, hätte ich uns einen mit Klimaanlage besorgt — oder wenigstens einen mit besseren Stoßdämpfern.«

»Das war der einzig erhältliche.«

»Du hast meine Frage nicht beantwortet. Warum hältst du dich für besser qualifiziert als mich?«

»Weil er ein Alien ist«, sagte der Swagman.

»Na und?«

»Ich bin von Aliens erzogen worden. Ich weiß, wie sein Bewußtsein arbeitet.«

»Willst du damit etwa sagen, du seist von Mitgliedern von Sitting Bulls Rasse aufgezogen worden?« fragte sie skeptisch.

»Nein.«

»Wo liegt da der Unterschied?«

»Ich bin den Umgang mit Aliens gewöhnt.«

»Äpfel und Birnen«, erwiderte sie. »Das ist so, als würde man sagen, da man daran gewöhnt ist, Pistolen abzuschießen, könne man ebensogut mit einem Säbel umgehen.« Sie knurrte, als er das Steuer des Wagens herumriß, um einem riesigen Schlagloch auszuweichen, und wandte sich daraufhin wieder an ihn. »Wie, zum Teufel, ist es eigentlich dazu gekommen, daß du mit Aliens zusammengelebt hast?«

»Als ich drei Jahre alt war, befand sich meine Familie an Bord eines Kolonistenschiffs, das auf Pellinath Vier abstürzte. Es gab nur zwei Überlebende, und der andere starb ein paar Tage danach. Die Bellum haben sich um mich gekümmert, bis ich siebzehn war.«

»Die Bellum?« wiederholte Virtue. »Von denen habe ich noch nie gehört.«

»Das geht den meisten so«, entgegnete der Swagman. »Sie bleiben ziemlich unter sich.«

»Warum haben sie der Demokratie nicht gemeldet, daß du bei ihnen warst?«

»Es mag dir vielleicht seltsam vorkommen, aber sie wußten noch nicht einmal von der Existenz der Demokratie. Also blieb ich dort, bis ein Team vom Pionier-Corps landete und damit anfing, den Planeten zu vermessen. Anschließend haben sie mich mit zurückgenommen.«

»Wie ist das so gewesen, mit keinem anderen Mitglied der eigenen Rasse aufzuwachsen?« fragte sie neugierig.

»Alles in allem halb so schlimm. Für die Bellum war's wohl schwerer als für mich.«

»Ach? — Warum?«

»Sie waren völlig dem Gemeinschaftsleben zugetan, und das Konzept des individuellen Besitzes stand bei ihnen nicht sonderlich hoch im Kurs.« Er grinste. »Unnötig zu sagen, daß dies eine Weltanschauung war, die ich nicht so ganz teilte. Ich bin jetzt seit nahezu dreißig Jahren von da weg, und ich wette, einige Zweige ihrer Ökonomie haben sich noch immer nicht erholt.«

»Ich hätte angenommen, sie hätten dich jung genug in die Finger bekommen, um dich angemessen zu beeinflussen«, bemerkte Virtue.

»Das haben *sie* angenommen«, sagte er mit amüsiertem Lächeln. »Aber gib einem zwei Jahre alten Kind eine Stoffpuppe und sage ihm, sie gehöre *ihm*, und es wird ein Eigentumsverständnis erworben haben, das selbst ein ganzer Planet voller Bellum nicht erschüttern kann.« Er hielt inne. »Wie dem auch sei, ich war niemals sehr gut darin, Befehle entgegenzunehmen, also habe ich von dem Augenblick an, als sie mir sagten, ein rechtdenkendes Wesen wolle keine materiellen Güter besitzen, damit angefangen, mit phänomenaler Geschwindigkeit Dinge anzuhäufen.« Er grinste noch mehr. »Ich schätze, das hat sich bis ins Erwachsenenalter hinübergerettet.«

»Interessant«, sagte sie, während sie zur Ansicht kam, die Hitze sei dem Staub vorzuziehen, und das Fenster schloß. »Ich sehe jedoch nicht ein, warum irgend etwas davon dich mehr als mich dazu qualifiziert, mit Sitting Bull zu reden.«

»Er ist ein Alien, das versucht, wie ein Mensch zu handeln«, sagte der Swagman. »Das ist ziemlich genau die Lage, in der *ich* mich vor drei Jahrzehnten befand.« Er hielt inne. »Außerdem habe ich schon einmal mit ihm Geschäfte gemacht, also kenne ich die Form.«

»Die Form? Was für eine Form?«

»Er steht schwer auf indianische Rituale. Ich habe den Verdacht, die meisten davon haben niemals existiert, aber er hat eine Menge Bücher und Bänder von einer Menge halbgarer Anthropologen gelesen.«

»Und *das* war dem Schwarzen Orpheus interessant genug, um's niederzuschreiben?« fragte Virtue offenbar wenig beeindruckt.

»Er hat wesentlich schillerndere Charaktere niedergeschrieben«, entgegnete der Swagman. »Dich und mich, zum Beispiel.«

»Es mag für dich eine Überraschung sein, aber ich wußte noch nicht mal, daß ich in diesem verdammten Lied drin *war*, bis meine Verse erschienen sind.« Sie schnaubte geringschätzig. »Ich weiß noch immer nicht, wann und wo wir uns je getroffen haben, und ich werde wohl *niemals* erfahren, woher er diesen Schrott von wegen jungfräulicher Königin hat.«

»Also bist du weder Jungfrau noch Königin«, sagte der Swagman leichthin. »*Ich* wurde auch niemals von der Polizei gejagt, ganz gleich, was in dem Lied steht. Aber der Schwarze Orpheus mengt niemals Tatsachen in die Wahrheit. Schließlich ist er ein Schöpfer von Mysterien, kein Historiker.«

»Er ist weder Schöpfer von Mysterien *noch* Historiker«, sagte Virtue. »Er ist einfach ein Balladenschreiber, und dazu noch nicht mal ein sehr guter, was das betrifft.«

Der Swagman schüttelte den Kopf. »Er mag seine Geschichte in Balladenform bringen, aber er läßt sich niemals vom Versmaß in dem beeinträchtigen, was er sagen will. Als er mich das letzte Mal besuchte, wies ich ihn darauf hin, daß das Versmaß in seinen Liedern über Sokrates, Altair von Altair und dem Einmal-Charlie völlig falsch sei, und er lächelte bloß und sagte, es sei ihm lieber, wenn seine Lieder richtig klingen würden, als wenn sie richtig bemessen seien.«

»Der Mann ist ein Narr.«

»Wenn er ein Narr ist, dann ist er ein sehr populärer Narr.«

»Meinst du wirklich?« fragte sie. »Du solltest einmal Cains Meinung davon hören, daß er Singvogel genannt worden ist.«

»Statt sich darüber zu beklagen, sollte er sich darüber freuen«, sagte der Swagman. »Orpheus hat ihn berühmt gemacht.« Er hielt inne. »Verdammt, er hat uns *alle* berühmt gemacht.«

»Weißt du«, sagte sie nachdenklich und wischte sich erneut die Stirn, »vielleicht entgeht uns hier was.«

»In welcher Hinsicht?«

»Vielleicht sollten wir den Orpheus aufstöbern und *ihn* fragen, wo wir Santiago finden können.«

»Er weiß es nicht«, sagte der Swagman. »Er ist ihm die letzten zehn Jahre nachgejagt.«

»Aber er hat ihn niedergeschrieben«, protestierte Virtue. »Ich habe gedacht, er täte das niemals, ehe er nicht seinem Stoff begegnet ist.«

»Santiago ist ein besonderer Fall. Schließlich ist ein Epos über die innere Grenze, das ihn nicht erwähnt, wenig sinnvoll. Abgesehen davon ist Orpheus wie jeder Künstler, den ich getroffen habe: Je weiter er mit einem Kunstwerk vorankommt, desto mehr fürchtet er sich davor zu sterben, ehe es vollendet ist und es ein völlig unfähiger Mensch für ihn vollendet. Er möchte sicher gehen, daß die Verse über Santiago vollendet werden, ehe das geschieht; ich könnte mir vorstellen, daß sie neu geschrieben werden, wenn er ihn je findet.«

»Wer hat dieses verdammte Lied denn überhaupt in Auftrag gegeben?« fragte Virtue.

»Niemand. Er tut's, weil er's tun will.«

»Dann hatte ich das erste Mal recht«, sagte sie entschieden. »Er ist ein Narr.«

»Weil er etwas tut, das ihn glücklich macht?«

»Weil er es umsonst weggibt.«

»Vielleicht hat er genügend Geld«, meinte der Swagman.

Sie wandte sich um und starrte ihn an. »Kennst du *irgend jemanden,* der genügend Geld hätte?«

Der Swagman lächelte. »Vielleicht ist er ein Narr«, sagte er schließlich.

Die Straße senkte sich jäh in eine bewaldete Mulde, und der Swagman fuhr langsamer.

»Was ist los?« fragte Virtue.

»Wir sind fast da«, entgegnete er, zog den Wagen an den Straßenrand, nachdem er aus der Mulde gekommen war, und fuhr über einen schmalen Grat. »Siehst du die Lichtung etwa einen Kilometer vor uns?«

»Was sind das für merkwürdige Bauten mitten drin?« fragte Virtue, während sie durch die Bäume spähte.

»Wigwams«, entgegnete der Swagman.

»Was ist ein Wigwam?«

»Eine Art Zelt, in dem die Indianer lebten — hat mir Sitting Bull zumindest gesagt. Persönlich möchte ich bezweifeln, daß irgend jemand je in sowas wie dem da geschlafen hat. Sieht viel zu unvollkommen aus, und es bietet sicherlich keinerlei Schutz gegen deine Feinde.« Er hob die Schultern. »Aber es lohnt sich kaum, diesen Punkt zu diskutieren; ich habe Besseres zu tun, als Nachforschungen über Eingeborene anzustellen.«

Er stellte die Zündung ab.

»Was jetzt?« fragte Virtue.

»Jetzt steigen wir aus und gehen zu Fuß weiter«, fuhr

er fort, öffnete seine Tür, und sie folgte ihm auf der Stelle.

»Warum? Wir sind noch fast einen Kilometer entfernt.«

»Weil Sitting Bull möchte, daß Bittsteller zu Fuß zu ihm kommen. Ich könnte eigentlich nicht sagen, daß ich ihm das übelnehme; es gibt eine Menge Möglichkeiten, an einem Motorfahrzeug einige ziemlich schwere Waffen anzubringen, und er hat mehr als nur einen guten Teil an Feinden.« Er hielt inne. »Abgesehen davon kann er sich auf diese Weise vorteilhaft zur Geltung bringen.«

»Ich kann dir nicht ganz folgen«, meinte Virtue.

»Wenn das letzte Mal, als ich hergekommen bin, in irgendeiner Weise typisch war, dann werden wir unterwegs etwas Gesellschaft bekommen und unter bewaffneter Überwachung in sein Lager einmarschieren. Er hat dann wohl das Gefühl, als habe er die Lage völlig unter Kontrolle.«

Wie aufs Stichwort traten vier Aliens hinter Bäumen und Sträuchern hervor. Oder, besser, drei — hochgewachsene, kahle, ausgemergelte Wesen, von denen jedes eine Anzahl Waffen trug — *traten* heraus; das vierte, das an eine struppige gelbe Raupe erinnerte, *rutschte* eher. Alle vier trugen Kriegsbemalung und Stirnbänder. Der Swagman hielt ihren Anblick für völlig lächerlich, aber Virtue fand sie interessant genug, um sie mit einer Miniholokamera, die sie in der Gürtelschnalle eingebaut hatte, einzufangen.

Schließlich richtete einer der blauen, der sich selbst als Cochise bezeichnete, ein Sonargewehr auf sie. Sie standen reglos da, während die Raupe sie buchstäblich nach Waffen ausschnüffelte, sich die beiden verborgenen Waffen des Swagman aneignete und sie einem der anderen blauen Fremdwesen übergab. Daraufhin deutete Cochise mit einem Nicken in Richtung Lager, und die beiden Menschen gingen weiter.

Als sie eintrafen, bat sie Cochise an ein Lagerfeuer, das irgendwann im Verlauf der Nacht erloschen war, sagte ihnen, sie sollten sich setzen, und ließ sie unter der Obhut eines weiteren blauen Alien zurück.

»Bislang etwas Außergewöhnliches?« flüsterte Virtue.

»Bislang die übliche Vorgehensweise«, sagte der Swagman tröstend.

Dann schlug der Eingang eines nahegelegenen Tipis auseinander, und Sitting Bull trat heraus, während Virtue verstohlen ihre Gürtelschnallenkamera sowie ein verborgenes Tonaufnahmegerät auslöste.

Was ihr als erstes an ihm auffiel, waren die goldenen Federn. Zunächst hielt sie die Federn für einen Teil seines Gewandes, wie den riesigen Federbusch auf seinem Kopf, aber sie sah rasch, daß sie Teil von Sitting Bull selbst waren.

Er war etwa zwei Meter groß und fast ebenso breit wie hoch. Er bedeckte seine Genitalien so ungenügend mit einem Lendentuch, daß sie mit einen Blick wußte, es handelte sich um einen *er* und nicht um ein *es;* und er wabbelte auf dicken, muskulösen Beinen daher, die so seltsame Gelenke hatten, daß sie sich überhaupt nicht vorstellen konnte, er könne sich niederlassen oder gar auf die Fersen hocken.

Sein Gesicht war, wie die Gesichter der anderen Aliens, mit einem Muster bemalt, wirkte jedoch, wenn auch nicht menschlich, so doch zumindest sehr ausdrucksvoll. Virtue konnte sich bei einem Wesen mit so vielen Federn vorstellen, daß dazu ein Schnabel gehörte, aber Sitting Bull hatte eine breite flache Nase und einen schmalen gekräuselten Mund. Die Augen waren okkerfarben, die Pupillen lediglich senkrechte Schlitze. Wenn er Ohren hatte, so konnte sie diese nicht erkennen, aber sie kam zu der Überzeugung, die Ohren könnten sehr wohl von dem beachtlichen Kopfschmuck bedeckt sein.

»Hallo, Sitting Bull!« sagte der Swagman und erhob sich. »Es ist schön, dich wiederzusehen.«

»Bleib sitzen!« erwiderte Sitting Bull mit einer harten, krächzenden Stimme, die Virtue in den Ohren knirschte; sie wirkte so unangemessen, daß sie spürte, er senkte sie absichtlich, um sie zu beeindrucken.

Der Swagman ließ sich mit gekreuzten Beinen nieder. »Wer ist deine Begleiterin?«

»Virtue MacKenzie«, sagte Virtue, fragte sich, ob sie die Hand ausstrecken sollte, und entschied, es nicht zu tun. »Ich bin Journalistin.«

Sitting Bull starrte sie einen Augenblick lang ausdruckslos an, wandte sich dann wieder an den Swagman und räusperte sich, ein Geräusch, das sich anhörte wie Metall, das über Metall kratzte, und Virtue zu dem Schluß veranlaßte, sie höre jetzt endlich seine normale Stimme.

»Welche Gunst suchst du beim Großen Volk der Sioux?«

»Informationen«, gab der Swagman prompt zurück.

»Wird der Erwerb dieser Informationen einem oder mehreren Menschen Schaden zufügen?« fragte Sitting Bull.

»Sie wird Schaden zufügen«, sagte der Swagman.

Der gefiederte Alien machte eine jähe unbeholfene und ruckende Bewegung mit dem Kopf, was Virtue als zustimmendes Nicken interpretierte.

»Wird der Erwerb dieser Informationen einem oder mehreren Mitgliedern einer anderen Rasse Schaden zufügen?«

»Absolut nicht«, versicherte ihm der Swagman.

»Bist du dir der Strafe für eine Lüge bewußt?«

»Wollen wir es so ausdrücken: Ich kann's mir lebhaft vorstellen.«

»Stell dir nichts vor, Jolly Swagman!« Sitting Bull beugte sich vor und starrte ihn durchdringend an, und plötzlich war Virtue der Auffassung, er sehe jetzt sehr viel mehr wie ein Alien als ein Indianer aus. »Sollte aufgrund der Informationen, die du suchst, irgend jemand anderem als dem Menschen ein Schaden zugefügt werden, werden wir dich und Virtue MacKenzie finden, gleich, wo ihr euch zu verstecken sucht. Ihr werdet nach Diamond Strike zurückgebracht werden, ihr werdet gemartert werden, und schließlich werdet ihr an einen Pfahl gebunden und verbrannt werden. Habt ihr das verstanden?«

»Völlig.«

»Dann stellt eure Frage!«

»Wir suchen Santiago. Weißt du, wo er sich aufhält?«

»Ja.«

Es folgte ein langes Schweigen.

»Nun?« wollte Virtue wissen.

»Dies werde ich euch nicht sagen.«

»Wirst du oder kannst du nicht?« fragte der Swagman.

»Ich habe gesagt, was ich gesagt habe«, erwiderte Sitting Bull stoisch.

»Mir war nicht bewußt, daß du dich vor ihm fürchtest«, sagte der Swagman herablassend.

»Ich fürchte niemanden.«

»Warum willst du uns dann nicht sagen, was wir wissen möchten?«

»Weil er Krieg gegen den Menschen führt. Weil er dem Menschen Kummer bringt. Weil er dem Menschen das Chaos bringt. Weil er Santiago ist.«

»Hör auf mit dem Scheiß und sage, wieviel du haben willst!« sagte Virtue gereizt.

Sitting Bull wandte sich an sie, und dabei weiteten sich seine Pupillen und zogen sich im Rhythmus seines Atmens wieder zusammen. »Frauen haben im Rat nicht zu sprechen.«

»Frauen mit Geld sprechen im Rat«, entgegnete sie. »Wieviel willst du?«

»Du bist sehr irritierend, sogar für ein Mitglied deiner

Rasse«, sagte der Alien. »Ich verstehe allmählich, warum Dimitri Sokol dich tot sehen will.« Er starrte sie kalt an. »Es gibt keinen Preis. Ich werde es dir nicht sagen.«

»Du hast also nicht den Mumm dazu!« fauchte Virtue.

»Wir fürchten niemanden«, sagte Sitting Bull, zog die Lippen zurück und enthüllte eine Reihe leuchtend gelber Zähne. »Selbst die Demokratie krümmt sich vor Furcht beim Anblick des Großen Volks der Sioux.«

»Die sich ihrerseits aus Furcht vor Santiago krümmt, einem gewöhnlichen Kriminellen mit einem Preis auf seinem Kopf.«

»Santiago ist nicht der einzige Mensch mit einem Preis auf seinem Kopf«, sagte Sitting Bull bedeutungsvoll. »Es täte dir gut, dich daran zu erinnern.«

»Ist das eine Drohung?« wollte Virtue wissen. »Wenn es einen Preis auf *meinen* Kopf gibt, dann wurde er von einem Kriminellen auf Pegasus ausgesetzt — und falls du versuchst, ihn einzustreichen, wirst du herausfinden, was wichtigtuerischen Aliens zustößt, die herumlaufen und menschliche Journalisten töten. Hast du das verstanden?«

Sitting Bull starrte sie lediglich an und gab keine Antwort.

»Laß uns jetzt also vom Geschäft sprechen!« sagte Virtue. »Wir haben's eilig.«

Sitting Bull starrte sie weiterhin an.

Der Swagman berührte sie am Arm. »Das reicht«, sagte er. »Er versucht nicht, den Preis in die Höhe zu treiben; er meint, was er sagt. Und falls du es vergessen haben solltest, wir sind von seinen Leuten umgeben.«

»Willst du mir damit etwa sagen, wir sind den ganzen Weg für nichts und wieder nichts gekommen?« wollte Virtue wissen. »Wir reden dreißig Sekunden lang mit ihm und geben einfach auf — meinst du das?«

»Nicht ganz«, erwiderte der Swagman. »Wir können zumindest herausfinden, wie es der Konkurrenz geht.«

Er wandte sich wieder an Sitting Bull. »Wir suchen gleichfalls Informationen, die nicht Santiago betreffen.«

»Ich bin ganz Ohr.«

»Es gibt einen Kopfjäger, der als der ›Engel‹ bekannt ist. Wo befindet er sich im Augenblick?«

Sie gingen das gleiche Ritual durch, wem solche Informationen schaden und nicht schaden könnten, und anschließend gab Sitting Bull zu, er könne den gegenwärtigen Aufenthaltsort des Engels in ein paar Minuten sagen. Er rief ein blaues Alien mit Namen Vittorio heran, fragte ihn etwas in einer Sprache, die Virtue nicht identifizieren konnte, entließ ihn und wandte sich erneut an den Swagman.

Daraufhin begann das Feilschen. Sitting Bull verlangte 20 000 Bonaparte-Francs, der Swagman lachte ihm ins Gesicht und konterte mit 750 Kredits. Zehn Minuten später waren sie noch immer zugange, 236 Kredits voneinander entfernt, und schließlich gab der Swagman nach. Der ausgehandelte Betrag lag bei 6 819 Kredits, zahlbar im voraus.

Der Swagman griff in die Tasche und zog ein Bündel Banknoten heraus. Vittorio wurde gerufen, trat aus einem nahegelegenen Wigwam, sagte etwas zu Sitting Bull, sammelte das Geld ein und stellte sich ein paar Schritte hinter Sitting Bull auf, die Arme vor der schmalen Brust verschränkt.

»Jetzt werden wir eine Friedenspfeife rauchen«, verkündete Sitting Bull. »Und dann werde ich euch das geben, was ihr erworben habt.«

Er nickte, und ein braunes, schneckenähnliches Wesen, das Virtue für einen Holzklotz gehalten hatte, kam in wellenförmigen Bewegungen auf ihn zu und holte irgendwo aus den Falten der dicken, krustigen Haut eine lange, sorgfältig geschnitzte hölzerne Pfeife heraus.

Sitting Bull holte einen winzigen Laserapparat hervor, schichtete die Holzscheite zwischen sich und den beiden Menschen neu auf und winkte der gelben Raupe, die herüberrutschte, einen brennenden Zweig aufhob und ihn genau über das Ende der Pfeife hielt. Sitting Bull nahm eine Anzahl tiefer Züge, grunzte zufrieden und reichte daraufhin die Pfeife dem Swagman, der den Mund mit Rauch füllte und den Geschmack offenbar einen Augenblick lang analysierte. Daraufhin stieß er den Rauch wieder aus.

Als Virtue an der Reihe war, gab er ihr die Pfeife und flüsterte: »Nicht inhalieren!«

Sie folgte seiner Anweisung, nahm ein paar Mundvoll des dicken grauen Rauchs, stellte sicher, daß ihr nichts die Kehle hinabrann, und blies ihn schließlich aus.

»Was ist das?« fragte sie, schnitt ein Gesicht und reichte die Pfeife dem gelben Alien, das damit fortwanderte. »Es kam mir scheußlich süß vor.«

»Irgendeine halluzinogene Komponente«, erwiderte er leise. »Einer seiner berühmten Verhandlungstricks.« Er schnitt eine Grimasse. »Er besteht wohl darauf, sie zu rauchen, nur damit er zusehen kann, wie die Menschen ein Arsch mit Ohren aus sich machen. Wenn man einen Zug von dem Zeugs inhaliert, wird man noch eine Woche später Dinge sehen.« Er wandte sich an Sitting Bull. »Darf ich jetzt meine Informationen haben?«

»Vittorio sagt, der Mann, den du suchst, ist gegenwärtig auf dem Planeten Glenovar, im Zeta Halioth-System.«

Der Swagman runzelte die Stirn. »Ganz bestimmt?«

»Ganz bestimmt.«

»Es besteht keine Fehlermöglichkeit, oder daß du den falschen Mann erwischt hast?«

»Keine.«

»Also gut.« Er zögerte. »Ich gebe dir eine letzte Möglichkeit, über Santiago zu reden. Wir sind darauf vorbereitet, dir ein sehr hübsches Angebot zu unterbreiten.«

»Ich werde Santiago nicht verraten.«

»Ich habe gedacht, der Sinn deines Lebens besteht

darin, andere Menschen zu betrügen?« warf Virtue kalt ein.

»Nur zum Schaden anderer Menschen«, erwiderte Sitting Bull gelassen.

Der Swagman erhob sich und half Virtue auf. »Dann ist es wohl an der Zeit, sich von dir zu verabschieden.«

»Du suchst keine weiteren Informationen?«

»Nein.«

»Bist du nicht neugierig auf eine Schiffsladung Anthrazitskulpturen auf dem Weg von Pisgah nach Genovaith Vier?« schlug ihm der gefiederte Alien vor, wobei sich die Lippen zu etwas zurückzogen, das ein Grinsen sein mochte.

Der Swagman lächelte ebenfalls. »Ich bin so neugierig gewesen, daß ich Befehl gegeben habe, ihr aufzulauern, wenn sie das Karobus-System passiert. Das sollte ... öh ... vor etwa einer Stunde geschehen sein.«

»Wirklich?«

»Wirklich«, antwortete der Swagman.

»Du bist ein Schurke mit vielen Quellen«, sagte Sitting Bull.

»In diesem Fall sollte ich vielleicht um Mitgliedschaft beim Großen Volk der Sioux ersuchen«, erwiderte er ätzend.

»Du bist nicht akzeptabel«, sagte Sitting Bull. »Deine Waffen hat man ins Fahrzeug zurückgelegt.« Er wandte sich ab und wabbelte zurück in seinen Wigwam.

Nachdem der gefiederte Alien hinter dem Zelteingang verschwunden war, wandte sich der Swagman an Virtue.

»Wir haben Schwierigkeiten«, verkündete er grimmig.

»So?«

Er nickte. »Der Engel ist Santiago um ein Beträchtliches näher, als ich es zu diesem Zeitpunkt für möglich gehalten hätte.«

»Näher als wir?« wollte sie wissen.

»Möglich.«

»Wie kann das sein? Wenn du weißt, wen er aufsucht, warum haben wir diese Person nicht zuerst aufgesucht?«

»Ich weiß nicht, wen er aufsucht, ich *weiß* jedoch, daß es drei oder vier Verfolgungsstränge für jemanden gibt, der Santiago jagt. Wir folgen dem Strang, der an seine Schmuggelunternehmungen geknüpft ist; wenn der Engel auf Genovar ist, folgte er dem Geldstrang.« Er runzelte die Stirn. »Und er macht seinen Job verdammt gut; er ist innerhalb von vier Wochen so weit gekommen wie du in fast einem Jahr — und er hatte nicht Cain dabei, der ihm geholfen hat. Ich habe das Gefühl, er ist drei oder vier Welten von einer Person entfernt, die ihm womöglich den Planeten von Santiagos Hauptquartier nennen und als Dreingabe noch Adresse und Zimmernummer geben kann.«

»Wird Altair von Altair das gleiche für Cain tun können?«

Der Swagman hob die Schultern. »Ich weiß es nicht. Vielleicht.«

»Aber du bezweifelst es.«

»Ich weiß es wirklich nicht«, entgegnete er.

Virtue stand auf und wandte sich Sitting Bulls Wigwam zu.

»Hee, Sitting Bull!« rief sie. »Komm zurück!«

Einen Augenblick später trat der Alien heraus.

»Wie hoch ist dein Preis, den Engel umzubringen?« fragte sie ihn.

Eine Minute lang war er ruhig, als schätze er seine Ausgaben ab.

»Fünf Millionen Kredits«, verkündete er schließlich.

»Fünf Millionen?« wiederholte sie ungläubig. »Du mußt Witze machen! Das ist mehr, als die Demokratie für jeden Kriminellen außer Santiago bietet.«

»Es wird viele meiner Krieger benötigen, und die meisten davon werden sterben.« Er hielt inne. »Der

Singvogel ist ein Killer, und er ist auch dein Partner. Warum bittest du ihn nicht, den Engel zu töten?«

»Weil ich *dich* darum bitte!« fauchte sie und fragte sich dabei irritiert, ob es irgend jemanden im Grenzland gab, der *nicht* wußte, daß sie sich mit Cain zusammengetan hatte.

»Ich habe dir meinen Preis genannt. Willst du ihn bezahlen?«

»Niemals«, antwortete sie.

Ohne ein weiteres Wort kehrte Sitting Bull in seinen Wigwam zurück.

»Welches Ziel wird der Engel ansteuern, nachdem er Glenovar verlassen hat?« fragte Virtue, als sie und Swagman sich wieder auf den Weg zum Landrover machten.

Er hob die Schultern. »Wer weiß? Möglicherweise das Lambda Karos-System. Früher oder später passieren die meisten Geldtransfers dieses System.«

»Vielleicht sollten wir versuchen, zuerst dort aufzutauchen und seinen Kontakt zu eliminieren«, schlug sie vor.

»Ich weiß nicht, wer sein Kontakt *ist* — und selbst wenn ich's wüßte, besteht Grund zu der Annahme, daß es sich von diesem Punkt an bei allen seinen Kontakten um Leute handelt, die ziemlich gut auf sich aufzupassen verstehen. Für sowas würdest du einen Spezialisten benötigen, jemanden wie Cain.«

»Nun?« fragte sie erwartungsvoll.

Er seufzte. »Steht außer Frage. Wir brauchen ihn für unsere eigene Befragungslinie. Von uns dreien stehen die Aussichten für ihn am besten, eine Begegnung mit Altair von Altair und einigen der anderen zu überleben, die unterwegs warten. Du magst wunderbare Fähigkeiten haben, Virtue — du lügst und verrätst, erpreßt und bluffst mit ziemlicher Großtuerei, und du bist wirklich und wahrhaftig angenehm im Bett —, aber du bist einfach kein geschickter professioneller Killer.«

Virtue holte tief Luft, hielt sie vielleicht eine Minute lang an und stieß sie dann explosionsartig wieder aus.

»Du meinst, der Engel wird als erster dort eintreffen, nicht wahr?« fragte sie unverblümt.

Er hob unverbindlich die Schultern. »Die Möglichkeit besteht.«

Virtue starrte ihren Gefährten einen langen Augenblick an, und während sie das tat, fand sie heraus, daß sie zum Schluß gekommen war, aufs falsche Pferd gesetzt zu haben.

»Vielleicht sollte ich ins Lambda Karos-System hinaus und dort auf ihn warten«, schlug sie mit etwas vor, von dem sie hoffte, es sei ein angemessener Grad von Gleichgültigkeit.

»Ihn?« wiederholte der Swagman. »Du meinst den Engel? Wozu das denn?«

Sie hob unschuldig die Schultern. »Wer weiß? Vielleicht kann ich eine Möglichkeit finden, ihn in Mißkredit zu bringen, oder zumindest dafür sorgen, daß er langsamer wird.« Sie zögerte. »Wie dem auch sei, wir werden eine klare Vorstellung davon erhalten, wo er ist und wie schnell er Fortschritte macht. Das sollte uns zu etwas nutze sein.«

»Ich fürchte, du bist ein wenig zu durchschaubar, meine Liebe«, erwiderte der Swagman mit der Spur eines amüsierten Lächelns. »Wie könntest du ihn denn womöglich auf eine falsche Fährte schicken, wenn du nicht weißt, wer sein Kontakt ist oder mit welchen Informationen ihn der Kontakt füttern wird? Was die klare Vorstellung davon betrifft, wo er sich aufhält, so ist das unendlich weniger wichtig, als eine klare Vorstellung davon zu haben, wohin er gehen wird.« Er hielt inne, kicherte daraufhin und schüttelte den Kopf. »Du hast deine Hausaufgaben nicht sonderlich gut gemacht, Virtue. Der Engel nimmt keine Partner. Niemals.«

»Wer hat denn etwas davon gesagt, Partner des Engels zu werden?« wollte sie hitzig wissen, über sich selbst wütend, weil sie so durchschaubar war. »Ich will ihn bloß beobachten und ihn womöglich in die falsche Richtung lenken.«

»Oder ihn in die richtige Richtung begleiten«, meinte der Swagman ätzend.

»Du bist ein sehr mißtrauischer Mann«, sagte Virtue. »Ich schätze, da muß man wohl deiner Erziehung die Schuld geben.«

»Wie wär's, wenn man da meiner gegenwärtigen Begleitung die Schuld gibt?«

»Du kannst deine Zeit damit vergeuden, die Schuld zu killen«, sagte sie. »Ich gedenke, meine Zeit damit zu verbringen, dem Engel nachzujagen.«

»Du bist töricht, meine Liebe«, meinte der Swagman. »Oder du hast Sitting Bull vielleicht nicht so genau zugehört, wie du's hättest tun sollen.«

»Wovon redest du?«

»Sokol hat noch immer einen Preis auf dich ausgesetzt. Im Grunde genommen liegt es einzig und allein an deinem Zusammensein mit mir, daß dich Sitting Bull nicht im Augenblick der Landung getötet hat, und ich habe ihm über die Jahre hinweg viele Geschäfte zugeschustert. Sobald du wieder allein losziehst, bist du wieder ein hübsches Freiwild.«

»Meinst du etwa, ich werde wegen eines vierschrötigen kleinen Aliens, das in einem Zelt lebt, vor Furcht zittern?« fragte sie lächelnd.

»Es könnte ein jeder sein, dem du begegnest. Du weißt nicht, wen Sokol womöglich kontaktiert hat.« Er hielt inne. »Was Sitting Bull betrifft, so sieht er nicht nach viel aus, und er umgibt sich nicht mit Luxus, aber er ist ein ganz schön gefährlicher Gegner.«

»Und wenn ich bei dir bleibe, wirst *du* mich beschützen?«

»Indirekt. Die meisten Leute beleidigen mich nicht gern.«

»Wenigstens hat Cain ein wenig Erfahrung im Killen von Leuten.«

Er lächelte. »Ich heuere Leute wie Cain *an,* meine Liebe.«

Sie stießen auf einen umgestürzten Baum, der ihnen den Weg versperrte, und gingen darum herum.

»Welches ist das großartigste Kunstwerk eines Aliens in der Galaxis?« fragte sie auf einmal.

Er dachte einen Augenblick lang nach. »Das ist eine ein Kilometer lange Tapisserie auf Antares Drei«, sagte er. »Vierzig Generationen Antareaner haben daran gearbeitet, und sie erzählt die Geschichte ihrer Rasse in etwa zweitausend wundervollen Szenerien. Ich würde sagen, das ist auch das seltenste. Warum?«

»Was würdest du riskieren, um Hand darauf legen zu können?«

»Meinen gesamten Besitz.«

»Nun, Santiago ist die großartigste Story in der gesamten Galaxis, und ich würde jedes notwendige Risiko in Kauf nehmen, ihn zu finden.«

»Ich sollte vielleicht hinzufügen, daß ich nicht das Leben für diese Tapisserie riskieren würde«, sagte der Swagman.

»Das kommt daher, weil du nicht mehr hungrig bist«, sagte Virtue. »Ich bin's noch immer. Ich will die Beste sein — und wenn das Aufsuchen des Engels mir dabei hilft, das zu bekommen, was ich haben will, dann bin ich gewillt, es zu tun.«

Sie erreichten den Landrover, und der Swagman nahm seine Pistolen vom Sitz und steckte sie zurück in die Taschen.

»Du bist fest entschlossen, du wirst es dir also nicht noch mal überlegen?«

»Ich bin fest entschlossen.«

Er seufzte. »Dann gehe ich vielleicht besser mit dir.«

»Es ist nicht notwendig, daß wir beide dort hinaus gehen. Ich werde dich und Cain über seinen Aufenthaltsort auf dem laufenden halten.« Sie zögerte. »Meiner Ansicht nach ist die beste Vorgehensweise die, daß du zu Altair gehst und dich dort mit ihm zusammentust.«

»Vielleicht«, gab er widerstrebend zu. »Das wirft jedoch eine Frage auf: Wie werde ich dorthin gelangen? Mein Schiff ist auf Goldenrod.«

»Du bist ein Mann mit vielen Quellen«, sagte Virtue. »Bestimmt wirst du einen Weg finden.« Sie hielt inne. »Bring mich jetzt bitte zurück zu meinem Schiff!«

»Und falls ich mich weigere?«

»Dann werde ich zu Fuß gehen, und das Ergebnis wird dasselbe sein, außer, daß ich Cain sagen werde, du arbeitest für den Engel und er soll dich beim ersten Anblick umbringen.«

Der Swagman blickte sie an, überrascht lediglich davon, daß er keine Überraschung verspürte. »Ich schätze, was das betrifft, würdest du das tun.« Er hielt inne. »Der nächste größere Planet ist Kakkab Kastu Vier. Kannst du mich bitte dort erst 'rauswerfen?«

Einen Augenblick lang überlegte sie sich seinen Vorschlag und nickte dann.

»Ich schätze, ein paar zusätzliche Stunden werden nichts ausmachen, so lange ich dort hinkomme, wo ich hinwill.« Sie wandte sich ihm zu. »Aber du wirst für den zusätzlichen Treibstoff bezahlen.«

»Wir werden das von deiner Hälfte von Sitting Bulls Bezahlung abziehen.«

»Ich habe niemals zugestimmt, Sitting Bull zu bezahlen«, sagte sie. »Ich hätte dieselbe Information von Cain bekommen können.«

»Wenn er noch lebt.«

»Wenn nicht, will ich die Hälfte der Belohnung, wenn du Santiago tötest.«

»Du bist vielleicht eine Geschäftsfrau, meine Liebe«, sagte der Swagman und schüttelte in spöttischem Überdruß den Kopf.

»Man tut, was man zu tun hat«, sagte Virtue.
»Erspare mir deine Platitüden!« sagte er trocken.
»Für mich sind es Worte, um danach zu leben.«
»Nur bis du den Engel triffst«, prophezeite er. »Dann möge Gott deiner Seele gnädig sein, denn er wird sie nur allzubald vor sich haben.«

Teil 3

Das Buch des Jolly Swagman

11

Komm nur her, wenn du Mut hast, komm nur her,
aber gib acht!
Komm nur her zum Versteck der Altair von Altair.
Und bete für die Menschen, die — unbedacht —
In die Schlingen gerieten der Altair von Altair.

Draußen im Grenzland erzählt man sich eine Menge Geschichten über Altair von Altair.

Einige sagen, sie sei, wie der Jolly Swagman, von Aliens großgezogen worden und mit einem grimmigen Haß auf die eigene Rasse aufgewachsen, von dem der Swagman irgendwie verschont geblieben war.

Andere sagen, sie sei überhaupt nicht menschlich, sondern könne ihr Aussehen willentlich verändern und locke ihre Opfer mit unwiderstehlichem Sirenengesang in den Tod.

Homer von Troja, der selbsternannte Volksdichter, der ein halbes Leben mit dem erfolglosen Versuch verbracht hatte, eine Saga zu schreiben, die der Saga des Schwarzen Orpheus in puncto Popularität das Wasser reichen konnte, schwor Stein und Bein, sie sei ein Mutant und tötete ihre Feinde, indem sie mentale Donnerschläge benutzte, mit denen sie ihnen das Bewußtsein zerschmettere.

Was den Schwarzen Orpheus selbst betrifft, so ging er direkt in die Höhle des Löwen, wie üblich. Nachdem er das Altair-System erreicht hatte, brauchte er nahezu einen Monat, um sie aufzustöbern, anschließend nochmals eine Woche, ehe sie damit einverstanden war, ihn zu treffen. Als sie sich schließlich von Angesicht zu Angesicht gegenüberstanden, warf er einen Blick auf sie und kam zu der Auffassung, sie sei die schönste Frau, die er seit dem Tod seiner geliebten Euridike je gesehen habe.

Als er sie zwanzig Minuten später verließ, war er sich nicht einmal mehr gewiß, ob sie eine Frau *war* — er wußte jedoch, daß sie der schrecklichste Killer war, den er je gesehen hatte.

Er sprach niemals mehr von ihr, obgleich er einige Verse über sie schrieb, und wenn andere über Altair von Altair Fragen stellten, so fand er stets eine Möglichkeit, rasch das Thema zu wechseln. Niemand weiß, was während ihrer kurzen Begegnung geschehen ist, aber es hatte offensichtlich einen tiefgreifenden Eindruck auf ihn gemacht, einen, der über den Rest seines Lebens währte.

Einer der Menschen, die sich wünschten, der Schwarze Orpheus hätte ein wenig mehr über sie geschrieben, war Sebastian Cain, wenn auch nur deshalb, damit er eine Vorstellung davon hätte, was ihn erwartete, wenn er sie schließlich erreichte.

Es hatte ihn zwei Wochen gekostet, bis er entdeckte, daß sie nicht *auf* Altair III lebte, sondern vielmehr *darunter,* und jetzt schlich er sich, die Pistole in der Hand, durch das Labyrinth von Tunnels und Korridoren, die zu ihrem Wohnraum führten. Es hatte ihn zehntausend Kredits gekostet, nur um herauszufinden, wie und wo er den anscheinend endlosen Irrgarten betreten konnte, und daraufhin hatte er fast zwei Tage damit verbracht, das Trio von Männern abzuschütteln, die sich ihm seit seiner Landung an die Fersen geheftet hatten. Als er schließlich nahezu gewiß war, nicht mehr verfolgt zu werden, hatte er die unterirdische Welt der Altair von Altair betreten.

Das war vor zwei Stunden gewesen. Seitdem war die Temperatur etwas gefallen, und die Luft war dumpf und schal geworden. Die Korridore selbst erfüllte ein diffuses blaues Licht, wodurch sie auf surreal anmutende Weise leuchteten, aber keiner davon trug irgendwelche

Kennzeichen. Nachdem Cain sich dort wiedergefunden hatte, von wo er aufgebrochen war, zog er ein kleines Messer heraus und machte sich daran, an jeder Kreuzung Richtungssymbole in die Wand zu ritzen.

Er legte eine Pause ein, wischte sich den Schweiß aus dem Gesicht und fluchte unterdrückt. Es *mußte* einen rascheren Weg in ihr Hauptquartier geben, und er entschloß sich, noch eine weitere Stunde zu suchen. Wenn er sie dann gefunden hätte, schön und gut; wenn nicht, würde er auf die Oberfläche zurückkehren, sich das Geld von dem Mann wieder holen, der ihm diese Information verkauft hatte, und ihn vielleicht umbringen. Dann würde er seine Suche wieder ganz von vorn beginnen. Wenn er ins Hotel zurückkehrte, würde er seine Troika von Verfolgern wieder aufgabeln, dessen war er sich gewiß; vielleicht könnte er einen von den übrigen trennen und ein paar Möglichkeiten finden — schmerzlos oder eben nicht —, die benötigten Informationen aus ihm herauszuholen.

Er machte sich wieder auf den Weg und fragte sich dabei, ob es nicht besser wäre, sofort zurück zur Oberfläche zu gehen und eine direktere Route zu suchen. Dann erreichte er eine weitere Kreuzung und entdeckte, daß der Tunnel rechter Hand in leuchtendem Rot schimmerte, im Gegensatz zum üblichen Blau. Er betrat den Tunnel ohne zu zögern.

Er bog nach rechts ab, dann ging es etwa hundert Meter geradeaus und schließlich verlief der Tunnel offenbar in einem Halbkreis nach links, ohne dabei ein einziges Mal einen anderen Korridor zu kreuzen. Am Ende verbreiterte er sich, die Wände bildeten nach und nach künstlerisch vollkommene rechte Winkel mit Dekke und Fußboden, und Cain fiel auf, daß die Beleuchtung beträchtlich heller war als zuvor.

Plötzlich endete der Korridor abrupt, und er fand sich in einer kleinen Vorhalle wieder, die zu einem großen, hellerleuchteten Zimmer führte. Er wollte es betreten, prallte jedoch zurück, als er entdeckte, daß ihm der Weg von einem elektrischen Kraftfeld blockiert war.

Er näherte sich dem Eingang etwas vorsichtiger und blickte in das Zimmer. Es war vielleicht zwanzig Meter lang, und die glatten Steinwände funkelten in der künstlichen Beleuchtung wie polierte Prismen. Er hatte keine Ahnung, wie hoch die Decke war, denn der Raum verlor sich etwa zehn Meter über dem Fußboden in der Dunkelheit. An zweien der Wände zogen sich bis auf eine Höhe von vielleicht drei Metern riesige Wassertanks entlang, die von fremdartigen Lebensformen erfüllt waren und keine Glaswände hatten, sondern durchsichtige Energieschirme.

Genau in der Mitte des Raums stand ein Schreibtisch mit einer Computerkonsole und fünf kleinen Bildschirmen; einer davon zeigte irgend etwas Geschriebenes, und die anderen vier offenbar verschiedene Stellen des Labyrinths. Unmittelbar zur Linken des Schreibtischs standen zwei Sofas. Eines war leer, aber auf dem anderen ruhte eine atemberaubend schöne Frau. Ihre Züge waren menschlich, jedoch dermaßen exotisch, daß die Frau irgendwie fremdartig wirkte. Die Haut war kalkweiß, das Haar lang und schwarz, die großen Augen fast zu blau unter den merkwürdig geschwungenen Brauen. Die Gesichtszüge, von den vollen Lippen und der grazilen Nase bis hin zu den nicht völlig spitzen Ohren, waren wie äußerst fein gemeißelt. Ihr einziges Kleidungsstück, das korkenzieherartig um den geschmeidigen Körper drapiert war und weit mehr enthüllte, als es bedeckte, war aus irgendeinem metallischen Stoff gefertigt, der bei jedem ihrer Atemzüge oder jeder ihrer Bewegungen die Farben zu ändern schien.

»Willkommen, Sebastian Cain!« sagte sie in einem singenden Tonfall. »Ich habe Ihnen dabei zugesehen, wie Sie sich Ihren Weg durch das Labyrinth gesucht haben.«

»Sie sind Altair von Altair?«

»Natürlich.«

»Ich bin sehr weit gereist, um mit Ihnen zu reden«, sagte er.

»Es wird mir ein Vergnügen sein, mit Ihnen zu reden. Wir haben viele Dinge gemeinsam.« Sie hielt inne. »Darum habe ich Ihnen auch gestattet, mich zu finden. Sie sind erst die dritte Person, die jemals dieses Zimmer betreten hat.«

»Ich habe es noch nicht betreten«, bemerkte er.

»Ich muß mich selbst schützen«, sagte sie entschuldigend. »Schließlich steht ein Preis auf meinen Kopf, und Sie sind Kopfjäger.«

»Ich bin nicht professionell an Ihnen interessiert«, versicherte er ihr. »Ich möchte einfach nur mit Ihnen reden.«

»Und doch haben Sie Ihre Pistole in der Hand gehalten, seitdem Sie mein Labyrinth betreten haben.«

»Sie sind nicht die einzige Person, welche die Notwendigkeit verspürt, sich zu schützen«, entgegnete er. »Ich wäre nicht der erste Mann, den Sie getötet haben.«

»Wir sind *beide* Killer«, sagte Altair von Altair. »Sollen wir einen Waffenstillstand vereinbaren?«

»Für wie lange?«

»Man wird Sie warnen, ehe er vorüber ist.«

»Ich bin einverstanden.«

»Dann lassen Sie Ihre Pistole in der Vorhalle. Sie können sie wieder mitnehmen, wenn Sie gehen.«

»Nichts da«, sagte er.

»Werden Sie sie dann wenigstens wieder in Ihr Halfter stecken?«

Er tat's, und sie erhob sich, ging zum Computer und berührte einen kleinen achteckigen Knopf.

»Der Schutzschild ist abgeschaltet«, sagte sie. »Sie können jetzt hereinkommen!«

»Vielen Dank!« sagte er, während er zögernd über die Schwelle ins Zimmer trat. Der Boden war von einer weichen, nachgiebigen Substanz bedeckt, elastischer, als sie aussah, und jedes Mal, wenn er den Fuß darauf setzte, glänzte sie in unterschiedlichen Farben.

»Ich habe Sie schon lange einmal treffen wollen«, sagte Altair von Altair.

»Tatsächlich?«

»Ja«, sagte sie. »Töten ist ein einsamer Beruf. Es ist so selten, daß man den Besuch eines Gleichrangigen erhält.«

»Wir sind nicht genau gleichrangig«, antwortete Cain. »Sie sind ein Meuchelmörder, ich bin Kopfjäger.«

»Aber viele Facetten unserer Arbeit sind dieselben«, meinte sie. »Das endlose Warten auf das Auftauchen des Opfers, der Augenblick der Verzückung beim Mord, das Mißtrauen der Verbündeten, das Verlangen nach Einsamkeit. Sind Sie nicht dieser Meinung?«

»Vielleicht«, meinte er unverbindlich. »Aber die Unterschiede sind größer, und es bleibt Tatsache, daß Sie für jeden einen Mord begingen, der Ihnen das Honorar zahlt, und ich töte Kriminelle im Auftrag meiner Regierung.«

»Stimmt«, sagte sie nachdenklich. »Dann sind Sie jedoch sogar unter Kopfjägern ein einzigartiges Individuum.«

»Ach ja? In welcher Hinsicht?«

»Die meisten derjenigen, die sich ihren Lebensunterhalt durch das Töten von Gesetzlosen verdienen, waren selbst einmal Gesetzesbrecher. Friedensstifter MacDougal war Schmuggler, Giles Sans Pitié und Barnaby Wheeler waren Banditen, selbst der Engel war ein Killer. Von all diesen haben nur Sie stets in den Grenzen des Gesetzes operiert.«

»Sie irren sich«, sagte er. »Auf meinen Kopf lag auch einmal ein Preis.«

»Sie haben im Auftrag von etwas gekämpft, das Sie für eine legale Exilregierung gehalten haben«, erwiderte sie mit einem Lächeln.

»Woher wissen Sie das?«

»Ich habe Sie lange studiert«, sagte Altair von Altair. »In unserem Geschäft lebt man nicht lange, ohne das Gesicht des Feindes zu kennen.«

»Ich bin nicht Ihr Feind.«

»Und Santiago ist nicht Ihr Feind«, entgegnete sie. »Warum möchten Sie ihn tot sehen?«

»Was veranlaßt Sie zu glauben, ich sei hinter Santiago her?« fragte er.

»Wer sonst hätte Sie soweit weg von Keepsake bringen können?« erwiderte sie. »Ich wiederhole: warum möchten Sie ihn umbringen?«

Er lächelte. »Haben Sie die Höhe der Belohnung gesehen?«

»Sie sind ein sehr erfolgreicher Kopfjäger. Sie hätten kein Geld nötig.«

»Jeder braucht Geld.«

»Ein Mann wie Sie muß einen anderen Grund haben«, beharrte sie.

Er starrte sie an und hob die Schultern. »Es würde etwas *bedeuten*«, sagte er schließlich.

»Aha!« Sie lächelte. »Ich wußte es — Sie sind anders!« Sie kehrte zum Sofa zurück und streckte sich darauf aus. »Wußten Sie, daß kein einziger der von mir begangenen Morde jemals etwas bedeutet hat?'«

»Was war mit dem Mord am Gouverneur von Alsatios Vier?« fragte er.

»Eine Sekunde später gab es einen neuen Gouverneur, und was hatte sich geändert?« Sie schüttelte den Kopf. »Nein, die Schönheit im Beruf des Killers liegt darin, daß nichts anderes jemals von Bedeutung ist und somit der verständliche Drang zum Killen niemals nachläßt. Sie sind der einzige mir bekannte Killer, bei dem eine Handlung etwas anderes sein soll.«

»Erzählen Sie mir etwas von einigen der Ihnen bekannten Killern«, sagte Cain.

»Denken Sie an jemand bestimmten?«

»Santiago.«

»Ich bin ihm niemals begegnet.«

»Meiner Ansicht nach doch«, beharrte Cain.

»Warum?«

»Weil Sie einen Mann namens Kastartos getötet haben.«

»Was hat das eine mit dem anderen zu tun?«

»Kastartos plante, Santiago zu hintergehen«, antwortete Cain. »Er wollte Jonathan Stern dazu bringen, ihm zu helfen. Stern hielt es das Risiko nicht für wert und schickte Kastartos' Pläne an Santiago. Es besteht der begründete Verdacht, daß Santiago jemanden beauftragt hat, Kastartos zu töten.«

Sie blickte ihn freundlich an, gab jedoch keinen Kommentar ab.

»Wenn der Auftrag direkt von ihm gekommen ist, wäre die Annahme nicht unbegründet, daß Sie ihn getroffen haben und wissen, wo er sich aufhält, nicht wahr?« fuhr er fort.

»Er hat meine Dienste niemals direkt angefordert«, erwiderte sie. »Er hat lediglich durch Mittelsleute gearbeitet.«

»Und die wären?«

»Das geht Sie nichts an.«

»Wenn Sie das aus Furcht vor Racheaktionen sagen, besteht kein Grund, Santiago von unserem Treffen etwas wissen zu lassen.«

»Er weiß es bereits.«

»Wie?«

»Weil er Santiago ist.«

»Bei Ihnen hört es sich an, als sei er sowas wie ein Supermann«, sagte Cain.

»Er ist lediglich ein Mann, und er kann wie jeder andere Mann getötet werden«, erwiderte sie. »Sie haben viel mit ihm gemeinsam.«

»Sie meinen, weil wir beide getötet werden können?« fragte er sardonisch.

»Das auch«, sagte sie mit rätselhaftem Lächeln.

Plötzlich gab es eine jähe Bewegung in einem der Aquarien, als ein leuchtend orangefarbener, augenloser Fisch, schmal wie ein Dolch, sich in den weichen Sand am Grund bohrte und mit einem gelb und schwarz gestreiften Krustentier wieder heraufkam. Der orangefarbene Fisch warf das Krustentier in die Höhe und zielte auf dessen Unterleib. Dabei lenkte ihn offenbar etwas unbeirrbar zu den verwundbaren Stellen, das Cain für eine Art Sonar hielt. Das Wasser färbte sich ringsum rosa von der Flüssigkeit, die aus den Venen des Krustentiers strömte, und sofort hatten sich ein halbes Hundert anderer Meerestiere von vielleicht zehn verschiedenen Arten zu einer Freßorgie versammelt.

»Es sind wunderschöne Wesen, nicht wahr?« fragte Altair von Altair mit einem Ausdruck fast unmenschlicher Erregung auf dem Gesicht. »Und wild«, fuhr sie in ihrem Singsang fort. »Sie töten, um Nahrung zu erhalten, und wenn sie gesättigt sind, töten sie aus Liebe zum Töten.«

»Interessant«, sagte er unverbindlich.

»Faszinierend«, gab sie voller Überzeugung zurück. »Da ist einer, den Sie nicht sehen können, der lebt unter der Sandoberfläche. Nicht dieser tolpatschige Schellfisch, sondern ein wunderschönes Tier, leuchtend wie die Morgensonne. Die anderen machen endlos Jagd auf ihn, aber sie können ihn nicht finden.« Sie lächelte. »Ich habe ihn Santiago genannt.«

»Und welcher Fisch ist Altair von Altair?« fragte er.

»Keiner.« Sie blickte ihn unter den halbgesenkten Wimpern an. »Ich töte um des Lohnes willen.«

»Niemand hat Sie ersucht, überhaupt zu töten«, sagte Cain geduldig. »Ich muß einfach nur wissen, wo Santiago zu finden ist.« Er zögerte. »Ich beabsichtige, Ihnen einen gewissen Prozentsatz der Belohnung zu geben, falls sich Ihre Information als nützlich erweisen sollte.«

»Wirklich?«

»Mit zehn Prozent der Belohnung auf seinen Kopf hätten Sie lange Zeit ausgesorgt.«

»Wissen Sie, was ich täte, wenn Sie versuchten, mir meinen strahlenden Fisch zu nehmen?« fragte sie plötzlich.

»Was?«

»Ich würde Sie töten, Sebastian Cain. Ich würde Sie töten, weil dieser Fisch mir gehört, und Sie nähmen etwas weg, das Ihnen nicht gehört.«

»Wollen Sie mir damit etwa sagen, Sie hätten ein älteres Anrecht auf Santiago?«

»Santiago gehört mir.«

»Warum lebt er dann noch?«

»Weil die Belohnung Jahr für Jahr in die Höhe klettert und ich sehr geduldig bin. Wenn sie hoch genug ist, werde ich ihn töten.«

»Sie ist bereits jetzt sehr hoch.«

»Sie wird weiter steigen«, sagte sie überzeugt.

»Und Sie haben keine Sorge, daß Ihnen jemand dabei zuvorkommt?«

»Meinen Sie wirklich, es sei so einfach, ihn zu töten?« fragte sie, offensichtlich amüsiert. »Er ist *Santiago.*«

»Warum geben Sie mir dann nicht die Information, die ich haben möchte, wenn Sie glauben, er könne nicht getötet werden?«

»Das würde Ihnen nicht gut bekommen.«

»In diesem Fall wäre es kein Schaden für Sie«, sagte Cain.

Sie starrte ihn einen langen Augenblick an und seufzte dann. »Es gibt wichtigere Dinge als Informationen.«

»Zum Beispiel?«

»Das Geschenk des Lebens«, sagte sie. »Niemandem, der je meine Zufluchtsstätte betreten hat, ist es gewährt worden. Weil ich das einsame Leben eines Killers führe, respektiere ich jedoch all die anderen, die dasselbe tun. Geben Sie mir Ihr Wort, daß Sie nach Keepsake zurückkehren und nach weniger hohen Preisen fischen, und Sie können hier lebendig heraus.«

»Nachdem ich Santiago gefunden habe«, sagte er, auf einmal vorsichtig geworden.

»Dann sind Sie ein Narr«, sagte sie. »Wissen Sie, daß Virtue MacKenzie zum Engel reist, um Sie zu betrügen, während wir hier reden?«

Einen Augenblick lang wirkte er überrascht, hob dann jedoch die Schultern. »Es wäre nicht das erste Mal, daß ich betrogen worden bin«, sagte er. »Und es wird ihr nicht gut bekommen.«

»Soweit richtig«, sagte Altair von Altair. »Denn wenn wir hier fertig sind, muß ich den Engel jagen, nebst allen, die ihm zur Seite stehen.«

»Um ihn am Boden zu zerstampfen?« fragte er ätzend.

»Ja.«

»Wenn Sie erst einmal damit anfangen, jeden Kopfjäger zu töten, der hinter Santiago her ist, werden Sie eine Vollzeitbeschäftigung vor sich haben.«

»Die meisten davon sind unbedeutende Abfallhaufen im Kosmos«, erwiderte sie. »Selbst Friedensstifter MacDougal und Johnny One-Note werden Santiago niemals finden. Von all denen haben nur Sie und der Engel dazu die Fähigkeit.«

»Was ist mit Giles Sans Pitié?«

»Der Engel hat ihn vergangene Woche getötet«, erwiderte Altair von Altair. »Giles Sans Pitié hat ihn draußen auf Glenovar aufgesucht und ihm ein Bündnis vorgeschlagen.« Sie hielt inne. »Der Engel kann ebensowenig Mitstreiter brauchen wie ich.«

»Ich habe ihn gewarnt, er solle sich vom Engel fernhalten«, kommentierte Cain.

»Ihnen ist natürlich klar, daß ich allen Grund dazu habe, Ihnen das anzutun, was der Engel Giles Sans Pitié angetan hat.«

»Das würde ich Ihnen nicht empfehlen«, sagte Cain unheilvoll.

»Vergessen Sie Ihre Waffe, Sebastian Cain«, sagte sie mit einem unergründlichen Ausdruck auf dem exotischen Gesicht. »Das wird Ihnen nicht gut bekommen.«

»Entschuldigen Sie bitte, wenn ich Ihnen das nicht glaube«, sagte er, zog die Pistole und richtete sie auf sie.

»Wie wollen Sie mich töten?« fragte sie. Ihre blauen Augen weiteten sich aus amüsiertem Interesse. »Eine Kugel in den Kopf? Das ist *Ihr* Markenzeichen, nicht wahr?«

»Ich habe kein Markenzeichen.«

»*Alle* guten Killer haben Markenzeichen«, erwiderte sie. »Bei Giles Sans Pitié war's die metallene Faust, bei Friedensstifter MacDougal ist es ein bleistiftdünner Lichtstrahl, bei MannBerg Bates sind es die bloßen Hände, bei Ihnen ist es die Kugel. Nur der Engel, der alle Waffen beherrscht, tötet auf unterschiedliche Weise.«

»Und was ist *Ihr* Markenzeichen?« fragte Cain.

»Das werden Sie sehen«, sagte sie leise.

Und dann, auf einmal, war er nicht mehr länger in einem unterirdischen Zimmer auf Altair III. Statt dessen stand er am Ufer eines klaren blauen Bachs, und die heiße sylarianische Sonne stach ihm in den Nacken. Er war barfuß, und das lange Gras, das sich in der sanften Brise wiegte, fühlte sich wie Samt zwischen den Zehen an.

Auf der anderen Seite des Bachs erblickte er ein Mädchen mit sorgfältig geflochtenem blonden Haar und sonnengebräunter makelloser Haut. Sie trug ein einfaches blaues Kleid und hob zaghaft den Saum über die Knie, während sie knöcheltief im Wasser stand.

»Hilf mir!« bat sie, und auf ihrer Stimme lastete die Angst.

»Es ist seicht«, erwiderte Cain mit einem Lachen. »Geh einfach durch!«

»Ich werde hinfallen.«

»Nein, das wirst du nicht.«

»Bitte, quäl mich nicht, Sebastian«, klagte sie und streckte ihm die Hand entgegen. »Bitte!«

»Also gut«, sagte er lächelnd.

Es war komisch, überlegte er, als er einen Fuß in den Bach setzte und spürte, wie das kalte Wasser darum herumwirbelte. Er hatte sie seit Jahren gekannt, hatte sie vom ersten Augenblick an geliebt, als er ihr begegnet war, dennoch konnte er sich nicht auf ihren Namen besinnen. Und wenn es um sein Leben gegangen wäre.

»Jennifer«, sagte sie.

»Richtig.« Er nickte. »Jennifer.«

»Bitte, beeil dich, Sebastian!« sagte sie. »Ich habe Angst.«

»Ich komme.«

Mit fünf großen Schritte durchquerte er den Bach und fühlte sich durch das Wasser bemerkenswert gestärkt.

»Siehst du?« lachte er. »Es ist nichts dabei.« Er zögerte, wußte einen Augenblick lang nicht, wie es weitergehen sollte. »Was jetzt?«

»Jetzt trage mich hinüber!«

»Warum kann ich dich nicht einfach an die Hand nehmen und dich führen?« fragte er.

»Die Steine schmerzen an den Füßen«, sagte sie und summte die Worte halb. »Willst du mich nicht tragen, bitte?«

Er seufzte. »Wenn du das so haben willst.«

»Zuerst mußt du den Stock fallenlassen!« sagte sie.

Er runzelte die Stirn. »Welchen Stock?«

»Den Stock da in deiner rechten Hand. Du kannst mich nicht anheben, wenn du einen Stock in der Hand hältst.«

»Sicher kann ich das«, sagte er und fühlte sich auf einmal unbehaglich.

»Er wird mir weh tun«, sagte sie, »und er könnte mir sogar das Kleid zerreißen. Bitte, laß ihn fallen, Sebastian!«

Er trat einen Schritt zurück, es widerstrebte ihm noch immer, den Stock fallenzulassen. »Irgendwas stimmt da nicht«, sagte er und runzelte die Stirn.

»Was ist?« fragte sie unschuldig.

Das Kleid wurde zu einem burgunderfarbenen Rock und einer gerüschten weißen Bluse.

»Besser so, Sebastian?«

Er starrte sie an. »Ich schätze ja«, meinte er schließlich.

»Dann trage mich über den Bach. Ich komme zu spät.«

»Wozu?«

Sie kicherte. »Das weißt du«, sagte sie, und in den Worten lag etwas halb Vertrautes.

»Oh!«

Er stand reglos da.

»Nun?« fragte sie schließlich.

»Es ist immer noch falsch«, sagte er verwirrt.

»Was ist los, Sebastian?«

»Ich weiß es nicht. Laß mich eine Minute nachdenken!«

»Wir haben keine Minute Zeit, Sebastian. Ich komme *zu spät*. Quäl mich doch nicht so!«

Er trat einen Schritt auf sie zu. »Fast habe ich's.«

»Beeilung, Sebastian!« sagte sie, und in ihre Stimme kroch etwas Drängendes.

Er griff unbehaglich nach ihr.

»Der Stock, Sebastian«, sang sie einschläfernd. »Lege ihn hin!«

Er ließ den Stock fallen.

»Vielen Dank«, sagte sie mit seltsamem Lächeln auf den Lippen. »Bist du nun glücklich, Sebastian?«

»Ich schätze ja«, sagte er und zwang sich dazu, ihr Lächeln zu erwidern.

»Ich bin so froh!«

»Was ist das da in deiner Hand?« fragte er und spähte auf ein paar schimmernde Objekte, die er zuvor nicht gesehen hatte.

»Eine Blume«, sagte sie. »Eine wunderschöne silbrige Blume.«

»Sie ist sehr hübsch«, meinte er, während das Unbehagen in ihm wieder anschwoll.

»Möchtest du sie dir etwas näher ansehen, Sebastian?«

»Ja, ich ... *Scheiße!*« brummte er und bückte sich nach dem Stock. Er packte ihn und wälzte sich über den Boden, richtete ihn auf sie und drückte ab.

Da ertönte eine laute Explosion, und er war wieder in dem unterirdischen Zimmer, und Altair von Altair lag auf dem Rücken. Aus einem kleinen Loch zwischen ihren Augen strömte Blut, und sie hielt einen silbrigen Dolch mit der Hand umklammert.

Cain stand reglos da und keuchte. Schweiß rann ihm am Körper herab, als er versuchte, sich wieder zu orientieren. Seine Hände benötigten eine volle Minute, ehe sie aufhörten zu zittern, und schließlich steckte er die Pistole zurück in das Halfter.

Dann ging er zu Altair von Altair hinüber und blickte auf sie hinab.

»Auf Sylaria gibt es keine Bäche«, sagte er schwach.

Er untersuchte sie, um sicherzustellen, daß sie kein Lebenszeichen mehr von sich gab, dann richtete er sich wieder auf, die Hände in den Hüften.

»Großartig«, brummte er. »Zurück auf Feld eins.«

»Nicht unbedingt«, sagte eine Stimme.

»Wer ist da?« wollte er wissen, duckte sich neben der Leiche nieder und zog die Pistole.

»Mein Name ist Schussler«, sagte die Stimme, und jetzt bemerkte Cain, daß sie aus dem Computer kam. »Wenn du den Weg zurückgehst, den du gekommen bist, wirst du mich am Eingang des Labyrinths wartend vorfinden.«

»Wie werde ich dich erkennen?« fragte Cain.

»Dabei wirst du keine sehr großen Schwierigkeiten haben«, sagte die Stimme mit einem bitteren Gekicher. »Das verspreche ich dir.«

12

Er verzehrt sich danach, Haut an Haut zu spüren,
Er verzehrt sich danach, eine Frau zu berühren,
Sein Körper ist nur noch eine Ruine —
Schussler, der Cyborg, unglückliche Maschine!

Während seiner Wanderungen durch das innere Grenzland war der Schwarze Orpheus vielen einzigartigen Charakteren begegnet: neben dem sonstigen Panorama von Ausgestoßenen, Abenteurern und Außenseitern noch Killern und Spielern, Predigern und Kopfjägern, Millionären und Verarmten, Heiligen und Sündern — aber keiner davon konnte mit Schussler, dem Cyborg, verglichen werden, dessen Tragik darin bestand, eben nicht einzigartig sein zu wollen.

Vater William, zum Beispiel, gefiel es, im Rampenlicht zu stehen; Schussler fürchtete sich davor. Sokrates genoß die Macht; Schussler verachtete sie. Sebastian Cain suchte die Einsamkeit; Schussler haßte sie. Der Engel hatte zahllose Männer getötet; Schussler schätzte jedes Leben, nur das eigene nicht. Die Sargasso-Rose konnte mit menschlichem Beisammensein nichts anfangen; Schussler verlangte es danach. Die Männer, Frauen und Aliens, die Orpheus in sein Lied hineinbrachte, waren alle überlebensgroß; Schussler war größer als jeder einzelne davon, und er wollte lediglich kleiner sein.

Die meisten Menschen betrachteten ihn als ein Wunder der Wissenschaft, ein strahlendes Zeugnis der Verschmelzung von Mensch und Maschine — aber der Schwarze Orpheus sah unter die glänzende Oberfläche, hinter die Wunder einer fremdartigen Technologie, direkt in Schusslers gequälte Seele hinein, und er weinte um das, was er sah.

Sie waren sich nur einmal begegnet, auf Altair III. Orpheus blieb einen Tag und eine Nacht lang bei ihm, während Schussler seine merkwürdige und unglückliche Geschichte vor ihm ausbreitete. Am folgenden Morgen trennten sie sich, Orpheus, um seine Reise zwischen den Sternen fortzusetzen, Schussler, um seiner Herrin zu dienen und zu warten, ohne jede Hoffnung auf Erlösung durch den Tod zu warten.

Die Dinge änderten sich, als der Jolly Swagman auf Altair landete. Zurecht hätten er und Schussler eine Menge gemeinsam haben sollen, immerhin war der eine der beiden von Aliens großgezogen und der andere von Aliens erneuert worden; aber die treibende Kraft im Leben des Swagman war das Anhäufen anderer Leute Eigentum — während Schussler, der Eigentum *war*, jegliche Form privaten Eigentums unmoralisch fand.

Dennoch hatte jeder von beiden ein gewisses Interesse an Cains Begegnung mit Altair von Altair, also trafen sie rasch eine Übereinkunft und erwarteten das Resultat.

Es war Nachmittag, als Cain das Labyrinth verließ, wobei er die Augen mit den Händen vor der blassen gelben Sonne abschirmte. Er blickte sich in der kahlen roten Landschaft um und sah ein sehr kleines Raumschiff, der Form nach ein Alien-Schiff, etwa hundert Meter entfernt stehen. Ein elegant gekleideter Mann hatte sich daran gelehnt; als er jedoch Cain erblickte, kam er sofort auf ihn zu.

»Ich kann Ihnen nicht sagen, wie sehr es mich freut, daß Sie überlebt haben!« sagte er mit einem gewissen Akzent.

»Sind Sie Schussler?« fragte Cain und fing schon wieder an zu schwitzen.

»Ich fürchte nein. Die Leute nennen mich den Jolly Swagman.«

»Virtue MacKenzie hat mir eine Nachricht geschickt, daß ich Ihnen vielleicht über den Weg laufen könnte«, meinte Cain. »Sind Sie nicht ein wenig weitab Ihres Spezialgebiets?«

»Nicht, wenn Sie hier sind, nein, ganz bestimmt nicht«, entgegnete der Swagman leichthin. Er blickte sich in der öden Umgebung um. »Obgleich man sich, schätze ich, eine interessantere Welt wünschen könnte. Ich kann mir einfach nicht vorstellen, warum jemand hier leben möchte: ich habe den Verdacht, auf Altair Drei wachsen einzig und allein Staub und Insekten.«

»Jegliche Abmachung, die Virtue womöglich mit Ihnen getroffen hat, geht auf ihre Kappe, nicht auf meine«, sagte Cain bestimmt. »Wo ist Schussler? An Bord des Schiffs?«

»In gewisser Weise.« Der Swagman grinste. »Er *ist* das Schiff.«

»Was reden Sie da?« wollte Cain wissen und schlug dabei nach einem großen roten Insekt, das auf seinem Hals gelandet war.

»Schussler«, sagte der Swagman, »ist ein Cyborg.«

Cain blickte zum Schiff hinüber, dessen Hülle in der nachmittäglichen Sonne glänzte. »Es hat niemals einen derartigen Cyborg gegeben«, sagte er voller Überzeugung.

»Nun ja, hier haben wir einen. Orpheus hat ihm drei Verse zugedacht.«

»Orpheus schreibt so verdammt viel, es fällt einem schwer, da auf dem laufenden zu bleiben«, erwiderte Cain.

»Vielleicht hätten Sie's versuchen sollen«, sagte der Swagman. »Dann hätten Sie von Schussler gewußt.«

Cain starrte erneut das Schiff an. »Er ist *wirklich* ein Raumschiff?« fragte er zweifelnd.

»Warum sollte ich Sie anlügen?«

»Nur nebenbei bemerkt — ich könnte mir hundert Gründe vorstellen.« Er wedelte mit der Hand, und eine Wolke winziger mückenhafter Insekten stob davon. »Wie verständigt er sich?«

»Er hat ein Lautsprechersystem. Es klingt genauso wie das Intercom eines Schiffs.«

»Ich muß mit ihm reden.«

»Er wird nirgendwo hingehen«, sagte der Swagman und wandte sich leicht ab, um das Gesicht vor dem Staub zu schützen, den eine jähe heiße Brise aufgewirbelt hatte. »Warum reden Sie nicht zuerst mit *mir?*«

»Worüber?«

»Über Santiago.«

»Kein Interesse«, antwortete Cain.

»An Santiago?«

»Mit Ihnen zu reden«, sagte Cain. »Ich habe von Ihnen gehört, Swagman.«

»Alles Lügen, das kann ich Ihnen versichern«, sagte der Swagman glatt.

»Können Sie?«

»Allerdings«, entgegnete der Swagman mit amüsiertem Lachen. »Jeder, der Ihnen die Wahrheit über mich sagen könnte, ist sicherlich bereits tot und begraben.« Er zog eine dünne Zigarre heraus und zündete sie an. »Wenn Sie nicht über Santiago reden wollen, wie wär's dann mit Virtue?«

»Was ist mit Virtue?«

»Was Ihnen Altair von Altair gesagt hat, trifft völlig zu. Sie ist auf dem Weg zum Engel.«

»Woher wissen *Sie,* was sie mir gesagt hat?« fragte Cain scharf.

»Ich war Zuschauer Ihres kleinen Beisammenseins«, sagte der Swagman, schnippte die Asche zu Boden und verfehlte dabei um ein Haar einen zehnbeinigen purpurrot- und goldfarbenen altairianischen Käfer.

»Wie haben Sie *das* hinbekommen?«

»Mit Hilfe unseres Cyborg-Freunds hier«, erwiderte der Swagman leichthin. »Er hat sich in ihren Computer eingeklinkt.« Er lächelte. »Ich wäre nicht ganz offen, wenn ich nicht eingestehen würde, daß ich von Ihrer Anwesenheit hier wußte, ebenso wie ich wußte, daß Sie

Informationen von Altair von Altair bekommen wollten, und auf Grundlage all dessen, was ich nun wiederum über sie wußte, wäre sie nicht sehr bereit gewesen, Ihnen die Informationen zu geben. Da es nun also völlig sinnlos war, daß wir beide unser Leben riskierten, habe ich Schussler aufgestöbert und Sie schweigend moralisch unterstützt, während wir von hier oben aus zugeschaut haben.« Der Swagman hielt inne. »Was hat sie eigentlich am Schluß mit Ihnen angestellt?«

»Wie hat es ausgesehen?« fragte Cain neugierig.

»Nichts besonderes. Sie hat Sie ständig aufgefordert, einen Bach zu überqueren, aber wir haben keinen sehen können — und sie hat wohl versucht, Sie davon zu überzeugen, Ihre Pistole sei ein Stock?« Dieser Satz war ebensosehr eine Frage wie ein Beobachtung.

»Sowas Ähnliches.«

»Nun ja, ich muß schon sagen, Sie sind echt genauso gut, wie Virtue behauptet hat. Jeder Buchmacher hätte Zehn zu Eins auf Altair von Altair gesetzt, daß sie Sie töten würde, insbesondere auf ihrem eigenem Territorium.«

»Zweifelsohne hat Ihre moralische Unterstützung den Unterschied ausgemacht«, sagte Cain trocken. »Was hätten Sie getan, wenn sie mich getötet hätte?«

»Es gab nur sehr wenig, das ich hätte tun *können*«, gestand der Swagman ein. »Mit Ihnen als Leiche und Virtue als jemand, die zum Feind übergelaufen ist, wären mir die Partner ausgegangen.«

»Es gibt Schlimmeres, als wenn einem die Partner ausgehen«, sagte Cain. »Wie zum Beispiel, wenn sie einem *nicht* ausgehen.« Er hielt inne. »Warum ist Virtue hinter dem Engel her?«

»Das sollte doch wohl offensichtlich sein«, erwiderte der Swagman. »Sie ist zum Schluß gekommen, daß er bessere Chancen hat, Santiago zu töten, als Sie.«

»Das hat sie Ihnen gesagt?«

»Natürlich nicht. Gesagt hat sie, sie habe vor, ihn

auszuspionieren und ihn womöglich mit einigen falschen Informationen zu versorgen.«

»Scheißdreck«, meinte Cain.

»Genau meine Überzeugung. Andererseits würde ich ihren Frontenwechsel auch nicht allzu ernst nehmen. Aufgrund dessen, was ich über den Engel weiß, beträgt ihre Lebenserwartung im Augenblick ihrer Begegnung vielleicht zehn Minuten, um nicht allzu pessimistisch zu erscheinen.«

»Es ist bedeutend schwerer, sie zu töten, als Sie vielleicht glauben«, bemerkte Cain. Einen Augenblick lang schwieg er, dann sah er den Swagman direkt an. »Na schön«, sagte er. »Virtue ist also auf und davon, um sich dem Engel anzuschließen. Was veranlaßt Sie zu glauben, ich suche einen anderen Partner?«

»Sie brauchen überhaupt nicht zu suchen«, sagte der Swagman mit einem zuversichtlichen Lächeln. »Er steht direkt vor Ihnen.«

»Und was können *Sie* Ihrer Ansicht nach in diese Partnerschaft einbringen?« fragte Cain skeptisch.

»Eine Menge mehr als Virtue«, erwiderte der Swagman, zog ein Taschentuch heraus und wischte sich den Schweiß aus dem Gesicht. »Zum einen habe ich für Santiago gearbeitet. Ich kann ihn für Sie identifizieren.«

»Ich kann ihn selbst identifizieren.«

»Sie meinen, anhand der Narbe?« Der Swagman lachte. »Und was werden Sie tun, wenn er Handschuhe trägt und eine Handprothese?« Seine Augen wurden schmal. »Ich weiß auch andere Dinge«, versuchte er zu überreden. »Ich weiß, auf welcher Welt der Engel in Schwierigkeiten kommen wird. Ich kenne ein halbes Dutzend Männer, die noch immer für Santiago arbeiten. Mir sind eine Anzahl seiner Verstecke für gestohlene Güter bekannt.« Ein zufriedenes Lächeln glitt ihm übers Gesicht. »Was ist das gegen das, was Virtue MacKenzie für Sie tun könnte?«

»Was verlangen Sie als Gegenleistung dafür?« fragte Cain und beobachtete ihn wachsam.

»Nichts, das Sie interessieren würde«, sagte der Swagman. »Obwohl, wenn Sie das Gefühl haben, es sei Ihre Pflicht, mir etwas von der Belohnung abzugeben, hätte ich womöglich nichts dagegen.«

»Und was interessiert Sie?«

»Wissen Sie, wie ich mir den Lebensunterhalt verdiene?« gab der Swagman zurück.

»Raub, Schmuggel und Mord«, sagte Cain.

Der Swagman lachte laut. »Abgesehen davon, meine ich.«

»Ich nehme an, Sie werden's mir sagen.«

»Es wäre nicht ungenau zu sagen, daß ich ein Kunstsammler bin. Sie möchten das Kopfgeld; ich habe kein Interesse daran. Ich möchte gewisse Besitztümer Santiagos; daran haben Sie kein Interesse. Virtue will lediglich ein Feature, wenn man von der unwahrscheinlichen Annahme ausgeht, sie habe mir die Wahrheit gesagt und nicht versucht, sich mit dem Engel zusammenzutun. Keiner unserer Wünsche überlappt sich an einem Punkt. Darum sehe ich auch keinen Grund, warum wir nicht zusammenarbeiten können.«

»Warum jagen Sie ihn nicht selbst?« fragte Cain und rieb sich die Augen, weil ein wenig Schweiß hineingeraten war. »So hätten Sie die Belohnung *und* die Kunstwerke.«

»Ich bin kein Killer«, erwiderte der Swagman. »Wie ich gesagt habe, ich weiß noch immer nicht genau, was Altair von Altair Ihnen dort unten anzutun versucht hat, aber ich bin mir gewiß, ich hätte es nicht überlebt — und ich kann Ihnen versichern, daß sie um vieles einfacher zu töten gewesen ist als Santiago. Ich stelle die Informationen zur Verfügung; Sie die Erfahrung. Darin besteht der Handel.«

»Ich werd's mir überlegen.«

»Sie werden sich's besser rasch überlegen.«

»Warum?« fragte Cain spöttisch. »Werden Sie sich einen anderen Killer suchen?«

»Nein«, sagte der Swagman ernst. »Sie möchte ich haben. Schließlich haben Sie Altair von Altair getötet. Haben Sie gewußt, wie viele Kopfjäger bei diesem Versuch umgekommen sind?« Er schlug nach einem Fluginsekt, das ihm ums Gesicht schwirrte. »Aber Sie befinden sich in einem Wettrennen, und jede Minute, die Sie verstreichen lassen, ist eine weitere Minute, die der Engel gegen Sie gewinnt.«

»Sie hatten doch etwas von einem Planeten erzählt, der ihm ein wenig Schwierigkeiten bereiten würde?«

»Das habe ich getan«, versicherte ihm der Swagman. »Er wird sie jedoch überwinden. Er ist der beste.«

»Warum haben Sie Ihre Dienste dann nicht ihm angeboten?«

»Weil er sie nicht benötigt, im Gegensatz zu Ihnen.« Er streckte die Hand aus. »Nun, haben wir eine Abmachung getroffen?«

Cain starrte die Hand an, ohne sie zu ergreifen.

»Was haben Sie zu verlieren?« fügte der Swagman hinzu.

Cain blickte ihn einen langen Augenblick an und nickte dann fast unmerklich. »Also gut — bis sich Ihre Informationen als falsch erweisen.«

»Das wird nicht der Fall sein.«

»Stellen wir's auf die Probe. Wo will Virtue MacKenzie den Engel finden?«

»Lambda Karos Drei, wenn sie Glück hat.«

»Und wenn nicht?«

»Entweder Neu Ecuador oder Questados Vier. Hängt davon ab, was sie auf Lambda Karos erfährt.«

Cain starrte ihn einen Augenblick lang an. »Halfpenny Terwilliger wartet auf meinem Schiff. Ich schicke ihn wohl besser los, um Virtue im Auge zu behalten, während sie ein Auge auf den Engel hält, nur damit wir wissen, wo wir stehen.«

»Können Sie ihm vertrauen, daß er Ihnen die Wahrheit sagt?« fragte der Swagman.

»Ich kann ihm darin vertrauen, daß er im eigenen Interesse handelt«, erwiderte Cain. »Und wenn er mir loyal bleibt, wird er um ein Beträchtliches reicher werden, als wenn er desertiert.«

»Nur aus Neugier: warum hat er Ihnen nicht gegen Altair von Altair beigestanden, wenn er auf Ihrer Lohnliste steht?«

»Aus den gleichen Gründen wie Sie«, sagte Cain. »Er wäre lediglich im Weg gewesen.«

»Touché«, sagte der Swagman mit einem Kichern. »Übrigens, wenn das derselbe Terwilliger ist, von dem ich gehört habe, dann ist ihm MannBerg Bates dicht auf den Fersen.«

»Ja, weiß ich. Das ist ein weiterer Grund, weshalb er mir loyal bleiben wird.« Cain hielt einen Augenblick lang inne, während der Swagman die Zigarre auf den rotbraunen Sand warf und mit der Ferse in den Boden drehte. »Und wenn Sie jetzt nichts mehr hinzuzufügen haben, werde ich mich wohl besser mal mit Schussler unterhalten.«

»Benehmen Sie sich so gut Sie können«, sagte der Swagman und ging neben dem Kopfjäger her, als dieser auf das Raumschiff zuging. »Er mag ein wenig merkwürdig sein, aber wir brauchen ihn.«

»Ihn? Sie meinen Schussler?«

Der Swagman nickte. »Ich bin nicht der einzige mit Informationen, und seine Informationen unterscheiden sich von meinen. Er kennt jeden Ort, wo Altair von Altair gewesen ist, jeden Menschen, den sie getroffen hat. Selbst wenn sie Santiago niemals begegnet ist, so ist es fast sicher Schussler, der den Befehl erhalten hat, Kastartos zu erledigen; er muß wissen, woher der Befehl gekommen ist.«

»Was bietet man einem Raumschiff?« fragte Cain ätzend. »Geld dürfte ihm nichts nutzen.«

»Ganz bestimmt hat er an etwas gedacht«, sagte der Swagman.

»Ich weiß nicht«, meinte Cain. »Ein Bursche, der ein Raumschiff werden wollte ...«

»Ich habe das Gefühl, daß *wollen* niemals das Wort war, auf das es ankam.«

Sie erreichten das Schiff und blieben stehen. Plötzlich öffnete sich eine Luftschleuse.

»Gehen Sie vor!« sagte der Swagman und zog eine weitere Zigarre heraus. »Ich werde in ein paar Minuten nachkommen.«

»Warum?« fragte Cain mißtrauisch.

Der Swagman hielt die Zigarre hoch. »Er mag es nicht, wenn ich in ihm drin rauche.«

Cain schnitt eine Grimasse. »Mir würd's vielleicht auch nicht gefallen, daß jemand in *meinem* Magen raucht, wenn's soweit käme.«

Er betrat das Schiff durch die Schleuse und fand sich in einer hell erleuchteten Kabine wieder. Die Armaturenbretter und Terminals waren anders als alle, die er je zu Gesicht bekommen hatte, und selbst die Digitalanzeigen auf den Schirmen waren in einer unvertrauten Sprache.

»Schussler?« fragte er zögernd. »Sind Sie hier?«

»Ich bin immer hier«, erwiderte Schussler, und seine melodische Stimme war völlig anders, als Cain erwartet hatte.

»Ich bin Cain.«

»Ich weiß. Ich kann dich sehen.«

»Tatsächlich?« fragte Cain überrascht. »Wie?«

»Ich bin mit mehreren Sensorapparaten verbunden.«

»Also kannst du ebensogut in dich hinein wie nach draußen sehen?«

»Und hören, schmecken und Sinne benutzen, die sich kein Mensch vorstellen kann.«

»Das muß praktisch sein«, bemerkte Cain.

»Wenn man ein Raumschiff sein möchte.«

»Möchtest du eins sein?«

»Nein.«

»Warum bist du dann eins?«

»Es ist vor siebzehn Jahren geschehen«, sagte Schussler. »Ich war Geschäftsmann auf dem Weg zu einer Konferenz auf Alpha Prego. Mein Schiff ist auf Kalkos Zwei zerschellt.«

»Nie davon gehört.«

»Eine Außenposten-Welt einer raumfahrenden Spezies, genannt die Graal.«

»Von *denen* habe ich auch noch nie was gehört«, bemerkte Cain.

»Sie haben sich noch nicht der Demokratie angeschlossen«, erwiderte Schussler. »Wie dem auch sei, ich bin zerschellt, und sie haben mich gefunden, aber nachdem sich mich von all dem verdrehten Metall abgetrennt hatten, war nicht mehr viel übrig, womit man hätte arbeiten können.« Die Stimme hielt einen Augenblick lang inne, und sie zitterte um ein Beträchtliches mehr, als sie wieder das Wort ergriff. »Sie haben mich am Leben erhalten, Gott weiß wie, fünf Monate lang, bis ich aus dem Koma erwacht bin, und dann haben sie mir zwei Möglichkeiten angeboten: Sie könnten mich sterben lassen, rasch und schmerzlos, oder sie könnten mir ein neues Leben als Cyborg bieten.« Schussler seufzte. »Damals war ich jünger, und es gab noch viele Dinge, die ich sehen wollte, also wählte ich letzteres.«

»Aber warum als Raumschiff?« fragte Cain.

»Kalkos Zwei ist ein Werft-Planet. Sie haben das benutzt, was ihnen zur Verfügung gestanden hat.«

»Was ist mit Prothesen?« beharrte Cain. »Ich habe ein künstliches Auge. Es hat nur einen Tag gebraucht, es anzubringen, und ich sehe damit besser als mit dem verlorengegangenen.«

»Sie waren Aliens«, erklärte Schussler.

»Sie hätten mit einer Menschenwelt Verbindung aufnehmen können.«

»Es war nicht genügend übrig, um damit etwas anfangen zu können.« Er hielt inne. »Möchtest du sehen, wie ich *wirklich* aussehe, die menschlichen Überreste, welche treibende Kraft dieses Schiffs sind?«

Cain hob die Schultern. »Warum nicht?«

»Geh zum Computerterminal neben dem Bildschirm!«

»Dieser hier?«

»Genau der.«

»Die Tastatur ist völlig unverständlich.«

»Sie ist in der Sprache der Graal bezeichnet. Drücke die dritte Taste von links, oberste Reihe.«

Auf einmal glitt ein Teil der Wand zurück und enthüllte dabei einen kleinen Behälter von nicht mehr als fünfundzwanzig Zentimetern Seitenlänge, die mit buchstäblich Hunderten von Drähten und Röhren verbunden war.

»Jesses!« brummte Cain. »Das ist alles, was von dir übriggeblieben ist?«

»Siehst du jetzt, warum sie sich nicht die Mühe mit Prothesen gegeben haben?« fragte Schussler bitter, als der Wandabschnitt zurückglitt. »Nun ja, sie haben es, alles in allem betrachtet, nicht zu schlecht hinbekommen. Wenn ich versuche, mit den Fingern zu wackeln, steuere ich die Kreisel. Wenn ich Hunger verspüre, wird er mit Treibstoff aus meinem synthetischen Körper gelindert. Wenn ich sprechen möchte, aktiviere ich ein komplexes System mikroskopischer Schwingungsblättchen, und das Ergebnis ist das, was du gerade hörst. Ich habe das Schiff nicht unter Kontrolle, ich *bin* das Schiff. Ich überwache alle meine Funktionen, navigiere mich selbst, kommuniziere mit anderen Schiffen, ziele und feuere sogar Waffen ab, falls es notwendig ist. Ich kenne wirklich noch immer nicht das volle Ausmaß meiner Kräfte, denn die Computer der Graal basieren nicht auf einer Binärsprache oder einem anderen System, das der Rasse des Menschen bekannt ist, und ich erfahre noch immer täglich neue Dinge über mich selbst.«

»Scheint doch eine interessante Existenz zu sein«, sagte Cain wenig begeistert.

»Es ist eine schreckliche Existenz«, sagte Schussler.

»Nun, es ist besser, als tot zu sein.«

»Das habe ich mal gedacht«, erwiderte Schussler. »Ich habe mich geirrt.« Er zögerte. »Ich kann für dich die Luft analysieren, kann sie in so viele Atome davon und so viele Moleküle davon spalten — aber ich kann sie nicht atmen. Es gibt keine Mahlzeit, die du dir ausdenken kannst, die ich nicht in meiner Bordküche zubereiten kann — aber ich kann sie nicht schmecken.« Ein weiteres Zögern, dann sprach die wunderschöne Stimme erneut, und diesmal hörte sie sich ziemlich gequält an. »Ich kann die Poren in der Hand einer Frau zählen, kann eine chemische Analyse ihrer Zusammensetzung geben, kann die Fingernägel bis auf das Millionstel eines Zentimeters vermessen — *aber ich kann sie nicht berühren!*«

»Warum hast du dich nicht selbst umgebracht, wenn du so unglücklich bist?« fragte Cain. »Es sollte nicht allzu schwer sein, in einen Planeten zu rasen oder direkt in das Herz eines Sterns zu fallen.«

»Ein *Mensch* könnte diese Wahl treffen«, sagte Schussler bitter. »Eine *Maschine* kann das nicht.«

»Aber du *bist* ein Mensch«, sagte Cain. »Du trägst lediglich dieses Schiff, wie andere Menschen Kleidung tragen.«

»Ich wünschte, es wäre so, aber so ist es nicht. Ich bin das Schiff, und das Schiff ist ich, und als die Graal uns beide zu dieser unheiligen Allianz vereinten, haben sie zwei Anweisungen eingebaut, die derart mächtig sind, daß ich sie nicht umgehen kann. Die erste davon lautet, ich habe die eigene Existenz zu schützen.«

»Und die andere?«

»Es hat die Graal eine Menge Geld gekostet, mich zu bauen. Einiges davon haben sie zurückbekommen, als sie mich auf einer Auktion verkauft haben. Da meine

Lebenserwartung jetzt nahezu unbegrenzt sei, haben sie mir erklärt, würde ich mich doch gewiß glücklich schätzen, einen unbedeutenden Anteil dazu beizutragen, daß sich die Kosten wieder amortisieren.« Er seufzte, ein melodisches Geräusch, das Cain irgendwie an Luft erinnerte, die durch eine Pfeifenorgel strömte. »Die andere Anweisung lautet, für einen Zeitraum von dreißig Jahren den Befehlen meines Besitzers zu gehorchen.«

»Wer ist dein Besitzer?«

»Es war Altair von Altair«, entgegnete Schussler.

Genau in diesem Augenblick betrat der Swagman das Schiff.

»Verdammt noch mal, ist einfach zu heiß da draußen«, sagte er, ging zu einem gepolsterten Sitz und ließ sich hineinplumpsen. Er wandte sich an Cain. »Ist er schon mit der Bitte an dich 'rausgekommen?«

»Welcher Bitte?« fragte Cain.

Der Swagman lachte. »Wenn er mehr als eine Bitte hat, hat er mich bislang hingehalten.« Er hielt inne. »Nun Schussler — wie sieht's aus?«

»Noch nicht«, sagte der Cyborg.

»Ich wiederhole: welcher Bitte?« fragte Cain.

»Wir müssen noch einige weitere Dinge besprechen«, sagte Schussler. »Dann werde ich meine Bitte äußern.«

»Weißt du«, sagte der Swagman zu Cain, »ich habe ihm eine gute Dauerstelle auf Goldenrod angeboten, und er hat mich glatt abblitzen lassen.«

»Ich werde keine gestohlenen Güter transportieren«, sagte Schussler fest.

»Du kannst dich selbst als gestohlenes Gut betrachten«, bemerkte der Swagman liebenswürdig, »weil in deinem Vertrag noch immer dreizehn Jahre ausstehen.«

»Ich bin kein gestohlenes Gut«, erwiderte Schussler. »Für die nächsten dreizehn Jahre gehöre ich Cain.«

»Was?« fragte Cain überrascht. »Das ist nicht nach dem Gesetz von Altair.«

»Das ist eine der Bedingungen meines Vertrags mit den Graal«, sagte Schussler. »Sie haben begriffen, daß Altair von Altair außerhalb der menschlichen Gesetze arbeitete, also wurde explizit festgelegt, daß ich im Falle ihrer Ermordung vor dem Ende des Vertrags durch irgendeinen Repräsentanten irgendeiner menschlichen Regierung in den Besitz eben jenes Repräsentanten übergehe. Als Kopfjäger, den am Ende die Demokratie für ihren Tod bezahlen wird, bist du als mein neuer Besitzer qualifiziert.«

»Ich *möchte* nicht dein Besitzer sein«, sagte Cain.

»Einen Augenblick mal«, warf der Swagman ein. »Seien wir mal nicht zu hastig, was das betrifft.«

»Schussler, als ich in der Höhle war, hast du angedeutet, du seist womöglich imstande, mir zu helfen«, sagte Cain, wobei er den Wandabschnitt anstarrte, hinter dem die Essenz Schusslers hauste. »Was hattest du da im Sinn?«

»Ich kann dir zeigen, wo Altair von Altair gewesen ist und mit wem sie gesprochen hat, sowie viele andere Dinge.«

»Wenn du das alles in den Computer meines Schiffs fütterst, werde ich dich gleich aus dem Vertrag entlassen«, sagte Cain. »Ich brauche kein weiteres Schiff.«

»Terwilliger braucht dein Schiff, wenn du ihn wirklich nach Lambda Karos schicken willst«, gab der Swagman zu bedenken.

»Er kann deines benutzen«, sagte Cain. »Wir sind Partner, erinnerst du dich?«

»Das ist ein hypothetischer Standpunkt«, sagte Schussler. »Ich kann deinen Computer nicht mit meinen Informationen füttern. Meine Systemsprache ist eine andere.«

»Nun mach mal halblang!« sagte Cain. »Jedesmal, wenn du Landungskoordinaten empfängst, benutzt du dieselbe Sprache wie mein Computer. Wo liegt dein wirkliches Problem?«

»Nimm mich bitte mit!« sagte Schussler auf einmal mit einer Spur Verzweiflung in der Stimme. »Es ist so lange her, seitdem ich mit einem anderen menschlichen Wesen *sprechen* konnte!« Cain wirkte zögerlich, und Schussler fuhr fort: »Ich werde dir völlig loyal dienen, bis wir Santiago finden. Ich werde dich führen und dich beschützen, dich speisen und transportieren, und als Gegenleistung bitte ich um nichts weiter als um deine Gesellschaft.«

»Nichts weiter?« wiederholte der Swagman bedeutungsvoll.

»Bis du Santiago gefunden hast«, sagte Schussler. »Dann habe ich eine einzige Bitte an dich.«

»Und wie lautet die?« wollte Cain wissen.

»Töte mich!« sagte Schussler der Cyborg.

13

Gib acht, der Singvogel schleicht umher!
Bist du sein Opfer, hast du keine Chance mehr.
Dein Tod und das Kopfgeld sind sein Bestreben,
Denn auch der Singvogel, der will leben!

Die gehören dir nicht«, sagte Schussler.

Der Swagman, des Sitzens in einem nicht gerade sehr gemütlichen Sessel müde, war aufgestanden und untersuchte jetzt eine Anzahl fremdartiger Kunstwerke, die an einer der Wände in der Kommandozentrale hingen.

»Wenn du so willst, gehören sie dir auch nicht«, erwiderte er obenhin. Er zog an einer Onyxschnitzerei und durchbrach schließlich das magnetische Feld, das sie an der Wand festhielt. »Interessantes Stück«, bemerkte er, während er sie näher in Augenschein nahm. »Wo hat sie deine verstorbene und betrauerte Vorbesitzerin erworben? Hesporite Drei?«

»Neiburi Zwei«, antwortete Schussler.

»Im selben Sternhaufen«, bemerkte der Swagman mit einem Hauch von Zufriedenheit. »Ich hätte ihr einen solch ausgezeichneten Geschmack gar nicht zugetraut. Weißt du, wieviel dieses kleine Stück auf dem offenen Markt wert ist?«

»Nein«, sagte Schussler.

»Und du auch nicht«, warf Cain ein, der von dem Tisch aufsah, wo er eine seiner Pistolen auseinandergenommen hatte und sie sorgfältig säuberte. »Aber ich wette, du kannst uns seinen Wert auf dem Schwarzmarkt bis auf den letzten Zehntel eines Kredits angeben.«

»Touché«, grinste der Swagman.

»Leg sie jetzt zurück!« befahl Schussler.

»Ich bewundere sie nur.«

»Auf jeden Fall schätzt du sie ein«, sagte Cain trokken.

»Macht der Gewohnheit«, gab der Swagman zu und hielt die Schnitzerei an die Wand, bis sie ihm das Magnetfeld wieder abnahm. Er betrachtete eingehend ein anderes Stück.

»Ich beobachte dich noch immer«, sagte Schussler.

»Wie beruhigend.«

»Du versuchst besser nicht, irgendwas zu stehlen«, fuhr der Cyborg fort.

»Meinen Freunden stehle ich nie etwas«, sagte der Swagman.

»Ich weiß alles von dir, Swagman«, sagte Schussler. »Du hast keine Freunde.«

»Das vereinfacht die Angelegenheiten *wirklich*«, erwiderte der Swagman mit einem Lächeln. »Wenn es dich beruhigt — ich bestehle meine Partner ebenfalls nicht, wenn einer davon zufällig Kopfjäger ist.« Plötzlich zog eine kleine Schnitzerei seinen Blick auf sich, und er holte sie aus dem Feld heraus. »Sieh da!« grübelte er. »Das Leben ist ein Strom niemals endender Überraschungen!«

»Was hast du da?« fragte Cain.

Der Swagman hielt das Stück hoch.

»Sieht nicht aus, als sei's was Besonderes.«

»Es ist wirklich ein ziemlich mittelmäßiges Kunstwerk«, stimmte der Swagman zu. »Seine Herkunft macht es jedoch interessant.«

»Und wo kommt es her?«

»Pellinath Vier.«

»Nie davon gehört«, meinte Cain.

»Der Planet, wo ich aufgewachsen bin. Das hier wurde von einem Mitglied der Bellum geschnitzt.«

»Deine Wohltäter?« fragte Schussler interessiert.

Der Swagman nickte und musterte die Schnitzerei. »Ich habe dieses Ding vor, glaube ich ... öh ... zehn oder zwölf Jahren verkauft, draußen auf Neu-Rhodesien. Ich frage mich, wie Altair von Altair in seinen Besitz hatte geraten können?«

»Wie waren die Bellum so?« fragte Schussler.

»Alles in allem nicht so schlecht, wenn man berücksichtigt, daß wir einige ernsthafte Auseinandersetzungen über das Laissez-Faire des Kapitalismus hatten«, erwiderte der Swagman. »Nun ja, sie haben mich ernährt und mich beschützt, und dafür bin ich ihnen dankbar.«

»Nicht so dankbar, daß du sie nicht bestohlen hättest«, bemerkte Cain ätzend.

»Stimmt«, gab der Swagman zu. »Andererseits, wenn Gott irgendwelche ernsthaften Einwände gegen mein Tun hätte, hätte Er keine Versicherungsgesellschaften erschaffen.« Er hielt inne. »Abgesehen davon habe ich auch nicht viel mitgenommen. Es waren ausgesprochen schlechte Künstler. Meiner Ansicht nach rührt das von ihrer Farbenblindheit und dem Fehlen eines Daumens her.« Er warf dem Stück erneut einen Blick zu und stellte es zurück an die Wand. Dann richtete er seine Aufmerksamkeit auf den Wandabschnitt, der Schusslers Essenz barg. »Erzähl mir was von den Graal!«

»Im Grunde genommen waren sie humanoid«, erwiderte der Cyborg. »Wenn man eine Spezies als humanoid ansieht, die aufrecht auf zwei Beinen geht. Darüberhinaus hatten sie mit den Menschen nicht viel gemeinsam.«

»Das fällt nicht schwer zu glauben, wenn man die Konturen der Sessel hier betrachtet«, sagte der Swagman mit einer Grimasse. »Was für Kunst haben sie hergestellt?«

Das Schiff stieß ein amüsiertes, melodisches Kichern aus. »Nichts, was dich interessieren könnte. Sie haben keine Augen; sie benutzen eine Art Sonar. Und während ich ihre Kunstwerke auch nie zu sehen bekam, so bin ich mir doch sicher, daß sie ihre Grenzen widerspiegeln würden.«

»Wie schade!« seufzte der Swagman. »*Meine* Aliens haben mir wenigstens ein bißchen gegeben, wodurch ich mich an sie erinnere, wenn auch unfreiwillig.«

»Meine auch«, sagte Schussler, wobei die Melodie der Stimme der Ironie seiner Worte widersprach.

»Wo ist denn überhaupt diese Welt, auf der man dich zusammengeflickt hat?« fragte der Swagman. »Ich habe niemals was vom Kalkos-System gehört.«

»Im Corbellus-Haufen«, erwiderte Schussler.

»Ich bin einmal da draußen gewesen«, bemerkte der Swagman. »Je von Fond Hope gehört?«

»Ja«, antwortete der Cyborg, »bin jedoch nie dort gewesen.«

»Ich habe auch davon gehört«, sagte Cain. »Hat der Orpheus es nicht aufgeschrieben? Irgendwas über den Deneb-Araber oder den Delphin-Araber oder sowas Ähnliches.«

»Der Darley-Araber«, sagte der Swagman. »Orpheus hat ihm seinen Namen gegeben. Eigentlich hat er allen drei Patriarchen ihre Namen gegeben.« Er hielt inne. »Meine eigenen bescheidenen Geschäfte hatten lediglich etwas mit dem Berber zu tun.«

»Ich kann mich nicht an eine Erwähnung dieses Namens erinnern«, meinte Cain.

»Ich fürchte, ich habe bei ihm ein gewisses Mißtrauen Außenseitern gegenüber hinterlassen«, meinte der Swagman grinsend. »Er hat sich geweigert, mit dem Schwarzen Orpheus zu reden.«

»Kluger Mann«, brummte Cain.

»Ich habe das Lied nicht verstanden«, warf Schussler ein. »Es hat jedoch gut geklungen, gewagt.«

»Der Darley-Araber, unbesiegt/hat noch 'ne Frau mit 'nem Kind gekriegt«, zitierte der Swagman. »Ich glaube, das ist so nahe an gewagt, wie der Orpheus jemals gekommen ist.« Er wandte sich dem Wandabschnitt zu, der Schussler vor dem Blick verbarg. »Fond Hope war von drei sehr großen Familien besiedelt, die sofort miteinander

in Streit gerieten und einander bekämpften. Da es sich um eine Blutfehde handelte, wollte keine der Familien Truppen von außerhalb einführen. Dann kam eines Tages der Araber auf den Gedanken, einige Hundert Bräute per Post zu kaufen und eine eigene Armee zu zeugen — natürlich alles aus Pflichtgefühl heraus.« Er kicherte. »Die beiden anderen Patriarchen brauchten eine Woche, um es ihm gleichzutun, und so haben sie die letzten zwanzig Jahre damit verbracht, den ganzen Tag lang zu kämpfen, und die ganze Nacht lang, kleine Soldaten zu machen.«

»Was ist mit den Namen?« fragte Schussler.

»Orpheus hat herausgefunden, daß alle Rassepferde damals auf der alten Erde von drei Zuchthengsten abstammten, also benannte er die drei Patriarchen, den Araber Darley, den Türken Byerly und den Berber Godolphin, nach den drei Pferden.«

»Was für Geschäfte hattest du mit dem Berber?« fragte Cain.

»Wie ich wußte, hatte er für Söldner keine Verwendung, aber ich dachte, er sei vielleicht daran interessiert, zur Fortsetzung des Kampfs eine Schiffsladung Waffen zu erwerben.«

»Heiß?«

»Lauwarm«, gab der Swagman zu. »Nach der Lieferung durch mich wurden sie einen Monat später von der Marine beschlagnahmt.«

»Ich habe gar nicht gewußt, daß die Marine jemals draußen zum Corbellus-Haufen gekommen ist«, sagte Schussler.

»Ist sie auch nicht — bis irgendein gedankenloser Mensch sich aus einem ihrer Waffenlager einige tausend Laserwaffen angeeignet hat.«

»Hat dich Santiago darum fallengelassen?« fragte Cain.

»Warum sollte er?«

»Weil es nicht dein Stil ist, die Marine zu bestehlen.

Für ein derartiges Unternehmen hättest du Santiagos Arm gebraucht. Ich schätze, er hat dich hinausgeworfen, weil du Waffen verkauft hast, die er behalten wollte.«

»Du könntest wohl kaum weiter danebenliegen«, sagte der Swagman empört.

»Willst du mir etwa ernsthaft einreden, du hättest diese Waffen selbst gestohlen?« fragte Cain.

»Oh, es war von A bis Z Santiagos Unternehmen«, gab der Swagman zu. »Und ja, wir hatten eine leichte Auseinandersetzung über ihre endgültige Lagerung. Aber unserer jeweiligen Wege sind wir aus einem Grund heraus gegangen, der nichts damit zu tun hatte.«

»Da wird einem ja ganz wirr im Kopf«, bemerkte Cain ätzend.

»Es überrascht mich, daß Santiago oder Godolphin, der Berber, nicht deinen Tod beschlossen haben«, sagte Schussler.

»Der Berber wohl«, erwiderte der Swagman. »Zum Glück versuchte mein potentieller Mörder, mich in meinem Fort auf Goldenrod anzugreifen, wo es selbst dem Engel schwerfiele, mir Schaden zuzufügen.«

»Woher hast du gewußt, daß der Berber den Killer angeheuert hat, und nicht Santiago?« fragte der Cyborg.

»Weil ich noch immer am Leben bin.« Der Swagman ging zum Tisch hinüber, wo Cain die erste Pistole wieder geladen hatte und sich daran machte, die zweite Pistole zu säubern und zu ölen. »Weißt du«, sagte er und starrte die ordentlich auf dem Tisch ausgebreiteten Einzelteile an, »da ist was, das macht mich neugierig, seitdem ich dich bei Altair von Altair beobachtet habe.«

»Frag nur frisch von der Leben weg!« meinte Cain, ohne dabei aufzublicken.

»Warum benutzt du eine Projektilwaffe?« fragte der Swagman.

»Sie ist genauer als eine Laser- oder Sonarpistole,

und da sie, um damit anzufangen, kein Ladegerät benötigt, kann ihr auch nicht die Energie ausgehen.«

»Aber sie macht einen solchen Lärm.«

»Na und?«

»Ich hätte gedacht, bei deinem Beruf sind Heimlichtuerei und Schweigen wesentlich.«

Cain lächelte. »Sie sind notwendig, während ich mein Opfer beschleiche. Sobald ich zu schießen beginne, gebe ich, verdammt noch mal, kein Fitzelchen darum, wer von meiner Anwesenheit etwas erfährt.« Er hielt inne. »Ich bin keiner deiner Diener, Swagman. Ich operiere innerhalb der Grenzen des Gesetzes; ich muß mich nach getaner Arbeit nicht davonstehlen.«

»Das ist ein Argument«, räumte der Swagman ein.

»Ein Lasergewehr ist brauchbar, wenn man einen großen Bereich abdecken muß«, fuhr Cain fort. »Aber es ist kein Präzisionsinstrument. Jedem das Seine; ich bevorzuge Kugeln.«

»Ich frage mich, welche Methode der Engel bei Giles Sans Pitié angewendet hat?« grübelte Schussler.

Cain hob die Schultern. »Das werden wir wohl rechtzeitig herausfinden. Ich kann mir nicht vorstellen, daß der Schwarze Orpheus der Versuchung widersteht, es in sein blödes Lied hineinzubringen.«

»Was hast du gegen unseren Freund Orpheus?« fragte der Swagman.

»Er ist dein Freund, nicht meiner.«

»Er hat dich berühmt gemacht«, bemerkte der Swagman. »In einem Jahrhundert werden die Leute nur noch durch das Lied wissen, daß du, Schussler und ich jemals existiert haben. Betrachte es als eine Form von Unsterblichkeit.«

»Unsterblichkeit ist eine weit überschätzte Tugend«, warf Schussler ein, und die wunderbare melodische Stimme triefte vor Bitterkeit.

»Die meisten mir bekannten Leute wären da anderer Ansicht«, sagte der Swagman.

»Die meisten Leute, die er gekannt hat, sind ihrem Henker bereits begegnet«, bemerkte Cain.

»Einige davon sind weniger formell hingerichtet worden«, gab der Swagman zurück. »Ich ärgere mich noch immer über dich, weißt du, wegen der kleinen Affäre da auf Declan Vier.«

»Sokrates war nützlich für dich?« fragte Cain.

»Sokrates?« schnaubte der Swagman geringschätzig. »Natürlich nicht. Auf Declan Vier leben zwölf Millionen Menschen, alle davon sind austauschbar und unbegrenzt ersetzbar.« Er hielt inne. »Aber du hast eine Robelianische Schüssel zerstört, hinter der ich seit drei Jahre her war.«

»War bloß eine Schüssel«, sagte Cain. »Ich bin wegen was Wichtigerem dagewesen.«

»Bloß eine Schüssel?« wiederholte der Swagman mit moralischer Entrüstung. »Mein Lieber, das war eine von insgesamt lediglich sechs solcher Schüsseln, die überhaupt existieren!«

»Ich hab eine Menge gesehen, die genauso aussahen.«

Einen Augenblick lang nur wirkte der Swagman interessiert. Dann seufzte er. »Ich nehme an, eine Schüssel sieht für dich genauso aus wie die andere.«

»So ziemlich«, sagte Cain, schob den Lauf der Pistole ein und drehte ihn vorsichtig, bis er ein vernehmliches Klicken hörte. »Genauso, wie alle Leute für dich gleich aussehen.«

»Und es bedeutet dir nichts, daß es nahezu eine Billion Menschen in der Demokratie gibt und nur sechs Robelianische Schüsseln von dieser Form und Art?«

»Es bedeutet, dir geht vor mir die Arbeit aus.«

»Es bedeutet«, gab der Swagman zurück, »daß du ein unersetzliches Kunstwerk zerstört hast.«

»Ich habe gleichzeitig einen Mann zerstört, der dringendst zerstört werden mußte«, erwiderte Cain. »Alles in allem gesehen würde ich sagen, daß das Konto auf der Habenseite abschloß.«

»Sokrates hatte noch nicht mal ein Fahndungsplakat.«

»Ich betrachte seinen Tod als einen Dienst an der Menschheit.«

»Mir war nicht bewußt, daß dein Geschäft die Liebe zur Menschheit ist«, sagte der Swagman.

»Es gibt wichtigere Dinge als Geld«, sagte Cain.

»Stimmt — aber alle *kosten* sie Geld.« Der Swagman streckte die Arme über den Kopf und stieß dabei ein lautes Grunzen aus. Daraufhin wandte er sich wieder Schussler zu. »Ich werde hungrig. Was hat deine Bordküche zu bieten?«

»Ich bin komplett mit Sojaprodukten ausgestattet«, antwortete der Cyborg.

»Hast du kein Fleisch?«

»Ich fürchte nein — aber ich kann einige Gerichte zubereiten, die sich geschmacklich fast nicht von Fleisch unterscheiden.«

»*Sowas* hab ich schon mal gehört«, brummte der Swagman.

»Nimm lieber das, was er zu bieten hat«, sagte Cain. »Wir werden kaum einen Umweg über einen Planeten mit einer Fleischerei machen.«

Der Swagman hob die Schultern. »Kannst du was produzieren, das schmeckt wie Schellfisch in Rahmsoße?«

»Ich kann's versuchen.« Schussler hielt inne. »Was möchtest du haben, Sebastian?«

»Was leicht zuzubereiten ist«, meinte Cain.

»Wie wär's mit einem Steak?« schlug der Cyborg vor.

»Wie wär's mit einem Salat?« gab Cain zurück. »Sojasteaks *habe* ich bereits gegessen.«

»Wenn ihr bitte in die Küche kommen wollt, euer Essen ist fertig!« verkündete Schussler.

»Was redest du da?« fragte der Swagman mißtrauisch. »Wir haben gerade erst bestellt.«

»Die Technologie der Graal macht die Zubereitung eines Mahls zu einer Angelegenheit eines Augenblicks«, erklärte der Cyborg. »Insbesondere, wenn ich mit anpassungsfähigen Rohmaterialien wie Sojaprodukten arbeiten kann.«

Cain und der Swagman tauschten zweifelnde Blicke aus und betraten die Küche, einen langen schmalen Raum, worin der größte Teil der Ausstattung dem Blick verborgen war.

»Wo sollen wir essen?« fragte der Swagman.

»Ich kann ein kleines Tischchen ausklappen«, sagte Schussler. »Daran habt ihr jedoch nicht beide Platz.«

»Wir bleiben stehen«, sagte Cain. »Wo ist das Essen?«

»Eine Sekunde, bitte«, sagte Schussler. »Ah ja, hier ist's!«

Ein leuchtendes Metallstück fuhr zurück, und zwei schwer zu beschreibende Teller erschienen auf einer polierten Theke.

Der Swagman griff nach dem Schellfisch, zog die Hand zurück und brummte einen Fluch.

»Ich habe vergessen, dir zu sagen, daß der Teller heiß ist.«

»Vielen Dank!« sagte der Swagman ätzend. Er griff in die Tasche, holte ein Seidentaschentuch mit Monogramm heraus, wickelte es sich um die Finger und zog den Teller herüber. »Ich könnte Messer und Gabel gebrauchen.«

»Ich wünschte, ich könnte dir damit aushelfen«, sagte Schussler entschuldigend. »Aber Altair von Altair hat kein menschliches Besteck benutzt. Sie bevorzugte dies hier.«

Ein Paar merkwürdig aussehende metallene Objekte erschien auf der Theke.

Der Swagman nahm eines davon auf und untersuchte es. »Wunderbar«, sagte er. »Sieht ebenso praktisch aus wie ein Stäbchen zum Suppe-Essen.«

Cain nahm das andere, studierte es einen Augenblick lang und benutzte es daraufhin für seinen Salat.

»Wie hast du das gemacht?« fragte der Swagman.

»Ich habe diese Dinger im Teron-System gesehen«, sagte Cain, spießte eine künstliche Tomate auf und wikkelte ein Blatt künstlichen grünen Salats darum. »Ein Kopfjäger der Teroni hat mir gezeigt, wie man damit umgeht. Es ist nicht so arg, wenn man den Dreh heraus hat.«

»Wie wendet man es bei Rahmsoße an?« fragte der Swagman und starrte auf seinen Teller.

»Versuch's und find's heraus!« meinte Cain und richtete die Aufmerksamkeit wieder auf seinen Salat.

Der Swagman nahm drei oder vier vergebliche Anläufe, erlangte dann jedoch eine rudimentäre Geschicklichkeit im Umgang mit seinem Besteckteil, und schließlich brachte er es fertig, ein Stück des Pseudo-Schellfischs den ganzen Weg zum Mund hinaufzubefördern, ohne es dabei fallenzulassen.

»Gut?« fragte Schussler besorgt. »Wie schmeckt es dir?«

»Nicht schlecht«, sagte Cain unverbindlich.

»Ich sage dir, was es nicht ist«, brummte der Swagman. »Es ist kein Goldenrod-Hummer.« Er nahm ein weiteres Stück. »Dennoch könnte es schlimmer sein.«

»Würdest du mir einen Gefallen tun?« fragte Schussler nach einem kurzen Schweigen.

»Kommt drauf an«, erwiderte der Swagman. »Was hast du im Sinn?«

»Sag mir, wie es schmeckt!«

»Um die volle Wahrheit zu sagen, es schmeckt wie Sojaprodukte, die sich als Schellfisch in Rahmsoße tarnen.«

»Bitte«, drängte Schussler besorgt. »Ich habe es zusammengesetzt, ich habe es gekocht, und ich habe es serviert — aber ich kann es nicht *schmecken*. Beschreibe es mir!«

»Wie ich gesagt habe, eine rudimentäre Annäherung an Fisch in Rahmsoße.«

»Du kannst nicht so wenig Phantasie haben«, sagte Schussler mit einer Spur von Verzweiflung in der wunderbar singenden Stimme. »Erzähle mir was über die Soße: ist sie reich? heiß? süß? Kannst du die Gewürze identifizieren? Nach welcher *Sorte* Schellfisch schmeckt es?«

»Nicht der Rede wert«, sagte der Swagman. »Der Geschmack ist ziemlich fade.«

»Beschreibe ihn!«

»Du zwingst mich dazu, dich zu beleidigen. Das Essen ist es kaum wert, gegessen, geschweige denn, beschrieben zu werden«, sagte der Swagman gereizt. »Du ruinierst, was zunächst ein Essen gewesen ist, woran man sich überhaupt nicht erinnern sollte.«

»Das bist du mir schuldig!« forderte Schussler.

»Später«, sagte der Swagman. »Dank deiner Nörgelei schmeckt es bei jedem Bissen schlimmer.«

Cain seufzte, griff über seinen Teller weg und nahm ein Stück des künstlichen Schellfischs, nachdem er es zunächst gründlich in der Rahmsoße gerieben hatte. Er kaute nachdenklich dran und beschrieb anschließend Schussler die Nuancen des Geschmacks, woraufhin der Swagman seinen Teller nahm und damit in die Kommandozentrale zurückkehrte, um dort sein Mahl in Abgeschiedenheit zu beenden.

Etwa zwanzig Minuten später stieß Cain zu ihm.

»Ist er noch immer eingeschnappt?« fragte der Swagman.

»Frag ihn doch selbst!«

Der Swagman wandte sich Schussler zu. »Du wirst nicht die ganze Nacht damit verbringen, mich zu bitten, ich möge dir beschreiben, wie sich meine Koje anfühlt, ja?«

Keine Antwort.

»Das ist mal 'n Ding — ein schmollendes Raumschiff.«

»Du hast seine Gefühle verletzt«, sagte Cain.

»Nicht ohne Grund. Entweder unterbinden wir dieses Verhalten gleich von vornherein, oder er wird jede freie Minute damit verbringen zu fragen, wie die Dinge schmecken und wie sie sich anfühlen.«

»Es erfordert nicht viel Mühe, ihm das zu sagen. Es ist ihm ziemlich dreckig ergangen.«

Der Swagman starrte ihn an. »Allmählich werden wir aber 'ne ganz schön merkwürdige Bande von Killern«, bemerkte er schließlich.

»Weißt du«, sagte Cain, »er könnte dich jederzeit fragen, wie du dich fühlst, nachdem er den Sauerstoffgehalt in der Kabine auf Null reduziert hat.«

»Nicht, wenn er wie geplant sterben möchte, dann nicht«, sagte der Swagman zuversichtlich. »Wirst du ihn wirklich töten, wenn wir Santiagos Basis gefunden haben?«

»Ich habe gesagt, ich würd's tun.«

»Ich weiß, was du gesagt hast.«

»Ich halte meine Versprechen.«

»Aber glücklich wirst du darüber nicht sein.«

»Ich bin niemals glücklich darüber, Dinge zu töten«, sagte Cain.

Der Swagman bedachte diese Bemerkung ebenso wie einige der übrigen Dinge, die Cain gesagt hatte, seitdem sie Altair III verlassen hatten, und verbrachte die nächsten Minuten damit, seinen Partner genau in Augenschein zu nehmen, wobei er ihn mit dem verglich, was er vom Engel wußte, und sich fragte, ob Virtue MacKenzie am Ende nicht doch die richtige Wahl getroffen hatte.

14

Poor Yorick, ach, ich kannte ihn gut.
Seine Hoffnung, sein Vertrauen, seine Träume, sein Mut —
Alles erfror ihm zu ewigem Eis.
Er kommt nicht mehr 'raus aus dem Teufelskreis.

In Wirklichkeit hieß er nicht Poor Yorick — zumindest nicht von Anfang an. Er wurde als Hermann Ludwig Menke geboren, und der Name blieb zwanzig Jahre lang an ihm hängen. Dann wurde er Mitglied einer Schauspielertruppe, die den galaktischen Rand bereiste, und hieß ab dann Brewster Moss; es geht das Gerücht, er habe sogar vor dem Engel gespielt, damals, ehe der Engel zum Engel wurde.

Wie dem auch sei, mit vierzig Jahren hatte er schon wieder einen anderen Namen, Sterling Wilkes, und unter diesem Namen ist er berühmt geworden, als er fast im Alleingang die Shakespeare-Renaissance auf Lodin XI bewerkstelligte. Unter diesem Namen wurde er gleichfalls berühmt-berüchtigt, und zwar aufgrund seiner Abhängigkeit von verschiedenen Drogen.

Nachdem er einmal zuviel vor zahlendem Publikum in einen von Halluzinogenen erzeugten Trancezustand verfallen war, wurde er von der Bühne verbannt. Es war Zeit für einen neuen Namen — zu dieser Zeit schien Poor Yorick recht angemessen — und einen neuen Beruf. Da er einen Hang zum Künstlerischen hatte und sich zudem seine gesamten Kenntnisse auf das Theater beschränkten, tauchte er im inneren Grenzland als Requisitenhersteller auf, und während des nächsten Jahrzehnts fertigte er einen nicht enden wollenden Strom von nachgemachten Kronen, harmlosen Gewehren, unechten Juwelen und unechter Seide neben beinahe echten Steinen in beinahe wertvollen Fassungen.

Er hielt gleichfalls eine beträchtliche Anzahl Dealer auf Trab, und als er von der Injektion halluzinogener Drogen auf das Kauen von Alphanella-Gewächsen umstieg, war er gezwungen, seine Einnahmen zu erhöhen, indem er seine geschickten Fälscherhände für weniger gesetzliche Unternehmungen als die Bühne zur Verfügung stellte. Da die Qualität seiner Arbeit proportional zu seiner Abhängigkeit immer mehr litt, verlor er seine legale Stellung ebenso wie daraufhin die meisten seiner illegalen Aufträge, und ihm blieb nichts anderes übrig, als hastig hingepinselte Gemälde ihm bekannter Schauspieler zu verscherbeln, die während seiner zunehmend seltener werdenden lichten Perioden entstanden.

Einige Jahre später gelangte der Schwarze Orpheus in den Besitz von vieren dieser Bilder und erkannt sofort, daß er über ein interessantes, wenn auch irregeleitetes Talent gestolpert war.

Er benötigte fast ein Jahr, um Poor Yorick zu finden, der in einem heruntergekommenen Hotel auf Hildegarde lebte und noch immer jeden Kredit, den er bekam, für seine Sucht ausgab. Orpheus versuchte, ihn zu überreden, er solle mit ihm in den Raum hinausfahren und seine Saga illustrieren, aber Yorick sorgte sich mehr um seine nächste geschäftliche Beziehung als um die Nachwelt, und der Barde des inneren Grenzlandes gab sich am Ende geschlagen, kaufte Yorick die restlichen Gemälde ab, bestellte ein Bildnis seiner Euridike, das niemals vollendet werden sollte, und ging auf immer davon. Er widmete Poor Yorick lediglich einen einzigen Vers in seinem Lied; er wollte mehr tun, wollte seinen Zuhörern sagen, was für ein einzigartiges Talent unter jenem verwüsteten Äußeren begraben lag, aber er kam zu der Überzeugung, daß eine zunehmende Zahl von Aufträgen lediglich in weiteren Drogenkäufen enden und Yoricks Ableben beschleunigen würde.

Zu Yoricks Gunsten muß man sagen, daß er versuchte, das Gemälde von Euridike zu vollenden, aber das dafür erhaltene Geld war innerhalb einer Woche ausgegeben, und er hatte einen stets gegenwärtigen Hunger zu stillen. Da er nach der Abreise des Orpheus nichts mehr zu verkaufen hatte, kehrte er zur Fälscherei zurück. Hin und wieder jedoch, eine Stunde hier, ein Wochenende dort, machte er sich wieder an sein Meisterwerk, das sich noch im embryonalen Zustand befand.

Er arbeitete gerade daran, als Schussler auf Roosevelt III landete.

»Ungemütliche kleine Welt«, sagte Cain, als er und der Swagman das Innere Schusslers verlassen hatten, auf dem nassen Boden des Raumhafens standen und sich vor dem stetig fallenden Regen des Planeten zu schützen versuchten.

»Nur allzu passend«, sagte der Swagman während sie auf das Raumhafengebäude zugingen. »Wir suchen einen ungemütlichen kleinen Mann.« Er hielt inne. »Wer hätte angenommen, daß Poor Yorick Altair von Altairs letzte Verbindung zu Santiago gewesen ist?«

»Ich hatte eher den Verdacht, *du* hättest das angenommen«, sagte Cain mit einem Hauch von Ironie. »Besonders nach dieser Rede da, wie sehr ich dich brauchen würde.«

»Darum hast du sowohl Schussler als auch *mich* gebraucht. Er hat gewußt, daß Yorick der Mann ist, den wir haben wollen, und ich weiß, wo er zu finden ist.«

»Ist's nicht an der Zeit, daß du diesen winzigen Brokken Wissen mit mir teilst?« schlug Cain vor.

Der Swagman hob die Schultern. »Ich kann dir die Adresse nicht geben. Wir gehen in die Stadt, stöbern das billigste Hotel in der ärmlichsten Gegend auf und warten.«

»Und falls er nicht dort ist?«

»Er wird dort sein, oder wenigstens in der Gegend«, sagte der Swagman. »Wenn es sein muß, folgen wir einfach dem örtlichen Traumhändler, und er wird uns direkt zu ihm führen.«

»Wie sieht Poor Yorick eigentlich aus?« fragte Cain.

»Das weiß ich wirklich nicht. Ich bin ihm nie begegnet.«

»Aber wo er sich aufhält, das weißt du genau«, sagte Cain sarkastisch.

»Ich habe schon früher mit ihm Geschäfte gemacht«, erwiderte der Swagman. »Und ich habe es mir zur Gewohnheit gemacht, alles über meine Geschäftspartner herauszubekommen, was ich kann. Ich weiß genau, er hält sich auf Roosevelt Drei auf, und ich weiß, es gibt auf Roosevelt Drei nur eine einzige Stadt; seinen genauen Aufenthaltsort ausfindig zu machen, ist lediglich eine Routineübung.«

Sie gelangten zum Terminal, mieteten ein Fahrzeug und fuhren in die nahegelegene Stadt, die, wie der Planet, den Namen Roosevelt trug. Irgend jemand — ein Architekt, ein Stadtplaner, ein Konzernchef, *irgend jemand* — hatte einstmals Größeres mit Roosevelt vorgehabt.

Der Raumhafen war so angelegt, daß er das Zehnfache des Verkehrs hätte bewältigen können, den er tatsächlich abfertigte, die Stadt war kreuz und quer von zahllosen breiten Ausfallstraßen durchzogen, die Stadtmitte protzte mit zwei Wolkenkratzern, die auf Deluros VIII nicht fehl am Platze gewesen wären — vor einigen Jahrhunderten jedoch hatte die Demokratie in der Konsolidierung ihrer Besitztümer eine Pause eingelegt, und als sie sich erneut ausdehnte, geschah dies in eine andere Richtung und hinterließ Roosevelt II als weiteres unwichtiges Rädchen im riesigen Getriebe des Menschen, weder verlassen noch bedeutend. Die Erwartungen wurden zurückgeschraubt, aus der geplanten Megalopolis wurde eine Stadt mit bescheidenen Wohnhäusern, unbedeutenden Geschäften, wenig beeindruckenden Büros und phantasielosen öffentlichen Gebäuden, welche die beiden Stahl-und-Glas-Bauten wie Raubtiere umgaben, die geduldig auf einen mächtigen Behemoth warteten, der dem Ganzen den Todesstoß versetzte, so daß sie den Festschmaus untereinander aufteilen könnten.

Der Swagman fuhr einmal um die Stadt herum, steuerte dann mit untrüglichem Instinkt die verfallenste Gegend an und brachte das Fahrzeug zum Stehen.

»Ich würde sagen, wir sind jetzt maximal vierhundert Meter von ihm entfernt«, sagte er, reichte Cain einen Regenschutz und schaltete selbst einen an.

»Noch heruntergekommener als so kann's nicht mehr werden«, stimmte Cain zu, während er gleichgültig eine Anzahl Betrunkener und menschlicher Wracks beobachtete, die aus der Sicherheit von schäbigen Bars und zernarbten Hotels heraus durch den Regen zu ihnen herüberspähten.

»Ich bin wohl für diese Gelegenheit nicht so ganz passend gekleidet«, bemerkte der Swagman und blickte an seiner Satinjacke, der sorgfältig geschnittenen Hose und den handgefertigten Stiefeln hinab.

»Da bist du nicht der einzige, der sich das denkt«, kommentierte Cain und starrte einen außergewöhnlich großen Mann mit gewölbtem Brustkasten an, der sie aus einer Entfernung von zwanzig Metern musterte, ungeachtet des Regens, der ihm den bloßen Kopf herablief.

»Nun ja, wir möchten sicherlich nicht, daß sich der Pöbel über seine gesellschaftliche Stellung erhebt«, sagte der Swagman ungerührt. »Ich denke, die überlassen wir dir.«

»Was tust du eigentlich, wenn du dich in einer solchen Lage wie jetzt hier befindest und kein Kopfjäger in der Gegend ist?« fragte Cain trocken.

»Ich bin nicht völlig ohne eigene Mittel«, entgegnete der Swagman und zog einen Apparat von der Größe eines Golfballs hervor. Er warf ihn spielerisch in die Luft, fing ihn auf und steckte ihn wieder in die Tasche.

»Eine Feuerbombe?«

Der Swagman nickte. »Ist wirkungsvoller, als sie aussieht. Sie kann ein Stadtviertel ausradieren und sprüht bei der Detonation wie verrückt Funken, selbst bei einem Wetter wie dem hier.« Er lächelte. »Dennoch ist es mir lieber, wenn ich sie nicht benutzen muß. Es bringt's einfach nicht, Yorick zu braten, ehe wir Gelegenheit bekommen, mit ihm zu reden.«

»Du hast gesagt, wir sind maximal vierhundert Meter von ihm entfernt«, sagte Cain und blickte die Straße hinauf und hinab. »Das schränkt die Suche auf fünfzehn oder zwanzig heruntergekommene Hotels und Pensionen ein. Wie willst du jetzt entscheiden, welches es ist?«

»Wieso? Wir fragen natürlich«, sagte der Swagman und betrat eine Spelunke. Er flüsterte einen Augenblick lang mit dem Barkeeper und kehrte daraufhin zu Cain zurück, der an der Türschwelle gewartet hatte.

»Glück gehabt?«

»Noch nicht«, gab der Swagman zu. »Keine Sorge. Der Tag ist noch frisch, wenn auch etwas feucht.«

Er platschte durch den Regen zu zwei weiteren Spelunken, ebenfalls erfolglos.

»Aha!« sagte er mit einem Lächeln, als sie sich der nächsten Bar näherten, auf derem einen Fenster das Aquarell einer vollbusigen Nackten prangte. »Wir nähern uns! Ich erkenne den Stil.«

»Du sammelst Yoricks Gemälde?«

»Die besseren davon.«

Der Swagman betrat das Gebäude, sprach mit dem Barkeeper, reichte einen Fünfhundert-Kredit-Schein über den zerkratzten hölzernen Tresen, sagte noch etwas und trat einen Augenblick später auf den Bürgersteig hinaus.

»Er lebt im San Juan Hill Hotel, gerade oben an der Straße!« verkündete der Swagman. »Wenn er nicht genügend Bares für Alphanella-Samen hat, verschachert er Gemälde gegen Drinks.«

»Er ist nicht schlecht«, bemerkte Cain, während er die Nackte anstarrte.

»Er ist verdammt gut, wenn man berücksichtigt, daß er vielleicht noch nicht mal den eigenen Namen gewußt hat, als er das gemalt hat. Ich habe angeboten, es zu kaufen, aber der Eigentümer hat es nicht verkaufen wollen. Ich habe den bestimmten Eindruck, es ist eine ziemlich gute Wiedergabe seiner Freundin.«

»Oder Geschäftspartnerin.«

»Das eine schließt das andere nicht aus«, sagte der Swagman und machte sich in Richtung San Juan Hill auf. »Besonders hier in der Gegend.«

Nur ein einziger Mann hatte offenbar die Absicht, sie aufzuhalten, aber irgend etwas auf Cains Gesicht brachte ihn zu der Überzeugung, sich die Sache doch noch mal zu überlegen, und sie erreichten das Hotel ohne Zwischenfälle.

Es mußte schon einige Jahre her sein, daß die Eingangshalle des San Juan Hill gesäubert worden war, und noch mehr Zeit, daß man sie gestrichen hatte. Der Fußboden war insbesondere um den Eingang herum völlig verdreckt, und es roch überall nach Moder. Vor der Portiersloge lag ein kleiner, schäbiger Teppich, der von einem helleren Gebiet umgeben war; dort hatte man irgendwann einen etwas größeren Teppich entfernt. Verfärbte Rechtecke an den Wänden kennzeichneten jene Stellen, wo früher einmal Gemälde oder Holographien gehangen hatten. Die wenigen Stühle und Sofas benötigten dringend eine Reparatur, und die Kamera in der einzigen Vidphonzelle fehlte.

Der Swagman warf einen Blick in die Runde, war offenbar überzeugt davon, daß dies genau der Ort wäre, wo Poor Yorick sich bevorzugt aufhielte, und ging zur Portiersloge.

Der unrasierte Portier, dessen nackter linker Ellbogen durch ein Loch im linken Anzugärmel hervorlugte, sah gelangweilt auf.

»Guten Tag!« sagte der Swagman mit freundlichem Lächeln. »Schreckliches Wetter draußen.«

»Sie sind durch die ganze Eingangshalle rübergekommen, nur um mir das zu sagen?« knurrte der Portier.

»Eigentlich suche ich einen Freund.«

»Viel Glück dabei«, sagte der Portier.

»Sein Name ist Yorick«, sagte der Swagman.

»Toll.«

Der Swagman packte den Portier vorn an der schäbigen Jacke und zog ihn halb über den Tresen.

»*Poor* Yorick«, sagte er mit liebenswürdigem Lächeln. »Es paßt mir gar nicht, dich zur Eile anzutreiben, aber wir *haben* es eilig.« Er verdrehte die Jacke, bis die Nähte krachten.

»Zimmer 317«, brummte der Portier.

»Vielen Dank«, sagte der Swagman und ließ ihn los. »Sie waren ausgesprochen hilfreich.« Er blickte sich um. »Ich brauche wohl nicht anzunehmen, daß einer der Aufzüge hier funktioniert?«

»Der in der Mitte«, erwiderte der Portier mürrisch und wies auf eine Reihe von drei altertümlichen Aufzügen.

»Ausgezeichnet«, sagte der Swagman. Er nickte Cain zu, der die Eingangshalle durchquerte und vor dem Aufzug zu ihm stieß. »Wenn es was gibt, das ich überhaupt nicht leiden kann«, sagte er, »dann ist's ein mürrischer Angestellter. Du *hältst* mir den Rücken frei, ja?«

»Er wird überhaupt nichts unternehmen«, erwiderte Cain.

»Woher weißt du, daß er nicht eine Waffe hinterm Tresen versteckt hält?«

»Wenn da jemals eine Waffe versteckt war, so ist sie seitdem längst gestohlen oder versetzt worden«, sagte Cain, während sich die Tür schloß und der Aufzug emporstieg. »Dennoch meine ich, wir sollten hinunter die Treppe benutzen, nur so für alle Fälle.«

Der Aufzug kam schlingernd zum Stehen und

schwankte ein wenig unsicher, als Cain und der Swagman im dritten Stockwerk ausstiegen. Der Flur war in einem noch schlimmeren Zustand als die Eingangshalle. Einige der Zimmer hatten überhaupt keine Türen, die übrigen waren von Graffitis bedeckt, und der vorherrschende Gestank war nicht mehr der nach Moder, sondern nach Urin.

»317!« verkündete der Swagman und wies auf die letzte Tür des Korridors. »Offenbar geht es mit Freund Yorick bergauf; er hat ein Eckzimmer.«

Er klopfte einmal an, und als er keine Antwort erhielt, hämmerte er die Zahl 317 in das Computerschloß.

»Ich bewundere stets ein kompliziertes Sicherheitssystem, du auch?« bemerkte er mit einem Grinsen, als die Tür in eine Wand zurückglitt.

Ein schwächlicher, verwüstet aussehender Mann mit verrotteten Zähnen, von bleicher Gesichtsfarbe, saß splitternackt auf einem wackeligen Stuhl nicht weit entfernt von einem zerbrochenen Fenster, offenbar völlig unempfindlich gegenüber dem Regen, der ihn besprühte. Der Mann arbeitete mit kurzen, unglaublich raschen Pinselstrichen an einem Gemälde, wobei er vor sich hinbrummte, immer wieder dem Umriß eines wunderschönen Frauengesichts folgte und die Proportionen dennoch niemals richtig hinbekam. Auf dem Fußboden verstreut lagen schäbige Behälter, angefüllt mit künstlichen Diamanten, Rubinen, Saphiren und Smaragden, sowie eine komplizierte Maschine zum Vergolden minderwertiger Metalle und eine Anzahl Juwelierwerkzeuge.

Der Mann blickte zu seinen beiden Besuchern auf, zeigte ihnen ein kurzes, nervöses Lächeln, fügte der Leinwand einige weitere Farbtupfer hinzu, warf dann die Palette achtlos zu Boden und wandte sich Cain und dem Swagman zu.

»Guten Tag, Yorick!« sagte der Swagman. »Ob wir vielleicht ein paar Minuten deiner kostbaren Zeit in Anspruch nehmen könnten?«

Yorick starrte ihn einen Augenblick lang an, runzelte die Stirn, blickte auf die Leinwand und wandte sich ihm dann erneut zu, einen überraschten Ausdruck im Gesicht.

»Du bist nicht in meinem Gemälde«, sagte er schließlich.

»Nein«, sagte der Swagman. »Ich bin in deinem Zimmer.«

»Meinem Zimmer?« wiederholte Yorick.

»Stimmt genau.«

»Na ja«, sagte er mit einem Achselzucken, »so oder so muß es irgendwie sein.« Er starrte den Swagman durchdringend an. »Kenne ich dich?«

»Du hast von mir gehört: ich bin der Jolly Swagman.«

Yorick senkte den Kopf, noch immer stirnrunzelnd. »Jolly, jolly, jolly, jolly, jolly«, murmelte er. Auf einmal blickte er auf. »Ich kenne dich nicht, aber ich habe von dir gehört«, sagte er mit zufriedenem Grinsen. Er wandte sich Cain zu. »*Dich* kenne ich jedoch auch.«

»Wirklich?« fragte Cain.

»Du bist der Singvogel«, sagte er nachdrücklich, auf einmal vernünftig. »Ich weiß alles von dir. Ich war auf Bellefontaine, als du den Diamanten-Jack getötet hast. Das is vielleicht 'ne Ballerei gewesen!«

Plötzlich wurde sein Gesicht wieder leer. »Ballerei«, sagte er, als habe das Wort seine Bedeutung verloren. »Ballerei, Ballerei, Ballerei.« Und ebenso rasch, wie sie gekommen war, verließ die Leere wieder sein verwüstetes Gesicht. »Was tust du hier, Singvogel?«

»Ich benötige ein wenig Informationen«, sagte Cain und setzte sich auf eine Kante von Yoricks ungemachtem Bett.

»Ich benötige auch ein wenig von etwas«, sagte Yorick zwinkernd und gackernd. »Eine Menge von ein wenig Etwas. Ein wenig Etwas zum Kauen, ein süßes wenig Etwas.«

»Vielleicht können wir einen Handel abschließen«, sagte Cain.

»Vielleicht, vielleicht, vielleicht«, sagte Yorick. Er spuckte die Worte in einem einzigen raschen Stakkato hervor. »Vielleicht können wir das.« Er hielt inne, wirkte dann auf einmal wie auf der Hut. »Wie wär's mit einem Handel?« schlug er vor.

»Gute Idee«, meinte Cain.

»Warum ist *er* hier?« fragte Yorick und wies auf den Swagman.

»Ihm gefallen deine Gemälde«, sagte Cain.

»Oh, ihm gefallen sie, gefallen sie ihm?« gackerte Yorick. »Ihm gefällt mehr als das. Du bist also der Swagman, nicht wahr?«

»Der eine und einzige«, sagte der Swagman.

»Nun, einer und einziger Swagman«, sagte Yorick. »Hat das Museum von Rheingold jemals die eine und einzige North Coast-Prinzessin entdeckt, die ich für dich gefälscht habe?«

»Sie wird dort noch immer in ihrer Vitrine ausgestellt und rund um die Uhr bewacht«, erwiderte der Swagman mit einem Grinsen.

»Und du hast den echten Stein?«

»Aber sicher!«

»Aber sicher«, wiederholte Yorick. »Cher-sie reb-a«, sagte er, die Silben verdrehend. »Cher-sie reb-a.« Er stand auf und funkelte den Swagman an. »Mein Bote ist umgebracht worden!« sagte er anklagend.

»Absolut bedauerlich«, sagte der Swagman. »Ich hoffe doch sehr, du bist nicht der Meinung, *ich* hätte was damit zu tun?«

»Du hast für seine Sicherheit garantiert«, sagte Yorick gereizt.

»Ich habe ihm sicheren Zutritt zu meinem Fort garantiert«, korrigierte ihn der Swagman. »Was er nach seinem Weggang getan hat, ist seine eigene Angelegenheit gewesen.«

»Ich habe das Geld niemals erhalten.«

»Ich habe es dem Boten ausbezahlt. Damit waren meine Verpflichtungen dir gegenüber erloschen.« Er griff in die Tasche. »Ich möchte jedoch nicht, daß wir Feinde werden. Wird das hier die Sache bereinigen?« Er holte drei kleine gelbbraune Samenkörner hervor.

»Hergeben hergeben hergeben hergeben hergeben!« knurrte Yorick und schnappte sie dem Swagman aus der Hand. Er raste zu einem klapprigen Kleiderschrank, zog die oberste Schublade hervor und warf zwei der Samenkörner auf einen Haufen schmutziger Wäsche. Das dritte steckte er in den Mund.

»Wo, zum Teufel, hast du diese Dinger her?« fragte Cain. »Auf Altair hast du noch nicht gewußt, daß wir Poor Yorick aufsuchen würden.«

Der Swagman lächelte. »Wofür, glaubst du, habe ich dem Barkeeper fünfhundert Kredits bezahlt?«

»Informationen — habe ich wenigstens gedacht.«

»Informationen sind in so einem Dreckstall etwa fünfundzwanzig Kredits wert, höchstens. Der Rest war für die Alphanella-Samen.«

Yorick setzte sich wieder auf seinen Stuhl, das Gesicht auf einmal ruhig, während er das Samenkorn zwischen Zunge und Gaumen zerdrückte und den Saft die Kehle hinabrinnen ließ.

»Vielen Dank!« sagte er, und sein Gesicht entspannte sich, die Augen wurden klar. »Weißt du, manchmal denke ich, ich bin nur dann nicht verrückt, wenn ich ein Samenkorn im Mund habe.«

»Schön«, meinte Cain. »Saug 'ne Weile dran. Verschluck's aber nicht, ehe wir nicht fertiggeredet haben.«

»Was immer du willst, Singvogel«, erwiderte Yorick freundlich. »O mein Gott, tut das gut! Ich weiß gar nicht, wie ich gelebt habe, ehe ich diesen Stoff entdeckte.«

»Verantwortungsbewußt«, schlug Cain spöttisch vor.

Yorick schloß die Augen und lächelte. »Ah, ja — der

Killer der von einem moralischen Gesetz zurückgehalten wird. Ich weiß alles von dir, Singvogel.« Er hielt inne. »Du hast meinen Freund laufen lassen.«

»Laufen lassen?« fragte der Swagman verwirrt.

»Quentin Cicero«, sagte Yorick und nickte mit geschlossenen Auge. »Hat ihn aufgestöbert und anschließend gehen lassen. Anständiger Mann, der Singvogel.«

»Du hast Quentin Cicero gehen lassen?« wollte der Swagman wissen und wandte sich an Cain.

»Es war nicht einfach so zack-zack«, erwiderte Cain. »Er hatte eine Geisel dabei.«

»Keinen anderen Kopfjäger hätte das aufgehalten«, sagte Yorick sanft. »Was wäre also gewesen, wenn er sie getötet hätte? Noch ein Grund mehr für dich, ihn umzulegen.«

»Du hast ihn gehen lassen?« wiederholte der Swagman wütend. »Dieser Hund hat zwei meiner Untergebenen umgebracht.«

»Tut mir leid, das zu hören«, sagte Cain.

»*Dir* tut das leid? Einer davon hatte fünftausend von *meinen* Kredits dabei!«

»Aber die Geisel lebt«, sagte Yorick.

»Siehst du?« fragte der Swagman. »Da läufst du herum und läßt Geiseln am Leben, und früher oder später stellt sich heraus, daß sowas einen respektablen Geschäftsmann Geld gekostet hat.«

»Ich werd's beim nächsten Mal im Hinterkopf behalten«, sagte Cain.

»Hinter wem bist du jetzt her?« fragte Yorick. Er stockte. »Ich weiß, wo du Altair von Altair finden kannst.«

»Ich habe sie bereits gefunden.«

»War sie menschlich oder nicht?« fragte Yorick. »Ich hab's niemals sagen können.«

»Ich auch nicht«, sagte Cain.

»Obwohl, wunderschön ist sie gewesen.«

»Wunderschön«, stimmte Cain zu.

»Wieviel hast du dafür bekommen, daß du sie getötet hast?« fragte Yorick.

»Nichts.«

Yorick lächelte. »Dann bist du hinter Santiago her.« Er saugte zufrieden an dem Samenkorn. »Es ist erstaunlich, wie klar alles wird, nach einer Minute oder auch zweien, wie völlig durchsichtig. Du hast sie getötet, du hast mit ihrem Schiff gesprochen, und jetzt bist du hier.«

»Stimmt genau.«

»Und ich soll dir jetzt also sagen, wohin es als nächstes geht?«

Cain nickte, und Yorick, der keine Antwort vernahm, riß die Augen auf.

»Wie willst du ihn töten, Singvogel?«

»Das weiß ich erst, wenn ich ihn finde«, sagte Cain.

»Was ist, wenn *er* eine Geisel hat?«

»Hat er eine?«

Yorick starrte Cain einen langen Augenblick an. »Du bist ein anständiger Mann, Singvogel«, sagte er schließlich. »Ich werde dir wohl sagen, was du wissen willst.«

»Danke sehr.«

»Und ich bin auch ein anständiger Mann, also wirst du mir wohl dreitausend Kredits bezahlen.«

»Fünfzehnhundert«, sagte der Swagman rasch.

»Halt's Maul!« sagte Cain, zog ein Bündel Banknoten hervor und zählte sechs Fünfhundert-Kredits-Scheine ab.

»Danke dir, Singvogel!« sagte Yorick, tastete nach einer Tasche und bemerkte dabei, daß er splitternackt war. Er ging zu seinem Kleiderschrank hinüber und warf das Geld in dieselbe Schublade, wo er auch die beiden Alphanella-Samen deponiert hatte. Dann kehrte er zu seinem Stuhl zurück und ließ sich träge darauf nieder. »Der Mann, den du haben willst, ist Billy Dreiauge.«

»Worin besteht seine Verbindung zu Santiago?«

»Er arbeitet für ihn.«

»Direkt?«

Yorick nickte. »Als ich ein Set nachgemachter Druckplatten für New Georgias Stalin-Rubel angefertigt habe, hat Billy Dreiauge sie mitgenommen und Santiago geliefert. Und als Santiago das letzte Mal einen Auftrag für Altair von Altair hatte, war ich der Mittelsmann.«

»Wo ist Billy Dreiauge jetzt?« fragte Cain.

»Auf Safe Harbor. Je davon gehört?«

»Nein.«

»Ist ein Kolonialplanet draußen im Westminster-System.«

»Wie finde ich Billy?«

Yorick kicherte. »Er wird leicht zu finden sein. Giles Sans Pitié hat ihn vor etwa acht Jahren eingeholt und ihm mit dieser metallenen Faust eine Delle in den Kopf gehauen, ehe er entkommen konnte. Daher hat Billy seinen Namen weg; Orpheus hat gemeint, es würde aussehen wie ein drittes Auge.«

»Wie viele Städte gibt es auf Safe Harbor?«

»Keine«, erwiderte Yorick. »Keine keine neune keine neune keine.«

»Lutsch wieder an dem Samen!« sagte Cain. »Du schweifst ab.«

Yorick saugte geräuschvoll, und sein Blick wurde wieder klar. »Überhaupt keine Städte«, sagte er träge. »Es gibt zwei oder drei kleine Ortschaften. Die meisten Menschen sind Bauern. Dreh nur eine Runde durch die örtlichen Kneipen; in einer davon wird er sich aufhalten.« Er hielt inne. »Brauchst du noch irgend jemanden?«

»Ich glaube kaum.«

»Schön.« Yorick lächelte. »Es nutzt sich allmählich ab. In ein paar Minuten werde ich hinüber sein, es sei denn, ich zerbeiße das Samenkorn.«

Cain stand auf. »Danke!« sagte er.

»Für den Singvogel tu' ich doch alles.«

Cain ging zur Tür und wandte sich dem Swagman zu, der dort blieb, wo er war, und sich an eine verdreckte Wand lehnte.

»Los schon!« sagte er.

»Du gehst vor«, sagte der Swagman. »Ich habe noch eine kleine geschäftliche Unterredung mit Freund Yorick.«

»Ich warte unten.«

Der Swagman schüttelte den Kopf. »Es könnte Tage dauern, das hier zum Abschluß zu bringen.«

»Wovon, zum Teufel, redest du eigentlich?« wollte Cain wissen.

»Ich möchte einige Gemälde in Auftrag geben.«

»Dann tu das, und anschließend nichts wie 'raus hier!«

»Du hast ihn erlebt«, sagte der Swagman. »Wenn ich das bekommen will, was ich möchte, werde ich ihn während der Arbeit bemuddeln müssen.«

»Mach, was du willst!« sagte Cain. »Aber ich werde nicht in diesem Saustall herumhängen, während du deine Sammlung ergänzt.«

»Du wirst nach Safe Harbor vorausfahren«, sagte der Swagman. »Ich chartere ein Schiff und treff' mich dort mit dir.«

»Wenn ich dieses Hotel allein verlasse, ist die Partnerschaft vorüber«, sagte Cain.

»Wenn du Santiago tötest, ehe ich dich eingeholt habe, ist die Partnerschaft vorüber«, stimmte der Swagman zu. »Aber wenn ich dich einhole, ehe du ihn erreichst, tritt sie wieder in Kraft.«

»Für die Hälfte der ursprünglichen Abmachung.«

»Was ich haben will, nutzt dir gar nichts«, sagte der Swagman.

»Ich werde einen Nutzen *finden*.«

Der Swagman sah verstört aus. »Safe Harbor ist lediglich eine weitere Haltestation auf dem Weg. Du brauchst mich noch immer.«

»Nicht so sehr, wie du mich brauchst«, sagte Cain. Er runzelte die Stirn. »Was bringt dir das denn überhaupt? Wieviel können seine Gemälde denn wert sein?«

»Nicht soviel wie Santiago, das gestehe ich ein«, sagte der Swagman. »Aber Yorick ist jetzt hier bei der Hand, und Santiago könnte noch immer Jahre entfernt sein. Ich werde dich einholen.«

»Für die Hälfte.«

Der Swagman seufzte. »Für die Hälfte.« Er hielt inne. »Wenn du Safe Harbor verläßt, ehe ich dort eintreffe, hinterlasse mir eine Nachricht, wo ich dich finden kann!«

»Wo hinterlassen?«

»Wenn du niemanden findest, der vertrauenswürdig ist, soll Schussler sie nach Goldenrod senden.«

Cain wandte sich an Yorick. »Sobald ich von hier verschwunden bin, interessiert mich nichts mehr von dem, was zwischen uns beiden geschehen ist — aber ich sollte dich warnen. Wenn du dreitausend Kredits mit dem Swagman zusammen in einem Zimmer läßt, ist das genauso, als würdest ein Stück Fleisch mit einem hungrigen Raubtier in einem Zimmer lassen.«

»Das weise ich von mir!« sagte der Swagman, eher amüsiert als beleidigt.

»Weise es von dir, wie es dir gefällt«, sagte Cain. »Aber wenn du ein religiöser Mann bist, leugne es lieber nicht ab, sonst könnte dich Gott mit einem Blitz erschlagen.« Er ging zum Kleiderschrank und stellte sich daneben. »Wie wär's, wenn das Hotel das Geld für dich aufbewahrt, bis er verschwunden ist?«

Yorick lächelte. »Gegenüber diesem Hotel sieht der Swagman wie ein Amateur aus.«

»Hast du irgendwelche Freunde, bei denen ich es lassen kann?«

Yorick schüttelte den Kopf.

»Also gut«, sagte Cain. »Was wäre, wenn ich es bei der Zweigstelle der Bank am Raumhafen deponiere und denen sage, sie sollen es nur dir herausgeben? Dein Stimmabdruck sollte dort registriert sein.«

»Das wäre nett«, sagte Yorick. »Aber laß eintausend Kredits hier. Ich möchte nicht gleich zum Raumhafen müssen, wenn mir die Samen ausgehen.«

»Er wird sie dir abnehmen«, sagte Cain.

»Eintausend Kredits? Er hat sie nicht nötig.«

»Das hat damit nichts zu tun.«

»Es ist *mein* Geld. Laß tausend Kredits hier!«

Cain öffnete die Schublade und nahm vier der Fünfhundert-Kredit-Noten heraus. »Ich werde ihnen sagen, sie sollen sie erst herausgeben, wenn du allein bist.«

»Vielen Dank, Singvogel!« sagte Yorick ruhig.

»Und du willst die gefälschten Juwelen ganz bestimmt nicht zählen, ehe du gehst?« fragte der Swagman spöttisch.

»Nein«, sagte Cain. »Aber ich werde Schussler vor dem Abheben dazu veranlassen, eine rasche Inventur von Altair von Altairs Kunstwerken durchzuführen.«

Cain wandte sich um und schritt zur Tür hinaus. Sofort ging der Swagman zum Kleiderschrank hinüber, suchte nach einem weiteren Samen und brachte ihn Yorick.

»Hier«, sagte er. »Fang nicht an zu kauen, ehe wir geredet haben!«

Yorick holte den ersten Samen, jetzt von einem blassen Gelb, aus dem Mund und setzte ihn sorgfältig auf das Fensterbrett, daraufhin steckte er den neuen hinein. Der Swagman trat zum Fenster und starrte hinaus in den Regen, bis er Cains Gestalt ausmachen konnte, die zum Fahrzeug zurückging.

»Was für Gemälde willst du, Swagman?« fragte Yorick freundlich, während er in den Säften des frischen Samenkorns schwelgte.

»Keine«, sagte der Swagman.

»Was sollte das ganze dann eigentlich?«

»Billy Dreiauge ist tot. Friedensstifter MacDougal hat ihn vor vier Monaten erwischt.«

»Armer Billy«, sagte Yorick und lächelte schläfrig. »Mir hat diese Delle auf seiner Stirn wirklich gefallen.« Er sah zum Swagman auf. »Vielleicht solltest du das besser dem Singvogel sagen.«

Der Swagman schüttelte den Kopf. »Ich warte lediglich, bis er den Planeten verlassen hat, ehe ich selbst verschwinde.«

»Nun ja, niemand hat dich je der Sünde der Loyalität bezichtigt.«

»Und niemand wird das je tun«, erwiderte der Swagman. »Ist auch egal. Ich war darauf vorbereitet, den ganzen Weg über bis zu Santiagos Türschwelle bei ihm zu bleiben.« Er hielt inne. »Aber er ist nicht derjenige, welcher.«

»Derjenige, welcher?«

»Derjenige, welcher Santiago töten kann.«

»Weiß ich«, sagte Yorick mit euphorischem Lächeln. »Darum habe ich ihm die Wahrheit gesagt.«

»Welche Wahrheit?« wollte der Swagman wissen.

»Über Safe Harbor. Das ist sein nächster Halt.«

»Ich habe dir gerade gesagt: Billy Dreiauge ist tot. Also«, sagte der Swagman, zog eine Rolle Banknoten hervor und hielt sie Yorick verlockend vor die Nase, »wohin geht *mein* nächster Schritt?«

»Wer weiß?« erwiderte Yorick freundlich. »Wohin willst du gehen?«

»Wohin sollte ich deiner Ansicht nach gehen, um Santiago zu finden?«

»Um ihn zu *finden*«, wiederholte Yorick. »Geh mit dem Singvogel!«

»Laß es mich anders ausdrücken«, sagte der Swagman. »Wohin sollte ich gehen, um ihn zu töten?«

»Er ist mein bester Kunde«, sagte Yorick und hielt nachdenklich inne. »Er ist mein *einziger* Kunde. Ich möchte nicht, daß er getötet wird.«

»Ich besorge dir genügend Alphanella-Samen, daß du ihn niemals mehr brauchen wirst.«

»Ich werde nicht lange genug leben, um das Geld auszugeben, das mir der Singvogel gegeben hat«, sagte Yorick ruhig. »Warum sollte ich mehr brauchen?«

Der Swagman starrte ihn einen Augenblick lang an und hob die Schultern. Er fing an, im Zimmer umherzugehen, untersuchte die nachgemachten Gemmen und blieb schließlich vor der Leinwand stehen.

»Wirst du das hier jemals vollenden?« fragte er.

»Vielleicht nicht.«

»Ich werde es dir abkaufen, wenn du es vollendest.«

»Es ist bereits an unseren Freund, den Schwarzen Orpheus, verkauft.«

Mit wiedererwachtem Interesse betrachtete der Swagman eingehend das Porträt. »Euridike?«

»So hat er sie genannt, glaube ich. Er hat zwei Holographien hiergelassen, aber ich habe sie vor langer Zeit verloren.«

»Du könntest ein verteufelt guter Künstler sein.«

»So wie jetzt bin ich glücklicher«, sagte Yorick.

»Blödsinnige Bemerkung.«

»Meine Gemälde erfreuen andere. Meine Schwäche erfreut mich.«

»Du bist ein Dummkopf«, sagte der Swagman.

Yorick lächelte. »Aber ich bin ein loyaler Dummkopf. Hast du mir sonst noch etwas zu sagen, Swagman?«

»Kein einziges Wort.«

»Schön.« Er zermalmte das Samenkorn, und es verwandelte sich zwischen seinen Backenzähnen zu Brei. »Mir bleibt noch eine Minute, bis es zuschlägt. Würde es dir etwas ausmachen, dich selbst hinauszulassen?«

Der Swagman hob eine Anzahl weggeworfener Skizzen vom Boden auf und steckte sie sorgfältig in seine Anzugjacke.

»Erinnerungsstücke«, sagte er mit einem Lächeln und ging zur Tür.

»Wohin wirst du als nächstes gehen, nachdem du jetzt deinen Partner verloren hast?« fragte Yorick.

»Ich habe wohl noch einiges in Aussicht«, erwiderte der Swagman zuversichtlich.

»Das haben Leute wie du immer«, sagte Yorick, während ihm allmählich alles vor dem Blick verschwamm.

»Leute wie ich bekommen, was sie wollen«, sagte der Swagman, machte versuchsweise einen Schritt ins Zimmer und wartete auf eine Reaktion. »Leute wie Cain *wissen* noch nicht einmal, was sie wollen.«

Yorick befand sich jenseits aller Antwortmöglichkeiten, der gebrechliche Körper war völlig erstarrt. Der Swagman beobachtete ihn einen weiteren Augenblick lang, ging daraufhin zum Kleiderschrank hinüber und nahm einen der beiden restlichen Fünfhundert-Kredits-Scheine.

»Rückerstattung der Kosten«, erklärte er seinem reglosen Gastgeber.

Er tat zwei Schritte zur Tür, hob die Schultern und kehrte zum Kleiderschrank zurück, nahm den zweiten Schein an sich und steckte ihn in die Tasche.

»Schmutzige Angewohnheit, Drogen«, sagte er, starrte Poor Yorick an und schüttelte mit falschem Bedauern den Kopf. »Eines Tages wirst du mir dafür dankbar sein, daß ich dir eine Versuchung aus dem Weg geräumt habe.«

Ein paar Minuten später befand er sich auf dem Weg zum Raumhafen, in Gedanken verloren, während er seine Lage mit dem kalten Blick eines Mathematikers aus jedem Winkel untersuchte. Er wägte all die verschiedenen Elemente gegeneinander ab und kam zu einer Lösung, gerade als er dort eintraf. Kurz darauf traf er alle Vorbereitungen, die ihn erneut zurück ins Zentrum des Geschehens bringen würden.

Teil 4

Das Buch des Engels

15

Der Engel, der Engel des Tods ist er,
Wenn du ihn siehst, hast du keine Chance mehr.
Er hat leblose Augen und kühlen Verstand,
Er tötet mit schrecklicher Meisterhand.

Niemand wußte, woher er stammte. Es ging das Gerücht, er sei auf der Erde selbst geboren worden, aber darüber verlor er niemals ein Wort.

Niemand wußte, wo er angefangen hatte, oder warum er sich diese besondere Tätigkeit ausgesucht hatte. Einige meinten, er sei einmal verheiratet gewesen, seine Frau sei vergewaltigt und ermordet worden, und er nehme dafür an der gesamten Galaxis Rache. Einige waren sich gewiß, er sei ein Söldner gewesen, der anläßlich einer besonders blutigen Aktion zum Berserker geworden sei — aber niemand, der ihm je begegnete und die Begegnung auch überlebte, so daß er davon erzählen konnte, hielt ihn für wahnsinnig; eigentlich war's seine völlige geistige Gesundheit, die ihn so schrecklich sein ließ. Andere meinten, er sei, wie Cain, lediglich ein desillusionierter Revolutionär.

Niemand wußte seinen wahren Namen oder auch nur, wie es dazu gekommen war, daß er ›Engel‹ genannt wurde.

Niemand wußte, warum er es vorzog, im äußeren Grenzland zu arbeiten, draußen an der galaktischen Grenze, wo es doch innerhalb der Demokratie soviel mehr Welten gab, wo er sein blutiges Handwerk betreiben konnte.

Aber etwas wußte *jedermann:* Sobald sich der Engel sein Opfer erst einmal ausgesucht hatte, waren die Tage des Opfers gezählt.

In einem Beruf, bei dem man seine Reputation manchmal einem einzigen Mord verdankte — Sebastian Cain, Giles Sans Pitié und Friedensstifter MacDougal hatten insgesamt weniger als siebzig Morde begangen, und Johnny One-Note wartete noch immer auf seinen sechsten —, hatte der Engel mehr als hundert Flüchtige zur Strecke gebracht. In einem Beruf, bei dem Anonymität Hand in Hand mit Erfolg ging, war der Engel auf tausend Welten bekannt. In einem Beruf, bei dem jeder Ausübende das eigene Territorium absteckte und eine Durchquerung nicht gestattete, ging der Engel dorthin, wohin es ihm beliebte.

Orpheus war ihm nur einmal begegnet, draußen in Barbizon, dem Tor zum inneren Grenzland, drei Wochen, ehe der Engel Giles Sans Pitié getötet hatte. Sie sprachen nur zehn Minuten miteinander, was für Orpheus mehr als genug war. Sein Publikum hatte erwartet, er werde dem Engel nicht weniger als ein Dutzend Verse widmen — schließlich hatte Orpheus Cain drei und Giles Sans Pitié neun zugestanden —, aber aus der Klarsicht heraus, die ihn zum Barden des inneren Grenzlands hatte werden lassen, schrieb der Orpheus nur eine einzige Strophe. Als er um eine Erklärung gebeten wurde, lächelte er einfach bloß und erwiderte, diese vier Zeilen besagten alles, was über den Engel zu sagen sei.

Virtue MacKenzie wünschte sich, er hätte ein wenig mehr geschrieben, wenn auch nur deshalb, damit sie eine bessere Vorstellung dessen hätte, was sie erwartete, wenn sie den Engel jemals erwischte. Sie hatte das Lambda Karos-System zwei Tage, nachdem er es verlassen hatte, erreicht, und sie verfehlte ihn erneut auf Questados IV. Drei Tage später traf sie auf Neu Ecuador ein, überprüfte im örtlichen Nachrichtenbüro, ob es Gerüchte über seinen Aufenthaltsort gebe, erhielt lediglich negative Antworten und kehrte schließlich ins Hotel zurück, wo sie ein kurzes Nickerchen hielt, duschte, die

Kleider wechselte und zum Essen in das Restaurant im Erdgeschoß hinabging.

Drei Stunden später saß sie an einem Tisch im rückwärtigen Teil des King's Hook, einer Kneipe, die den örtlichen Journalisten als Stammlokal diente. Zwei Männer und eine Frau — alles Medienleute — sowie ein weiterer Mann, ein Prospektor, der im Asteroidengürtel zwei Planeten entfernt von Neu Ecuador ein Vermögen gemacht hatte, saßen um einen Tisch und starrten die vor Virtue aufgedeckt liegenden Karten an.

»Du bist jetzt dran!« sagte der Prospektor ungeduldig.

»Dränge mich nicht«, sagte Virtue, nippte an ihrem Whiskey und blickte auf ihren Stapel von Karten, bis er ihr nicht mehr länger vor den Augen verschwamm. »Ich denke nach.« Schließlich schob sie einen Einhundert-Kredit-Schein über den abgenutzten Filz in die Mitte des Tischs. »Ich will sehen!« sagte sie.

Der Prospektor und einer der Männer stiegen aus, die Frau erhöhte um weitere fünfzig Kredits, der andere Mann zog sich zurück, und nachdem Virtue nochmals überlegt hatte, hielt sie das Gebot.

»Sieh her und wein dir die Augen aus!« grinste die Frau und drehte ihren Kartenstapel um.

»Verdammt!« brummte Virtue und warf ihre Karten auf den Tisch. Sie griff nach einer Flasche neben sich und schenkte sich einen weiteren Drink ein. »Du hast das Kartenspielen nicht zufällig bei einer kleinen Ratte namens Terwilliger gelernt, oder?«

»Will jemand aussteigen?« fragte einer der Männer und blickte dabei Virtue direkt in die Augen.

»Nicht, wenn ich fast zweitausend Kredits Miese gemacht habe«, erwiderte sie streitlustig.

»Sonst jemand?«

»Verdammt!« sagte der Prospektor. »Wenn sie weiterspielen möchte, habe ich nichts dagegen, ihr das Geld abzuknöpfen.«

»Ich habe nicht die Absicht zu verlieren«, sagte Virtue.

»Dann hörst du besser auf zu saufen«, sagte der Prospektor. »Sie hat dich ganz schön über den Tisch gezogen.«

»Wenn ich deinen Ratschlag haben will, werde ich darum bitten«, sagte Virtue und versuchte sich zu erinnern, welche Karten die Gewinnerin genau gehabt hatte.

»Dann viel Erfolg dabei!« Er hob die Schultern. »Wer ist dran mit Geben?«

»Ich!« sagte ein Journalist. Er fing an, die Karten zu mischen.

Genau in diesem Augenblick betrat ein gutgekleideter Mann die Kneipe, blickte sich um und ging direkt zu den fünf Kartenspielern hinüber. Sie schenkten ihm weiter keine Beachtung, bis er einen Meter entfernt von ihnen stehenblieb.

»Entschuldigen Sie bitte«, sagte er, »aber dürfte ich mich vielleicht zu Ihnen setzen?«

Die vier Einheimischen starrten ihn an und gaben keine Antwort.

»Nehmen Sie Platz!« sagte Virtue.

»Vielen Dank!« erwiderte er. »Übrigens, mir ist gesagt worden, da läuft ein ausgezeichnetes Spiel, das noch Mitspieler benötigt.«

»Ach?« fragte der Prospektor nervös. »Wo?«

»Gleich da drüben!« sagte er und wies auf einen leeren Tisch am anderen Ende des Raums.

Der Prospektor und die drei Journalisten fielen fast übereinander, während sie zu dem anderen Tisch eilten. Virtue, völlig verwirrt, erhob sich ebenfalls, um zu ihnen zu gehen, und brummte dabei: »Was, zum Teufel, ist denn an *diesem* Tisch verkehrt?«

»Nicht Sie!« sagte der Mann entschieden, während er sich auf einem der hastig geräumten Stühle niederließ.

Sie musterte ihn in dem schwachen Licht der Kneipe.

Er war groß, wenn auch nicht so groß wie Cain, und ziemlich gut gebaut, ohne muskelbepackt zu sein. Das Haar war so blond, daß es fast weiß erschien, und die Augenbrauen waren kaum zu erkennen. Es war unmöglich, sein Alter zu schätzen. Die kalten, durchdringenden Augen waren nicht ganz blau, nicht ganz grau, praktisch völlig farblos. Das übrige Gesicht hatte keine besonderen Merkmale und war ziemlich hübsch, aber es waren die nahezu farblosen Augen, die sofort die Aufmerksamkeit auf sich lenkten.

Er trug dunkelgraue, auf den ersten Blick schwarz erscheinende Kleidung von strengem Schnitt und erstklassiger Verarbeitung. Unter dem Mantel trug er eine konservativ geschnittene silberfarbene Anzugjacke, und wenn auch den Stiefeln die Schnörkel fehlten, die der Swagman an seinen Stiefeln hatte, so wirkten sie nichtsdestoweniger teuer. Am kleinen Finger der linken Hand steckte ein Platinring, der in sich einen wirklich sagenhaften Diamanten barg.

»Sie sind der Engel«, sagte sie. Es war keine Frage.

Er nickte.

»Ich hätte Sie mir anders vorgestellt«, sagte sie schließlich. Sie versuchte, Zeit zu gewinnen, bis ihr Blick allmählich wieder klarer wurde.

»In welcher Hinsicht?«

»Mehr wie ein Killer.«

»Wie sieht ein Killer aus?« fragte der Engel.

»Hagerer und hungriger«, sagte sie. Plötzlich überfiel sie ein Gedanke. »Sind Sie hier, um mich töten?«

»Vielleicht nicht«, sagte er, zog eine lange dünne Zigarre hervor und entzündete sie. »Es macht Ihnen doch nichts aus, wenn ich rauche?«

Sie starrte ihm in die farblosen Augen und schüttelte den Kopf.

»Schön«, fuhr er fort. Auf einmal beugte er sich vor. »Sie haben mich seit mehr als drei Wochen verfolgt. Warum?«

»Warum glauben Sie, jemand habe Sie verfolgt?« entgegnete Virtue.

Der Engel lächelte — ein kaltes, lebloses Lächeln. »Zwei Tage, nachdem ich Lambda Karos verlassen hatte, sind Sie dort eingetroffen und haben angefangen, Fragen über mich zu stellen. Ihr nächster Halt war Questados Vier. Erneut haben Sie Fragen nach meinem Aufenthaltsort gestellt. Jetzt sind Sie hier. Was sollte ich denn sonst annehmen?«

»Zufall?« schlug sie lahm vor.

Er starrte sie an, bis sie anfing, unbehaglich zu zappeln.

»Ich muß Ihnen wohl sehr dumm erscheinen, daß Sie eine solche Antwort gegeben haben«, sagte er schließlich. »Also will ich Sie jetzt noch einmal fragen: Warum verfolgen Sie mich?«

»Ich bin Journalistin«, sagte Virtue. »Sie sind eine romantische Gestalt. Ich habe mir gedacht, Sie ergäben eine gute Story.«

Er starrte sie erneut an, ohne jeden Ausdruck, ohne jede Leidenschaft, und erneut fühlte sie sich in wachsendem Ausmaß unbehaglicher.

»Ich werde Sie jetzt nur noch ein einziges Mal fragen«, sagte er. »Also möchte ich, daß Sie sich die Antwort sehr sorgfältig überlegen.«

»Sie machen mich nervös«, sagte Virtue selbstgerecht.

»Verfolgt zu werden, macht *mich* sehr nervös«, erwiderte der Engel. »Warum haben Sie das getan?«

Virtue bemerkte, daß ihr Glas leer war, und griff nach der Flasche, aber der Engel war schneller und stellte sie ans andere Ende des Tischs.

»Warum wollten Sie mich treffen?« beharrte er.

»Vielleicht sind wir in der Lage, einander zu helfen.«

Er starrte sie an, gab keine Antwort, und schließlich ergriff sie wieder das Wort.

»Sie sind hinter Santiago her. Ich auch.«

»Dann sind wir Konkurrenten.«

»Nein«, sagte sie hastig. »Ich bin nicht auf die Belohnung aus. Ich möchte lediglich die Story.« Sie hielt inne. »Und ich könnte eine Story über Sie *wirklich* ebensosehr gebrauchen.«

»Ich habe kein Interesse an Ihren journalistischen Ambitionen«, sagte der Engel. »Warum sollte ich Sie mitkommen lassen?«

»Ich habe Informationen, die Sie womöglich nicht haben«, sagte Virtue.

»Das möchte ich bezweifeln.«

»Können Sie es sich leisten, das Risiko einzugehen?«

»Ich glaube schon.« Er starrte sie erneut an. »Aber ich weiß nicht, ob ich das Risiko eingehen kann, daß Sie zu Sebastian Cain zurückkehren und ihm sagen, wo ich bin und wohin ich als nächstes gehen werde.«

»Wer ist Sebastian Cain?« fragte sie unschuldig.

»Das ist ein sehr dümmlicher Mann, der zuviel überflüssiges Gepäck mitgenommen hat«, entgegnete der Engel. »Haben Sie ihm das gleiche Geschäft angeboten, das Sie mir angeboten haben — er bekommt die Belohnung, und Sie erhalten die Story?«

»Ja. Außer daß der Swagman auch etwas erhält. Santiagos Kunstsammlung, denke ich.«

»Und Cain hat Sie hierher geschickt, mich auszuspionieren?«

Sie schüttelte den Kopf. »Hierherzukommen war meine eigene Idee.« Er starrte sie schweigend an, und erneut fühlte sie sich dazu gedrängt, mehr zu sagen, als sie beabsichtigt hatte. »Ich habe die Kandidaten miteinander verglichen, und ich werde mit dem Sieger gehen. Wenn jemand Santiago töten kann, dann sind Sie es.«

»Und Sie werden mir völlig loyal bleiben?« fragte er spöttisch. »Bis Sie von jemandem erfahren, der noch besser ist, stimmt's?«

»Das ist unfair.«

»Aber den Partner zu verkaufen ist nicht unfair?«

fragte er mit einer Spur von Ekel in der Stimme. »Ich frage mich, was es an Cain ist, das die Leute dazu veranlaßt, ihn im Stich zu lassen. Der Jolly Swagman hat ihn gleichfalls verlassen, wissen Sie?«

»Wer hat Ihnen das gesagt?« fragte Virtue, bis ins Innerste überrascht.

»Ich habe meine Quellen. Er wird wohl jeden Augenblick mit mir Kontakt aufnehmen, um nachzuschauen, ob ich meine Meinung geändert habe, daß ich nämlich niemals einen Partner brauche.« Er hielt inne. »Ich werde ihm sagen, das ist nicht der Fall.«

»Wollten Sie mir *das* sagen?« fragte sie, auf einmal besorgt darum, was denen zustieße, die seine Partner sein wollten. Sie blickte sich um, suchte etwas, das sie unterstützen oder beruhigen könnte, nur um zu entdecken, daß die Gäste einer nach dem anderen still und heimlich die Kneipe verlassen hatten, wobei sie dem Engel furchtsame Blicke zugeworfen hatten.

»Ich weiß noch nicht genau«, meinte er. »Sie besitzen einige Informationen, die sich für mich vielleicht als nützlich erweisen könnten.«

»Das habe ich Ihnen bereits gesagt«, meinte sie selbstgefällig.

»Nichts über Santiago«, gab er geringschätzig zurück. »Sie wissen weniger als nichts von ihm.«

»Wovon reden Sie dann?«

»Sebastian Cain«, sagte der Engel. »Ich komme Santiago nahe. Noch drei oder vier weitere Welten, eine weitere Woche, ein weiterer Monat, und ich werde da sein.« Er zog an der Zigarre. »Cain nähert sich ebenfalls. Er hat dieses Cyborg-Schiff bekommen, und er hat bereits dem Drogensüchtigen auf Roosevelt Drei einen Besuch abgestattet.« Er hielt inne. »Und er hat Altair von Altair getötet«, fügte er mit einem Hauch von Bewunderung hinzu.

»Ich könnte Ihnen alles über ihn erzählen«, sagte Virtue triumphierend.

»Ich weiß.«

»Was ist da für mich drin?«

»Die Exklusivrechte an Santiagos Tod.«

»Und eine Serie von Features über Sie«, fügte sie rasch hinzu.

Er starrte sie erneut an. »Strapazieren Sie Ihr Glück nicht zu sehr. Ich *hätte* gern Informationen über Cain, ich *brauche* sie nicht.«

»Ein Feature?«

Er gab keine Antwort, aber seine kalten farblosen Augen bohrten sich in die ihren.

»Also gut«, sagte sie schließlich.

»Sie haben eine weise Entscheidung getroffen«, sagte der Engel.

»Nun ja, da wir jetzt zusammen reisen werden: wohin soll's als nächstes gehen?« fragte Virtue.

»Das weiß ich in ein paar Minuten.«

»Auf der Basis von etwas, das ich Ihnen sagen werde?« fragte sie skeptisch.

Er schüttelte den Kopf. »Wie ich Ihnen bereits gesagt habe: Sie besitzen keinerlei nützliche Informationen über Santiago — aber ein Mann lebt auf Neu Ecuador, der welche besitzt. Ich erwarte ihn jeden Augenblick hier bei uns am Tisch.«

»Warum?«

»Weil ich ihn darum gebeten habe.«

»Und jeder tut das, worum Sie ihn bitten?« fragte sie mit einer Spur von Verärgerung.

»Die meisten«, sagte der Engel.

»Und wer's nicht tut?«

»Der wünscht sich bald, er hätte es getan.« Er hielt einen Augenblick lang inne. »Es ist wohl an der Zeit, damit anzufangen, mir etwas über Cain zu erzählen.«

»Gleich jetzt?«

»Sobald Sie nüchtern sind«, erwiderte er und winkte dem Barkeeper, der herübereilte und sich unterwürfig verbeugte.

»Die Dame hätte gerne eine Tasse schwarzen Kaffee«, sagte der Engel.

»Und Sie, Sir?«

»Einen Weißwein, denke ich«, sagte der Engel. »Einen trockenen. Vielleicht etwas von Alphard.«

»Sehr wohl, Sir«, sagte der Barkeeper und eilte davon. Einen Augenblick später kehrte er zurück, stellte eine große Tasse Kaffee vor Virtue hin und bot dem Engel ein Glas an.

»Dieser Wein ist nicht von Alphard«, sagte der Engel, nachdem er einen Schluck aus dem Glas getrunken hatte.

»Nein, Sir«, sagte der Barkeeper nervös. »Wir haben keinen von Alphard. Aber stammt von Walküre, das ausgezeichnete Weingärten hat. Es ist ein guter Jahrgang, wirklich!«

Der Engel probierte noch einmal, wobei ihn der Barkeeper besorgt ansah, und nickte schließlich zum Einverständnis. Sofort gab der Barkeeper seinem Assistenten ein Zeichen, und der brachte die Flasche zum Tisch.

»Was schulde ich Ihnen?« fragte der Engel.

»Es geht aufs Haus, Sir.«

»Ganz bestimmt?«

»Ja, Sir. Es ist ein Vergnügen, Sie zu bedienen.«

»Vielen Dank«, sagte der Engel, entließ sie und sah zu, wie sie sich rasch auf ihre Posten hinter der Theke zurückzogen.

»Das ist nicht fair«, sagte Virtue.

»Was?«

»Ich trinke Kaffee, und Sie trinken Wein.«

»Hatten Sie etwa den Eindruck, das Leben sei fair?« fragte der Engel ironisch.

»Ich könnte Whiskey trinken und Karten spielen«, fuhr sie gereizt fort, während sie den Reportern einen Blick zuwarf, die ihrerseits ängstliche Blicke in ihre Richtung warfen.

»Sie möchten Ihre Gesellschaft nicht.«

»Warum?« wollte Virtue wissen.

»Weil Sie hier sitzen und mit mir reden. Sie warten auf etwas, das sie für eine angemessene Zeitspanne halten — vielleicht weitere fünf Minuten —, und dann werden sie verschwinden, ehe Sie wieder zu ihnen stoßen können.«

»Ganz bestimmt?«

»Ganz bestimmt.«

»Das geschieht immer?« fuhr sie fort.

»Ja.«

»Sie müssen ein sehr einsamer Mann sein.«

»Es gibt was zum Ausgleich«, erwiderte er trocken. »Sicherlich hat Ihnen Sebastian Cain etwas Ähnliches gesagt.«

»Ich bin mir nicht sicher, ob er mit Ihnen einer Meinung ist.«

»Warum ist er sonst Kopfjäger?« fragte der Engel, auf einmal interessiert.

»Er möchte etwas Wichtiges tun«, sagte sie mit zynischem Lächeln. »Oder etwas Bedeutsames. Was gerade als erstes kommt.«

»Gott schütze uns vor moralischen Männern mit guten Absichten«, sagte der Engel. Er trank einen weiteren Schluck Wein und zündete sich die Zigarre wieder an, die ausgegangen war.

»Ich könnte mir vorstellen, warum eine größere Anzahl solcher Männer Sie aus dem Geschäft werfen könnte«, bemerkte Virtue.

»Das sehe ich nicht als unmittelbar bevorstehende Gefahr an«, sagte der Engel. »Kehren wir zu Cain zurück. Die Geldspur ist um vieles einfacher zu verfolgen als die Schmugglerspur; warum hat er letzterer den Vorzug gegeben?«

»Da hatte er seine erste konkrete Information bekommen.«

»Es ist nicht so schwer, an Informationen zu kommen.«

»Vielleicht verstehen Sie es besser als er, Informationen aus jemandem herauszukitzeln.«

»Bei Ihnen hört er sich etwas weniger furchteinflößend an«, bemerkte der Engel. »Das widerspricht meiner Einschätzung von ihm, insbesondere, wenn man berücksichtigt, wie weit er gekommen ist.«

»Kopfjäger sind sich nicht alle gleich«, erwiderte Virtue, griff in ihre Handtasche und holte eine Zigarette heraus. »Mir zum Beispiel fällt die Vorstellung äußerst schwer, daß Cain jemanden tötet — und ebenfalls fällt mir die Vorstellung äußerst schwer, daß Sie mich am Leben lassen.«

»Sie beurteilen mich falsch. Ich töte lediglich Flüchtige.«

»Was ist mit Giles Sans Pitié?«

»Und Dummköpfe«, gab er zu.

»Ich habe eine Menge über ihn gehört, Gutes und Schlechtes«, sagte Virtue, »aber ich habe noch nie zuvor gehört, daß ihn jemand einen Dummkopf genannt hätte.«

»Weil sich die meisten Leute vor ihm gefürchtet haben.«

»Warum *haben* Sie ihn getötet?«

»Er hat ein Bündnis vorgeschlagen. Ich habe es zurückgewiesen. Er hat mich bedroht.« Er lächelte freudlos. »Das war dumm.«

»Sie haben ihn getötet, weil er Sie *bedroht* hat?«

»Zweifelsohne haben Sie das Gefühl, es wäre sportlicher gewesen zu warten, bis er mir mit dieser metallischen Faust ein paar Schwinger an den Kopf versetzt hätte, oder?« meinte der Engel.

»Woher wußten Sie, daß er nicht geblufft hat?«

»Das habe ich nicht gewußt. Aber wenn ein Mann Stellung bezieht, muß er darauf vorbereitet sein, mit den Konsequenzen seiner Handlungen zu leben — oder zu sterben. Giles Sans Pitié hat gedroht, mich zu töten. Es gab nur eine einzig mögliche Konsequenz.«

»Wie haben Sie ihn getötet?« fragte sie neugierig.

»Gründlich«, erwiderte er. »Jetzt greifen Sie schon in Ihre Tasche und schalten den Recorder ab. Wir sollten über Cain reden, nicht ein biographisches Feature über mich herstellen.«

»Sie können einem Mädchen den Versuch nicht vorwerfen«, sagte sie nonchalant und schaltete den Recorder ab.

Der Engel schenkte sich ein weiteres Glas Wein nach, während die vier Kartenspieler schweigend die Kneipe verließen.

»Wie hat Cain reagiert, als er herausfand, daß er sich Altair von Altair stellen müsse?«

»Er hatte keine Angst, wenn Sie das meinen«, sagte Virtue.

»Das habe ich nicht gemeint. Jeder Mann, der schon so lange in unserem Beruf ist wie Cain, hat es gelernt, seine Furcht zu bemeistern.« Der Engel beugte sich ein wenig vor. »War er erregt?«

»Nicht gerade viel erregt ihn. Resigniert wäre das Wort, das ich benutzen würde.«

»Wie schade!«

»Warum? Erregt Sie das Töten von Menschen?«

»Das Töten der meisten Leute ist lediglich ein Job, der so rasch und gründlich wie möglich zu erledigen ist«, sagte der Engel. »Aber jemanden wie Altair von Altair zu töten ...« Sein Gesicht lebte auf. »Auf *jedem* Gebiet des Strebens ist die höchste Ebene des Wettkampfs von Kunst nicht zu unterscheiden — und ich finde Kunst erregend.«

»Dann sind Sie deshalb hinter Santiago her?« fragte Virtue. »Weil er für Sie die größte Herausforderung ist?«

Er schüttelte den Kopf. »Ich jage Santiago, weil ich die Belohnung brauche. Die Herausforderung, die er darstellt, ist lediglich ein zusätzlicher Pluspunkt.«

»Aber, aber«, sagte Virtue skeptisch. »Ich weiß, was Sie erbeutet haben. Erwarten Sie ernsthaft von mir, ich solle Ihnen glauben, Sie seien hinter noch mehr Geld her?«

»Was Sie glauben, ist mir völlig gleichgültig«, erwiderte der Engel.

»Aber Sie haben Millionen von Kredits gemacht!« beharrte sie.

»Meine Gläubiger haben einen kostspieligen Geschmack«, sagte er.

Auf einmal wurde seine Aufmerksamkeit auf einen kleinen, untersetzten, kahl werdenden, rotgesichtigen Mann gelenkt, der vorsichtig die Kneipe betrat. Der Mann blickte sich unbehaglich um, sah den Engel und kam zum Tisch herüber.

»Mr. Breshinsky?« fragte der Engel.

Der Mann nickte, und dabei tropfte ihm der Schweiß vom Gesicht. »Man hat mir gesagt, Sie wollen mich treffen«, meinte er vorsichtig.

»Man hat Ihnen gleichfalls gesagt, welche Information ich benötige.«

»Ich bedaure, Sie davon informieren zu müssen, daß ich dazu keinen Zugriff habe«, sagte Breshinsky nervös.

»Sie *sind* der Buchhalter bei der Zweigstelle der Bank von Misthaven auf Neu Ecuador, oder etwa nicht?«

Breshinsky nickte erneut.

»Dann wissen Sie, auf welcher Welt Dimitrios Galos ursprünglich sein Geschäft gegründet hat.«

»Es ist mir gesetzlich verboten, Ihnen das zu sagen«, protestierte Breshinsky. »Diese Information ist vertraulich.«

»Diese Information werden Sie mir jetzt geben«, sagte der Engel und starrte den Bankier, der sich immer unbehaglicher fühlte, durchdringend an.

»Das kommt nicht in Frage!«

»Wenn es nicht in Frage käme, wären Sie nicht erschienen.«

»Ich bin gekommen, weil niemand ›nein‹ zum Engel sagt.«

»Dann sagen Sie auch nicht ›nein‹, weil ich sonst sehr böse auf Sie werden könnte«, sagte der Engel freundlich.

»Das könnte mich meinen Job kosten!«

»Das könnte Sie weit mehr als nur Ihren Job kosten.«

Breshinsky schien in sich selbst zu verschwinden.

»Wer ist Ihre Begleiterin?« fragte er schließlich. »Ich kann derart sensible Informationen nicht vor einem Dritten preisgeben.«

»Ich garantiere persönlich für ihr Schweigen.«

»Ganz bestimmt?« fragte Breshinsky und starrte Virtue an.

»Ich habe Ihnen gerade mein Wort gegeben.«

Es folgte eine weitere unbehagliche Pause.

»Können wir zumindest über einen gewissen Ausgleich reden?« fragte Breshinsky, dessen Hände merklich zitterten. »Meine ganze Zukunft ist dahin, falls das herauskommen sollte.«

»Natürlich«, sagte der Engel. »Ich bin kein unvernünftiger Mann.«

»Schön«, sagte Breshinsky, zog ein seidenes Taschentuch hervor und wischte sich damit die Stirn. »Darf ich mich setzen?«

»Das wird nicht nötig sein«, erwiderte der Engel. »Ich feilsche niemals. Ich mache ein Angebot, und Sie können es annehmen, oder Sie lassen es bleiben.«

»Also gut«, sagte Breshinsky. »Wie lautet Ihr Angebot?«

»Ihr Leben, Mr. Breshinsky«, sagte der Engel ruhig.

Der stämmige kleine Mann keuchte und stieß dann ein nervöses Kichern aus. »Sie machen Scherze.«

»Ich scherze niemals übers Geschäft.«

Breshinsky starrte ihn einen langen Augenblick an und gab daraufhin einen Laut von sich, der halb zwischen einem Seufzen und einem Schluchzen lag. »Das Geschäft wurde auf Sunnybeach gegründet.«

»Vielen Dank, Mr. Breshinsky«, sagte der Engel. »Sie waren äußerst hilfreich.«

»Darf ich jetzt gehen?«

Der Engel nickte, und der kleine Bankier ging eilends zur Tür.

»Hätten Sie ihn wirklich getötet, wenn er Ihnen nicht das gesagt hätte, was Sie wissen wollten?« fragte Virtue.

»Natürlich.«

»Ich habe gedacht, Sie töten nur Flüchtige.«

»Und Dummköpfe«, fügte der Engel hinzu. »Schließlich merkt man irgendwann, daß alle entweder das eine oder das andere sind.«

»Eingeschlossen Santiago?«

»*Fast* jeder«, gab er zu.

»Sie sind ein sehr zynischer Mann«, sagte sie.

»Das muß an meiner Gesellschaft liegen«, entgegnete er. Ihm fiel auf, daß seine Zigarre erneut ausgegangen war. Er zog eine neue hervor und entzündete sie. »Morgen früh bei Sonnenaufgang werden wir uns nach Sunnybeach aufmachen.«

»Dann kehre ich wohl besser ins Hotel zurück und packe«, sagte Virtue. »Was fange ich mit meinem Schiff an?«

»Das ist kaum mein Problem.«

»Vielen Dank!«

»Wenn Sie unglücklich über die Vereinbarung sind, können Sie noch immer auf Neu Ecuador zurückbleiben«, sagte der Engel.

»Auf gar keinen Fall!« entgegnete sie. »Wir sind jetzt Partner. Ich werde bei Ihnen bleiben.«

»Wir sind *keine* Partner«, korrigierte er sie. »Wir sind Reisegefährten, nichts weiter. Und Sie werden nur so lange bei mir bleiben, wie Sie sich als nützlich erweisen.« Er stand auf. »Kommen Sie bei Sonnenaufgang zu mir aufs Schiff!«

»Woher werde ich wissen, welches das Ihre ist?« fragte sie, als er zur Tür ging.

Er blieb stehen und wandte sich ihr zu.

»Sie sind Reporter«, sagte er. »Sie werden es herausfinden.«

Dann war er verschwunden, und Virtue MacKenzie fand sich allein in der nahezu verlassenen Kneipe wieder. Einige Minuten lang blieb sie reglos sitzen, in Gedanken verloren, und versuchte zu erfassen, was sie vom Engel gesehen und erfahren hatte. Es war für sie nicht mehr länger eine Frage, daß er Santiago fände, und kaum noch eine Frage, ob es ihm gelänge, ihn auch zu töten. Aber zum erstenmal seit Beginn ihrer Suche war sie sich ihrer Vorgehensweise unsicher; der Engel hatte sie so sehr das Fürchten gelehrt wie noch kein anderer Mann, dem sie je zuvor begegnet war.

Sie prüfte ihre verschiedenen Möglichkeiten, eingeschlossen die, nochmals Cain oder den Swagman aufzustöbern und sich mit ihnen zu verbünden, oder auf eigene Faust weiterzumachen, oder das Ganze zu vergessen und von den Resten ihres noch nicht aufgebrauchten Vorschusses zu leben. Sie verglich diese Möglichkeiten mit der, beim Engel zu bleiben, und kam schließlich zum Ergebnis, daß sie die richtige Entscheidung getroffen hatte, wenn auch nicht die sicherste.

Sie stand auf, ging zum anderen Ende des Tischs, wo der Engel die Flasche hingestellt hatte, tat einen kräftigen Zug und machte sich dann auf ins Hotel. Sie versuchte dabei, sich verschiedener Tatsachen über Cain und Santiago zu entsinnen, die sie für den Engel auf Dauer wertvoll machten.

16

Komm in den Bau der kalten Virgin Queen!
Da siehst du, was niemals möglich schien:
Stapelweise Geld, Geld wie Heu,
Und die Queen der Banditen, alles and're als scheu.

Für gewöhnlich fragten die Leute den Schwarzen Orpheus nach diesem Vers, weil er so ganz anders war als seine erste Strophe über Virtue MacKenzie. Zunächst war er völlig überrascht — schließlich hatte er sie nicht geschrieben —, nach einer Weile jedoch zählte er zwei und zwei zusammen, bekam heraus, wer sie geschrieben hatte und entschloß sich, sie stehenzulassen, vielleicht, um die Akademiker noch weiter zu verwirren, die dadurch Karriere gemacht hatten, daß sie ihn ständig falsch interpretierten.

Sobald der Engel einmal fallengelassen hatte, daß er ständig Geld brauchte, entschloß sich Virtue, ihn davon zu überzeugen, daß sie Zugang dazu hatte — ergo warf sie die vier Zeilen aufs Papier, streute etwas nicht rückverfolgbares Bargeld unter die Leute und sorgte dafür, daß ihn die Verse auf Schritt und Tritt verfolgten.

Sie fühlte sich schuldig, weil sie etwas mehr als gewöhnlich übertrieben hatte; wie dem auch sei, sie hatten nicht ganz den von ihr erwarteten Effekt. Als der Engel den Vers das erste Mal hörte, bemerkte er, der Orpheus habe wohl eine zweite Virgin Queen entdeckt; und er kam niemals mehr darauf zurück. Als sie dem Swagman zu Ohren kamen, folgerte er, Geld sei nicht das einzige, das Virtue wie Heu habe. Was Cain betrifft, der ihn hörte, nachdem er Safe Harbor erreicht hatte, so schnitt er eine Grimasse und bemerkte zu Schussler, einiges von dem, was unmöglich zu sein schien, sei schon zu oft möglich gewesen. Von allen Menschen und Aliens, denen Virtue im inneren Grenzland begegnet war, glaubte lediglich Sitting Bull, Häuptling der Großen Nation der Sioux, daß der Vers tatsächlich vom Schwarzen Orpheus geschrieben worden sei, und er war völlig einer Meinung mit Orpheus, daß Scheu nicht gerade einer der hervorstechenderen Charakterzüge der Virgin Queen war.

Der einzig positive Effekt, den die Verse in Wahrheit jemals hatten, bestand darin, daß Virtue ein weiteres kleines Stück Unsterblichkeit errang, nachdem der Orpheus sie in seine Ballade aufgenommen hatte.

In der Zwischenzeit lief während der zweitägigen Reise nach Sunnybeach alles wie gewöhnlich. Der Engel befragte sie gründlich über jeden Charakterzug Cains, über jeden Abschnitt seiner Vergangenheit, jede Hoffnung, die er in Hinblick auf die Zukunft je gehabt haben mochte. Sie antwortete ihm wahrheitsgemäß, wenn sie es konnte, und log, wenn sie es nicht konnte.

Obgleich er vermutete, daß ihr Wissen über Cain bestenfalls fragmentarisch war, überraschte und verstörte den Engel das bei der Befragung entstehende Bild. Er verstand Männer, die um des Profits willen töteten, und Männer, die aus Haß töteten, und sogar Männer, die um des eigenen Egos willen töteten — aber Cain paßte offenbar in keine dieser Kategorien. Und wie er allem, was seiner Erfahrung widersprach, mißtrauisch gegenüber stand, so mißtraute er jetzt auch Cain.

Virtue versuchte ihrerseits, etwas mehr über den Engel zu erfahren, insbesondere über seine Vergangenheit und die Gründe dafür, warum er zunächst Killer und anschließend Kopfjäger geworden war. Nicht, daß er sich offen weigerte zu antworten: er überhörte einfach ihre Fragen, und wenn er sie mit den farblosen Augen anstarrte, fühlte sie sich nicht sehr geneigt, das Thema weiterzuverfolgen.

Schließlich erreichten sie Sunnybeach, wo es beträchtlich mehr Verkehr gab, als sie erwartet hatten. Auf den meisten Welten des Grenzlandes stieg man einfach ab und landete, aber die Prozedur hier war derjenigen im Herzen der Galaxis nicht unähnlich.

Zunächst forderte eine Stimme sie über Funk auf, sich zu identifizieren.

»Hier ist die *Southern Cross*, zweihundertachtzig galaktische Standardtage von Spica Sechs, William Jennings, Rasse des Menschen, Kommandant«, erwiderte der Engel.

»Registrierungsnummer?«

Der Engel ratterte eine elfstellige Nummer herunter.

»Zweck des Besuchs?«

»Touristisch.«

»Sind Sie so ausgerüstet, daß Sie auf dem Planeten landen können, oder möchten Sie einen Hangar im Orbit anfordern?«

»Ich kann auf jedem Raumhafen Klasse Sieben oder höher landen.«

»Bitte bleiben Sie auf Kurs, bis wir Sie überprüft haben«, sagte die Stimme und brach die Verbindung ab.

»Wer ist William Jennings?« fragte Virtue.

»Ich — bis wir durch den Zoll sind.«

»Ich kann wohl davon ausgehen, daß der Herkunftsort des Schiffs und seine Registriernummer gleichfalls gefälscht sind.«

»Sie stimmen nicht«, sagte der Engel. »Was etwas anderes ist, als gefälscht zu sein. Ich kann beweisen, daß alles stimmt, was ich sage, ebenso wie ich beweisen kann, daß ich William Jennings bin.«

»Warum sagen Sie ihnen nicht, wer Sie wirklich sind?« fragte Virtue. »Kopfjägerei ist schließlich nicht illegal.«

»Das könnte das Opfer abschrecken. Und die eigenen Rivalen aufschrecken.«

»Warum geben Sie dann überhaupt Ihre Identität preis?« beharrte sie.

»Sobald ich eine Welt verlassen habe, ist es mir egal, wer weiß, daß ich dort gewesen bin«, erwiderte der Engel abschätzig.

Das Funkgerät wurde wieder lebendig.

»Achtung, *Southern Cross!* Wir müssen wissen, wie viele andere bewußte Wesenheiten an Bord Ihres Schiffes sind!«

»Außer mir noch eine«, erwiderte der Engel.

»Bitte identifizieren!«

»Virtue MacKenzie, Passagier, Rasse des Menschen, vor zwei Tagen in Neu Ecuador an Bord des Schiffes gekommen.«

»Was für ein Geschäft hatten Sie auf Ecuador zu erledigen gehabt?«

»Touristisch.«

»Vermutliche Dauer des Aufenthalts auf Sunnybeach?«

»Keine Ahnung«, sagte Virtue.

»Ich fordere eine definitive Antwort«, sagte die Stimme gereizt.

»Ich bleibe vermutlich für zehn Tage.«

»Die Wirtschaft auf Sunnybeach basiert auf Plantagenet-Souvereigns. Möchten Sie Geld wechseln?«

»Ich möchte lediglich mein Schiff landen.«

»Bitte bleiben Sie im Orbit!« sagte die Stimme, und erneut wurde die Verbindung unterbrochen.

»Ich komme mir vor wie in der Demokratie«, bemerkte Virtue.

»Ist schon ärgerlich«, stimmte er zu. »Wenn ich meinen eigenen Planeten habe, werde ich diesen bürokratischen Unsinn nicht tolerieren.«

»Ihren eigenen Planeten?« wiederholte sie.

Er nickte.

Sie lachte. »Leiden Sie etwa an dem Wahn, eine dankbare Demokratie werde Ihnen einen eigenen Planeten zur Verfügung stellen, nur weil Sie Santiago getötet haben?«

»Nein.«

»Wovon reden Sie dann eigentlich?«

Er wandte sich ihr zu, und nur einen Augenblick lang dachte sie, er könne ihrer unerwünschten Fragerei ein gewaltsames Ende setzen. Statt dessen wies er den Schiffscomputer an, ein Hologramm eines Teils der galaktischen Grenze zu erzeugen.

»Sehen Sie hier?« fragte er und wies auf einen glänzenden Stern.

Sie nickte.

»Das ist ein G-Vier-Stern mit elf Planeten, von denen der vierte den Namen Far London trägt. Seit der Kolonisierung ist seine Bevölkerung auf dreihunderttausend angewachsen.« Er hielt inne. »Far London ist von einer erblichen Monarchie regiert worden, deren letzter Nachkomme vor einigen Jahren gestorben ist und beträchtliche Schulden hinterlassen hat. Die Regierung sucht einen neuen Monarchen.«

»Unter der Bedingung, daß Sie die Familienschulden des betrauerten Verstorbenen begleichen?«

»Im wesentlichen«, sagte der Engel.

»Wieviel brauchen Sie noch?«

»Santiago zu töten sollte es gerade tun.«

»Und Sie werden sich zurückziehen, ein ruhiges Leben führen und Bauern regieren?« fragte sie.

»Ich wollte schon immer eine eigene Welt zum Regieren haben.«

»Nun ja«, sagte sie, »dann wird es zumindest eine Welt geben, wo es nicht diese idiotischen Verzögerungen gibt, ehe man landen kann.« Sie hielt inne. »Haben Sie schon über weitere Verbesserungen nachgedacht, die Sie einführen werden?«

»Nein. Aber eines kann ich wohl garantieren.«

»Ach ja? Und das wäre?«

»Auf den Straßen meiner Stadt wird man sich sicher fühlen können.«

»In Ihrer Stadt wäre ich nicht gern eine Gesetzesbrecherin, glaube ich«, stimmte sie zu. »Was hält die Bevölkerung von dieser Idee?«

»Unter Berücksichtigung der vorherigen Monarchen wird sie einverstanden sein.«

»Und wenn nicht?«

»Dann werden sie lernen, sich anzupassen«, sagte er leise.

Plötzlich knisterte es im Funkgerät.

»*Southern Cross,* Sie können landen. Wir werden jetzt die Koordinaten in den Computer eingeben.« Es folgte ein zwei Sekunden langes schrilles Summen, danach begann das Schiff den Abstieg und nahm Ziel auf die Oberfläche von Sunnybeach.

»Ich gehe davon aus, daß Ihr Paß in Ordnung ist«, bemerkte der Engel. »Die Zollformalitäten werden wohl kaum weniger pompös und wichtigtuerisch sein.«

»Natürlich«, entgegnete sie.

Nach der Landung fand sie sich jedoch als Objekt einer etwa zehnminütigen Schikane wieder, denn ihr Paß war seit Pegasus weder überprüft noch registriert worden. Als man sie endlich laufen ließ, war der Engel nirgendwo zu sehen, und sie eilte durch den Raumhafen, um ihn zu suchen. Sie kam an einer Handvoll menschlicher Händler vorüber, ebenso wie an einer Anzahl von Aliens, die alles Mögliche von ungenießbaren Süßigkeiten bis hin zu unverständlichen Holzschnitzereien verscherbelten, und fand den Kopfjäger schließlich an einem Tabakstand, wo er bei einem pinkfarbenen dreibeinigen Wesen von Hesportis III einen neuen Vorrat an Zigarren erwarb.

»Dieser Ort hier ist geradezu von Aliens verseucht«, bemerkte sie. »Ich habe nicht gewußt, daß Sunnybeach derart kosmopolitisch ist.«

»Ist es auch nicht«, sagte der Engel. »Es ist ihnen nicht erlaubt, die Freihandelszone rund um den Raumhafen zu verlassen.«

»Übrigens, ich wollte mich noch bei Ihnen für die Hilfe da drinnen am Zollschalter bedanken«, sagte sie sarkastisch.

»*Meine* Papiere waren in Ordnung«, erwiderte er.

»Sie hätten warten können.«

»Partner warten. Reisegefährten warten nicht.«

Er bezahlte die Zigarren, steckte sie in eine Vorratstasche und folgte den Schildern, die zum Mietwagenbereich wiesen. Virtue schritt neben ihm her.

»Sie kommen nicht mit. Suchen Sie sich ein eigenes Transportmittel und buchen Sie im Welcome Inn.«

»Warum können wir nicht zusammen in die Stadt fahren?« fragte sie. »Das wäre einfacher.«

»Weil Sie verfolgt werden.«

»*Was?*«

»Sie haben gehört.«

»Ich habe niemanden gesehen«, protestierte Virtue.

»Ich ja.«

»Woher wissen Sie denn, daß nicht *Sie* derjenige sind, der verfolgt wird?«

»Weil er, nachdem ich den Zoll verlassen hatte, zurückgeblieben ist und auf Sie gewartet hat.«

»Wie sieht er aus?« fragte Virtue.

»So ungeschickt ist er nun auch wieder nicht«, erwiderte der Engel. »Ich habe nur zweimal einen kurzen Blick auf ihn werfen können.«

»Woher wissen Sie, daß er mir folgt, wenn Sie nur zweimal einen kurzen Blick auf ihn werfen konnten?«

»Ich weiß es«, sagte er gelassen.

»Und jetzt wollen Sie mich einfach verlassen?« wollte sie wissen.

»Er ist nicht hinter *mir* her«, sagte der Engel und ging auf ein Mietfahrzeug zu.

»Warten Sie!« rief Virtue. »Was soll ich denn mit diesem Burschen anfangen?«

»Das liegt völlig in Ihrem Ermessen. Aber wenn ich Sie wäre, würde ich herauszufinden versuchen, was er will, ehe ich ihn in mein Hotel locke.«

»Es ist auch *Ihr* Hotel«, sagte sie verzweifelt. »Wenn Sie mir nicht helfen, ihn abzuschütteln, wird er wissen, wo Sie bleiben. Das könnte jemandem vielleicht eine Menge Geld wert sein.«

»Es ist nicht mein Hotel«, gab er zur Antwort.

»Nicht? Wo bleiben Sie denn dann?«

»Derlei Informationen pflege ich nicht mit Reisegefährten zu teilen.«

»Wie werde ich Sie dann finden?«

»*Ich* werde *Sie* finden«, entgegnete er. »Ich treffe Sie bei Sonnenuntergang im Welcome Inn.«

»Wenn ich dann noch lebe«, sagte sie bitter.

»Wenn Sie dann noch leben«, stimmte er zu.

Er warf sein einziges Gepäckstück hinten in das Fahrzeug, kletterte auf den Fahrersitz, meldete es mit einer Ausweiskarte auf seine Kosten an und fuhr davon.

Virtue wartete zehn Minuten lang, wobei sie furchtsame Blicke in die Schatten warf, mietete sich dann ein eigenes Fahrzeug und fuhr hinaus in die strahlende Sonne von Sunnybeach. Auf halber Strecke fiel ihr auf, daß sie ihren Koffer am Raumhafen zurückgelassen hatte, entschloß sich jedoch, nicht deswegen umzukehren.

Zunächst hatte sie vorgehabt, nach dem Erreichen der nahegelegenen Stadt, die, wenig überraschend, denselben Namen trug wie der Planet, die Straßen auf und ab zu bummeln und Schaufenster zu betrachten, bis sie einen Blick auf ihren Verfolger werfen könnte. Dieser Entschluß währte ungefähr dreißig Sekunden. Wer auch immer dem Planeten seinen Namen gegeben hatte, er hatte einen ätzenden Sinn für Humor gehabt: Sunnybeach war eine Wüstenwelt mit etwa sechshundert Kilometern Strand für jedes Fußbreit Küste. Sobald sie den Bereich ihres klimatisierten Fahrzeugs verlassen hatte, wurde sie von der Hitze förmlich erschlagen, und sie hatte den Eindruck, die einzige Abwechslung im Wetter wäre ein gelegentlicher Sandsturm.

Sie war von dem einfachen Vorgang, einen halben

Block weit zu Fuß gegangen zu sein, fast zusammengebrochen, als sie ein kleines, elegantes Restaurant erreichte. Sie betrat es, setzte sich an einen Tisch gegenüber dem Eingang und gab vor, die Karte zu studieren, während sie ein wachsames Auge auf die Türschwelle gerichtet hielt.

Nach etwa fünf Minuten spähte ein Gesicht mit einem vertrauten Bart und einem Schopf ungekämmten roten Haars durch das Fenster, und einen Augenblick später betrat Halfpenny Terwilliger das Restaurant und kam direkt zu ihrem Tisch.

»Verdammt noch mal!« fauchte sie, sowohl erleichtert wie verärgert. »Bist *du* derjenige, der mich verfolgt hat?«

»Ja«, sagte er atemlos. »Wir müssen reden.«

»Ich habe dir nichts zu sagen.«

»Du hast mir mehr zu sagen, als du vielleicht glaubst«, meinte Terwilliger, wobei er den Eingang ebenso genau beobachtete, wie es Virtue noch einen Augenblick zuvor getan hatte. Er winkte dem Kellner. »Gibt es hier noch einen weiteren Raum?«

»Einen weiteren Raum, Sir?«

»Einen, den man von der Straße aus nicht einsehen kann«, erklärte Terwilliger.

»Wir öffnen ihn nicht vor der Essenszeit«, sagte der Kellner.

Terwilliger winkte mit einem Hundert-Kredit-Schein. »Öffnen Sie ihn jetzt sofort!« sagte er. »Und schließen Sie ihn, sobald wir Platz genommen haben.«

Ohne jedes Anzeichen von Verlegenheit nahm der Kellner den Schein und führte sie durch eine Tür in einen kleineren Raum mit nur sechs Tischen, auf denen Spitzendecken lagen.

»Ziehen Sie davon das Geld für zwei Biere ab und behalten Sie den Rest«, sagte der kleine Spieler, nachdem er und Virtue Platz genommen hatten.

Der Kellner hob hochnäsig eine Braue und verließ den Raum.

»Was, zum Teufel, tust du denn hier?« wollte Virtue wissen, als sie allein waren.

»Auf dich warten«, entgegnete Terwilliger. »Ich hatte vor, dir zwei weitere Tage zu geben, bis du endlich aufkreuzt, und dann 'rüber nach Hallmark zu hüpfen.«

»Warum hast du mich beschattet wie einen Kriminellen?«

»Ich habe meine Gründe«, sagte er.

»Du meinst den Engel?« fragte Virtue. »Er kümmert sich den Teufel darum, mit wem ich rede.«

»Wegen dem Engel mache ich mir keine Sorgen.«

»Weswegen *machst* du dir dann Sorgen?«

»MannBerg Bates.«

»Ist er noch immer hinter dir her?«

»Der Mann will das Vergangene einfach nicht ruhen lassen«, beklagte sich Terwilliger mürrisch. »Er hat mich durch das halbe innere Grenzland gejagt.«

»Anscheinend hast du das gleiche mit mir getan«, bemerkte Virtue. »Bist du auch auf Neu Ecuador gewesen?«

Der kleine Spieler schüttelte den Kopf. »Ich bin dir bis Questados Vier gefolgt. Dann hockte mir Bates wieder im Nacken, also entschloß ich mich, dir ein paar Welten vorauszuhüpfen, nur für den Fall, daß er dich benutzte, um mich zu finden.« Er hielt inne, um Atem zu schöpfen, und fuhr daraufhin fort: »Der Swagman hat mir gesagt, der Engel käme vielleicht in Sunnybeach oder Hallmark vorbei, je nachdem, was er auf Lambda Karos erfahren würde, und ich bin zunächst hierhergekommen. Hörte sich an wie ein Ferienplanet.« Er zog eine Grimasse.

»Warum hast du mich ursprünglich gesucht?«

»Cain hat mich geschickt.«

»Um mich auszuspionieren?«

»Na ja, weißt du, *spionieren* ist ein ziemlich häßliches Wort«, sagte Terwilliger, wobei er ein Kartenspiel aus der Tasche zog und zu mischen begann. »Nebenbei, wenn ich dich wirklich hätte ausspionieren wollen, hätte ich mich versteckt gehalten. Du hättest niemals erfahren, daß ich da bin.«

»Ich hätte lediglich auf das Geräusch horchen müssen, das ein zerbrechendes Rückgrat macht«, sagte sie angewidert.

Er wimmerte. »Erinnere mich nicht daran!«

»Also gut«, sagte sie. »Du spionierst nicht. Du bist einfach nur hier, um das wunderschöne Klima von Sunnybeach zu genießen.« Sie hielt inne. »Wozu bist du *sonst* noch hier?«

»Um die Lage einzuschätzen.«

»Und wie lautet deine Einschätzung?«

»Das ist ziemlich eindeutig«, sagte Terwilliger. »Du hast die Fronten gewechselt. Du arbeitest jetzt mit dem Engel zusammen.«

»Und du wirst jetzt also zurücklaufen und Cain das melden?«

»Mir bleibt keine andere Wahl.«

»Natürlich bleibt dir eine andere Wahl«, sagte Virtue. »Du kannst wählen, ihm das *nicht* zu sagen.«

»Und das Risiko eingehen, meine zehn Prozent der Belohnung zu verlieren?« fragte Terwilliger. »Auf gar keinen Fall!«

Da betrat der Kellner den Raum stellte vor jeden der beiden ein Glas und eine Dose Bier.

»Vielen Dank!« sagte Virtue und füllte sofort ihr Glas.

»Darf ich jetzt Ihre Bestellungen entgegennehmen?«

»Das ist alles«, sagte der Spieler.

»Gestatten Sie mir den Hinweis, daß dies hier ein Restaurant ist, keine Taverne«, sagte der Kellner übertrieben diensteifrig.

Terwilliger zog einen weiteren Hundert-Kredit-Schein aus der Tasche und reichte ihn dem Kellner. »Weisen Sie zu einer anderen Zeit darauf hin«, sagte er.

Der Kellner steckte das Geld ein, nahm das Tablett

und wandte sich zur Tür. Einen Augenblick später waren sie wieder allein.

Virtue leerte ihr Glas und wandte sich wieder dem Spieler zu. »Wie weit ist Cain gekommen?«

Terwilliger hob die Schultern. »Wer weiß? Seitdem ich Altair Drei verlassen habe, habe ich keinen Kontakt mehr zu ihm gehabt.«

»Der Engel hat erwähnt, Cain habe bestimmte Informationen von einem Drogensüchtigen auf Roosevelt Drei erhalten.«

»Das ist mir neu«, sagte Terwilliger.

»Wenn du nicht weißt, wo er ist, wie, zum Teufel, sollst du dann Kontakt zu ihm halten?«

»Über Schussler.«

»Schussler?« wiederholte Virtue. »Wer ist das?«

»Schussler ist mehr ein *es* als ein *er*«, antwortete Terwilliger.

»Dieses Cyborg-Schiff, von dem ich gehört habe?«

Er nickte.

»Schussler hat Altair von Altair gehört, nicht wahr?«

»Ja.«

»Also hat er womöglich Zugriff zu jeder Information in ihren Datenbanken?«

»Das weiß ich nicht«, sagte Terwilliger. »Aber ich nehme es an.«

»Das bedeutet dann, Cain hat noch eine weitere Informationsquelle«, überlegte sie laut. »Er ist womöglich näher, als wir gedacht haben.« Plötzlich wandte sie sich an Terwilliger. »Warum hat ihn der Swagman verlassen?«

»Ich habe nicht gewußt, daß er's getan hat.«

»Du bist nicht eben ein Born der Information«, sagte sie spöttisch.

»Ich soll Informationen sammeln, nicht ausstreuen«, erwiderte der Spieler.

Ein Augenblick lang herrschte Schweigen.

»Vielleicht hat er ihn hinausgeworfen«, schlug sie nachdenklich vor.

»Vielleicht hat *wer wen* hinausgeworfen?«

»Cain«, sagte sie. »Vielleicht ist er zu dem Entschluß gekommen, daß er den Swagman nicht mehr länger braucht. Vielleicht auch zu dem Entschluß, daß der Cyborg der Schlüssel ist.«

Erneut betrat der Kellner den Raum.

»Ich hatte Ihnen doch gesagt, Sie sollten uns in Ruhe lassen«, sagte Terwilliger gereizt.

»Ich weiß, Sir, aber wenn Sie Mr. Terwilliger sind, so habe ich eine Nachricht für Sie.«

Das Gesicht des Spielers wurde bleich. »Hat man sie persönlich überbracht?«

»Nein, Sir. Sie kam vom Raumhafen.«

»Verschwinden Sie!«

»Aber die Nachricht, Sir!«

»Ich will sie nicht hören!« fauchte Terwilliger.

Der Kellner starrte ihn einen Augenblick lang an, hob die Schultern und verschwand.

»Verdammt!« brummte der Spieler.

»Was sollte das denn?« fragte Virtue.

»MannBerg Bates«, sagte Terwilliger. »Er ist auf Sunnybeach gelandet — und er muß sich über mich auf dem laufenden gehalten haben, sonst hätte er nicht gewußt, daß ich hier bin.«

»Dein Freund Bates ist aber nicht sehr helle«, bemerkte Virtue, während sie Bier ins Glas goß. »Warum kündigt er seine Anwesenheit an, wenn er dich jagt?«

»Du hast ihn nicht gesehen«, sagte Terwilliger unglücklich. »Für ihn besteht keine Möglichkeit, *seine* Anwesenheit zu verbergen.«

»Aber seine Ankunft herauszuposaunen, um Gottes willen!« schnaubte sie geringschätzig.

»Er läßt mich einfach nur wissen, daß er weiß, ich bin hier«, sagte Terwilliger. »Das ist seine Vorstellung von einem Witz. Er glaubt, das würde mich erschrecken.« Er hielt inne und lächelte freudlos. »Da hat er recht.«

»Was wirst du wegen ihm unternehmen?«

Er lachte nervös. »Ich werde ein paar Drinks zu mir nehmen, und dann werde ich wie ein geölter Blitz hier verschwinden.«

»Zurück zu Cain?«

»Er ist mein Schutzengel.« Er hielt nachdenklich inne. »Es sei denn ...«

»Es sei denn was?«

»Cain ist ein paar tausend Lichtjahre von hier entfernt, und du hast deinen eigenen Engel. Ich werde meinen Bericht vergessen, wenn du ihn dazu veranlaßt, mich zu beschützen.«

»Für wie lange?« fragte sie.

»Bis ich sicher aus diesem System heraus bin.«

»Unter einer Bedingung.«

»Welcher?« fragte er mißtrauisch.

»Ehe du gehst, nimmst du mit Cain Kontakt auf und sagst ihm, daß ich den Engel aufhalte und auf eine falsche Fährte locke, und daß ich Cain gegenüber noch immer loyal bin«, sagte Virtue.

»Nur für den Fall, daß er als erster ankommt?« fragte der Spieler spöttisch.

»Es besteht immerhin die Möglichkeit.«

»Ich weiß nicht«, sagte Terwilliger zweifelnd. »Wenn er das herausfindet, werde ich meinen Anteil an der Aktion verlieren.«

»Bates ist zwischen dir und deinem Schiff«, machte sie ihn aufmerksam. »Was sind zehn Prozent für einen toten Mann?«

Er starrte die Kartenrücken einen Augenblick lang an und nickte daraufhin. »Abgemacht!« sagte er schließlich. »Du *kannst* den Engel dazu bringen, mich zu beschützen, ja?«

Virtue schenkte ihm ein zuversichtliches Lächeln.

»Er wird alles tun, was ich sage«, versicherte sie ihm.

17

Er ist höher als hoch, er ist größer als groß,
Er ist böser als böse und erbarmungslos —
Er trinkt vom Morgen bis tief in die Nacht.
Er ist MannBerg Bates, nehmt euch in acht!

Sein wirklicher Name war Hiram Ezekial Bates. Er wurde auf dem Kolonialplaneten Hera geboren, und als er elf Jahre alt war, hatte er eine Größe von zwei Metern erreicht.

Seine Eltern konsultierten etliche Spezialisten. Die unfähigen darunter meinten, er habe einfach sein Wachstum vor der Zeit beendet; die anderen wußten, daß seine Hypophyse aus den Fugen geraten war, konnten jedoch, nachdem sie ihn endlosen Untersuchungen und Tests unterzogen hatten, nichts tun, um die Entwicklung zu bremsen. Schließlich, als er zwölf Jahre alt war — zu dieser Zeit war er fast zwei Meter fünfunddreißig groß —, fanden sie einen Arzt, der sein Wachstum aufhalten konnte.

Das Problem war nur, niemand hatte Hiram nach *seiner* Meinung gefragt, und Tatsache bei dieser Angelegenheit war, daß er Geschmack daran gefunden hatte, das größte menschliche Wesen der Galaxis zu sein. Nachdem sie ihn schließlich zum Arzt geschleift hatten, renkte er vier Wirbel im Rückgrat des armen Mannes aus, brach ihm beide Beine und nahm ganz buchstäblich das Sprechzimmer auseinander.

An diesem Tag erhielt er den Namen MannBerg Bates.

Sie steckten ihn in ein Heim für schwererziehbare Jugendliche. Er drosch sich mit den bloßen Fäusten durch die Ziegelmauern und machte sich zu einem unbekannten Ziel davon. Etwa fünf Jahre später tauchte er im inneren Grenzland wieder auf. Da hatte er schließlich seine volle Größe erreicht — zwei Meter achtzig, sowie nahezu 600 Pfund stämmige, stahlharte Muskeln —, und er verdiente sich seinen Unterhalt durch eine Anzahl untergeordneter Jobs, ehe er alles über Bord warf und Spieler wurde.

Er war fast dreißig Jahre alt, als ihn der Schwarze Orpheus zum erstenmal sah. Er saß im Hinterzimmer einer Bar auf Binder X beim Pokerspiel, umgeben von fünf zerlumpten Bergleuten. Er hatte mächtig verloren, und er war nicht gerade sonderlich glücklich darüber. Schließlich funkelte er jeden am Tisch an und verkündete mit lauter, streitlustiger Stimme, daß sich sein Glück gerade gewandelt und er die Absicht habe, die nächsten paar Spiele zu gewinnen.

Im Pott lagen nahezu sechstausend Kredits für den nächsten Gewinner, als Bates die Karten auf den Tisch knallte. Er hatte ein Paar Sechsen. Zwei seiner Gegner hatten eine Straße und einer ein Full House; alle warfen die Karten mit dem Bild nach unten mitten auf den Tisch und meinten, sie hätten nichts, womit sie ihn schlagen könnten. In gewisser Hinsicht hatten sie damit recht.

Zwei weitere solcher Vorstellungen folgten, und als Bates die Verluste des Abends wettgemacht hatte, nahm er sein Geld, verließ das Spiel und machte sich tiefer ins innere Grenzland auf. Diese Geschichte hinterließ einen bleibenden Eindruck beim Schwarzen Orpheus.

Etwa fünf Jahre später kreuzten sich ihre Wege ein weiteres Mal, auf Barios IV. Orpheus wurde vom Lärm einer Schlägerei in einer Bar angelockt, und als er die Szenerie erreichte, fand er heraus, daß MannBerg Bates sämtliche Gäste einer schäbigen Bar am Raumhafen herausgefordert hatte. Es war eine hart arbeitende, schwer trinkende Menge, Schürfer, Frachtarbeiter und Händler, aber Bates warf sie in der Bar umher, als handele es sich um nichts weiter als Zahnstocher, und er lachte die ganze Zeit über im tiefsten Baß. Einer nach dem anderen wurde durchs Fenster oder gegen die Wand geworfen, bis nur noch Bates und Orpheus stehengeblieben waren.

»Schreib *das* in deinem gottverdammten Lied auf!« grölte Bates glücklich, warf genügend Geld auf den Tresen, um den Schaden zu begleichen, und ging in die diesige Nacht hinaus.

Orpheus nahm ihn beim Wort und gab ihm sechs Verse. Er versuchte ebenfalls, einen Kampf zwischen Bates und Schädelknacker Murchison aufzuzeichnen, den inoffiziellen Champion des inneren Grenzlandes im Freihand-Schwergewicht, aber Murchison recherchierte ein wenig und kam zu der Auffassung, er wolle mit MannBerg Bates lieber nichts zu tun haben.

Während er in der Eingangshalle des Welcome Inn stand und angespannt auf die Straße hinausstarrte, und während Virtue MacKenzie sich an der Portiersloge einschrieb, fühlte sich Halfpenny Terwilliger völlig einer Meinung mit Murchison.

»Also gut«, sagte Virtue und kam zu ihm herüber, »alles erledigt.«

»Schön«, erwiderte der kleine Spieler. »Dann wollen wir mal auf dein Zimmer gehen und dort auf den Engel warten.«

»Er will sich genau hier mit mir treffen.«

»Wann?«

»Gegen Sonnenuntergang.«

»Das sind noch zwei Stunden hin, oder sogar noch mehr«, beklagte sich Terwilliger. »Verdammt, bis dahin könnte Bates vom Raumhafen hierher gegangen sein.«

»Niemand geht bei diesem Klima.«

»Verflucht! Du weißt, was ich meine!« Er versuchte, das innere Gleichgewicht wiederzufinden. »Ich werde nicht zwei Stunden in der idiotischen Eingangshalle dieses idiotischen Hotels herumsitzen. Ebensogut könnte ich mich draußen mit einer aufgemalten Zielscheibe an der Stirn auf die Straße stellen!«

»Na schön«, willigte Virtue ein. »Schick die Nachricht ab, und du kannst dich in meinem Zimmer verstekken.«

»Nachricht? Welche Nachricht?«

»An Cain.«

»Gleich jetzt?« wollte er wissen.

»Wann immer du möchtest«, erwiderte Virtue zuckersüß. »Aber du kannst nicht eher in mein Zimmer 'raufgehen, bis du's nicht getan hast.«

Terwilliger funkelte sie an und stieß dann einen resignierten Seufzer aus. »Du hast gewonnen. Von wo soll ich sie abschicken?«

»Das Hotel hat ganz bestimmt einen Transmitter für einen gebündelten Strahl durch den Subraum. Frag einfach am Tresen nach!«

»Wie lautet deine Zimmernummer?«

»Warum?« fragte Virtue mißtrauisch.

»Ich werde es auf deine Rechnung tun müssen.«

»Den Teufel wirst du tun!«

»Aber ich habe kein Geld.«

»Komm schon, du kleine Ratte«, sagte Virtue. »Ich habe gesehen, wie du den Kellner im Restaurant bestochen hast.«

»Das war Cains Geld«, sagte er lahm.

»Ich gebe einen Scheißdreck darauf, wessen Geld du ausgibst, so lange es nicht meines ist.«

»Willst du ganz bestimmt nicht zahlen?« beharrte er. »Es sieht ein wenig unmoralisch aus, sein Geld dafür zu benutzen, ihm eine Falschnachricht zu schicken.«

»Nicht so unmoralisch wie mich über deine Finanzlage zu belügen«, sagte sie bestimmt. »Greif jetzt in deine Taschen und wühle!«

Er hob die Schultern, ging zum Tresen, ließ sich die Zelle zeigen und ging quer durch die Eingangshalle darauf zu.

»Du wirst sicherlich nichts dagegen haben, wenn ich mitkomme«, meinte Virtue.

»Du bist sehr mißtrauisch«, sagte der Spieler. »Du wirst deshalb mal zu 'ner nörgeligen alten Dame werden.«

»Eine nörgelige *reiche* alte Dame«, korrigierte sie ihn mit einem Lächeln.

Es kostete ihn etwa zwei Minuten, die Nachricht zu entwerfen, und eine weitere Minute, die Weiterleitungs- und Codierungsbefehle einzugeben, so daß Schussler sie empfangen konnte. Daraufhin bezahlte er am Tresen seine Gebühren und wandte sich an Virtue.

»Bist du jetzt zufrieden?« fragte er. »Oder wäre es dir lieber, wenn ich auf der Straße stehen und ein Wald von Schildern auf mich hinweisen würde?«

»Bring mich nicht in Rage!« sagte sie und ging zum Aufzug. Er folgte ihr, und eine Minute später schritten sie den Korridor des vierten Stockwerks entlang.

»Da sind wir«, sagte sie und drückte den Daumen gegen den Verschlußmechanismus. Es brauchte weniger als eine Sekunde, den Abdruck über den Computer am Tresen zu überprüfen, und die Tür glitt in die Wand zurück.

»Hübsch«, kommentierte Terwilliger, der das Zimmer vor ihr betrat. »Sehr hübsch!«

»Nicht schlecht«, stimmte sie zu, betrat das Zimmer und befahl der Tür, sich hinter ihnen zu schließen.

Das Zimmer war groß und geräumig, etwa acht mal acht Meter, mit Plüschteppich, einem stattlichen Bett und einem Paar sehr gemütlicher Sessel. In der einen Wand befand sich eine Nische mit einem holographischen Unterhaltungssystem, das gerade eine Anzahl bezahlter Werbespots für Sunnybeachs ziemlich prosaisches Nachtleben zeigte. Auf einem kleinen Tisch zwischen den Sesseln lag die Anweisung, wie man ihn zu einem Spieltisch erweitern konnte, mit Brettern für Schach, Backgammon und *Jabob,* ein fremdartiges Kartenspiel, das bei den menschlichen Spielcasinos, die am meisten im Trend lagen, gerade der letzte Schrei war.

»An so einem Ort bin ich nicht mehr gewesen, seitdem ich zum zweitenmal ein Vermögen gemacht habe«, erklärte Terwilliger.

»Zum *zweitenmal* ein Vermögen?« wiederholte Virtue. »Was ist damit geschehen?«

Er grinste wehmütig. »Das gleiche, was beim erstenmal geschehen ist.«

Sie blickte ihn an, seufzte, schüttelte den Kopf und ging zum Kleiderschrank hinüber.

»Öffnen!« befahl sie.

Nichts geschah.

»Öffnen!« wiederholte sie.

Immer noch nichts.

»Verdammt! Er ist kaputt. Wenn ich etwas hineinzuhängen hätte, würde ich den Portier anrufen und mich beschweren!«

»Einen Augenblick«, meinte Terwilliger. »So einen habe ich schon gesehen.«

Er ging zu der verschnörkelten Tür und streckte die Hand hindurch.

»Was, zum Teufel, hast du denn da getan?« fragte sie.

»Nichts«, antwortete er. »Hier ist keine Tür. Es ist eine holographische Projektion.« Er lächelte und wies auf ein paar gut getarnte Holo-Linsen. »Es ist billiger, als tatsächlich so eine handgefertigte Türe einzusetzen, und sobald man einmal dran gewöhnt ist, ist es auch praktischer. Und«, fügte er hinzu, »man kann zum Preis einiger neuer Bänder eine neue Innenausstattung bieten.«

»Ich frage mich, was sonst noch alles unecht ist?« meinte Virtue, schlenderte durchs Zimmer und berührte verschiedene Gegenstände. »Lediglich die Schranktür, vermute ich«, schloß sie.

»Versuch mal das Bad!« schlug er vor.

Sie ging zur Tür, versuchte, hindurchzugehen, und prallte davon ab.

»Ich habe nicht die Tür gemeint«, sagte er und befahl ihr, sich zu öffnen. »Aber ich wette Kredits gegen Steine, daß diese golddurchwirkten Vorhänge um den Duschtrockner nicht wirklich dort sind.«

»Ein Duschtrockner?« fragte sie gereizt. »Scheiße! Ich hatte vor, heute abend ein langes Bad zu nehmen.«

»Auf einer Wüstenwelt?« fragte er. »Verflucht, ich wette, noch nicht einmal ihre Suiten haben Wasserversorgung, außer den Trinkwasserbehältern.«

»Na schön«, sagte sie, kehrte ins Schlafzimmer zurück und ging zu einem der beiden Sessel. »Wir können uns ebensogut entspannen und auf den Engel warten.«

»Paßt mir«, willigte Terwilliger ein und setzte sich ihr gegenüber. Er zog seine Karten heraus und machte sich daran, sie auf dem Tisch zu mischen. »Lust auf ein kleines Glücksspiel?«

»Nein, danke.«

»Ganz bestimmt?«

»Wenn du Glücksspiele spielen würdest statt Spiele, deren Ausgang von vornherein feststeht, würdest du dich jetzt nicht hier verstecken«, erwiderte sie.

»Du kannst bestimmen!« bot er ihr an.

»Siebzehnundvier«, sagte sie prompt und nahm ihm die Karten ab. »Zehn Kredits pro Spiel. Der Geber gewinnt jedesmal bei Gleichstand.«

»Einverstanden — so lange du meine Schuldscheine annimmst, falls ich verliere.«

»Du kannst mit Cains Geld spielen«, sagte sie. »Schließlich sind wir alle Partner, also bleibt's in der Familie, ums mal so auszudrücken.«

»Was soll's, zum Teufel«, sagte er mit einem Achselzucken. »Warum nicht?«

Sie spielten fast zwei Stunden lang, und während dieser Zeit gewann Terwilliger vierhundert Kredits, ohne daß er je geben durfte. Schließlich blickte Virtue aus dem Fenster, gab ihm das Kartenspiel zurück, zog vier Hundert-Kredits-Scheine aus ihrer Handtasche, legte sie auf den Tisch und stand auf.

»Es ist gerade Zeit«, sagte sie.

»Warum triffst du dich nicht mit ihm und bringst ihn hier herauf?« schlug Terwilliger nervös vor.

»Was ist, wenn er sich verspätet, und ich stolpere zuerst über deinen Freund?« erwiderte sie. »Willst du wirklich hier auf einem Zimmer mit nur einem Ausgang festsitzen?«

»Das ist ein Argument«, gab er ungern zu und folgte ihr zur Tür.

Sie fuhren zur Eingangshalle hinab, die um ein Beträchtliches mehr bevölkert war, weil die Essenszeit nahte, und Virtue prüfte rasch die Gesichter der Versammelten.

»Ist er schon da?« fragte der Spieler.

»Nein.«

»Was tun wir dann?«

»Wir warten«, sagte sie.

»Was, wenn ihn jemand getötet hat?« fragte Terwilliger, den allmählich blinde Panik überwältigte.

»Wenn jemand den Engel getötet hat, kniest du dich besser hin und fängst an zu beten«, sagte Virtue, »weil ich dir garantiere, daß der Tag des Gerichts unmittelbar bevorsteht. Jetzt hör schon auf zu zittern und scheiß dir nicht in die Hosen!«

Terwilliger war zu sehr damit beschäftigt, durch das Fenster der Halle hinaus in die dunkler werdenden Straßen zu spähen, um eine Antwort geben zu können.

»Du kannst dich jetzt entspannen«, sagte Virtue einen Augenblick später, als der Engel zur Tür hereinkam. »Er ist eingetroffen.«

Vor Erleichterung ließ Terwilliger die Luft laut ausströmen, und Virtue fragte sich müßig, wie lange er den Atem angehalten hatte.

»Haben Sie etwas Nützliches erfahren?« fragte sie, als der Engel durch die Vorhalle schritt und auf sie zukam.

»Ein wenig«, meinte er nichtssagend. »Ich muß mich morgen mit einem weiteren Mann treffen.« Er hielt inne. »Wer ist Ihr Freund?«

»Halfpenny Terwilliger.«

»Ist er derjenige, den ich im Raumhafen entdeckt habe?«

»Ja. Er arbeitet für Sebastian Cain.«

Der Engel starrte Terwilliger wortlos an.

»Na ja, das ist eigentlich keine zutreffende Bemerkung«, sagte der Spieler nervös. »Gegenwärtig stehen meine Dienste dem offenen Markt zur Verfügung.«

»Viel Glück dabei!« sagte der Engel. »Und jetzt verschwinde!«

»Was?« wollte Terwilliger wissen.

»Ich weiß alles von dir. Du bist ein betrügerischer Kartenspieler, der sich auf Port Étrange an Cain gehängt und ihn auf Altair Drei verlassen hat. Du hast nichts, was ich haben möchte.«

Virtue wandte sich an Terwilliger. »Tut mir leid«, sagte sie.

»Jetzt mal einen Moment!« rief er und zog damit Blikke aus der ganzen Vorhalle auf sich. »Wir hatten ein Geschäft abgeschlossen! Ich habe meinen Teil davon eingehalten. Jetzt hat er mich zu beschützen!«

»Jedes Geschäft, das du abgeschlossen hast, hast du mit ihr abgeschlossen«, sagte der Engel gleichmütig.

»Nein!« sagte Terwilliger verzweifelt. »Ich brauche *Sie!*«

Der Engel starrte ihn schweigend an.

»Verstehen Sie nicht?« fragte Terwilliger. »MannBerg Bates kommt hierher, um mich zu töten!«

»Nicht ohne Grund, ist mir zumindest gesagt worden«, meinte der Engel.

Der Spieler wandte sich an Virtue. »Du mußt ihn dazu bringen, mich zu beschützen, oder ich sage ihm, was du mir zu tun befohlen hast.«

»Schließlich könnte er uns nützlich sein«, meinte Virtue vorsichtig.

»Wie ich annehme, wird er Ihnen bereits nützlich gewesen sein«, erwiderte der Engel trocken. »Für mich ist er völlig ohne Nutzen.«

»Ich kann Ihnen Sachen über Cain erzählen«, sagte Terwilliger drängend. »Wo er gewesen ist, wohin er gehen wird, solche Dinge.«

»Ich weiß bereits, wo er gewesen ist, und ich weiß auch, wohin er gehen wird.«

»Ich kann Ihnen sagen, wo Santiago ist!«

»Du weißt nicht, wo Santiago ist«, erwiderte der Engel. »Also verschwinde jetzt!«

»Aber ich ...«

Auf einmal erstarrte Terwilliger, die Augen zum Eingang des Hotels gerichtet. Durch die gesamte Halle ertönte ein ehrfürchtiges Gemurmel, und Virtue sowie der Engel drehten sich um, weil sie den Grund für diese Aufregung herausfinden wollten.

Draußen, unmittelbar vor der Tür, stand ein riesiger Berg von einem Mann. Die struppige braune Mähne fiel ihm bis auf die Schultern, die Zähne blitzten weiß durch den dichten Bart, und die blauen Augen funkelten Halfpenny Terwilliger rachsüchtig an. Er trug selbstgemachte Kleider, zusammengesetzt aus den gegerbten Häuten von Tieren, die er mit den bloßen Händen getötet hatte, und die Stiefel bestanden, abgesehen von den stählernen Hacken, ebenfalls aus Tierhäuten.

»Dich will ich haben!« brüllte MannBerg Bates und zeigte mit dem Finger auf Terwilliger.

Der Portier tippte rasch etwas auf die Computerkonsole, und die dicke Vordertür schloß sich.

»Sie müssen mir helfen!« bettelte Terwilliger.

»Du hast dir diese Suppe eingebrockt«, sagte er Engel. »Nun löffele sie gefälligst auch aus!«

Terwilliger fluchte vor Enttäuschung und Entsetzen und hielt dabei die Augen auf die Tür fixiert. Auf einmal ertönte ein Donnern, das sich etwa fünf Sekunden lang in regelmäßigen Abständen wiederholte, und er wußte, daß MannBerg Bates versuchte, die Tür mit den Fäusten einzuhämmern.

»Können Sie nicht *irgend etwas* unternehmen?« bat Virtue.

»Für ihn gibt es kein Fahndungsplakat«, erwiderte der Engel gefühllos.

Die Tür beulte sich allmählich nach innen, und einen Augenblick später gab sie nach. Kundschaft und Angestellte traten einen hastigen Rückzug an, um sich in Sicherheit zu bringen, als Bates den Raum betrat.

»Ich bin MannBerg Bates!« brüllte er. »Mein Vater war ein Wirbelwind, und meine Mutter ein Blitzstrahl! Ich bin Leviathan, das größte Tier der düsteren Tiefen!« Er ging vor dem entsetzten Terwilliger hin und her. »Ich bin halb Zyklon und halb Tornado! Ich wurde von einer Supernova hervorgebracht und in einem See aus Lava getauft! Ich kann jeden, ob Mann oder Alien, das je geboren, geworfen oder ausgebrütet wurde, niederkämpfen, niedertrinken, niederficken und niederfluchen!«

Terwilliger, dem die Tränen das Gesicht herabliefen, wandte sich an den Engel, der sich etwas von ihm abgesetzt hatte.

»Bitte!« wimmerte er.

»Du glaubst, dieser Knirps wird dir helfen?« wollte Bates wissen. Er warf den riesigen Kopf zurück und lachte. »Nun, ich würde ihn zerquetschen wie eine Fliege! Ich würde ihm Arme und Beine abbeißen und die Knochen ausspucken!«

Der Engel blickte ihn mit mildem Interesse an, gab jedoch keinen Kommentar ab.

»Ich bin durch die halbe Galaxis gefahren, um dich mageren kleinen Wurm zu finden!« brüllte Bates und richtete die Aufmerksamkeit wieder auf Terwilliger. »Ich habe auf Nahrung und Schlaf und Frauen verzichtet, nur für diesen Augenblick.«

Mit einer für einen derart großen Mann überraschenden Geschwindigkeit ergriff er den Spieler vorn bei der Anzugjacke und zog ihn näher.

»Jetzt wirst du erfahren, was jedem zustößt, der glaubt, MannBerg Bates betrügen zu können!«

Er hob Terwilliger mit einer einzigen Hand hoch über den Kopf.

»Virtue!« jammerte der Spieler. »Um Gottes willen, sieh zu, daß er etwas *unternimmt!*«

Der Engel sah ausdruckslos dabei zu, wie Bates die immens großen Arme um Terwilliger schlang und zudrückte. Es ertönte ein einziger Schrei der Todesangst, gefolgt von einem scharfen, krachenden Laut, und dann warf Bates den leblosen Körper auf den Boden der Halle zurück.

Der riesige Mann funkelte die Gesichter im Raum an und setzte einen Fuß auf Terwilligers Nacken.

»Ich bin MannBerg Bates, und ich habe meine gerechte und schreckliche Rache ausgeübt!« brüllte er trotzig. »Jetzt habt ihr alle etwas, wovon ihr noch euren Enkelkindern erzählen könnt!«

Er drehte sich langsam um, bis er Virtue und dem Engel ins Gesicht sah.

»Du!« donnerte er und richtete einen riesigen Finger auf sie.

»Ich?« fragte Virtue.

»Er hat dich angerufen«, sagte Bates. »Warum?«

Virtue versuchte, eine Antwort zu formulieren, entdeckte, daß ihr Mund zu trocken zum Reden war, und hob die Schultern.

»Er war mir zweihunderttausend Kredits schuldig. Worin besteht deine Verbindung zu ihm?«

»Ich habe ihn kaum gekannt«, brachte sie mühsam heraus.

»Wer bist du?«

»Oh, niemand sehr Wichtiges«, sagte sie und tat einen schreckerfüllten Schritt rückwärts.

»Wenn ich herausfinde, daß du mich belogen hast, werde ich zurückkehren«, versprach er.

Sie schluckte einmal und nickte.

»Nun?« wollte er wissen, drehte sich um und funkelte den Portier an.

»Nun was, Sir?« fragte der Mann mit zittriger Stimme.

Bates deutete auf die Leiche ihm zu Füßen. »Willst du diesen Dreck hier nicht aufwischen?«

»Jawohl, Sir!« sagte der Portier und drückte den Wartungsknopf am Computer. »Gleich, sofort, Sir!«

»Gut. Ich möchte nicht, daß die Leute glauben, ein erstklassiges Hotel wie dieses hier hätte solch häßliche kleinen Würmer wie den da zu bieten!« Er betonte die letzten Worte, indem er auf Terwilligers Leiche spie, und blickte wieder auf. »Also schön! Jeder geht wieder seinen Geschäften nach!«

Niemand bewegte sich.

»Ich meine *auf der Stelle!*« brüllte er.

Plötzlich war die Eingangshalle ein wimmelnder, geschäftiger Ameisenhaufen von Leuten, die zu den Ausgängen und Aufzügen stürzten. Einen Augenblick später war niemand mehr da außer Bates, Virtue, dem Engel, dem Portier und zwei gerade eingetroffenen Müllmännern, die sich anschickten, die verdrehte Leiche des kleinen Spielers zu entfernen.

MannBerg Bates trat ein paar Schritte auf Virtue und den Engel zu.

»Ihr auch!« sagte er. »Verschwindet!«

Der Engel ging auf die Eingangstür zu.

»So jemanden wie ihn habe ich noch nie gesehen«, flüsterte Virtue. »Er ist sowas wie eine Urgewalt!«

»Er redet zuviel«, sagte der Engel.

»Das habe ich gehört!« sagte Bates drohend.

Der Engel ging weiter, und Bates kam herüber, packte ihn an der Schultern und wirbelte ihn herum.

»Niemand geht von mir weg, wenn ich mit ihm rede«, sagte Bates mit einem ekelhaften Lächeln auf dem Gesicht.

Der Engel wand sich los und begegnete seinem Blick.

»Ich mag es nicht, wenn man mich berührt«, sagte er leise.

»Du magst das nicht, hm?« grinste Bates und legte dem Engel erneut die Hand auf die Schultern.

Der Engel schlug die Hand weg. »Nein, das mag ich nicht.«

Auf einmal schlug ihm Bates vor die Brust, so daß der Engel gegen eine Wand taumelte.

»Lassen Sie ihn in Ruhe!« sagte Virtue. »Er hat Ihnen nichts getan!«

»Er hat mich beleidigt«, sagte Bates und tat einen drohenden Schritt auf den Engel zu. »Abgesehen davon ist mein Blut jetzt in Wallung! Es gibt nichts Besseres, als einen Rücken zu brechen, damit die Säfte eines Mannes fließen!«

»Engel, sagen Sie ihm, es täte Ihnen leid, und dann nichts wie weg hier!« bat Virtue verzweifelt, während ihre Visionen von Wohlstand und Ruhm bei der Vorstellung dahinschwanden, wie der Körper des Engels als verkrümmter Haufen neben Terwilliger lag.

»Du bist der Engel?« wollte Bates wissen, und dabei glitt ihm kurzzeitig ein Ausdruck von Unsicherheit übers Gesicht.

»Das stimmt.«

»Warum hast du dann gesagt, daß ich zuviel rede?«

»Weil du zuviel redest«, erwiderte der Engel.

»Mir ist egal, wen du getötet hast!« dröhnte Bates, auf einmal wieder wütend. »Du wirst dich entschuldigen, oder ich werde als der Mann bekannt sein, der den Engel mit bloßen Händen getötet hat!«

Der Engel starrte ihn einen Augenblick lang kalt an. Schließlich ergriff er das Wort.

»Es tut mir leid, daß du zuviel redest.«

»Das reicht!« knurrte Bates. »Du bist ein toter Mann! Heute abend wird es einen weiteren Engel in der Hölle geben!«

Er trat weitere zwei Schritte vor und war nun in Reichweite des Engels.

»Du kannst noch immer Schluß damit machen«, sagte der Engel. »Auf dich steht kein Kopfgeld!«

Bates brüllte einen Fluch, holte aus und lenkte einen wilden Schwinger auf den Kopf des Engels. Der Engel duckte sich, und die Faust des riesigen Mannes ging glatt durch die Wand. Während er versuchte, die Hand herauszuziehen, griff der Engel nach vorn, machte mit der rechten Hand zwei unglaublich rasche Bewegungen und trat beiseite.

Bates brüllte einen weiteren Fluch, als er erneut versuchte, die Hand aus der Wand herauszuziehen. Dann breitete sich auf seinem Gesicht ein überraschter Ausdruck aus, und er senkte langsam den Blick dorthin, wo seine Innereien durch einen Schlitz vorn im Mantel herausquollen.

»Ich kann's nicht glauben!« brummte er, während er versuchte, sie mit der freien Hand zusammenzuhalten.

Der Engel beförderte seine Waffe in den Mechanismus zurück, der in seinem Ärmel verborgen war.

»Aber ich bin MannBerg Bates!« murmelte der Riese ungläubig, brach in die Knie und starb.

»Mein Gott!« rief Virtue aus und starrte mit morbider Faszination auf Bates, dessen Hand noch immer in der Mauer steckte. »Womit haben Sie ihn aufgeschlitzt?«

»Mit was Scharfem«, erwiderte der Engel ruhig. Er ging zur Portierloge hinüber. »Sie rufen besser die Polizei!« sagte er.

»Ich habe den Alarm in der Sekunde gedrückt, als dieser Bursche da die Tür aufgebrochen hatte«, antwortete der Portier mit bleichem und schweißnassen Gesicht. »Sie wird jede Minute hier sein.«

»Sie sind doch sicherlich gewillt zu bezeugen, daß ich ihn in Notwehr getötet habe«, fuhr der Engel fort.

»Natürlich, Mr. ... öh ... Mr. Engel?«

Der Engel starrte ihn einen Augenblick lang an und wandte sich dann Virtue zu.

»Das war Ihre Schuld, wissen Sie«, sagte er.

»Meine?« wiederholte sie.

Er nickte. »Wenn Sie Terwilliger nicht versprochen hätten, ich würde ihn beschützen, hätte er nicht hier herumgehangen, bis Bates aufgetaucht ist.«

»Dann hätte ihn Bates hundert Meter entfernt getötet, oder einen halben Kilometer entfernt, oder auf dem Raumhafen«, sagte Virtue. »Geben Sie nicht mir die Schuld dafür!«

»Aber *ich* hätte Bates nicht töten müssen«, erklärte der Engel geduldig. »Es war verschwendete Mühe. Er ist nirgendwo im Grenzland auch nur einen Kredit wert.«

»*Das* ist alles, was er für Sie ist?« fragte Virtue ungläubig. »Nur verschwendete Mühe? Mein Gott, er war der Leviathan in eigener Person, wie er gesagt hat!«

»Er war einfach ein Mann. Er blutet wie jeder andere auch.«

Die Polizei traf ein, und der Engel verbrachte die nächsten paar Minuten damit, die Ereignisse einem äußerst respektvollen Officer zu erzählen, der ein gutes Gespür hatte und ihn nicht bat, den Paß vorzuzeigen.

Nachdem er schließlich seine Erklärung abgegeben hatte und der Officer nun den Portier befragte, und zwei weitere Polizisten versuchten, Bates Hand aus der Wand zu lösen, ging der Engel erneut zu Virtue hinüber.

»Übrigens, was genau hat Terwilliger im Austausch gegen meinen Schutz für Sie getan?«

»Nichts.«

»Ich habe Ihnen eine Frage gestellt«, sagte er. »Ich erwarte eine Antwort!«

»Er hat eine völlig unnötige Nachricht an einen Mann geschickt, den ich niemals mehr wiedersehen werde«, sagte Virtue ernst, während sie ehrfurchtsvoll die riesenhafte Leiche von MannBerg Bates anstarrte.

»Cain?« fragte er.

Sie wandte sich ihm zu und lächelte.

»Wer ist Cain?«

18

Simple Simon traf da einen, der verkaufte süße Torten:
Simple Simon zückt sein Messer,
sucht nicht lange erst nach Worten
Simple Simon will es scheinen: ein Verbrecher lebt viel besser.
Nicht für Torten braucht der Simon ein blitzblank
geschliff'nes Messer

Er benutzte niemals ein Messer, das war nur ein Fall, bei dem der Schwarze Orpheus ein wenig dichterische Freiheit in Anspruch nahm.

Und er war alles andere als simpel.

Tatsächlich hatte er Diplome in Mathematik und Laseroptik sowie in zwei oder drei eher esoterischen Wissenschaftsbereichen, und den guten Teil eines Jahrzehnts lehrte er an einer der größeren Universitäten auf Lodin XI. Er hatte eine Menge Geld in den Getreidehandel investiert, als eine Rekordernte von *Kirtit*, dem lodinianischen Äquivalent von Weizen, die Preise ins Bodenlose stürzen ließ und seine gesamten Rücklagen aufgezehrt wurden. Kurz darauf kam er zu der Auffassung, das Gehalt eines Professors könne ihm niemals das verschaffen, was er haben wollte.

Also verließ er die Demokratie und machte sich ins innere Grenzland auf, wo er eine neue Art von Studium begann, das zum größeren Teil aus Mord und zum kleineren Teil aus Bigamie bestand. Er tötete seine ersten vier Frauen, und es gelang ihm, die Lebensversicherungen der ersten drei abzukassieren, ehe ihm aufging, daß er eine Menge mehr Geld machen könnte, wenn er sich nicht darauf beschränkte, die eigenen Ehegesponsen zu ermorden.

Umgehend wurde er zum freiberuflichen Killer, der sich anheuern ließ. Weil er ein wissenschaftlicher Charakter war, bevorzugte er selbsthergestellte Laserwaffen, und weil er einen gesunden Respekt vor denjenigen hatte, welche größere körperliche Geschicklichkeit besaßen als er selbst, neigte er dazu, sich auf sorgfältig entwickelte Todesfallen zu konzentrieren statt auf persönliche Konfrontation.

Sein neuer Beruf zwang ihm einen gewissen Grad an Bescheidenheit auf, und zwar so sehr, daß er zur Tarnung einen wissenschaftlichen Analphabeten mimte. Orpheus durchschaute ihn natürlich völlig — Fassaden zu durchschauen, war eines der Dinge, die er am besten verstand —, und nannte ihn als privaten Jokus den Einfältigen Simon, Simple Simon. Der Name blieb haften, und es dauerte nicht lange, bis das Hologramm des Simple Simon die Wände der Postämter im inneren Grenzland zierte.

Der Engel stand im Postamt des Raumhafens und warf einen kurzen Blick auf Simons Gesicht, während er überprüfte, ob es irgendwelche Flüchtigen gab, die seiner Aufmerksamkeit wert seien. Virtue, die Handtasche über der Schulter, stand im Eingang und wartete auf ihn.

»Ich habe gedacht, Sie wollten zu Santiago«, sagte sie, als er zu ihr kam. »Warum sich die Mühe geben und eine Bande zweitklassiger Schurken studieren?«

»Macht der Gewohnheit«, erwiderte er und ging den Korridor hinab, der zu seinem Raumschiff führte. »Abgesehen davon hat ihn Cain oder sonstwer meines Wissens nach bereits getötet — und ich muß noch immer einen Planeten kaufen.«

»Also ist die Wand des Postamtes im Endeffekt ihr berufliches Fachjournal«, kommentierte Virtue.

»So habe ich das noch nie betrachtet.«

»Weil Sie kein Journalist sind«, sagte sie.

Es waren beachtlich weniger Hindernisse zu überwinden als bei ihrem letzten Gang durch den Raumhafen — Virtue nahm an, die lokalen Behörden hatten Anweisung gegeben, den Engel so rasch wie möglich vom Planeten herunterzubefördern —, und ein paar Minuten später betraten sie einen der drei Dutzend Miethangars für private Raumschiffe und kletterten ins Schiff.

»Irgend etwas stimmt nicht«, sagte der Engel und inspizierte die Hilfskontrollkonsole, die unmittelbar hinter der Luke angebracht war.

»Was meinen Sie damit?«

»Das Alarmsystem ist ausgelöst worden. Nichts berühren!«

»Wird es explodieren?« fragte sie nervös.

Er schüttelte den Kopf. »Das möchte ich bezweifeln. Wenn man eine Bombe gelegt hätte, hätten Sie sie in dem Augenblick ausgelöst, als Sie einen Fuß ins Schiff gesetzt haben.«

»Haben Sie mich deshalb zuerst durch die Luke gehen lassen?« wollte sie wissen.

Er gab keine Antwort, blickte sich jedoch eine weitere Minute lang sorgfältig um, ohne weiter ins Schiff zu gehen, und wandte sich daraufhin wieder ihr zu.

»Also schön«, sagte er. »Gehen wir wieder 'raus — vorsichtig!«

Sie folgte ihm durch die Luke, und einige Augenblikke später stand sie etwa zwanzig Meter vom Schiff entfernt und starrte es an, während der Engel über Intercom mit einem Sicherheitsbeamten des Raumhafens sprach.

»Nichts ist geschehen«, sagte sie, als er wieder zu ihr trat.

»Wenn es nicht in die Luft geflogen ist, während Sie darin herumgegangen sind, wird es wahrscheinlich auch nicht in die Luft fliegen, wenn Sie es anstarren«, bemerkte er.

»Was hat man damit angestellt?« fragte sie.

»Das möchte ich gerne herausfinden.«

Einen Augenblick später erschien, mit gequältem Blick, ein Sicherheitsoffizier.

»Wo liegt das Problem?« fragte er.

»Jemand ist in meinem Schiff gewesen, nachdem ich gelandet bin«, sagte der Engel.

»Ach? Wer?«

»Das möchte ich gern wissen.«

Der Sicherheitsoffizier ging zum Intercom, verlangte einen Nebenanschluß für Offiziere, flüsterte einen Augenblick ganz leise und kehrte anschließend zum Engel zurück.

»Wenn ich es recht verstanden habe, ist Ihr Mechaniker gegen Sonnenaufgang vorbeigekommen.«

»Ich habe keinen Mechaniker bei mir.«

»Man hat mir gesagt, seine Papiere seien in Ordnung gewesen, und er habe einen Arbeitsauftrag mit Ihrer Unterschrift dabei gehabt.«

»Was für einer Unterschrift?« fragte der Engel scharf.

»Der Engel, nehme ich an«, entgegnete der Offizier. »Seit vergangenen Abend ist Ihre Identität nicht gerade ein Geheimnis.«

»Woher hat man gewußt, daß es meine Unterschrift war?« fragte der Engel. »Womit hat man sie verglichen?«

»Wie, zum Teufel, soll ich das wissen?« gab der Offizier zurück. »Wie ich annehme, hat man sich nicht die Mühe gegeben, die Unterschrift zu überprüfen. Der Mann arbeitet für eine angesehene Firma. Man hat es ihm vielleicht auch so geglaubt.«

»Welche Reparaturen hat er durchführen wollen?«

»Ich habe nicht die geringste Ahnung«, sagte der Sicherheitsoffizier.

»Warum nicht?«

»Sehen Sie — ich habe die letzten fünf Stunden damit verbracht, der Frachtgesellschaft dabei zu helfen, ein verlorengegangenes Tier wiederzufinden, das vermutlich aus dem Antares-Sektor eingeflogen worden ist. Ich kann herausfinden, was Sie wissen möchten, aber ich muß bei der Sicherheitsabteilung, bei der Wartung und bei weiß der Teufel wem sonst noch nachsehen, wer vielleicht seinen Arbeitsauftrag auf dem File haben könnte.«

»Dann tun Sie das. Auf der Stelle!« sagte der Engel. »Anschließend nehmen Sie mit seinem Arbeitgeber Verbindung auf und fragen nach, ob die dort jemals von ihm gehört haben. Und daraufhin holen Sie einen Mechaniker, für den Sie persönlich bürgen können, damit er mein Schiff auf Herz und Nieren überprüft!«

»Wo kann ich Sie erreichen?« fragte der Sicherheitsoffizier.

»Ich werde im Restaurant auf Ihren Bericht warten.«

»Das kann eine Weile dauern.«

»Sehen Sie zu, daß das nicht so ist!«

Der Engel machte sich, gefolgt von Virtue, zum Korridor auf. Sie kamen an mehreren Souvenirläden sowie zwei Alien-Restaurants vorüber und erreichten schließlich ein großes Restaurant für Menschen. Der Kopfjäger sah sich um und ging dann an einer Anzahl leerer Tische vorbei, bis er einen Tisch in der Ecke des Raums erreichte, der ihm zusagte.

»Warum hier?« fragte Virtue und ließ sich ihm gegenüber nieder.

»Jemand hat mein Schiff sabotiert«, sagte er. »Ich fühle mich sicherer, wenn ich mit dem Rücken zur Wand sitze.«

»Aber es macht Ihnen nichts aus, daß *ich* mit dem Rücken zum Eingang sitze?« verlangte sie zu wissen.

»Überhaupt nichts«, erwiderte er.

»Sind Sie immer schon so rücksichtsvoll gegen andere gewesen, oder ist das erst mit zunehmender Reife so gekommen?« fragte sie sarkastisch.

»Setzen Sie sich hin, wo Sie wollen!« sagte er und wies auf eine Anzahl leerer Tische. »Mir ist das völlig egal.«

Sie seufzte. »Lassen Sie uns das Thema wechseln.

Haben Sie heute morgen irgend etwas Brauchbares erfahren?«

»Ich habe Namen und Ort der nächsten Welt in Erfahrung gebracht, die wir aufsuchen werden.«

»Würde es Ihnen etwas ausmachen, diesen kleinen Happen Information mitzuteilen, oder spielen wir lieber ein Ratespiel?«

»Ich sage es Ihnen, sobald wir Sunnybeach verlassen haben.«

»Das ist bekloppt!« fauchte sie. »Selbst wenn Sie mir sagen würden, welchen Planeten wir aufsuchen werden, wüßte ich nicht, nach wem oder wonach Sie dort suchen. Glauben Sie wirklich, ich würde eine Passage von hier buchen, während Sie auf den Mechaniker warten, der Ihr Schiff überprüfen soll?«

»Nein.«

»Warum benehmen Sie sich dann so?«

»Weil es für einen Mann meines Berufs die einzig wichtige Tugend ist, nicht Waffen oder einen körperlichen Zweikampf zu bemeistern, sondern besonders auf Einzelheiten zu achten.«

»Was hat das mit dem zu tun, worüber wir gerade reden?«

»Hören Sie genau zu, denn ich erkläre es nur einmal!« sagte der Engel und zündete sich eine Zigarre an. »Wenn ich Ihnen den Namen unseres nächsten Zielhafens nennen würde, könnten Sie mit dieser Information nur zwei Dinge tun: sie ignorieren oder sie gebrauchen. Wenn Sie die Information ignorieren, was Sie fast sicher tun werden, brauchen Sie sie zunächst nicht — aber wenn Sie die Information gebrauchen, werden Sie sie zu meinem Schaden gebrauchen.«

»Aber damals auf Neu Ecuador haben Sie mir gesagt, daß wir als nächstes nach Sunnybeach fliegen würden«, gab sie zu bedenken.

»Auf Neu Ecuador war mein Schiff funktionsfähig«, erwiderte er. »Wenn Sie aufgrund dieser Information auf eigene Faust gehandelt hätten, hätten Sie Sunnybeach niemals lebend erreicht.«

»Ich kann Ihnen gar nicht sagen, wie sehr mich ein derartiges Vertrauen berührt«, sagte sie zynisch.

»Ich gebe mein Vertrauen nicht leichtfertig«, gab er zurück. »Sie haben nichts getan, womit sie es verdienen.«

»Wovon reden Sie eigentlich? Ich habe Ihnen alles über Cain gesagt, oder etwa nicht?«

»Seinen Partner zu hintergehen, ist nicht unbedingt jene Art von Verhalten, das dazu inspiriert, jemandem Vertrauen zu schenken«, sagte der Engel. »Habe ich bereits erwähnt, daß ich heute morgen am Informationszentrum Ihres Hotels vorbeigeschaut habe, während Sie noch schliefen?«

»So?«

Er nickte. »Ich war neugierig auf die Nachricht, die Sie Terwilliger gestern nachmittag an Cain haben senden lassen. Die diensthabende Person war freundlich genug, mir eine Kopie davon zu geben.«

»Das war nicht erlaubt!«

»Sobald ich mit ihm die Alternativen durchdiskutiert hatte, schien er mehr als glücklich, mir den Gefallen tun zu dürfen.«

»Ich habe Ihnen gestern abend davon berichtet«, sagte Virtue verteidigend. »Es bedeutete, verdammt noch mal, überhaupt nichts. Ich bin lediglich auf Nummer Sicher gegangen — aber Sie sind derjenige, auf den ich gesetzt habe.«

Er starrte sie an und gab keine Antwort.

»Sehen Sie mal«, fuhr sie fort. »Ich hätte gestern am Raumhafen bleiben können, nachdem Sie in die Stadt gefahren sind, und das nächste Schiff von hier nehmen können. Das sollte Ihnen etwas beweisen.«

»Es beweist Ihren gut entwickelten Sinn für Selbstschutz«, gab er zurück.

»Ich weiß nicht, warum ich meine Zeit damit vergeude, mit Ihnen zu reden!« fauchte sie.

»Weil Sie Santiago finden wollen«, sagte der Engel, winkte einer Kellnerin und bedeutete ihr, zwei Kaffee zu bringen. »Das Problem«, fuhr er fort, »besteht darin, daß *er* uns offenbar als erster gefunden hat.«

»Sie meinen, Santiago hat das Schiff sabotiert?« fragte Virtue.

»Nicht persönlich, natürlich. Aber ich habe den Verdacht, er hat es befohlen.«

»Warum hat er Sie nicht einfach umbringen lassen?«

»Es ist etwas schwieriger, mich umzubringen, als Sie glauben mögen«, sagte er ruhig.

»Aber welchen Zweck hätte es haben sollen, wenn er am Schiff herumwurschtelte?« beharrte sie. »Es kann keine Warnung sein. Er muß wissen, daß er Sie nicht abschrecken kann.«

»Das ist es ja, was mich so durcheinander bringt«, sagte der Engel. »Es ergibt überhaupt keinen Sinn — und Santiago ist kein Dummkopf.«

»Vielleicht haben es Cain oder der Swagman angeordnet«, schlug sie vor. »Sie sind sicherlich interessiert daran, Ihre Weiterreise zu verzögern.«

Er schüttelte den Kopf. »Sie wären noch mehr interessiert daran, mich *lahmzulegen.*«

»Nur weil das Schiff nicht explodiert ist, bedeutet es nicht, daß dort keine Bombe liegt.«

»Niemand würde einen von uns beiden rächen oder einem von uns beiden eine Träne nachweinen«, erwiderte der Engel. »Wenn dort eine Bombe gewesen wäre, wäre sie in dem Augenblick explodiert, als wir das Schiff betreten haben.«

»Schließen Sie doch nicht von sich auf andere!« fauchte sie. »Ich habe eine Menge Freunde!«

»Das möchte ich bezweifeln«, sagte der Engel.

Der Kaffee traf ein, und sie warteten, bis sich die Kellnerin außer Hörweite befand, ehe sie weiterredeten.

»Könnte es ein Freund von MannBerg Bates gewesen sein?« fragte Virtue.

»Er hatte wohl kaum irgendwelche Freunde«, erwiderte der Engel. »Abgesehen davon rächt man den Tod eines Freundes nicht dadurch, daß man das Schiff des Killers beschädigt.«

Er runzelte die Stirn. »Es muß Santiagos Tat sein. Ich wünschte nur, ich könnte etwas mehr damit anfangen.«

Ein Frau in der Kleidung eines Mechanikers betrat das Restaurant, blickte sich um und näherte sich ihrem Tisch.

»Sind Sie der ... Sind Sie Mr. William Jennings?« fragte sie zögernd.

»Ja.«

»Ich habe gerade einen Blick auf Ihr Schiff geworfen«, sagte sie. »Ich muß es wesentlich gründlicher überprüfen, ehe ich Ihnen einen vollständigen Schadensbericht erstatten kann, aber Sie hatten recht gehabt: jemand hat daran herumgefummelt.«

»Es gab wohl keine Explosivstoffe?«

Sie schüttelte den Kopf. »Nicht, daß ich welche hätte finden können. Es sieht weniger danach aus, als habe man Sie töten wollen, als vielmehr danach, Sie hier einige Tage lang festzuhalten.«

»Wie viele?«

»Auf der Basis dessen, was ich bislang gefunden habe, schätze ich, es wird zwei oder drei Tage benötigen, die Ersatzteile heranzuschaffen und einzusetzen.« Sie zögerte. »Es könnte eine Menge Geld kosten. Möchten Sie zunächst einen Kostenvoranschlag?«

Der Engel schüttelte den Kopf. »Tun Sie einfach, was nötig ist, damit es wieder funktioniert.«

»Wo kann ich mit Ihnen Verbindung aufnehmen, wenn es fertig ist?« fragte sie.

»Gar nicht«, sagte er. »Aber ich werde einige Male am Tag vorbeischauen. Nach wem soll ich fragen?«

Sie gab ihm Namen und Identifikationsnummer und verließ das Restaurant.

»Sie sehen noch immer besorgt aus«, sagte Virtue, die ihn beobachtet hatte.

»Das bin ich auch noch immer«, entgegnete er. »Was glaubt Santiago zu gewinnen, wenn er mich hier für zwei oder drei Tage bindet? So nah kann ich ihm noch nicht sein.«

Er trank die Tasse Kaffee aus und bestellte eine weitere.

»Warum gehen wir nicht in die Bar?« schlug Virtue vor, während sie ihren Kaffee angewidert anstarrte.

»Weil wir die Köpfe klar behalten wollen, bis wir herausfinden, was los ist«, erwiderte der Engel mit einigem Ekel.

Sie funkelte ihn einen Augenblick lang an, hob dann die Schultern und nippte an ihrer halbleeren Tasse.

Weitere fünf Minuten saßen sie schweigend da, und dann trat der Sicherheitsoffizier zum Engel.

»Ich habe wegen des Mechanikers nachgesehen ...«, begann er.

»Seine Firma hat nie von ihm gehört, und Sie können ihn nicht im Directory finden«, sagte der Engel. Das war keine Frage.

Der Offizier seufzte und nickte. »Diesmal hat uns wirklich jemand hereingelegt.« Er zog eine zweidimensionale Kopie der Identifikationskarte des Mechanikers hervor. »Das ist der Bursche. Kommt er Ihnen irgendwie bekannt vor?«

Der Engel studierte das Photo über der Unterschrift und dem Daumenabdruck des Mannes.

»Nein«, sagte er. »Macht es Ihnen etwas aus, wenn ich das hier behalte?«

»Nicht im geringsten«, sagte der Offizier. »Es ist im Computer, falls wir eine weitere Kopie benötigen.« Er hielt inne. »Wir bleiben von unserer Seite aus dran, und ich gehe davon aus, daß Sie ... öh ... gewisse private Quellen haben?«

Der Engel gab keine Antwort.

»Nun ja, denn«, sagte der Offizier, »wenn Sie mich entschuldigen wollen, ich muß zurück an die Arbeit.«

»Den Saboteur suchen?«

Er schüttelte den Kopf. »Der Scanner an einem der Passagierterminals ist zusammengebrochen«, sagte er entschuldigend. »Das ist wieder einer dieser Tage! Aber ich stelle sicher, daß einer der Offiziere Ihrem mysteriösen Mechaniker auf der Spur bleibt.«

Der Engel starrte ihn an.

»Wenn sie's bis morgen früh nicht heraus haben, werde ich die Nachforschungen selbst in die Hand nehmen«, versprach er mit einem nervösen Lächeln. Er trat zurück, stolperte über einen Tisch, entschuldigte sich, drehte sich um und verließ rasch das Restaurant.

»Etwas dagegen, wenn ich einen Blick draufwerfe?« fragte Virtue.

»Bitte, gerne!« sagte der Engel und reichte ihr die Karte.

Sie starrte das bärtige Gesicht an. »Ich gehe jede Wette ein, daß er jetzt glattrasiert ist — wenn der Bart da überhaupt echt gewesen ist.«

Sie reichte ihm die Karte zurück. Er warf einen letzten Blick darauf, ehe er sie in eine Tasche gleiten ließ, legte ein paar Münzen auf den Tisch und stand auf.

»Also los denn!« sagte er.

»Wohin?«

»Wir erhalten keine Antwort, wenn wir hier herumhängen«, sagte der Engel. »Und die Verwaltung des Raumhafens wird uns von keinerlei Nutzen sein.« Er zögerte. »In gewisser Hinsicht könnte das für uns ein Segen sein.«

»Wie meinen Sie das?« fragte sie.

»Weil, wenn ich den Mann finde, der mein Schiff sabotiert hat, dann bin ich vielleicht imstande, eine direkte Linie zu Santiago zu bekommen. Ich könnte uns ein paar Wochen Sucherei ersparen.«

»Wo werden wir mit der Suche anfangen?«

»Nicht *wir* suchen ihn; *ich* suche«, sagte er bestimmt. »Sie gehen jetzt ins Hotel zurück und warten dort auf mich.«

»Den Teufel werde ich tun!«

Er starrte sie kalt an. »Ich teile Ihnen unseren nächsten Zielhafen nicht mit, also können Sie sich auch gewiß sein, daß ich Ihnen nicht gestatten würde mitzubekommen, wenn die Spur einer Chance besteht, tatsächlich herauszufinden, wo Santiago ist.«

Sie wollte schon erneut protestieren, aber irgend etwas in seinen farblosen Augen brachte sie dazu, sich anders zu entscheiden.

Schweigend gingen sie durch den Raumhafen zum Mietwagenbereich. Nachdem sie dort angelangt waren, wandte sich Virtue an den Engel.

»Wieder getrennte Fahrt?« fragte sie ätzend.

Er schüttelte den Kopf. »Wir fahren gemeinsam.«

»Das ist unmöglich Höflichkeit, und Ritterlichkeit haben wir sowieso schon ad acta gelegt«, sagte sie mißtrauisch.

»Ich möchte sicher gehen, daß Sie direkt ins Hotel fahren.«

»Werden Sie draußen vor meiner Tür Wache stehen, um sicherzugehen, daß ich dort auch bleibe?«

»Sobald sich die Eingangstür hinter Ihnen geschlossen hat, kümmert es mich nicht sonderlich, was Sie tun; so lange Sie nicht versuchen, mir zu folgen.«

Der Engel mietete ein Fahrzeug, und als sie die zehnminütige Fahrt in die Stadt antraten, stellte sich heraus, daß das System für Frischluftzufuhr bessere Tage gesehen hatte. Virtue entschloß sich, erst dann darüber zu klagen, wenn er es täte, und sie war erstaunt, sein Gesicht am Ende der Fahrt noch immer so trocken vorzufinden, wie es innerhalb des Raumhafens gewesen war, während sie selbst klatschnaß geschwitzt war.

Der Engel fuhr zum Eingang des Welcome Inn, wo Arbeiter damit beschäftigt waren, die Tür wieder einzusetzen, die MannBerg Bates herausgebrochen hatte, und wandte sich an Virtue.

»Bis morgen früh werde ich keine Verbindung mehr zu Ihnen aufnehmen, es sei denn, ich finde, wonach ich suche. Ich warne Sie nochmals, mir zu folgen. Da ich nicht weiß, wo ich anfangen soll, werde ich bei den niedersten Exemplaren der hiesigen kriminellen Elemente beginnen und mich weiter hocharbeiten. Sie werden sich kaum als eine sehr freundliche oder entgegenkommende Bande erweisen, und die Wahrscheinlichkeit ist sehr gering, daß ich Sie beschützen kann, falls Sie sich da irgendwo herumtreiben — also gehen Sie einfach auf Ihr Zimmer, nehmen Sie eine Mahlzeit ein und entspannen Sie sich!«

»Und Sie sind also der Ansicht, Sie könnten herausfinden, wer Ihr Schiff sabotiert hat, indem Sie eine Bande Schmalspur-Krimineller das Fürchten lehren?« fragte sie spöttisch.

»Vielleicht nicht«, gab er zu. »Aller Wahrscheinlichkeit nach ist der Mann, der am Schiff gearbeitet hat, längst von Sunnybeach verschwunden. Aber ich stecke hier die nächsten paar Tage fest, und ich muß irgendwo anfangen, also ...«

Plötzlich brach er ab und starrte durchdringend aus dem Fenster auf einen schäbig gekleideten Bettler, der in etwa zwanzig Metern Entfernung um Münzen bettelte.

Plötzlich lächelte der Engel.

»Jetzt fügt sich alles zusammen«, sagte er leise.

»Was?«

»Schon gut.« Er wandte sich wieder ihr zu. »Wenn Sie ins Hotel gehen, suchen Sie sich einen netten gemütlichen Sessel in der Eingangshalle.«

»Wovon reden Sie eigentlich?«

»Sie haben gehört.«

»Mir ist heiß, und ich bin müde, und so lange ich in diesem Höllenloch feststecke, habe ich die Absicht, aufs

Zimmer zu gehen, mich unter den Duschtrockner zu stellen und die Kleider zu wechseln.«

»Das würde ich Ihnen nicht raten«, sagte der Engel.

»Allmählich bin ich's leid, von Ihnen Befehle entgegenzunehmen!« fauchte Virtue.

»Also schön«, sagte er mit einem Achselzucken. »Tun Sie, was Sie wollen.«

»*Warum* soll ich nicht auf mein Zimmer gehen?« wollte sie wissen. Sie war sich auf einmal selbst unsicher.

»Weil ich unter falschen Voraussetzungen operiert habe«, erklärte er. »Ich habe gedacht, jemand sei darauf aus, mich aufzuhalten. Aber es sind *Sie,* hinter der er her ist.« Er griff nach vorn aufs Armaturenbrett und drückte den Türöffner. »Jetzt gehen Sie in die Vorhalle und sehen sich dabei nicht um!«

Auf einmal ertappte sich Virtue dabei, wie sie hinaus auf den Bürgersteig trat, unempfindlich gegen die durchdringende Hitze, und der Engel fuhr los und verschwand in der Ferne. Sie zwang sich dazu, den Blick genau geradeaus zu richten, ging an der Portiersloge vorüber, wandte sich daraufhin nach links und fand einen Sessel, der von der Schwelle aus nicht einsehbar war.

Sie saß völlig reglos da, fürchtete sich, auch nur ein wenig Aufmerksamkeit auf sich zu lenken, und sie fragte sich, was sie als nächstes tun solle. Verstohlen musterte sie die Leute in der Halle und versuchte zu entscheiden, welche davon wie Killer aussahen, und sie kam zu dem wenig erbaulichen Schluß, daß sie *alle* wie Killer wirkten.

Nach etwas, das ihr wie eine Ewigkeit erschienen war, betrat schließlich der Engel die Halle, begleitet von dem Bettler, der völlig verwirrt ausschaute. Der Kopfjäger blickte in ihre Richtung und ruckte mit dem Kopf.

Sofort stand sie auf und deutete fragend auf sich selbst. Er nickte, und als sie auf dem Weg zu den Aufzügen zu ihnen stieß, fiel ihr auf, daß der Engel dem Bettler eine kleine Handfeuerwaffe in den Rücken gedrückt hatte.

»Ich kann mich nur wiederholen, Sir — Sie begehen einen schrecklichen Fehler«, wimmerte der Penner, nachdem sich alle drei im Aufzug befanden und zu Virtues Korridor aufstiegen. »Ich habe Sie in meinem ganzen Leben noch nicht gesehen, so wahr mir Gott helfe!«

»Aber *ich* habe *dich* angesehen«, entgegnete der Engel grimmig. »Du hast mich von der Wand im Postamt angestarrt.«

»Ich bin noch nie auf der Post gewesen.«

Der Engel gab keine Antwort, und wenige Sekunden später kam der Aufzug zum Stehen.

»Wer ist das?« fragte Virtue, während sie hinaus in den leeren Korridor traten.

»Sein Name ist Simple Simon«, sagte der Engel und drückte dem Penner die Waffe in den Rücken, bis der Mann weiterging. »Und er ist ein wenig komplizierter, als er zu sein scheint.«

»Nun, da haben Sie's, Sir«, sagte der Penner. »Ich heiße überhaupt nicht Simon. Ich heiße Brubaker, Sir, Robert Brubaker. Ich habe meinen Ausweis bei mir.«

»Weitergehen!« befahl der Engel.

»Wenn er wirklich ein gesuchter Killer ist, wie ist er dann durch den Zoll gekommen?« fragte Virtue.

»Auf die gleiche Weise wie William Jennings«, sagte der Engel. »Wenn ich wollte, könnte ich zehn echte Pässe hervorzaubern, die bewiesen, daß *ich* Robert Brubaker bin.«

»Das glaube ich Ihnen aufs Wort«, gab Virtue zu.

»Aber *ich* bin Robert Brubaker«, protestierte der Penner. »Ich bin ein ehrbarer, hart arbeitender Mann, jawohl!«

»Hart arbeitend, natürlich«, sagte der Engel. Sie erreichten Virtues Zimmer. »Stehenbleiben!«

Der Penner blieb stehen.

»Also gut«, sagte der Engel und wich etwa fünf Meter

in den Korridor zurück. »Virtue, öffnen Sie die Tür und treten Sie dann beiseite! *Du*«, fuhr er fort und wies mit der Waffe auf den Penner, »gehst als erster hinein!«

»Anschließend kann ich nach Hause gehen?« fragte der Mann.

»Anschließend werden wir darüber reden.«

Virtue streckte die Hand aus, ließ das Computerschloß ihren Daumenabdruck überprüfen und sprang zurück, als die Tür in die Wand glitt. Der Penner schüttelte den Kopf und sah aus, als glaubte er wirklich, in die Gesellschaft von Verrückten geraten zu sein. Er seufzte auf und betrat das Zimmer.

Nichts geschah.

Der Engel ging zur Schwelle.

»Geh zum Fenster hinüber!« befahl er.

Der Penner tat, wie ihm geheißen.

»Jetzt setz dich auf jeden Sessel und dann aufs Bett!«

Der Engel wartete, während der Penner seinen Befehlen folgte, dann nickte er Virtue zu. Sie betrat das Zimmer, und der Engel folgte ihr.

»Sie müssen sich geirrt haben«, bemerkte Virtue.

»Schließen Sie die Tür und seien Sie ruhig!« sagte der Engel und durchforschte mit den Blicken den Raum.

»Hee!« sagte der Penner wütend. »Sie haben mir versprochen, mich gehenzulassen!«

»Ich habe versprochen, wir würden miteinander reden«, sagte der Engel, der einen vorsichtigen Rundgang durch das Zimmer machte, wobei sein Blick von einem Möbelstück zum nächsten schoß. »Bist du bereit, mir zu sagen, wo sie ist?«

»Wo *was* ist?« wollte der Mann wissen.

»Mein Kleiderschrank!« rief Virtue auf einmal aus.

»Öffne ihn!« befahl der Engel dem Penner.

»Er ist bereits offen«, sagte Virtue und wich vor ihm zurück. »Dies ist nur eine holographische Projektion.«

»Wie schaltet man die aus?«

»Weiß ich nicht.«

»Rufen Sie den Portier unten an und sagen Sie ihm, er solle sie ausschalten«, sagte der Engel.

Sie tat, wie ihr geheißen, und einen Augenblick später verschwand der Kleiderschrank und ließ an der Wand ein einzelnes, etwa ein Meter langes Metallkabel zurück.

»Das ist ja eine Erleichterung«, keuchte sie. »Einen Augenblick lang habe ich Ihnen wirklich geglaubt!«

Der Penner trat zum Engel. »Meine Frau und drei Kinder sind von mir abhängig«, sagte er anklagend. »Kann ich jetzt gehen?«

Der Engel stieß ihn in den Sessel zurück. »Du bist eine Leiche, Simon«, sagte er. »Die einzige Frage ist, ob ich dich jetzt oder später töte.«

»Aber mein Name ist nicht Simon!« rief der Mann verzweifelt. »Ich bin Robert Brubaker!«

»Halt's Maul!« sagte der Engel ruhig. Er setzte die systematische Überprüfung des Zimmers fort. An der Badezimmertür blieb er stehen und wandte sich mit einem Lächeln auf dem Gesicht dem Penner zu.

»Geschickt!«, sagte er bewundernd. »Sehr geschickt, Simon!«

»Ich weiß nicht, wovon Sie reden.«

»Wie du das zusammengebastelt hast.«

»Ich habe nichts zusammengebastelt.«

»Du wußtest nicht genau, ob nicht vielleicht ein Zimmermädchen vor Virtue den Raum betreten würde, folglich konntest du es nicht so einrichten, daß die erste Person, die durch die Tür ging oder in den Schrank griff, getötet wurde.«

»Also«, sagte der Penner, »wenn ich ins Bad gehe — werden Sie mich *dann* laufenlassen?«

»Ja«, willigte der Engel ein. »Aber du wirkst erhitzt, und offenbar ist dir auch nicht wohl. Vielleicht gehst du zunächst einmal unter den Duschtrockner!«

»Ich brauche keinen Duschtrockner. Ich möchte einfach nur gehen!«

»Aber ich bestehe darauf!«

»Verdammt!« schrie der Penner. »Sie richten eine Waffe auf mich, Sie zerren mich hier herauf, Sie beschuldigen mich, jemand zu sein, von dem ich noch nie gehört habe, und Sie drohen, mich umzubringen! Reicht das nicht aus? Können Sie mich jetzt nicht einfach in Ruhe lassen?«

»Nach dem Duschtrockner«, sagte der Engel.

»Ich werde mich nicht vor einer fremden Frau ausziehen.«

»Du behältst die Kleider an.«

»Ma'am?« bat er, sich an Virtue wendend. »Können Sie nicht dafür sorgen, daß er mich in Ruhe läßt? Ich bin ein einfacher Bettler, der niemals jemandem etwas getan hat.«

»Sie hat hier nicht das Sagen«, meinte der Engel und packte ihn fest am Handgelenk. »Bringen wir's hinter uns!«

Der Penner zerrte in entgegengesetzter Richtung, und der Engel ließ ihn los.

»Also schön«, brummte der Penner. »Sie haben gewonnen.«

»Dann ist er wirklich Simple Simon?« rief Virtue aus.

»Ich hab's Ihnen gesagt.«

»Warum der Duschtrockner?«

»Das ist eines der Dinge, die ein Zimmermädchen aller Erwartung nach nicht anrühren würde, selbst wenn sie das Bad reinigte«, sagte der Engel. »Und auf einem Planeten, wo die Durchschnittstemperatur irgendwo in der Gegend um 50 Grad liegt, geht man als erstes dahin, sobald man hierher zurückkehrt.« Er wandte sich Simon zu. »Habe ich recht?«

Simple Simon nickte schwach mit dem Kopf.

»Explosivstoffe oder Laser?« fragte der Engel.

»Laser.«

»Warum wolltest du *mich* töten?« wollte Virtue wissen.

»Da ist so ein Bursche auf Pegasus, der hat ein Kopfgeld auf Sie ausgesetzt«, erwiderte Simon.

»Dimitri Sokol?« fragte sie überrascht.

»Ja, genau der.«

»Aber er hat's bereits auf Goldenrod probiert«, sagte Virtue. »Ich hätte gedacht, das sei vorüber.«

»Dies hier ist kein Spiel, und es wird nicht nach den Regeln eines Gentleman gespielt«, warf der Engel ein. »Nur weil Sokol einen Fehlschlag erlitten hat, bedeutet das nicht, daß er aufgeben wird.« Er hielt inne. »Als ich unseren Freund hier draußen vor dem Hotel erkannt hatte, wurde mir klar, daß ich mich bei der Annahme geirrt hatte, Santiago habe das Schiff sabotiert. Simon mußte vergangene Nacht diesen Ort hier ausgekundschaftet haben, um Ihre Zimmernummer zu erfahren, also mußte er wissen, daß ich nicht hier wohnte. Die Tatsache, daß er sich dennoch hier aufhielt, bedeutete, er ist hinter *Ihnen* her. Er wartete einfach hier, um sicherzugehen, daß Sie tot waren. Vielleicht hat Sokol eine Holographie gefordert oder sogar Ihren Leichnam.« Der Engel wandte sich Simon zu. »Offensichtlich hast du mein Schiff sabotiert, um sie auf Sunnybeach zurückzuhalten, bis du sie töten könntest — warum jedoch solch ein Umstand? Warum hast du sie nicht einfach abgepaßt, als wir auf dem Raumhafen gelandet sind?«

Simon gab keine Antwort.

»Wenn ich erneut fragten muß«, sagte der Engel leise, »wirst du dir wünschen, du hättest beim ersten Mal geantwortet.«

Simple Simon starrte ihm in die farblosen Augen und kam zu dem Entschluß, daß er die Wahrheit sagte.

»Sokol hatte ausrichten lassen, daß sie mit Kopfjägern zusammenreist — erst der Singvogel, dann Vater William und jetzt Sie. Wenn ich also versucht hätte, sie im Freien zu treffen, hätte ich Sie gleichfalls vornehmen müssen, und da standen mir die Chancen zu schlecht.

Also dachte ich mir, es sei wohl der einfachste Weg, Ihr Schiff zu zerstören und sie umzubringen, wenn sie hierher zurückkäme. Glauben Sie mir, Engel«, sagte er aufrichtig. »Ich habe niemals die Absicht gehabt, Sie zu töten. Ich habe alles unternommen, Sie außen vor zu lassen, während ich meinen Geschäften nachging.«

»Das klingt so, als sei es völlig annehmbar, *mich* zu töten!« fauchte Virtue.

»Nun ja, *irgend etwas* müssen Sie ihm getan haben, sonst hätte er den Mord nicht angeordnet«, sagte Simon.

»Was ich getan habe, ist eine Sache zwischen ihm und mir«, sagte Virtue.

»Offenbar nicht mehr«, bemerkte der Engel. Er wandte sich Simple Simon zu. »Ich habe dir eine letzte Frage zu stellen. Wieviel hat Sokol geboten?«

»Fünfzigtausend Kredits.«

»Soviel?« fragte Virtue beeindruckt.

»Virtue, ich möchte, daß Sie sich diese Zahl merken«, sagte der Engel. »Also schön, Simon. Zeit für den Duschtrockner.«

»Aber ich habe nicht versucht, Sie zu töten!« sagte Simon verzweifelt.

»Du bist ein gesuchter Mann mit einem Preis auf seinem Kopf.«

»Tot oder lebendig!« protestierte Simon. »Nehmen Sie Kontakt zur Polizei auf und übergeben Sie mich denen!«

»Der Duschtrockner!« sagte der Engel eisig.

»Aber warum? Auf die andere Art bin ich dasselbe wert.«

»Ich hab's eilig, und du hast mich drei Tage gekostet.«

»Und deshalb werden Sie mich töten? Das ist Wahnsinn!«

Der Engel deutete mit der Waffe auf Simple Simon. »Geh jetzt, oder ich werde dich gleich an Ort und Stelle töten!«

Simon strömten wirklich und wahrhaftig Tränen übers Gesicht, als er widerstrebend aufstand und ins Bad ging. Der Engel folgte ihm, und einen Augenblick später vernahm Virtue einen einzigen Schrei der Todesangst. Daraufhin kehrte der Engel zurück.

»Den wären wir Gott sei Dank los!« sagte Virtue. »Stellen Sie sich das vor! Dieser Hurensohn sah nichts Falsches dabei, mich umzubringen!«

»Nachdem ich mir die Belohnung abgeholt habe, werde ich wohl Ihren Freund Sokol davon informieren, daß ich von ihm die Bezahlung der Reparatur meines Schiffs erwarte.«

»Das wird er niemals tun.«

»Ich habe ein paar Möglichkeiten, ihn dazu zu ermuntern«, sagte der Engel trocken. »Jetzt möchte ich, daß Sie einen Blick auf Simple Simon werfen.«

»Warum?«

»Weil ich's Ihnen gesagt habe.«

Sie hob die Schultern und ging ins Bad. Simple Simon lag auf dem Rücken, das Gesicht und Teile des Körpers von hunderten winziger Laserstrahlen weggebrannt, die ihn getroffen hatten, nachdem der Engel den Duschtrockner eingeschaltet hatte. In der Luft lag der Gestank von geröstetem Fleisch, und dünne Fäden schwarzen Rauchs stiegen aus zahlreichen Wunden auf.

Virtue unterdrückte den Drang, sich zu übergeben, und wich ins Schlafzimmer zurück.

»Gott, er sieht schrecklich aus!« gab sie zu.

»Er ist einen schrecklichen Tod gestorben«, erwiderte der Engel ruhig.

»Hätten Sie ihn nicht der Polizei übergeben können?« fragte sie. »Niemand verdient es, so zu sterben.«

»Das hätte ich tun können.«

»Warum haben Sie's nicht getan?«

»Weil Sie einen Denkzettel brauchten.«

»*Er* ist gestorben, weil Sie mir einen Denkzettel verpassen wollten?« fragte sie ungläubig.

»Er wäre auf jeden Fall gestorben, gleich, ob ich ihn getötet hätte oder die Regierung«, erwiderte der Engel. »Verschwenden Sie wegen ihm nicht allzu viele Tränen. Er hat mehr als fünfundzwanzig Männer und Frauen ermordet, und der Tod, den er gestorben ist, war Ihnen zugedacht.«

»Was soll ich aus all dem hier lernen?« fragte Virtue.

»Sie sind eine ziemlich tapfere und einfallsreiche Frau«, begann der Engel.

»Vielen Dank!« sagte sie sarkastisch.

»Aber Sie haben ebenso keinerlei Phantasie«, fuhr er fort. »Sie handeln vorschnell, ohne einen Gedanken an die Konsequenzen Ihrer Handlungen zu verschwenden. Sie sollten sich Simons Leichnam ansehen, weil ich Sie wissen lassen wollte, daß Sie sich mit Leuten zusammentun, für die das hier kein aufregendes Abenteuer ist, sondern tödlich ernstes Geschäft.«

»Das weiß ich bereits.«

»Ich wollte dieses Wissen nur bekräftigen«, sagte der Engel, »ehe ich Ihnen sage, was ich als nächstes zu sagen habe.«

»Und was ist das?« fragte sie angespannt.

»Während der vergangenen vierundzwanzig Stunden hatte ich zwei Männer zu töten. Keiner von beiden lag irgendwie im Streit mit *mir.*«

»Bates hatte auch mit *mir* keinen Streit gehabt«, unterbrach sie. »Er war hinter Terwilliger her.«

»Der seinerseits hier war, um sich mit Ihnen zu treffen«, sagte der Engel. »Sie haben mich zu einer Anzahl ungewöhnlicher Handlungen veranlaßt und mich auf meiner Jagd nach Santiago drei Tage gekostet.«

»Worauf wollen Sie hinaus?«

»Bis jetzt bin ich völlig gewillt gewesen, Sie Ihren eigenen Weg gehen zu lassen, wann immer Sie wollten«, sagte er. »Aber nach unserem Aufenthalt auf Sunnybeach *schulden* Sie mir etwas, und wenn wir Santiagos Planeten erreichen, werden Sie bezahlen.«

»Wie?«

»Das werde ich Sie wissen lassen, sobald wir angekommen sind. Aber falls Sie versuchen, mich vorher zu verlassen oder meinen Befehlen nicht gehorchen, wenn wir einmal dort sind, dann verspreche ich Ihnen, daß ich Dimitri Sokols Auftrag annehmen und Sie mit eigener Hand töten werde.«

Als sie ihm in die kalten, leblosen Augen blickte, wußte sie, daß er die Wahrheit sagte, und dieses Wissen entsetzte sie mehr als alles, was Sokol oder sogar Santiago ihr hätten androhen können.

TEIL 5

Moonripples Buch

19

Moonripple, Moonripple, Gast auf tausend Sternen,
Polierte die Tresen von tausend Tavernen,
Drehte einsam auf Hunderten von Welten die Runden,
Hat Perlen gesucht, doch nur Kiesel gefunden.

Unter dem schmierigen Schmutz und den zerrissenen Kleidern war sie eigentlich ein ganz hübsches Mädchen. Sie hatte blaue Augen, die zu viele Dinge gesehen und zu viele Tränen vergossen hatten, eckige Schultern, die zu viele Lasten getragen hatten, schmale Finger, die in einem freundlicheren Leben weich und weiß gewesen wären.

Wenn sie je irgendeinen anderen Namen außer Moonripple gehabt hatte, so konnte sie sich nicht daran erinnern. Wenn sie je eine Welt ihre Heimat genannt hatte, so konnte sie sich *daran* gleichfalls nicht erinnern.

Sie war neunzehn Jahre alt, und sie hatte den Schwarzen Orpheus schon viermal getroffen. Er hatte sogar schon gescherzt, er würde in die hinterletzte Bar auf dem hinterletzten Planeten gehen, den er sich nur vorstellen könnte, und dort wäre Moonripple und schrubbte die Fußböden, säuberte die Tische oder wüsche das Geschirr ab. Glanzpunkt ihres kurzen Lebens war der einzige Vers gewesen, den er eines Abends auf Voorhite XIV über sie geschrieben hatte, als er die Laute gespielt und seine Ballade gesungen hatte, um die Gedanken vom Sturm abzulenken, der außerhalb der besiedelten Kuppel in der Chloratmosphäre tobte.

Es faszinierte ihn, dieses heimatlose Kind mit einer Zukunft, die ebensowenig vielversprechend erschien, wie es die Vergangenheit gewesen war. Woher kam sie? Auf wie vielen Welten war sie gewesen? Wonach suchte sie? Hatte sie keinen größeren Ehrgeiz, als Barmädchen der Galaxis zu sein? Sie versuchte, ihm zu helfen, aber sie wußte wirklich keine Antworten auf seine Fragen.

Das letzte Mal hatte er sie auf Trefoil III gesehen. Sie allein bediente an etwa fünfundzwanzig Tischen und kam immer weniger nach. Als ihr Arbeitgeber sie anschrie und ihr drohte, sie zu schlagen, wenn ihre Leistung nicht besser würde, war Orpheus vorgetreten und hatte gesagt, er proklamiere diesen Tag zu ihrem siebzehnten Geburtstag, denn sie konnte sich nicht erinnern, wann sie geboren war. Und er führte sie zum Essen aus. Die Leute waren durstig und schlecht gelaunt, und sogar Sebastian Cain oder Friedensstifter MacDougal hätten vielleicht nicht die einzige Bedienung der Taverne mitnehmen und unversehrt entkommen können, aber weil er der Schwarze Orpheus war, ließen sie es ohne ein Wort des Protestes zu, daß er sie aus der Bar hinausführte.

Er beköstigte sie, kaufte ihr neue Kleider und bot ihr sogar an, sie mitzunehmen, bis er ihr auf einer anderen Welt eine Dauerstelle verschaffen könne. Mit entwaffnender Ernsthaftigkeit erwiderte sie, sie unterstelle ihrem Arbeitgeber keine bösen Absichten und habe nicht den Wunsch, eine andere Arbeit zu tun. Orpheus bekam den Eindruck, sie fürchte sich vor jeder Bindung, sei es eine gefühlsmäßige oder eine finanzielle, die sie vielleicht auf einer bestimmten Welt festhielte. Sie sprachen bis weit in den Morgen miteinander, und der Barde, der eine solche Freude an der Mannigfaltigkeit des Menschen und der Welten hatte, war völlig außerstande, die Wanderlust eines anderen zu verstehen, der an nichts eine Freude hatte.

Als es für ihn an der Zeit war zu gehen, bot er ihr schließlich ein paar hundert Kredits an, genügend, um eine Passage zu einem anderen Planeten mit einer anderen Taverne zu buchen, aber sie weigerte sich und erklärte, es koste sie selten mehr als ein paar Monate, um genügend Geld zurückzulegen, daß sie zur nächsten Welt weiterreisen könne, und daß sie sich schuldig fühlen würde, wenn sie Geld von einem Mann annähme, der bereits soviel für sie getan habe.

Als Orpheus sich zum nächsten Ziel aufmachte, war er davon überzeugt, er würde ihr in schöner Regelmäßigkeit alle paar Jahre begegnen — aber sie trafen sich niemals mehr, denn während er seine ziellose Reise fortsetzte und Menschen und Ereignisse unsterblich machte, erreichte Moonripple schließlich, nach vielen vergeblichen Anläufen und Rückschlägen, die Kolonialwelt von Safe Harbor, und dort begegnete ihr Cain das erste Mal.

Er betrat das Barleycorn, die größere der beiden Tavernen am Ort, kurz nachdem Schussler an jenem Nachmittag gelandet war. Sie war völlig leer. Er prüfte das Schild an der Tür, das verkündete ›Wir haben rund um die Uhr geöffnet‹, hob die Schultern und setzte sich an einen Tisch.

»Ich werde gleich zu Ihnen kommen, Sir«, sagte Moonripple, die gerade einen riesigen Krug Bier vom Tresen hob, den sie zu einem Tisch am anderen Ende des Raums trug.

Sie lächelte ihn an, verschwand erneut und kehrte eine halbe Minute später mit einem riesigen Steak zurück, das sie neben das Bier setzte.

»Das sieht wie echtes Fleisch aus«, bemerkte Cain.

»Ist es auch«, sagte sie stolz. »Wir züchten unsere eigenen Rinderherden auf Safe Harbor.« Sie kam zu Cains Tisch herüber. »Kann ich Ihnen helfen, Sir?«

»Die Möglichkeit besteht«, erwiderte er. »Ich suche jemanden.«

»Wen?«

»Billy Dreiauge. Je von ihm gehört?«

Sie nickte. »Ja, Sir.«

»Wissen Sie zufällig, wo er ist?«

»Er ist tot, Sir.«

Cain runzelte die Stirn. »Ganz bestimmt?«
Sie nickte erneut.
»Wann und wo?«
»Er wurde hier vor der Tür getötet«, sagte sie und wies auf die Straße. »Von einem Mann namens MacDougal.«
»*Friedensstifter* MacDougal?« fragte Cain.
»Ja, Sir. Das war sein Name.«
»Scheiße!« brummte Cain. Er sah zu dem Mädchen auf. »Hat er irgendwelche Freunde hier?«
»Mr. MacDougal?«
»Billy Dreiauge.«
»O ja«, sagte sie. »Jeder hat Billy gemocht.«
»Wir müssen nicht unbedingt vom selben Mann sprechen.«
»Das tun wir ganz bestimmt«, sagte Moonripple. »Wie viele Männer könnten schließlich Billy Dreiauge genannt werden?«
»Er hatte eine große Narbe auf der Stirn?«
»Genau über dem Nasenrücken. Ja, Sir.«
»Und jeder hat ihn *gemocht?*« fuhr Cain überrascht fort.
»Ja, Sir«, erwiderte Moonripple. »Er hat immer lustige Geschichten erzählt. Es hat mir sehr leid getan, als er gestorben ist.«
»Wer ist Ihrer Ansicht nach sein engster Freund auf Safe Harbor?«
Sie hob die Schultern. »Ich weiß es nicht, Sir. Ich habe ihn nur dann gesehen, wenn er hier war.«
»Ist er gewöhnlich allein gekommen?«
»Ja, Sir. Aber sobald er einmal hier war, hat er mit jedem geredet.«
»Aha«, sagte Cain. Er seufzte. »Na ja, ich kann ebensogut hier herumhängen und mit ein paar von den Leuten reden, mit denen *er* geredet hat. Bringen Sie mir bitte ein Bier, ja?«
»Ja, Sir«, sagte Moonripple. Sie ging zum Tresen,

hielt ein Glas unter einen Zapfhahn und kehrte zu ihm zurück.

»Vielen Dank!« sagte Cain.

»Ich sollte Ihnen vielleicht sagen, Sir, daß sich in den nächsten drei oder vier Stunden hier niemand blicken lassen wird.«

»Was ist mit der Gruppe, die zum Essen vorbeikommen wird?« fragte Cain und wies auf den Braten.

Sie lächelte. »Oh, das ist keine Gruppe. Das ist lediglich für einen Mann.«

»Das da sind vier oder fünf Pfund Fleisch«, sagte Cain. »Wollen Sie mir etwa sagen, daß ein Mann das alles aufißt?«

Moonripple nickte. »O ja, Sir. Und den Schokoladenkuchen, der noch im Ofen ist.«

Cain starrte den Braten erneut an. »Macht er das wegen irgendeiner Wette?« fragte er neugierig.

»Nein, Sir«, antwortete Moonripple. »Er ißt jeden Tag das gleiche.«

»Er ist nicht zufällig 3 Meter 58 groß und hat orangefarbenes Haar, oder?« fragte Cain. Nur halb im Scherz.

Das Mädchen lachte. »Nein, Sir. Er ist bloß ein normaler Mann.«

»Wenn er soviel verdrücken kann, ist an ihm *nichts* normal«, erwiderte Cain. »Übrigens, wie lange ist Billy Dreiauge bereits tot?«

»Vier oder fünf Monate, Sir.« Sie zögerte. »Oh!« sagte sie auf einmal. »Ich habe die Kartoffeln vergessen!«

»Sie sollten Ihr Schild draußen ändern«, bemerkte Cain. »Ich hätte gedacht, das hier sei lediglich eine Taverne.«

»Ist sie auch.«

»Aber Sie servieren Mahlzeiten«, beobachtete er.

»Nur für Vater William. Er ist sowas wie ein besonderer Gast.« Sie wandte sich ab und wollte in die Küche gehen, aber Cain faßte sie beim Arm.

»Vater William ist auf Safe Harbor?« wollte er wissen.

»Ja, Sir. Er wird in ein paar Minuten vorbeikommen.«

»Wie lange ist er schon hier?«

»Ich bin mir nicht ganz sicher, Sir«, sagte Moonripple. »Vielleicht eine Woche.«

»Ich habe auf dem Weg zur Stadt sein Zelt nicht gesehen.«

»Zelt, Sir?«

»Er ist ein Prediger.«

»Ich weiß, Sir, aber wie er sagt, hat er Urlaub.«

Cain runzelte die Stirn. »Hat er gleichfalls nach Billy Dreiauge gefragt?«

»Nein, Sir.« Sie sah unbehaglich drein. »Sie tun mir am Arm weh, Sir.«

»Tut mir leid«, sagte Cain und ließ das Mädchen los. »Sie wissen bestimmt, daß er nichts wegen Billy Dreiauge gesagt hat?«

»Nicht zu mir, Sir.« Sie ging zur Küche. »Entschuldigen Sie mich, aber ich muß ihm die Kartoffeln holen.«

»Hat er Santiago erwähnt?« fragte Cain.

»Warum sollte er?« fragte Moonripple zurück und blieb kurz vor der Küchentür stehen.

»Weil er Kopfjäger ist, ebenso wie Prediger.«

»Was hat das mit Santiago zu tun?«

Cain starrte sie an, erstaunt über ihre Unwissenheit. »Das ist der gesuchteste Gesetzlose im Grenzland.«

»Da müssen Sie sich irren, Sir«, sagte Moonripple und beugte sich vor, so daß die Tür ihre Anwesenheit spüren und zurückgleiten konnte, um sie einzulassen. »Santiago ist ein Held.«

»Für wen?« fragte Cain.

Sie lachte, als habe er ihr gerade einen Witz erzählt, und ehe er sie weiter befragen konnte, war sie in der Küche verschwunden. Er nippte nachdenklich an seinem Bier und starrte die Tür an, die sie so rasch vor seinem Blick abgeschottet hatte.

Einen Augenblick später kam sie wieder heraus. Sie trug einen großen Teller mit Kartoffelgratin.

»Erzählen Sie mir von Santiago!« sagte Cain, während sie zu Vater Williams Tisch hinüberging.

»Ich kenne ihn nicht, Sir«, sagte Moonripple.

»Warum halten Sie ihn für einen Helden?«

»Jeder sagt das.«

»Wer ist jeder?« beharrte Cain.

»Oh, einfach eine Menge Leute«, sagte sie mit einem Achselzucken. »Darf ich Ihnen noch ein Bier bringen, Sir?«

»Es wäre mir lieber, Sie sprächen mit mir über Santiago«, sagte Cain.

»Aber ich kenne ihn nicht«, protestierte Moonripple.

»Er ist 3 Meter 58 groß und hat orangefarbenes Haar«, sagte eine tiefe Stimme vom Eingang her. »Was möchten Sie sonst noch wissen?«

Cain drehte sich um und sah einen großen, äußerst schwergebauten, schwarzgekleideten Mann im Eingang stehen. Die beiden Laserpistolen waren deutlich zu erkennen.

»Sie sind Vater William?« fragte er.

»Stets zu Diensten«, sagte Vater William, trat heran und streckte eine Hand aus. »Und du bist ...?«

»Sebastian Cain«, sagte Cain, überrascht von der Kraft, die in den Wurstfingern steckte.

»Aha!« sagte Vater William mit einem Lächeln. »Du bist Virtue MacKenzies Freund!«

Cain nickte. »Und Sie sind der Mann, der sie auf Goldenrod gerettet hat.«

»Der Herr war ihr Erretter!« erwiderte Vater William. »Ich bin lediglich Sein Instrument.«

»Was tut Sein Instrument auf einer völlig abseits liegenden Welt wie Safe Harbor?« fragte Cain.

»Du würdest es nicht glauben, wenn ich dir's sagte«, meinte Vater William mit einem Lächeln.

»Vielleicht nicht — aber Sie sagen's mir wohl besser trotzdem und lassen mich selbst entscheiden.«

»Nun ja, die Wahrheit lautet, als ich herausgefunden

hatte, wie wunderbar dieses Kind hier kocht« — er lächelte Moonripple zu —, »habe ich mich dazu entschlossen, es sei an der Zeit, Urlaub zu nehmen, und da ich ein Mann bin, der gewisse Annehmlichkeiten zu schätzen weiß, hätte ich kaum einen besseren Ort als den hier finden können.«

»Kochen Sie das Essen wirklich selbst?« fragte Cain.

»Ja, Sir«, sagte Moonripple.

Er wandte sich wieder Vater William zu. »Sie haben mir noch immer nicht gesagt, was Sie hier ursprünglich getan haben.«

Vater William lächelte erneut, und die Finger der rechten Hand wanderten hinab zum Griff einer Pistole. »Ich habe nicht gewußt, daß ich das hätte tun sollen.«

»Ich versuche ja nur, Konversation zu treiben«, meinte Cain mit einem Achselzucken.

»So lange du nicht darauf bestehst, habe ich nichts dagegen, es dir zu sagen«, meinte der Prediger. »Ich bin vor ein paar Tagen hier gelandet, weil mein Schiff einige kleinere Reparaturen benötigt.« Er ging zu seinem Tisch hinüber. »Ich würde mich glücklich schätzen, unsere Unterhaltung fortzusetzen, aber es wäre eine Sünde, diese großartige Mahlzeit kalt werden zu lassen. Möchtest du nicht herüberkommen?«

»Ich werde mich zu Ihnen setzen«, sagte Cain, stand auf und ging hinüber. »Aber ich bin nicht hungrig.«

»Wie schade!« sagte Vater William unaufrichtig. Er nahm eine übergroße Serviette, schlang sie sich um den Hals, zog den Teller zu sich heran, schnitt einige große Fleischstücke ab, spießte eines der Stücke auf eine Gabel, führte sie zum Mund und fing an, geräuschvoll zu kauen. »Vielleicht gestattest du mir, *dir* die gleiche Frage zu stellen, die du mir gestellt hast. Was tut ein so berühmter Kopfjäger wie Sebastian Cain auf Safe Harbor?«

»Einfach nur herumsitzen und Bier trinken.«

»Gott hat nur wenig Nachsicht für Lügner, Sebastian«, sagte Vater William. Er wandte sich Cain zu. »Und *ich* noch viel weniger.«

»Ich habe Billy Dreiauge gesucht.«

»Gab es ein Fahndungsplakat von ihm?«

»Vielleicht«, antwortete Cain.

»Vielleicht?« wiederholte Vater William und schlang einen weiteren Brocken hinab, dem ein großer Schluck Bier folgte.

»Ich weiß es nicht. Ich bin nicht hierhergekommen, um ihn zu töten; ich bin hinter einigen Informationen hergewesen.«

»Über Santiago?«

»Warum denken Sie das?« fragte Cain.

»Weil du bei meinem Eintritt von ihm gesprochen hast.«

»Hier draußen redet doch jeder über Santiago.«

»Ich weiß ebenfalls von deiner Partnerschaft mit Virtue MacKenzie«, gab Vater William zu bedenken. Er aß das letzte Fleischstück, das er abgeschnitten hatte, überlegte, ob er sich einen Nachschlag von dem Kartoffelgratin gönnen solle, entschied sich dagegen und nahm sein Steak mit neuer Energie in Angriff. »Was hättest du deiner Ansicht nach von Billy Dreiauge erfahren können?«

»Wo man ihn finden kann.«

»Also möchten Sie der Mann sein, der Santiago tötet?« fragte Vater William zwischen zwei Bissen.

»Ich möchte es zumindest versuchen«, antwortete Cain. »Ich habe das Gefühl, als sei ich ihm ziemlich nahe gekommen.«

»Warum?«

»Weil das schlimmste Verbrechen, das irgend jemand auf Safe Harbor begehen würde, ein Raubüberfall auf ein Geschäft ist — aber in den vergangenen vier Monaten sind drei Kopfjäger auf Safe Harbor gelandet: Sie, ich und Friedensstifter MacDougal. Das muß *irgend etwas* zu bedeuten haben.«

Vater William runzelte die Stirn. »MacDougal? Er ist hier?«

»Jetzt nicht mehr. Er hat Billy Dreiauge getötet.«

»Nun, da hast du's!« sagte der Prediger bestimmt.

»*Was* habe ich da?«

»Zufall. Du und MacDougal, ihr seid beide hinter Billy Dreiauge hergewesen, und ich bin hier, weil mein Schiff Schwierigkeiten macht.«

»Warum war Billy Dreiauge hier?« fragte Cain.

Vater William hob die Schultern. »Wer weiß?«

»Irgend jemand muß es wissen«, sagte Cain. »Er war ein Killer. Was hat er auf einer Welt wie Safe Harbor getan?«

»Aller Wahrscheinlichkeit nach hat er sich versteckt.« Vater William nahm einen letzten Bissen Fleisch. »Moonripple!« rief er.

»So heißt sie?«

Der Prediger nickte. »Hübsch, nicht wahr? Der Name erweckt Assoziationen von Sternenstaub und ewiger Schönheit.«

»Ich habe ihn schon mal irgendwo gehört«, sagte Cain stirnrunzelnd.

»Es ist wohl an der Zeit für den Kuchen, mein Kind«, verkündete Vater William.

»Ich sage es Ihnen immer wieder, Sir, Sie werden noch krank, wenn Sie Ihre Mahlzeit so schnell beenden.«

»Wer sagt denn, daß ich sie beendet habe?« Vater William lachte. »Ich habe noch den größten Teil der Kartoffeln und einen halben Krug Bier vor mir. Aber der Kuchen wäre eine nette Abwechslung.«

»Wäre es nicht besser, Sie würden einen Augenblick pausieren und sich die Zeit gönnen zu verdauen, was Sie gegessen haben?« fragte Moonripple.

»Ich werde verdaut haben, wenn du mit dem Kuchen zurückkehrst.« Er zögerte. »Du hast Schichten von der Eiscreme dazwischengelegt, von der wir gestern gesprochen haben, nicht wahr?«

»Ja, Sir.«

Er warf ihr eine Platinmünze zu. »Das ist für mein Mädchen!«

Sie fing die Münze auf, steckte sie in eine Tasche und kehrte in die Küche zurück, um den Kuchen zu holen.

»Entzückendes Kind«, sagte Vater William. »Sie vergeudet hier ihre Zeit. Ich habe ihr einen Job als Leibköchin angeboten, aber sie hat mich glatt zurückgewiesen.«

»Vielleicht meint sie, daß Sie ihr wohl kaum eine langfristige Stelle bieten können, so, wie Sie das Essen verputzen«, bemerkte Cain trocken.

»Unsinn!« sagte der Prediger. »Der Herr hat wichtigere Aufgaben für mich, Sebastian. Ich habe die Absicht, eine lange, lange Zeit zu leben — was«, fügte er hinzu, »mehr ist, als man von Kopfjägern sagen kann, die versuchen, Santiago zu töten.«

»Sie sind gleichfalls ein Kopfjäger«, bemerkte Cain.

»Ah ja, aber ich bin einer von den gescheiteren. Ich bin nicht hinter Santiago her.«

»Warum nicht? Mit dem Kopfgeld könnte man eine Menge Kirchen errichten.«

»Seit dreißig Jahren oder sogar noch länger haben Leute erfolglos versucht, ihn zu finden«, erwiderte Vater William. »Er ist die Mühe nicht wert.«

Moonripple kehrte mit einer prächtig aussehenden Schokoladentorte aus der Küche zurück.

»Das ist ein sehr interessanter Nachmittag gewesen«, bemerkte Cain, als sie die Torte auf den Tisch setzte.

»Wirklich?« fragte der Prediger und blickte mit dem beglückten Ausdruck eines Kindes auf die Torte hinab, das ein Geschenk öffnet.

Cain nickte. »Ja, wirklich. Bislang habe ich zwei Menschen auf Safe Harbor getroffen. Der eine davon hält Santiago für einen Helden, und der andere ist ein Kopfjäger, der nicht das geringste Interesse an ihm hat.«

»Moonripple, mein Liebes«, sagte Vater William, Cains Kommentar überhörend, »glaubst du, daß du irgendwo Eis für mich aufstöbern kannst wenn du dich ein wenig umsiehst? Ich würde es gern zusammen mit dieser köstlichen Torte essen.«

»Sie haben doch gestern das ganze Eis aufgegessen, Sir«, erwiderte sie.

Er wirkte geknickt. »Sieh dennoch nach, nur für alle Fälle!«

Sie hob die Schultern und ging in die Küche.

»Moonripple«, wiederholte Cain. »Hat Orpheus sie nicht vor einigen Jahren aufgeschrieben?«

Vater William nickte. »Sie hat mir von ihm erzählt. Soviel ich mitbekommen habe, hat er ihr einen Job angeboten, und sie hat ihn nicht annehmen wollen. Sie ist eine sehr unabhängige junge Dame.«

»Und ebenfalls sehr weitgereist«, sagte Cain. »Ich frage mich, was sie hier tut?«

»Warum fragst du sie nicht?« schlug Vater William vor und leerte sein Bier. »Was mich betrifft«, fügte er hinzu und rieb sich die dicken Hände, »so glaube ich nicht, daß ich darauf warten kann, bis sie das Eis gefunden hat.« Er nahm ein Messer. »Soll ich dir ein Stück abschneiden?«

»Nein, vielen Dank«, sagte Cain, und der Prediger schnitt ein Drittel der Torte ab und legte es sich auf den Teller.

Vater William starrte den Kuchen einen Augenblick lang an, nahm daraufhin ein Stück und probierte es.

»Sebastian«, sagte er, und sein Gesicht spiegelte dabei eine Ekstase wieder, die er sich für gewöhnlich nur für seine Gespräche mit Gott reserviert hatte, »du weißt nicht, was du dir da entgehen läßt.«

»Zwanzigtausend Kalorien, grob geschätzt«, meinte Cain.

»Ich predige tüchtig, ich töte tüchtig«, sagte Vater William ernsthaft. »Gott versteht, daß ich dann auch tüchtig essen muß. Ein Schwächling ist nichts für das Werk des Herrn, nicht hier draußen im Grenzland.«

»*Ich* glaube Ihnen«, sagte Cain. »Ich hoffe bloß, Ihr Herz und Ihre Nieren tun's auch.«

»Der Herr ist mein Hirte«, sagte der Prediger und nahm die Torte jetzt ernsthaft in Angriff. »Mir wird nichts mangeln.«

Moonripple kam erneut zum Tisch.

»Tut mir leid, Vater William, aber es ist wirklich kein Eis mehr übriggeblieben.«

»Du denkst daran, morgen welches zu besorgen, ja?« bat Vater William drängend wie ein Kind.

»Ich werd's versuchen.«

»Braves Mädchen«, sagte er und richtete seine Aufmerksamkeit wieder auf den Kuchen.

»Soll ich die Kartoffeln jetzt abtragen, Sir?«

Er legte eine riesige Hand über den Behälter. »Ich komme noch darauf zurück, keine Bange.«

»Haben Sie jemals daran gedacht, Küchenchef bei der Marine zu werden?« fragte Cain mit einem Lächeln.

»O nein, Sir«, erwiderte Moonripple ernst. »Mir gefällt's so, wie es ist.«

»Vater William hat gemeint, ich solle Sie fragen, warum Sie nach Safe Harbor gekommen sind«, sagte Cain.

»Weiß ich nicht«, sagte sie mit einem Achselzucken. »Ich habe davon gehört, und es klang wie ein netter Ort.«

»Wie lange sind Sie jetzt schon hier?«

Sie starrte in eine Ecke und bewegte schweigend die Lippen, während sie Tage und Monate zusammenzählte.

»Nächste Woche zwei Jahre, Sir.«

»Das ist eine lange Zeit, die Sie an ein- und demselben Ort zugebracht haben, nicht wahr?«

»Was meinen Sie damit, Sir?«

»Orpheus sagt, sie seien auf mehr als hundert Welten gewesen.«

»Er war ein sehr netter Mann«, sagte sie. »Er hat mich in sein Lied hineingenommen.«

»Und er hat gesagt, es gefällt Ihnen, durch die ganze Galaxis zu reisen.«

»Das gefällt mir auch.«

»Aber Sie sind hier steckengeblieben«, gab Cain zu bedenken.

»Ich mag diese Welt.«

»Und die anderen Welten haben Sie alle nicht gemocht?«

Sie hob die Schultern. »Einige davon.«

»Und die übrigen?«

»Sie waren schon ganz nett, nehme ich an. Mir gefällt halt diese hier nur besser.«

»Was ist so besonderes daran?« fragte Cain.

Sie sah verwirrt aus. »Nichts.«

»Warum gefällt Ihnen diese dann besser?«

»Ich weiß es nicht. Die Leute sind nett, und mir gefällt mein Job, und ich wohne an einem netten Ort.«

»Das reicht«, bemerkte Vater William.

»Sie haben mir gesagt, ich solle sie befragen«, erwiderte Cain.

»Es besteht ein Unterschied zwischen befragen und ausquetschen. Laß sie jetzt in Ruhe!«

Cain hob die Schultern. »Tut mir leid, wenn ich Sie verstimmt habe, Moonripple.«

»Das haben Sie nicht«, erwiderte sie. »Sie und Vater William waren beide sehr nett zu mir.«

Ein ältlicher Mann kam herein und ging zum Tisch neben dem, woran Cain zunächst gesessen hatte, und Moonripple entfernte sich, um ihn zu bedienen.

»Nun, Sebastian«, sagte Vater William, während er das Stück Torte auf dem Teller aufaß und das verbliebene Zweidrittel halbierte. »Ich schätze, du wirst dich wohl bald aufmachen, jetzt, da der Mann, den du treffen wolltest, tot ist.«

»Wahrscheinlich«, sagte Cain.

»Na ja, es war mir ein Vergnügen, dich zu treffen und mit dir zu reden.«

»Wie lange werden Sie hier bleiben?« fragte Cain.

»So, wie das Mädchen kocht, könnte ich auf immer hier bleiben«, entgegnete Vater William. »Aber ich werde wohl in zwei oder drei Tagen wieder unterwegs sein. Es sind noch immer eine Menge Seelen da draußen zu retten — und ein paar, die gleich zum Satan geschickt werden müssen.«

»Aber nicht Santiagos Seele.«

Vater William lächelte. »Wenn ich mit dem Kopf voran in ihn hineinstolpere, werde ich mir wohl darüber einige ernsthafte Gedanken machen«, antwortete er. »Aber ich habe Besseres zu tun, als einem Phantom quer durch die gesamte Galaxis nachzujagen.«

»Jedem das seine«, sagte Cain und stand auf.

Vater William streckte eine mit Schokolade verschmierte Hand aus, und Cain ergriff sie.

»Sie sind ein interessanter Mann«, sagte Cain. »Ich hoffe, ich werde Sie eines Tages wiedersehen.«

»Wer weiß?« entgegnete der Prediger. »Der Herr wirkt auf rätselhafte Weise.«

Es war dunkel geworden, als Cain in die feuchte Atmosphäre von Safe Harbor hinausschritt, und er brauchte einen Augenblick, sich zu orientieren. Die drei winzigen Monde des Planeten waren deutlich zu erkennen, spendeten jedoch nur wenig Licht, auch gab es keine künstliche Beleuchtung auf den verlassenen Straßen.

Die Stadt war gegenwärtig lediglich etwa fünf Blocks im Quadrat groß, und Schussler war imstande gewesen, weniger als zwei Kilometer davon entfernt niederzugehen. Sobald der Kopfjäger sicher war, aus welcher Richtung er gekommen sein mußte, machte er sich auf den Rückweg und verbrachte die nächsten zehn Minuten damit, eine schmutzige Fahrbahn entlangzugehen, an der sich ein riesiges Feld mutierter Getreidehalme entlangzog, von denen jeder drei oder vier Meter hoch war und im Durchschnitt zwanzig Ähren trug.

In der Ferne hörte er ein Kalb blöken. Sein Verstand sagte ihm, daß importierte Embryos geboren und aufgezogen werden mußten, ehe sie geschlachtet werden konnten, aber während ihm Vater Williams Steak nicht fehl am Platz erschienen war, kam ihm ein blökendes Kalb höchst unpassend vor, das auf einer fremden Welt unzählige Billionen von Kilometern entfernt von dort aufwuchs, wo es empfangen worden war.

Er setzte seinen Marsch fort, und nach weiteren fünfzehn Minuten erreichte er Schussler, der ihn erkannt hatte, als er noch einige hundert Meter entfernt gewesen war, und ihm jetzt die Luke öffnete.

»Hatte Billy Dreiauge irgend etwas Nützliches zu sagen?« fragte der Cyborg, nachdem sich Cain in der Kommandokabine niedergelassen hatte.

»Er ist tot«, sagte Cain. »Friedensstifter MacDougal hat ihn vor vier Monaten umgelegt.«

»Es tut mir leid, das zu hören«, sagte Schussler. Es folgte eine kurze Pause. »Ich wette, der Swagman hat das die ganze Zeit über gewußt«, rief er auf einmal aus.

»Das würde mich nicht überraschen.«

»Wohin werden wir als nächstes fliegen?«

»Nirgendwohin«, sagte Cain. »Eben hier geht etwas Komisches vor sich.«

»Komisch?«

»Ich bin Vater William über den Weg gelaufen.«

»Was hat er getan?« fragte Schussler.

»Er hat gesagt, er sei hier im Urlaub.«

»Merkwürdig«, murmelte Schussler. »Ich halte das jedoch durchaus für möglich.«

»Alles ist möglich«, sagte Cain. »Aber warum hier, und warum jetzt?«

»Es *sieht* komisch aus, daß so viele Kopfjäger vor kurzem eine kleine Agrarwelt besucht haben«, gab Schussler zu.

»Und ich bin einem Mädchen namens Moonripple begegnet.«

»Der Name sagt mir nichts.«

»Sie ist bloß ein Barmädchen«, erwiderte Cain. »Nicht sonderlich hübsch, nicht sonderlich klug. Um die zwanzig Jahre alt.«

»Warum interessiert sie dich dann?«

»Weil Orpheus sie aufgeschrieben hat.«

»Orpheus hat Tausende von Leuten aufgeschrieben.«

»Und vier davon halten sich auf einer kleinen Kolonialwelt im Nirgendwo auf, weniger als zwei Kilometer voneinander entfernt«, sagte Cain.

»So habe ich es noch nicht betrachtet«, sagte Schussler. »Das ist sehr interessant.«

»Das würde ich auch sagen.«

»*Sehr* interessant«, wiederholte der Cyborg.

»Wie dem auch sei, laut Orpheus ist Moonripple auf hundert Planeten gewesen.«

»Ich selbst bin auf mehr als dreihundert Planeten gewesen«, sagte Schussler. »Was ist daran so ungewöhnlich?«

»Nichts. Es bedeutet jedoch, sie mußte mehr als eine Welt pro Monat besucht haben, seitdem sie zehn oder elf Jahre alt gewesen ist — und jetzt ist sie aus irgendwelchen Gründen zwei Jahre auf Safe Harbor geblieben. Was hat sie dazu veranlaßt, nicht mehr weiterzureisen?«

»Eine gute Frage«, stimmte der Cyborg zu. »Wie lautet die Antwort?«

»Ich habe keine — noch keine.«

»Hast du sonst noch was über sie erfahren?«

»Ja«, sagte Cain. »Sie hält Santiago für einen Helden.«

»Warum?« fragte Schussler.

»Ich weiß es nicht«, sagte Cain. »Aber ich bin mir, verdammt noch mal, gewiß, daß ich's herausfinden werde.« Er hielt inne. »Kannst du mir ein paar Informationen beschaffen?«

»Welche?«

»Wie ich weiß, gibt es auf diesem Planeten keinen Raumhafen, aber es muß irgendeine Ordnungsbehörde geben, die dich zur Landung klargemacht und dir die richtigen Koordinaten gegeben hat.«

»Ja, die gibt es.«

»Nimm zu der Verbindung auf und sieh nach, ob du herausfinden kannst, wie lange Vater William bereits hier ist!«

Dreißig Sekunden später hatte Schussler die Information. »Er ist seit fast einem Monat auf Safe Harbor.«

»Er hat mir gesagt, er sei vor einer Woche mit Motorschaden hier gelandet, und Moonripple hat das bestätigt.«

»Ich kann das noch mal überprüfen, wenn du möchtest.«

»Das ist nicht nötig.« Cain starrte die Wand an und runzelte die Stirn. »Ich frage mich, worauf er wartet?«

»Wir kommen näher, nicht wahr?« fragte Schussler, und ein erwartungsvoller Tonfall verdrängte einen Augenblick lang das Klagen aus seiner musikalischen Stimme.

»Sehr nah«, sagte Cain leise.

20

Fehler macht er, doch nur einmal,
Einmal-Charlie, weitgereist.
Hat ein Herz, so schwarz wie Kohlen,
Und sein Blut ist wie vereist.

Es war der Name gewesen, der's gebracht hatte.

Gewiß hätte der Schwarze Orpheus sonst keinen Grund gehabt, ihn in die Ballade mit hineinzunehmen. Er war kein Held oder Schurke, kein Spieler oder Dieb, kein Cyborg oder Kopfjäger; eigentlich war er überhaupt keine schillernde Persönlichkeit. Er war lediglich ein Herumtreiber namens Charles Marlowe Felcher, der von einer Agrarwelt zur nächsten wanderte, und dafür, daß er nicht genügend arbeitete, ein wenig zuviel trank.

Er hatte einen Anflug von Bösartigkeit, war jedoch körperlich gesehen keine imponierende Erscheinung, und seine Meisterschaft im Boxkampf und in der Selbstverteidigung ließ eine Menge zu wünschen übrig. Er verspürte keinen übermäßigen Drang, seine Schulden zu bezahlen, aber weil das allgemein bekannt war, gab ihm niemand jemals einen Kredit, insbesondere kein Barkeeper. An der Hüfte trug er eine beeindruckende Sonarwaffe, war damit jedoch nicht sehr zielgenau, und er vergaß meistens, sie zu laden.

Da er kein sehr redseliger Mann war, wußte niemand genau, warum er Einmal-Charlie genannt wurde. Einige Leute sagten, weil er in seiner Jugendzeit einmal verheiratet gewesen sei und seine Frau verlassen habe, als er hinaus ins Grenzland ging, und sie schworen, er würde niemals wieder mit einer Frau zusammenleben. Andere hatten eine komplizierte Legende erfunden, wie er sich nämlich der Zeit angepaßt und das eine oder andere Verbrechen begangen habe, und sie schworen feierlich, er würde jede kriminelle Handlung nur einmal begehen, so daß die Polizei niemals imstande sei, in seinem Verhalten ein bestimmtes Muster zu finden. Eine dritte Geschichte wollte wissen, seine Saufgelage seien derart verheerend in der Auswirkung, daß er niemals mehr zu einer Welt zurückkehrte, die er besucht habe. Ein paar seiner Feinde — und davon hatte er sicherlich eine Menge — sagten, es sei ein Name, den die flachnasige Sallie erfunden habe, nachdem er sie für ein ganzes Wochenende bezahlt, aber nur einmal gefickt habe.

Der Ursprung des Namens kümmerte Orpheus nicht, sondern lediglich die faszinierenden Bilder, die er hervorrief; und da ihn Orpheus an einem schlechten Tag erwischt hatte — er war sturzbetrunken und nicht gerade in sonderlich freundlicher Stimmung —, kam der Vers eben so heraus, wie er's tat.

Einmal-Charlies Vers war erst vor kurzem dem Kanon hinzugefügt worden, und als Ergebnis dessen hatten nur sehr wenige Leute auf Safe Harbor davon gehört — was vielleicht für alle am besten so war, denn früher oder später hätte ihn jemand, der das Lied und die Geschichten gehört hatte, nach der flachnasigen Sallie gefragt, und in der Hälfte der Fälle wären beide im örtlichen Gefängnis oder Krankenhaus erwacht.

Er traf an einem typischen Tag auf Safe Harbor ein — warm, sonnig, ein wenig schwül — und verbrachte die nächsten paar Stunden damit, bei den größeren Farmkooperativen nach Arbeit zu fragen. Er drehte noch immer seine Runde, als Cain erwachte, sich rasierte, duschte und in die Stadt ging.

Der Ort hatte den Hauch eines kleinen Orts auf der alten Erde. Reihen von Fachwerkbauten und -häusern waren in kleine hübsche Rechtecke aufgeteilt. Selbst der Stil war erdähnlich, denn viele Häuser hatten ausgebaute Dachterrassen und riesige Veranden. Cain blieb stehen, um eine davon zu untersuchen, und es überraschte ihn nicht, unter dem Holzfurnier eine Schicht

Titanlegierung vorzufinden, auch nicht, daß das Haus durch Fusionskraft in Betrieb gehalten wurde.

Er ging einen weiteren Block entlang und erblickte Vater William, der auf der überdachten Veranda seines Hotels saß und in dem großen hölzernen Schaukelstuhl vor- und zurückschwang. Er beschattete sich die Augen, als er den Kopfjäger herankommen sah.

»Guten Morgen, Sebastian«, sagte er. »Schöner Tag, nicht?«

Cain nickte. »Das stimmt. Guten Morgen, Vater William.«

»Eigentlich hätte ich angenommen, du wärst heute morgen auf und davon und würdest Santiago nachjagen«, sagte der Prediger.

»Das hat Zeit«, sagte Cain. »Ich habe mir überlegt, selbst ein paar Proben von Moonripples Kochkunst zu nehmen. Santiago ist dreißig Jahre lang oder sogar noch länger dort draußen gewesen. Ein paar weitere Tage können nicht schaden.«

»Ich habe sagen hören, der Engel nähert sich ihm.«

»Das sagt man so.«

»Und du machst dir deshalb keine Sorgen?«

»Ich versuche, deshalb trotzdem gut zu schlafen«, antwortete Cain.

»Du bist ein zuversichtlicher Mann, Sebastian Cain«, sagte Vater William. »Ich an deiner Stelle wäre vergangene Nacht von Safe Harbor gestartet.«

»Aber Sie sind nicht an meiner Stelle«, sagte Cain.

»Wohl wahr!« stimmte der Prediger zu. »Nun ja, genieße deinen Aufenthalt. Vielleicht möchtest du heute abend mit mir zusammen essen?«

»Vielleicht.«

»Du wirkst absolut nicht begeistert«, bemerkte Vater William.

»Sie essen so verdammt schnell, daß Sie meinen Arm verschlingen könnten, ehe Sie den Irrtum bemerkten«, sagte Cain mit einem Lächeln.

Vater William warf den Kopf zurück und brach in brüllendes Gelächter aus. Schließlich hatte er wieder Luft zum Atmen. »Ich mag dich, Sebastian! Ich mag dich wirklich!« Auf einmal wurde er ernst. »Ich hoffe, wir werden uns niemals als Feinde begegnen müssen.«

»Haben Sie die Absicht, das Gesetz zu brechen?« fragte Cain.

»Ich?« schnaubte Vater William. »Niemals!«

»Ich auch nicht.«

Vater William starrte ihn einen langen Augenblick an. »Würde es dir etwas ausmachen, hier heraufzukommen und dich für ein Weilchen zu mir zu setzen?«

»Später, vielleicht«, sagte Cain. »Ich muß noch einige Vorräte besorgen.«

»Geh in Frieden, Sebastian!« sagte der Prediger. Er blickte zum Himmel auf. »Ein wunderschöner Tag — ein Tag, der einen Mann vergessen läßt, wieviel Böses es überall in der Galaxis gibt.«

Cain nickte ihm zu und ging weiter die Straße hinab, bis er einen Drugstore fand. Er trat ein und fröstelte augenblicklich in einem kalten Luftstrom.

»Guten Morgen, Sir!« sagte der Eigentümer, ein stämmiger Mann mittleren Alters, der sein dünn werdendes Haar sorgfältig so gekämmt hatte, daß es eine kahle Stelle bedeckte, womit er lediglich erreichte, die Aufmerksamkeit darauf zu lenken. »Kann ich Ihnen helfen?«

»Möglich«, sagte Cain und blickte die verschiedenen Gänge hinab. »Führen Sie hier irgendwelche Bücher oder Bänder?«

»Safe Harbor führt keine Nachrichtenbänder«, sagte er. »Hier geschieht niemals etwas Aufregendes«, fügte er mit einem entschuldigenden Lächeln hinzu. »Aber wir führen eine Auswahl Bänder und Magazine von nahen Welten. Suchen Sie etwas ganz Bestimmtes?«

»Ja«, sagte Cain. »Haben Sie Material über Santiago?«

»Nichts, das es wert wäre, einen Blick darauf zu werfen«, sagte der Ladeninhaber. »Lediglich die üblichen blöden Spekulationen, geschrieben von unfähigen Leuten, die mit ihrer Zeit nichts Besseres anzufangen wissen.« Er seufzte. »Man sollte meinen, nach all den Jahren würde irgend jemand die Wahrheit über ihn sagen.«

»Worin *besteht* die Wahrheit?« fragte Cain.

»Er ist ein großer Mann, ein *großer* Mann, und man behandelt ihn nach wie vor wie einen gewöhnlichen Kriminellen.«

»Ich will nicht unverschämt sein«, sagte Cain vorsichtig, »aber keine der Geschichten, die ich über ihn gehört habe, ließ ihn als etwas anderes erscheinen als einen Gesetzlosen.«

»Sie haben den falschen Leuten zugehört.«

»Sind Sie einer der richtigen?«

»Wie bitte?«

»Was können Sie mir über Santiago erzählen?«

»Oh, nicht sehr viel«, erwiderte der Ladeninhaber.

»Nur, daß er ein großer Mann ist«, sagte Cain.

»Das stimmt, Sir«, sagte der Ladeninhaber munter. »Sie finden unsere Magazine und Bänder im dritten Gang, hinter den Computerteilen.«

»Vielen Dank«, sagte Cain. Er ging in die Bänderabteilung hinüber, stöberte dort einige Minuten lang herum und verließ das Geschäft.

Sein nächster Halt war beim Friseur, wo er sich rasieren ließ, während er dem Friseur zuhörte, der ihm direkt ins Gesicht sagte, er habe noch nie von jemandem namens Santiago gehört.

Cain verbrachte den restlichen Morgen damit, durch den kleinen Ort zu wandern, wobei er bei jeder sich bietenden Gelegenheit eine Unterhaltung vom Zaum brach. Die Leute teilten sich fast genau in zwei Hälften auf: Die eine Hälfte hielt Santiago für einen Heiligen, der anderen Hälfte sagte anscheinend sein Name nichts.

Schließlich kehrte er zu Vater Williams Hotel zurück. Der Prediger schaukelte noch immer träge im Sonnenlicht und saugte mit einem Strohhalm an einem eisgekühlten Getränk.

»Hallo, Sebastian!« sagte er. »Hast du dich dazu entschlossen, zu mir zu kommen?«

»Auf jeden Fall für ein paar Minuten«, sagte Cain und zog einen Stuhl heran.

»Mehr als ein paar Minuten bleiben mir auch nicht«, erwiderte Vater William. »Es geht auf die Essenszeit zu.« Er zögerte. »Hattest du einen erfolgreichen Morgen?«

»Jedenfalls war's ein interessanter Morgen«, entgegnete Cain.

»Mir fällt auf, daß du nicht mit Vorräten überladen bist«, bemerkte der Prediger mit einem trägen Lächeln.

»Ich habe mich dazu entschlossen, sie zu holen, wenn die Hitze des Tages vorüber ist«, log Cain.

»Gute Idee«, sagte Vater William. »Wirst du uns dann verlassen?«

Cain hob die Schultern. »Vielleicht.«

»Wohin wirst du als nächstes gehen, Sebastian?«

»Ich habe mich noch nicht entschieden. Wie steht's mit Ihnen?«

»Szandor Zwei, vielleicht, oder auch Greenwillow. Es ist einige Jahre her, seitdem ich auf beiden gepredigt habe.« Er hielt inne. »Ich werde wohl irgendwo unterwegs bei einem Postamt anhalten und mich entscheiden, nachdem ich die neuesten Fahndungsplakate gesehen habe.«

»Gibt es auf Safe Harbor kein Postamt?« fragte Cain.

Vater William schüttelte den Kopf. »Der Planet ist nicht groß genug. Die Post wird alle drei Wochen an die örtliche Chemiefabrik geliefert. Die Einwohner der Stadt holen sie sich ab, wenn sie eintrifft, und der Rest geht 'raus, wenn sie Dünger und Insektizide an die Farmen liefern.«

»Wie viele Postsendungen lang sind Sie bereits hier?«

»Zwei«, sagte Vater William.

»Vergangenen Abend haben Sie mir gesagt, Sie seien erst eine Woche lang hier«, sagte Cain.

»Vergangenen Abend hattest du deinem unheiligen Schiff nicht befohlen, bei den örtlichen Behörden nachzuforschen«, erwiderte der Prediger leichthin. »Das war nicht sehr weise, Sebastian, das Wort eines Dieners des Herrn herauszufordern!«

»Ist Lügen nicht eigentlich eine Sünde?« fragte Cain.

»Gott kann sehr verständnisvoll sein«, antwortete Vater William.

»Ist Er ebenso verständnisvoll bei all den Leuten, die mich heute morgen angelogen haben?«

»Niemand hat dich angelogen, Sebastian.«

»Mehr als ein Dutzend Menschen haben mir gesagt, sie hätten noch nie von Santiago gehört.«

»*Fast* niemand«, gab Vater William zu.

»Wann wird er auftauchen?« fragte Cain.

»Wer?«

»Santiago.«

Vater William kicherte. »Du läßt wohl besser deine Phantasie nicht mit dir durchgehen, Sebastian.«

»Ich habe gedacht, wir würden miteinander reden«, sagte Cain.

»Wir reden gerade im Augenblick«, sagte der Prediger.

»Einer von uns redet«, korrigierte ihn Cain. »Und einer von uns lügt noch immer.«

Vater William lächelte. »Du hast Glück. Ich bin im Urlaub, Sebastian. Für weniger als das habe ich Männern den Skalp genommen.« Sein Lächeln schwand. »Jedoch, wenn ich du wäre, würde ich mein Glück nicht zu sehr strapazieren.«

»Soll ich also davon ausgehen, daß unsere Unterhaltung beendet ist?« fragte Cain bissig.

»Aber nicht doch«, sagte Vater William und erhob

sich. »Ich denke jedoch, wir werden sie beim Essen fortsetzen. Ich sterbe vor Hunger.«

Er ging über die ungepflasterte Straße zur Taverne hinüber, und Cain schritt neben ihm her.

Moonripple hatte bereits ein riesiges Gedeck für Vater William aufgelegt und sah etwas enttäuscht aus, als sie Cain mit ihm hereinkommen sah.

»Ich habe nicht gewußt, daß Sie kommen würden, Sir«, sagte sie entschuldigend. »Für Sie habe ich nichts vorbereitet.«

»Er kann eines meiner Sandwiches haben«, sagte der Prediger großmütig.

Cain blickte auf den Tisch. »Für Sie reichen sieben Sandwiches aus, ganz bestimmt?« fragte er bissig.

»Gott heißt uns, Opfer zu bringen«, sagte Vater William, während er sich die Serviette um den Hals band und sich niederließ. Er wandte sich an Moonripple. »Hast du daran gedacht, die Eiscreme zu besorgen, mein Kind?«

»Ja, Sir«, sagte Moonripple.

»Ausgezeichnet! Übrigens, Mr. Cain wird beim Essen mein Gast sein.«

»Mr. Cain?« wiederholte sie und starrte Cain an. »Sind Sie derjenige, der Singvogel genannt wird?«

Cain nickte. »Ist nicht gerade mein Lieblingsname.«

»Ich habe überall im Grenzland von Ihnen gehört«, fuhr sie aufgeregt fort. »Der Schwarze Orpheus hat Ihnen drei Verse gewidmet!« Sie hielt verlegen inne. »Tut mir leid, daß ich Sie gestern abend nicht erkannt habe.«

»Es besteht kein Grund, warum Sie mich hätten erkennen sollen«, erwiderte Cain.

»Aber Sie sind so berühmt!«

»Nicht mehr als Sie und Vater William«, sagte Cain. »Wir sind alle in dem verdammten Lied drin.«

Sie sah besorgt aus. »Sie mögen das Lied des Orpheus nicht?«

»Nicht besonders«, sagte er. Moonripple sah aus, als

begänne sie gleich zu weinen. Und er fügte rasch hinzu: »Aber der Vers über Sie war hübsch.«

»Meinen Sie das wirklich?« fragte sie, wieder lächelnd.

Er nickte. »Haben Sie jene Perlen gefunden, von denen er behauptete, Sie würden sie suchen?«

»Ich war nicht wirklich hinter Perlen her«, entgegnete sie. »Das war nur so dahergesagt.«

»Wonach *haben* Sie auf all diesen Welten gesucht?« fragte Cain.

Sie hob die Schultern. »Ich weiß es nicht.«

»Vielleicht haben wir beide nach dem gleichen gesucht«, schlug er vor.

»Vielleicht«, stimmte sie zu. »Wonach suchen Sie?«

»Santiago.«

»Ich bin ihm niemals begegnet, Sir.«

»Kennen Sie jemanden, der ihm begegnet ist?«

»Das kann ich Ihnen wirklich nicht sagen, Sir«, erwiderte sie. »Ich meine, wenn *Sie* Santiago begegnet wären, würden Sie es kaum jemandem wie mir sagen, oder?«

»Möchten Sie ihn gern einmal treffen?«

»Ein so großer Held«, sagte sie. »Er hätte für so jemanden wie mich keine Zeit, Sir.«

»Moonripple, mein Kind«, sagte Vater William, der während ihres Gesprächs in fieberhafter Eile gegessen hatte, »ich könnte noch einen Krug Bier gebrauchen.«

»Sofort, Sir«, sagte sie, ging hinter den Tresen und hielt einen neuen Krug unter den Zapfhahn.

»Du greifst wohl besser zu, Sebastian«, sagte Vater William, »oder es wird für dich nichts übrigbleiben.«

»Nach Ihnen«, sagte Cain. »Ich bin wirklich nicht sehr hungrig.«

»Gestern abend warst du auch nicht hungrig«, bemerkte der Prediger. »Kein Wunder, daß du so hager bist. Ißt du eigentlich überhaupt jemals?«

»An Bord meines Schiffs«, antwortete Cain.

»Du würdest mich nicht in diese unheilige Verschmelzung von Mensch und Maschine hineinbringen«, sagte Vater William inbrünstig. »Es überrascht mich, daß Gott so etwas geschehen ließ.«

»Wenn Gott nicht gewollt hätte, daß Menschen Raumschiffe werden, hätte Er die Graal nicht erschaffen«, sagte Cain mit einem Lächeln.

Vater William sah ihn ernst über seine Mahlzeit hinweg an. »Sebastian, du kannst jede mögliche Frage über Santiago stellen — aber wenn du dich über den Herrn lustig machst, gehst du über sehr dünnes Eis. Verstehst du, was ich dir sagen will?«

»Entschuldigen Sie, wenn ich Sie beleidigt habe«, sagte Cain.

»Du brauchst dir keine Sorgen darum zu machen, daß du *mich* beleidigt hättest«, sagte der Prediger. »Du hast den Herrn beleidigt.«

»Dann entschuldige ich mich bei euch beiden.«

Vater William starrte ihn einen langen Augenblick an und versuchte zu entscheiden, ob sich Cain über ihn lustig machte, nickte dann kurz zum Einverständnis und kehrte zu seinem Mahl zurück.

Moonripple brachte Vater William das Bier herüber. Cain wollte sie gerade weiter befragen, da öffnete sich die Tür, und Charles Marlowe Felcher trat herein, schlenderte zum Tresen und bestellte ein Bier und einen Whiskey. Er wirkte erhitzt und entmutigt, was in der Tat der Fall war.

»Guten Abend«, sagte er und nickte Cain und Vater William zu.

»Sei gegrüßt, Nachbar!« sagte der Prediger. »Obgleich ich sagen würde, es ist noch immer ein paar Minuten lang Morgen.«

»Man kommt sich vor wie am Abend«, erwiderte Einmal-Charlie, kippte den Whiskey hinunter und machte sich an das Bier. »Ich habe den ganzen Morgen über auf der Suche nach Arbeit die Runde gedreht.«

»Davon gibt's auf Safe Harbor nicht viel«, meinte Vater William.

»Soviel habe ich auch schon herausgefunden.« Er winkte Moonripple und hielt das Whiskeyglas hoch. »Halte das hier gefüllt, meine Süße!« Er blickte wieder zu Vater William zurück. »Ich habe auch nicht gewußt, daß dieser Laden hier ein Restaurant ist.«

»Ist er auch nicht«, sagte der Prediger. »Ich bin ein Freund der Familie.«

»Sie leben hier in der Gegend?«

»Mache bloß Ferien.«

»Sie auch?« fragte er Cain.

»Ich trinke bloß Bier«, erwiderte Cain.

»Wie heißt du, mein Freund?« fragte Vater William.

»Felcher, Charles Felcher«, war die Antwort. »Aber die meisten Leuten nennen mich Einmal-Charlie.«

»Orpheus hat mir von Ihnen erzählt«, sagte Moonripple mißbilligend.

»Na ja, was er Ihnen auch immer gesagt hat, es war vermutlich gelogen«, meinte Einmal-Charlie. »Schließlich wird er dafür bezahlt, oder etwa nicht?«

»Er wird überhaupt nicht bezahlt.«

»Dann ist er noch dümmer, als ich geglaubt habe«, lachte Charlie, kippte einen zweiten Whiskey hinunter und hielt das Glas zum Nachfüllen hin.

»Er ist nicht dumm!« sagte sie empört. »Er ist ein großer Künstler!«

»Hat Ihnen irgendwer jemals erzählt, daß der Kunde immer recht hat?« fragte Einmal-Charlie.

»Nicht, wenn er schlecht vom Schwarzen Orpheus spricht, dann nicht!« erwiderte sie trotzig.

»Wie Sie meinen«, sagte er mit einem Achselzucken. »Ich bin nur hier, um etwas zu trinken und mich abzukühlen.«

Vater William kehrte zu seiner Mahlzeit zurück, während Cain nachdenklich an seinem Bier nippte und sich dafür entschied, Moonripple nicht mehr weiter zu befragen, bis Einmal-Charlie verschwunden wäre oder besoffen umkippte. Er kam zu dem Schluß, daß letzteres wahrscheinlicher sei, wenn man die Geschwindigkeit berücksichtigte, mit der er seinen Whiskey hinunterkippte und mit Bier nachspülte.

»Moonripple, mein Mädchen, ich könnte wohl noch weitere zwei oder drei Sandwiches vertragen, ehe du mir den Nachtisch bringst«, verkündete Vater William, nachdem er seinen Teller geleert hatte. »Und leg diesmal ein bißchen mehr Käse drauf!«

»Ja, Sir«, sagte sie und verschwand in der Küche.

»Ist offenbar 'n netter Job, Freund der Familie zu sein«, bemerkte Einmal-Charlie und blickte von seinem Getränk auf.

»Es hat stets gewisse Vorteile«, stimmte Vater William zu. »Besonders für einen Mann, der eingekleidet ist und all sein Geld wohltätigen Zwecken spendet.«

Charlie grinste. »Sind Sie Prediger?«

»Ich habe das Privileg, dem Herrn in dieser und anderer Hinsicht zu dienen«, erwiderte Vater William.

»Kann auf einer kleinen Hinterwelt wie der hier nicht viel Arbeit für Sie bedeuten.«

»Wie ich Ihnen gesagt habe: ich bin im Urlaub.«

»Bescheuerter Ort, um die Ferien zu verbringen.«

»Ah ja, aber *ich* habe Ferien«, sagte Vater William mit einem Lächeln. »Hast *du* Arbeit?«

»Ich arbeite an dieser Flasche, daran arbeite ich«, sagte Einmal-Charlie, dessen Aussprache allmählich verschliffen wurde.

Moonripple kam mit den Sandwiches, setzte sie Vater William vor und kehrte daraufhin auf ihren Posten hinter dem Tresen zurück.

»Diese Sandwiches sehen ziemlich gut aus«, sagte Einmal-Charlie. »Ich hätte wohl auch gern ein paar.«

»Tut mir leid, Sir, aber damit können wir nicht dienen«, sagte Moonripple.

»Wenn du sie für einen Prediger machen kannst,

kannst du auch welche für einen ehrbaren Arbeiter machen«, sagte Einmal-Charlie gereizt.

»Das kann ich wirklich nicht, Sir«, sagte Moonripple. »Diese hier stammen aus der Privatküche des Besitzers.«

»Ich gebe einen Scheißdreck darum, woher sie kommen«, knurrte Charlie. »Wenn *er* welche bekommen kann, kann ich's auch!«

Moonripple blickte quer über den Raum zu Vater William, der nahezu unmerklich nickte.

»Also gut, Sir«, sagte sie zu Einmal-Charlie. »Ich komme gleich mit den Sandwiches zurück.«

Sie verschwand in der Küche, und er wandte sich triumphierend an Vater William und Cain.

»Man muß halt wissen, wie man mit diesen Leuten zu reden hat«, sagte er blasiert.

Beide starrten schweigend zurück, und nach einem Augenblick widmete er sich wieder seinen Getränken.

Ein paar Minuten später kam Moonripple mit zwei Tellern. Einen davon setzte sie vor Einmal-Charlie auf den Tresen, und den anderen trug sie zu Vater William. Darauf lag der Kuchen des Predigers.

»Ah!« rief er beglückt aus. »Du hast Erdbeeren für meinen Käsekuchen aufgetrieben! Du bist wirklich ein Engel, mein Mädchen!«

»Das ist wirklich guter Käsekuchen?« fragte Einmal-Charlie mürrisch.

»Der beste, den's gibt!« schwärmte Vater William. »Das Mädchen ist eine absolute Künstlerin in der Küche!«

»Ich hätte auch gern ein Stück!« sagte er zu Moonripple.

»Ich fürchte, es gibt keinen mehr«, erwiderte sie.

»Wir wollen das doch nicht noch einmal durchkauen, ja, meine Süße?« meinte er. »Ich habe dir gesagt, ich möchte ein Stück Käsekuchen.«

»Sie sagt die Wahrheit«, sagte Vater William. »Sie

stellt nur einen Käsekuchen pro Tag her. Ich bevorzuge sie frisch.«

»Dann mach mir noch einen!« sagte Einmal-Charlie.

»Das kann ich nicht, Sir«, antwortete Moonripple. »Ich kaufe jeden Morgen die Zutaten frisch ein. Vater William möchte nicht, daß ich eingefrorene Zutaten verwende.«

»Sie sind Vater William?« fragte Einmal-Charlie überrascht.

»Das stimmt.«

»Der Kopfjäger?«

»Wenn es der Wille Gottes ist.«

»Steht dieses Mädchen in irgendeiner verwandtschaftlichen Beziehung zu Ihnen?«

»Nein.«

»Dann haben Sie kein Interesse an gar nichts, was ich ihr sage.« Einmal-Charlie wandte sich wieder an Moonripple. »Geh los und kaufe ein paar weitere Zutaten!«

»Es ist mir nicht gestattet, hinauszugehen, Sir.«

Er packte sie am Arm, als sie vorüberkam.

»Wir hatten uns doch dafür entschieden, daß der Kunde immer recht hat!«

»Sie tun mir weh!« sagte Moonripple und versuchte freizukommen.

»Ich werde dir noch viel mehr weh tun, wenn wir nicht klarstellen, wer hier der Boss ist!« sagte er gehässig.

»Laß sie los!« sagte Cain leise.

»Noch 'ne Stimme aus dem Hintergrund«, sagte Einmal-Charlie, wandte sich um und funkelte Cain an, ohne dabei den Griff um den Arm des Mädchens zu lockern. »Wer hat dich um deine Einmischung gebeten?«

»Ich bin ein weiterer Freund der Familie«, sagte Cain.

»Ach?« fragte Einmal-Charlie streitlustig. »Nun, eure gottverdammte Familie kann mir den Buckel 'runterrutschen!«

»Du hast zuviel getrunken«, sagte Cain und stand langsam auf. »Jetzt läßt du sie los und verschwindest!«

»Bist du auch ein Kopfjäger?« fragte Charlie sarkastisch.

»In der Tat, das bin ich.«

»Hast du einen Namen?«

»Sebastian Cain.«

»Der Singvogel!« sagte Einmal-Charlie stirnrunzelnd. »Was haben wir denn hier, 'ne Art von Versammlung oder was?«

»Was wir hier haben, ist ein Betrunkener, der sich Schwierigkeiten einhandeln möchte«, sagte Cain drohend.

»Na na«, lachte Einmal-Charlie. »Jeder weiß, daß ihr Burschen niemanden tötet, der nicht vom Gesetz gesucht wird. Das hier ist eine private Auseinandersetzung zwischen mir und diesem kleinen Mädchen; warum hältst du dich da nicht einfach 'raus?«

»Laß sie los und verschwinde, und niemandem wird etwas zustoßen«, sagte Cain langsam.

Plötzlich drehte Einmal-Charlie Moonripple den Arm auf den Rücken und zog mit der freien Hand ein Messer, das er dem Mädchen gegen die Kehle drückte. »Ein Schritt noch, und ich schneide ihr die Kehle durch!« knurrte er.

»Halten Sie es für möglich, daß es von Einmal-Charlie ein Fahndungsplakat gibt?« fragte Cain und ließ den Mann dabei nicht aus den Augen.

Vater William nickte, zog den Mantel zurück und zeigte zwei Laserpistolen. »Ein Sünder wie er? Irgendwo muß ein Fahndungsplakat hängen, Sebastian.«

Einmal-Charlie begriff allmählich, daß ihm die Sache über den Kopf wuchs, aber in seinem betrunkenen Zustand fand er aus seiner Situation keinen Ausweg. Er verstärkte seinen Griff bei Moonripple und zog sich langsam in Richtung auf die Tür zurück, wobei er das

Mädchen zwischen sich und den beiden Kopfjägern hielt.

»Eine Bewegung, und ich werde sie töten!«

Cain hob die Schultern und wandte sich Vater William zu, als wolle er etwas sagen. Dann, mit einer kaum wahrnehmbaren raschen Bewegung, wirbelte er herum, zog die Pistole und jagte Einmal-Charlie eine Kugel zwischen die Augen. Der Raum dröhnte vom Knall des Schusses.

Moonripple kreischte, als Einmal-Charlie zu Boden stürzte, und Cain ging hinüber und legte einen Arm um sie.

»Ist schon gut«, sagte er freundlich. »Du bist jetzt in Sicherheit.«

»Sehr gute Arbeit«, sagte Vater William bewundernd. »Du bist so gut, wie man von dir sagt.« Er ging zu Einmal-Charlie hinüber und musterte dessen Gesicht genau. »Er sagt mir nichts«, meinte er nach einem Augenblick. »Aber man kann nie wissen.«

»Wenn Sie ihn haben wollen, er gehört Ihnen«, bot Cain an.

»Meinst du das ernst?«

»Betrachten Sie es als meinen nachträglichen Tribut an die Kirche«, sagte Cain spöttisch.

»Der Herr sei gepriesen, ich habe einen weiteren Bekehrten!« lachte Vater William und zog sein Skalpiermesser heraus.

»Gehen wir hinaus!« sagte Cain zu Moonripple. »Der Anblick ist nichts für dich.«

»Was wird er jetzt tun?« fragte sie, wobei sie den Prediger entsetzt und fasziniert zugleich anstarrte.

»Nichts, was uns angeht«, erwiderte Cain und schob sie zur Tür.

Sie ging, noch immer zitternd, mit ihm hinaus auf die Straße wo die Einwohner aus ihren Geschäften und Häusern traten und sich bei der Taverne versammelten. Cain beachtete sie nicht und ging weiter, bis er sich mit

Moonripple in einiger Entfernung von der Menge befand.

»Geht's dir gut, oder soll ich dich zu einem Arzt bringen?« fragte er.

»Es geht mir gut, Sir«, sagte sie.

»Ganz bestimmt?« fragt er, während Vater Williams Stimme von der Taverne herüberscholl, die den Gaffern versicherte, es sei kein Verbrechen begangen worden und ein weiterer Sünder sei ein paar Jahre vor der Zeit zu Satan geschickt worden.

»Ja, Sir«, sagte Moonripple. »Mir geht's wirklich gut.«

»Schön. Das war verdammt knapp gewesen.«

Sie blickte zu ihm auf. »Sie haben mir das Leben gerettet. Warum?«

»Ich mag dich«, erwiderte Cain. »Und auf Leute wie den Einmal-Charlie war ich niemals sonderlich gut zu sprechen gewesen.«

»Womit kann ich Ihnen das vergelten?« fragte sie.

»Du kannst mir die Wahrheit über Santiago sagen.«

Sie überlegte sich seine Bitte einen Augenblick lang schweigend und nickte dann.

»Wenn Sie das wollen«, sagte sie.

»Vater William wartet auf ihn. Wann wird er auftauchen?«

»Er ist bereits hier«, sagte Moonripple.

»Santiago ist auf Safe Harbor?« fragte Cain verblüfft.

»Ja.«

»Wie lange ist er schon hier?«

»Vier Jahre, schätze ich«, antwortete Moonripple. »Er lebt hier.«

»Nun, verdammt!« brummte Cain. »Kannst du mich zu ihm bringen?«

»Nein. Aber ich kann Sie zu jemandem bringen, der es kann.«

»Wann?«

Sie hob die Schultern. »Gleich jetzt, wenn Sie wollen.«

Auf einmal war sich Cain Vater Williams Gegenwart bewußt; er wandte sich um und sah den Prediger in etwa zehn Metern Entfernung stehen, die schauerliche Trophäe in den Händen.

»Du bist sehr hartnäckig, Sebastian Cain«, sagte er. »Das bewundere ich an einem Mann.«

»Warum sind Sie nicht hinter ihm her, wenn er die ganze Zeit über hiergewesen ist?« fragte Cain.

»Ich will ihn nicht.«

»Warum nicht?«

»Dafür habe ich meine Gründe«, sagte Vater William.

»Nun, ich habe einen Grund dafür, daß ich ihn finden will.«

»Soviel hast du zu verstehen gegeben.«

»Ich habe nichts gegen Sie«, sagte Cain ernsthaft. »Aber wenn Sie versuchen, mich aufzuhalten, werde ich Sie töten.«

»Ich würde nicht im Traum an sowas denken«, sagte Vater William und hielt die Hände weit von den Laserpistolen entfernt.

»Wollen Sie hiersein, wenn ich zurückkehre?« fragte Cain.

»*Falls* du zurückkehrst«, korrigierte ihn der Prediger.

»Bis später also«, sagte Cain. »Wollen Sie mir nicht Glück wünschen?«

»Gott sei mit dir, mein Sohn!« sagte Vater William aufrichtig.

Daraufhin folgte Cain Moonripple die Straße hinab und erwartete halb, den sengenden Schmerz eines Laserstrahls im Kreuz zu verspüren. Er war beinahe überrascht, als er heil und unversehrt um die Ecke gebogen war, und Vater Williams Abschiedsworte klangen ihm noch immer in den Ohren.

21

Niemals spricht sie, niemals schreit sie,
Niemals raunt die Stumme Annie.
Doch der Tag kommt, da erzählt sie,
Da erzählt die Stumme Annie!

Orpheus spürte, daß da etwas an ihr war.

Ein undefinierbares *Etwas* — ein Blick, eine Geste, die Weise, wie sie sich benahm — machte ihn glauben, daß sie irgendein gewaltiges Geheimnis in sich barg.

Er hatte kein Ahnung, wie recht er da hatte.

Sie hieß Stumme Annie. Sie war nicht stumm, aber sie hätte ebensogut stumm sein können.

Er wußte von ihr nur, daß ihr mit elf oder zwölf Jahren irgend etwas ziemlich Schlimmes widerfahren war und daß sie auf Raxar II gelebt hatte. Sie hatte zwei Jahre im Krankenhaus verbracht, und bei ihrer Entlassung war sie körperlich wieder gesund gewesen — hatte jedoch nie mehr ein Wort gesprochen. Sie sei *imstande* zu reden, hatten ihr die Ärzte gesagt; aber die schreckliche Erfahrung hatte sie traumatisiert, vielleicht für immer.

Über die Jahre hinweg tauchte sie an einigen ziemlich merkwürdigen Orten auf — Altair III, Goldenrod, Kalami II —, blieb jedoch niemals für lange Zeit. Niemand wußte, was sie auf diesen Welten tat, und nur wenige Leute wußten, daß sie Safe Harbor ihre Heimat nannte.

»Die Stumme Annie?« wiederholte Cain, nachdem ihm Moonripple gesagt hatte, wohin sie ihn brachte. »Sie ist auch hier?«

»Ja, Sir.«

»Es scheint, als sei die Hälfte der Leute, von denen der Schwarze Orpheus geschrieben hat, hier auf Safe Harbor versammelt«, sagte er.

»Das stimmt aber nun wirklich nicht, Sir«, entgegnete Moonripple. »Da sind nur Sie und ich, und Ihr Schiff, Vater William und die Stumme Annie.«

»Hat Orpheus nicht gesagt, sie sei taubstumm?«

»Sie redet nicht, aber sie hört alles, was Sie sagen.«

»Worin besteht ihre Verbindung zu Santiago?«

»Sie arbeitet für ihn, Sir«, sagte Moonripple.

»Übrigens«, sagte Cain, »hör auf, mich ›Sir‹ zu nennen. Ich heiße Sebastian.«

»Vielen Dank, Sir. Das ist ein sehr schöner Name.«

»Meinst du wirklich?« fragte er zweifelnd.

»Ja. Das meine ich. Sie nicht?«

»Er ist vermutlich besser als Singvogel«, sagte er. Er blickte sich um. »Lebt die Stumme Annie mitten in einem Kornfeld?« fragte er.

»Natürlich nicht«, sagte Moonripple lachend.

»Na ja, wir gehen genau auf eins zu«, bemerkte er. »Wir sind fast einen Kilometer außerhalb der Stadt.«

»Einen Kilometer die Straße hinauf hat sie ein kleines Haus, Sir.«

»Sebastian«, korrigierte er sie.

»Sebastian.«

»Wie hast du sie kennengelernt?«

Moonripple hob die Schultern. »Ich kann mich nicht mal dran erinnern. In der Kirche, vielleicht. Es konnte nicht in der Taverne sein, weil sie nicht trinkt.«

»Und du bist gut mit ihr befreundet?«

»Sie ist nicht meine *beste* Freundin«, sagte sie, das Wort ›beste‹ betonend. »Ich habe niemals eine beste Freundin gehabt.«

»Wie gut kennst du sie?«

»Manchmal kommt sie morgens herein, und wir trinken Tee zusammen, und gelegentlich besuche ich sie an meinem freien Tag«, antwortete Moonripple.

»Warum nimmst du an, daß sie mich zu Santiago bringt?« drängte Cain.

»Warum nicht?«

»Weil ich ein Kopfjäger bin.«

»Santiago weiß das, Sir.«

»Santiago hat von mir gehört?« fragte Cain überrascht.

»Santiago weiß alles«, sagte sie.

Er starrte sie an, gab jedoch keinen Kommentar dazu ab, und die nächsten paar Minuten gingen sie schweigend dahin.

»Wir sind da, Sir«, sagte sie und deutete auf ein kleines Gebäude etwa zwanzig Meter von der Straße entfernt.

»Sieht verlassen aus«, sagte Cain.

»Oh, sie ist zu Hause, Sir«, sagte Moonripple entschieden.

»Was macht dich da so sicher?« fragte er.

»Wo sollte sie sonst sein?«

»Da soll mich doch der Teufel holen«, antwortete Cain, ging von der Straße ab und folgte einem schmalen Pfad zum Eingang.

Er wartete, bis das Sicherheitssystem sie beide überprüft hatte, und gerade dann, als er zu der Überzeugung gekommen war, er habe recht gehabt mit seiner Annahme, es sei niemand zu Hause, glitt die Tür in die Wand, und er sah sich einer kleinen schlanken Frau gegenüber, die in eine sehr alte militärische Ausgehuniform gekleidet war.

Sie war vielleicht dreißig Jahre alt, und ihre Züge waren scharf und starr. Sie hatte eine Narbe, die auf der Stirn begann und durch die rechte Braue zum Kinn hinablief und die noch nicht einmal kosmetische Chirurgie hätte unsichtbar machen können. Sie hatte kein Makeup aufgelegt, wodurch die dünnen Lippen noch dünner wirkten.

»Hallo Annie!« sagte Moonripple. »Das ist Sebastian Cain. Er möchte dich gern kennenlernen.«

Die Stumme Annie winkte ihnen, sie sollten das Haus betreten, und Cain folgte den beiden Frauen durch eine kleine Vorhalle in ein Wohnzimmer, größer, als es von außen erschienen war. An den Wänden standen überall Regale, und darauf lagen wild durcheinander Stapel von Büchern und Bändern. Ein staubbedeckter Computer stand auf einem lädierten Tisch in einer Ecke, und Cain ersah aus dem Text auf dem Bildschirm, daß sie Annie gerade beim Lesen unterbrochen hatten.

Das Mobiliar paßte zur Ausstattung des Zimmers: alt, nicht sehr gemütlich und ohne Sinn für Design und Ordnung arrangiert. Die Stumme Annie deutete zuerst auf Cain und dann auf den größten der Sessel, und er setzte sich, während sich Moonripple gleich neben ihm im Schneidersitz auf dem Fußboden niederließ.

Die Stumme Annie vollführte die Geste des Einschenkens.

»Ja, ich hätte gern etwas Tee«, sagte Moonripple. »Was ist mit Ihnen, Sir?«

»Tee wäre schön«, sagte Cain.

Die Stumme Annie zwang sich ein Lächeln auf die Lippen, verließ dann einen Augenblick lang das Zimmer und kehrte mit einer angeschlagenen Porzellankanne und drei Tassen auf einem Plastiktablett zurück.

»Vielen Dank«, sagte Cain und nahm eine der Tassen.

Die Stumme Annie schien etwas mit der Hand auszudrücken.

»Ich verstehe nicht ganz«, sagte Cain.

»Sie möchte wissen, ob Sie etwas Zitrone haben wollen«, sagte Moonripple.

»Nein, danke«, sagte Cain, während sich Moonripple eine Tasse nahm.

Die Stumme Annie ging zu einem Sofa, worüber eine Decke geschlagen war, stellte das Tablett auf einen Tisch und setzte sich, wobei sie Cain fragend anstarrte.

»Er möchte zu Santiago«, warf Moonripple von sich aus ein. Sie zögerte einen Augenblick lang. »Ich habe ihm gesagt, du könntest ihn hinbringen.«

Die Stumme Annie hob eine Braue.

»Ich hab's ihm versprochen, Annie«, sagte Moonripple.

Die Stumme Annie vollführte eine Geste mit den Händen, die Cain nicht deuten konnte.

»Weil er mir das Leben gerettet hat.«

Eine weitere Geste.

»Ein sehr gemeiner Mann ist in die Taverne gekommen und hat versucht, mir weh zu tun, und er hat ihn daran gehindert.«

Die Stumme Annie starrte Cain abschätzend an.

»Wirst du ihn mitnehmen, Annie?«

Die Stumme Annie saß einen Augenblick lang reglos da, dann nickte sie.

»Vielen Dank!« sagte Moonripple beglückt. »Ich wußte, du würdest es tun!«

Die Stumme Annie starrte Cain weiterhin an, und er begegnete ihrem Blick. Schließlich wandte sie sich an Moonripple und machte eine weitere Geste mit den Händen.

Moonripple wandte sich an Cain. »Sie möchte, daß ich jetzt gehe.«

»Wie werde ich mit ihr reden?«

»Sie ist sehr gut darin, sich verständlich zu machen«, versicherte ihm Moonripple.

»Das wollen wir hoffen«, sagte er. »Ich habe nicht gewußt, was sie, zum Teufel noch mal, getan hat, als sie mit den Händen zu dir sprach.«

»Sie hat mich die Zeichensprache gelehrt, aber sie kann sich auch anders verständigen.«

»Dann danke ich dir für deine Hilfe«, sagte Cain, stand auf und half ihr hoch. »Ich hoffe, wir sehen uns wieder.«

»Sie sind ein sehr freundlicher Mann, Sebastian«, sagte sie, stellte sich auf die Zehenspitzen und gab ihm einen Kuß auf die Wange. Dann, auf einmal verlegen, drehte sie sich um und huschte schnell aus dem Zimmer.

»Wie rasch können wir aufbrechen?« fragte Cain.

Die Stumme Annie hielt die Hand mit der Handfläche nach außen hoch, womit sie ihm bedeutete, er solle warten. Daraufhin ging sie zum Fenster. Als Moonripple die Straße erreicht hatte und sich auf dem Weg zurück in die Stadt befand, drehte sie sich wieder ihm zu.

»Bald«, sagte sie.

»Was?« fragte Cain überrascht.

»Wir werden bald genug aufbrechen«, erwiderte sie mit fester Stimme. »Zunächst jedoch werden wir beide besser ein wenig miteinander plaudern.«

»Aber Sie können doch nicht sprechen!«

»Ich kann sprechen, wenn ich etwas zu sagen habe, Mr. Cain«, sagte die Stumme Annie.

»Warum geben Sie vor, stumm zu sein?« fragte er.

»Auf diese Weise muß ich keine dummen Fragen beantworten.« Sie setzte sich und nahm einen Schluck aus der Teetasse. »Sie sind hergekommen, um ihn zu töten, nicht wahr?«

»Ja, genau.«

»Warum?«

»Auf seinen Kopf ist ein Preis ausgesetzt.«

»Und das ist der einzige Grund?«

»Wie viele brauchen Sie noch?« gab Cain zurück.

»Ich hatte auf etwas Bedeutsameres gehofft«, sagte die Stumme Annie. »Es würde mir gar nicht gefallen, wenn ich annehmen müßte, wir hätten Sie falsch eingeschätzt.«

»Mich falsch eingeschätzt?« wiederholte Cain.

»Wir haben auf Sie gewartet, Mr. Cain, sobald Santiago Geronimo Gentry angewiesen hatte, Sie auf eine Spur zu lenken, die Sie schließlich nach Safe Harbor bringen sollte.«

»Das möchte ich doch lieber richtig mitbekommen haben«, sagte Cain verwirrt. »Wollen Sie mir etwa sagen, Santiago hat *gewollt,* daß ich ihn finde?«

»Das ist genau das, was ich sage.«

»Das glaube ich nicht.«

»Glauben Sie, was Sie wollen«, sagte die Stumme Annie mit einem Achselzucken. »Wie sind Sie denn, Ihrer Ansicht nach, hierhergekommen, nach all den Jahren ohne offensichtlichen Fortschritt?«

Er starrte sie an und sagte nichts.

»Damit wollte ich nicht sagen, daß er es Ihnen leicht gemacht hat«, fuhr sie fort. »Das hätte seinen Zwecken nicht gedient. Aber er hat es ermöglicht; er hatte sich entschlossen, Ihnen den ersten Anschub zu geben.«

»Warum?«

»Er hat Sie seit langer Zeit studiert, Mr. Cain«, fuhr die Stumme Annie fort. »Seitdem Sie hinaus ins Grenzland gekommen sind.«

»Nochmals: Warum?«

»Weil er jeden studiert.«

»Aber er erlaubt nicht jedem, ihn zu finden?«

»Nein«, entgegnete sie. »Sie sind erst der zweite.«

»Wer war der erste?«

»Das spielt keine Rolle«, sagte die Stumme Annie. »Er ist jetzt tot.«

»Was ist mit Vater William?« fragte Cain.

»Was sollte mit ihm sein?«

»*Er* hat Santiago gefunden.«

»Sie irren sich, Mr. Cain«, entgegnete die Stumme Annie. »Er jagt Santiago nicht.«

»Was tut er dann hier?«

»Ich weiß nicht genau, ob Sie mir glauben würden, wenn ich es Ihnen sagte«, meinte sie.

»Vielleicht nicht«, stimmte Cain skeptisch zu. »Aber warum erzählen Sie's mir nicht trotzdem und überlassen mir die Entscheidung?«

»Er ist hier, um Santiago zu *schützen*.«

»Vor mir?« fragte Cain skeptisch. »Warum hat er sich dann nicht auf einen Kampf mit mir eingelassen, als er dazu die Möglichkeit hatte?«

»Wegen Ihnen macht er sich keine Sorgen.«

Cain schwieg für einen Augenblick. »Der Engel?« fragte er schließlich.

Sie nickte. »Er wird ziemlich bald hier sein.«

»Wenn ich es recht verstehe, ist er ohne jede Hilfe von seiten Santiagos so weit gekommen.«

»Das ist korrekt.«

»Und Santiago möchte nicht vom Engel gefunden werden?« fuhr Cain fort.

»Ich bezweifle, daß er sich in der Hinsicht irgendwelche Gedanken gemacht hat«, erwiderte die Stumme Annie. »Ihn zu beschützen, ist Vater Williams Idee, nicht die seine.«

»Warum sollte Vater William einen Mann mit einem Preis auf seinen Kopf helfen?« fragte Cain.

»Das hoffe ich, Ihnen zeigen zu können, ehe Sie Santiago begegnen«, sagte die Stumme Annie, leerte ihre Tasse und schenkte sich eine weitere ein.

»Wie paßt Moonripple in das alles hinein?«

»Sie ist einfach nur ein sehr freundliches kleines Barmädchen, nichts weiter.«

»Aber sie hat gewußt, daß Santiago auf Safe Harbor ist«, gab er zu bedenken.

»Das hat jeder gewußt, mit dem Sie heute morgen gesprochen haben.«

»Und niemand hat versucht, ihn wegen der Belohnung zu verraten?«

»Tatsächlich etwa fünf oder sechs Leute«, sagte die Stumme Annie. »Sie werden sie auf verschiedenen Friedhöfen rund um den Planeten begraben finden.«

»Kommen wir doch noch mal einen Moment lang auf Moonripple zurück«, sagte Cain, während er versuchte, alles aufzunehmen, was ihm die Stumme Annie gesagt hatte. »Die meiste Zeit ihres Lebens hat sie pro Monat eine Welt besucht. Warum ist sie jetzt hierher gekommen?«

»Einfach Glück, nichts weiter.«

»Und warum ist sie geblieben?«

»Aus demselben Grund wie ich«, sagte die Stumme Annie.

»Also gut«, sagte Cain. »Warum sind *Sie* geblieben?«

»Weil Santiago ein großer Mann ist.«

»Santiago ist ein Dieb und Mörder.«

»Das ist alles Ansichtssache.«

»Ansichtssache hat damit nichts zu tun«, erwiderte Cain. »Der Mann hat getötet und geplündert, noch ehe Sie geboren wurden. Es ist der Demokratie gelungen, ihm fast vierzig Morde nachzuweisen, und es gibt vielleicht mehr als hundert, von denen sie nichts wissen. Und ich weiß aus berufenem Munde, daß er Lagerhäuser voller gestohlener Waren über das gesamte innere Grenzland verteilt hat.«

»Darf ich vielleicht annehmen, dieser berufene Mund ist der Jolly Swagman?«

»Er hätte nicht das Leben riskiert, wenn er nicht von ihrer Existenz gewußt hätte«, antwortete Cain.

»Ich bestreite ihre Existenz nicht«, sagte die Stumme Annie. »Ich widerspreche lediglich Ihrer Interpretation, was sie betrifft.« Sie hielt inne. »Und außerdem sehe ich nicht, daß der Swagman in diesem Augenblick das Leben riskiert.«

»Ist er gleichfalls ein Teil des Ganzen?«

»Absolut nicht«, erwiderte sie. »Er ist es einmal gewesen, aber Santiago hat ihn hinausgeworfen.«

»Ein Streit zwischen Dieben?« schlug Cain vor.

»Es war nur ein Dieb darin verstrickt«, erwiderte sie ernst. »Und er arbeitet nicht mehr länger für uns. Ich habe dafür gestimmt, ihn zu töten, aber Santiago hat sich dafür entschieden, ihn am Leben zu lassen.«

Cain lehnte sich kurz zurück und seufzte. »Also schön«, sagte er schließlich. »Ich habe von Ihnen und von Moonripple eine Menge Gewäsch darüber gehört, daß Santiago ein großer Mann sei. Wie ich annehme, werden Sie mir sagen können, warum Sie das glauben.«

»Das ist nur fair«, sagte die Stumme Annie. »Sie erzählen mir, Santiago sei für den Tod von einhundertvierzig Menschen verantwortlich. Ich sage Ihnen aber, daß die tatsächliche Zahl näher an achthundert liegt.«

»Das macht aus ihm einen großen Mann?« fragte Cain ironisch.

»Wie viele Menschen haben *Sie* getötet, Mr. Cain?«

»Das steht hier nicht zur Debatte«, sagte Cain.

»Sagen Sie's mir trotzdem!«

»Siebenunddreißig.«

»Sie lügen, Mr. Cain«, sagte sie mit einem Lächeln.

»Den Teufel tu' ich!«

»Wie ich zufällig weiß, haben Sie mehr als fünftausend Männer und Frauen allein auf Sylaria getötet.«

»Das war im Krieg«, sagte er.

»Nein, Mr. Cain. Das war in einer Revolution.«

»Versuchen Sie mir etwa zu sagen, Santiago sei ein Revolutionär?« fragte er skeptisch.

»Ja, das versuche ich.«

»Eine Frau mit Namen Sargasso-Rose hat mir dasselbe nahegelegt«, sagte er. »Ich habe ihr auch nicht geglaubt. Gegen wen soll er denn angeblich eine Revolution führen?«

»Gegen die Demokratie.«

Cain lachte laut heraus. »Wollen Sie etwa ernsthaft nahelegen, daß er erwartet, er könne die Demokratie stürzen?«

»Nein, Mr. Cain. Die Demokratie kontrolliert Zehntausende von Welten und beherbergt achtundneunzig Prozent der menschlichen Bevölkerung der Galaxis. Ihre Marine hat mehr als dreißig Millionen Schiffe, und sie besitzt unerschöpflichen Reichtum und Ressourcen, aus denen sie schöpfen kann. Es wäre töricht, davon zu träumen, sie zu stürzen.«

»Nun, und?«

»Er versucht lediglich, sie im Grenzland zu neutralisieren, ihren eher scheußlichen Mißbrauch auszurotten.«

»Indem er Kunstwerke anhäuft und Schmalspur-Schmuggler wie Duncan Black ermordet?«

»Duncan Black war ein Verräter«, sagte sie kalt. »Er ist exekutiert worden, nicht ermordet.«

»Das Endergebnis war so ziemlich dasselbe«, bemerkte Cain.

»Haben Sie niemals jemanden dafür exekutiert, daß er etwas im Stich gelassen hat, das Sie für eine gerechte Sache hielten, Mr. Cain?« wollte sie wissen.

Er schwieg einen Augenblick lang. »Ja, das habe ich getan«, gab er schließlich zu. »Reden Sie weiter!«

»*Sie* reden vom Anhäufen von Kunstwerken, aber da höre ich den Swagman sprechen«, fuhr die Stumme Annie fort. »In Wirklichkeit sind er und Santiago auseinandergegangen, weil sich Santiago geweigert hat, bestimmte Stücke zu behalten, die der Swagman haben wollte. Er hat sie statt dessen dem Schwarzmarkt zurückverkauft, wo der Swagman dafür einen angemessenen Preis hätte zahlen müssen.«

»Um die Truppen zu bezahlen?« legte Cain nahe.

»Sind Sie auf Sylaria oder auf den anderen Welten, auf denen Sie gekämpft haben, dafür bezahlt worden?« fragte sie.

»Nein.«

»Und wir werden auch nicht bezahlt«, sagte sie. »Die Truppe, wie Sie sie zu nennen belieben, arbeitet aus freien Stücken, Mr. Cain.«

»Wofür benötigt er dann all das Geld?«

»Das werden Sie sehen.«

»Wann?«

»Bald.«

»Warum nicht jetzt?« beharrte er.

»Weil Sie im Ort für ein wenig Aufregung gesorgt haben, als Sie Einmal-Charlie töteten«, sagte die Stumme Annie.

»Moonripple hat nichts davon erwähnt, daß ich ihn getötet habe.«

Sie lächelte. »Ich lebe hier nicht völlig isoliert, Mr. Cain. Vater William hat mich angerufen und mir gesagt, was vorgefallen ist, ehe Sie die halbe Strecke zu meinem Haus zurückgelegt hatten.« Sie hielt inne. »Wie dem auch sei, während Sie durch Ihre Tat völlig gerechtfertigt wurden, war es doch unmöglich, Ihre Identität geheimzuhalten.«

»Das habe ich auch nie versucht«, warf er ein.

»Lassen Sie es mich besser ausdrücken«, sagte sie. »Es war unmöglich, Ihr *Gewerbe* geheimzuhalten. Das war nicht sonderlich geschickt.«

»Warum?«

»Weil eine Anzahl von Einwohnern gewillt ist, das Leben für Santiago hinzugeben. Wenn Vater William sicher ist, daß niemand herkommen und versuchen wird, Sie aufzuhalten, wird er mich erneut anrufen, und dann können wir gehen.«

»Wenn sich einer von ihnen zeigt, habe ich sehr wohl die Absicht, mich zu verteidigen«, sagte Cain.

»Das wird nicht nötig sein«, sagte sie. »Wenn's sein muß, wird Vater William sie warnen.«

»Warum?«

»Weil Santiago Sie unversehrt haben möchte, und Vater William wird seinen Wünschen unbedingt Folge leisten.«

»Selbst wenn es Santiago einige seiner Gefolgsleute kostet?«

»Das wird fast sicher nicht der Fall sein — aber ja, selbst dann.«

»Bei Ihnen hört er sich nicht gerade wie ein Heiliger an«, bemerkte Cain.

»Das ist er auch nicht. Er ist ein Mann, der dazu gezwungen ist, mehr Entscheidungen über Leben und Tod zu fällen, als es ein menschliches Wesen jemals tun sollte.«

»Das hat er so gewollt.«

»Das war seine Berufung«, korrigierte sie ihn.

»Was macht *mich* so wichtig für ihn?« wollte Cain wissen.

»Das ist doch offensichtlich, sollte man annehmen«, sagte die Stumme Annie.

Cain starrte sie einen sehr langen Augenblick an. Schließlich ergriff er wieder das Wort.

»Warum sollte ich zu ihm stoßen wollen?«

»Weil Sie selbst einmal ein Revolutionär gewesen sind.«

»Die Galaxis ist von Männern übersät, die einmal Revolutionäre gewesen sind«, sagte er.

»Die meisten davon haben sich angepaßt. Sie nicht.«

»Ich habe mich besser als die meisten angepaßt«, erwiderte Cain mit einem Anflug von Ironie. »Ich habe genommen, was ich gelernt habe, und habe es einem neuen Nutzen zugeführt. Ich pflegte Menschen ohne Entgelt zu töten.« Er lächelte freudlos. »Jetzt tu ich's, um mir den Lebensunterhalt zu sichern.«

»Er ist nicht wegen der Menschen an Ihnen interessiert, die Sie getötet haben«, sagte die Stumme Annie.

»Warum *ist* er dann an mir interessiert?«

»Wegen der Menschen, die Sie *nicht* getötet haben«, sagte die Stumme Annie.

Er runzelte die Stirn. »Ich verstehe Sie wohl nicht.«

»Sie haben Quentin Cicero am Leben gelassen.«

»Er hatte eine Geisel.«

»Anderen haben Sie ebenfalls Pardon gegeben«, fuhr sie fort. »Sie haben zehn Wochen damit verbracht, Carmella Sparks aufzustöbern, und Sie ließen sie dann gehen.«

»Sie hatte drei Kinder bei sich«, sagte Cain voller Unbehagen. »Eines davon mußte noch gestillt werden. Sie wären alle gestorben.«

»Das hätte Friedensstifter MacDougal oder den Engel niemals abgehalten«, sagte sie.

»Dann sollte Santiago vielleicht mit denen statt mit mir reden.«

»Er hat kein Interesse an Männern, die jedes letzte Quentchen ihrer Menschlichkeit verleugnet haben. *Weil* Sie zu Taten des Mitleids befähigt sind, möchte er Sie haben.«

»Tja«, meinte Cain. »Nun ja, ich weiß nicht, ob ich *ihn* will.«

»Sie werden wollen«, sagte sie zuversichtlich. »Er ist der größte Mensch, den ich kenne.«

»Wie haben Sie ihn kennengelernt?«

»Ich bin auf Raxar Zwei aufgewachsen«, sagte sie. »Es ist eine stark von fremdartigen Wesen bevölkerte Welt, und wir hatte eine Militärregierung, um sie angemessen zu befrieden.« Die Muskeln an ihrem Kiefer zuckten leicht. »Als ich elf Jahre alt war, wurde ich von drei Soldaten verprügelt und vergewaltigt. Die Demokratie hatte Schwierigkeiten dabei, weitere Zuschüsse für das Militär zu erhalten, und sie wollten keine Vorfälle, die sie in Verlegenheit gebracht und Geld gekostet hätten, also haben sie alles vertuscht. Die drei Männer wurden auf eine andere Welt versetzt und niemals bestraft. Ich habe zwei Jahre im Krankenhaus verbracht.«

»Haben Sie dabei die Narbe bekommen?« fragte Cain.

»Das ist nur die eine, die man sehen kann«, sagte die Stumme Annie bitter. »Wie dem auch sei, Santiago hat gehört, was geschehen ist, und ...«

»Wie?« unterbrach Cain.

»Er ist seit langer Zeit hier draußen«, erwiderte sie. »Er hat überall seine Ohren. Sobald er in Erfahrung gebracht hatte, was sie mir angetan hatten, ließ er die drei Männer töten.« Sie zwang sich ein grimmiges Lächeln aufs Gesicht. »Ich glaube, die verstorbene Altair von Altair war mein Engel der Rache gewesen.«

»Und dann sind Sie zu ihm gestoßen?«

»Hätten Sie das nicht getan?« gab sie zurück.

»Ich hätte sie selbst getötet.«

»Nicht alle von uns sind Killer, Mr. Cain«, entgegnete

sie. »Es erfordert bestimmte Urinstinkte, die nicht jeder sein eigen nennt.«

»Santiago hat sie?«

»Ich könnte nicht mit absoluter Sicherheit sagen, daß er jemals persönlich ein anderes menschliches Wesen getötet hat.«

»Wenn man die Zahl der Morde berücksichtigt, die er in Auftrag gegeben hat, könnte man das als Feigheit gewisser Kreise bezeichnen«, bemerkte Cain.

»Ich werde diese Bemerkung keiner Antwort würdigen«, sagte die Stumme Annie kalt.

»Wie haben Sie ihn gefunden?« fragte Cain und verweigerte jede Entschuldigung für seinen Kommentar.

»Er macht es sehr leicht, wenn er gefunden werden will.«

»Darüber möchte ich doch ganz gerne streiten«, sagte er bissig.

»Glauben Sie ernsthaft, Sie hätten ihn finden können, wenn er es nicht gewollt hätte?« fragte sie.

»Auf der Grundlage dessen, was Sie mir gesagt haben, nein«, gab er zu.

»Er macht die Suche für die einen schwieriger als für die anderen«, fuhr sie fort.

»Das wenigstens kann ich bezeugen«, sagte Cain.

»Für Moonripple war's vielleicht am einfachsten.«

»Sie hatten doch gesagt, sie sei zufällig hier gelandet.«

»Es war der pure Zufall, daß sie zu diesem bestimmen Zeitpunkt auf Safe Harbor gelandet ist«, erklärte die Stumme Annie. »Aber früher oder später mußte sie hier eintreffen.«

»Warum?«

»Ihre Eltern arbeiteten für Santiago. Die Demokratie hatte sie gefangengenommen und getötet, als Moonripple erst vier Jahre alt gewesen war.« Sie hielt inne. »Er konnte sie nicht erreichen, weil damals die Möglichkeit zu groß war, daß sie überwacht wurde. Also wurde er ihr Schutzengel. Wohin sie auch ging, auf welcher Welt sie auch arbeitete, es war immer jemand da, der über sie wachte, sie beschützte. Als wir uns schließlich sicher waren, daß die Demokratie sie aufgegeben hatte, schlug man ihr auf untergründige Weise vor, sie solle ihre Wanderung in Richtung auf Safe Harbor fortsetzen. Als sie schließlich eintraf, warteten wir ab, um völlig sicherzugehen, daß sie nicht verfolgt worden war, und dann sagte man ihr die Wahrheit.«

»Sie sagten ihr die Wahrheit?«

Die Stumme Annie schüttelte den Kopf. »Sie weiß nicht, daß ich sprechen kann.«

»Santiago selbst?« fragte Cain.

»Sie hat ihn nie gesehen.« Die Stumme Annie hielt inne. »Sie ist ein sehr süßes Mädchen, aber unser Kampf ist nicht der ihre. Sie hat schon genug Übles erlitten. Je weniger sie weiß, desto besser.«

»Warum hat sich Santiago dann selbst in Gefahr gebracht, indem er sie überhaupt etwas wissen ließ?«

»Er wollte, daß sie auf Safe Harbor bliebe, wo er sie besser schützen könnte, sollte sich die Notwendigkeit hierzu je ergeben.«

»Und wenn sie gehen will?«

»Sie ist frei zu gehen.«

»Selbst mit dem Wissen, daß dies hier Santiagos Welt ist?«

»Selbst so.«

Cain senkte gedankenverloren, den Kopf. Schließlich sah er zur Stummen Annie auf.

»Ich möchte ihn sprechen«, sagte er.

»Das werden Sie auch.«

»Ich bin mir gleichfalls bewußt, daß dies eine Falle sein könnte.«

»Warum sollten wir eine derart ausgeklügelte Falle aufstellen?«

»Ich weiß es nicht«, gab er zu. »Aber wenn Sie mich angelogen haben, ist er ein toter Mann.«

»Ich lüge nicht.« Sie ging zu einem Kommunikator hinüber. »Vater William hätte uns schon längst grünes Licht geben sollen. Ich rufe besser in der Taverne an, um zu hören, worin das Problem besteht.«

»Vielleicht lassen Sie mich besser anrufen«, bot Cain an. »Moonripple könnte antworten, und Sie sollen doch stumm sein.«

Die Stumme Annie lächelte. »Wenn sie antwortet, werde ich einfach nach Vater William fragen. Da sie niemals meine Stimme gehört hat, wird sie kaum wissen, wer da spricht.«

»Da haben Sie auch wieder recht«, sagte Cain.

Einige Augenblicke lang sprach die Stumme Annie unterdrückt mit jemandem, brach daraufhin die Verbindung ab und wandte sich an Cain.

»Alles in Ordnung!« verkündete sie. »Wir können jetzt gehen.«

»Weshalb die Verzögerung?«

»Er hat Bier getrunken, gegessen und darüber alles andere völlig vergessen«, sagte sie mit einem entschuldigenden Lächeln.

»Das sieht ihm ähnlich«, stimmte Cain zu. Plötzlich runzelte er die Stirn. »Wir müssen das Ganze noch um eine Stunde oder so verschieben.«

»Was ist los?« fragte sie.

»Da ist noch was, das ich zuerst erledigen muß.«

»Hat es mit Santiago zu tun?« fragte sie mißtrauisch.

»Indirekt. Ich muß ein Versprechen einlösen.«

»Wem gegenüber?«

»Einem Freund.« Er ging zur Tür. »Ich kehre zurück.«

Sie nickte, und er verließ ihr kleines Haus und ging die Straße entlang, die durch den kleinen Ort führte. Innerhalb einer halben Stunde hatte er sein Ziel erreicht.

»Du siehst unglücklich aus«, sagte Schussler, als er durch die Luke kam.

»Das bin ich auch«, antwortete Cain.

»Dann hast du dich mit Safe Harbor geirrt?«

Er schüttelte den Kopf. »Ich hatte recht.«

»Santiago kommt?« fragte Schussler aufgeregt.

»Er ist bereits hier.«

»Gott sei gedankt!« sagte Schussler mit einem Tonfall, der einem Seufzer der Erleichterung so nahe kam, wie es ein Ding aus Metall und Maschinerie nur hinbekommen konnte.

Es folgte ein kurzes Schweigen.

»Erinnerst du dich an unsere Abmachung?« fragte der Cyborg.

»Deshalb bin ich hier.«

»Du bist ein ehrbarer Mann, Sebastian.«

»Wie werde ich es anfangen?« fragte Cain und ging zu dem Wandabschnitt hinüber, der Schusslers Essenz vor dem Blick verbarg. »Gibt es eine Möglichkeit, dich abzuschalten, ohne dir allzu viele Schmerzen zuzufügen?«

»Ich spüre keinen Schmerz«, sagte Schussler. »Wenn ich es könnte, hätte ich mich vielleicht sogar fürs Weiterleben entschieden.«

»Das ist dumm, sowas zu sagen.«

»Nur für einen Mann, der fühlen kann, Sebastian.«

»Also gut«, sagte Cain und tippte den Code ein, der Schusslers winzigen Behälter dem Blick freigab.

»Ich bin dazu bestimmt, deine Befehle entgegenzunehmen, selbst wenn es mich die eigene Existenz kosten sollte«, sagte Schussler. »Befiehl mir einfach, mit dem Funktionieren aufzuhören, und ich werde sterben.«

Cain starrte den kleinen Behälter an. »Du meinst, das ist alles?«

»Ja.«

»Das hätte ich jederzeit tun können.«

»Aber wir hatten eine Abmachung«, sagte Schussler. »Ich bin auch dazu verdammt gewesen, meinen Teil davon zu erfüllen.«

»Bist du bereit?« fragte Cain.

»Ja ... Sebastian?«

»Ja?«

»Ich bin auf Sauerstoffplaneten niedergegangen, auf Chlorplaneten und auf Methanplaneten. Ich bin auf Deluros Acht gewesen und den merkwürdigsten Welten am Ende des Grenzlands. Ich bin schneller als das Licht geflogen, und ich habe mir meinen Weg durch Meteoritenstürme gesucht.«

»Ich weiß.«

»Eines jedoch habe ich niemals getan, einen Ort habe ich niemals besucht.«

»Und der wäre?«

»Ich habe niemals das Innere eines Sterns gesehen.«

»Niemand hat das.«

»Dann werde ich der erste sein«, sagte Schussler. »Was für eine wunderbare Vorstellung, die ich mit in die Ewigkeit nehmen kann!«

»Dann werde ich das befehlen«, sagte Cain unglücklich.

»Vielen Dank, Sebastian«, sagte der Cyborg. »Du verläßt mich jetzt besser.«

»Auf Wiedersehen, Schussler«, sagte Cain und ging zur Luke.

»Sieh mir zu, Sebastian«, sagte Schussler. »Es wird bald dämmrig werden. Ich warte so lange, so daß du mich sehen kannst.« Er hielt inne. »Ich werde der erste Meteor des Abends sein.«

»Ich werde zusehen«, versprach Cain.

Und als die Stumme Annie und er sich eine Stunde später schließlich auf den Weg machten, blieb er stehen und schaute auf. Einen Augenblick lang sah er nichts weiter als das Übliche; und dann — es war vielleicht lediglich in seiner Phantasie, denn die Sonne schien noch immer sehr hell, und Schussler war etwa achtzig Millionen Kilometer entfernt — glaubte er, einen flüchtigen Augenblick lang, er könne eine unglaublich helle Gestalt sehen, die hin zu Safe Harbors goldener Sonne strich. Sie bewegte sich schneller und schneller, und dann flackerte sie dankbar aus dem Sein.

TEIL 6

Santiagos Buch

22

Sein Vater war ein Komet,
seine Mutter eine strahlende Sonne,
Gott weinte, als er ihn sah,
Doch Satan lachte voll Wonne.

Genau vierzig Verse: soviel hat der Schwarze Orpheus ihm gewidmet.

Niemand sonst hat mehr als ein Dutzend erhalten — aber schließlich war auch niemand sonst Santiago.

Orpheus sah sich einem moralischen und künstlerischem Dilemma gegenüber, als er schließlich das Thema Santiago in Angriff nahm, denn alle seine verbalen Porträts basierten auf Wissen aus erster Hand, und er hatte den notorischen Gesetzlosen niemals gesehen. (In Wirklichkeit hatte er ihn über die Jahre hinweg bei fünf verschiedenen Gelegenheiten gesehen und zweimal mit ihm gesprochen, aber er wußte es nicht und hat es auch niemals erfahren.)

Andererseits war ihm bewußt, daß jede Ballade, die das Ziel hatte, Menschen und Ereignisse zu beschreiben, die zur Formung des inneren Grenzlandes beigetragen hatten, lächerlich unvollständig wäre, wenn sie nicht einen größeren Abschnitt Santiago widmete.

Also schloß er einen Kompromiß. Er widmete ihm vierzig Verse, nannte ihn jedoch nie beim Namen. Das war seine Weise zu sagen, daß die Zeilen über Santiago irgendwie unvollständig seien.

Sebastian Cain kam rasch zu dem Schluß, daß die Legende von Santiago ebenso unvollständig war wie die Ballade. Er saß neben der Stummen Annie, während ihr Fahrzeug zwischen Getreidefeldern dahinglitt, die im schwachen Licht von Safe Harbors Monden Wellen zu schlagen schienen. Schließlich hielten sie vor einer kleinen Scheune an.

»Erster Halt!« verkündete sie, öffnete die Tür und stieg aus.

»Eine Scheune?« fragte Cain, während ihn die Wärme und Schwüle mit voller Kraft traf.

Sie lächelte. »Eigentlich hatte ich gehofft, Sie hätten gelernt, nichts, was mit Santiago zusammenhängt, nach dem äußeren Anschein zu beurteilen.«

Sie ging zu dem Fertigbau hinüber, tippte eine Zahlenkombination aufs Schloß, und die Tür schwang langsam nach innen.

»Kommen Sie, Mr. Cain!« sagte sie und stieß einen leisen Befehl aus, woraufhin sich das abgedunkelte Gebäude erhellte.

Cain folgte ihr in das kühle Innere der Scheune und fand sich einer Reihe Getreidesilos gegenüber. Alle waren bis zum Rand mit mutiertem trocknendem Getreide gefüllt. Hoch über ihm lag ein Speicher, wo man einstmals Heu aufbewahrt hatte, jetzt jedoch sah er so aus, als sei er die vergangenen zwanzig Jahre nicht mehr in Gebrauch gewesen.

»Nun?« fragte er.

»Werfen Sie einen Blick auf das dritte Silo!«

Er ging hinüber und starrte es an.

»Es sieht aus wie Getreide«, sagte er.

»So soll es auch aussehen«, erwiderte sie. »Sehen Sie's sich ein bißchen näher an!«

Er griff mit beiden Händen hinein, warf Ähren beiseite und stieß auf einen Goldbarren.

»Der Epsilon-Eridani-Raubzug?« fragte er, hob unter Schwierigkeiten den Barren mit beiden Händen hoch und betrachtete ihn genau.

Sie nickte. »Wir haben noch etwa vierzig davon übrig.«

»Alle in diesem Silo?«

»Ja.«

»Was ist mit den übrigen geschehen?« fragte Cain. »Einen Barren habe ich bei Jonathan Stern auf Port Étrange gesehen, aber niemand weiß anscheinend, was aus den übrigen geworden ist.«

»Die meisten davon sind verteilt worden«, erwiderte sie. »Möchten Sie gern wissen, wo?«

»Warum nicht?« Er hob die Schultern.

»Folgen Sie mir!«

Die Stumme Annie ging in das winzige Büro der Scheune, das zwei Vidphone, einen Pinup-Kalender, gedruckt auf echtem Papier, einen kleinen hölzernen Schreibtisch sowie einen altmodischen Drehstuhl enthielt, außerdem einen Computer. Alles, außer dem Phon und dem Computer, lag unter einer dicken Staubschicht.

Sie schaltete den Computer ein, wartete, bis er ihr Retinamuster und den Daumenabdruck identifiziert hatte, und befahl ihm dann, die näheren Einzelheiten über das Epsilon-Eridani-Gold zu zeigen.

Cain studierte die Listen, die der Reihe nach auf einem kleinen Schirm erschienen.

»Wie ich sehe, hat Vater William etwa ein Drittel davon erhalten«, bemerkte er.

»Er ist einer der Mittelsleute, durch die Santiago die Hungrigen speist und die Kranken behandelt. Der Großteil des Goldes wurde auf dem schwarzen Markt von Kabalka Fünf verkauft.«

»Kabalka Fünf? Das ist eine Alien-Welt, nicht wahr?«

»Aliens brauchen nicht lange, bis sie herausgefunden haben, was Menschen für Gold alles tun«, erwiderte sie.

»Was ist aus dem Geld geworden, das Sie für das Gold erhalten haben?«

Sie rief ein weiteres Schaubild auf den Schirm.

»*Alles* ist Krankenhäusern zugeflossen?« fragte er.

»Nicht ganz. Es hat ebenfalls ein Stoßtruppunternehmen auf Pico Zwei finanziert.«

»Was, zum Teufel, ist auf Pico Zwei zu holen? Das ist lediglich ein kleiner Dreckhaufen von Welt draußen im Quinellus-Haufen.«

»Einige unserer Freunde sind dort gefangengehalten worden.«

»Also haben Sie sie herausgeholt?«

Sie schüttelte den Kopf. »Das war unmöglich.«

»Was dann?«

»Wir haben das Gefängnis in die Luft gejagt.«

»Mit Ihren Freunden darin?«

»Die Demokratie schreckt vor nichts zurück, um Santiago zu finden«, erwiderte die Stumme Annie. »Es sind loyale Männer gewesen, aber ein paar hätten geredet. Wenn es die Folter nicht tut, dann gibt es Drogen, die es tun.«

»Soweit die Loyalität«, sagte Cain trocken.

»Er ist weder Gott noch Heiliger«, sagte sie. »Er ist einfach ein Mann, und er kämpft gegen die mächtigste politische und militärische Maschinerie der Galaxis. Unsere Leute wissen, was Ihnen zustoßen kann, wenn sie auf eine Mission hinausfahren.«

Cain gab keinen Kommentar ab.

»Verschwiegenheit ist unsere einzige Waffe«, fuhr sie fort. »Sie muß um jeden Preis gewahrt bleiben.« Sie hielt inne und suchte nach Worten, die ihr Ziel erreichen konnten. »Wie, glauben Sie, hat er all diese Jahre seine Identität und seinen Aufenthaltsort verborgen gehalten?« fragte sie schließlich. »Wir kehren von unserer Mission zurück, oder wir sterben — aber wir erlauben uns nicht, gefangengenommen zu werden.«

»Was ist Ihren Männern auf Pico Zwei denn zugestoßen?«

»Sie sind überraschend ergriffen worden, ehe sie sich selbst vernichten konnten.« Sie blickte ihn ruhig an. »Sie sehen so aus, als mißbilligten Sie das, Mr. Cain. Man hätte annehmen sollen, gerade Sie, vor allen anderen Menschen, wüßten, daß eine Revolution kein Sport unter Gentlemen ist und daß sie nicht nach den Regeln von Gentlemen verläuft.«

»Wie wahr!« sagte er, nachdem er sich diese Worte überlegt hatte. »Mir gefällt nur der Gedanke nicht, die eigenen Leute zu töten.«

»Sie glauben doch wohl hoffentlich nicht, daß er *ihm* gefällt«, erwiderte die Stumme Annie. »Das hier ist ein grausiges Geschäft. Es ist nichts Romantisches daran, eine überwältigende Macht herauszufordern, ohne Hoffnung zu gewinnen.«

»Warum tut er's dann, wenn er weiß, daß er nicht gewinnen kann?«

»Um nicht zu verlieren.«

»Das klingt sehr tiefsinnig, ergibt jedoch, zum Teufel nochmal, überhaupt keinen Sinn«, sagte Cain.

»Er wird sich ganz bestimmt glücklich schätzen, Ihnen das näher zu erläutern.«

»Wann?«

»Bald«, erwiderte sie, schaltete den Computer ab und ging zum Fahrzeug zurück. »Kommen Sie, Mr. Cain!«

Er folgte ihr auf den Fersen, und einen Augenblick später fuhren sie erneut auf einer einspurigen Landstraße durch die Nacht.

»Wurde er auf Safe Harbor geboren?« fragte Cain nach einem kurzen Schweigen.

»Nein.«

»Wie lange ist er schon hier?«

»Safe Harbor ist jetzt seit etwa fünfzehn Jahren sein Hauptquartier, obgleich er die Hälfte seiner Zeit außerplanet verbringt.«

»Habe ich ihn jemals gesehen?« fragte er neugierig.

»Das kann ich wirklich nicht sagen«, erwiderte sie. »Es ist möglich.« Sie lächelte. »Der Schwarze Orpheus hat ihn gesehen, obgleich er's nicht weiß.«

»Es gibt eine Menge Dinge, die der verdammte Folksänger nicht weiß«, sagte Cain.

»Sie sind ein Mann, dem vieles nicht gefällt«, sagte

die Stumme Annie. »Ihr Leben muß eine einzige Enttäuschung gewesen sein.«

»Nicht anders als bei den meisten«, antwortete er. Dann lächelte er schief. »Andererseits hat es bemerkenswert an Triumphen gefehlt.«

»Üben wir uns nicht in falscher Bescheidenheit! Sie sind ein sehr erfolgreicher Kopfjäger.«

»Sie haben zu viele Videofilme gesehen«, sagte er. »Ich rufe keine Schurken heraus, um mich mit ihnen in der Mittagssonne zu duellieren. Es ist nichts Herausforderndes daran, auf einen Mann zuzugehen, der einen nie zuvor gesehen hat, und ihn wegzupusten, ehe er weiß, was man im Sinn gehabt hatte.«

»Und so sind Sie auch bei Altair von Altair und Jack of Diamonds vorgegangen?« fragte sie mit einem Lächeln.

»Nein«, gab er zu. »Im einen Fall war ich unvorsichtig und im anderen ungeschickt.«

»Was ist mit Alexander dem Älteren? Er hatte sechs Männer zu seinem Schutz dabeigehabt, als Sie ihn erledigt haben.«

»Vier«, korrigierte er sie.

»Sie weichen aus.«

»Ich habe gedacht, Sie seien an mir wegen der Leute interessiert, die ich *nicht* getötet habe.«

»Stimmt. Aber Sie sind ein Mann mit vielen Talenten, und die kann Santiago allesamt gebrauchen, da bin ich mir sicher.«

»Wir werden sehen«, sagte er zurückhaltend.

Eine weitere halbe Stunde lang fuhren sie schweigend dahin, und die Roggen- und Weizenfelder wurden nur gelegentlich von einem Methanbetrieb unterbrochen, wo der Mist der Farmtiere von Safe Harbor in Energie umgewandelt wurde. Schließlich bogen sie von der Straße ab und näherten sich einer Reihe Silos.

»Weitere Abfallprodukte der Eroberungszüge?« fragte er, als das Fahrzeug stehenblieb.

»Ein medizinisches Zentrum«, erwiderte sie.

»Warum die Tarnung?« fragte er. »Die Demokratie hat besseres zu tun, als Raubzüge in Krankenhäusern zu unternehmen.«

»Weil Safe Harbors Bevölkerung für einen Betrieb dieser Größe nicht groß genug ist«, erklärte die Stumme Annie. »Ein Komplex wie dieser zöge ungewollte Aufmerksamkeit auf sich.«

Er stieg aus dem Fahrzeug und folgte ihr zu einem der Silos. Sie führte ihn zu einem Aufzug, und nach einer kurzen Abwärtsfahrt fand er sich in einer weißen, sterilen Umgebung etwa zwanzig Meter unter der Oberfläche wieder.

»Wie groß ist das hier?« fragte er und blickte die polierten Korridore hinab, die in alle Richtungen wegführten.

»Ich weiß die Quadratmeterzahl nicht«, erwiderte sie, »aber es erstreckt sich unterhalb des gesamten Silokomplexes. Wir haben dreiundzwanzig Laboratorien, ein halbes Dutzend Beobachtungsstationen, zwei Operationssäle und vier Isolierstationen. Gleichfalls gibt es eine Kantine und ausgedehnte Quartiere für die Mitarbeiter, so daß unsere Leute nicht gesehen werden können, wenn sie jeden Tag kommen und wieder gehen.«

Sie gingen an den Laboratorien vorüber, jedes davon mit seinen eigenen Ärzten und Wissenschaftlern in weißen Kitteln, und erreichten schließlich die erste der Beobachtungsstationen. Cain blieb stehen, um durch ein dickes, nur von einer Seite durchsichtiges Glas zu blikken, und er sah neun Männer und Frauen in Betten liegen, die mit Lebenserhaltungs- und Überwachungsgeräten verbunden waren. Mit der geschwärzten Haut, die sich vom Körper abschälte, erinnerten sie ihn an Verbrennungsopfer.

»Was ist ihnen zugestoßen?« fragte Cain und starrte eine ältere Frau an, deren beide Kieferknochen bloß lagen.

»Sie stammen von Hyperion.«

»Nie davon gehört.«

»Wurde vor fünf Jahren erschlossen«, sagte sie. »Ursprünglich hatte es etwa fünftausend Siedler gegeben, alle davon Mitglieder einer obskuren religiösen Sekte.«

»Sie sehen aus, als glaubten sie daran, durchs Feuer gehen zu können«, kommentierte er.

Sie schüttelte den Kopf. »Sie glauben daran, in Frieden mit ihren Nachbarn zu leben. In diesem besonderen Fall waren ihre Nachbarn eine sehr aggressive humanoide Rasse, und es hat sie fast zwei Jahre gebraucht, eine gütliche Einigung zu erreichen — aber schließlich haben sie's geschafft.« Sie hielt inne. »Dann entschied die Demokratie, Hyperion sei strategisch als Militärbasis wünschenswert. Es hat ein paar Vorfälle gegeben, worin die einheimische Bevölkerung verstrickt gewesen war, und Hyperion wurde für die Zivilbevölkerung gesperrt. Die Kolonie, die Frieden geschlossen hatte, weigerte sich zu gehen.«

»Und dann hat ihnen die Marine *das* angetan?«

»Indirekt«, erwiderte sie. »Nachdem die Marine zum Schluß gekommen war, daß es mehr Schwierigkeiten dabei gäbe, die einheimischen Humanoiden zu befrieden, als es die Mühe wert war, setzte sie einen chemischen Kampfstoff in der Atmosphäre frei, der die gesamte Alienspezies tötete. Das ist hier draußen bei weitem nicht der erste derartige Fall.« Sie blickte durch den Spiegel auf die neun Menschen. »Unglücklicherweise hat er eine bakteriologische Mutation bewirkt, die unter den Kolonisten zu einer ansteckenden Hautkrankheit geführt hat. Da sie gewarnt worden waren, sie sollten gehen, weigert sich die Marine, die Verantwortung für sie zu übernehmen.«

»Wie viele Kolonisten haben überlebt?« fragte Cain.

»Von den ursprünglich fünftausend Kolonisten sind etwas weniger als die Hälfte noch am Leben.«

»Und wie viele davon sind hier?«

»Nur die, die Sie da sehen. Wir haben weder Platz noch Geld genug, sie alle zu behandeln, also haben wir einen repräsentativen Querschnitt hergebracht, um zu sehen, ob wir eine Heilung erreichen können. Wenn wir ein Serum oder einen Impfstoff finden, werden wir das zusammen mit ihnen nach Hyperion zurückverschiffen.«

»Und Sie tun dies für wie viele Welten?«

»Soviel wir können.«

»Das muß Sie ein kleines Vermögen kosten, so ein Unternehmen durchzuführen«, kommentierte er.

»Ein *gewaltiges* Vermögen«, korrigierte sie ihn. »Wir haben im inneren Grenzland vier weitere Betriebe.«

»Alle getarnt?«

Sie nickte. »Wenn die Demokratie davon wüßte, wäre sie um ein Beträchtliches näher daran, Santiago zu finden.« Sie blickte ihn direkt an. »Und wenn sie ihn finden, werden die Leute von Hyperion und einem hundert anderer Welten im inneren Grenzland keinen Ort mehr haben, wohin sie sich wenden können.«

Sie ging hinaus in einen Korridor, der zur nächsten Station führte, und Cain trat sofort zurück, damit ein Krankenpfleger ein riesiges elefantenhaftes Wesen aus dem Operationssaal fahren konnte.

»Was, um Himmels willen, war denn *das?*« fragte er.

»Ein Eingeborener von Castor Fünf«, erwiderte sie.

»Sie behandeln auch Aliens?«

»Seine Spezies ist intelligent, und sie ist von der Demokratie unterdrückt worden. Eine dritte Voraussetzung gibt es bei uns nicht.«

»Fangen Sie damit an, all die Aliens zu behandeln, die von der Demokratie unterdrückt wurden, und Sie werden außerstande sein, genügend Krankenhäuser zu bauen, um sie alle aufzunehmen.«

»Ich weiß«, sagte sie. »Aber wir tun, was wir können. Es ist lediglich eine Geste, aber es ist eine sehr wichtige Geste.« Sie betrachtete ihn genau. »Oder sind Sie der

Meinung, es sei die offenkundige Bestimmung des Menschen, die Galaxis allein zu beherrschen?«

»Darüber habe ich nie viel nachgedacht«, antwortete er. »Ich nehme an, wenn Gewalt vor Recht geht, ist er allen übrigen ein paar Nasenlängen voraus.«

»*Geht* Gewalt vor Recht?«

Cain hob die Schultern. »Nein. Aber sie erschwert es ziemlich, dir zu sagen, daß du falsch liegst.«

»Macht es aber nicht unmöglich«, gab sie zu bedenken. »Und das ist genau das, was wir tun — Beispiel geben.« Sie blickte ihn eindringlich an. »Ich hoffe, das hier hinterläßt bei Ihnen einen gewissen Eindruck, Mr. Cain. Es ist sehr wichtig, daß Sie genau verstehen, wofür wir kämpfen.«

»Es macht einen Eindruck«, sagte er zurückhaltend.

»Ich hoffe es«, wiederholte sie.

Sie gingen schweigend durch den übrigen Komplex und kehrten dann zum Aufzug zurück.

»Wie viele weitere öffentliche Einrichtungen muß ich mir noch ansehen, ehe ich zu Santiago komme?« fragte Cain, während sie zur Oberfläche aufstiegen.

»Es gibt keine weiteren mehr«, sagte die Stumme Annie. »Zumindest nicht auf Safe Harbor. Wir wollen nichts tun, das die Aufmerksamkeit auf diesen Planeten lenken könnte.«

Sie traten aus dem Innern des Silos, und er folgte ihr, als sie zum Fahrzeug ging. Einen Augenblick später sausten sie erneut über das Land.

»Wie weit noch?« fragte er nach ein paar Minuten.

»Etwa zwanzig Kilometer«, erwiderte sie. »Es ist jetzt seit fast drei Stunden dunkel. Haben Sie Hunger?«

»Ich kann warten.«

»Ich kann eine Nachricht vorausschicken, so daß das Essen bei unserer Ankunft für Sie bereitsteht.«

»Das ist nicht nötig.«

»Haben Sie noch immer die Absicht, ihn zu töten?« fragte sie gereizt.

»Ich weiß es nicht.«

Sie gab keinen weiteren Kommentar ab, und so fuhren sie die nächsten zwanzig Minuten schweigend dahin. Dann nahm sie eine scharfe Linkskurve und fuhr eine schmutzige Straße voller Schlaglöcher hinab. In der Ferne erblickte Cain einen weißen Fertigbau mit einer riesigen Veranda, die ihn offenbar vollständig umgab.

»Da ist's?« fragte er.

»Da ist's.«

»Er ist nicht sonderlich gut geschützt«, bemerkte er. »Ich habe nur drei Spürapparate ausgemacht, seitdem wir in diese Straße eingebogen sind.«

»Sie hätten *überhaupt keinen* sehen sollen.«

»Ist mein Geschäft, sie zu sehen.«

Sie hob die Schultern. »Es ist dunkel draußen. Vielleicht sind einige davon Ihrer Aufmerksamkeit entgangen.«

»Das möchte ich bezweifeln.«

»Sie müssen sich gleichfalls daran erinnern, daß er auf Safe Harbor keine Feinde hat«, sagte die Stumme Annie. »Außer Ihnen vielleicht.«

»Bleibt sich gleich, sein Sicherheitssystem ist auf jeden Fall lausig«, sagte Cain. »Dieser Tölpel da auf dem Dach ragt wie ein Daumen hervor.«

»Welcher Bursche?«

»Der da mit dem Lasergewehr. Vor einer Minute war er so ungeschickt, daß sich das Mondlicht auf seinem Infrarot-Sichtgerät spiegelte.«

»Ich sehe niemanden«, sagte sie, wobei sie in die Dunkelheit spähte.

»Er ist da, in voller Lebensgröße — und ein einfaches Ziel. Es wird ein wenig mehr als das benötigen, um den Engel draußen zu halten.«

»Ist das Ihre Meinung als Profi?«

»Das ist sie.«

»Ich werde ihm davon berichten.«

»Ich werd's ihm selbst sagen«, meinte Cain.

Sie fuhren ans Haus heran und stiegen aus dem Fahrzeug. Die Stumme Annie führte ihn zur Vordertür, die in die Wand zurückglitt, ehe sie sie erreicht hatten, und dabei einen Schwall kühler trockener Luft ausstieß.

Cain folgte ihr in die leere Vorhalle und dann in das große Wohnzimmer. Dort standen eine Anzahl leicht abgewetzter, sehr gemütlicher Sessel und Sofas in kleinen Gruppen, und ein hitzeloses Feuer prasselte in einem Backsteinkamin. Gleichfalls gab es eine tragbare Bar, einen großen Holoschirm und drei elegant gerahmte Spiegel — aber es waren die Bücher, die alles übrige im Zimmer schier erdrückten. Sie waren überall — sauber aufgereiht in Regalen, die vom Boden bis zur Decke reichten, auf Tischen gestapelt, achtlos auf Fensterbänke geworfen, aufgeschlagen auf Sessel- und Sofalehnen und sogar auf dem Kamin.

Die einzige Person im Zimmer war ein Mann in einem gelbbraunen Freizeitanzug. Er saß auf einem Sessel, las ein ledergebundenes Buch und nippte an einem Alphard-Brandy.

Er war offenbar weit in den Fünfzigern. Das Haar war braun, es wurde dünn und an den Schläfen allmählich grau. Die Augen waren gleichfalls braun und blickten Cain neugierig unter langen, dünnen Augenbrauen hervor an, die sich sanft nach oben schwangen, wodurch sie ihm einen ständig fragenden Ausdruck verliehen. Die Nase war mindestens einmal gebrochen gewesen, vielleicht sogar oftmals, und die Zähne waren so weiß und gerade, daß Cain sogleich zu dem Schluß kam, es seien nicht seine eigenen. Eine s-förmige Narbe zog sich über seinen rechten Handrücken.

Er war ein stämmiger Mann, der allmählich an seiner einst sehr kräftigen Gestalt Gewicht ansetzte. Als er jedoch aufstand, tat er dies mit athletischer Anmut.

»Ich habe lange auf Sie gewartet, Sebastian«, sagte er mit tiefer Stimme.

»Nicht so lange, wie *ich* darauf gewartet habe, *Sie* zu treffen«, sagte Cain.

Santiago lächelte. »Und da Sie jetzt einmal hier sind — was schlagen Sie vor, das wir tun sollen: reden oder schießen?«

»Zunächst einmal reden wir«, sagte Cain. Er blickte sich im Wohnzimmer um. »Sie haben vielleicht eine Bibliothek! Ich glaube kaum, je zuvor so viele Bücher auf einmal gesehen zu haben.«

»Ich mag die Schwere und das Gefühl eines Buchs«, erwiderte Santiago. »Computerbüchereien sind gefüllt mit elektronischen Impulsen. Bücher sind gefüllt mit *Worten.*« Er klopfte stolz auf sein Buch und warf es auf den Sessel. »Ich habe stets den Worten Vorrang gegeben.«

»Sie haben ebenfalls eine Menge Spiegel«, bemerkte Cain.

»Ich bin ein eitler Mann.«

»Wer sich auch immer dahinter befindet — sagen Sie ihnen, sie sollten nicht übereifrig werden. Ich hätte sie in der Sekunde wegfegen können, als ich den Raum betreten habe.«

Santiago lachte. »Ihr habt gehört«, sagte er und wandte sich den Spiegeln zu. »Laßt ihn in Frieden!« Er wandte sich der Stummen Annie zu, die ruhig hinter Cain gestanden hatte. »Du kannst uns gleichfalls allein lassen. Mir wird schon nichts passieren.«

»Sie sind ein Optimist«, sagte Cain, als die Stumme Annie das Zimmer verließ.

»Ein Realist«, sagte Santiago. »Wenn Sie mich töten, tun Sie's so, daß Sie's auch überleben, um die Belohnung ausgeben zu können.« Er hielt inne. »Kann ich Ihnen einen Brandy anbieten?«

Cain nickte, und Santiago ging zur Bar hinüber und schenkte ein Glas ein, wobei ihn der Kopfjäger eingehend betrachtete.

»Hier, bitte!« sagte Santiago, trat zu ihm und reichte ihm den Brandy.

»Sie sind zu jung«, sagte Cain.

»Kosmetische Chirurgie«, erwiderte Santiago mit einem Lächeln. »Wie ich Ihnen gesagt habe — ich bin ein eitler Mann.«

»Sie sind auch ein *gesuchter* Mann.«

»Nur von der Demokratie«, sagte Santiago. »Meines Erachtens ist es manchmal keine schlechte Idee, einen Mann anhand seiner Feinde zu beurteilen.«

»In Ihrem Fall ist das absolut notwendig«, sagte Cain sardonisch. »Ich bin Ihren *Freunden* begegnet!«

Santiago hob die Schultern. »Man arbeitet mit dem, was man gerade zur Hand hat. Wenn ich bessere Verbündete als Poor Yorick und Altair von Altair und die anderen hätte engagieren können, dann hätte ich das getan, das kann ich Ihnen versichern!« Er hielt inne. »Tatsache, darum sind Sie eigentlich hier.«

»Das hat man mir gesagt.«

»Wir sind uns sehr ähnlich, Sebastian. Wir halten die gleichen Werte hoch, wir kämpfen gegen die gleiche Form der Unterdrückung, wir verschreiben uns sogar der gleichen Methodik. Ich hätte Sie sehr gern auf meiner Seite.«

»Ich habe mich aus dem Revolutions-Geschäft zurückgezogen«, sagte Cain.

»Sie haben aus den falschen Motiven heraus gekämpft.«

»Die Motive waren richtig«, sagte Cain. »Die Menschen waren die falschen.«

»Da haben Sie recht.«

»Was macht Sie um so vieles besser, als es die anderen gewesen sind?«

Einen Augenblick lang starrte Santiago ihn an.

»Ich habe Ihnen einen Vorschlag zu machen«, sagte er schließlich. »Sie haben einen langen, harten Tag hinter sich, Sebastian. Sie haben einen Mann getötet. Sie haben Dinge gesehen, die kein Mitglied der Demokratie je zu Gesicht bekommen hat, und Sie sind schließlich dem meistgesuchten Mann der Galaxis von Angesicht zu Angesicht gegenübergetreten. Sie müssen erhitzt, müde und hungrig sein.« Er hielt inne. »Schließen wir doch für die heutige Nacht einen Waffenstillstand! Wir werden essen, wir werden einander ein wenig besser kennenlernen, und morgen früh, wenn Sie sich ausgeruht fühlen, werde ich, das verspreche ich, vom Geschäft reden — meinem *und* Ihrem.«

Cain blickte ihn gleichmütig an und nickte. »Dennoch werde ich das Essen wohl ausfallen lassen.«

»Sie haben den ganzen Tag über nur ein Sandwich gehabt.«

»Sie sind sehr gut informiert«, bemerkte Cain.

»Und *Sie* machen sich unnötig Sorgen«, sagte Santiago. »Seit Ihrer Landung auf Safe Harbor hätte ich zahllose Male Gelegenheit gehabt, Sie zu töten. Ich hätte Ihnen nicht erlaubt, herzukommen, um Sie dann einfach zu vergiften.«

»Macht Sinn«, gab Cain zu.

Santiago führte ihn ins Eßzimmer, das ebenso mit Büchern überladen war wie das Wohnzimmer.

»Ich setze mein Vertrauen in Sie, daß Sie meiner Küche etwas weniger heftig zusetzen als Vater William«, sagte Santiago. Er schüttelte nachdenklich den Kopf. »Ich weiß nicht, warum er nicht schon längst tot ist, so, wie dieser Mann ißt.«

»Eine Menge Leute fragen sich dasselbe, was Sie betrifft«, meinte Cain und setzte sich Santiago gegenüber.

»Eine Menge glauben, daß ich tot *bin*«, sagte Santiago. Auf einmal kicherte er. »Einige Geschichten, die man sich über mich erzählt, würden Sie einfach nicht glauben, Sebastian. Wie ich gehört habe, bin ich im vergangenen Jahr zu drei verschiedenen Zeiten getötet worden, und ich habe eine kleine Welt namens Silberblau draußen an der galaktischen Grenze verwüstet. Einer Geschichte zufolge habe ich sogar irgendeinen Diplomaten auf Canphor Sieben ermordet.«

»Sie sind gleichfalls 3 Meter 58 groß und haben orangefarbenes Haar«, bemerkte Cain bissig.

»Wirklich?« fragte Santiago interessiert. »Die Geschichte habe ich noch nicht gehört.« Er hob die Schultern. »Nun ja, das ist wohl der Preis für Anonymität.«

»Ich würde Sie kaum anonym nennen«, sagte Cain. »Es gibt Hunderte von Männern, die eine Vollzeitbeschäftigung daraus machen, Sie aufzustöbern und umzubringen.«

»Und ich sitze hier und bin gesund und munter«, sagte Santiago. »Ich würde sagen, das ist eine ziemlich gute Definition einer quicklebendigen Anonymität.«

»Warum schaffen Sie nicht einige dieser Mythen und Legenden aus der Welt, die über Sie aus dem Boden geschossen sind, wenn Sie wirklich anonym sein wollen?«

»Je mehr Verbrechen ich in den Augen der Demokratie begangen habe, desto mehr menschliche Kräfte zieht sie von den Leuten ab, die sich nicht selbst verteidigen können«, erwiderte er. »Aber da reden wir schon wieder vom Geschäft, nachdem ich Ihnen versprochen hatte, Sie könnten sich entspannen!«

»Das macht nichts«, sagte Cain.

»Dafür haben mir morgen eine Menge Zeit«, sagte Santiago. »Sollen wir über Literatur reden?«

Cain hob die Schultern. »Wie Sie wollen.«

»Schön«, meinte Santiago, während zwei junge Männer aus der Küche traten und sie bedienten. »Haben Sie jemals etwas von Tanblixt gelesen?«

»Ich habe nie von ihm gehört.«

»Ist ein *Es*, kein *Er*«, sagte Santiago. »Ein Canphorite, wirklich — und ein absolut brillanter Poet.«

»Ich habe mich nie viel für Dichtung interessiert«, sagte Cain.

»Ausgezeichnet, die Suppe«, bemerkte Santiago, nachdem er einen Löffel genommen hatte. »Vater William trinkt sie literweise.«

»Sie ist sehr gut«, stimmte Cain zu, nachdem er sie gekostet hatte.

»Ich habe auch eine Anzahl Romane wiedergelesen, die in jenen Tagen entstanden sind, als wir noch immer erdgebunden waren«, fuhr Santiago fort. »Ich habe eine gewisse Vorliebe für Dickens entdeckt.«

»David Copperfield«, sagte Cain.

»Aha!« Santiago lächelte. »Ich *wußte,* daß Sie ein gebildeter Mann sind.«

»Ich habe nur gesagt, daß ich es gelesen habe«, erwiderte Cain. »Ich habe nie gesagt, ich würde es mögen.«

»Dann lassen Sie mich Ihnen ein Buch empfehlen, das ich gerade ausgelesen habe: *A Tale of Two Cities.*«

»Vielleicht starte ich morgen einen Versuch«, sagte Cain. »*Wenn* wir dann noch immer reden.«

»Das werden wir tun«, versicherte ihm Santiago. »Vor ein paar Minuten haben Sie mich gefragt, wie ich mich von all jenen Revolutionären unterscheide, für die Sie gekämpft haben. Das werden wir morgen in allen Einzelheiten besprechen, aber wenn Sie möchten, gebe ich Ihnen gleich jetzt einen Hinweis.«

»Nur zu!«

»Mein Fall war verloren, ehe ich ihn überhaupt begonnen hatte«, erwiderte Santiago mit einem rätselhaften Lächeln.

Cain dachte noch immer über diese Bemerkung nach, als er vom Tisch aufstand und hinausging, um mit dem König der Gesetzlosen über Literatur zu reden.

23

Auf einem Berg aus Gold wird er nun alt,
Sein Gemüt ist noch heiß, doch sein Herz ist kalt.
Er gibt die Befehle und sagt, was er will:
Und sein Reich, das wächst ganz heimlich und still.

Es war kein Berg aus Gold, natürlich — aber es war die schönste Farm, die Cain je zu Gesicht bekommen hatte.

Sie umfaßte etwa 3 500 Hektar, zu gleichen Teilen Felder mit Weizen, mutiertem Roggen, Sojabohnen sowie Viehweiden. Alles war kreuz und quer durchzogen von Flüssen, hier und da durchsetzt mit Teichen.

»Eigentlich ist der Boden ein wenig zu wellig, um wirklich gutes Farmland abgeben zu können«, bemerkte Santiago. Die beiden Männer saßen draußen auf der Veranda und blickten hinaus über die sanft gewellten Felder. »Es ist eine Tatsache, die Grundstücksmakler in der gesamten Galaxis haben lernen müssen: je schöner die Landschaft ist, desto schwieriger ist es, sie effektiv zu kultivieren. Geeignetes Ackerland ist flach.« Er seufzte. »Aber ich hatte nur einen Blick auf diesen Ort geworfen und mich sofort darin verliebt.«

»Es ist ruhig hier«, stimmte Cain zu.

»Das Herz hat mir wehgetan, die Bäume niederzuwalzen, um die Feldern anzulegen. Das schönste Wäldchen habe ich unberührt gelassen und das Haus gleich daneben errichtet.« Santiago wies auf zwei Bäume in der Nähe. »Ich habe eine Hängematte, die ich zwischen den beiden da aufspanne«, sagte er. »Ich liebe es, darin zu liegen, an einem eisgekühlten Drink zu nippen und mich wie ein echter Landedelmann zu fühlen.«

»Sie sind eine merkwürdige Sorte von Revolutionär«, bemerkte Cain.

»Ich kämpfe eine merkwürdige Sorte von Revolution«, erwiderte Santiago.

»Warum?«

»Warum sie merkwürdig ist?« fragte Santiago.

»Warum Sie sie kämpfen.«

»Weil es jemand tun muß.«

»Das ist nicht gerade ein zwingender Grund.«

»Es ist der beste Grund, den es gibt«, sagte Santiago. »Die oberste Pflicht der Macht ist es, sich dauerhaft zu etablieren. Die oberste Pflicht des Menschen ist es, sich jedweder Macht zu widersetzen.«

»Dieses Lied habe ich schon einmal gehört«, sagte Cain trocken.

»Ah, ja, aber es ist von Leuten gesungen worden, die nur selbst an die Macht wollten, Leute, die ihre Welten wiedererschaffen wollten, oder sogar die Demokratie.«

»Und so etwas wollen Sie nicht?«

»Die Demokratie wiedererrichten?« fragte Santiago. Er schüttelte den Kopf. »In eben der Sekunde, da man die Macht erringt, wird man zu dem, wogegen man gekämpft hat.« Er hielt inne. »Abgesehen davon bin ich genügend Realist, um zu wissen, daß so etwas nicht möglich ist. Die Demokratie hat mehr Schiffe, als ich an Männern habe. Ein Jahrtausend, nachdem Sie und ich gestorben sind, wird sie die Macht noch immer mißbrauchen.«

»Warum bleiben Sie dann so beharrlich?« fragte Cain.

»Wissen Sie, Sebastian, ich habe das Gefühl, Sie wären glücklicher, wenn ich ein freundlicher weißhaariger alter Mann wäre, der jeden mit ›mein Sohn‹ anreden und Ihnen sagen würde, daß Utopia gleich um die nächste Ecke läge. Nun ja, das ist nicht der Fall. Ich kämpfe beharrlich weiter, weil ich sehe, daß irgend etwas falsch läuft, und die Alternative zum Kampf wäre die Unterwerfung.«

Cain sagte nichts dazu.

»Wenn Sie eine philosophische Rechtfertigung haben

wollen, werden Sie die in meiner Bibliothek finden«, fuhr Santiago fort. »Ich habe eine weitaus einfachere Erklärung.«

»Und die wäre?«

Er lächelte ein grimmiges Lächeln. »Wenn mich jemand schlägt, schlage ich zurück.«

»Das ist eine gute Einstellung«, gab Cain zu. »Aber ...«

»Aber was?«

»Ich bin es müde zu verlieren.«

»Dann kommen Sie zu mir und kämpfen Sie an meiner Seite«, sagte Santiago.

»Sie haben bereits zugegeben, daß Sie nicht gewinnen können.«

»Was jedoch nicht bedeutet, daß ich verlieren muß.« Er hielt inne. »Zum Teufel noch mal, ich möchte die Demokratie ja nicht einmal dann stürzen, wenn ich's könnte.«

»Warum nicht?«

»Zunächst, wie ich gesagt habe, weil ich nicht Teil des Establishments werden möchte, das ich bekämpfe. Und zweitens, weil die Demokratie nicht wirklich schlecht oder sogar sonderlich korrupt ist. Es ist einfach so, daß die Regierung, wie alle Regierungen, ihre Entscheidungen auf der Basis trifft, worin der größte Nutzen für die größte Anzahl bestehen wird. Von ihrem Standpunkt aus gesehen, und unter der gegebenen Wählerschaft, ist sie eine moralische und ethische Institution. Sie hat unzweifelhaft das Gefühl, jedes Anrecht darauf zu haben, das Grenzland zu plündern und den Eigentümern ihre Rechte abzusprechen — und wenn es ihre Lage in der Galaxis stärkt, mag sie auf lange Sicht gesehen sogar recht haben.« Er hielt inne. »Andererseits dürfen diejenigen von uns, die den Hauptstoß dieses Mißbrauchs aushalten müssen, nicht untätig dabeistehen und hoffen, daß sich alles zum Besten wenden wird. Wir können zurückschlagen.«

»Wie?« fragte Cain, wobei er ihn durchdringend ansah.

»Indem wir die Natur des Feindes verstehen«, sagte Santiago. »Wir reden hier nicht über irgendeine planetarische Maschinerie. Wir reden über die *Demokratie*. Sie umfaßt mehr als hunderttausend Welten, und sie wird sich nicht ändern — nicht über Nacht, nicht irgendwann.« Er hielt inne. »Aber wenn wir sie genügend piesacken und ausplündern, können wir sie davon überzeugen, daß es sie weniger an Geld und Menschen kostet, wenn sie uns in Ruhe lassen, als wenn sie uns weiterhin unterdrücken.« Er holte tief Luft und ließ sie langsam entströmen. »Was haben wir denn nun wirklich, das solche Ausgaben wert wäre? Wir sind eine Masse unbedeutender, unterbevölkerter Welten.«

»Ganz zu schweigen von fehlender Organisation«, bemerkte Cain.

»Das ist Teil unserer Stärke.«

Cain hob eine Braue.

»Sie wirken skeptisch«, bemerkte Santiago.

»Ich hätte niemals angenommen, daß das Fehlen von Organisation eine Tugend sei.«

»War's früher auch nicht. Aber wenn wir uns organisierten, wenn wir eine Armee sowie eine Marine und einen Kommandeursstab hätten, wüßte die Demokratie, wo sie zuschlagen müßte, und wir wären innerhalb einer Woche ausradiert. Tatsächlich macht es die Natur des Feindes einem Anführer unmöglich, aus der Masse hervorzutreten und Männer unter seinem Banner zu versammeln.«

»Außer Ihnen.«

Santiago kicherte. »Ich bin kein Anführer«, sagte er. »Ich bin ein Blitzableiter. Ich raube, ich plündere, ich töte, und die Demokratie ringt die Hände und schreibt Kopfprämien aus für den König der Gesetzlosen.« Ein zufriedenes Lächeln huschte ihm übers Gesicht. »Wenn sie *wüßten*, warum ich das hier tue, wenn sie auch nur die leiseste Ahnung hätten, was ich mit den Überbleibseln meiner Eroberungszüge finanziere, hätten sie fünfzig Millionen Männer hier draußen, die einen jeden Zentimeter einer jeden Welt nach mir absuchten.« Er hielt inne. »Ich bin gut darin, mich zu verstecken, aber *so* gut bin ich nicht. Mir ist es lieber, man hält mich für einen erfolgreichen Schurken als für einen erfolgreichen Revolutionär.«

»*Sind* Sie ein erfolgreicher Revolutionär?« fragte Cain.

»Sie sind im medizinischen Zentrum gewesen«, entgegnete Santiago. »Sie haben gesehen, was wir dort zu tun versuchen.«

»Jedes Ärzteteam könnte das gleiche tun.«

»Stimmt«, gab Santiago zu. »Aber nicht jedes Ärzteteam könnte sich den Betrieb leisten, und sie könnten sicherlich nicht das Gebiet auf Hyperion verminen, wo die Marine ihre Basis zu errichten beabsichtigt.«

»Die Stumme Annie hat gesagt, es sei ein Unfall gewesen.«

»Ist es gleichfalls ein Unfall gewesen, daß sie eine einheimische Bevölkerung von Millionen intelligenter Wesen ausgerottet haben?« wollte Santiago wissen. »Dieses Szenario spielt sich immer und immer wieder im gesamten inneren Grenzland ab. Ich versuche sie davon zu überzeugen, daß es einen besseren Weg gibt — und wenn das fehlschlägt, werde ich sie, verdammt noch mal, davon überzeugen, daß es einen wesentlich schmerzloseren Weg gibt.«

»Funktioniert das?«

»Hängt von Ihrer Sichtweise ab«, antwortete Santiago. »Es existieren Hunderte von Kolonien, die dezimiert worden wären. Zehntausende von Menschen leben, die sonst nicht gelebt hätten. Eine Handvoll Spezies, die alle Menschen gehaßt haben, haben erfahren, daß ein paar von uns weniger hassenswert sind als andere.« Er lächelte. »Es ist eine Sache der Größenordnung. Ich würde sagen, es funktioniert; die Demokratie würde sich vielleicht fragen, warum wir so viele Leben und so viele Jahre damit vergeudet haben, derart unbedeutende Ergebnisse zu erzielen.«

Ein Mann, Anfang dreißig, mit einem weißen Streifen quer durch das kohlschwarze Haar, trat aus dem Innern des Hauses und kam auf sie zu.

»Ja?« fragte Santiago. »Was ist los?«

Der Mann blickte zögernd auf Cain.

»Das ist Sebastian Cain«, sagte Santiago. »Während er mein Gast ist, habe ich vor ihm keine Geheimnisse.« Er wandte sich Cain zu. »Sebastian, dies ist Jacinto, einer meiner vertrauenswürdigsten Genossen.«

Cain nickte als Gruß.

»Es freut mich, Sie kennenzulernen, Mr. Cain«, sagte Jacinto und hob leicht den Kopf. Er wandte sich wieder Santiago zu. »Winston Kchanga hat sich geweigert, uns die Waren zu liefern.«

»Es tut mir leid, das zu hören«, sagte Santiago stirnrunzelnd. »Hat er irgendwelche Gründe dafür angegeben?«

Jacinto schnaubte geringschätzig.

»Ich fürchte, Mr. Kchanga hat seine Nützlichkeit für uns überlebt«, sagte Santiago.

Jacinto nickte und kehrte ins Haus zurück.

»Das sollte ich Ihnen wohl erklären.«

»Es geht mich nichts an«, erwiderte Cain.

»Hoffentlich wird es Sie bald etwas angehen. Winston Kchanga ist ein Schmuggler, der draußen im Corvus-System operiert. Er ist uns gegenüber eine Verpflichtung eingegangen, Geld hat den Besitzer gewechselt, und er hat es vorgezogen, dieser Verpflichtung nicht nachzukommen. Er weiß nicht, daß *ich* darin verstrickt bin, aber das ist so oder so egal.« Er seufzte. »Bedauerlich.«

»Nicht gar so bedauerlich«, sagte Cain. »Es gibt von ihm ein Fahndungsplakat.«

»Vielleicht sollte ich meinen Standpunkt verdeutlichen«, sagte Santiago. »Ich finde es bedauerlich, daß einer der Menschen, für den wir kämpfen, versucht, uns übers Ohr zu hauen. Ich bedauere es nicht im geringsten, seinen Tod anzuordnen.« Er blickte Cain scharf an. »Ich führe einen Krieg, und wann immer jemand einen Krieg führt, wird es Opfer geben. Meine Hauptsorge besteht darin, dafür zu sorgen, daß es keine unschuldigen Opfer sind.«

»Was ich so gehört habe, war Kchanga an verteufelt wenig unschuldig«, sagte Cain. »Von Ihrem Freund Jacinto gibt es ebenfalls ein Fahndungsplakat. Gewöhnlich trat er unter dem Namen Esteban Cordoba auf.«

»Jacinto hat Safe Harbor seit sieben Jahren nicht mehr verlassen«, sagte Santiago. »Sie haben ein bemerkenswertes Gedächtnis«.

»Es ist die weiße Strähne in seinem Haar«, entgegnete Cain. »Es fällt ziemlich schwer, die zu vergessen.«

»Er ist der vertrauenswürdigste Bundesgenosse, den ich habe«, sagte Santiago. »Er hat mir seit fast fünfzehn Jahren treu gedient.« Er starrte Cain an. »Was soll ich Ihrer Ansicht nach mit ihm tun?«

Cain hob die Schultern. »Nichts.«

Ein breites Lächeln erstrahlte auf Santiagos Gesicht. »Dann treten Sie uns bei?«

»Das habe ich nicht gesagt. Wir haben noch wesentlich mehr zu bereden.«

Santiago erhob sich. »Sollen wir ein bißchen spazierengehen, während wir reden?« schlug er vor. »Der Tag ist zu schön, um nur im Schatten zu sitzen.«

»Wie Sie wollen.«

»Dann kommen Sie mit, und ich werde Ihnen die Farm zeigen, während wir uns unterhalten.«

Cain folgte Santiago die Veranda hinab.

»Angeln Sie, Sebastian?« fragte Santiago.

»Nein.«

»Sie sollten es bei Gelegenheit versuchen. Ich habe drei Teiche besetzt.«

»Vielleicht werde ich's eines Tages ausprobieren.«

»Das sollten Sie tun. Es ist sehr entspannend.« Er ging um einen der Teiche herum. »Ich habe gedacht, Sie wollten mir einige Fragen stellen?«

»Ein paar«, sagte Cain und ging neben ihm her. »Um damit anzufangen — wann haben Sie sich entschlossen, daß Sie einen Leibwächter benötigen?«

»Glauben Sie etwa, das hätte ich mit Ihnen vor?«

»Wenn's nicht das ist, dann sollte es das sein«, sagte Cain. »Der Engel ist nicht gerade weit weg.«

»Ich habe bereits Leibwächter.«

»Sie könnten mich nicht aufhalten, falls ich mich dazu entschließen würde, Sie gleich jetzt umzubringen.«

»Stimmt — aber ich weiß, daß Sie's nicht täten, und ich habe nicht die Absicht, mit dem Engel eine Besichtigungstour auf meiner Farm zu unternehmen.«

»Wie ich annehme, haben Sie *ihm* nicht dabei geholfen, Sie zu finden?«

Santiago runzelte die Stirn und schüttelte den Kopf. »Nein. Er ist ein bemerkenswerter Mann.«

»Und Sie sind ein gesuchter Mann, wie ich gestern abend gesagt habe.«

»Er wird nicht an Vater William vorbeikommen.«

»Er ist an besseren Männern als Vater William vorbeigekommen«, sagte Cain.

»Es *gibt* keine besseren Männer als Vater William«, erwiderte Santiago.

»Warum *bin* ich dann hier, wenn ich kein Leibwächter für Sie sein soll?« fragte Cain.

»Ich bin ein sehr glücklicher Mann gewesen, Sebastian«, sagte Santiago. »Aber niemand lebt ewig. Der Gedanke würde mir gefallen, daß meine Arbeit weitergeführt wird, wenn ich nicht mehr bin. So lange ich jedoch nicht gute Leute hinter mir habe — Leute wie Jacinto und die Stumme Annie und Leute wie Sie —, wäre das nicht möglich.«

Cain starrte ihn an. »Sie glauben *wirklich*, daß er Sie töten wird.«

Santiago schüttelte den Kopf. »Nein, das glaube ich nicht wirklich. Aber ich kann Männer nicht einen Eid auf mich schwören lassen, wie es die Marine kann. Ich muß sie sorgfältig studieren und anschließend versuchen, die besten davon zu überzeugen, uns beizutreten.«

»Warum jetzt?«

»Ich habe so lange gebraucht, um sicherzugehen, daß Sie der Mann sind, den ich haben wollte.«

»Wie viele andere haben Sie gefragt?«

»Leute zu rekrutieren ist nichts Neues, Sebastian. Das habe ich getan, seitdem ich hierhergekommen bin. Sie sind der letzte, aber Sie sind nicht einzigartig.«

»Wie vielen davon bin ich begegnet?«

»Mehr, als Sie vielleicht annehmen würden«, erwiderte Santiago. »Wie sonst hätte ich etwas von Ihnen in Erfahrung bringen können?«

»Wie ich weiß, ist Geronimo Gentry einer davon.«

»Das stimmt.«

»Was ist mit Terwilliger?«

Santiago schüttelte den Kopf. »Nein.«

»Stern?«

»Nein.« Auf einmal lachte Santiago. »Ich werde ihn wohl rekrutieren müssen, wenn ich jemals die *Fali* organisieren will.«

»Er hat mir gesagt, er sei Ihnen begegnet, als Sie auf Kalami Drei im Gefängnis saßen.«

»Dann wird's wohl so gewesen sein.«

»Sie passen nicht ganz auf seine Beschreibung.«

Santiago hob die Schultern. »Wie ich Ihnen gesagt habe — ich habe kosmetische Operationen hinter mir.«

»Sind Ihnen dabei auch sechs oder acht Zentimeter Ihrer Größe abhanden gekommen?«

»Das war vor vielen Jahren, und Stern ist lange, lange Zeit mit den *Fali* zusammengewesen — und er war ein viel kleinerer Mann, als Sie es sind.« Er wirkte belustigt.

»Oder wollen Sie etwa andeuten, ich sei ein Hochstapler?«

»Nein«, sagte Cain. »Aber wollen Sie etwa andeuten, *ich* könne einer werden?«

»Ich kann Ihnen nicht ganz folgen, glaube ich.«

»Vergangene Nacht habe ich einen Blick in *Tale of Two Cities* geworfen«, sagte Cain. »Mir ist dabei eingefallen, daß der Engel keinen von uns beiden je gesehen hat.«

»Und Sie glauben, ich möchte, daß Sie an meine Stelle treten, falls und wenn er eintrifft?«

»Wollen Sie das?«

»Natürlich nicht. Ich kämpfe stets selbst.« Er hielt inne. »Abgesehen davon, wie fanden Sie das Buch?«

»Abgesehen davon war es ziemlich langweilig.«

»Tut mir leid, daß es Ihnen nicht gefallen hat.«

»Ich habe an andere Dinge denken müssen«, sagte Cain. »Und ich denke noch immer daran.«

»Woran zum Beispiel?«

»Daran zum Beispiel, ob ich Ihnen glauben kann oder nicht«, erwiderte Cain. »Ich habe eine schreckliche Anzahl Leute für Männer getötet, an die ich geglaubt habe, und ich bin stets enttäuscht worden.«

»Ich habe Sie nicht gebeten, jemanden *für mich* zu töten, Sebastian«, sagte Santiago. »Das wäre vermessen. Ich bitte Sie, mir dabei zu helfen, Leute vor dem Mißbrauch durch eine ferne Regierung *zu schützen,* die sich kaum weniger um sie kümmern könnte.«

»Vor noch nicht einmal zehn Minuten haben Sie Jacinto befohlen, jemanden für Sie zu töten«, gab Cain zu bedenken.

»Das war für die Sache, nicht für mich«, antwortete Santiago. »Da ich meine Operationen nicht mittels legaler Quellen finanzieren kann, muß ich auf zweifelhafte Taktiken zurückgreifen. Es kann Winston Kchanga nicht gestattet werden, uns zu betrügen und der Strafe für seine Tat zu entrinnen. Wenn sich verbreiten würde, daß wir unsere Interessen nicht schützen, würde es nicht lange dauern, ehe die kriminellen Elemente auf uns Jagd machten, wie es die Demokratie bereits tut.« Er wandte sich um und ging an einem Feld entlang, worauf in langen Reihen riesiger mutierter Weizen wuchs. »Eine Revolution ist nichts für die Wehleidigen. Das werden Sie sicherlich verstehen.«

»Das verstehe ich schon«, sagte Cain. »Wie viele Männer soll ich also töten?«

Santiago blieb stehen und begegnete ruhig seinem Blick. »Ich werde Sie niemals darum bitten, jemanden zu töten, der den Tod nicht verdient.«

»Das tue ich bereits jetzt, und ich werde dafür gut bezahlt.«

»Wenn Sie mir Gefolgschaft leisten, werden Sie das weiterhin tun. Sie werden nicht dafür bezahlt werden, es wird einen Preis auf Ihren Kopf geben, und selbst die Menschen, für die Sie kämpfen, möchten Sie am liebsten tot sehen.« Santiago lächelte schief. »Das ist nicht viel, was ich bieten kann, nicht wahr?«

»Nein, wahrhaftig nicht.«

»Dann lassen Sie mich Ihnen den Wermut ein wenig versüßen«, fuhr Santiago fort. »Sie werden dabei einen Vorteil haben, den Sie bei Ihrer jetzigen Tätigkeit nicht haben.«

»Welchen?«

»Das Wissen, daß Sie der Sache ein völlig anderes Gesicht gegeben haben.«

»Es wäre nett, dieses Wissen einmal zu haben«, sagte Cain aufrichtig.

»Niemand wird es wissen, außer Ihnen«, sagte Santiago.

»Das *muß* auch niemand wissen.«

Ein kurzes Schweigen.

»Woran denken Sie, Sebastian?«

»Daß ich Ihnen gerne Glauben schenken möchte.«

»Tun Sie's?«

»Ich weiß noch nicht so recht.« Er blieb im Schatten

eines Kornspeichers stehen. »Was ist, wenn ich mich anders entscheide?«

»Ich bin unbewaffnet, und meine Leibwächter sind im Haus.«

»Ich habe mir Sorgen darum gemacht, was *Sie* mit *mir* anstellen würden.«

»Darüber werden wir uns Sorgen machen, wenn es soweit ist.«

»Sie werden mich töten müssen«, sagte Cain. »Oder es zumindest versuchen. Ich weiß, wie Sie aussehen und wo Sie zu finden sind.«

»Ein paar andere Leute wissen das ebenfalls«, sagte Santiago. »Obgleich es die Dinge etwas weniger komplizieren würde, wenn Sie uns beiträten.«

Sie gingen weiter, und Santiago zählte seine Gründe zur Klage über die Demokratie auf und berichtete Cain von den Aktionen, die er unternommen und von den Leuten, die er gerettet und nicht gerettet hatte. Cain hörte nachdenklich zu, stellte gelegentlich eine Frage, machte gelegentlich eine Beobachtung.

»Es sind die Entscheidungen, die man treffen muß, die einen altern lassen«, sagte Santiago, während sie an einem Fluß entlanggingen, der eine natürliche Grenze zwischen zwei Feldern bildete. »Eine Menge Arbeit ist zu erledigen, und wir haben nur sehr wenig Geld und Arbeitskräfte. Geben wir es für Rettung oder Bestrafung aus? Stecken wir all unsere Habe in die Aufgabe, die Opfer der Demokratie wieder zusammenzuflicken und sie zurückzuschicken, damit sie erneut getreten und geschunden werden, oder lassen wir sie liegen, wo sie hingefallen sind, und unternehmen Schritte, um dafür zu sorgen, daß ihren Nachbarn nicht dasselbe zustößt?«

»Sie verhindern, daß es erneut geschieht«, sagte Cain fest.

»Die Antwort eines Kopfjägers«, erwiderte Santiago. »Unglücklicherweise ist das leichter gesagt als getan. Der Epsilon-Eridani-Raubzug war untypisch. Wir haben nicht die Feuerkraft, um der Marine Widerstand leisten zu können.« Er seufzte. »O ja, das sorgt für eine bleibende Herausforderung. Wir tun, was wir können, wo wir es können. Ein ständiger Balanceakt — Leute zu retten, wenn es möglich ist, andere zu bestrafen, wenn wir's uns leisten können, und das Ganze durch Unternehmungen und mit Verbündeten zu finanzieren, im Vergleich zu denen der Swagman wie ein ehrlicher Mensch aussieht.«

»Warum haben Sie Whittaker Drum nicht getötet?« fragte Cain.

»Sokrates?«

»Ja.«

»Weil ich nicht irgendein Phantom-Rächer bin, der alles Unrecht der Galaxis geraderückt«, sagte Santiago. »Ich wußte, was er auf Sylaria getan hatte, noch ehe ich wußte, daß Sie für ihn gekämpft hatten.« Er blickte Cain an. »Aber das war vor zwanzig Jahren, und Sylaria ist Tausende von Lichtjahren entfernt. Sokrates war mir nützlich, also benutzte ich ihn, ebenso, wie ich Hunderte von Männern benutzt hatte, die weit schlimmer als er sind.«

Er blieb stehen und inspizierte eine riesige Weizenähre.

»Noch drei Wochen, und sie wird reif zur Ernte sein«, verkündete er. »Höchstes vier. Sind Sie je zur Erntezeit auf einer Farm gewesen, Sebastian?«

Cain schüttelte den Kopf. »Nein.«

»Es ist ein Gefühl der Vollendung, ein Gefühl, die Natur habe sich erfüllt und erneuert«, sagte Santiago. »Selbst die Luft riecht besser.«

Cain lächelte. »Vielleicht hätten Sie Farmer werden sollen.«

»Das bin ich wohl in gewisser Weise.«

»Ich meine, ein Vollzeit-Farmer«, sagte Cain. »Nicht das hier.«

»Ich auch nicht«, erwiderte Santiago. »Der Heilige

Petrus war Fischer von Menschen, ich bin ein Sämann der Revolution.« Er wirkte mit sich selbst zufrieden. »Das gefällt mir ziemlich gut.«

Sie gingen weiter. Die Weizenfelder wurden von langen Reihen Sojabohnen abgelöst. Schließlich erreichten sie den Kamm eines Hügels.

»Was ist das da unten?« fragte Cain und deutete auf eine sauber gepflegte Lichtung innerhalb eines kleinen engen Tals. Eine hölzerne Bank stand an einem Teich, der von farbenfrohen Wasserpflanzen gesprenkelt war.

»Mein Lieblingsplatz«, sagte Santiago und führte ihn hin. »Oftmals komme ich her, zum Lesen oder einfach zum Meditieren. Von hier aus sieht man sogar ein wenig von den Viehherden.« Er holte tief Atem, als schmecke sogar die Luft in dieser Lichtung besser. »Ich habe einige Blumen gesetzt, aber sie sind bereits verblüht und abgestorben; sie werden weitere fünf oder sechs Monate lang nicht blühen.«

»Blumen sind nicht das einzige, das Sie gepflanzt haben«, bemerkte Cain und wies auf die beiden Grabhügel.

»Das waren die beiden besten Männer, die ich je gekannt habe«, sagte Santiago ruhig.

»Warum liegen sie dann in namenlosen Gräbern?«

»Niemand außer mir kommt jemals hierher, und ich weiß, wer sie sind«, erwiderte Santiago.

Cain hob die Schultern und bemerkte daraufhin aus dem Augenwinkel das Aufblitzen einer Bewegung. Er wandte sich um und sah einen Mann, der auf sie zukam. Die Sonne fing sich in einer weißen Strähne im Haar des Mannes, und Cain wurde klar, daß es Jacinto war.

»Ich habe mir gedacht, daß ich Sie hier finden würde«, sagte Jacinto, als er sie erreichte. Er wandte sich an Cain. »Regen oder Sonnenschein — er verbringt jeden Tag ein paar Stunden hier.«

»Ein hübscher Ort«, sagte Cain.

»Machst du nur einen Besuch?« fragte Santiago.

Jacinto schüttelte den Kopf. »Vater William ist im Haus.«

»Es sieht ihm gar nicht ähnlich, zur Farm herauszukommen. Er will wohl lediglich sichergehen, daß Sebastian mich nicht getötet hat.«

»Er *hat* gesagt, er sei hier, um mit Mr. Cain zu sprechen«, sagte Jacinto.

»Er ist etwa so hintergründig wie ein Erdbeben«, bemerkte Santiago. Er trat von den Gräbern zurück. »Nun ja, wir sollten ihn wohl nicht warten lassen.«

Er ging zum Haus zurück, und Cain und Jacinto folgten ihm.

»Werden Sie länger bei uns bleiben, Mr. Cain?« fragte Jacinto.

»Möglich«, erwiderte Cain.

»Ich hoffe es. Wir haben jemanden wie Sie gebraucht.«

»Wir brauchen ungefähr tausend Leute wie ihn«, sagte Santiago. »Wir werden uns jedoch mit dem einen zufrieden geben, den wir haben.«

»Darf ich eine Frage stellen, die Ihren professionellen Sachverstand erfordert?« fragte Jacinto.

»Nur zu!«

»Was halten Sie von unserem Sicherheitssystem?«

»Es ist an allen Ecken und Enden löcherig.«

Jacinto schoß Santiago ein triumphierendes Lächeln zu. »Das habe ich *ihm* schon seit Monaten zu sagen versucht.« Er wandte sich wieder Cain zu. »Wie würden Sie es ändern?«

»Verdreifachen Sie die Zahl Ihrer Leute und lassen Sie sie rund um die Uhr auf Wache gehen, um damit anzufangen. Und versuchen Sie, Ihnen zu erklären, daß der Engel sie ebenfalls sehen kann, wenn *sie* in der Dunkelheit sehen können.«

»Hab' ich's nicht gesagt?« wollte Jacinto von Santiago wissen.

»Das haben wir alles doch schon bereits durchgekaut«, sagte Santiago gereizt. »Ich will nicht Gefangener auf meinem eigenen Planeten sein.« Er beschleunigte den Schritt, und Cain und Jacinto blieben hinter ihm zurück.

»Entschuldigen Sie bitte, daß ich Sie in diese Diskussion hineingezogen habe«, sagte Jacinto leise. »Aber er will einfach nicht mehr Männer nach Safe Harbor holen.«

»Wie viele hat er hier?« fragte Cain.

»Meinen Sie auf dem Planeten?«

»Abgerechnet die Ärzte und Techniker und sowas.«

»Vielleicht fünfzig.«

»Und auf der Farm?«

»Fünfzehn, mich selbst eingeschlossen.«

»Das wird den Engel nicht aufhalten.«

»Ich weiß. Hoffentlich benötigen wir nicht mehr als Sie.«

»Ich habe nicht gesagt, daß ich bleibe.«

»Dann vielleicht Vater William ...«

»Das möchte ich bezweifeln.« Cain hielt inne. »Übrigens, ich kann Ihnen einen weiteren kleinen professionellen Ratschlag geben.«

»Ja?«

»Wenn Sie je Safe Harbor verlassen, färben Sie sich das Haar.«

Jacinto wirkte überrascht. »Das werde ich tun«, sagte er. »Vielen Dank.«

Kurz darauf holten sie Santiago wieder ein, und dann gingen die drei Männer die restliche Strecke bis zum Haus gemeinsam, wobei Santiago Cain verschiedene Dinge der Farm erklärte, wenn sie daran vorüberkamen. Vater William erwartete sie auf der Veranda.

»Guten Morgen, Santiago«, sagte der Prediger. »Jacinto.« Er wandte sich Cain zu. »Noch mal hallo, Sebastian! Hast du deinen Aufenthalt genossen?«

»Er ist sehr interessant gewesen«, erwiderte Cain.

»Kommst du gut mit deinem Gastgeber zurecht?« fragte er scharf.

»Bislang.«

»Das freut mich zu hören.«

»Das habe ich mir gedacht.«

»Ich merke schon, Sie wollen mit Sebastian reden«, sagte Santiago. »Wenn Sie möchten, werde ich Sie beide allein lassen.«

»Das wird nicht nötig sein«, sagte Vater William mit einem seltsamen Lächeln. »Eigentlich bin ich nur hier, um die Nachricht eines Neuankömmlings abzuliefern.«

»Der Engel?« fragte Cain, jäh angespannt.

Santiago schüttelte den Kopf. »Der ist draußen im Cantrell-System.«

»Wer ist's dann?« drängte Cain.

»Warum lesen Sie nicht einfach das hier?« fragte Vater William und reichte ihm ein zusammengefaltetes Blatt eines sehr teuren Briefpapiers.

Es war in einer eleganten, nahezu kalligraphischen Handschrift beschrieben, und Cain las laut vor:

»Der Jolly Swagman sendet seinem Partner, Sebastian Cain, Grüße und Glückwünsche, und er lädt ihn herzlich zu einigen Aperitifs heute nachmittag um vier Uhr in die Barleycorn-Taverne ein, zu welcher Zeit sie ihre Freundschaft erneuern und gewisse geschäftliche Dinge besprechen werden.«

Cain warf die Notiz auf den Tisch. »Das ist der Swagman, na gut«, sagte er.

»Die Stumme Annie hat mich gedrängt, ihn zu töten, während ich die Gelegenheit dazu hatte«, sagte Santiago. »Ich glaube, sie hatte vielleicht recht.«

»Gibt es irgend etwas zu erwidern?« fragte Vater William, noch immer erheitert.

»Ich werde die Erwiderung persönlich überbringen«, sagte Cain grimmig.

24

Er raubt, er plündert. Von Blut gerötet
Sind seine Hände, wenn er zielt und tötet.
Er vergißt niemals, auch vergibt er nicht,
Seine Feinde zu töten, das ist für ihn Pflicht.

Eine Sache hat der Orpheus niemals verstanden: warum der Jolly Swagman, der sein Freund war, sich weigerte, ihm irgendwelche Informationen über Santiago zu geben, und ihm sogar eine äußerliche Beschreibung versagte. Orpheus war sich ganz sicher, daß der Swagman Santiago kannte, er hatte mitbekommen, wie zwei seiner Verbündeten etwas Derartiges gesagt hatten. Aber Santiago war eines der Themen, über die der sonst so redselige Kriminelle sich zu sprechen weigerte.

Vom Standpunkt des Swagmans her war das ziemlich vernünftig. Niemand, weder der Orpheus, noch Vater William oder Virtue MacKenzie, verstand jedoch, daß Geld für ihn lediglich Werkzeug war, ein Mittel zum Zweck — und dieser Zweck war seine Sammlung von Kunstwerken fremder Wesen. Er behielt seine Meinung über Santiago für sich, nicht aus irgendwelcher Treue oder Freundschaft ihm gegenüber heraus, sondern einfach deshalb, weil ein lebendiger und freier Santiago ausgeplündert werden konnte, wenn ihm nur eine Methode einfiele, wohingegen ein gefangener und eingekerkerter Santiago Eigentum der Demokratie wäre, nebst all seinen Besitztümern.

Die dritte Alternative war ein toter Santiago, und deswegen war er zum Reden nach Safe Harbor gekommen.

Er saß in der Taverne, nippte an einem eisgekühlten Drink aus exotischen Likören von Antares und Ranchero und hielt dabei ein kleines fremdartiges Puzzlespiel in Händen. Er manipulierte die merkwürdig geformten Teile mit einer Sicherheit, die langen Stunden der Übung zu verdanken war, und er blickte hier und da auf, um Moonripples Gesicht und Figur zu bewundern — was er eben unter ihrem ungekämmten Haar und den zerrissenen Kleidern davon erkennen konnte.

Schließlich war er des Puzzles müde, steckte es in die Tasche seiner elegant geschnittenen Satinjacke zurück, zog aus einer anderen Tasche einen kleinen durchsichtigen Würfel heraus und verbrachte die nächsten paar Minuten damit, das darin eingeschlossene, von Juwelen überkrustete, winzige, blauweiße, käferähnliche Insekt zu bewundern.

Er hatte es gerade weggesteckt, als Cain und Vater William die Taverne betraten und zu ihm kamen.

»Guten Tag, Sebastian«, sagte der Swagman mit einem freundlichen Lächeln. »Wie ich sehe, hast du meine Nachricht erhalten.«

Cain setzte sich ihm gegenüber. »Was, zum Teufel, tust du hier?«

»Einen Augenblick!« sagte der Swagman und hob die Hand. »Zunächst einmal habe ich ein Geschenk für deinen Chauffeur.«

»Ich nehme an, du meinst mich damit«, sagte Vater William erheitert.

»Genau. Moonripple?«

»Ja, Sir?«

»Das Geschenk für Vater William, bitte!«

Sie ging in die Küche und kehrte einen Augenblick später mit einem riesigen Tablett zurück, worauf ein großer gebratener Schwimmvogel in Rahmsoße lag, umgeben von Knödeln und Kartoffeln.

»Wohin soll ich das setzen, Sir?« fragte Moonripple.

»Soweit wie möglich von diesem Tisch entfernt.« Er lächelte Vater William, der den Schwimmvogel gierig beäugte, entschuldigend an. »Ich möchte gern allein mit meinem Partner reden. Das wird Ihrem Mund etwas zu tun geben.«

»Ich werde diese Bemerkung noch nicht einmal als Beleidigung auffassen, wenn man die Größe dieser durch und durch christlichen Geste berücksichtigt«, sagte Vater William, rieb sich die Hände und ging zu dem Tisch hinüber, wo Moonripple das Tablett abgesetzt hatte. Er winkte dem Mädchen. »Ich werde wohl einen Krug Bier brauchen, um das hier hinunterzuspülen, mein Kind.« Sie wollte protestieren, aber er hielt einen Finger hoch, damit sie schwieg. »Ich weiß, was wir gestern abend besprochen haben, aber Gott hat dafür Verständnis, daß das Fleisch schwach ist. Ich werde nächsten Montag mit meiner Diät anfangen.«

»Diesmal ganz bestimmt?«

»Es sei denn, die Vorsehung interveniert.«

Sie ließ ihren Unglauben durchblicken, brachte ihm jedoch das Bier, und einen Augenblick später machte er sich über die Mahlzeit her, wobei er dem Rest des Universums keinerlei Beachtung mehr schenkte.

»Es tut gut, dich wiederzusehen, Sebastian«, sagte der Swagman. Er senkte die Stimme gerade genügend, daß sie nicht durch den Raum schallte.

»Ich wünschte, ich könnte dasselbe sagen«, gab Cain zurück. »Was tust du hier?«

»Ganz einfach. Du bist einer Schmugglerspur gefolgt, und der Engel folgte den Fahndungsplakaten.« Er grinste. »Ich habe mich entschlossen, der allereinfachsten Spur zu folgen — den Kopfjägern.«

»Es gibt eine Menge Welten mit mehr Kopfjägern, als sich hier aufhalten.«

»Stimmt«, gab der Swagman zu. »Aber auf denen sind nicht Vater William und du. Du hast gestern einen Mann getötet, aber du bist nicht gegangen — und Vater William ist seit mehr als einem Monat hier.«

»Santiago ist nicht hier«, sagte Cain.

»Gestatte mir, erst einmal höflich zu fragen, ob er hier

ist, ehe du anfängst, mich zu belügen«, sagte der Swagman. »Wenn er *nicht* auf Safe Harbor ist, muß Orpheus eine Versammlung aller Killer einberufen haben, die er je aufgeschrieben hat. Wie du weißt, ist der Engel auf dem Weg hierher, nicht?«

»Wie nahe ist er?« fragte Cain.

»Zwei oder drei Tage entfernt«, erwiderte der Swagman. »Und er bringt einen weiteren deiner Partner mit.«

»Virtue oder Terwilliger?« fragte Cain.

»Hast du's noch nicht gehört? Terwilliger, Friede seiner Asche, ist in den großen Spielsalon im Himmel eingegangen.«

»Wer hat ihn getötet — der Engel?«

Der Swagman schüttelte den Kopf. »MannBerg Bates hat ihn schließlich doch erwischt.«

Cain hob die Schultern. »Er hätte ihn nicht betrügen sollen.«

»Ich habe gewußt, es würde dir das Herz brechen«, sagte der Swagman mit einem Kichern. »Wenn es deinen Kummer erleichtert — der Engel hat ihn gerächt.«

Cain runzelte die Stirn. »Von Bates gab es kein Plakat.«

»Der Engel ist wohl ein Edelmann von Natur aus«, kommentierte der Swagman. »Er gibt unfähigen Journalisten Arbeit, und er rächt betrügerische Spieler.« Er musterte Cain unter halb gesenkten Lidern hervor. »Hast du letztens irgendwelche ähnlich an die Allgemeinheit denkende Einwohner getroffen?«

»Wen hast du dabei im Kopf?« fragte Cain ausdruckslos.

»Du weißt, wen«, sagte der Swagman. »Er hat dich für den Großen Kreuzzug angeheuert, stimmt's?«

»Ich weiß nicht, wovon du redest.«

»Wenn du den Dummkopf spielen willst, Sebastian, werden wir nie irgendwohin kommen. Ich weiß, daß er hier ist, und ich kann nicht daran glauben, daß du zwei

Tage lang auf dieser Welt gewesen bist, ohne ihn zu finden.«

Cain starrte den Swagman einen langen Augenblick an.

»Ich habe ihn gefunden«, sagte er schließlich.

»Und natürlich hast du ihn nicht getötet.«

»Nein, das habe ich nicht.«

»Ich habe gewußt, daß du's nicht tun würdest. Ebenso Yorick.« Er schüttelte den Kopf. »Ich hätte angenommen, du hättest dir diesen ganzen Idealismus aus dem Kopf geschlagen, nachdem man dich in deiner ungestümen Jugend fürchterlich dafür verdroschen hat.«

»Das hatte ich auch angenommen.«

»Manche Leute sind einfach unverbesserlich«, sagte der Swagman. Er gab Moonripple, die Vater William gerade eine Pfanne mit heißen Scones brachte, ein Zeichen. »Bitte nachfüllen!«

»Ja, Sir.« Sie sah Cain an. »Für Sie auch etwas, Sir?«

»Vielleicht eine andere Gesellschaft.«

»Wie bitte?«

Er seufzte. »Ich hätte gern ein Bier.«

»Sofort, Sir.«

»Ich kann mir einfach nicht vorstellen, was der Orpheus in ihr gesehen hat«, bemerkte der Swagman, während er Moonripple zusah, wie sie zum Tresen ging.

»Nein, das kannst du vermutlich nicht«, sagte Cain.

Der Swagman lächelte. »Ich habe den Eindruck, als habe man dich gerade beleidigt.«

Cain starrte ihn an und gab keine Antwort.

»Übrigens«, fuhr der Swagman fort, »auf meinem Weg zur Stadt habe ich Schussler gar nicht gesehen.«

»Er ist tot.«

»Das war dumm, Sebastian. Du hast ein völlig freies Raumschiff mit einer riesigen Datenbank voller interessanter Informationen bekommen, und du hast es zerstört? Wie verschwenderisch!«

»Ich habe ihm mein Wort gegeben.«

»Ich möchte ernstlich bezweifeln, daß ein Versprechen, das man einer Maschine gibt, jemanden gesetzlich bindet.«

»Um so mehr Grund dafür, es zu halten«, sagte Cain.

»Du hörst dich jeden Tag mehr wie er an«, sagte der Swagman belustigt.

»Wie Schussler?« fragte Cain verwirrt.

»Nein. Wie *er*.«

Moonripple kam mit ihren Getränken.

»Ich möchte Ihnen noch einmal dafür danken, daß Sie mir das Leben gerettet haben, Sir«, sagte sie zu Cain.

»Ich schätze mich glücklich, das getan zu haben«, erwiderte er.

»Hoffentlich hat die Stumme Annie Ihnen helfen können.«

Er nickte.

Sie lächelte. »Das freut mich. Das bedeutet also, ich habe Ihnen auch etwas Gutes getan.«

»Ja, das hast du.«

Sie lächelte erneut und kehrte in die Küche zurück, um an Vater Williams Nachspeise zu arbeiten.

»Eine sehr anrührende Gesellschaft gegenseitiger Bewunderung, die ihr da habt«, kommentierte der Swagman.

»Wenn du's so ausdrückst.«

»Wenn *ich* ihr das Leben rette, wird sie mich dann gleichfalls zu Santiago bringen?«

»Das möchte ich sehr bezweifeln.«

»Welche Bindung bist du ihm gegenüber eingegangen?«

»Bislang noch gar keine.«

»Aber du wirst es tun«, beharrte er.

»Vielleicht.«

Der Swagman schnitt eine Grimasse und schüttelte traurig den Kopf. »Dumm. Ganz einfach dumm.«

»Dann schlag ich vor, daß du nicht sein Gefolgsmann wirst«, sagte Cain trocken.

»Der Mann sitzt auf der größten Sammlung von Kunstwerken im inneren Grenzland!« sagte der Swagman verzweifelt. »Und niemanden scheint das zu kümmern, außer mir.«

»Er sitzt gleichfalls auf der größten Sammlung von Blaufieber-Impfstoffen«, antwortete Cain ruhig.

»Wer, zum Teufel, kümmert sich um Impfstoffe?« wollte der Swagman wissen. »Wir reden von unersetzlichen Kunstwerken!«

»Rede etwas leiser davon!« sagte Vater William quer durch den Raum. »Du verdirbst mir den Appetit!«

»Du bist ein noch größerer Dummkopf als *er*«, sagte der Swagman mit gesenkter Stimme. Er nickte mit dem Kopf in Vater Williams Richtung. »Er glaubt zumindest, dem Herrn zu dienen.«

»Vielleicht tut er's auch«, sagte Cain.

»Du bist in Gefahr, ein Langweiler zu werden, Sebastian«, sagte der Swagman angeekelt. »Ein wiedergefundener Sinn für einen Zweck ist das eine; eine wiedergefundene religiöse Überzeugung ist etwas anderes.«

Cain starrte ihn über den Tisch hinweg an. »Was, zum Teufel, willst du eigentlich, Swagman?«

»Du weißt ganz genau, was ich will.«

»Das mußt du dir selbst holen.«

»Unsinn. Wir sind Partner.«

»Unsere Partnerschaft ist beendet.«

»Das ändert nicht ein bißchen was«, sagte der Swagman.

»So? Wie stellst du dir das eigentlich vor?«

Der Swagman beugte sich vor. »Santiago ist ein toter Mann, Sebastian. Wenn du ihn nicht tötest, wird ihn der Engel töten. So einfach ist das.« Er zog den Würfel aus der Tasche und machte sich erneut daran, das juwelenbesetzte Insekt zu untersuchen. »Warum *ihn* die Belohnung einheimsen lassen für etwas, das du gleich jetzt erledigen kannst?«

»Das wird er nicht.«

Der Swagman lächelte. »Wer wird ihn daran hindern – Vater William?« Er kicherte. »Durchgedrehte Sünder zu töten ist eine Sache; den Engel zu töten eine ganz andere.« Er blickte Cain durchdringend an. »Oder glaubst du etwa, daß *du* ihn daran hindern wirst?«

»Das ist eine Möglichkeit.«

Der Swagman schnaubte geringschätzig. »Du hast nicht die Spur einer Chance.«

»Ich hatte auch keine Chance gegen Altair von Altair.«

»Das ist etwas anderes«, sagte der Swagman ernst. »Er ist der *Engel.*«

»Er hängt mir allmählich zu den Ohren heraus«, meinte Cain.

»Es wird dir noch viel mehr zu den Ohren heraushängen, wenn jeder davon berichtet, wie er Santiago getötet hat.«

»Santiago hat sich die vergangenen drei Jahrzehnte über verborgen gehalten«, gab Cain zu Bedenken. »Er macht auf mich den Eindruck eines Mannes, der für sich selbst sorgen kann.«

»Wovon redest du eigentlich?« wollte der Swagman wissen. »Hältst du dich etwa für den ersten Kopfjäger, der einen Fuß auf Safe Harbor setzt?«

Cain schüttelte den Kopf. »Friedensstifter MacDougal ist vor vier Monaten hier gewesen. Er hat Billy Dreiauge direkt vor der Taverne umgebracht.« Er lächelte grimmig. »Aber das hast du natürlich gewußt, oder etwa nicht?«

»Ich rede nicht von Friedensstifter MacDougal«, fauchte der Swagman. »Teufel noch eins, ein Dutzend Kopfjäger sind so weit gekommen. Zwei davon haben's sogar bis zu seiner Farm geschafft.«

»Welcher Farm?« fragte Cain unschuldig.

»Die gottverdammte Farm, wo Vater William dir meine Nachricht gegeben hat«, sagte der Swagman und hielt den Würfel ans Licht. »Wie ich dir gesagt habe — ich bin nicht völlig ohne Quellen.«

»Als ich dich vor zwei Wochen verlassen habe, hast du noch nicht einmal gewußt, daß er auf Safe Harbor lebt«, sagte Cain unbeeindruckt.

»Nicht bis gestern«, gab der Swagman zu. »Aber ich habe gewußt, daß er auf einer Farm lebt, und ich habe gewußt, daß er die beiden Kopfjäger begraben hat, die ihn da draußen in einem seiner Weizenfelder gefunden haben. Ich habe nur nicht gewußt, wo die Farm war.«

»Wer hat dir das gesagt?«

»Jemand, der für ihn gearbeitet und die Gräber gesehen hat.«

»Das zeugt von einer gewissen Fähigkeit, sich zu verteidigen, oder nicht?«

»Wenn gewöhnliche Kopfjäger so nahegekommen sind, wird ihn der Engel töten«, sagte der Swagman. »Es sei denn, du tötest ihn zuerst.«

»Kein Interesse«, sagte Cain.

Der Swagman lächelte. »Du hast dir mein Angebot bislang noch nicht angehört.«

»Mach es, und dann laß mich in Ruhe!«

»Halbpart«, sagte der Swagman mit einem zuversichtlichen Grinsen.

»Halbpart wovon?«

»Die Hälfte der Kunstwerke. Du behältst die gesamte Belohnung, und wir teilen die Kunstwerke halbe-halbe.«

»Hör auf, mit diesem verdammten Käfer zu spielen, und verschwinde!« sagte Cain.

»Merkst du eigentlich, was ich dir anbiete?« fragte der Swagman und steckte den Würfel zurück in die Tasche.

Cain nickte. »Merkst *du* eigentlich, daß ich dein Angebot ausschlage?«

»Du bist verrückt!« fauchte der Swagman. »Selbst nachdem ich alle Stücke, die ich haben will, an mich genommen habe, ist der Rest davon auf dem Schwarzen Markt Millionen wert!«

»Vielleicht bin ich einfach kein Kunstsammler.«

»Du hast eine sehr dumme Entscheidung getroffen, was deine Karriere betrifft, Sebastian.«

»Ist das eine Drohung?« fragte Cain.

Der Swagman schüttelte den Kopf. »Nur eine Voraussage.«

»Also gut. Du hast dein Angebot unterbreitet, ich habe es zurückgewiesen. Was jetzt?«

»Jetzt warten wir.«

»Worauf?«

»Daß du dir die Sache überlegst.«

»Das werde ich nicht tun«, meinte Cain.

»Dann warten wir darauf, daß der Engel Santiago tötet.«

»*Er* wird ebenfalls nicht mit dir handeln.«

»Vielleicht nicht«, stimmte der Swagman zu. »Aber er wird gleichfalls nicht wissen, wo sich die Kunstwerke befinden, und ich habe eine ebenso große Chance, sie zu finden, wie er sie hat.«

»Warum hast du mir dann überhaupt ein Angebot gemacht?« fragte Cain verwirrt.

»Weil du ein ehrbarer Mann bist, und wir haben bereits eine partnerschaftliche Übereinkunft, ob du diese Tatsache nun anerkennst oder nicht. Der Engel könnte die Sache anders sehen, wenn ich die Kunstwerke in Beschlag nehme.«

»Dann will ich dich beruhigen«, sagte Cain ernst. »Wenn du versuchst, irgend etwas an dich zu nehmen, was Santiago gehört, sei er nun tot oder nicht, werde ich dich persönlich töten.«

Der Swagman starrte ihn an. »Er *hat* einen Eindruck auf dich gemacht, stimmt's?« fragte er belustigt.

»Du hast gehört, was ich gesagt habe.«

Der Swagman seufzte. »Dann werde ich mir wohl ein Zimmer in der Pension nehmen, wo Vater William abgestiegen ist, und die weiteren Entwicklungen abwarten.«

»Wie ein Aasfresser, der um die Beute schleicht«, kommentierte Cain angewidert.

»Ein zutreffender Vergleich«, stimmte der Swagman ohne jedes Anzeichen von Ärger zu. »Du wärst überrascht davon, wie wenig Aasfresser Hungers sterben, wenn sie den richtigen Raubtieren folgen.«

Cain wandte sich an Vater William, der seine Mahlzeit beendet hatte und gerade dabei war, den Rest der verschiedenen Beilagen mit großer Begeisterung zu verschlingen.

»Wir sind mit dem Reden fertig. Wenn Sie jetzt herüberkommen wollen«, sagte er mit normaler Stimme.

»Sie können jedoch auch weiter so tun, als hörten Sie nicht zu«, sagte der Swagman.

Vater William blickte herüber und lächelte.

»*Ich* habe gegessen. *Gott* hat zugehört.« Der Prediger verbrachte einen weiteren Augenblick damit, den letzten Rest Rahmsoße mit einem Stück Brötchen aufzustippen, und kam dann zu ihnen herüber. »Habt ihr euer Geschäft abgeschlossen?«

»Wir sind uns darin einig, zwei verschiedene Meinungen zu haben«, sagte der Swagman.

»Willst du uns heute verlassen, oder wirst du deine unsterbliche Seele noch weiter beschmutzen?« fragte Vater William.

»Oh, ich werde wohl noch ein paar Tage hierbleiben.« Auf einmal grinste der Swagman. »Netter Ort für Ferien.«

»So sehr ich dich ja auch mag, Swagman, wenn du auch nur einen Finger gegen Santiago rührst, werde ich dich wie ein wildes Tier jagen«, sagte Vater William.

Der Swagman kicherte. »Da mußt du dich aber hinten anstellen. Jeder ist anscheinend so redlich geworden.«

»Erinnere dich einfach daran, daß es von dir ein Fahndungsplakat gibt.«

»Aber nicht wegen Mordes«, sagte der Swagman.

»Rechne nicht damit, daß dir das deinen sündigen Skalp rettet«, sagte der Prediger. »Du wärst nicht der erste Mann, der getötet wurde, weil er sich der Festnahme widersetzte.«

»Festnahme?« wiederholte der Swagman mit einem Lachen. »Seit wann seid ihr Kopfjäger Hüter des Gesetzes geworden?«

»Wofür hältst du Kopfjäger denn eigentlich?« wollte Vater William wissen. »Hier draußen im Grenzland stellen wir das einzig vorhandene Gesetz dar. Wir mögen den Frieden nicht aufrechterhalten, aber wir bestrafen die Gesetzesbrecher — und schon das führt schließlich zu einem angemessenen Respekt vor dem Gesetz.«

»So habe ich es noch nie betrachtet«, gab der Swagman zu. »Doch daran ist wohl etwas Wahres.«

»Mehr, als du weißt, Swagman«, sagte Vater William ernst. »Ich schlage vor, du behältst das im Hinterkopf.«

»Vielleicht sagen Sie das besser meinem Partner hier«, sagte der Swagman. »Er denkt daran, einem gesuchten Verbrecher zu helfen.«

»Weißt du«, sagte der Prediger, »es wäre für alle beteiligten Parteien am besten, wenn du einfach nach Goldenrod zurückkehren und deine widerrechtlich erworbenen Besitztümer bewundern würdest.«

»Ich halte den Versuch für fruchtbarer, von hier einige hinzuzufügen.«

»Der einzige Grund, weshalb du noch lebst, ist der, daß *er* mir bislang noch nicht gesagt hat, daß ich dich töten soll«, fuhr Vater William fort. »Dies ist seine Welt, und du bist lediglich ein Durchreisender.«

»Ich werde versuchen, mir deshalb nicht vor Sorge den Schlaf rauben zu lassen«, sagte der Swagman.

»Vielleicht solltest du besser damit *anfangen,* dir vor Sorge den Schlaf rauben zu lassen«, schlug Cain vor.

»Töte mich, und *Santiago* sollte sich besser vor Sorge

den Schlaf rauben lassen«, schoß der Swagman zuversichtlich zurück. »Wenn ich nicht jeden Tag mit Goldenrod Kontakt aufnehme, wird einer meiner Roboter meinen Untergebenen sagen, wo ich bin.«

»Das wird ihnen egal sein«, meinte Cain.

»Es wird ihnen nicht egal sein, wenn die Roboter sie davon informieren, daß dies Santiagos Welt ist.« Der Swagman grinste. »Du glaubst doch nicht etwa ernsthaft, daß ich hierherkommen würde, ohne einige Vorsichtsmaßnahmen getroffen zu haben, oder?«

»Ich habe deine Untergebenen getroffen«, sagte Vater William. »Es sind nicht viele.«

»Aber sie reden sich den Mund fusselig«, erwiderte der Swagman. »Wissen Sie, ich habe jahrelang herauszubekommen versucht, wie ich sie dazu bringe, ein Geheimnis für sich zu behalten. Jetzt bin ich froh darum, niemals eine Lösung gefunden zu haben.«

Vater William und Cain tauschten Blicke aus.

»Also gut«, sagte der Prediger nach einigem Überlegen. »Du kannst bleiben.«

»Wie gastfreundlich von Ihnen«, sagte der Swagman ironisch.

»Aber fünf Minuten, nachdem wir den Engel getötet haben, bist du besser wieder auf deinem Schiff, oder du bist ein toter Mann.« Er hielt inne. »Santiago ist nicht auf Safe Harbor geboren, er muß auch nicht sein ganzes Leben hier verbringen. Wenn ich du wäre, würde ich das im Hinterkopf behalten, ehe ich etwas Überstürztes täte.«

»Na ja«, sagte der Swagman und erhob sich. »Ich mag es nicht, mich beim Trinken hetzen zu lassen, aber ich kümmere mich wohl besser mal um mein Quartier.« Er wandte sich an Cain. »Sobald du dich etwas beruhigt hast, wirst du mein Angebot nochmals überdenken. Da bin ich mir sicher.«

»Ich war nicht sonderlich begeistert, als ich's zum erstenmal gehört habe«, sagte Cain.

»Denk darüber nach!« drängte der Swagman und ging zur Tür. »Fünfzig Prozent!«

»Verschwinde!« sagte Cain und wandte ihm den Rükken zu.

Der Swagman hob die Schultern und ging hinaus.

»Nun, Sebastian«, sagte Vater William und lehnte sich im Stuhl zurück, »ich muß sagen, ich bin stolz auf dich.«

»Ach ja?«

»Du hast dem Feind ins Antlitz geblickt und keine Miene verzogen.«

»*Er* ist nicht der Feind«, sagte Cain. »Er ist das, wofür sie kämpfen, um es zu schützen.«

»Ein trauriger Gedanke«, gab Vater William mit grimmigem Lächeln zu.

»Um wieviel schlimmer kann die Demokratie sein?« grübelte Cain.

»Es geht nicht darum, wieviel schlimmer sie ist«, erwiderte der Prediger. »Es geht darum, um wieviel mächtiger sie ist — und somit darum, wieviel mehr Möglichkeiten sie hat, Leid zuzufügen.«

Cain nickte. »Ich weiß.«

»Die Dinge sind nicht mehr so scharf umrissen, wie sie es waren, als du ein junger Mann gewesen bist, oder?« kicherte Vater William.

»Nein, weiß Gott nicht.«

»Es fällt leichter, sich dafür zu entscheiden, eine Welt neu zu errichten«, sagte der Prediger. »Es ist viel schwerer, sich zwischen zwei Übeln zu entscheiden.«

Cain seufzte. »So ist es«, stimmte er zu. »Wie sind *Sie* ihm begegnet?«

»Santiago?«

»Ja.«

»Er hat mich angeworben, ebenso, wie er dich angeworben hat.«

»Sie wußten, daß ich deshalb hier bin, nicht wahr?« fragte Cain.

Vater William nickte. »Ich habe schon vor fast einem Jahr gewußt, daß er dich haben wollte.« Er kicherte erneut. »Ich muß gestehen, ich hatte meine Zweifel, als ich erfuhr, daß du mit dem Swagman und dieser jungen Dame da zusammenhingst.«

»Virtue?«

»Genau die.«

»Sie ist eine interessante Dame«, sagte Cain. »Irgendwie habe ich den Eindruck, daß sie besser als alle anderen aus dem ganzen Schlamassel herauskommen wird.«

»Sie weiß, wie sie das bekommt, was sie haben will. Das gestehe ich ihr zu«, sagte der Prediger.

»Und jetzt hat sie den Engel«, sagte Cain.

»Ich habe das Gefühl, sie wird noch erfahren, daß er ein wenig *mehr* ist, als sie haben möchte«, sagte Vater William nicht ohne einen zufriedenen Unterton.

»Sagen Sie mir was«, meinte Cain.

»Wenn ich's kann.«

»Wer liegt in den beiden Gräbern begraben?«

»Zwei Männer, die ihr Leben für Santiagos Sache gegeben haben.«

»Der Swagman hat gesagt, es seien zwei Kopfjäger.«

»Es hat einmal eine Zeit gegeben, da sind sie's vielleicht gewesen. Ich kann's wirklich nicht sagen.«

»Er hat mir gesagt, sie seien hinter Santiago hergewesen, und sie hätten den ganzen Weg zur Farm geschafft, ehe sie getötet worden sind.«

»Der Swagman irrt«, sagte Vater William fest.

»Wie hießen sie?«

Vater William hob die Schultern. »Wer weiß? Niemand hier draußen benutzt seinen wirklichen Namen — und besonders dann nicht, wenn sie für ihn arbeiten.« Er hielt inne. »Warum bist du ihretwegen so neugierig?«

»Widersprüche beunruhigen mich.«

»Dann rede nicht mit dem Swagman. Er hat die Farm in seinem ganzen Leben noch nicht gesehen. Santiago hat keinen Grund, dich zu belügen; der Swagman hat keinen Grund, dir die Wahrheit zu sagen.« Er beugte sich vor. »Was hat er dir angeboten?«

»Die Hälfte der Kunstwerke.«

»Das ist sehr großzügig«, meinte der Prediger. »Ich frage mich, wie er dich darum betrügen will?«

»Er hat bestimmt gründlich darüber nachgedacht, da bin ich mir sicher«, sagte Cain.

Moonripple kam aus der Küche und trat auf Vater William zu.

»Wann möchten Sie bitte Ihre Nachspeise, Sir?« fragte sie.

»Gleich jetzt«, sagte Vater William. »Willst du mir dabei helfen?« fragte er Cain.

»Warum nicht?«

»Ganz bestimmt?« fragte Vater William überrascht.

»Ich könnte einen kleinen Imbiß gebrauchen.«

Vater William sah aus, als sei sein Herz dabei zu brechen. Schließlich wandte er sich an Moonripple. »Mein Kind, wie lange brauchst du dazu, einen weiteren Schokoladenkuchen zu backen?«

»Ich habe noch drei weitere in der Küche, Sir«, erwiderte sie.

»Schön. Bring zwei davon her!« Er wandte sich an Cain. »Auf diese Weise wird keiner von uns beiden die Tafel hungrig verlassen.«

»Moonripple hat recht, wissen Sie«, sagte Cain.

»Womit?«

»Sie werden sich noch zu Tode essen.«

»Ich benötige Energie für die vor mir liegende Arbeit«, antwortete Vater William ernsthaft.

Cain hob die Schultern. »Es ist Ihr Leben.«

»Nein, Sebastian. Es gehört dem Herrn, ebenso, wie deines jetzt Santiago gehört.«

»Warum glauben Sie das?« fragte Cain.

»Ich glaube es nicht«, erwiderte der Prediger. »Ich weiß es.«

»Davon weiß ich nichts.«

»Doch, das tust du, Sebastian«, sagte Vater William. »Er sucht sich seine neuen Mitglieder sehr sorgfältig aus, und er hat sich bislang in noch keinem geirrt. Du hättest ihn gestern abend oder heute morgen töten und die größte Belohnung einstreichen können, von der du je geträumt hast; du hast es nicht getan. Du hättest gerade eben mit dem Swagman ein Geschäft abschließen können; du hast es nicht getan.« Seine dröhnende Stimme wurde fast sanft. »Dein Kopf hat sich vielleicht noch nicht entschieden, aber dein Herz weiß, wo du stehst.«

Einen Augenblick lang wirkte Cain überrascht.

»Das wird es wohl tun«, sagte er nachdenklich.

25

Ein Rätsel in einem Geheimnis,
Wer kann das nur sein, ja, wer?
Die Antwort will ich dir sagen:
Der Gesetzlosen König — nur er!

Santiago blickte von seinem Buch auf, als Cain zu ihm auf die Veranda kam, und fragte: »Wie ist Ihr Treffen mit dem Swagman verlaufen?«

»Etwa wie erwartet.«

Santiago wirkte belustigt. »So eindeutig ist er gewesen?«

»Er ist hungrig gewesen«, erwiderte Cain.

»Übrigens«, sagte Santiago. »Ich habe einen meiner Männer wegen Ihrer Habseligkeiten zum Haus der Stummen Annie geschickt. Ich hoffe, es ist Ihnen recht.«

»Schon gut«, sagte Cain, setzte sich und blickte hinaus über das weite Farmland. »Ich bleibe.«

»Es freut mich, das zu hören.«

»Sie haben es die ganze Zeit über gewußt.«

»Ja, das habe ich gewußt«, gab Santiago zu. »Aber ich bin froh, daß Sie es jetzt ebenfalls wissen. Wir können Sie gebrauchen, Sebastian.«

»Rascher, als Sie für möglich halten«, erwiderte Cain. »Wie der Swagman sagt, wird der Engel in zwei oder drei Tagen hier sein.« Er hielt inne. »Es könnte sich als gute Idee erweisen, sich ein Ziel vorzunehmen und auf einen Raubzug zu gehen.«

»Irgendwo ganz weit weg?« fragte Santiago mit einem Lächeln.

»Je weiter, desto besser.«

»Ich danke Ihnen für diese Anteilnahme, Sebastian, aber Safe Harbor ist meine Heimat. Ich habe nicht die

Absicht, beim ersten Anzeichen einer Gefahr davonzulaufen.«

»*Ist* es das erste Anzeichen?« fragte Cain. »Der Swagman hat mir gesagt, ein halbes Dutzend Kopfjäger sei so weit gekommen.«

»Er hat sich geirrt«, meinte Santiago. »In Wirklichkeit waren es vier — und wenn ich vor denen nicht davongelaufen bin, so kann ich Ihnen versichern, daß ich vor dem Engel auch nicht davonlaufe. Übrigens«, fügte er hinzu, »möchten Sie einem Anführer dienen, der vor seinen Feinden flieht?«

»Das ist wohl kaum schlimmer, als einem Anführer mit einem Todestrieb zu folgen«, sagte Cain ernst.

»Glauben Sie mir, Sebastian — es erforderte mehr als den Engel, um Santiago zu töten.« Er blickte zum Horizont und seufzte zufrieden. »Sehen Sie sich diesen Sonnenuntergang an. Ist er nicht wunderbar?«

»Wenn Sie das sagen.«

»Das tue ich.« Santiago wandte sich an Cain. »Der Swagman bleibt auf Safe Harbor, nehme ich an.«

Cain nickte.

Santiago kicherte. »Er ist beileibe nicht so inspirierend wie ein Sonnenuntergang, aber ist, weiß Gott, ebenso vorhersagbar. Was hat er Ihnen angeboten, wenn Sie mich töten — ein Drittel seines Gewinns zusätzlich zur Belohnung?«

»Die Hälfte.«

Santiago war belustigt. »Nun ja, warum nicht? Er hatte sowieso nicht die Absicht, Ihnen das zu zahlen.«

»Weiß ich«, erwiderte Cain. »Wie sind Sie ihm eigentlich das erste Mal begegnet?«

»Auf die gleiche Weise wie Sie, habe ich den Verdacht. Er hatte etwas, das ich brauchte.«

»Und was?«

»Bestimmte gesellschaftliche Kontakte.«

»Und er hat Sie gebeten, zu Ihrer Organisation stoßen zu können, als Austausch dafür?«

Santiago schüttelte den Kopf. »Das war *meine* Idee.«
»Warum?« fragte Cain verwirrt.
»Einige Männer haben einen ausgeprägt hungrigen Blick«, erwiderte Santiago. »Wenn Sie irgendwie mit solchen Leuten zu tun haben, ist es sinnvoll, sie dorthin zu setzen, wo man sie im Auge behalten kann.«
Cain lächelte ironisch. »Wenn das Ihr Kriterium für eine Anstellung ist, dann überrascht es mich, daß Sie keine stehende Armee von zehn Millionen Männern haben.«
»Wenn es dort draußen zehn Millionen Swagmans gäbe, die mir dabei helfen könnten, meine Ziele zu verwirklichen, dann würde ich jeden einzelnen davon anheuern, das möchte ich Ihnen versichern«, meinte Santiago. »Es ist jedoch meine Erfahrung, daß echte und fähige Kriminelle fast ebenso selten sind wie echte und fähige Helden.« Plötzlich erhob er sich. »Aber wo sind meine Manieren? Da ist es Abend geworden, und Sie haben noch nicht gegessen. Kommen Sie mit nach drinnen!«
Cain stand auf und folgte ihm ins Haus. »Ich bin wirklich nicht hungrig«, sagte er. »Vater William dabei zuzusehen, wie er einen zehn Pfund schweren Vogel verdrückt, kann jedem den Appetit rauben.« Er schnitt eine Grimasse. »Es überrascht mich, daß er die Knochen zurückgelassen hat.«
Santiago lachte. »Ich kenne das Gefühl.« Er zögerte. »Nun ja, dann möchte ich Ihnen wenigstens einen Drink anbieten, um Ihren Beitritt zu uns zu feiern!«
Cain nickte zum Einverständnis, und sie gingen ins Wohnzimmer, wo Jacinto auf einem Sofa saß und eines von Santiagos Büchern las.
»Hast du die Neuigkeit gehört?« fragte ihn Santiago. »Sebastian hat sich entschlossen, bei uns zu bleiben.«
»Ich weiß«, erwiderte Jacinto. »Vater William hat's mir gesagt, als er ihn vor ein paar Minuten vorbeigebracht hat.«

Santiago ging zur Bar hinüber und musterte die Reihe von Flaschen. »Irgend etwas Besonderes«, brummte er, halb zu sich selbst. Auf einmal leuchtete sein Gesicht auf. »Aha! Das ist es!« Er griff hinauf zu einer Flasche. »Korbellianischer Whiskey«, sagte er und zeigte das Etikett. »Er wird aus einer Pflanze hergestellt, die Gerste sehr ähnlich ist und die dort bei ihnen an Berghängen wächst. Er ist einfach unvergleichlich.« Er schenkte drei Gläser ein und reichte sie herum. »Was halten Sie davon?« fragte er, nachdem Cain versuchsweise daran genippt hatte.

»Ungewöhnlich«, erwiderte Cain. Er probierte ein weiteres Mal. »Wenn auch interessant. Ich glaube, mir schmeckt er.«

»Sie *glauben,* er schmeckt Ihnen?« lachte Santiago. »Sebastian, Sie sind zu lange im Grenzland gewesen.«

Cain leerte sein Glas und hielt es erneut hin. »Ich brauche noch einen, um mich zu entscheiden.«

»Aber gerne«, sagte Santiago und füllte ihm nochmals das Glas. »Aber seien Sie vorsichtig! Er haut ganz schön 'rein!«

Cain leerte das zweite Glas, und plötzlich, zum erstenmal seit Jahren, fühlte er sich ein wenig benommen. »Ich höre wohl besser auf, so lange ich's noch kann.«

»Schön«, sagte Santiago. »Mir gefällt ein Mann, der die eigenen Grenzen kennt.«

»Vielleicht sollten Sie Vater William etwas Derartiges sagen, wenn er das nächste Mal zum Essen kommt«, sagte Jacinto sardonisch.

»Was dessen Aufnahmefähigkeit in puncto Essen betrifft, *hat* dieser Mann keine Grenzen, was ich bislang so sehen konnte«, erwiderte Santiago. Er hob die Schultern. »Nun ja, es gibt vermutlich sowohl Kopfjäger als auch Revolutionäre in allen Farben und Schattierungen.«

»Seine Größe verleiht ihm einen zusätzlichen Vorteil«, sagte Jacinto.

»Ach?« fragte Cain interessiert. »Inwiefern?«

»Er sieht so aus, als sei er zu langsam und zu fett, um seine Laserpistolen zu ziehen. Das erweckt im Feind übertriebene Zuversicht.«

»Das möchte ich bezweifeln«, sagte Cain. »Sie müssen sich daran erinneren, daß jeder Mann hier draußen unbesiegt ist, der ein Gewehr trägt. In diesem Geschäft kann man sich übertriebene Zuversicht gar nicht leisten.«

»Darum sind Sie vielleicht noch am Leben, während viele Männer, die das anders sehen, tot sind«, sagte Santiago.

»Mag sein.«

»Haben Sie eine andere Erklärung?« fragte Jacinto.

»Als sehr junger Mann hatte ich keine Angst vor dem Tod, und das verschaffte mir einen Vorteil den Männern gegenüber, mit denen ich kämpfte. Während die Jahre dahingingen, ist mir klargeworden, daß es am Tod nichts Faires oder Begründbares gibt, daß er zu jedem kommen konnte, also bin ich sehr vorsichtig geworden; das hat mir einen Vorteil anderer Art verschafft.«

»Den Sie mit bemerkenswertem Erfolg eingesetzt haben«, warf Santiago ein. »Alle guten Kopfjäger handeln wohl so.«

»Es *gibt* keine schlechten Kopfjäger«, erwiderte Cain. »Lediglich gute und tote.«

»Warum wird jemand eigentlich überhaupt Kopfjäger?« fragte Jacinto.

»Nachdem mir klargeworden war, daß ich die Galaxis nicht in einem einzigen Handstreich zu einem besseren Ort zum Leben machen konnte, entschloß ich mich, es so nach und nach, Schritt für Schritt, zu versuchen.«

»Haben Sie das je bedauert?«

»Nicht wirklich«, entgegnete Cain. »Wir alle treffen eine Entscheidung; die meisten von uns erhalten so ziemlich das, was sie verdienen.« Er hielt nachdenklich inne. »Vor Jahren habe ich geglaubt, ich würde wohl gern eines Tages seßhaft werden wollen. Immer habe ich mir die richtige Frau suchen wollen, wenn ich ein wenig freie Zeit hätte.« Er lächelte wehmütig. »Ich habe mit der Suche noch nicht einmal angefangen.« Er hob die Schultern. »Wenn es mir mehr bedeutet hätte, hätte ich's wohl getan.«

Santiago nickte wissend. »Bei mir waren's Kinder. Ich bin Einzelkind gewesen, und, was das betrifft, dazu ein sehr einsames. Ich habe stets ein Haus voller Kinder haben wollen.« Er kicherte ironisch. »Jetzt habe ich also ein Haus voller Killer und Schmuggler. So dann und wann halte ich inne und frage mich, wie das, zum Teufel, hatte kommen können.«

»Die Leute kommen nicht ins Grenzland hinaus, um dort Familien zu gründen«, sagte Cain.

»Es sei denn, es sind Kolonisten«, stimmte Santiago zu. »Oder Ladeninhaber. Oder Kaufleute. Oder Farmer.« Er seufzte ironisch. »Oder jeder außer uns.«

»Das bleibt sich gleich«, sagte Jacinto. »Keiner von uns erwartet, an Altersschwäche zu sterben.«

Santiago wandte sich Cain zu. »Sich selbst zu hinterfragen, ist nicht gerade eine von Jacintos Stärken.« Er lächelte. »Was den Tod durch Altersschwäche betrifft, so habe ich persönlich die Absicht, auf ewig zu leben. Es bleibt noch immer zuviel Arbeit zu tun, um sich wegen des Tods Sorgen zu machen.«

»Dann gehen sie keine blöden Risiken ein«, erwiderte Cain.

»Sie meinen mal wieder den Engel?«

Cain nickte.

Santiago seufzte. »Wie kann ich meine Anhänger bitten, das Leben zu riskieren, wenn ich nicht gewillt bin, gleiches zu tun?« fragte er ernst.

»Das Wort, auf das es ankam, war *blöden*«, sagte Cain.

»Er kann vor dem Engel nicht davonlaufen«, sagte Jacinto.

Cain wandte sich an ihn. »Sie sind doch derjenige, der sein Sicherheitssystem verstärken wollte.«

»Das will ich auch noch«, erwiderte Jacinto. »Aber wenn es die Runde macht, daß man Santiago verschrekken könnte, wird sich eher früher als später jeder, mit dem wir zu tun haben, mit Killern umgeben und sich weigern, seinen Verpflichtungen uns gegenüber nachzukommen.« Er hielt inne. »Wir treiben keinen Handel mit ehrbaren Männern, Mr. Cain. Es ist ihre Furcht vor Santiago, die sie bei der Stange hält, nichts sonst.«

»Vielleicht ist es sogar das Beste, daß Sie keine Kinder haben«, bemerkte Cain ironisch. »Wenn man der gefürchtetste Mann des Grenzlandes ist, kann mich nicht viel an sie vererben.«

»Es *wäre* zufriedenstellender, wenn ich meine Truppen in eine glorreiche Schlacht führen könnte«, stimmte Santiago zu. »Unglücklicherweise führen wir keinen derartigen Krieg — und meine Truppen sind, wenigstens zum größten Teil, eine Bande von Außenseitern, Schurken und Verbrechern, die noch nicht einmal wissen, daß sie an der Finanzierung einer Revolution beteiligt sind.«

»Wie oft haben Sie unmittelbar mit ihnen zu tun?« fragte Cain.

»Sehr selten. Alles funktioniert anscheinend glatter, wenn sie der Ansicht sind, ich sei so eine Art unnahbarer Halbgott. Selbst in diesen Tagen und in diesem Zeitalter findet man in der Seele des Menschen ein beträchtliches Ausmaß an ureigenstem Mystizismus; es wäre dumm, nicht daraus Kapital zu schlagen.« Er hielt inne. »Was nicht bedeutet, daß ich nicht ein sehr persönliches Interesse an meinen Unternehmungen habe. Die halbe Zeit bin ich nicht auf Safe Harbor — aber da nur eine Handvoll Leute weiß, wie ich aussehe, kann ich gewöhnlich meine Angestellten überprüfen, ohne daß die Gefahr einer Enttarnung besteht.«

»Niemand hat Sie je verdächtigt?«

»Wollen wir sagen, niemand ist je so kühn gewesen, mir seinen Verdacht ins Gesicht zu sagen«, erwiderte Santiago mit zufriedenem Grinsen. »Hier und da lasse ich sie wissen — stets lange, nachdem es geschehen ist —, daß sie mit mir zusammengewesen sind, ohne sich dessen bewußt gewesen zu sein; es hilft dabei, sie davon zu überzeugen, daß ich ein rätselhafter krimineller König bin, vor dem man nichts verborgen halten kann.« Er hielt inne. »Ich würde sagen, das kostet mich die meiste Zeit dort draußen.«

»Und die übrige Zeit?«

»Ich habe andere Geschäfte zu führen«, antwortete Santiago. »Ich suche nach möglichen Rekruten, suche nach Schwachstellen in der Verteidigung der Demokratie, und ich versuche zu entscheiden, welche Welten unser Geld und unsere Angestellten am dringendsten benötigen.«

»Natürlich stets ohne deren Wissen«, fügte Jacinto hinzu. »Wenn wir's sie wissen ließen, würde der Demokratie klar, was Santiago wirklich ist.«

»Es ist also wie beim Schachspiel«, sagte Cain. »Zug und Gegenzug.«

»Dazu kann ich wirklich nichts sagen«, meinte Santiago. »Ich habe niemals Schach gespielt.«

»Niemals?« fragte Cain scharf.

»Niemals«, erwiderte Santiago. »Sie sagen das, als hätte ich damit irgendeine Sünde begangen.«

»Entschuldigen Sie, bitte«, sagte Cain. »Ich war einfach nur überrascht.«

»Nichts zu entschuldigen«, sagte Santiago. »Kann ich Ihnen ganz bestimmt keine kleine Mahlzeit anbieten?«

»Später, vielleicht.«

»Oder noch einen Drink?«

Cain schüttelte bloß den Kopf. »Nein, danke. Ich möchte Ihnen gern eine Frage stellen.«

»Nur zu!«

»Waren Sie im Gefängnis auf Kalami Drei?«

»Wenn Sie dorthin gingen und die Aufzeichnungen überprüften, fänden Sie meine Person nirgendwo erwähnt«, erwiderte Santiago.

»Das ist nicht das, was ich gefragt habe.«

Plötzlich grinste Santiago. »Ich hab's!« verkündete er. »Stern hat Ihnen gesagt, ich hätte mit ihm Schach gespielt.«

»Haben Sie's getan?«

»Wie ich Ihnen bereits gesagt habe: ich spiele kein Schach.«

»Warum hätte er's dann sagen sollen?«

»Vielleicht, um eine Geschichte auszuschmücken, für die er eine beträchtliche Geldsumme erhielt.«

»Aber Sie *waren* im Gefängnis auf Kalami Drei?«

»Nur sehr kurz. An Stern erinnere ich mich nur insofern, als er das Maul aufriß über den Mann, den er bemogelt und getötet hatte, und daß er grandiose Pläne entwarf, wie er sich ein eigenes Sonnensystem suchen und selbst darüber herrschen würde. Mir kommt's so vor, als hätten wir Karten gespielt, bis ihm einer der Aufseher das Spiel wegnahm.« Santiago lächelte. »Wie ich mich erinnere, schuldet er mir noch immer Geld aus diesem Spiel.« Er sah Cain an. »Möchten Sie weitere Fragen stellen?«

»Nur noch zwei.«

»Fragen Sie drauflos!«

»Erstens: Da ich jetzt zu Ihnen gestoßen bin, wäre es sinnlos, mich auf Safe Harbor zu halten, sobald wir uns um den Engel gekümmert haben. Was soll ich als nächstes tun?«

»Um Ihnen die Wahrheit zu sagen, ich habe mich noch nicht entschieden«, erwiderte Santiago aufrichtig. »Da ist die kleine Sache, wie wir von den Erben des jüngst verstorbenen Mr. Kchanga unser Geld zurückbekommen. Je eher wir das tun, desto eher können wir Lebensmittel kaufen und sie nach Bortai verschiffen.«

»Bortai?« fragte Cain.

»Eine Bergbauwelt etwa zweihundert Lichtjahre von Bella Donna«, erwiderte Santiago. »Ihre Lebensmittelvorräte reichen noch etwa gerade für drei Wochen.«

»Können sie keine weiteren Vorräte importieren?«

Santiago schüttelte den Kopf. »Die Demokratie hat ihnen die Unterstützung gestrichen.«

»Warum?«

»Weil sie vor einem Monat zweihundert Tonnen Eisenerz verkauft haben — vielleicht der Ertrag einer Woche, sicherlich nicht mehr als das —, und zwar an zwei Alien-Welten, die sich weigern, sich dem Netzwerk der demokratischen Ökonomie anzuschließen. Auf diese Weise macht ihnen die Demokratie klar, daß sie so etwas nie mehr tun sollen.« Ein grimmiger Ausdruck glitt ihm übers Gesicht. »In der Zwischenzeit haben einige hundert menschliche Kinder die besten Aussichten, Hungers zu sterben.«

»Wann soll ich gehen?«

»*Wenn* Sie gehen, wird es in etwa einer Woche sein.«, antwortete Santiago. »Wir geben Kchangas Verbündeten alle Möglichkeiten, seinen Vertrag zu erfüllen.«

»Das wird schrecklich eng werden«, sagte Cain. »Sobald ich das Geld habe, werden Sie die Nahrungsmittel erst noch kaufen und verschiffen müssen.«

»Weiß ich. Wie ich Ihnen schon gesagt habe, ist das Ganze ein einziger Balanceakt. Wenn wir in Kchangas Organisation jemanden finden, mit dem wir in Zukunft Geschäfte machen können, ist es die Verzögerung wert. Und falls nicht«, fügte er mit ruhiger Grausamkeit hinzu, »werden wir ihnen zeigen, was es heißt, mit Santiago Spielchen zu spielen.«

»Und wenn sie den Vertrag tatsächlich erfüllen?«

»Was meinst du, Jacinto?« fragte Santiago.

»Zeta Piscium«, antwortete Jacinto prompt.

Santiago schüttelte den Kopf. »Zu riskant.«

»Was ist mit Zeta Piscium?« fragte Cain.

Santiago musterte den Kopfjäger lange, dann sagte er: »Die Marine hat eine ausgedehnte Basis auf dem vierten Planeten des Zeta Piscium-Systems.« Er hielt inne. »Ihr gesamter Nachschub für den ganzen Quartermain-Sektor wird vom Büro auf Zeta Piscium besorgt und über die dortige Versorgungsbasis geleitet.«

»Und?«

»Falls jemand ihr Computersystem zerstörte, würde es Monate dauern, bis sie ihre Aufzeichnungen wieder auf dem neuesten Stand hätten«, erklärte Jacinto. »Es könnten keine Waffen verschifft werden, Lohnlisten könnten nicht bearbeitet werden, sie könnten noch nicht einmal eine Tasse Kaffee kaufen, ehe ihre kaufmännische Abteilung sagen könnte, wieviel Geld auf ihren jeweiligen Konten wären.« Er hielt inne. »Natürlich müßten wir die Schuld jemand anderem in die Schuhe schieben; Santiago ist ein Krimineller, aber man darf ihn nicht für einen Revolutionär halten.«

»Jeder weiß, daß er für den Epsilon Eridani-Raubzug verantwortlich ist«, gab Cain zu bedenken.

»Aber da ging es um Gold«, erklärte Jacinto mit einem Lächeln. »Er ist lediglich ein gerissener Krimineller gewesen und hat der Marine ihre Goldbarren geraubt.« Er hielt inne. »Wenn man jedoch den Computerkomplex auf Zeta Piscium Vier zerstört, bringt das keinen bemerkenswerten Gewinn. Deshalb darf er nicht damit in Verbindung gebracht werden.«

»Wie steht es um die Sicherheitsvorkehrungen da?« fragte Cain.

»Sehr stark«, sagte Santiago. »Darum bin ich auch nicht geneigt, den Versuch zu unternehmen, trotz Jacintos Begeisterung.«

»Aber denken Sie doch an die Leben, die wir retten würden, wenn wir ihr System auch nur für zwei Monate lahmlegten!« beharrte Jacinto.

Santiago starrte ihn an. »Ich weiß deine Argumente zu würdigen, aber leidenschaftliches Befürworten ist keine Ausrede für überstürztes Handeln. Die Wetten stehen hundert zu eins gegen den Erfolg.«

»Aber ...«

»Wir können nicht an *allen* Fronten kämpfen«, unterbrach Santiago. »Wir haben die Absicht, sinnvolle Aktionen durchzuführen, nicht in poetischer Sinnlosigkeit zu sterben. Das Thema ist damit beendet.« Er wandte sich Cain zu. »Sie hatten eine zweite Frage, Sebastian?«

»Sie ist nicht von gleicher Bedeutung«, entschuldigte sich Cain.

»Sehr schön. Vor dem Essen möchte ich nicht noch eine solche Frage besprechen. Was wollen Sie also wissen?«

»Ich war neugierig wegen dieser Narbe da auf Ihrer Hand.«

Santiago hielt die rechte Hand hoch und starrte die s-förmige Narbe darauf an. »Ich wünschte mir, dazu gäbe es irgendeine Heldentat zu berichten, aber die Wahrheit lautet ganz einfach, daß mich als kleiner Junge ein Angelhaken da erwischt hat.«

»Ich hätte sie für eine Verletzung durch ein Messer gehalten.«

Santiago kicherte. »Überhaupt nichts derart Aufregendes. Sollen wir das weitere Gespräch jetzt ins Eßzimmer verlegen?«

»Ich habe meine Frage noch nicht gestellt.«

Santiago wirkte verwirrt. »Entschuldigen Sie bitte. Was wollten Sie genau darüber wissen?«

»Warum haben Sie sie noch immer?« fragte Cain. »Sie ist das einzige körperliche Merkmal, das jenseits von Safe Harbor von Ihnen bekannt ist. Warum haben Sie sich nicht ihrer entledigt, als Sie sich der kosmetischen Operation unterzogen haben?«

Santiago starrte die Hand einen weiteren Augenblick lang an und lachte schließlich. »Ich soll verdammt sein, wenn ich das wüßte«, erwiderte er. »Sie ist seit so langer

Zeit Teil von mir, daß ich sie dem Chirurgen gegenüber noch nicht einmal erwähnt habe.«

»Sie tragen doch hoffentlich Handschuhe, wenn Sie inkognito reisen«, sagte Cain.

»Das tue ich stets. Ich bin in der Demokratie geboren; irgendwo dort sind meine Fingerabdrücke auf einem File. Aus dem gleichen Grund trage ich Kontaktlinsen, die mein Retinamuster verzerren.« Er stand auf. »Sollen wir jetzt essen?«

Sie gingen ins Eßzimmer und verbrachten den restlichen Abend damit, über Santiagos kurz- und langfristige Pläne für die Zukunft zu reden. Cain ging mit einem weiteren Buch zu Bett — Tanblixts Dichtung, die er völlig unverständlich fand — und setzte seine Diskussion mit Santiago und Jacinto am folgenden Tag fort, und seine Begeisterung für das Unternehmen wuchs von Stunde zu Stunde.

Dann, gerade vor Sonnenuntergang, tauchte Virtue MacKenzie auf Santiagos Türschwelle auf, und alle revolutionären Pläne für die Zukunft kamen gezwungenermaßen zum Stillstand.

26

Heller strahlt er als tausend Sonnen,
Größer ist er als jeder Baum,
Lauter dröhnt er als jeder Donner,
Weiter ist er als der Weltenraum.

»Man hat mir gesagt«, meinte Santiago und lehnte sich in seinen Sessel zurück, »daß er ursprünglich der Schutzheilige des unterdrückten spanischen Adels gewesen sei. Der Adel hat seinen Geist angerufen, ehe er in die Schlacht ging, um die Mauren aus seinem Land zu vertreiben.«

»Santiago bedeutet ›Heiliger Jacob‹ auf spanisch, das ist eine Sprache, die auf der alten Erde gesprochen wurde«, fügte Jacinto hinzu, der zusammen mit Cain auf einem großen, gemütlichen Sofa saß.

»Nicht ganz so biblisch wie Ihr Name, Sebastian«, bemerkte Santiago.

»Mein zweiter Vorname ärgert mich«, sagte Cain. »Ich hätte ihn dem Orpheus niemals verraten sollen. Dann hätte ich mich nicht mit diesem Singvogel-Quatsch abfinden müssen.« Er seufzte. »Na ja, wir können uns wohl alle nicht unsere Namen aussuchen.«

»Hier draußen tut jeder genau das«, sagte Santiago.

»Das sind die Namen fürs Grenzland«, erwiderte Cain. »Keine offiziellen Namen.«

»Wenn man im Grenzland bleibt, sind sie offiziell genug.«

Auf einmal warnte sie das Sicherheitssystem, daß sich ein Fahrzeug näherte. Es wurde als das Fahrzeug der Stummen Annie identifiziert. Einen Augenblick später glitt die Tür zurück, und Annie stand auf der Schwelle.

»Annie — was für eine angenehme Überraschung!«

sagte Santiago und erhob sich. »Welchem Umstand haben wir die Ehre dieses Besuchs zu verdanken?«

»Wir haben ein kleines Problem«, erwiderte die Stumme Annie, während sie auf der Schwelle stehenblieb.

»Ach?«

Die Stumme Annie nickte. »Sie sitzt in meinem Fahrzeug.«

»Wer?«

»Virtue MacKenzie.«

Cain erhob sich und ging zum Fenster, sah Virtue mit einer Binde um die Augen im Wagen sitzen, wandte sich daraufhin Santiago zu und nickte. »Wo ist der Engel?« wollte er wissen.

»Im Orbit«, erwiderte die Stumme Annie.

»Warum hast du sie hergebracht?« fragte Santiago, eher neugierig als verärgert.

»Sie ist vor ein paar Stunden gelandet, stieß auf Vater William und sagte ihm, sie habe eine Botschaft vom Engel an Sie.« Die Stumme Annie hielt inne. »Er war der Ansicht, daß Sie vielleicht hören möchten, worum es geht — wenn sie die Wahrheit sagt.«

»Und falls sie lügt?« fragte Cain.

»Dann wird sie Safe Harbor nicht mehr lebend verlassen«, versprach die Stumme Annie kühl.

»Warum hat Vater William sie nicht selbst hergebracht?« fragte Santiago.

»Er möchte in der Stadt sein, wenn der Engel landet«, antwortete die Stumme Annie.

»Es ist ein großer Planet«, sagte Cain. »Warum glaubt er, der Engel würde in der Nähe der Stadt landen? Ich wäre anderer Meinung.«

»Sie *sind* hier gelandet«, erwiderte die Stumme Annie.

»Aber ich habe nicht gewußt, daß Santiago hier ist«, gab Cain zu bedenken.

»Er wird dort landen, weil er Virtue braucht, die ihn zu mir führt, und sie ist hier gelandet«, sagte Santiago.

Ein paar Sekunden lang dachte Cain über diese Feststellung nach, dann nickte er. »Sie haben vermutlich recht«, räumte er ein.

»Nun, lassen wir unseren Gast doch nicht warten«, sagte Santiago zur Stumme Annie. »Bring sie herein!«

Die Stumme Annie ging wieder nach draußen und kehrte einen Augenblick später mit Virtue MacKenzie zurück. Man hatte ihr die Binde abgenommen, und Virtue blickte sich im Zimmer um, wobei sie jeden der drei Männer genau betrachtete.

»Hallo, Cain!« sagte sie schließlich.

Cain nickte einen Gruß, sprach jedoch kein Wort.

Sie sah Jacinto an. »Sie sind zu jung«, sagte sie entschieden und wandte sich an Santiago. »*Sie* müssen es also sein.«

Santiago nickte und verbeugte sich. »Ihnen zu Diensten. Möchten Sie sich nicht setzen?«

»Kann ich zunächst einen Drink haben?« bat sie.

»Natürlich. Was bevorzugen Sie?«

»Alles mit Alkohol drin.«

Santiago wandte sich an die Stumme Annie. »Würdest du bitte die Gastgeberpflichten übernehmen?«

Sie nickte und ging zur Bar, während Santiago Virtue zu einem Sessel geleitete.

»Sie sind eine sehr couragierte Frau, daß Sie selbst herkommen«, sagte Santiago und setzte sich ihr gegenüber.

»Nachdem man mit dem Engel gereist ist, kann einen nicht mehr sehr viel erschrecken«, erwiderte sie ernst.

»Einen Moment, bitte!« sagte Cain, ging zu ihr hinüber und nahm ihr die Handtasche ab.

»Hee!« fauchte sie und griff vergebens danach. »Was soll das denn?«

»Du überbringst eine Nachricht«, sagte Cain, griff in die Tasche und holte ein kleines Aufzeichnungsgerät heraus, »aber du bekommst kein Interview.« Er hielt die Tasche ans Licht, untersuchte sie genauestens und gab sie ihr dann mit ausgestrecktem Arm zurück. »Wo ist sie?«

»Ich weiß nicht, wovon du redest«, sagte Virtue.

»Du hast irgendwo eine Kamera versteckt. Du kannst sie freiwillig hergeben, andernfalls ziehe ich dich nackt aus. Es gibt keine dritte Möglichkeit.«

»Das muß ich mir nicht gefallen lassen!«

Cain wandte sich an Jacinto. »Halt sie fest!« befahl er.

Jacinto tat einen Schritt auf Virtue zu, und sie hob eine Hand. »Also gut«, sagte sie. »Einen Moment, bitte.« Sie fummelte an ihrer Jacke herum, entfernte einen großen Knopf und reichte ihn Cain. »Bist du jetzt zufrieden?« wollte sie wissen.

»Für den Augenblick«, sagte er, während er den unglaublich stark verkleinerten Holomechanismus abschaltete und in die Tasche steckte.

»Wenn ich gehe, will ich ihn zurückhaben«, fügte sie hinzu.

»Wir werden sehen!« sagte Jacinto drohend.

»Was soll dieser Scheiß von wegen ›wir werden sehen‹?« fragte Virtue hitzig. »Ich bin unter der Flagge eines Waffenstillstands gekommen!«

»Als Nachrichtenüberbringerin, nicht als Journalistin«, gab Jacinto zurück.

»Sie haben mein Wort, daß Sie Ihr Eigentum zurückerhalten«, sagte Santiago. »Und jetzt«, fügte er hinzu, wobei er Cain und Jacinto fest anblickte, »wäre ich sehr daran interessiert zu hören, was Sie zu sagen haben. Wenn meine Freunde ihre Begeisterung im Zaum halten können.«

»Der Engel möchte sich morgen früh mit Ihnen treffen«, sagte sie.

»Darauf hätte ich fast gewettet«, sagte die Stumme Annie, die mit Virtues Drink zurückkehrte.

»Der Engel möchte mich umbringen«, sagte Santiago. »Warum sollte ich mir die Mühe geben, bei ihm zu erscheinen?«

»Er ist gewillt, darüber zu reden«, sagte Virtue.

Santiago wirkte belustigt. »Darüber zu reden, mich umzubringen?«

»Darüber zu reden, Sie *nicht* umzubringen«, erwiderte sie.

»Ein Thema ganz nach meinem Herzen«, entgegnete Santiago. »Was schlägt er also vor?«

»Er ist gewillt, daß Sie sich freikaufen.«

»Für wieviel?«

»Unbedeutend«, antwortete Virtue. »Ich habe den Eindruck, er denkt so an etwa zwei oder drei Millionen Kredits.«

»Die Belohnung für mich liegt mittlerweile bei zwanzig Millionen Kredits. Warum sollte er sich mit soviel weniger zufrieden geben?«

Sie grinste. »Niemand weiß, wie Sie aussehen. Er kann die erstbeste herrenlose Leiche abgeben, behaupten, daß Sie es sind, und noch immer die Belohnung einstreichen.«

»So etwas hat man ganz bestimmt schon versucht«, sagte Santiago.

»Vielleicht«, gab sie zu. »Aber für gewöhnlich diskutieren die Leute nicht mit dem Engel.«

Santiago musterte sie nachdenklich. »Wo will er sich mit mir treffen?«

»An einem Ort namens Barleycorn-Taverne.«

»Wie hat er herausgefunden, daß es die gibt?«

»Dort hat Friedensstifter MacDougal Billy Dreiauge getötet«, erwiderte Virtue. »Es ist der einzige Ort auf Safe Harbor, den er kennt.«

»Wann will er mich treffen?« fragte Santiago.

»Um neun Uhr.«

»Sie erwägen doch nicht etwa ernsthaft, sich mit ihm zu treffen?« wollte Cain wissen.

»Ich habe mich noch nicht entschieden«, sagte Santiago.

»Es ist eine abgekartete Sache«, sagte Cain.

»Vielleicht«, stimmte Santiago zu.

»Dann gehen Sie nicht hin. Bringen Sie ihn dazu, hier heraus zu kommen!«

»Und zehn oder zwölf meiner Männer zu töten?« fragte Santiago mit einem Lächeln. »Ich kann sie nicht entbehren.«

»Sie können *Sie* nicht entbehren!« fauchte Cain.

»Vielleicht möchte der Engel ja wirklich mit mir ein Geschäft abschließen«, sagte Santiago. »Schließlich sind dreiundzwanzig Millionen Kredits besser als zwanzig.«

Cain schüttelte heftig den Kopf. »Er wird ins Gebiet der Demokratie müssen, um sich die Belohnung abzuholen — und dort werden sie, verdammt noch mal, nichts darum geben, ob er der Engel ist oder der Herrgott persönlich. Sie werden einen Beweis haben wollen.«

»Wir rasch braucht er die Antwort?« fragte Santiago Virtue.

»Ich soll heute abend mit ihm Kontakt aufnehmen und ihn Ihre Entscheidung wissen lassen«, erwiderte sie.

»Und falls ich mich gegen ein Treffen mit ihm entscheide?«

Sie hob die Schultern. »Dann wird er wohl hier herauskommen und Sie töten.«

»Was haben *Sie* eigentlich von dem Ganzen?« fragte Jacinto.

»Ich bin Journalistin. Ich bekomme eine Story.« Sie wandte sich an Santiago. »Vielleicht möchten Sie mir ja gleich jetzt ein Interview geben?« schlug sie vor.

Santiago kicherte. »Ich bewundere Ihre Hingabe.«

»Dann werden Sie mir eins geben?« beharrte sie.

Er schüttelte den Kopf. »Ich fürchte, nein.«

»Wenn Sie mir ein Interview geben, werde ich dem Engel sagen, Sie seien nicht hier.«

»Sie lügt«, sagte Cain.

»Den Teufel tu' ich!« fauchte Virtue wütend.

Cain wandte sich ihr zu. »Mach mal halblang!« sagte er. »Wenn du ihm das jetzt sagst, wird er dich von dem Augenblick an, wenn das Interview erscheint, verfolgen und schließlich aufstöbern.«

»Er wird mich niemals finden.«

»Wenn er Santiago finden konnte, kann er eine Journalistin finden, die aus ihrer Publizität Kapital schlägt.«

»Ich werd's drauf ankommen lassen«, erwiderte Virtue.

»Nein, das wirst du nicht. Du wirst das Interview machen, und dann wirst du dem Engel alles erzählen, was du gesehen und gehört hast.«

Santiago räusperte sich.

»Ich werde einen kleinen Spaziergang unternehmen«, verkündete er, »und dabei den Vorschlag des Engels überdenken. Ich werde Ihnen meine Antwort bei meiner Rückkehr mitteilen.«

»Ich gehe mit Ihnen«, sagte die Stumme Annie.

Er schüttelte den Kopf. »Ich gehe lieber allein. Ich werde in ein paar Minuten zurücksein.«

Er ging zur Tür hinaus.

»Wohin will er?« fragte Cain.

»Hinunter ins Tal«, antwortete Jacinto. »Er geht immer dorthin, wenn er nachdenken will.«

»Was, zum Teufel, gibt es denn soviel darüber nachzudenken?« fragte Cain verwirrt. »Er kann doch nicht ernsthaft darüber nachdenken, das hier durchzuziehen!«

Jacinto hob die Schultern. »Wer weiß?«

Cain ging zu Virtue, ergriff sie am Handgelenk und zog sie hoch.

»Komm mit!« sagte er.

»Wohin bringen Sie sie?« wollte Jacinto wissen.

»Hinaus auf die Veranda«, sagte Cain. »Ich möchte mit ihr reden.«

»Sie können doch hierdrin mit ihr reden.«

»Allein«, sagte Cain.

Jacinto starrte Cain einen Augenblick lang an und nickte schließlich.

Cain führte Virtue durch das Eßzimmer hinaus auf die Veranda und befahl daraufhin der Tür, sich hinter ihm zu schließen.

»Ich kann's nicht glauben«, sagte Virtue mit vor Aufregung gerötetem Gesicht. »Ich habe ihn endlich gefunden!«

»Und jetzt wirst du ihn töten«, sagte Cain.

»Ich werde niemanden töten«, sagte sie. »Ich bin nur eine Journalistin.« Sie blickte ihn scharf an. »Aber wo wir gerade beim Thema sind — wie kommt's, daß *du* ihn nicht getötet hast?«

»Die Lage hat sich geändert«, sagte Cain. »Ich bin zu ihm gestoßen.«

»Wieviel bezahlt er dir dafür?« fragte sie neugierig.

»Nichts.«

Sie starrte ihn ungläubig an. »Wirst du mir jetzt etwa den ganzen Scheiß erzählen, den ich von der Stummen Annie gehört habe, was für ein großer Mann er ist?«

»Ich weiß nicht, ob er ein großer Mann ist«, sagte Cain langsam. »Aber er ist ein *guter* Mann — auf jeden Fall besser als ich, und er arbeitet für eine gute Sache.«

»Er ist ein gottverdammter Gesetzloser!«

»Er ist ein guter Mann«, wiederholte Cain. »Und ich werde es nicht zulassen, daß man ihn umbringt.«

»Ich erinnere mich gerade daran, daß wir auf Pegasus einen Vertrag abgeschlossen haben.«

»Du hast ihn gebrochen, als du zum Engel übergelaufen bist.«

»Hast du Terwilligers Nachricht nicht erhalten?«

Cain nickte. »Ist sie abgeschickt worden, bevor oder nachdem ihn MannBerg Bates umgebracht hatte?« fragte er spöttisch.

Sie funkelte ihn an. »Es war die Wahrheit!«

»Warum bist du dann Laufbursche für den Engel?« schoß er zurück.

»Weil er Dimitri Sokol dazu veranlaßt hat, das Kopfgeld auf mich zurückzunehmen«, erwiderte sie.

»Und wann willst du aufhören, für ihn zu arbeiten? Nachdem er Santiago getötet hat?«

»Er will einfach nur mit ihm reden.«

»Das ist alles ein ganz großer Scheißdreck, und du weißt das«, sagte Cain. »Auf dieser Kiste steht doch überall draufgeschrieben: Falle!«

»Was macht das denn für einen Unterschied?« wollte Virtue wissen. »Ich muß 'ne Story bekommen, und du bist zum Feind übergelaufen. Wenn ich kein Interview erhalte, werde ich seinen Tod beschreiben.«

»Der Feind ist nicht Santiago«, sagte Cain. »Es ist der Engel.«

»Der Engel ist ein Kopfjäger, der innerhalb der Grenzen des Gesetzes der Demokratie arbeitet. Santiago ist ein Krimineller, der das Gesetz immer und immer wieder gebrochen hat!«

»So einfach ist das nicht«, sagte Cain.

»Genauso einfach ist es!« sagte sie triumphierend. »Du hast dich einer Bande von Mördern und Räubern angeschlossen, und du verurteilst mich, weil ich mit dem Mann zusammenarbeite, der versucht, ihren Anführer der Justiz zu übergeben.«

»In deinem ganzen Leben hast du, verdammt noch mal, nichts um die Justiz gegeben!« knurrte Cain. »Du sorgst dich um nichts weiter als deine gottverfluchte Story. Und darum, was sie dir deiner Ansicht nach einbringen wird!«

»Jetzt spiel dich doch nicht *mir* gegenüber als der Moralapostel auf, Cain!« fauchte sie zurück. »Ich weiß, wie viele Männer du getötet hast — und nicht bloß als Kopfjäger. Auf Sylaria steht noch immer ein Preis auf deinen Kopf.«

Sie hielt inne, um wieder Atem zu holen. »Wir beide haben uns aufgemacht, Santiago zu finden. Du hast ihn töten wollen, und ich habe meine Story haben wollen.

Es ist kaum meine Schuld, daß du vergessen hast, was du hier eigentlich tun wolltest!«

»Ich gebe dir eine Story, die du mit nach Hause nehmen kannst«, sagte er zornig. »Du kannst über den Tod des Engels schreiben!«

Sie funkelte ihn an, und dann änderte sich ihr Gesichtsausdruck, als ihre angestaute Wut sie verließ.

»Du kannst ihn nicht töten«, sagte sie und schüttelte langsam den Kopf. »Wirf bei dem Versuch nicht dein Leben weg!«

»Ich lasse nicht zu, daß er Santiago tötet«, sagte Cain verbissen.

»Niemand kann ihn daran hindern. Glaub mir, Cain — ich habe ihn in Aktion gesehen. Ich weiß, wozu er imstande ist.« Sie unterdrückte ein Schaudern. »Er ist nicht menschlich.«

Cain starrte sie an. »Warum arbeitest du dann für ihn, wenn du dich so sehr vor ihm fürchtest?«

»Weil er das bekommen kann, was ich brauche«, sagte sie mit gezwungenem Lächeln. »Und weil ich mich dermaßen vor ihm fürchte.« Sie starrte Cain direkt in die Augen. »Hast du sonst noch was zu sagen, oder kann ich jetzt noch einen Drink haben?«

Er starrte zurück, sah aus, als wolle er sprechen, überlegte es sich jedoch anders und führte sie zurück ins Haus. Jacinto und die Stumme Annie saßen noch immer im Wohnzimmer und warteten auf sie.

»Kommt er zurück?« fragte Jacinto.

»Ich habe ihn nicht gesehen«, sagte Cain. »Was tut er denn überhaupt da draußen — bespricht er sich mit den Toten?«

»Das zeugt aber von sehr schlechtem Geschmack, Mr. Cain«, sagte Jacinto. »Die Männer in jenen Gräbern waren gute Männer.«

»Dann werden *sie* ihn vielleicht etwas zur Vernunft bringen«, sagte er. »Er muß wissen, daß das eine Falle ist.«

»Das weiß er.«

»Worin besteht dann das Problem?«

Jacinto seufzte erschöpft. »Milliarden von Menschen in der Demokratie mögen seinen Namen fürchten, aber hier draußen sind Zehntausende, die ihn geradezu anbeten, die wissen, daß er das Einzige ist, was zwischen ihnen und ihren Unterdrückern steht. Er ist alles, was sie haben, er und der Mythos, der um ihn herum entstanden ist — und er möchte nicht, daß sie glauben, er habe Ihren Glauben an ihn verraten, indem er sich als Feigling erweist.«

»Es ist nichts feige daran, vor einem Kampf wegzulaufen, den man nicht gewinnen kann«, sagte Cain.

»Wenn man Santiago ist, stimmt das nicht.«

»Niemand wird's je erfahren.«

Jacinto nickte in Richtung auf Virtue. »Wir müßten *sie* töten, um zu verhindern, daß sich diese Geschichte in Windeseile herumspricht, und das würde er nicht zulassen.«

»Dann werden Sie und ich ihn daran hindern müssen«, sagte Cain entschlossen.

»Wie?«

»Falls nötig, mit Gewalt.«

»Sie werden tun, was immer Ihnen Santiago sagt«, unterbrach die Stumme Annie. »Er ist Ihr Anführer!«

»Wir versuchen, es so zu deichseln, daß er unser Anführer *bleibt!*« antwortete Cain.

Sie blickte ihn schroff an. »Wenn Sie die Verpflichtung eingehen, einem Mann zu folgen, dann gehen Sie diese Verpflichtung *zur Gänze* ein. Sie befolgen nicht einfach nur die Befehle, die Ihnen zusagen, und beachten die übrigen nicht.« Sie hielt inne, damit die Worte um so nachdrücklicher wirkten. »Was er auch immer entscheidet, wir werden es befolgen.«

»Wir werden sehen«, sagte Cain unverbindlich.

Es folgte ein unbehagliches Schweigen, das schließlich von Virtue durchbrochen wurde.

»Hätte jemand etwas dagegen, wenn ich mir einen Drink einschenke?«

Jacinto wies auf die Bar. »Bitte sehr!«

Sie ging hinüber und inspizierte die Flaschenreihen. »Das ist eine ganz ordentlich ausgestattete Bar«, sagte sie beeindruckt. Ihr fiel eine ganz besondere Flasche ins Auge, und sie hob sie hoch. »Korbellianischer Whiskey!« rief sie aus. »Den habe ich seit … öh … mindestens fünf Jahren nicht mehr gehabt!« Sie schenkte sich ein Glas ein und nahm rasch einen Schluck. »Er schmeckt verdammt gut, das muß ich ihm lassen.«

»Ich betrachte das als ein großes Kompliment«, sagte eine Stimme vom Eingang zum Eßzimmer her, und alle wandte sich um und erblickten Santiago.

»Nun?« fragte Cain und sah ihn an.

Santiago ging zur anderen Seite des Raums hinüber, wo Virtue mit einem Glas in der Hand stand.

»Sagen Sie dem Engel, ich werde dort sein«, meinte er.

»Sie sind verrückt!« explodierte Cain.

»Nichtsdestoweniger ist es meine Entscheidung.« Er wandte sich wieder Virtue zu. »Wenn Sie in dem Fahrzeug warten wollen, das Sie hergebracht hat, werde ich einen meiner Männer dazu veranlassen, Sie in die Stadt zurückzubringen. Es tut mir leid, aber ich werde sie anweisen müssen, Ihnen wieder die Binde umzulegen.«

»Und meine Kamera?«

»Wird man Ihnen zurückgeben, sobald wir alles gelöscht haben, was aufgezeichnet worden ist.«

Virtue leerte ihren Whiskey und ging zur Tür. »Cain ist in Ordnung, wissen Sie.«

»Vielen Dank für Ihre Meinung«, sagte Santiago und wandte sich von ihr ab.

Sie hob die Schultern und verließ das Haus. Santiago nickte der Stummen Annie zu, die davonging, um einen Fahrer zu suchen.

»Das können Sie nicht tun!« sagte Cain.

Santiago lächelte. »Wollen Sie mir etwa Befehle erteilen, Sebastian?«

»Sie hat so gut wie zugegeben, daß das Ganze eine abgekartete Sache ist«, fuhr Cain fort. »Wenn Sie wirklich das Gefühl haben, dem Engel eine Chance geben zu müssen, dann bleiben Sie hier im Haus und sorgen dafür, daß er dafür wenigstens arbeiten muß.«

»Was hätte das für einen Zweck?« fragte Santiago. »Warum solltet ihr denn alle getötet werden, wenn er wirklich die Absicht hat, mich umzubringen? Er ist gut genug, um genau das zu tun, wißt ihr.«

»*Mich* wird er nicht töten«, versprach Cain.

»Selbst dich, Sebastian«, sagte Santiago. »Ich habe seine Karriere genauso scharf beobachtet, wie ich deine Karriere beobachtet habe. Ich möchte nicht deinen Stolz verletzen, aber gegen ihn hast du keine Chance.«

»Wenn das stimmt, dann haben Sie noch weniger eine Chance«, sagte Cain, als die Stumme Annie zurückkehrte.

»*Wenn* er mich töten will«, sagte Santiago. »Es besteht die Möglichkeit, daß er nur reden will.«

»Es bestehen zwei Möglichkeiten — dürftig und keine.«

»Dann«, sagte Santiago ruhig, »wird er vielleicht herausfinden, daß es schwieriger ist, mich zu töten, als er glaubt.«

»Wie jeder andere auch sind Sie lediglich aus Fleisch und Blut«, sagte Cain.

»Nein, Sebastian«, sagte Santiago. »Ich mag aus Fleisch und Blut sein, aber ebenso bin ich ein Mythos, ein Mysterium und eine Legende.«

»Das wird Ihnen nichts nutzen.«

»Das hat es doch schon getan.«

»Sie haben noch nie zuvor jemandem wie dem Engel ins Gesicht sehen müssen«, sagte Cain.

»Wenn es endet, endet es«, sagte Santiago. »Ich habe ein zufriedenstellendes Leben geführt. Ich habe Hunderte von Welten gesehen. Ich hatte das Vergnügen, diese Farm mein eigen nennen zu können — und ich habe, nur ein bißchen, einen kleinen Unterschied bedeutet.« Er hob die Schultern und zwang ein Lächeln auf die Lippen. »Und ehe ihr mein Epitaph schreibt, möchte ich wenigstens, daß einer von euch in Betracht zieht, daß ich vielleicht nicht sterbe.«

»Ich bitte Sie darum, dies nicht zu tun«, sagte Jacinto ernst.

»Ich weiß deine Besorgnis zu würdigen«, erwiderte Santiago. »Aber meine Entscheidung ist gefallen.«

»Dann lassen Sie mich an Ihrer Stelle hingehen«, sagte Cain auf einmal. »Der Engel hat keinen von uns beiden je gesehen. Ich habe zumindest eine Chance gegen ihn.«

»Wir hatten doch wohl endgültig entschieden, daß du keine Zielscheibe abgeben wolltest«, bemerkte Santiago.

»Ich habe meine Meinung geändert.«

»Nun, ich habe meine Meinung nicht geändert«, sagte Santiago. »Ich weiß dein Angebot zu schätzen, Sebastian, aber für dich habe ich wichtigere Dinge im Sinn.«

»Was könnte wichtiger sein, als Ihnen das Leben zu retten?« wollte Cain wissen.

»Es sind noch immer Arbeiten zu erledigen, ob ich nun hier bin oder nicht«, sagte Santiago freundlich. »Und wenn niemand etwas dagegen hat, würde ich jetzt gern zu Abend essen.«

Cain und Jacinto verbrachten das gesamte Mahl über dem Versuch, Santiago von seinem Standpunkt abzubringen, aber er blieb eisern. Nachdem er die Mahlzeit beendet hatte, ging er allein hinaus ins Tal und kehrte gegen Mitternacht zurück, offenbar zufrieden. Er lud die Stumme Annie ein, die Nacht in einem der Gästezimmer zu verbringen, wünschte allen dreien eine gute Nacht und ging zu Bett.

Cain zog sich auf sein Zimmer zurück, holte die beiden Pistolen aus seinem Gepäck und verbrachte die nächste Stunde damit, sie zu ölen und zu säubern. Er stellte den Wecker auf zwanzig Minuten vor Sonnenaufgang und war völlig angekleidet und gerade dabei, seinen Patronengurt zu überprüfen, als er hörte, wie jemand an die Türe klopfte.

»Öffnen!« befahl er mit unterdrückter Stimme, und Santiago und die Stumme Annie betraten das Zimmer.

»Das habe ich befürchtet«, sagte Santiago, wobei er die beiden Pistolen anstarrte, die Cain auf den Ankleidetisch gelegt hatte. »Sebastian, was tust du da?«

»Ich gehe in die Stadt«, erwiderte Cain. Er unternahm keinen Versuch, die Waffen zu verstecken.

»Ich habe dir gesagt, du sollst das nicht tun.«

»Ich weiß, was Sie mir gesagt haben«, meinte Cain. »Ich gehe dennoch.«

»Annie?« sagte Santiago, trat beiseite, und auf einmal blickte Cain in den Lauf einer Sonarpistole.

»Was, zum Teufel, soll das?« wollte Cain wissen.

»Ich weiß zu würdigen, was du tun willst, Sebastian«, sagte Santiago. »Aber ich kann es nicht zulassen.« Er wandte sich der Stummen Annie zu. »Ich werde in zehn Minuten gehen. Du hältst ihn hier in Schach?«

Sie nickte.

»Auf Wiedersehen, Sebastian!« sagte Santiago.

Er ging hinaus in die Halle, und die Türe schloß sich.

»Du weißt doch, daß er hinausgeht, um getötet zu werden, nicht wahr?« fragte Cain bitter.

Sie starrte ihn ohne zu blinzeln an. »Santiago kann nicht getötet werden.«

»Santiago könnte durchaus ein paar mehr Realisten in seiner Organisation gebrauchen. Und ein paar weniger Fanatiker.« Er stand auf. »Wenn du mich vorbeiläßt, könnte ich ihn noch aufhalten.«

»Bleib, wo du bist!« warnte sie ihn.

»Du läßt ihn in den sicheren Tod fahren!« fauchte Cain. »Warum?«

»Weil es seine Entscheidung ist, und ich habe die Absicht, mich daran zu halten.«

»Warum, zum Teufel, tut er das?« fragte Cain, noch immer verblüfft.

»Um allen hier das Leben zu retten«, erwiderte sie. »Wenn ihn der Engel töten will, wird er ihn töten, wo immer er sich aufhält.«

»Wir hätten unser Sicherheitssystem verstärken können.«

»In einer Nacht?« fragte die Stumme Annie, schüttelte den Kopf und lächelte traurig.

»Wir hätten eine Falle für ihn vorbereiten können.« Er warf einen verzweifelten Blick zur Tür. »Das können wir noch immer tun.«

»Die Würfel sind gefallen.«

»Ziemlich lahme Sprüche«, erwiderte Cain. »Er geht davon, sich dem Engel zu stellen, und von dir erhalte ich lediglich Platitüden.«

Sie starrte ihn an. »Er hat mich aus einem Leben voller Verzweiflung gerettet und ihm einen Sinn verliehen. Ich liebe ihn mehr, als du es jemals tun kannst. Wenn ich ihn tun lasse, was er zu tun hat, dann kannst du das auch.«

Cain hörte, wie Santiagos Fahrzeug die lange gewundene Zufahrt zur Farm hinabfuhr.

»Er ist weg«, sagte er, und seine Gefühle schwanden dahin. »Und du hast dabei geholfen, ihn umzubringen.«

»Wie ich dir gesagt habe: Santiago kann nicht sterben.«

»Denk dran, ihm das auf den Grabstein zu schreiben.«

»Warum regst du dich so auf?« fragte sie, aufrichtig neugierig. »Du kennst ihn doch erst seit zwei Tagen.«

»Ich habe ihn das ganze Leben lang gesucht«, sagte Cain bitter. »Und jetzt habe ich ihn dank dir verloren.«

Sie lächelte. »Er hätte diese Antwort zu würdigen gewußt.«

»Er wird nicht mehr länger etwas zu würdigen wissen.«

Weitere fünf Minuten lang saßen sie schweigend da. Cain funkelte sie mit einem wachsenden Gefühl der Sinnlosigkeit und Enttäuschung an, während die Stumme Annie jede seiner Regungen mit einer fanatischen Intensität beobachtete.

Plötzlich waren Schritte in der Halle zu hören, und dann vernahmen sie Jacintos Stimme.

»Bist du da drin, Annie?«

Nur für einen winzigen Augenblick wandte die Stumme Annie den Kopf zur Tür — und in diesem Augenblick hechtete Cain durch das Zimmer und ließ ihre Pistole gegen die Wand krachen. Die Stumme Annie machte einen Satz, aber er war schneller, packte sie und wirbelte sie grob auf das Bett.

»Was geht da drin vor?« wollte Jacinto wissen und hämmerte an die Tür.

Cain hob die Sonarpistole auf, unterbrach die Batterieverbindung und warf sie auf den Ankleidetisch. Daraufhin nahm er die eigenen Pistolen und stopfte sich die Taschen mit Munition voll, wobei er den Blick unablässig auf die Stumme Annie gerichtet hielt. Schließlich ging er zur Tür und befahl ihr, sich zu öffnen. Er fand sich Jacinto gegenüber, dessen Gesicht tränenüberströmt war.

»Ich gehe in die Stadt«, kündigte Cain an.

»Ich weiß«, sagte Jacinto. Er trat einen Schritt vor, und Cain sah, daß er ein böse aussehendes Messer in Händen hielt.

»Versuche nicht, mich aufzuhalten!« knurrte Cain drohend.

»Das war niemals meine Absicht.«

»Dann laß mich vorbei!«

»Vorher muß ich noch etwas tun«, sagte Jacinto, während er auf Cain zukam.

27

Für manche ist er ein heiliger Mann,
Für manche ist er ein Bösewicht.
Für manche ist er so stark wie ein Bär,
Doch was sie auch sagen — er ist es nicht.

Der Schwarze Orpheus war weniger ein Prophet als vielmehr jemand, der einfach Glück hatte. Er schrieb diese Verse aus so ziemlich den gleichen Gründen wie die Verse über die Stumme Annie — weil er den Eindruck hatte, an seinem Thema sei eine Menge mehr dran, als es auf den ersten Blick erschien.

Niemals hat er erfahren, wie recht er gehabt hatte.

Virtue MacKenzie hatte bereits in der Taverne Platz genommen, als Vater William und der Swagman auftauchten. Der Prediger grüßte sie kühl, daraufhin setzte er sich an seinen üblichen Tisch und bat Moonripple, ihm etwas zum Frühstück zuzubereiten, während der Swagman zu Virtue hinüberging.

»Guten Morgen, meine Liebe!« sagte er. »Ich habe gewußt, daß es uns bestimmt ist, einander wiederzusehen.«

»Für dich ist es ein wenig früh am Tag, oder?« gab sie zurück, während sie ihre 360-Grad-Kamera auf den Tisch setzte und das Mikrophon überprüfte.

»Was wäre das Leben ohne neue Erfahrungen?« fragte er mit einem Lächeln. »Ich habe mich schon immer gefragt, wie die Welt vor dem Mittag aussieht.«

»Welche Welt?« fragte sie trocken.

»*Jede* Welt.«

»Genauso wie sonst auch, könnte ich mir vorstellen«, sagte Virtue.

»Verschwommener«, entgegnete er blinzelnd. »Wo ist dein Reisegefährte?«

»Er wird schon noch kommen«, versicherte sie ihm.

»Nun ja, es würde wohl kaum weh tun, in seiner Abwesenheit ein wenig vom Geschäft zu sprechen«, sagte der Swagman.

»Ich habe nichts mit dir zu bereden«, sagte Virtue und setzte das Mikrophon in seinen Schlitz in der Kamera.

»Wir *haben* eine Übereinkunft, was die Aufteilung der Kunstschätze betrifft«, beharrte der Swagman.

»Diese Übereinkunft ist nur dann gültig, wenn Cain Santiago tötet«, erwiderte Virtue. »Und falls du's noch nicht mitbekommen hast: Cain hat sich ihm angeschlossen.«

»Dann leg für mich ein gutes Wort beim Engel ein.«

Sie starrte ihn an. »Ich weiß einfach nichts Gutes über dich zu sagen, Swagman.«

»Es ist nicht ganz die Zeit, einen auf verbittert zu machen«, sagte der Swagman. »Weder du noch der Engel wissen, wie ihr die Kunstschätze loswerden könnt; ich weiß es. Ihr braucht mich.«

»Mir sind die Kunstschätze piepegal«, sagte sie. »Ich bekomme, was ich haben will.«

»Glaubst du wirklich?« fragte der Swagman belustigt.

»Der Engel will die ausgesetzte Belohnung, ich möchte die Story. Unsere Interessen überlappen sich nicht.«

»Ach, Virtue«, sagte er mit einem Seufzer. »Ich wünschte mir, du wärest so helle, wie du zu sein glaubst.«

»Wovon redest du eigentlich?«

»Meinst du wirklich, er würde dich am Leben lassen?« fragte der Swagman.

»Warum nicht?«

»Weil Dimitri Sokol einen Preis von hunderttausend Kredits auf deinen hübschen kleinen Kopf ausgesetzt hat.«

»Der Engel hat ihn dazu gebracht, das rückgängig zu machen«, sagte sie.

Er schüttelte den Kopf. »Der Engel hat dafür gesorgt, daß er das nicht weiter herumerzählt. Das ist ein Unterschied.«

»Warum hat er mich dann nicht schon umgebracht?« wollte sie wissen.

»Weil er dich dazu gebraucht hat, Santiago herzulokken. Hat er Santiago einmal getötet, braucht er dich für überhaupt nichts mehr — es sei denn, du kannst ihn davon überzeugen, daß er einen gesunden Profit dabei herausschlägt, wenn du und ich die Kunstschätze verkaufen.«

»Du und ich?« wiederholte sie skeptisch. »Warum bist du auf einmal so großzügig?«

»Weil er dich kennt, wohingegen meine Ehre von zahllosen beschränkten Individuen besudelt ist, die mich um meinen Erfolg beneiden.« Er beugte sich vor. »Ich beteilige dich mit zehn Prozent.«

»Zehn Prozent?« fragte sie mit einem harten Lachen. »Deine Großzügigkeit ist ja grenzenlos!«

Er hob die Schultern. »Also gut — fünfzehn. Und du wirst zusätzlich noch deine Story haben.«

»Ist nicht.«

»Du begehst einen großen Fehler«, sagte der Swagman.

»Irgendwie finde ich den Engel, so furchterregend er ja ist, vertrauenswürdiger als dich.«

»Es ist dein Begräbnis«, erwiderte er. »Denk einfach mal darüber nach, was ich gesagt habe.« Er winkte Moonripple, die aus der Küche kam und Vater Williams Frühstück auf einem riesigen Tablett trug. »Eine Tasse Kaffee, wenn du Zeit hast, meine Liebe.«

»Gleich sofort, Sir«, antwortete sie.

»Man hat mir gesagt, Kaffee würde dafür sorgen, daß sich die Pupillen zusammenziehen«, meinte der Swagman. »Ich werde es gerne auf einen Versuch ankommen lassen.«

»Er beruhigt die Nerven.«

»Ist auch egal«, sagte er achselzuckend. Auf einmal fiel ihm auf, daß Vater William die Hände vor dem Leib verschränkt hielt und den Kopf gesenkt hatte. »Das habe ich Sie noch nie zuvor tun sehen«, sagte er.

»Ich bete die ganze Zeit über«, erwiderte Vater William.

»Nicht vor einer Mahlzeit, ganz bestimmt nicht«, sagte der Swagman. »Gewöhnlich schaufeln Sie gleich alles in sich hinein, als wollten Sie einen Geschwindigkeitsrekord brechen.«

»Vielleicht ist er nervös«, schlug Virtue vor.

Vater William blickte sie fest an. »Ich habe für die Seele des Engels gebetet. Ich beabsichtige, sie am heutigen Morgen unter die Obhut des Satans zu stellen.«

»Vielleicht legen Sie besser ein gutes Wort für sich selbst ein, wenn Sie die Absicht haben, sich gegen ihn zu stellen«, meinte Virtue.

»Ich bitte den Herrn nicht um einen persönlichen Gefallen«, sagte Vater William. »Als nächstes bete ich wohl besser für dich. Du hast etwas Schlechtes getan, Virtue MacKenzie.«

»Geben Sie nicht mir die Schuld dafür«, sagte sie verteidigend. »Bis gestern hatte ich noch nicht einmal von Safe Harbor gehört. Der Engel hat diesen Ort ohne meine Hilfe gefunden.«

»Aber du hast Santiago davon überzeugt, er müsse sich mit ihm treffen.«

»Ich habe lediglich eine Nachricht überbracht«, erwiderte sie. »Verdammt, ich habe ihm gesagt, es sei Wahnsinn zu kommen.«

»Ich werde auf jeden Fall für dich beten.«

»Wo Sie gerade dabei sind«, sagte der Swagman, »könnten Sie vielleicht auch ein Gebet für mich sprechen, nur damit ich auf der sicheren Seite bin.«

»Es wäre doch nutzlos«, antwortete Vater William.

Moonripple kam mit dem Kaffee für den Swagman, während Vater William ein kurzes Gebet für Virtue sprach und mit mehr Vergnügen als gewöhnlich sein Mahl in Angriff nahm.

Moonripple setzte das Tablett hinterm Tresen ab und näherte sich dann zögernd Vater William.

»Entschuldigen Sie, Sir«, sagte sie behutsam.

»Ja, mein Kind?«

»Ich weiß, es geht mich nichts an, aber ich habe einfach mithören müssen, was Sie gesagt haben, und ich möchte einfach nur wissen, ob es wahr ist?«

»Daß der Swagman zur Hölle fährt?« erwiderte Vater William. »Völlig wahr!«

»Nein«, sagte sie. »Das habe ich nicht gemeint.« Sie hielt inne und fummelte nervös an ihrer Schürze herum. »Ist es wahr, daß *er* heute herkommt?«

»Ich hoffe nicht«, sagte Vater William.

Sie wollte schon noch eine Frage stellen, schüttelte dann jedoch den Kopf und kehrte in die Küche zurück, während Vater William die Aufmerksamkeit wieder auf den nach und nach kleiner werdenden Haufen Essen vor sich richtete.

Virtue beschäftigte sich damit, ihre Ausrüstung immer und immer wieder zu überprüfen, während der Swagman an seinem Kaffee nippte und erfolglos so zu tun versuchte, als handele es sich um Cygnianischen Cognac.

Dann öffnete sich die Tür, und der Engel betrat die Taverne. Er war in einen überraschend melancholisch wirkenden Anzug gekleidet. Die bleichen farblosen Augen musterten den Raum, und ihnen entging dabei keine Kleinigkeit.

»Sie sind ein paar Minuten zu früh«, sagte Virtue.

Er gab keine Antwort, sondern wählte einen Tisch neben einer fensterlosen Wand. Er ging elegant und katzengleich darauf zu, wobei er den Blick ständig auf Vater William gerichtet hielt. Nachdem er den Tisch erreicht hatte, zog er einen Stuhl hervor und setzte sich.

»Wie ich aus Ihrem Auftreten schließe, sind Sie der Engel?« fragte der Swagman herzlich.

»Das bin ich.«

»Schön. Man nennt mich den Jolly Swagman. Ich habe Ihnen einen geschäftlichen Vorschlag zu machen, der uns beiden nutzt.«

»Später«, erwiderte der Engel.

»Er könnte für Sie eine Menge Geld bedeuten«, fuhr der Swagman fort.

»Ich habe gesagt: später!«

Der Swagman blickte dem Engel in die kalten leblosen Augen.

»Ich sage Ihnen etwas«, meinte er hastig, stand auf und hielt die Hände offen vor sich. »Ich gehe wohl besser gleich über die Straße und entspanne mich eine Weile. Wir werden später reden.«

Der Engel schenkte ihm keinerlei Beachtung, als der Swagman zur Tür hinauseilte, sondern starrte weiterhin durchdringend Vater William an.

»Ich lasse nicht zu, daß du ihn tötest«, sagte der Prediger. Er funkelte ihn an, während er weiteraß.

»Ich bin lediglich hier, um mit ihm zu sprechen«, erwiderte der Engel.

»Das glaube ich dir nicht.«

Der Engel hob die Schultern. »Glauben Sie, was immer Sie wollen — aber machen Sie keine Dummheiten!«

Vater William funkelte ihn an. Moonripple trat aus der Küche und näherte sich dem Engel.

»Kann ich Ihnen etwas bringen, Sir?« fragte sie.

Der Engel schüttelte den Kopf, wobei er den Blick niemals von Vater William löste.

»Er sollte jetzt jeden Augenblick hier sein«, sagte Virtue.

»Wird Cain mit ihm kommen?« fragte der Engel.

»Nein.« Sie hielt nervös inne. »Ich muß Ihnen eine Frage stellen.«

»Nur zu!«

»Hat Dimitri Sokol noch immer einen Preis auf meinen Kopf ausgesetzt?«

»Nein.«

»Ganz bestimmt?«

»Wer hat Ihnen etwas anderes erzählt?« fragte der Engel.

»Ich war nur neugierig.«

»Es war der Swagman«, sagte der Engel.

»Hat er die Wahrheit gesagt?«

»Tut er das jemals?«

»Verdammt noch mal!« fauchte Virtue, und der Ärger überschwemmte ihre Furcht. »Ich möchte eine Antwort!«

Er drehte leicht den Kopf in ihre Richtung, während er Vater William noch immer im Blickfeld hielt. »Ich habe Ihre Frage bereits beantwortet. Wenn Sie mir das erste Mal nicht geglaubt haben, werden Sie mir jetzt auch keinen Glauben schenken.«

Eine weitere Minute lang saßen sie schweigend beisammen. Daraufhin beendete Vater William das Frühstück, nahm die Serviette, die er sich um den Hals gebunden hatte, wischte sich den Mund und warf sie auf den Tisch.

»Sie sind gewarnt worden!« knurrte der Prediger unheilverkündend.

»Sie müssen nicht sterben«, sagte der Engel. »Von Ihnen gibt es kein Fahndungsplakat.«

»Der Herr ist mein Hirte, mir wird nichts mangeln«, intonierte Vater William und stand auf, wobei die Griffe der Laserpistolen im künstlichen Licht der Taverne glitzerten.

Auf einmal tat Moonripple, die Augen vor Entsetzen weit geöffnet, einen Schritt auf den Engel zu.

»Sie können Vater William nicht töten!« sagte sie besänftigend. »Er ist ein Diener Gottes!«

»Es ist seine Wahl«, erwiderte der Engel ruhig. Er

hielt den Blick stetig auf die Hände des Predigers gerichtet.

»Zurück, Kind!« sagte Vater William.

»Nicht!« wiederholte sie und lief auf den Engel zu.

Vater William griff nach seinen Pistolen, und wie durch Zauber erschienen drei lange metallene Dornen in der rechten Hand des Engels. Moonripple schlug ihm auf den Arm, als er sie gerade schleuderte, aber alle drei fanden ihren Weg in Vater Williams massigen Körper, ehe er die Pistolen ziehen konnte, und er brach mit einem überraschten Grunzen zusammen.

Der Engel stand auf und fegte Moonripple mit dem Arm beiseite. Sie prallte von der Wand ab und fiel reglos zu Boden.

»Sehen Sie nach, ob sie noch lebt!« befahl er Virtue, während er den Raum durchquerte und sich neben Vater William niederhockte. Einer der Dornen hatte sich in die Brust gegraben, ein weiterer ragte aus dem rechten Arm heraus, und der dritte hatte sich in die linke Halsseite gebohrt. Vater William war jedoch noch immer bei Bewußtsein.

»Sie haben Glück gehabt«, sagte der Engel mitleidlos und steckte Vater Williams Pistolen ein. »Sie schulden Ihr Leben diesem Kind. Versuchen Sie, sich nicht zuviel zu bewegen, dann werden Sie wahrscheinlich nicht verbluten.«

»Töte mich sofort!« krächzte Vater William. »Oder ich werde dich bis in die tiefsten Tiefen der Hölle verfolgen, so wahr Gott mein Zeuge ist!«

»Blödmann!« brummte der Engel kopfschüttelnd. Er durchsuchte den Prediger nach verborgenen Waffen, zog vorsichtig die drei Dornen heraus, stand auf und ging zu Moonripple hinüber.

»Sie atmet«, sagte Virtue. »Aber sie hat 'ne verteufelte Beule am Kopf gekriegt.«

Mit geübten Händen tastete er ihr Kopf und Hals ab. »Sie wird wieder gesund werden«, sagte er.

»Was ist mit Vater William?«

»Er ist besser in Form, als er sein sollte«, erwiderte der Engel. »Dieses Fett sorgt für einen ganz schönen Schutz.«

»Wird er überleben?«

»Wahrscheinlich.«

»Sollten wir die beiden nicht zum Arzt bringen?«

»Später«, sagte der Engel.

Sie blickte auf den halb bewußtlosen Prediger. »Er blutet ganz schön stark.«

»Tun Sie, was Sie wollen«, sagte der Engel und kehrte zu seinem Stuhl zurück. »Ich warte hier auf Santiago.«

Einige Minuten lang saßen sie ohne zu sprechen beieinander, und das Schweigen wurde nur von Vater Williams röchelndem Atmen und gelegentlichen Flüchen durchbrochen. Dann glitt die Tür erneut beiseite, und Santiago trat ein.

»Was ist denn hier los?« wollte er wissen, während er neben Vater William niederkniete.

»Sind Sie Santiago?« fragte der Engel.

»Das bin ich«, erwiderte Santiago, ohne aufzublikken.

»Ihr Verbündeter hat eine unkluge Entscheidung getroffen.«

»Lebt er?«

»*Dieses* Gezücht des Satans werde ich überleben!« krächzte Vater William, der das Bewußtsein wiedererlangt hatte.

Plötzlich sah Santiago Moonripple.

»Was haben Sie dem Mädchen getan?«

»Sie wird sich erholen.« Der Engel deutete auf den Stuhl ihm gegenüber. »Nehmen Sie Platz!«

»Einen Augenblick«, sagte Santiago, ging zu Moonripple hinüber und untersuchte sie. Seine Hände fanden die Schwellung an der Seite ihres Kopf. »Das könnte eine Fraktur sein.« Er wandte sich an Virtue. »Haben Sie einen Arzt gerufen?«

»Alles zu seiner Zeit«, warf der Engel ein. »Zunächst haben wir geschäftliche Dinge zu besprechen.«

Santiago warf einen Blick zurück auf Vater William und wandte sich daraufhin an den Engel.

»Ich will Ihr Wort, daß Sie die beiden nicht töten, gleich, wie unsere Verhandlungen ausgehen.«

»Sie haben es.«

Santiago seufzte. »Also gut«, sagte er und setzte sich. »Denn mal los!«

»Ihnen ist klar, daß Sie der gesuchteste Mann der gesamten Galaxis sind«, begann der Engel.

»Allerdings.«

»Was daher kommt, daß Sie der erfolgreichste Kriminelle in der Galaxis sind«, fuhr er fort.

»Kommen Sie auf den Punkt!« sagte Santiago.

»Der Punkt ist einfach dieser: Ein Krimineller, der so erfolgreich wie Sie gewesen ist, hat zweifelsohne eine beträchtliche Summe angehäuft. Meine Frage lautet, ob Sie vielleicht daran interessiert wären, einiges davon in Ihr weiteres Wohlergehen zu investieren?«

»An wieviel denken Sie?«

»Die Belohnung liegt gegenwärtig bei zwanzig Millionen Kredits«, sagte der Engel. Er hielt nachdenklich inne. »Meiner Ansicht nach sollten es dreißig Millionen tun.«

»Dreißig?« rief Virtue aus. »Sie hatten doch von drei geredet!«

Der Engel lächelte freudlos. »Das war Geschwätz«, sagte er. »Das hier ist Geschäft.« Er blickte Santiago direkt in die Augen. »Die Summe ist bis auf den letzten Kredit zu zahlen, ehe Sie diesen Tisch hier verlassen.«

Santiago lächelte grimmig. »Sie hatten niemals die Absicht zu handeln, oder?«

»Ich bin ein Mann, der zu seinem Wort steht«, erwiderte der Engel. »Ich habe gesagt, ich würde Ihnen ein Angebot unterbreiten, wenn Sie herkämen, und das habe ich getan. Wie lautet Ihre Antwort?«

»Gehen Sie zum Teufel!« sagte Santiago.

Der Engel machte eine unvorstellbar rasche Bewegung, und einen Augenblick später fiel Santiago aus seinem Stuhl, wobei ihm das Blut aus dem Hals spritzte. Er war tot, ehe er den Boden erreicht hatte.

Vater William entfuhr ein gräßlicher gutturaler Schrei. Er versuchte aufzustehen und brachte es tatsächlich fertig, einen Fuß aufzusetzen, ehe er sich an die Brust griff und heftig keuchend zusammenbrach.

Virtue schloß die Augen und bekämpfte den Drang, sich zu übergeben, während der Engel aufstand, zu Santiagos Leichnam hinüberging, darauf herabblickte und das verzerrte Gesicht musterte.

»Nun, jetzt haben Sie Ihre Story«, sagte er schließlich.

»Es war entsetzlich«, sagte sie schwach.

Er wandte sich ihr zu. »Das ist der Tod gewöhnlich.«

Plötzlich ertönte ein einziger Pistolenschuß.

Einen Augenblick lang bewegte sich niemand. Dann wandte sich der Engel zur Tür, wobei ihm ein Blutfaden aus dem Mund lief. Er schwankte leicht.

»Dummkopf!« sagte Cain leise. »Meinst du etwa, Santiago könnte so einfach getötet werden?«

Er feuerte einen weiteren Schuß ab, und der Engel fiel auf die Knie.

Vater William stützte sich mühsam auf die Ellbogen.

»Du armer blöder Hund!« krächzte er mit einem höhnischen Gelächter. »Du hast den falschen Mann ermordet!«

Cain betrat langsam den Raum.

Der Engel, auf dessen Gesicht sich Verwirrung und Schmerz widerspiegelte, hustete einen Schwall Blut hervor und zwang schließlich die Worte über die Lippen.

»Wer ist dann Santiago?«

Cain hielt die rechte Hand hoch und zeigte eine s-förmige Wunde, aus der noch immer das Blut tropfte.

»*Ich* bin's jetzt«, sagte er.

»Armer Sünder!« krächzte Vater William. »Jeder weiß, daß Santiago nicht sterben kann!« Er brüllte vor Lachen, und er lachte noch immer, als er das Bewußtsein verlor.

Der Engel griff in seinen Anzug, um eine Sonarwaffe hervorzuholen, und ein dritter Schuß ertönte. Er fiel auf den Rücken, wie von einem Vorschlaghammer getroffen, und lag still.

Cain wandte sich an Virtue. »Geh einen Arzt holen!« befahl er.

Sie stand auf und wollte die Kamera in die Handtasche stecken.

»Laß sie liegen!« sagte Cain.

»Nichts da«, sagte sie und funkelte ihn an. »Ich habe das Leben für das riskiert, was da drin ist!«

»Sie wird noch da sein, wenn du zurückkommst.«

»Warum kann ich sie dann nicht mitnehmen?«

»Weil ich sicherstellen will, daß du zurückkehrst. Wir haben ein paar Dinge zu besprechen.«

Sie blickte die Kamera an und dann wieder Cain. »Du versprichst, sie nicht anzurühren?«

»Es sei denn, jemand stirbt, weil du hier herumstehst und diskutierst«, erwiderte er. »Wenn das der Fall sein sollte, schwöre ich dir, daß ich dich in Stücke schießen werde.«

Sie wollte anscheinend mit ihm diskutieren, wandte sich jedoch um und ging hinaus. Cain untersuchte kurz die vier Körper auf dem Boden, von denen zwei lebten, zwei tot waren, ging daraufhin zur Bar, schenkte sich einen Drink ein und wartete.

Zwei Minuten später kehrte Virtue, das Gesicht vom Laufen gerötet, allein zurück.

»Da draußen versammelt sich vielleicht eine Menge Leute«, bemerkte sie.

»Wo ist der Arzt?« fragte Cain.

»Ich habe ihm gesagt, er würde Hilfe benötigen«, erwiderte sie. »Er sammelt sein Team zusammen und versucht, ein Fahrzeug aufzutreiben, mit dem er sie ins Krankenhaus bringen kann.«

»Wie rasch wird er hier sein?«

»Ich weiß es nicht. Etwa fünf Minuten, schätze ich.«

»Warte hier!« befahl er, während er zur Tür ging. Er trat auf die Straße hinaus und fand sich etwa zwanzig Zuschauern gegenüber.

»Es hat ein paar Probleme gegeben«, sagte er, »aber die haben wir jetzt unter Kontrolle. Es wird bald ein Ärzteteam eintreffen. Ich halte es für das Beste, wenn ihr nach Hause zurückkehrt.«

Niemand bewegte sich.

Cain hielt die Rechte Hand hoch und drehte sie, so daß alle die Wunde auf dem Handrücken sehen konnten.

»Bitte!« sagte er.

Sie starrten seine Hand an, und dann zerstreuten sie sich allmählich, einer nach dem anderen. Ein Mann blieb hinter den anderen zurück, trat daraufhin heran und fragte, ob er irgendwie helfen könne; Cain schüttelte den Kopf, dankte ihm und schickte ihn weg.

»Das war ziemlich beeindruckend«, sagte Virtue, als er in die Taverne zurückkehrte. »Wie lange wird diese Scharade noch fortdauern?«

»Welche Scharade?« fragte er.

»Vorzugeben, Santiago zu sein.«

Er blickte sie ausdruckslos an. »Ich gebe nichts vor.«

»Was ist mit der Belohnung?« fragte sie.

»Sie wird wohl in die Höhe schnellen«, erwiderte er. »Der Engel hat für die Demokratie gearbeitet.«

Sie begegnete seinem Blick und war überrascht davon, was sie dort sah. »Du meinst das ernst, nicht wahr?«

Er nickte stumm.

»Was ist dann mit meiner Story?«

»Welcher Story?«

»Ich habe eine Aufzeichnung davon, wie der Engel Santiago tötet.«

Er schüttelte den Kopf. »*Ich* bin Santiago. Du hast eine Aufzeichnung davon, wie ein Kopfjäger einen Schwindler tötet.«

»Das lassen wir die Zuschauer selbst beurteilen.«

Cain hob die Schultern. »Dennoch ist's schade«, sagte er leise.

»Was ist schade?« fragte sie mißtrauisch.

»Daß deine Story hier enden muß.«

Sie blickte ihn merkwürdig an.

»Und daß du niemals dein Interview bekommen wirst«, fügte er hinzu.

»Ach?«

»Du hättest so viel erfahren können«, fuhr er fort. »Genügend für zehn Sendungen.«

»Genügend für ein Buch?« fragte sie ihn bedeutungsvoll.

»Wer weiß?«

»Darüber muß ich nachdenken«, sagte Virtue.

Die Tür öffnete sich, und ein Arzt, flankiert von drei Assistenten, betrat die Taverne.

»Nicht zu lange«, sagte Cain zu Virtue.

Die Sanitäter trugen Vater William und Moonripple auf Luftkissentragen hinaus, und der Arzt kam zu Cain herüber.

»Wegen der anderen beiden werde ich später zurückkehren«, sagte er. »Aber ich muß mich bei Vater William rasch ans Werk machen, um ihn zu retten.«

Cain nickte. »Kommen Sie nur wegen dem hier zurück«, sagte er und wies auf den Engel. »Den anderen nehme ich mit zu mir nach Hause.«

Der Arzt blickte hinab auf Santiago, dann auf Cain und nickte.

Cain wartete, bis er und Virtue wieder allein waren, ehe er wieder das Wort ergriff.

»Ich hole besser mein Fahrzeug und lade ihn ein«, sagte er. Er ging zur Tür und drehte sich zu Virtue um. »Ich brauche deine Entscheidung, ehe ich gehe.«

Er wandte sich wieder um sah sich dem Jolly Swagman gegenüber.

»Ich habe gesehen, daß alle anderen gegangen sind, also habe ich mir gesagt, dies könnte eine Gelegenheit zum Herkommen sein«, sagte er mit einem Lächeln. »Es freut mich zu sehen, daß du noch immer lebst.«

Er ging an Cain vorüber und starrte die beiden Leichen an.

»Nun, verdammt soll ich sein!« brummte er. »Alle beide!« Er wandte sich wieder Cain zu. »Ich dachte, ich hätte zwei gesehen, die hinausgetragen wurden.«

»Vater William und Moonripple«, sagte Cain. »Sie leben noch.«

»Das freut mich zu hören. Ich habe eine stille Zuneigung zu diesem fetten alten Mann gefaßt.« Er rieb sich die Hände. »Nun, da stehen wir jetzt — die drei Musketiere! Wer hätte gedacht, daß wir's tatsächlich schaffen würden?«

»Was willst du?« fragte Cain.

»Was meinst du damit, was ich will?« lachte der Swagman. »Du hast die Belohnung, Virtue hat ihre Story — ich möchte die Kunstschätze.«

»Nichts da«, sagte Cain.

Der Swagman runzelte die Stirn. »Wovon redest du eigentlich, Singvogel?«

»Mein Name ist nicht Singvogel.«

»Also gut — Sebastian.«

»Er ist auch nicht Sebastian.«

»Nun, wie *möchtest* du denn genannt werden?«

»Santiago.«

Der Swagman lachte herzlich. »*Soviel* hat er also heimlich beiseitegeschafft?«

»Was ich habe, geht dich nichts an.«

»Na schön«, sagte der Swagman. »Das ist jetzt weit

genug gegangen. Wir haben ein Geschäft gemacht. Die Kunstschätze sind mein.«

»Du hast ein Geschäft mit einem Mann abgeschlossen, der nicht mehr länger existiert«, sagte Cain.

»Jetzt hör mir aber mal gut zu!« sagte der Swagman. »Ich weiß nicht, wie du mich übers Ohr hauen willst, aber es wird nicht funktionieren. Du hast die Belohnung erhalten; ich will die Kunstschätze.«

»Was du willst, interessiert mich nicht.«

»Meinst du etwa, dir steht alles zu, nur weil du derjenige bist, der ihn getötet hat?« wollte der Swagman wissen. »So läuft der Hase aber nicht, Sebastian!«

»Sein Name ist Santiago«, sagte Virtue.

»Du auch?« fragte er und wandte sich ihr zu.

»Ich bin seine Biographin«, sagte sie mit einem höhnischen Grinsen. »Wer kennt Santiago besser als ich?«

Der Swagman wandte sich wieder an Cain. »Ich weiß nicht, was für eine Sorte von Gaunerei ihr ausgebrütet habt, aber so leicht werdet ihr mich nicht los. Ich habe ebenso viel Arbeit hier hineingesteckt wie ihr; für diese Zeit verdiene ich etwas.«

»Ein paar Kunstschätze von Aliens?« schlug Cain vor.

»Natürlich ein paar Kunstschätze von Aliens! Wovon rede ich denn die ganze Zeit über, zum Teufel noch mal!«

»Also gut«, sagte Cain. »Du hast ein Anrecht auf etwas.«

Er ging zu Santiagos Leichnam, kniete nieder und streifte ihm einen Goldring vom Finger.

»Hier!« sagte Cain. »Und jetzt verschwinde!«

Der Swagman blickte den Ring an und warf ihn gegen die Wand.

»Ich werde herumerzählen, was ich weiß«, drohte er.

»Tu, was du nicht lassen kannst«, sagte Cain.

»Ich bluffe nicht, Sebastian. Ich werde überall erzählen, daß er tot ist.«

»Und im nächsten Monat oder im nächsten Jahr wird ein weiterer Marinekonvoi ausgeraubt, und jedermann wird wissen, daß Santiago noch lebt«, erwiderte Cain ruhig.

Der Swagman starrte Cain an. »Das ist noch nicht gegessen«, versprach er.

»Weiß ich«, sagte Cain. »Zunächst einmal wirst du mich jedoch beschützen.«

»Wovon redest du eigentlich?«

»Auf meinen Kopf ist immer noch ein Preis ausgesetzt, und du weißt, daß ich auf Safe Harbor lebe. Wenn irgendein Kopfjäger soweit kommt, werde ich annehmen, du hättest ihm gesagt, wo er mich finden kann.« Er lächelte grimmig. »Meiner Ansicht nach sind das sehr trübe Aussichten.«

»Wie kann ich den Überblick über jeden Kopfjäger behalten, der Santiago sucht?« wollte der Swagman verzweifelt wissen.

»Du bist ein kluger Mann«, sagte Cain. »Du wirst eine Methode finden.«

Der Swagman wollte offenbar Protest einlegen, seufzte aber nur und wandte sich an Virtue.

»Du wirst bei diesem Schwindel wirklich mitspielen?« fragte er.

»Was für ein Schwindel?«

»Wundervoll!« brummte er. »Weißt du«, fügte er nachdenklich hinzu, »mir fällt gerade ein, daß du den größten Teil deines Vorschusses bereits aufgebraucht hast. Du wirst allenfalls mit plusminus Null herauskommen.«

»Hast du irgendwelche Vorschläge?«

Er lächelte mit wiedererwachtem Selbstvertrauen. »Hunderte. Insbesondere für einen berühmten Kunstkritiker wie dich.«

»Darüber werden wir später reden«, sagte sie, außerstande, ihr Interesse völlig zu verbergen.

»Ich werde noch ein paar Tage in der Pension bleiben. Das heißt«, fügte er spöttisch hinzu, »wenn es Santiago recht ist?«

»Zwei Tage«, sagte Cain.

»Falls nichts weiter dagegen spricht, werde ich euch beide jetzt verlassen«, sagte er und ging zur Tür. »Mich verlangt es dringend nach der Gesellschaft honoriger Männer und Frauen.«

»Ich bezweifle, daß dieses Gefühl auf Gegenseitigkeit beruht«, meinte Cain.

Der Swagman kicherte und verließ die Taverne.

»Ich hatte befürchtet, du würdest ihn töten«, bemerkte Virtue.

»Cain hätte das vielleicht getan, Santiago wird für ihn einen neuen Nutzen finden.«

»Aber er muß der Marine lediglich erzählen, wo du zu finden bist.«

»Aber das wird er nicht tun«, sagte Cain zuversichtlich, während er zur Tür ging. »Wenn die Marine mich tötet, wird die Demokratie alle meine Besitztümer beschlagnahmen, die Kunstschätze eingeschlossen.«

Es kostete Cain weitere fünf Minuten, Santiagos Leichnam in sein Fahrzeug zu laden. Daraufhin fuhren er und Virtue die sechs Kilometer zur Farm.

Jacinto erwartete ihn, und während Virtue im Haus zurückblieb, trugen die beiden Männer Santiago vorsichtig in das Tal hinab, wo an diesem Morgen ein drittes Grab ausgeschaufelt werden mußte.

»Er mochte diesen Ort«, sagte Jacinto, nachdem sie die Grabstätte zugeschüttet hatten. Er blickte sich um. »Er *ist* wunderschön, nicht wahr?«

Cain nickte.

Jacinto blickte nachdenklich auf das unbeschriftete Grab hinab. »Er war der beste von allen.«

»War er ebenfalls Kopfjäger?« fragte Cain.

Jacinto schüttelte den Kopf. »Er ist vor fast zwanzig Jahren als Kolonist hergekommen, und er hat die Barleycorn-Taverne errichtet.«

»Was war mit dem vor ihm?«

»Ein Professor für Alien-Sprachen.«

»Und ein Schachspieler?« fragte Cain.

Jacinto lächelte. »Ein sehr guter.«

Cain ging zu einem schattigen Platz unter einem knorrigen Baum. »Wenn du mich beerdigst, soll es genau hier sein«, sagte er.

Jacinto richtete sich zu voller Größe auf und blickte Cain in die Augen. »Santiago kann nicht sterben«, sagte er fest.

»Ich weiß. Aber wenn du mich beerdigst, denke bitte daran, was ich gesagt habe!«

»Das werde ich tun«, versprach Jacinto.

Cain ging zu den drei Gräbern zurück.

»Geh zum Haus hinauf!« sagte er. »Ich werde bald zu euch stoßen.«

Jacinto nickte und ging davon, während Cain den Kopf senkte und die drei Erdhügel anblickte. Fast eine halbe Stunde lang stand er schweigend dort, dann kehrte ins Haus zurück.

Virtue erwartete ihn auf der Veranda, die Kamera in der Hand.

»Bist du bereit?« fragte sie begierig.

»Einen Augenblick. Zunächst muß ich Jacinto etwas sagen.« Er wandte sich an sie. »Übrigens ist da eine Bedingung.«

»Und die wäre?«

»Du nimmst keine Holographie meines Gesichts auf. Du benutzt die kleine Kamera, die ich dir gestern abgenommen habe, und richtest sie auf meine Hände.« Er hielt inne. »Das ist meine Grundregel. Bist du damit einverstanden?«

»Natürlich«, erwiderte sie leichthin. »Eigentlich kann das die Dauer meiner Tätigkeit als deine Biographin nur verlängern.«

»Es freut mich, daß wir uns verstehen.«

Er suchte Jacinto auf und fragte nach dem gegenwärtigen Stand von Winston Kchangas Organisation.

»Wir haben noch keine Antwort«, sagte Jacinto.

»Und die Demokratie hält Bortais Zuschüsse noch immer eingefroren?«

Jacinto nickte.

»Dann werde ich unseren Verbündeten einen kleinen Besuch abstatten müssen«, sagte Cain grimmig. »Lade ihre Koordinaten in den Navigationscomputer meines Schiffs! Ich werde morgen losfliegen.«

»Ja, Santiago.«

Er kehrte auf die Veranda zurück.

»Also gut«, sagte er. »Dann laß uns anfangen!«

»Ich schlage vor, du fängst damit an, von deiner Bewegung zu erzählen«, sagte Virtue und stellte ihre Kamera auf seinen rechten Handrücken ein. »Gegen wen kämpfst du?«

»Bewegung?« wiederholte er verwirrt. »Ich weiß nichts von einer Bewegung.« Sie öffnete den Mund zum Protest. »Aber ich kann dir von den siebzehn Männern und Frauen berichten, die ich auf Silberblau ausgeraubt und getötet habe.«

Sie grinste und schaltete das Mikrophon an, und bis weit in die Nacht hinein redete er, erzählte ihr die blutige Geschichte des berühmtesten Kriminellen der Galaxis.

Epilog

Man sagt, er ist einhundert,
Man sagt, er ist noch mehr.
Man sagt, er lebt auf ewig —
Der Gesetzlosen Führer, ihr Herr!

Das war der letzte Vers, den der Schwarze Orpheus je geschrieben hatte.

Kurz nachdem er diese Worte niedergeschrieben hatte, landete er auf dem vierten Planeten des Beta Santori-Systems. Es war eine wunderbare Welt, ein pastorales Wunderland mit grünen Feldern, kalten klaren Flüssen und stämmigen uralten Bäumen, und in dem Augenblick, da er aus dem Schiff trat, entschloß er sich, den Rest seines Lebens dort als einziger Bewohner zu verbringen.

Er nannte ihn Euridike.

Natürlich ging das Leben — und der Tod — im inneren Grenzland auch ohne den Schwarzen Orpheus weiter.

Geronimo Gentry, Poor Yorick und Jonathan Stern waren innerhalb eines Jahres tot — der eine aus Altersschwäche, der andere wegen zu vieler Alphanella-Samen, der dritte aufgrund eines Übermaßes an Ausschweifungen, die noch immer keinen Namen hatten.

Die Sargasso-Rose blieb eine einsame und verbitterte Frau, die Sebastian Cain jede Nacht dafür verfluchte, daß er sein Versprechen ihr gegenüber nicht gehalten hatte. Schädelknacker Murchison verlor seinen inoffiziellen Titel, erhielt ihn zurück und dankte schließlich ab, nachdem er einen Schlag zuviel auf den Kopf erhalten hatte.

Friedensstifter MacDougal stöberte Quentin Cicero und Carmella Sparks auf und ging daraufhin auf der

Suche nach Santiago tiefer ins Herz der Galaxis. Dimitri Sokol diente zwei Jahre lang als Botschafter auf Lodin XI, gab auf, als er das Gefühl hatte, genügend politische Vergünstigungen angesammelt zu haben, und zog nach Deluros VIII um, wo er erfolgreich ein kleines Büro führte. Später wurde ihm ein größerer Posten in der Regierung angeboten.

Vater William genas nur langsam von seinen Verletzungen. Er blieb volle sechs Monate im Krankenhaus, wobei er den Zorn Gottes auf die Ärzte herabrief, die sich weigerten, ihn zu entlassen, ehe er nicht die Hälfte seines Körpergewichts verloren hätte. Gleich am Tag seiner Entlassung fing er damit an, rachsüchtig sein dahingegangenes Volumen wiederherzustellen, aber seine Ausdauer war dahin, und er ließ sich schließlich auf Safe Harbor nieder, Pastor der einzigen Kirche des Planeten.

Was den Swagman betrifft, so schloß er sich tatsächlich kurzzeitig mit Virtue MacKenzie zusammen. Nachdem sie ein weiteres Mal auseinandergegangen waren, kehrte er nach Goldenrod zurück und beschloß seine Memoiren zu schreiben. Seine Begeisterung ließ sehr rasch nach, und nicht lange danach hatte er einen neuen Schwung Untergebener angeheuert und war dabei, seine Sammlung auf unnachahmliche Weise zu ergänzen.

Virtue hatte die Demokratie als völlig unbedeutende Person verlassen und kehrte als gefeierte Person zurück. Ihre Serie von Interviews mit Santiago brachte ihr drei größere Preise ein, und ihre Biographie des berühmtesten Kriminellen machte sie wohlhabend. Alle paar Jahre kehrte sie ins innere Grenzland zurück, um neues Material über den König der Gesetzlosen zu sammeln, und sie erlitt dabei niemals einen Fehlschlag. Sie trank zuviel, schlief mit zu vielen Männern und gab zuviel Geld aus — und genoß jede Minute davon.

Cain setzte seine Kampagne weitere neun Jahre lang fort, er gab die Einnahmen seines Netzes illegaler Unternehmungen dort aus, wo es am meisten Gutes tat, und er bestritt lediglich jene Handvoll Kämpfe, von denen er wußte, daß er sie gewinnen würde, und er streute den Mythos von Santiago noch weiter über das Grenzland aus.

Er hatte stets das Gefühl gehabt, sein Ende würde durch die Hände von Friedensstifter MacDougal herbeigeführt — aber es war Johnny One-Note, der ihn schließlich zur Strecke brachte. Es war erst sein neunter Mord. Cain saß auf der Veranda, blickte ruhig über die wogenden Felder von Roggen und Weizen, als es geschah, und er erfuhr niemals, was ihn getroffen hatte. Johnny One-Note floh zu seinem Schiff zurück, schaffte es aber nur, ihm auf einen halben Kilometer nahezukommen, ehe man ihn erwischte und mit Lasern in eine lodernde Fackel verwandelte.

An jenem Nachmittag gab es ein weiteres unbeschriftetes Grab in dem kleinen Tal neben dem Teich — unter dem knorrigen Baum, wie es Cain verlangt hatte. Am Abend ging Moonripple den ganzen Weg von der Stadt zu Fuß zur Farm.

Ein schlanker Mann mit traurigen Augen und einer schimmernden weißen Strähne, die durch das dunkle Haar lief, stand am Vordereingang und sah zu, wie sie herankam.

»Ja?« fragte er.

»Ich wollte zu Santiago.«

»Warum?« fragte er.

»Ich bin das ganze Leben über Barmädchen gewesen«, erwiderte sie. »Vater William hat gesagt, es ist an der Zeit, mehr zu tun.« Sie hielt unbehaglich inne. »Er hat gesagt, Santiago könnte mir vielleicht helfen.«

»Möglich.«

»Wo kann ich ihn finden?« fragte Moonripple.

»Komm her, mein Kind!« sagte er freundlich und streckte ihr die bandagierte rechte Hand entgegen. »Ich bin Santiago.«